Ullstein Krimi

Ullstein Krimi
Lektorat: Georg Schmidt
Ullstein Buch Nr. 10400
im Verlag Ullstein GmbH,
Frankfurt/M – Berlin
Titel der amerikanischen
Originalausgaben:
Cat of Many Tails / The Finishing
Stroke / The Egyptian Cross Mystery
Neuauflage der Ullstein Krimis
10202, 10155, 10210
Umschlaggestaltung:
Hansbernd Lindemann

Printed in Germany 1987
Druck und Verarbeitung:
Ebner Ulm
ISBN 3 548 10400 2

Januar 1988

CIP-Kurztitelaufnahme
der Deutschen Bibliothek

**Queen, Ellery:**
Die indische Seidenschnur / [übers. von
Heinz F. Kliem]. Das zwölfte Geschenk /
[übers. von Herrmann Baer u. a.]. Ellery
Queen. – Neuaufl. d. Ullstein-Krimis
10202, 10155, 10210. –
Frankfurt/M; Berlin: Ullstein, 1987.
(Ullstein-Buch; Nr. 10400:
Ullstein-Krimi)
Einheitssacht.: Cat of many tails <dt.>
Einheitssacht. d. beigef. Werkes:
The finishing stroke <dt.>
ISBN 3-548-10400-2
NE: Queen, Ellery: [Sammlung <dt.>]; GT

Vom selben Autor
in der Reihe der
Ullstein Bücher:

Mord im Paradies (10056)
Das Rätsel der siamesischen Zwillinge
(10104)
Das Rätsel der chinesischen Mandarine
(10116)
Im eigenen Saft (10132)
Das zwölfte Geschenk (10155)
Flieg, Kugel, flieg (10167)
Schön ist ein Zylinderhut (10179)
Frauen um John Marco (10190)
Besuch in der Nacht /
Mord im neunten Monat /
Sanatorium des Todes
(10093)

Ellery Queen

# Die indische Seidenschnur
# Das zwölfte Geschenk
# Das ägyptische Kreuz

Ullstein Krimi

# Ellery Queen

# Die indische Seidenschnur

Detektivroman

Übersetzt von Heinz F. Kliem

1

Die Strangulierung von Archibald Abernathy war der erste Akt einer neunaktigen Tragödie, die New York bis auf die Grundfesten erschütterte.

Etwa acht Millionen Einwohner verloren förmlich über Nacht die Nerven. Der Höhepunkt dieses Sturmes erstreckte sich von Manhattan bis zum Village.

Die New Yorker Presse überstürzte sich in Meldungen über die Verbrechen der »Katze« – die Meldungen der New Yorker Rundfunksender hielten mit den Pressemeldungen Schritt.

Alle Welt sprach von den Verbrechen, die »die Katze« begangen hatte.

Niemand hatte diesen Verbrecher je gesehen, und niemand kannte die Methoden, mit denen er zu Werke ging.

Die Bewohner der großen Weltstadt wußten sich in diesem Nervenkrieg einfach nicht mehr zu helfen.

2

Die Nacht des 25. August war eine jener subtropischen Nächte, wie sie für New York typisch sind.

Ellery saß in Hemdsärmeln und in seiner kurzen Unterhose im Arbeitszimmer.

Eine unbeschreibliche Hitze brütete über der Stadt, Harlem, Bronx, Yorkville, Brooklyn, Chelsea, Chinatown, Manhattan, Williamsburg, Coney Island – diese Stadtteile litten besonders unter der Hitzeperiode.

Ellery zündete sich eine Zigarette an und sagte sich, daß das Problem der »Katze« gewiß nicht einfach zu lösen war.

Er hatte versucht, den Mord an Abernathy zu ignorieren, und für eine gewisse Zeitspanne war ihm das auch gelungen, aber es war dennoch ein außerordentlich interessanter Fall.

Die Wohnungstür wurde zugeschlagen. »Daddy?« Ellery sprang auf und ging an die Tür.

»Hallo!« Inspektor Richard Queen zog die Jacke aus. »Anscheinend geht es dir hier bei der Hitze recht gut.«

»Hast du einen anstrengenden Tag hinter dir?« fragte Ellery.

Der Inspektor ging in die Küche. Als er mit einer kalten Limonadenflasche in der Hand ins Wohnzimmer zurückkehrte, sagte er: »Du kannst mir übrigens gratulieren, Ellery.«

»Wozu denn?«

»Nun«, brummte der Inspektor, »ich habe die Leitung einer Spezialabteilung übernehmen müssen.«

»Handelt es sich etwa um die ›Katze‹?«

»Kennst du den Fall?«

Ellery lehnte sich zurück. »Du hast den Auftrag angenommen, nicht wahr?«

»Gewiß – und ich habe mich sogar beim Polizeichef noch dafür bedankt. Immerhin handelt es sich um einen ganz besonders dringenden Fall. Wenn diese Mordfälle nicht umgehend aufgeklärt werden, dann geht unsere schöne Stadt vollkommen in die Brüche.«

»Wie meinst du das, Daddy?«

»Nun, dafür sind alle Anzeichen vorhanden. Sämtliche Polizeireviere der Stadt werden ununterbrochen alarmiert. Sogar die Beamten, die ihre nächtlichen Streifengänge zu versehen haben, werden immer nervöser.«

»Hast du heute eigentlich schon gegessen?«

»Fünf Mordfälle – und die Einwohner der größten Stadt der Welt verlieren die Nerven! Warum? Kannst du dir das erklären?«

Ellery dachte nach.

»Nun, vielleicht habe ich ein ganz eigenes Gefühl für diese Angelegenheit«, murmelte er. »Wenn ein Mensch wie Abernathy erwürgt wird, dann kann es genausogut jeden anderen Menschen treffen.«

Inspektor Richard Queen starrte seinen Sohn an. »Du scheinst eine ganze Menge darüber zu wissen.«

»Nun, schließlich habe ich die Zeitungen gelesen.«

»Möchtest du vielleicht mehr über die betreffenden Fälle erfahren?«

»Nun . . .«

»Setze dich her, mein Junge.«

Ellery setzte sich. Schließlich war Inspektor Richard Queen sein Vater.

»Bisher sind es fünf Mordfälle«, sagte der Inspektor. »Sie haben sich alle in Manhattan zugetragen, in jedem einzelnen Fall Strangulation. Außerdem wurden in jedem Fall die gleichen Stricke verwendet.«

»Indische Stricke?«

»Oh, das weißt du also bereits?«

»Die Zeitungen haben in allen Einzelheiten darüber berichtet.«

»Ja, stimmt. Es sind starke, elastische Seidenstricke indischen Ursprungs – und die einzigen Anhaltspunkte, die wir bisher haben.«

»Was?«

»Ich wiederhole: Wir haben nicht den geringsten Anhaltspunkt. Nicht einmal einen Zeugen, Ellery. Wir haben auch kein Motiv ermitteln können. Der Mörder kommt und geht wie der Wind. Am Tatort läßt er eine Leiche zurück – und eine Seidenschnur. Das erste Opfer war . . .«

»Archibald Dudley Abernathy, vierundvierzig Jahre alt. Er war Junggeselle und hat eine Dreizimmerwohnung in der Nähe des Gramercy Park bewohnt. Sein Vater war Priester und ist gestorben, und seine kranke Mutter hat vor einigen Monaten das Zeitliche gesegnet. Augenscheinlich hatte er nie irgendwelche besonderen Interessen. Ist der Zeitpunkt seines Todes eigentlich genau festgestellt worden?«

»Dr. Prouty vertritt die Ansicht, daß er am 3. Juni gegen Mitternacht ermordet worden ist. Allem Anschein nach hat Abernathy seinen Mörder gekannt, denn die ganze Sache sah so aus, als habe er ihn erwartet. Die Verwandten und irgendwelche Freunde scheiden aus, denn er hat stets ein sehr einsames Leben geführt.« Der Inspektor runzelte die Stirn. »Wir haben natürlich alle Möglichkeiten überprüft, ohne das geringste Resultat.«

»Steht es einwandfrei fest, daß es in Abernathys Leben keine Frau gegeben hat?«

»Absolut.«

»Und keinen Mann?«

»Nein. Er war ein vollkommen unscheinbarer und unauffälliger Mann.«

»Wie steht es denn in dieser Beziehung mit Violet Smith?«

»Violet Smith«, murmelte der Inspektor, indem er die Augen schloß. »Das war Nummer 2. Unverheiratet, zweiundvierzig Jahre alt, am 22. Juni ermordet. Seit sechs Jahren hatte sie in der 44. Straße gewohnt. Sie war übrigens nicht nur eine Prostituierte, sondern auch rauschgiftsüchtig.«

»Weißt du genau . . .«

». . . ob es die Arbeit der ›Katze‹ war? Nun, dazu möchte ich sagen, daß die Farbe der Schnur, die zur Strangulation verwandt wurde, in diesem Fall eine rosarote Farbtönung hatte. In Abernathys Fall war der Strick blau. Violet war übrigens bei ihren Freunden und Nachbarn sehr beliebt.«

Ellery rieb sich die Nase. »Erzähle mir mehr darüber.«

»Sie ist erst sechsunddreißig Stunden nach ihrem Tod aufgefunden worden. Am Morgen des 24. Juni ist eine Freundin, die seit vierundzwanzig Stunden vergeblich versucht hatte, sie telefonisch zu erreichen, zu ihrer Wohnung gegangen. Da die Tür unverschlossen war, ist sie eingetreten, und . . .«

»Abernathys Leiche wurde in einem Klubsessel aufgefunden«, murmelte Ellery. »In welcher Lage ist diese Frau entdeckt worden?«

»Ihre Wohnung besteht lediglich aus einem Schlafzimmer, einem Salon und einer kleinen Kochnische. Ihre Leiche ist auf der Türschwelle gefunden worden.«

»Aus welcher Richtung ist sie angegriffen worden?«

»Von hinten – genau wie im Fall Abernathy. Die Schnur war im Nacken verknotet.«

»Aha – im Abernathy-Fall doch auch. Darüber habe ich nachgedacht.«

»Warum?« fragte der Inspektor.

»Nun, das ist etwas so Endgültiges.«

»Was?«

»Es kommt mir wie eine Art Dekoration vor. Warum bringt der Mörder diesen Knoten an, der eigentlich vollkommen überflüssig ist? Zweifellos wurde er doch erst nach der Erdrosselung angebracht. Er kommt mir vor wie eine Schleife, die man an einem Geschenkpäckchen anbringt. Es ist, wie gesagt, endgültig.«

»Was, um alles in der Welt, meinst du damit?«

»Nun, ich bin meiner Sache natürlich nicht sicher«, murmelte Ellery. »Haben eigentlich Anzeichen für ein gewaltsames Eindringen vorgelegen?«

»Nein; vermutlich war es wie im Abernathy-Fall: sie scheint den Besucher erwartet zu haben.«

»Die anderen Hausbewohner . . .«

»Niemand hat etwas gehört; dem Personal des Restaurants im Erdgeschoß war sie überhaupt nicht bekannt. Nun, du weißt ja, wie es in dieser Beziehung in New York aussieht.«

»Nun kommen wir zu Nummer drei«, brummte der Inspektor. »Rian O'Reilly; er war ein vierzig Jahre alter Vertreter, der mit Frau und vier Kindern in Chelsea wohnte. Das Datum seines Mordes war der 18. Juli – sechsundzwandzig Tage nach dem Smith-Fall. Dieser Mord scheint vollkommen sinnlos zu sein. O'Reilly war ein fleißiger, seiner Familie ergebener Mann, der einen harten Lebenskampf zu bestreiten hatte. Eines seiner Kinder ist vor zwei Jahren an Kinderlähmung erkrankt, ein anderes bekam Lungenentzündung. Seine Frau hat sich beim Einkochen verbrannt, so daß sie ein ganzes Jahr von einem Hautspezialisten behandelt werden mußte. Zu allem Unglück ist ein anderes seiner Kinder von einem Wagen überfahren worden, dessen Fahrer nicht ermittelt werden konnte. Das Kind war drei Monate im Hospital. Um die Darlehenskosten zu decken, ließ O'Reilly sich seine Lebensversicherung auszahlen und verkaufte seinen alten Wagen. Er war ein kleiner, häßlicher Mann und sein ganzes Leben ein einziger Kampf. In den frühen Morgenstunden des 19. Juli wurde er vom Hausverwalter erdrosselt im Hauseingang aufgefunden. Dr. Prouty hat die Todeszeit auf eine Stunde nach Mitternacht festgelegt, und um diese Zeit dürfte O'Reilly von seiner zweiten Arbeitsstelle in Brooklyn heimgekommen sein. Beim Betreten des Hauses ist er sofort niedergeschlagen worden. Wir haben eine Beule an der Seite seines Kopfes gefunden . . .«

»Stammte sie von einem Schlag oder von einem Sturz?« fragte Ellery.

»Wahrscheinlich war es ein Schlag, denn die Spuren deuten darauf hin, daß er durch den Hausflur geschleift worden ist. Jedenfalls hat kein Kampf stattgefunden, und von den Hausbewohnern hat niemand etwas gehört.« Der Inspektor strich sich über die Nase. »Mrs. O'Reilly hat die ganze Nacht auf ihren Mann gewartet. Sie konnte die Wohnung nicht verlassen, da sie die Kinder nicht allein lassen durfte. In den Morgenstunden kam dann ein Polizist und brachte ihr die traurige Nachricht. Sie konnte es einfach nicht verstehen, daß jemand ihrem Mann nach dem Leben getrachtet hatte.«

Ellery kratzte am Ohr. »Keine Anhaltspunkte?«

»Keine.«

»Die Schnur?«

»Von der gleichen Qualität – blau.«

»Im Nacken verknotet?«

»Ja.«

Ellery schwieg eine ganze Weile.

»Jetzt verstehe ich, wie die Zeichnungen in die Zeitungen gekommen sind. Du hast ja diese Karikaturen der Katze mit den vielen Schwänzen selbst gesehen. Jeder einzelne dieser Schwänze bedeutet also einen Mordfall, und der letzte Schwanz war wie ein Fragezeichen geformt. Die Krallen des Tieres sind wie Sicheln gezeichnet – kein Wunder.«

»Nun«, brummte der Inspektor, »am 9. August hat diese Katze den vierten Schwanz bekommen.«

»Ja, an den Fall erinnere ich mich auch«, erwiderte Ellery. »Monica McKell; das war zweiundvierzig Tage nach dem Mord an O'Reilly. Sie war gerade siebenunddreißig Jahre alt.«

»Ganz richtig«, pflichtete der Inspektor ihm bei. »Der bekannte Ölmillionär McKell ist ihr Vater. Sie ist in einer Luxusvilla geboren und in einem Untergrundbahnschacht gestorben. Vor einigen Wochen hatte sie sich mit einem ungarischen Grafen verlobt, und diesmal sollte es wohl ernst werden. Die ›Katze‹ ist dazwischengekommen.«

»Im Untergrundbahnschacht«, sagte Ellery.

»Ja; Monica McKell ist gern mit der Untergrundbahn gefahren. Sie war am Abend mit ihrem Grafen und einigen Freunden auf einer Gesellschaft. Als beim Aufbruch die Taxis bestellt wurden, lehnte sie es entschieden ab, mitzufahren. Statt dessen ging sie zur Untergrundbahnstation Sheridan Square. Dort ist sie gegen 6 Uhr früh auf einer Bank erdrosselt aufgefunden worden. Um ihren Hals war eine rosafarbene Schnur geknotet.«

Der Inspektor ging in die Küche hinaus und kehrte mit einer neuen Flasche Limonade zurück. Nachdem er ein Glas getrunken hatte, fuhr er fort: »Sie war etwa zwei Stunden tot, als sie gefunden wurde. Der Mord muß gegen 4 Uhr erfolgt sein. Wir haben natürlich sofort sämtliche Alibis überprüft und festgestellt, daß Graf Szebo zu dieser Zeit noch bei seinen Freunden war. Monicas Spuren wurden bis zur Untergrundbahnstation genau verfolgt. Sie wurde unterwegs von einem Taxifahrer angehalten, der wohl ein Geschäft machen wollte. Sie lachte ihn jedoch aus und zeigte ihm ihre Handtasche, in der sich gerade noch ein Münze für die Untergrundbahn befand. Dann verschwand sie im Schacht der Station, und wenige Minuten später war sie bereits tot. Weder ihr Schmuck noch ihre Handtasche sind von dem Mörder berührt worden.«

Ellery stand auf. »Keine Anhaltspunkte?«

»Nicht der geringste. Ich kann verstehen, daß ihr Vater für die Ergreifung des Mörders eine Belohnung von hunderttausend Dollar ausgesetzt hat. Doch wird auch damit nicht viel erreicht werden.«

»Wie steht es mit dem letzten Opfer?«

»Nummer fünf?« Der Inspektor verschränkte die Hände. »Simone Phillips, fünfunddreißig Jahre alt. Sie lebte mit ihrer jüngeren Schwester in einer armseligen Wohnung in der 102. Straße Ost.« Inspektor Queen schnitt eine Grimasse. »Simone war seit ihrer Kindheit von der Hüfte abwärts gelähmt und hat fast ständig im Bett gelegen.«

Ellery nippte an seinem Glas. »Also wieder eine Arbeit der ›Katze‹.«

»Am Freitagabend, dem 19. August. Zehn Tage nach McKell. Celeste, die jüngere Schwester, verließ gegen 21 Uhr die Wohnung, um ins Kino zu gehen. Celeste ließ ihre Schwester nicht gern allein – aber einmal in der Woche mußte sie einfach aus der Wohnung heraus. Als sie gegen 23 Uhr zurückkam, fand sie ihre gelähmte Schwester erdrosselt auf, eine rosafarbene Schnur um den Hals.«

»Aber diese gelähmte Frau kann doch unmöglich jemanden eingelassen haben. Waren denn keine Anzeichen . . .«

»Wenn Celeste ihre Schwester Simone allein in der Wohnung ließ, versperrte sie nie die Tür. Simone fürchtete stets, daß vielleicht eine Gasleitung schadhaft werden könnte, während sie hilflos im Bett lag. Aus dem gleichen Grunde hatten sie auch einen Telefonanschluß, obwohl sie sich das kaum leisten konnten.«

»Am vergangenen Freitagabend war es genauso heiß wie heute«, murmelte Ellery nachdenklich. »Die Hausbewohner hielten sich mit Sicherheit außerhalb ihrer dumpfen Wohnungen auf. Hat denn niemand . . .«

»Die Zeugen haben übereinstimmend erklärt, daß zwischen 21 und 23 Uhr niemand zur Haustür hereingekommen ist. Zweifellos hat die ›Katze‹ das Haus durch den Hintereingang betreten. Auch in diesem Fall haben wir keinerlei Spuren gefunden.«

»Hat niemand einen Schrei gehört?«

»Nein; es könnte natürlich sein, daß Simone einen Schrei ausgestoßen hat, dem niemand Beachtung zollte – aber ich persönlich glaube das kaum. Bei diesem Opfer hat die ›Katze‹ jedenfalls die leichteste Arbeit gehabt.«

Als der Inspektor sich wieder dem offenen Fenster zuwandte, murmelte Ellery: »Simone, Celeste . . . Die Namen klingen so französisch.«

»Ja, ihr Vater war auch Franzose.«

»Und die Mutter?«

»Ebenfalls Französin – aber sie haben hier in New York geheiratet. Phillips hat nach seiner Einwanderung als Importeur ein Vermögen verdient – aber bei einem Börsenkrach alles verloren. Er jagte sich eine Kugel in den Kopf und ließ seine Frau vollkommen mittellos zurück. Vor fünf Jahren ist sie an den Folgen einer doppelseitigen Lungenentzündung gestorben.«

»Wie stand es danach in finanzieller Beziehung?«

»Celeste hatte eine Halbtagsbeschäftigung als Mannequin. Sie hat eine wundervolle Figur und hätte in diesem Beruf noch viel mehr verdienen können – aber sie wollte ihre gelähmte Schwester nicht zu lange allein lassen. Von den Nachbarn habe ich erfahren, daß Simone ihrer Schwester das Leben mit ständigen Nörgeleien zur Hölle machte.«

»Ist Celeste am vergangenen Freitagabend allein ins Kino gegangen?« fragte Ellery.

»Ja.«

»Wie alt ist sie denn?«

»Dreiundzwanzig.«

»Na, in dem Alter sollte sie eigentlich einen Freund haben. War die Schnur von der gleichen Beschaffenheit wie die vorhergehenden?«

»Ja.«

»Hat nicht der geringste Zusammenhang zwischen den fünf Opfern bestanden?«

»Nein.« Der Inspektor wandte sich am Fenster um. »Wir haben, wie schon gesagt, nicht den geringsten Anhaltspunkt. Die Zwischenräume der einzelnen Fälle waren neunzehn, sechsundzwanzig, zweiundzwanzig und zehn Tage. Die Opfer stammen aus den verschiedensten

Schichten und verteilen sich über das gesamte Stadtgebiet. Ein Motiv ist nicht zu erkennen. Die ›Katze‹ ist einfach ein Feind aller Menschen und trifft unter ihren Opfern keine Auswahl. Ich kann dir nur sagen, daß wir diesem mörderischen Treiben unbedingt ein Ende bereiten müssen, wenn wir nicht Gefahr laufen wollen, daß in unserer Stadt eine Panik ausbricht. Das ist nur noch eine Frage von Tagen.« Der Inspektor lehnte sich gegen das Fensterkreuz und starrte auf die Straße hinunter. »Ich habe vorhin erwähnt, daß der Polizeichef mich aus einem ganz bestimmten Grund mit diesem Fall beauftragt hat: er will auch dich veranlassen, deine Talente voll einzusetzen.«

»Das kann doch nicht dein Ernst sein!«

Sein Vater schaute ihn an. »Natürlich erwartet niemand Wunderdinge von dir – aber es wäre ein harter Schlag für mich, Ellery, wenn du mich gerade jetzt, da ich dich so dringend brauche, im Stich lassen würdest.«

Der Inspektor lehnte sich in seinem Stuhl zurück. Als er die Augen öffnete, stand der Polizeichef über ihn gebeugt.

»Aufwachen!« brummte der Chef.

Inspektor Queen blinzelte.

»Ich habe den Jungens gesagt, daß ich Ihnen die Nachricht persönlich bringen wolle.«

»Welche Nachricht, Chef?«

»Die Katze hat einen weiteren Schwanz bekommen.«

»Wann?«

»Heute zwischen 22 Uhr 30 und Mitternacht.«

»Wo?«

»Im Central Park – unweit des Eingangs 110. Straße.

Das Opfer lag hinter einem Busch.«

»Wer ist es?«

»Beatrice Wilkins; sie war zweiunddreißig Jahre alt und verdiente den Lebensunterhalt für sich und ihren Vater. Heute abend ist sie mit ihm in den Park gegangen, um ein wenig frische Luft zu schnappen; dort ließ sie ihn auf einer Bank zurück, um Wasser zu holen. Als sie nach längerer Zeit noch immer nicht zurückgekehrt war, verständigte der Vater einen Parkwärter. Der fand sie hinter einem Busch, etwa hundert Meter von der Bank entfernt. Sie hatte eine rosafarbene Schnur um den Hals. Augenscheinlich ist sie mit einem Schlag über den Kopf betäubt und hinter den Busch gezerrt worden. Ihre Handtasche lag ungeöffnet daneben. Für eine Vergewaltigung liegen nicht die geringsten Anzeichen vor.«

»Hinter einem Busch im Park«, murmelte der Inspektor, während er sich von Ellery seine Schuhe geben ließ. »Na, da dürften doch endlich einige Anhaltspunkte vorhanden sein. Wie steht es denn mit den Spuren?«

»Bislang ist noch nichts festgestellt worden – aber diesmal haben wir einen neuen Faktor: »Beatrice Wilkins stammt aus Harlem.«

»Kommen Sie, Chef!« Der Inspektor wandte sich schon der Tür zu.

»Warte«, sagte Ellery. »Ich bin in drei Minuten fertig!«

3

Der sechste Mordfall der ›Katze‹ wich insofern von den bisherigen Fällen ab, als es sich bei dem Opfer um eine Negerin handelte.

Während Inspektor Queen mit den Ermittlungen begann, rief der Bürgermeister die Vertreter der Presse in sein Büro.

»Wir sind vollkommen überzeugt, meine Herren«, führte er aus, »daß es sich nicht um einen Akt handelt, der gegen die schwarze Rasse gerichtet ist. New York ist ein Schmelztiegel, in dem alle Rassen der Welt vertreten sind. Jeder fünfzehnte unserer Bürger ist ein Neger, und unter zehn Einwohnern befinden sich drei Juden. Bei uns wohnen mehr Italiener als in Genua und mehr Deutsche als in Bremen. Wir haben Polen, Griechen, Russen, Spanier, Türken, Portugiesen, Chinesen, Skandinavier, Filipinos, Perser – alle Rassen. Diese Mordfälle haben die Stadt naturgemäß in Unruhe versetzt, aber wir müssen vor allen Dingen danach trachten, eine Panik unter der Bevölkerung zu vermeiden.«

Die Beamten der Mordkommission saßen auf der Polizeiwache von Harlem, um die Berichte über den Fall Beatrice Wilkins auszuwerten. Am Tatort waren keinerlei Spuren, sondern lediglich zwei Haarnadeln entdeckt worden, die zweifellos dem Opfer gehörten. Die Beamten vom Erkennungsdienst hatten zunächst einige rote Partikel unter den Fingernägeln des Opfers gesichert, die für geronnenes Blut gehalten wurden. Bei der genauen Untersuchung stellte sich jedoch heraus, daß es sich um Teile des Lippenstiftes handelte, der von dem Opfer benutzt worden war. Der stumpfe Gegenstand, mit dem die ›Katze‹ ihr Opfer niedergeschlagen hatte, war nirgends zu finden.

Die Beamten hatten den Park natürlich auf der Stelle abgeriegelt, und es dauerte die ganze Nacht, bis die aufgegriffenen Personen verhört waren.

Beatrice Wilkins hatte zur Baptistenkirche gehört. Nach ihrem Studium war sie als Fürsorgepflegerin eingesetzt worden und hatte sich vornehmlich den Kindern gewidmet. Zwischendurch hatte sie einige Artikel für Harlemer Journale und Magazine geschrieben.

»Sie ist in der Gemeinde sehr beliebt gewesen«, sagte der Captain des Harlemer Polizeireviers zu Inspektor Queen. »Es gibt gewiß niemanden, der sie nicht respektiert hätte.«

Der Inspektor nickte und trat an die Bank, auf der der Vater des ermordeten Mädchens saß. Ellery zog sich einen Stuhl heran.

»Mit wem hat sich Ihre Tochter abgegeben? War es vielleicht ein Weißer?«

Der Mann fuhr zurück, als hätte er einen Schlag ins Gesicht bekommen.

»Wir möchten doch nur wissen, ob Ihre Tochter Beatrice vielleicht ein Verhältnis mit einem weißen Mann gehabt hat. Hat sie Ihnen denn nie etwas erzählt?«

Der alte Neger schnitt eine Grimasse.

»Wenn sie sich mit einem Weißen abgegeben hätte, dann hätte ich sie mit meinen eigenen Händen erwürgt!« fauchte er.

Ellery stand auf. »Es hat keinen Wert, noch länger hierzubleiben. Schließlich müssen wir doch einige Stunden schlafen.«

»Du kannst ruhig heimfahren, Ellery; ich werde mich später ein wenig hinlegen. Wo wirst du denn die Nacht verbringen?«

»Bei den Akten im Präsidium.«

Die New Yorker Blätter überschlugen sich in ihren Angriffen gegen die Stadtverwaltung, die Polizei und alle anderen beteiligten Dienststellen.

Der Polizeichef betrat das Büro des Bürgermeisters und sagte: »Wenn ich meinen Rücktritt einreichen soll, Jack . . .«

»Kümmern Sie sich doch nicht um diesen Unsinn, Barney. So etwas kommt doch gar nicht in Frage.«

Der Polizeichef zündete sich eine Zigarre an.

»Ich habe eingehend über die gegenwärtige Situation nachgedacht, Jack. Die Bevölkerung braucht in dieser Krise gewissermaßen einen Moses . . . Wir sollten die Ermittlungen in die Hand eines Mannes legen, der im Auftrage des Bürgermeisters handelt.«

»Und an wen haben Sie gedacht?«

»An einen geborenen New Yorker, der in der ganzen Nation als fähiger Detektiv bekannt ist. Er kann diesen Auftrag gar nicht ablehnen, weil ich die Sache offiziell seinem Vater übertragen habe.«

Der Bürgermeister beugte sich vor, und der Polizeichef nickte.

Unvermittelt hob der Bürgermeister den Telefonhörer ab.

»Ich glaube, diesmal haben Sie sich äußerst geschickt aus der Affäre gezogen, Barney.« Dann sagte er in die Sprechmuschel: »Verbinden Sie mich mit Ellery Queen.«

»Es ist eine große Ehre für mich, Sir«, sagte Ellery, »aber glauben Sie nicht, daß meine Fähigkeiten kaum . . .«

»Ich könnte mir keinen besseren Mann für diesen Auftrag vorstellen. Und ich kann Ihnen die volle Mitarbeit der Polizei versprechen«, erwiderte der Bürgermeister trocken.

»Aha«, murmelte Ellery. »Vermutlich hat mein Vater ...«

»Ich habe die Angelegenheit nur mit dem Polizeichef besprochen. Nehmen Sie den Auftrag an?«

»Darf ich es mir einige Minuten überlegen?«

»Gewiß; ich erwarte Ihren Anruf.«

Ellery legte auf.

»Spezialdetektiv für den Bürgermeister«, murmelte Inspektor Richard Queen, der am zweiten Apparat dem Gespräch gelauscht hatte. »Na, die Herrschaften scheinen wirklich in einer verwünschten Klemme zu stecken. Der Bürgermeister ist zwar ein Politiker, aber außerdem ein grundehrlicher Kerl. Willst du den Auftrag annehmen?«

Ellery schwieg.

»Hast du auch schon daran gedacht, daß allein die Tatsache dieses Auftrages und die Nennung deines Namens die ›Katze‹ in die Flucht schlagen könnten?«

»Nein.«

»Du unterschätzt deinen Ruf.«

»Und du unterschätzt die ›Katze‹. Ich habe das untrügliche Gefühl, daß er durch nichts in die Flucht zu schlagen ist.«

Der Inspektor starrte ihn verdutzt an.

»Allem Anschein nach hast du bereits einen Anhaltspunkt, Ellery.«

»Vielleicht«, erwiderte sein Sohn. »Ja, es ist etwas da – aber ich weiß noch nicht, was damit anzufangen ist. Ich habe mich in den vergangenen achtundvierzig Stunden ununterbrochen mit den Akten beschäftigt; trotzdem möchte ich sie mir noch einmal ansehen.«

Inspektor Queen hob den Telefonhörer ab und sagte: »Verbinden Sie mich mit dem Büro des Bürgermeisters. Sagen Sie ihm, Ellery Queen möchte ihn sprechen.«

Die Eröffnung, daß Ellery Queen zum Spezialdetektiv für den Bürgermeister ernannt worden war, rief einen Jubelsturm in New York hervor.

»Dieser Auftrag«, sagte der Bürgermeister auf einer der üblichen Pressekonferenzen, »den ich Mr. Queen erteilt habe, ist natürlich kein Mißtrauensvotum für die New Yorker Polizei, die ich nach wie vor für die beste der Welt halte. In Anbetracht der besonderen Umstände dieser Mordserie habe ich es jedoch für ratsamer gefunden, die Hilfe eines Mannes in Anspruch zu nehmen, der sich bei der Aufklärung mysteriöser Verbrechen einen Namen gemacht hat. Der Vorschlag ist mir vom Polizeichef persönlich unterbreitet worden, und Mr. Queen wird in ständigem Kontakt mit ihm arbeiten.«

Am selben Abend wurde Ellery offiziell eingeschworen. Die Blitzlichter der Reporter zuckten, und die Zeitungen brachten Aufnahmen von Ellery mit dem Bürgermeister und dem Polizeichef.

Nach dem Zeremoniell hielt Ellery ein kurze Ansprache, die von allen Sendern übertragen wurde:

»Der Mörder, der unter dem Spitznamen die ›Katze‹ bekannt ist, treibt seit drei Monaten in Manhattan sein Unwesen. In dieser Zeitspanne hat er sechs Menschen ermordet. Ich bin mir der Verantwortung bewußt, die ich auf meine Schultern geladen habe. Ich bin mir weiterhin klar darüber, daß mir eine schwere Arbeit bevorsteht; dennoch möchte ich in diesem Augenblick sagen, daß die einzelnen Fälle gelöst werden und daß der Mörder der Gerechtigkeit nicht entgehen wird. Sollte er noch ein weiteres Opfer finden, so möchte ich heute der Öffentlichkeit in aller Form zu bedenken geben, daß in New York pro Tag mehr Menschen den Folgen eines Verkehrsunfalls erliegen, als die ›Katze‹ in drei Monaten umgebracht hat.«

Während der nächsten Tage zog Ellery sich in die Wohnung zurück und hielt die Tür verschlossen.

Damit war der Polizeichef natürlich nicht recht einverstanden, und Inspektor Queen bekam manche Äußerung darüber zu hören – aber er legte seinem Sohn die einlaufenden Berichte und Meldungen vor, ohne irgendeinen Kommentar abzugeben.

Als er eines Abends vom Dienst heimkam, sagte Ellery: »Schau dir mal das an. Es ist mit der Post gekommen.«

Der Inspektor setzte sich in einen bequemen Klubsessel und nahm die beiden geöffneten Briefe vom Tisch.

Der erste Umschlag kam vom *New York Extra:*

*Lieber E. Q.*

*Was haben Sie eigentlich mit Ihrem Telefon angestellt? Suchen Sie die ›Katze‹ vielleicht im Land der Beduinen? Ich habe Sie wiederholt telefonisch zu erreichen versucht, und außerdem bin ich sechsmal erfolglos an Ihrer Wohnungstür gewesen.*

*Ich muß Sie unbedingt sprechen.*

*James Guymer McKell*

*PS: Rufen Sie mich bitte in der Redaktion des ›Extra‹ an!*

»Monica McKells jüngerer Bruder.«

»Lies den anderen Brief, Daddy.«

Dieser war mit der Hand geschrieben:

*Sehr geehrter Mr. Queen,*
*ich habe in den vergangenen Tagen vergebens versucht, Sie telefonisch zu erreichen. Könnte ich Sie sprechen? Bitte!* *Hochachtungsvoll, Celeste Phillips*

»Simone Phillips' Schwester.« Nachdenklich legte der Inspektor die beiden Briefe auf den Tisch. »Wirst du dich mit ihnen unterhalten?«

»Gewiß; ich habe Miss Phillips in ihrer Wohnung und McKell in der Redaktion angerufen.«

»Haben sie gesagt, was sie von dir wollen?«

»Celeste Phillips möchte es mir nur persönlich sagen, und McKell habe ich erklärt, daß ich ihn hinauswerfe, wenn es sich etwa um ein Interview für sein Blatt handelt. Er beteuerte, daß es eine rein private Angelegenheit ist.«

»Wann kommen sie denn?«

»Im Gegensatz zu einer meiner Grundregeln habe ich sie beide zum gleichen Zeitpunkt herbestellt: 11 Uhr.«

»Oh! Da fehlen ja nur noch fünf Minuten. Ich muß mich unbedingt rasieren und umziehen.« Als der Inspektor sich dem Badezimmer zuwandte, rief er über die Schulter: »Halte sie auf alle Fälle hier zurück – wenn es sein muß, mit Gewalt!«

Als der Inspektor sein Schlafzimmer verließ, reichte Ellery seiner Besucherin gerade Feuer. Sie war sehr elegant gekleidet – aber welche Veränderung war inzwischen mit ihr vorgegangen!

»Hallo, Miss Phillips«, sagte der Inspektor. »Lassen Sie sich bitte von mir nicht stören.«

»Ich habe Mr. Queen gerade berichtet, wie unmöglich meine gegenwärtige Wohnung ist.« Ihre Finger spielten nervös mit der Handtasche.

»Wollen Sie denn umziehen?« fragte der Inspektor.

»Ja, sobald es mir gelingt, eine andere Wohnung zu finden.«

»Sie wollen also ein neues Leben beginnen, das ist verständlich. Haben Sie das Bett eigentlich schon abgeschafft?«

»Daddy«, unterbrach Ellery. »Ich wollte Miss Phillips gerade fragen, was sie zu mir führt.«

»Ich möchte Ihnen helfen, Mr. Queen.«

»In welcher Beziehung?«

»Das weiß ich selbst nicht...« Sie lächelte gequält. »Mitunter hat man das Gefühl, daß man etwas tun sollte... Ich habe meine Schwester immer sehr bedauert – sie hat am Leben gehangen und sich für alles interessiert. Vom frühen Morgen bis zum späten Abend ließ sie das Radio laufen, und sie wollte unbedingt alles über die Filmstars und bekannten Persönlichkeiten wissen: wer geheiratet hatte, wer geschieden worden war und wer ein Baby erwartete. Wenn ich gelegentlich einmal mit einem Mann ausging, dann mußte ich ihr anschließend jedes Wort wiederholen, das er gesprochen hatte. Ja, sie hat so am Leben gehangen – ich möchte helfen, den Täter zur Strecke zu bringen und seiner gerechten Strafe zuzuführen. Ich bin weder ängstlich noch ein albernes junges Ding. Lassen Sie mich bitte helfen, Mr. Queen. Ich könnte Ihre Aktentasche tragen oder Dinge für Sie besorgen; ich könnte Ihre Briefe tippen und Ihre

Telefongespräche entgegennehmen...« Sie hielt den Blick auf ihre im Schoß ruhenden Hände gesenkt.

Die beiden Queens musterten sie mit forschenden Blicken.

»Es tut mir wirklich außerordentlich leid«, sagte eine Stimme, »aber ich habe schon wiederholt geläutet...«

Celeste sprang auf. Der junge Mann auf der Türschwelle starrte sie betroffen an.

»Ich möchte mich noch einmal für mein Eindringen entschuldigen«, sagte er, ohne den Blick von ihr zu wenden. »Ich habe selbst eine Schwester verloren, die ermordet wurde. Ich kann ja später wiederkommen.«

»Miss Phillips«, machte Ellery bekannt. »Und das dürfte wohl Mr. McKell sein.«

»Erzählen Sie mir von Ihrer Schwester«, bat Celeste.

»Monica?« Mit einer lässigen Bewegung zog Jimmy McKell Zigaretten aus der Tasche und zündete eine an. »Ich glaube, Vater und Mutter haben sie am allerwenigsten gekannt – und das war ihre eigene Schuld. Vom Vater hatte sie die Verachtung für alle Menschen geerbt, und Mutter hat sich immer vor Monica gefürchtet. Es war wirklich eine merkwürdige Sache«, schloß er.

»Ja?«

»Ich hatte schon immer die Absicht, Sie aufzusuchen, und als ich heute hier die Treppe heraufkam, habe ich ebenfalls an Sie gedacht.« Celeste schaute ihn an, und er lächelte ein wenig. Dann wandte er sich an Ellery. »In meiner Eigenschaft als Reporter habe ich mich natürlich für die Mordfälle interessiert – und als dann meine eigene Schwester der ›Katze‹ zum Opfer fiel, kam natürlich noch ein persönliches Motiv hinzu. Ich bin kein Wunderknabe – aber ich kenne mich in dieser Stadt recht gut aus, und ich glaube, Sie könnten mich gebrauchen. Einverstanden, Mr. Queen?«

Ellery trat an den Kaminsims und stopfte sich gemächlich eine Pfeife.

»Damit hätten wir jetzt zwei Angebote, auf die Sie uns die Antwort schuldig sind, Mr. Queen«, sagte Celeste.

»Entschuldigen Sie bitte einen Augenblick«, brummte der Inspektor. »Ich habe mit dir zu reden, Ellery.«

Sie gingen ins Arbeitszimmer, und der Inspektor zog die Tür fest ins Schloß.

»Du wirst doch nicht ernsthaft daran denken, Ellery?«

»Doch.«

»Um alles in der Welt – schick sie heim, Ellery!«

Ellery zündete sich die Pfeife an.

»Hast du denn vollkommen den Verstand verloren?« knurrte der Inspektor. »Sie sind doch beide in den Fall verwickelt!«

»Nein, das sind sie nicht«, entgegnete Ellery nachdenklich.

Während der Inspektor wutschnaubend in sein Schlafzimmer ging, kehrte Ellery gelassen ins Wohnzimmer zurück.

»Über einen Punkt müssen wir uns klar sein«, sagte er zu seinen beiden Besuchern. »Die Fäden liegen ausschließlich in meiner Hand, und ich ziehe niemanden ins Vertrauen. Außerdem erfolgen meine Anweisungen ohne nähere Erklärungen. Ich erwarte ausdrücklich, daß diese Anweisungen befolgt werden – und dabei dürfen auch Sie beide sich nicht gegenseitig ins Vertrauen ziehen. Wenn Sie glauben, unter diesen Bedingungen nicht mitmachen zu können, dann wollen wir's vergessen.«

Beide schwiegen.

»Celeste?«

Sie umklammerte ihre Handtasche.

»Ich habe doch gesagt, daß ich jede Bedingung annehmen würde – und dazu stehe ich.«

»Und Sie, Jimmy?«

»Sie sind ja schlimmer als unser Chefredakteur – aber ich mache mit.«

»Gut.« Ellery schaute seine beiden Besucher einen Augenblick forschend an. »Warten Sie bitte hier.«

Er verschwand im Nebenzimmer und schloß die Tür.

Als Ellery die Schreibmappe zur Hand nahm, kam sein Vater aus dem Schlafzimmer und schaute ihm zu.

»Hat sich im Präsidium etwas ereignet, Daddy?« fragte Ellery. Er riß ein Blatt vom Schreibblock, schob es in einen Briefumschlag und schrieb »J« darauf. Dann begann er einen zweiten Bogen zu füllen.

»Auf der Amsterdam Avenue hat es einen Doppelmord gegeben«, brummte sein Vater. »Eine Frau hat dort ihren Mann mit einer anderen erwischt und beide niedergeschossen.«

»Soso«, murmelte Ellery. Er schob den Bogen in einen Umschlag und schrieb »C« darauf.

»Was hast du denn da geschrieben?« fragte der Inspektor.

»Anweisungen für meine beiden Mitarbeiter.«

»Wirst du diese verrückte Sache wirklich ernstnehmen?«

Ellery kehrte schweigend ins Wohnzimmer zurück, während sein Vater brummend auf der Schwelle stehenblieb. Celeste bekam den Umschlag mit dem »C« und Jimmy den anderen mit dem »J«.

Celeste war sehr blaß, als sie den Umschlag in ihre Handtasche schob. Jimmy steckte seinen Umschlag in die Jackentasche und ließ die Hand in der Tasche.

»Gehen wir zusammen, Celeste?«

»Nein«, sagte Ellery, »getrennt; Sie machen den Anfang, Jimmy.«

Jimmy setzte sich den Hut auf und ging. Celeste kam der Raum plötzlich leer vor.

»Wann darf ich gehen, Mr. Queen?«

»Das werde ich Ihnen schon sagen.«

Ellery trat an das Fenster und schaute eine Weile auf die Straße hinunter.

»In Ordnung, Celeste.«

Als sie gegangen war, fragte der Inspektor mürrisch: »Willst du mir nun endlich verraten, was du diesen beiden geschrieben hast?«

»Gewiß«, antwortete Ellery, der weiterhin auf die Straße schaute. »Ich möchte nur warten, bis sie aus dem Haus kommt.«

Einige Minuten verstrichen.

»Sie ist auf der Treppe stehengeblieben, um den Brief zu lesen«, knurrte der Inspektor.

»Ah, da kommt sie.« Ellery kehrte zu seinem Sessel zurück und setzte sich. »Nun, die Sache ist recht einfach, Daddy. Ich habe Celeste die Anweisung gegeben, alles über Jimmy in Erfahrung zu bringen – und Jimmy erhielt den Auftrag, alles über Celeste in Erfahrung zu bringen.«

Ellery setzte seine Pfeife in Brand und blies eine Rauchwolke aus.

»Du hast mir doch vor ein paar Tagen erklärt, du hättest einen Anhaltspunkt gefunden«, bohrte sein Vater. »Was war denn das?«

»Es betraf nicht die Person der ›Katze‹.«

Der Inspektor wandte sich achselzuckend der Tür zu.

»Es handelt sich vielmehr um seine Arbeitsweise.«

Sein Vater blieb stehen und wandte sich um. »Was?«

»Die sechs Mordfälle haben einen gemeinsamen Faktor. Eigentlich sind es sogar drei, wenn nicht vier Faktoren . . .«

»Ja?« fragte der Inspektor gereizt.

»Ich brauchte aber mehr Zeit.«

»Wozu denn? Damit die ›Katze‹ weitere Opfer erdrosseln kann?«

»Das war ein unfairer Tiefschlag! Du weißt ganz genau, daß man eine solche Sache nicht übers Knie brechen kann.« Ellery sprang auf; er war sehr blaß. »Diese Faktoren haben etwas zu bedeuten, Daddy – aber was?«

## 4

An diesem Wochenende war Ellery außerordentlich nervös. Er beschäftigte sich stundenlang mit Kompaß, Bleistiften, Linealen und Papier.

»Daddy«, murmelte er. »Ich glaube, ich gebe die ganze Sache auf.«

Der Inspektor lachte leise in sich hinein. »Du weißt doch ganz genau, daß du niemals aufgeben wirst. Hast du eigentlich schon von deinen sogenannten Mitarbeitern gehört?«

Ellery schüttelte schweigend den Kopf. Er schaute zum Fenster hinaus. Die untergehende Sonne tauchte die Gebäude in rosigen Schimmer.

»Komm, Ellery, wir könnten ins Kino gehen – oder auch in ein Varieté.«

Ellery schüttelte wieder den Kopf.

»Mir spukt die ›Katze‹ im Kopf herum, deshalb könnte ich dir heute kein guter Gesellschafter sein.«

Der Inspektor verließ die Wohnung; er ging jedoch weder ins Kino noch ins Varieté, sondern fuhr mit dem Bus ins Präsidium.

In der Dunkelheit des Arbeitszimmers schlief Ellery an seinem Schreibtisch ein.

Der schrille Ton des Telefons riß ihn hoch.

»Ellery«, sagte sein Vater. »Bist du noch angekleidet?«

»Ja.«

»Komm sofort zum Park-Lester-Apartmenthaus an der Ecke Madison Square!«

»Wer ist es denn diesmal?« fragte Ellery.

»Hast du von Dr. Edward Cazalis gehört?«

»Meinst du den bekannten Psychiater?«

»Ja.«

»Unmöglich! Dr. Cazalis kann es gar nicht sein!«

»Wie meinst du?«

»Wegen seines Alters. Cazalis kann gar nicht das siebte Opfer der ›Katze‹ sein. Irgendwo muß ein Irrtum vorliegen.«

»Wegen seines Alters?« fragte der Inspektor verdutzt. »Was hat denn Dr. Cazalis' Alter mit der Sache zu tun?«

»Er ist doch schon über sechzig Jahre alt, und deshalb paßt er nicht in das Schema.«

»Was für ein Schema?«

»Es ist folglich nicht Dr. Cazalis, wie? Wenn er es nämlich ist, dann . . .«

»Nein, er ist es auch nicht. Es ist die Nichte von Dr. Cazalis' Frau, sie heißt Lenore Richardson und hat bei ihren Eltern gewohnt. Die Adresse habe ich dir ja gegeben.«

»Weißt du ihr Alter?«

»Sie war Mitte zwanzig.«

»Unverheiratet?«

»Ich glaube, ja; bislang liegen nur sehr dürftige Informationen vor. Ich muß jetzt einhängen. Beeile dich, Ellery!«

»Ich komme sofort.«

»Augenblick! Woher wußtest du eigentlich, daß es nicht Cazalis sein konnte . . .«

Ellery hängte ein und verließ die Wohnung.

Der Anblick der Ermordeten sagte Ellery gar nichts: kleine, etwas pummelige Figur und braunes, gewelltes Haar. Sie hatte ein Buch gelesen, und auf dem kleinen Klubtisch lag eine halbe Orange und eine Schachtel Konfekt. Daneben stand ein mit vierzehn Zigarettenstummeln gefüllter Aschenbecher. Die Mundstücke waren mit Lippenstift beschmiert. Außer diesen Gegenständen lag noch ein kleines Feuerzeug auf dem Tisch, wie ein geharnischter Ritter geformt.

Nachdenklich betrachtete Ellery die vier Mitglieder der Familie, die am Wohnzimmertisch saßen: Vater und Mutter der Ermordeten sowie Dr. Cazalis mit Frau.

Mrs. Richardson war eine Frau mittleren Alters, die sich mit ihrer Kleidung und ihrem vielen Schmuck jugendlich gab. Ihr Mann hatte eine kleine Gestalt und vollkommen ergrautes Haar; er war etwa sechzig Jahre alt und wirkte wie ein Bibliothekar. In Wirklichkeit war er jedoch Chef der Lebensmittelgroßhandlung Richardson, Leeper & Co.

Richardsons Schwägerin war wesentlich jünger als seine Frau. Ellery schätzte ihr Alter auf etwa vierzig Jahre. Sie hatte eine große, schlanke Figur und ein sehr selbstbewußtes Auftreten. Immer wieder richtete sie den Blick auf ihren Mann und legte dabei die gleiche Bewunderung an den Tag, die Ellery so oft bei Frauen berühmter Männer angetroffen hatte. Ihre Ehe bedeutete ihr alles.

Es stellte sich heraus, daß die Richardsons am Abend zu einer Party gefahren waren, und da Lenore nicht recht auf dem Posten war, hatte sie es vorgezogen, den Abend daheim zu verbringen. Ihre Tante, Mrs. Cazalis, war zu ihr gekommen und hatte sich etwa eine Stunde mit ihr unterhalten. Gegen 22 Uhr hatte sie die Wohnung verlassen, und ihre Nichte hatte ihr zum Abschied zugelächelt.

Dr. Cazalis hatte kurz nach Mitternacht versucht, Lenore telefonisch zu erreichen, und als sich niemand meldete, ging er kurz entschlossen in ihre Wohnung, ohne seine Frau zu wecken. Er fand Lenore erdrosselt auf der Couch vor; um ihren Hals war eine rosa Schnur gebunden.

Bei seinem Eintreffen hatte die Wohnungstür weit offengestanden, und er hatte natürlich sofort die Polizei verständigt.

Es war wie in allen anderen Fällen: die Nachbarn hatten nichts gehört, und die Beamten vom Erkennungsdienst konnten weder Fingerabdrücke noch sonstige Anhaltspunkte finden.

Gerichtsarzt Dr. Prouty vermochte die Todeszeit nicht auf die Minute festzulegen.

Mrs. Richardson hatte vom Arzt ein Schlafmittel bekommen und schlief bereits. Die Leiche war inzwischen abtransportiert worden, und die Beamten vom Erkennungsdienst machten sich noch auf der Terrasse zu schaffen.

»Willst du nicht lieber schlafen gehen, Zach?« fragte Dr. Cazalis seinen Schwager.

»Du weißt doch genau, daß sie auf der ganzen Welt keinen einzigen Feind hatte, Ed«, murmelte Richardson. »Warum ist dieser, dieser – gerade auf sie gekommen? Warum mußte es gerade meine Tochter sein? Sie war mein ein und alles!«

»Ja, warum mußte es überhaupt irgendeines Menschen Tochter sein, Mr. Richardson?«

Der Mann zuckte zusammen; er murmelte einige unverständliche Worte vor sich hin, dann verließ er den Raum.

»Nein, nein, meine Liebe – laß ihn ruhig gehen«, sagte Dr. Cazalis zu seiner Frau. »Er wird sich schon wieder fangen, und ich muß mich jetzt in erster Linie um dich kümmern. Komm, ich bringe dich heim.«

»Nein, Edward . . .«

»Della schläft doch bereits.«

»Ohne dich gehe ich nicht, und du wirst hier noch gebraucht.« Mrs. Cazalis ergriff die Hand ihres Mannes.

»Du mußt einfach etwas unternehmen, Edward!«

Der Psychiater sprang auf.

»Was könnte ich denn tun? Diese Leute hier kennen sich schließlich in solchen Dingen besser aus als ich.«

»Della braucht mich noch. Du weißt genau, was Lenore mir bedeutet hat . . .«

»Natürlich.« Der Arzt warf dem Inspektor und Ellery einen warnenden Blick zu. »Lenore hat auch mir sehr viel bedeutet. Hör jetzt endlich auf, sonst steigerst du dich in eine vollkommen unnötige Erregung.«

Er schloß sie in die Arme, und langsam verebbte ihr Schluchzen.

»Aber du hast mir noch nicht dein Versprechen gegeben!«

»Na schön; du brauchst nicht heimzufahren. Du hast recht: Della wird dich bestimmt brauchen. Du kannst im Gästezimmer schlafen. Ich werde dir ein Schlafmittel geben.«

»Gib mir das Versprechen Edward!«

»Ja, ich gebe es dir. Und jetzt bringe ich dich zu Bett.«

Als Dr. Edward Cazalis zurückkehrte, sagte er: »Ich hätte mir gleich denken sollen, daß diese hysterischen Anfälle nicht ausbleiben.« Er setzte sich wieder auf seinen Platz und nahm ein Sandwich vom Tisch. »Was treiben diese Männer eigentlich dort draußen auf der Terrasse?«

»Sie untersuchen den Fußboden und das Dach. Erklären Sie mir Ihre Theorie, Doktor.«

»Nun, wahrscheinlich hat jeder Bewohner von New York inzwischen eine Theorie«, erwiderte der Arzt lächelnd. »Aber eine solche Chance läßt sich ein Psychiater natürlich nicht entgehen. Augenscheinlich haben Sie sich bisher bei Ihren Ermittlungen auf die Opfer konzentriert. In den meisten Fällen ist das die richtige Methode, nur sollten Sie sich im vorliegenden Fall mehr auf den Mörder konzentrieren.«

»Wie meinen Sie das?«

»Entspricht es nicht der Wahrheit, daß es bei allen Opfern nicht einen einzigen gemeinsamen Faktor gibt?«

»Soweit sich das aus unseren Ermittlungen bisher ergeben hat.«

»Nach Lage der Dinge könnte es also sein, daß der Mörder das Adreßbuch geöffnet und sich auf jeder siebenten Seite in der dritten Reihe die neunundvierzigste Person als Opfer gewählt hat?«

Ellery machte eine kurze Bewegung.

»Gut«, fuhr Dr. Cazalis fort, wobei er den Rest seines Sandwiches in den Mund schob. »Wir haben es also mit sieben Opfern zu tun, die miteinander in keiner Beziehung standen. Meiner Ansicht nach kann es sich also bei dem Mörder nur um einen Psychopathen handeln.«

»Gewiß«, brummte der Inspektor enttäuscht. »Wir haben von Anfang an die Ansicht vertreten, daß es sich bei dem Mörder um einen Geisteskranken handelt.«

Der Psychiater zuckte die Schultern.

»Es gibt eine ganze Reihe Menschen, die an Psychose leiden, ohne im Sinne des Gesetzes geisteskrank zu sein. Ich möchte also vorschlagen, daß wir uns an die medizinischen Bezeichnungen halten.«

»Gut, dann also Psychopathen. Wir haben sämtliche Unterlagen der Anstalten für Geisteskranke überprüft – vollkommen erfolglos.«

»Nun, nicht alle Geisteskranken werden in einer Anstalt untergebracht, Inspektor Queen«, erwiderte der Arzt trocken. »Das ist der Punkt, auf den ich anspielen wollte. Wenn es sich beispielsweise bei der ›Katze‹ um einen Fall von beginnender Schizophrenie handelt, könnte er vor den Augen eines Laien relativ normal wirken. Damit komme ich zu meinem Vorschlag: Wir könnten die Unterlagen sämtlicher Psychiater der Stadt überprüfen. Natürlich wäre das eine Menge Arbeit, aber . . .«

»Es dreht sich nicht um die erforderliche Arbeit«, murmelte der Inspektor, »sondern um die Spezialkenntnisse.«

»Nun, ich würde mich freuen, Ihnen in diesem Fall zu helfen. Es dürfte Ihnen wohl bekannt sein, daß ich nur noch sehr wenige Patienten annehme, somit würde dies kaum ins Gewicht fallen.«

»Ein ausgezeichnetes Angebot, Dr. Cazalis.« Inspektor Queen strich sich den Schnurrbart. »Was hältst du davon, Ellery?«

»Einverstanden«, entgegnete Ellery prompt. »Der Vorschlag ist durchaus konstruktiv, und vielleicht führt er tatsächlich zur Entlarvung des Mörders.«

»Höre ich da einen gewissen Zweifel?« fragte Dr. Cazalis lächelnd. »Sie stimmen meiner Analyse nicht zu?«

»Nicht ganz, Doktor.«

»Dann müssen Ihnen irgendwelche Informationen vorliegen, über die ich nicht verfüge.«

»Nein, das ist nicht der Fall. Meine Ansicht beruht lediglich auf dem Schema, das ich in diesen Verbrechen entdeckt habe.«

»Auch im vorliegenden Fall?« fragte der Inspektor

krächzend.

»Ja, Daddy.«

Dr. Cazalis begann, auf den Tisch zu trommeln.

»Wenn Sie die Methode des Erdrosselns und die Schnur meinen . . .«

»Nein, ich meine Faktoren, die allen sieben Verbrechen zugrundeliegen. Ich bin davon überzeugt, daß ein bestimmter Plan dahintersteckt, aber . . .«

»Interessant.« Dr. Cazalis schaute Ellery forschend an. »Wenn Sie recht haben, Mr. Queen, dann befinde ich mich im Irrtum.«

»Vielleicht haben wir alle beide recht.« Ellery wandte sich an seinen Vater. »Ich kann dir nur den guten Rat geben, Dr. Cazalis' Vorschlag auf der Stelle anzunehmen, Daddy.«

»Natürlich muß ich zu einem solchen Schritt erst die Genehmigung des Bürgermeisters und des Polizeichefs einholen. Wo können wir Sie im Laufe des Tages erreichen?«

»Das kommt ganz auf Dellas und Zachs Verfassung an, Inspektor. Zunächst möchte ich selbst einige Stunden schlafen.«

»Gut, dann werde ich Sie nachmittags anrufen, Dr. Cazalis.«

Der Arzt nickte und verließ den Raum.

Die Queens schwiegen. Die Männer auf der Terrasse verzogen sich, und Sergeant Velie kam in den Raum.

»Nichts zu machen«, berichtete er. »Keine Spur, Inspektor. Es steht lediglich fest, daß er mit dem Lift heraufgekommen ist. Wie steht es mit den Reportern, Sir?«

»Sie haben sich wahrscheinlich bereits auf Dr. Cazalis gestürzt. Sagen Sie den Jungs, daß ich bald hinauskomme.«

Der Sergeant nickte gähnend und verließ den Raum.

Als Ellery aufwachte, saß sein Vater an seinem Bett.

»Wie spät ist es, Daddy?«

»Kurz nach fünf Uhr.«

Ellery streckte sich.

»Bist du gerade gekommen?«

»Ja.«

»Irgendeine Neuigkeit?«

»Wir haben nur feststellen können, daß die Schnur von der gleichen Beschaffenheit ist wie die sechs vorhergehenden.«

»Wie ist denn die Atmosphäre?«

»Na, ich weiß nicht.« Der Inspektor schauderte. »Alle Leitungen zum Präsidium und zum Rathaus sind blockiert. Die Redakteure haben die Samthandschuhe ausgezogen und schreien nach Blut. Der Mord an Miss Richardson hat dem Faß den Boden ausgeschlagen. Der Bürgermeister hat Cazalis' Vorschlag natürlich mit Kußhand angenommen.«

»Na, wahrscheinlich ist er über meine bisherigen Erfolge recht enttäuscht.« Ellery lachte. »Ich kann dir nur den guten Rat geben, dich endlich ins Bett zu legen, Daddy.«

Der Inspektor bückte sich und öffnete den Schnürsenkel an einem Schuh. »In der Stadt sind recht häßliche Gerüchte entstanden. Ich würde dir diese Frage nicht stellen – aber schließlich muß ich doch wissen, wo wir uns befinden.«

»Welche Frage?«

»Ich möchte, daß du mir erzählst, was du entdeckt

hast.« Er öffnete den anderen Schnürsenkel. »Wir können doch nicht mit fliegenden Fahnen untergehen.«

Ellery starrte unglücklich vor sich hin. »Na schön«, murmelte er. »Archibald Dudley Abernathy war 44 Jahre alt, Violet Smith 42, Rian O'Reilly 40, Monica McKell 37, Simone Phillips 35, Beatrice Wilkins 32 und Lenore Richardson 25: 44, 42, 40, 37, 35, 32, 25.«

Der Inspektor starrte ihn an.

»Jedes Opfer war also jünger als das vorhergehende, und deshalb war ich meiner Sache so sicher, als ich sagte, Dr. Cazalis könnte nicht das siebte Opfer sein, weil er ja viel älter war als alle vorhergehenden.«

»Das ist uns gar nicht aufgefallen«, brummte der Inspektor.

»Nun, mit diesen Dingen geht es einem genauso wie mit einem Fixierbild: man schaut und schaut – und plötzlich entdeckt man die gesuchte Figur. Natürlich steckt hinter dieser Tatsache eine besondere Bedeutung – aber welche? Gewiß, ich könnte der Öffentlichkeit diese Tatsache mitteilen und dabei erwähnen, daß nur die Menschen in Gefahr schweben, die unter 25 Jahre alt sind . . .«

»Das hätte natürlich wenig Zweck.«

»Ja, deshalb habe ich es für mich behalten. Eine zweite Tatsache: Unter den sieben Opfern haben sich zwei Männer und fünf Frauen befunden. Einer der beiden Männer, nämlich O'Reilly, war verheiratet. Der andere Mann und alle Frauen waren ledig. Wenn man das bedenkt, ist es wirklich recht merkwürdig: fünf Frauen im Alter von 42 bis 25 Jahren, und alle unverheiratet. Auch das kann kein Zufall sein. Aber was steckt dahinter?«

Sein Vater starrte ihn nur an.

»Die dritte Tatsache: Abernathy ist mit einer blauen Schnur erdrosselt worden, Violet Smith mit einer rosafarbenen, O'Reilly blau, Monica McKell rosa, Simone Phillips rosa, Beatrice Wilkins rosa, Leonore Richardson rosa. Eine besondere Farbe für jedes Geschlecht. Warum?«

Nach einer ganzen Weile murmelte der Inspektor: »Gestern hast du noch einen vierten Punkt erwähnt, mein Junge . . .«

»O ja – alle Opfer hatten Telefonanschluß.«

»Ist das alles, mein Junge?«

»Ja.«

»Na, dann gehe ich jetzt schlafen.«

Der Inspektor schlurfte aus dem Raum.

## 5

Inspektor Queen schlief länger, als er beabsichtigt hatte.

Am Dienstagmorgen kam er um 9 Uhr 45 aus seinem Schlafzimmer; als er Ellerys Besucher erblickte, trat er langsam auf den Frühstückstisch zu.

»Guten Morgen, McKell«, sagte er freundlich.

»Guten Morgen, Inspektor«, erwiderte Jimmy McKell.

»Morgen, Morgen«, murmelte Ellery abwesend, indem er die Kaffeekanne ergriff. »Jimmy hat die Zeitungen gebracht, mit Cazalis' Interview.«

Der Inspektor seufzte.

»Sagen Sie, McKell, haben Sie Ihren Beruf eigentlich aufgegeben? Ich habe Sie gestern im Kreis der Reporter vermißt.«

»Beim Richardson-Fall?« Jimmy wandte den Blick ab. »Ich hatte etwas zu erledigen.«

»Ah!« rief Ellery. »Sie hatten eine Verabredung mit Celeste Phillips.«

Jimmy lachte.

»Es war bei weitem nicht die erste; Sie haben mir wirklich einen überaus interessanten Auftrag gegeben, mein Lieber.«

»Ihr kommt also recht gut miteinander aus.«

»Nun«, murmelte Jimmy, »wir geben uns wenigstens die größte Mühe. Celeste ist ein nettes Mädchen. Sie möchte auch wieder zum College gehen. Es dürfte Ihnen ja bekannt sein, daß sie ihr Studium wegen Simones Pflege abbrechen mußte. Als Simones Mutter starb . . .«

»Simones Mutter?« fragte Ellery stirnrunzelnd. »Sie sagen das so, als wäre Simones Mutter nicht auch Celestes Mutter.«

»Ist Ihnen das denn nicht bekannt?«

»Was?«

»Daß Celeste nicht Mrs. Phillips' Tochter ist?«

»Soll das heißen, daß die beiden Mädchen keine Schwestern waren?« rief der Inspektor verdutzt.

Jimmy holte tief Luft. »Simone war nur eine weitläufige Base von Celeste. Celestes Eltern sind bei einer Gasexplosion ums Leben gekommen, als sie noch ein kleines Baby war. Mrs. Phillips war ihre einzige Verwandte in New York und hat sie adoptiert. Als Mrs. Phillips dann starb, hat Celeste natürlich Simones Pflege übernommen. Die beiden Mädchen haben sich immer als Schwestern betrachtet. Ich kenne viele richtige Schwestern, die das nicht getan hätten, was Celeste tat!«

»Aber«, brummte Ellery, »wie will sie sich den Lebensunterhalt und das Studium verdienen?«

»Mit Simones Nestei«, sagte Jimmy.

»Nestei?«

»Was für ein – ähem – Nestei ist denn das, Jimmy?« fragte Inspektor Queen.

»Sehen Sie mal.« Jimmy deutete mit dem Finger auf seine Brust. »Sie haben mir einen Auftrag erteilt, und ich habe ihn ausgeführt, obwohl ich überhaupt nichts mehr verstehe. Möchten Sie mir das nicht ein wenig erklären?«

»McKell«, sagte der Inspektor grimmig, »ich habe eine ganze Reihe von Beamten, die diesen Fall bearbeiten, und ich stecke selbst bis über die Ohren in der Sache. Heute höre ich zum erstenmal davon, daß Simone Phillips etwas hinterlassen hat. Warum hat Celeste uns nichts davon erzählt?«

»Weil sie es erst in der vergangenen Woche gefunden und weil es nichts mit dem Mord zu tun hat!«

»Gefunden?« fragte Ellery. »Wo denn?«

»Sie hat Simones Sachen aussortiert. Darunter befand sich eine alte französische Tischuhr, die schon seit zehn Jahren nicht mehr ging. Simone weigerte sich entschieden, die Uhr, die sie stets am Kopfende ihres Bettes aufbewahrte, richten zu lassen. Nun, als Celeste diese Uhr in der vergangenen Woche vom Nachttisch nahm, rutschte sie ihr aus der Hand und zerschellte wie ein Ei am Fußboden. Dabei kam eine dicke Rolle Banknoten zum Vorschein.«

»Banknoten? Aber ich dachte, Simone . . .«

»Ja, das hat Celeste auch gedacht. Dieses Geld stammt noch von Simones Vater. An den Banknoten befand sich ein Zettel mit seiner Handschrift, aus dem hervorgeht, daß er ihn kurz vor seinem Selbstmord geschrieben hat. Er erklärt darin, daß es ihm gelungen sei, bei dem Bankrott zehntausend Dollar zu retten, und diese Summe hat er seiner Frau vermacht.«

»Celeste hatte keine Ahnung davon?«

»Weder Mrs. Phillips noch Simone haben ihr gegenüber je etwas davon erwähnt. Von der Summe fehlten lediglich vierzehnhundert Dollar; Celeste glaubt, daß mit diesem Betrag die Arztrechnungen für Simone beglichen wurden. In jedem Fall ist das Geld nun auf Celeste übergegangen und ermöglicht ihr fürs erste ein erträgliches Leben. Warum schauen Sie so sonderbar?«

»Was meinst du, Daddy?«

»Du kannst die Sache betrachten, wie du willst, Ellery – es ist jedenfalls ein Motiv.«

»Motiv?« fragte Jimmy verblüfft.

»Ja, das erste, das wir überhaupt gefunden haben«, erwiderte der Inspektor, indem er an das Fenster trat.

Jimmy McKell begann zu lachen – aber er brach plötzlich ab.

»Jaja, ich weiß«, sagte er bitter. »Sie wollen wahrscheinlich aus dem sprichwörtlichen Floh einen Elefanten machen.« Seine Stimme wurde hart. »Das Mädchen ist in jeder Beziehung anständig. Übrigens habe ich gedacht, Sie wären auf der Suche nach dem siebenfachen Mörder, der unter dem Namen ›Die Katze‹ bekannt ist!«

Ellery starrte in seine leere Kaffeetasse.

»Haben Sie eigentlich schon von der ABC-Theorie eines mehrfachen Mordes gehört, Jimmy?«

»Von was für einer Theorie?«

»X möchte D umbringen. Sein Motiv ist nicht augenscheinlich – aber wenn es sich um einen unkomplizierten Mord handelt, werden ihn die Ermittlungsmethoden der Polizei doch überführen. Das Problem, das sich somit für X ergibt, ist die Frage, wie er D ermorden kann, ohne sein Motiv zu verraten. X wird sich also bemühen, den Mord an D durch eine Reihe weiterer mysteriöser Mordfälle zu verschleiern. Im Verlauf beseitigt er zunächst A, B, und C – vollkommen unschuldige Menschen, mit denen er gar nichts zu schaffen hatte. Erst dann begeht er den Mord an D.«

»Aha, das wäre die erste Lektion zum Thema: ›Wie werde ich Detektiv?‹« brummte Jimmy McKell. »Die ›Katze‹ erdrosselt also Abernathy, Miss Smith, O'Reilly, Monica, Beatrice Wilkins und die kleine Lenore Richardson, nur um an den Sparpfennig der verkrüppelten Simone heranzukommen. Mein lieber Queen, haben Sie sich eigentlich in letzter Zeit von einem guten Arzt untersuchen lassen?«

»Celeste hat fünf Jahre ihres Lebens für Simone geopfert«, erwiderte Ellery geduldig. »Schließlich mußte sie damit rechnen, daß noch viele weitere Jahre folgen würden. Sie hat Simone gut gepflegt – aber letzten Endes sehnte sie sich nach einem eigenen Leben. Celeste ist jung, hübsch und heißblütig – und ihr Leben mit Simone war eine einzige Qual. Hinzu kommt, daß sie plötzlich das in der Uhr versteckte Geld entdeckt. Sie bringt es nicht übers Herz, eine hilflose und verkrüppelte Frau sich selbst zu überlassen, deshalb . . .«

»Da hat sie sie einfach umgebracht«, sagte Jimmy lachend. »Aber nicht nur sie, sondern sechs weitere Personen.«

»Unsere Hypothese beruht auf der Tatsache, daß wir es mit einem in geistiger Beziehung unausgeglichenen Menschen zu tun haben.«

»Ich nehme alles zurück, Queen. Sie sollten sich nicht nur von einem guten Arzt untersuchen, sondern in eine Anstalt einweisen lassen.«

»Mein lieber Jimmy, ich habe mit keinem Wort behauptet, daß Celeste Simone und die anderen umgebracht hat. Aber soll ich sie ignorieren, nur weil sie ein junges und hübsches Mädchen ist?«

»Kommen Sie, mein Junge«, brummte der Inspektor, wobei er Jimmys Arm umklammerte. »Anscheinend haben Sie zu viele von Ellerys Romanen gelesen.«

Jimmy schüttelte den Arm des Inspektors ab.

»Suchen Sie sich lieber einen anderen, der Ihre schmutzigen Aufträge erledigt. Für mich ist der Fall vorbei. Außerdem werde ich Celeste sagen, mit wem sie es zu tun hat!«

»Niemand hat Sie zu dieser Sache gezwungen, Jimmy. Sie sind aus freien Stücken gekommen und haben die von mir gestellten Bedingungen vollkommen freiwillig angenommen. Erinnern Sie sich nicht mehr?«

Jimmy starrte finster vor sich hin.

»Wollen Sie sich weiterhin zu absolutem Stillschweigen verpflichten, Jimmy?«

»Wissen Sie, was Sie damit von mir verlangen?«

»Sie brauchen nur Ihr Versprechen zu halten.«

»Ich liebe das Mädchen doch!«

»Oh!« rief Ellery. »Zu schade.«

»Ist das so schnell gegangen?« fragte der Inspektor.

»Hat man zu Ihrer Zeit in solchen Dingen mit der Stoppuhr gearbeitet, Inspektor?«

»Sie haben meine Frage nicht beantwortet, Jimmy.«

In diesem Augenblick schrillte die Türglocke.

Die Queens tauschten einen hastigen Blick.

»Wer ist denn da?« rief der Inspektor.

»Celeste Phillips.«

James Guymer McKell eilte auf die Tür zu und öffnete sie.

»Jimmy! Du hast mir nicht gesagt, daß du herkommen wolltest . . .«

Er schloß sie in die Arme.

»Jimmy!« Sie versuchte sich lachend zu befreien.

»Du bist die letzte, die von mir erfährt, daß ich dich liebe!« brummte Jimmy McKell. Er küßte sie voll auf den Mund und eilte die Treppe hinunter.

»Jimmy, was . . .«

»Kommen Sie herein, Celeste«, sagte Ellery.

»Ich weiß gar nicht, was ich sagen soll«, murmelte sie verlegen. »Ist Jimmy vielleicht schon so früh betrunken?«

»Na«, brummte der Inspektor trocken, »meiner Meinung nach hat er sehr genau gewußt, was er eben getan hat. Nehmen Sie doch Platz, Miss Phillips. Hast du Miss Phillips eigentlich heute erwartet, Ellery?«

»Nein.«

»Sie haben mir aufgetragen, sofort zu Ihnen zu kommen, wenn ich etwas zu berichten hätte, Mr. Queen.« Ihre dunklen Augen flackerten. »Warum haben Sie mir eigentlich den Auftrag gegeben, alles über Jimmy McKell in Erfahrung zu bringen?«

»Erinnern Sie sich noch an unsere Abmachung, Celeste?«

Sie schaute auf ihre manikürten Fingernägel hinunter.

»Jetzt sei doch nicht so, Ellery«, sagte der Inspektor mit einem gespielten Vorwurf in der Stimme. »Ein Kuß wirft alle Abmachungen über den Haufen. Wir haben uns schließlich nur vergewissern wollen, ob Jimmys Absichten ehrlich sind. Er ist doch Reporter, und vielleicht wollte er nur der Konkurrenz zuvorkommen. Wie schätzen Sie ihn denn ein, Celeste?«

»Er ist wirklich ein feiner Kerl, und wenn Sie sich nur darüber Sorgen gemacht haben . . .«

»Nun, dann ist ja alles in bester Ordnung.«

»Da Sie nun einmal hier sind, Celeste«, sagte Ellery, »können Sie uns auch gleich den Rest erzählen, nicht wahr?«

»Zu dem, was Jimmy Ihnen in der vergangenen Woche über seine Person erzählt hat, kann ich eigentlich gar nichts hinzufügen. Er ist noch nie so recht mit seinem Vater ausgekommen, und seit seiner Entlassung aus der Armee hat er eigentlich immer ein eigenes Leben geführt. Er hat daheim pro Woche fünfzig Dollar für Unterkunft und Verpflegung bezahlt.« Celeste kicherte. »Jimmy behauptet, auf zweihundert Dollar pro Woche zu kommen, wenn die Anwälte die Sache in Ordnung gebracht haben.«

»Anwälte?«

»Oh, es handelt sich um die Hinterlassenschaft seines Großvaters.«

»Aha, seines Großvaters«, brummte der Inspektor.

»Es ist Mrs. McKells Vater, Inspektor. Er starb sehr wohlhabend, als Jimmy gerade dreizehn Jahre alt war. Jimmy und seine Schwester waren die einzigen Enkel, und ihr Großvater hat ihnen ein beträchtliches Vermögen hinterlassen. Dieses Erbe sollte ausgezahlt werden, wenn das Enkelkind das Alter von 30 Jahren erreicht. Monica ist natürlich in den Genuß ihres Erbteils gekommen, aber Jimmy müßte noch etwa fünf Jahre darauf warten. Nun wird aber Monicas Vermögen auf Jimmy übergehen, und – aber was ist denn los?«

Ellery schaute seinen Vater an. »Wie hat das übersehen werden können?«

»Das weiß ich nicht; die McKells haben jedenfalls bei den Vernehmungen nichts von einem solchen Testament erwähnt. Natürlich hätten wir es früher oder später doch herausgefunden.«

»Was hätten Sie herausgefunden?« fragte Celeste.

Die beiden Männer schwiegen.

Nach einer Weile stand Celeste auf. »Soll das heißen ...«

»Nun, jedenfalls ist Jimmy, bisher auf sein schmales Gehalt als Reporter angewiesen, durch den Tod seiner Schwester Monica in den Besitz eines großen Vermögens gekommen. In unserem Beruf bezeichnet man so etwas als Motiv, Celeste.«

»Motiv!«

Sie sprang vor, und Ellery fiel unwillkürlich auf, daß sie ihre langen Fingernägel wie Krallen vorschob.

Inspektor Queen ergriff das angriffslustige Mädchen von hinten.

»Wie haben Sie nur denken können, daß Jimmy einer solchen Tat fähig wäre!« schrie sie. »So eine Gemeinheit! Ich werde ihm alles sagen!«

Sie wandte sich schluchzend um und verließ die Wohnung.

Vom Fenster aus sahen die Queens, daß Jimmy

McKell das Mädchen vor dem Haus erwartete. Mit einem Aufschrei warf Celeste sich an seine Brust.

»Das Ende eines Experiments«, sagte Ellery seufzend. »Oder vielleicht auch erst der Anfang.«

## 6

Dr. Cazalis' Plan zeitigte keine wesentlichen Erfolge, denn die einzelnen Psychiater der Stadt verhielten sich ablehnend, und in diesem Fall waren auch die Beamten der Mordkommission hilflos.

Ellery streifte bei Tag und Nacht an den Schauplätzen der sieben Mordfälle herum.

Am Samstag, der nach dem Mord an Lenore Richardson folgte, schlenderte er abends über die Park Avenue. Vor dem Haus, in dem Cazalis wohnte, blieb er einen Augenblick stehen und schaute zu den beleuchteten Fenstern auf.

Dann setzte er seinen Weg fort, und als jemand von hinten seinen Arm berührte, wirbelte er hastig herum.

»Sergeant!«

»Ich bin Ihnen schon eine ganze Weile gefolgt, ehe ich Sie erkannte«, erwiderte Sergeant Thomas Velie.

»Oh!« murmelte Ellery, und sie setzten schweigend den Weg fort.

Nach einer ganzen Weile fragte der Sergeant: »Störe ich Sie etwa mit meiner Gegenwart?«

»Nein. Ich folgte zum x-ten Male dem Weg, den die ›Katze‹ genommen hat.«

Sie kamen an das Haus, in dem Celeste Phillips wohnte, und stießen dort auf Detektiv Piggo von der Mordkommission.

Im nächsten Augenblick kam ein großer, schlanker Mann aus dem Nebenhaus, und der Detektiv zog Ellery und Sergeant Velie hastig bis an die Haustür zurück.

»Ich habe ihn schon den ganzen Abend über beschattet«, sagte Piggo.

»Was hat der Mann denn hier gemacht?«

»Er hat den Hauseingang zu der Wohnung des Mädchens bewacht.«

Ellery nickte.

»Ist sie daheim?«

»Wir sind alle vor etwa einer halben Stunde hier eingetroffen. Sie war zuvor im Leseraum der Bibliothek auf der 42. Straße und ist dann hergefahren.«

»Hat der Mann mit ihr gesprochen?«

»Nein; sie hat gar keine Ahnung davon, daß er ihr folgte.«

In diesem Augenblick kam der schlanke Mann auf den Hauseingang zu, und Ellery trat vor.

»Hallo!«

»Ich habe Sie längst gesehen«, sagte Jimmy McKell. »Was treiben Sie denn hier? Wollen Sie Celeste Phillips bewachen? Und warum fragen Sie mich nicht, was ich hier treibe?«

»Na schön, Jimmy; also was treiben Sie hier?«

»Das gleiche wie Sie.« Jimmy zündete sich mit lässigen Bewegungen eine Zigarette an. »Ich habe gehört, daß es in unserer Stadt jemanden geben soll, der es auf den Hals seiner Mitmenschen abgesehen hat – und das Mädchen dort oben hat den reizendsten Hals, den ich je bei einer Frau gesehen habe.«

»Ah, Sie wollen sie also beschützen, wie?« brummte Sergeant Velie. »Na, diese Story dürfte recht weit hergeholt sein, mein lieber Reporter.«

»Ja, dafür bin ich in der Redaktion bekannt. Na, wenn es das Schicksal will, werden wir uns wiedersehen.«

Er wandte sich ab.

»Warten Sie, Jimmy. Wollen wir ihr einen Besuch abstatten?«

»Wozu?«

»Ich habe schon seit einiger Zeit den Wunsch, mich mit euch beiden ein wenig zu unterhalten.«

»Und wenn ich mich weigere, dann wird mich wohl Ihr hünenhafter Freund zur Wache schleppen, wie?«

»Das bleibt abzuwarten«, knurrte Velie.

»Na, da sehen Sie es ja!« rief Jimmy, wobei er sich umwandte und die Straße überquerte.

»Lassen Sie ihn ruhig gehen, Velie!«

Wenige Augenblicke später erklang Detektiv Piggos Stimme: »Da geht der Mann, der für mich Brot und Butter bedeutet. Gute Nacht, Freunde!«

Als sie sich umwandten, war Piggo bereits verschwunden.

»Er hat Celeste also bewacht, um sie vor der ›Katze‹ zu beschützen«, murmelte Ellery, als er mit Sergeant Velie die Straße überquerte.

»Ist der Kerl ein bißchen übergeschnappt?« fragte Velie.

»Das glaube ich kaum«, erwiderte Ellery lachend. »Immerhin würde Dr. Cazalis seinen Zustand vielleicht als übererregt bezeichnen – während man so etwas in normalen Worten mit dem Ausdruck ›Liebeskrankheit‹ abtut.«

Im Hausgang begegneten sie Detektiv Johnson, der

die Beschattung des Mädchens übernommen hatte. Sie tauschten einige kurze Worte, dann trat Ellery auf Celestes Tür zu, während Sergeant Velie sich ein wenig auf die Seite stellte.

Ellery klopfte.

»Wer ist da?« fragte das Mädchen ängstlich.

»Ellery Queen. Öffnen Sie bitte, Celeste.«

Die Sicherheitskette wurde geöffnet, und Celeste zog vorsichtig die Tür auf. »Was wollen Sie?«

Sie stand auf der Schwelle und hielt ein großes Buch in der Hand. An ihrem rechten Zeigefinger befand sich ein Tintenfleck.

»Darf ich eintreten?« fragte Ellery mit einem freundlichen Lächeln.

»Haben Sie nicht schon Schaden genug angerichtet?«

»Celeste . . .«

»Oder sind Sie vielleicht gekommen, um mich zu verhaften? Das würde Ihnen ähnlich sehen. Vermutlich halten Sie Jimmy McKell und mich für Komplizen und meinen, wir hätten alle diese Menschen erdrosselt. Vielleicht hat jeder von uns an einer Seite der Schnur gezogen.«

»Celeste, wenn ich . . .«

»Sie haben alles verdorben – absolut alles!«

Sie schlug Ellery die Tür vor der Nase zu, drehte heftig den Schlüssel herum und legte die Kette vor.

»Jeder an einer Seite«, murmelte Sergeant Velie nachdenklich. »Daran haben wir noch gar nicht gedacht. Könnten es wirklich zwei Täter sein?«

»Sie müssen sich gestritten haben«, brummte Ellery.

»Gewiß – gestern abend«, erklang die Stimme von Detektiv Johnson. »Sie haben sich gegenseitig vorgeworfen, der andere würde ihn verdächtigen, die ›Katze‹ zu sein. Schließlich hat er ihr ein Schimpfwort zugerufen, ist die Treppe hinuntergerast und hat die Haustür zugeworfen, daß ich dachte, sie würde aus den Angeln fliegen.«

»Jaja, die Liebe«, murmelte Sergeant Velie. »He, Maestro, wohin gehen Sie denn?«

»Heim«, brummte Ellery verdrießlich.

In der folgenden Woche kam Ellery noch immer keinen Schritt voran. Es gab keine neuen Entwicklungen in den Untersuchungen der Mordfälle.

Den Berichten über Jimmy McKell und Celeste Phillips war zu entnehmen, daß sie sich inzwischen wieder zweimal vertragen und erneut gestritten hatten.

Ellery ließ einen der vielen Streifenwagen vorfahren und verbrachte den Nachmittag des Samstags damit, die Routinearbeiten der Beamten zu verfolgen.

Als er gegen 19 Uhr heimkehrte, fand er einen Zettel seines Vaters vor.

»Ellery – ich habe seit 17 Uhr versucht, dich telefonisch zu erreichen. Komme sofort in Dr. Cazalis' Wohnung. Dort soll eine große Besprechung stattfinden, die auf 19 Uhr 30 angesetzt ist.«

Als das Hausmädchen Ellery ins Wohnzimmer führte, fiel sein Blick sogleich auf den Bürgermeister der Stadt New York. Neben ihm saß der Polizeichef, der in die Rauchwolken seiner Zigarre starrte. Dr. Cazalis thronte auf einer breiten Couch, und seine neben ihm sitzende Gattin hielt seine Hand.

Inspektor Richard Queen stand am Fenster.

Eine gespannte Atmosphäre lastete über dem Raum. Mrs. Cazalis stand auf, mixte einen Cocktail und brachte ihn Ellery, der das Glas dankend entgegennahm. Der Bürgermeister streifte ihn mit einem flüchtigen Blick.

»Nehmen Sie Platz, Mr. Queen – nehmen Sie Platz.«

»Vielen Dank, Bürgermeister, aber ich ziehe es vor, meinem Vater Gesellschaft zu leisten.« Er richtete den Blick auf Dr. Cazalis, dessen Gesicht in den vergangenen Tagen um Jahre gealtert zu sein schien. »Sie sehen nicht besonders gut aus, Doktor.«

»Nun, die Tage waren recht anstrengend für mich.«

»Er hat sich vollkommen übernommen«, sagte Mrs. Cazalis. »Er hat sich keinen Augenblick geschont und Tag und Nacht an diesem Fall gearbeitet . . .«

Dr. Cazalis tätschelte ihre Hand.

»Der Angriff von der psychiatrischen Seite her hat vollkommen versagt, Mr. Queen. Wir haben nicht einen einzigen Fortschritt erzielen können.«

»Ich habe die ganze Woche hindurch mit Dr. Cazalis zusammengearbeitet, Ellery. Wir hatten eine ganze Anzahl von Fällen zu untersuchen – und heute haben wir unsere Arbeit beendet.«

»Es ist natürlich in aller Stille geschehen«, murmelte der Bürgermeister bitter. »Die Öffentlichkeit darf nichts davon erfahren. Was halten Sie von der Angelegenheit, Inspektor Queen?«

»Wir haben eine außerordentlich harte Nuß zu knacken, Bürgermeister. In einem normalen Mordfall ist der Verdacht immer auf eine begrenzte Zahl von Personen beschränkt, und früher oder später taucht das entsprechende Motiv für die Tat auf. Selbst in einem komplizierten Mordfall wirken unsere Methoden noch – aber in diesem Fall? Wie sollen wir denn die Zahl der Verdächtigen begrenzen? Wo sollen wir den Hebel ansetzen? Es gibt keine Verbindung zwischen den Opfern – und es gibt auch keine verdächtigen Personen. Jeder Bewohner der Stadt könnte die ›Katze‹ sein.«

Der Bürgermeister schaute den Polizeichef an. »Nun, Barney – was machen wir jetzt?«

Der Polizeichef schnippte vorsichtig die Asche seiner Zigarre in den Aschenbecher.

»Wenn man es recht bedenkt, können wir überhaupt nichts machen. Wir haben alles Menschenmögliche unternommen – und das tun wir auch jetzt noch. Ich könnte Ihnen natürlich vorschlagen, einen neuen Polizeichef zu ernennen – aber ich kann mir nicht recht vorstellen, daß Sie mit einer solchen Maßnahme die ›Katze‹ in den Sack bekommen.«

Der Bürgermeister machte eine ungeduldige Handbewegung.

»Die Frage ist, ob wir tatsächlich alles Menschenmögliche tun. Allem Anschein nach haben wir uns bisher viel zuviel von der Annahme leiten lassen, daß der Mörder ein New Yorker ist. Nehmen wir einmal an, er käme aus Bayonne, Stamford, Yonkers oder . . .«

»Oder aus Kalifornien«, murmelte Ellery.

»Was?« rief der Bürgermeister.

»Er könnte aus Kalifornien, Illinois oder auch von Hawaii kommen.«

»Damit kommen wir nicht weiter, Queen«, knurrte der Bürgermeister gereizt. »Es drehte sich nur um die Frage, ob wir schon außerhalb der Stadt etwas unternommen haben, Barney.«

»Nun, seit sechs Wochen sind die Polizeiwachen im Umkreis von fünfzig Meilen alarmiert worden – aber Sie müssen bedenken, Jack, daß wir außerhalb der Stadtgrenzen nichts mehr zu melden haben und uns auf die Berichte der Dienststellen verlassen müssen.«

Der Bürgermeister stellte sein Glas auf den Tisch und trat an den Kamin. Unvermittelt wandte er sich um.

»Könnten wir unsere psychiatrischen Untersuchungen nicht ausdehnen, Doktor?«

»Gewiß – aber das würde erstens Monate dauern, und zweitens glaube ich kaum, daß wir damit mehr Glück haben als bisher.« Dr. Cazalis schüttelte den Kopf. »Nein, Bürgermeister, von diesem Vorschlag halte ich gar nichts. Außerdem habe ich weder die Zeit noch die Kraft für eine solche Aufgabe.«

»Möchten Sie dann nicht wenigstens die Untersuchungen hier in Manhattan fortsetzen, Doktor? Vielleicht können wir doch noch etwas erreichen.«

Dr. Cazalis trommelte auf den Tisch. »Nun, ich hatte eigentlich gehofft . . .«

»Edward, du wirst doch nicht etwa aufgeben wollen!«

»Es war ein Fehlschlag, Liebste.«

»Und Lenore?«

Sie sprang auf, und Dr. Cazalis erhob sich ebenfalls.

»Liebste, du hast dich heute abend in eine Erregung gesteigert . . .«

»Heute abend? Glaubst du etwa, ich hätte gestern, vorgestern oder an den anderen Tagen Ruhe gefunden?« Sie schluchzte und verbarg das Gesicht in den Händen. »Wenn Lenore dir so viel bedeutet hätte wie mir . . .«

»Ich glaube, meine Herren«, sagte der Bürgermeister schnell, »wir haben Mrs. Cazalis' Gastfreundschaft lange genug in Anspruch genommen.«

»Oh, es tut mir leid!« Das Schluchzen brach ab. »Edward, ich möchte etwas – etwas holen . . .«

»Ich will dir einen Vorschlag machen, meine Liebe. Du läßt mich vierundzwanzig Stunden ungestört schlafen, und wenn ich aufwache, servierst du mir ein großes Steak. Dann werde ich meine Arbeit fortsetzen. Einverstanden?«

Sie küßte ihn flüchtig und verließ mit einer gemurmelten Entschuldigung den Raum.

»Ich möchte vorschlagen, daß wir Mrs. Cazalis einige Dutzend Rosen schicken, meine Herren«, sagte der Bürgermeister.

»Das ist meine einzige Schwäche«, erwiderte der Psychiater schmunzelnd. »Frauentränen habe ich noch nie widerstehen können.«

»Nun, in dem Fall dürften Sie noch allerlei vor sich haben, Doktor«, murmelte Ellery.

»Inwiefern, Mr. Queen?«

»Wenn Sie einmal an das Alter der bisherigen Opfer denken, dann werden Sie finden, daß jedes Opfer jünger war als das vorhergehende.«

Der Polizeichef hätte um ein Haar seine Zigarre verschluckt, und das Gesicht des Bürgermeisters war plötzlich knallrot.

»Das siebente Opfer, Doktor«, fuhr Ellery fort, »die Nichte Ihrer Gattin, war 25 Jahre alt. Wenn in diesem Fall überhaupt eine Voraussage zu treffen ist, dann wird das achte Opfer unter 25 Jahre alt sein – und wenn es im gleichen Rhythmus weitergeht, dann werden wir uns bald mit Kindermorden zu beschäftigen haben.« Ellery setzte sein Glas auf den Tisch. »Möchten Sie Mrs. Cazalis bitte meine Empfehlung ausrichten?«

## 7

Am 22. September stand New York seit den schwarzen Tagen von Harlem zum erstenmal wieder kopf. Gruppen und Häusergemeinschaften bildeten sich, um den Kampf gegen die ›Katze‹ auf eigene Faust zu führen. Der Bürgermeister hielt verschiedene Ansprachen – aber da er keine Erfolge zu vermelden hatte, verpufften sie ohne jede Wirkung.

Am Mittwochnachmittag erhielt der Bürgermeister den Besuch der größten dieser sogenannten Selbstschutzgruppen. Ihr Anführer war ein etwa dreißig Jahre alter Mechaniker namens Jerome K. Frankburner.

»Wir sind zu Ihnen gekommen, Bürgermeister«, sagte der ehemalige Soldat, »um Sie zu einer Ansprache bei unserer morgigen Versammlung in der Metropol Hall einzuladen. Etwa zwanzigtausend Teilnehmer werden kommen, und die Rundfunk- und Fernsehgesellschaften haben bereits alle Vorbereitungen getroffen. Wir möchten von Ihnen erfahren, Bürgermeister, was Sie bislang zur Ergreifung der ›Katze‹ in die Wege geleitet haben. Werden Sie kommen?«

»Einen Augenblick, bitte, meine Herren«, erwiderte der Bürgermeister.

Er zog sich ins Nebenzimmer zurück.

»Tun Sie es nicht, Jack!«

»Warum denn nicht, Barney?«

»Können Sie den Leuten denn etwas sagen, was wir

ihnen nicht schon mindestens hundertmal gesagt haben? Es wäre besser, die Versammlung zu unterbinden – und wenn es dabei Schwierigkeiten geben sollte, dann können wir ja die Rädelsführer hinter Schloß und Riegel setzen.«

»Ich weiß nicht recht, Barney«, erwiderte einer der politischen Ratgeber des Bürgermeisters. »Diese Leute haben schließlich einen guten Zweck vor Augen – und außerdem dürfen wir ihre Stimmen als Wähler nicht unterschätzen.«

Verschiedene weitere Meinungen wurden laut.

»Sie haben noch gar nichts gesagt, Inspektor Queen«, brummte der Bürgermeister unvermittelt. »Was halten Sie davon?«

»Meiner Ansicht nach wird sich die ›Katze‹ die Gelegenheit nicht entgehen lassen und zu dieser Versammlung kommen«, antwortete der Inspektor.

Der Bürgermeister überlegte einen Augenblick.

»Nun, ich bin von der Öffentlichkeit in mein Amt eingesetzt worden, und ich werde der Öffentlichkeit die Rechenschaft nicht schuldig bleiben!«

Er öffnete die Tür zu seinem Büro und sagte: »Ich werde kommen, meine Herren.«

Die Versammlung am Abend des 22. September wurde in ernster Atmosphäre begonnen. Das Polizeiaufgebot brauchte zunächst nicht einzugreifen.

Ellery Queen stand in einem Nebengang der geräumigen Halle, die bis auf den letzten Platz gefüllt war. Der Bürgermeister, der Polizeichef, Dr. Edward Cazalis und Inspektor Richard Queen saßen unmittelbar hinter der Rednertribüne, und die Kameras der Fernsehgesellschaften begannen zu surren.

Pünktlich um 21 Uhr wurde die Versammlung von Jerome K. Frankburner eröffnet. In seiner alten Soldatenuniform trat er mit grimmigem Gesicht ans Rednerpult.

»Hier spricht ein Bewohner von New York«, begann er. »Mein Name und meine Adresse spielen dabei gar keine Rolle. Ich spreche im Namen von hundert kleineren Organisationen, die sich gebildet haben, um den Kampf gegen einen gemeinsamen Feind aufzunehmen, der die ganze Stadt bedroht. Ich will keine lange Rede halten, ich habe lediglich einige Fragen zu stellen. Herr Bürgermeister! Zwischen uns befindet sich ein Verrückter, der immer wieder Menschen ermordet. Es sind inzwischen vier Monate vergangen, seit die ›Katze‹ sich das erste Opfer gesucht hat – und es ist Ihnen bislang nicht gelungen, diesem heimtückischen Mörder auf die Spur zu kommen. Welchen Schutz haben Sie dieser Stadt zu bieten? Ich will gar nichts gegen unsere Polizei sagen, sie ist eine der besten der Welt – aber die Bevölkerung fragt: was hat die Polizei bisher zu unserem Schutz unternommen?«

Beifälliges Murmeln lief durch die große Halle.

»Wir haben keineswegs die Absicht, das Gesetz in unsere Hände zu nehmen!« rief Frankburner. »Aber noch heute nacht könnte sich die bewußte Schnur um den Hals meiner Frau oder meiner Mutter legen, und die Polizei wäre nicht in der Lage, etwas dagegen zu unternehmen! Herr Bürgermeister, wir haben Sie zu dieser Versammlung eingeladen, um von Ihnen zu erfahren, warum nichts zu unserem Schutz unternommen wird. Meine Damen und Herren – der Bürgermeister von New York wird jetzt zu uns sprechen!«

Der Bürgermeister hielt eine lange Ansprache, und abschließend bat er den Polizeichef zum Rednerpult, um ihn in einer ausführlichen Darstellung alle Maßnahmen beschreiben zu lassen, die bereits ausgeführt oder für die Zukunft geplant waren.

Ellery wanderte den Gang hinunter und betrachtete die Gesichter der Zuhörer. Er spürte die Furcht, die hier lauerte.

Der schrille Schrei kam, als der Polizeichef am Rednerpult ein Blatt umwandte.

Der Polizeichef schaute hastig auf.

Der Bürgermeister und Dr. Cazalis sprangen von ihren Plätzen.

Zwanzigtausend Zuhörer wandten den Kopf.

Es war der schrille Schrei einer hysterischen Frau gewesen, der allen Zuhörern einen Schauer über den Rücken jagte.

»Die Katze!«

Im Hintergrund der großen Halle brach Panik aus.

Vergeblich schrieen Frankburner, der Bürgermeister und der Polizeichef in die Mikrophone.

Auf einer hastig anberaumten Pressekonferenz gab der Bürgermeister später die folgenden, traurigen Zahlen bekannt: insgesamt neununddreißig Tote, einhundertfünfzehn Schwer- und dreihunderteinundfünfzig Leichtverletzte. Der Sachschaden wurde auf etwa eine halbe Million Dollar geschätzt. Hundertsiebenundzwanzig Personen waren von der Polizei festgenommen worden.

Die Frau, deren hysterische Schreie die Panik hervorgerufen hatten, war in dem Getümmel zertreten worden. Sie hieß Maybelle Legontz und war eine kinderlose Witwe. Zuhörer, die in ihrer unmittelbaren Umgebung gestanden hatten, sagten übereinstimmend aus, daß sie weder angegriffen noch belästigt worden war. An dieser

Stelle hatten die Teilnehmer der Versammlung recht gedrängt gestanden – und damit war auch der Ausbruch der Panik zu erklären.

Ellery hatte dem Tumult unbeschädigt entweichen können. Er setzte sich im Park eine Weile auf die Bank, um Ordnung in seine Gedanken zu bringen.

Als er später die Straße überquerte, um sich auf den Heimweg zu machen, stieß er auf einen Zeitungsjungen, der die Überschriften einer Extra-Ausgabe ausrief.

Auf der Titelseite befand sich die altvertraute Abbildung einer schwarzen Katze – und jetzt hatte sie bereits einen achten Schwanz!

8

Sie hieß Stella Petrucchi und hatte bei ihren Eltern in der Thompson Street gewohnt. Sie war 22 Jahre alt und katholisch.

Seit annähernd fünf Jahren hatte sie als Stenotypistin bei einem Rechtsanwalt in der Madison Avenue gearbeitet.

Ihr Vater befand sich bereits seit fünfundvierzig Jahren in den USA; er stammte aus Livorno in Italien und betrieb ein kleines Fischgeschäft in New York. Stellas Mutter stammte ebenfalls aus der italienischen Provinz Toscana.

Ein Streifenwagen der Polizei hatte ihre Leiche mit der rosafarbenen Schnur gerade in dem Augenblick in einer kleinen Seitengasse gefunden, als der Bürgermeister im Radio den bei der Versammlung angerichteten Schaden durchgab.

Nach Feststellung des Gerichtsarztes war ihr Tod noch vor Mitternacht eingetreten.

Die ›Katze‹ hatte wie üblich nicht die geringste Spur hinterlassen.

Es war bereits gegen Mittag, als Ellery endlich heimkam. Zu seiner Überraschung fand er die Wohnungstür unverschlossen, und als er sein Schlafzimmer betrat, fiel sein Blick auf einen über der Stuhllehne liegenden Seidenstrumpf. Auf einem anderen Stuhl hing ein weißer Büstenhalter.

Er beugte sich über sein Bett und rüttelte die Schläferin.

Celeste fuhr erschrocken auf.

»Ich dachte schon, die ›Katze‹ . . .«

»Ist Jimmy . . .«

»Jimmy ist vollkommen auf dem Posten.«

Ellery setzte sich auf die Bettkante und stützte den brummenden Kopf in die Hände. »Von einer solchen Situation habe ich schon oft geträumt«, murmelte er.

»Hallo!« rief eine Männerstimme. »Möchten Sie das Mädchen nicht in Ruhe lassen?«

»Jimmy!« rief Celeste.

Jimmy McKell stand auf der Türschwelle des Schlafzimmers, eine prall gefüllte Papiertüte in der Hand.

»Ah – der unverwüstliche McKell«, brummte Ellery.

»Na, allem Anschein nach haben auch Sie es recht gut überstanden, Ellery.«

Die beiden Männer grinsten sich zu.

Jimmy trug Ellerys Sportjacke und seine neueste Krawatte.

»Ich habe meine Sachen zur Reinigung bringen müssen«, sagte Jimmy. »Wie geht's, junge Frau?«

»Wollt ihr beiden Kavaliere nicht endlich verschwinden?«

Im Wohnzimmer runzelte Jimmy die Stirn.

»Sie sehen recht mitgenommen aus, mein Lieber. Etwas Neues im Fall Stella Petrucchi?«

»Oh, das wissen Sie also bereits.«

»Ja, ich habe es in den Nachrichten gehört.«

»Was ist denn in der Tüte?« fragte Ellery.

»Unser Frühstück, Freund. Haben Sie etwa schon gegessen?«

»Nein.«

»Ich auch nicht. He, Celeste!« rief Jimmy. »Beeile dich ein bißchen und richte uns ein Frühstück!«

Das Mädchen kam aus dem Badezimmer, ergriff die Tüte und verschwand in der Küche.

»Wie sind Sie eigentlich dem gestrigen Tumult entronnen?« fragte Ellery, wobei er die Augen schloß.

»Nun, wir sind bei ausbrechender Panik in der Halle getrennt worden, und ich habe Celeste erst gegen fünf Uhr morgens finden können. Sie hat auf den Stufen der Polyklinik gesessen und wie ein Kind geweint. In irgendeinem Café haben wir eine Tasse Kaffee getrunken, und dann haben wir plötzlich den Entschluß gefaßt, zu Ihnen zu kommen. Ich bin über die Feuerleiter gekrochen und muß schon sagen, daß Sie mit Ihren offenen Fenstern recht unvorsichtig sind, Ellery.«

Celeste trug das Frühstück auf und setzte sich an den Tisch.

»Ihr habt also hier auf mich gewartet«, murmelte er.

»Als wir die Nachrichten hörten, da wußten wir natürlich, warum Sie aufgehalten wurden. Ich habe Celeste den Rat gegeben, sich in Ihr Bett zu legen, und habe mich auf der Couch ausgestreckt. Besteht eigentlich eine Verbindung zwischen Stella Petrucchi und den anderen Opfern?«

»Nein.« Ellery zündete sich eine Zigarette an. »Ich weiß selbst nicht, was ich jetzt noch unternehmen könnte.«

Jimmy und Celeste tauschten einen schnellen Seitenblick, und dann sagte Jimmy: »Sie brauchen unbedingt erst einmal einige Stunden Schlaf, mein Freund.«

Durch eine besondere Ironie des Schicksals sollte das neunte Opfer der ›Katze‹ den Aufschluß bringen.

Die Leiche wurde wenige Minuten nach ein Uhr nachts gefunden; es war bereits der 29. September – also genau eine Woche nach dem letzten Mord.

Aus dem Führerschein, der in der unberührten Brieftasche steckte, ging hervor, daß es sich um Donald Katz handelte. Er war 21 Jahre alt und wohnte in der 81. Straße. Sein Vater war Dentist mit einer Praxis auf der Columbus Avenue.

Aus den Ermittlungen ging hervor, daß Donald den Abend mit seiner Freundin Nadine Cutler, ebenfalls jüdischen Glaubens, in einem kleinen Weinrestaurant verbracht hatte. Auf dem Heimweg mußte die frische Luft auf ihn gewirkt haben: er hatte sich auf die Stufen gesetzt, die zum Nationalmuseum hinaufführten – und dort war er der ›Katze‹ zum Opfer gefallen. Um seinen Hals war eine blaue Schnur geknotet.

Der Gerichtsarzt setzte die Todeszeit auf 1 Uhr fest.

Niemand hatte einen Schrei des Opfers gehört.

Die am Tatort angestellten Ermittlungen brachten nicht den geringsten Hinweis. Dennoch stellte sich heraus, daß der Mörder einen Anhaltspunkt hinterlassen hatte.

Katz' im Führerschein angegebenes Alter stimmte nämlich nicht, er war ein Jahr älter – also 22 Jahre alt.

Abernathy 44, Violet Smith 42, Rian O'Reilly 40, Monica McKell 37, Simone Phillips 35, Beatrice Wilkins 32, Lenore Richardson 25, Stella Petrucchi 22, Donald Katz – ebenfalls 22!

Die Folge des absteigenden Alters war also zum erstenmal unterbrochen worden.

Die Ermittlungen ergaben, daß Stella Petrucchi und Donald Katz sogar am selben Tag geboren waren – am 10. März.

Ellery schlug vor, über diesen Punkt sogleich genaue Nachforschungen anzustellen. Als sie das Standesamt betraten, sagte Inspektor Richard Queen zu dem Beamten: »Wir brauchen die Originalurkunden der Geburten von Stella Petrucchi und Donald Katz. Beide sind vor 22 Jahren am 10. März geboren.«

»Wissen Sie genau, daß beide in Manhattan geboren sind, Inspektor?« fragte der Beamte.

»Ja.«

Der Mann trat an ein langes Aktenregal, und als er mit den Urkunden zurückkehrte, sagte er: »Die beiden von Ihnen angeführten Personen sind nicht nur am selben Tag geboren, auch der Arzt war in beiden Fällen derselbe.«

Ellery blinzelte.

»Derselbe Arzt in beiden Fällen«, murmelte der Inspektor.

»Darf ich einen Blick auf die Urkunden werfen?« fragte Ellery mit vor Erregung heiserer Stimme.

Sein Vater schaute ihm über die Schulter. Es war in beiden Fällen die gleiche Unterschrift: *Dr. Edward Cazalis.*

»Immer mit der Ruhe, mein Junge«, murmelte Inspektor Queen, als er auf den Telefonapparat zutrat, »in diesem Stadium dürfen wir nichts überstürzen.«

Er führte ein sehr langes Telefongespräch, und als er den Hörer endlich auflegte, huschte ein Lächeln um seine Mundwinkel. Er hatte inzwischen eine recht beträchtliche Liste angefertigt. »Dr. Cazalis hat seine Karriere als Frauenarzt begonnen und diese Praxis viele Jahrre hindurch geführt«, sagte er.

Er gab Ellery die Liste, und dieser reichte sie dem Beamten des Standesamtes.

»Würden Sie uns bitte die Originalurkunden dieser Geburten zeigen?«

»Sind alle Personen in Manhattan geboren?«

»Ja«, antwortete Ellery.

»Wie kannst du deiner Sache so sicher sein?« knurrte der Inspektor. »Wir wissen doch gar nicht ...«

»Doch, ich weiß genau, daß alle diese Personen in Manhattan geboren sind.«

Der Beamte trat wieder an das lange Aktenregal.

Es dauerte eine ganze Weile, bis er zurückkehrte, einen verdutzten Ausdruck im Gesicht.

Ellery stand auf und lehnte sich mit dem Rücken gegen die Tür.

»Wir beginnen mit Archibald Dudley Abernathy, geboren am ...«

»Am 24. Mai 1930«, sagte der Beamte. »Arzt Dr. Edward Cazalis.«

»Sehr interessant«, murmelte Ellery. »Nunmehr kommen wir zu Violet Smith.«

»Geboren am 13. Februar 1932 – Dr. Cazalis.«

»Rian O'Reilly?«

»23. Dezember 1933 – Dr. Edward Cazalis.«

»Und Monica McKell?«

»Geboren am 2. Juli 1937 – Dr. Cazalis.«

»Simone Phillips?«

»Geboren am 11. Oktober 1938 – Dr. Cazalis.«

»Beatrice Wilkins?«

»Geboren am 7. April 1942 – derselbe Arzt.«

»Aha, derselbe.« Ellery nickte lächelnd. »Es hat sich um ein Negerbaby gehandelt – und dennoch war es derselbe Arzt. Wie steht es mit Lenore Richardson?«

»Geboren am 29. Januar 1949 – Dr. Edward Cazalis.«

»Ausgezeichnet! Vielen Dank, Sir; ich glaube, damit dürfte alles klar sein. Die Urkunden befinden sich doch bei Ihnen in absoluter Sicherheit?«

»Gewiß, Mr. Queen.«

»Von unserer heutigen Unterredung darf nicht das geringste Wort an die Öffentlichkeit gelangen. Können wir für ein paar Minuten Ihr Büro und Ihren Telefonapparat benutzen – allein?«

Der Beamte ging schweigend aus dem Raum.

»Die Sache wird wirklich nicht so einfach«, sagte Inspektor Richard Queen. »Es sind noch immer keine Beweise vorhanden.«

Ellery beugte sich über den Schreibtisch des Standesbeamten.

»Wir müssen ihn so scharf bewachen lassen, daß er uns keine einzige Sekunde aus den Augen kommt!«

»Wir dürfen es auf keinen Fall zulassen, daß noch ein

zehnter Mordfall passiert«, knurrte der Inspektor. Gib mir bitte den Telefonapparat, Ellery.«

»Wir müssen irgendwie Gelegenheit finden, uns ein wenig in seiner Praxis und in seiner Wohnung umzusehen«, sagte Ellery, indem er sich eine Zigarette anzündete.

»Ohne Gerichtsbeschluß?«

»Willst du etwa seinen Verdacht erregen?«

Der Inspektor runzelte die Stirn.

»Das werden wir schon schaffen.«

Er hob den Hörer ab und ließ sich mit dem Polizeipräsidium verbinden.

Inspektor Richard Queen kam vom Präsidium heim, und noch auf dem Korridor rief er: »Ellery?«

»Ja, ich bin hier.«

»Es ist jetzt alles in die Wege geleitet, mein Junge, und . . .« Er erblickte Celeste und Jimmy auf der Couch. »Oh, hallo!«

»Wir haben auf dich gewartet, Daddy.«

Sein Vater schaute ihn stirnrunzelnd an.

»Nein, ich habe ihnen nichts davon gesagt.«

»Wovon«? fragte Jimmy prompt. »Hat die ›Katze‹ wieder zugeschlagen?«

»Nein«, erwiderte Ellery. Er schaute die beiden Besucher forschend an. »Ich bin bereit. Wie steht es mit euch?«

»Bereit – wozu?«

»Zur Arbeit, Celeste. Wir haben eine bestimmte Spur gefunden. Natürlich wissen wir noch nicht, wohin sie führen wird – aber ich kann jedenfalls mit voller Überzeugung sagen, daß wir endlich einen konkreten

Schritt weiter sind.«

»Ellery!« rief der Inspektor.

»Nein, Daddy – auf diese Weise ist es entschieden sicherer. Ich habe mir alles sehr genau überlegt.«

»Was soll ich machen?« fragte Jimmy.

»Sie sollen mir einen eingehenden Bericht über die Vergangenheit von Edward Cazalis verschaffen.«

»Dr. Cazalis?« fragte Celeste bestürzt. »Meinen Sie etwa . . .« Ellery schaute sie an. »Es tut mir leid.«

»Und weiter?« fragte Jimmy.

»Ziehen Sie bitte keine voreiligen Schlußfolgerungen. Wie gesagt – wir wissen noch nicht genau, was uns diese Ermittlungen einbringen werden. Als Reporter müßte es Ihnen doch möglich sein, mir ein Lebensbild Cazalis' zu bringen, ohne daß es Verdacht erregt.«

»Gewiß«, murmelte Jimmy.

»Sie dürfen natürlich kein Wort verlauten lassen. Wie lange wird es dauern?«

»Mit Bestimmtheit kann ich das nicht sagen – aber jedenfalls nicht lange.«

»Sie dürfen sich aber nicht von Cazalis sehen lassen.«

»Nein.« Jimmy zögerte. »Wie steht es mit Celeste?«

Ellery lächelte. »Für Celeste habe ich im Augenblick noch keinen festen Auftrag, Jimmy. Immerhin kann sie inzwischen ihre Sachen packen und bei uns wohnen.«

»Was?« fragten der Inspektor und Jimmy im gleichen Tonfall.

»Ja«, murmelte Ellery. »Wahrscheinlich wird bald der Augenblick kommen, da ich Sie dringend brauche, Celeste – und dann will ich nicht erst lange nach Ihnen suchen.«

# 9

Am Samstag rief Inspektor Queen seinen Sohn gegen Mittag an, um ihm auszurichten, daß alle erforderlichen Maßnahmen eingeleitet waren.

»Wieviel Zeit steht uns zur Verfügung?« fragte Ellery.

»Ausreichend.«

»Das Hausmädchen?«

»Sie wird nicht daheim sein.«

»Wie hast du denn die ganze Sache in die Wege leiten können?«

»Über den Bürgermeister«, erwiderte Inspektor Queen. »Ich habe ihn überreden können, Familie Cazalis morgen zum Tee einzuladen. Er wird uns sofort von ihrer Ankunft unterrichten, so daß wir im selben Augenblick die Wohnung betreten können. Hast du inzwischen von Jimmy McKell gehört?«

»Er kommt heute abend gegen neun Uhr zu uns.«

Jimmy traf tatsächlich zur vorgesehenen Zeit ein. Er war unrasiert und hatte Durst.

»Nun«, murmelte er, als Ellery ihm einen Drink eingeschenkt hatte, »Dr. Cazalis' Lebensgeschichte ist recht kompliziert. Aus seiner frühesten Jugend konnte ich nur in Erfahrung bringen, daß er schon in jungen Jahren seinem Elternhaus den Rücken gekehrt hat ...«

»Er ist in Ohio geboren, nicht wahr?« fragte der Inspektor, wobei er sein Glas betrachtete.

»Ja, in Ironton, Ohio.« Jimmy nickte. »Sein Vater war Arbeiter bei der ...«

»Im Stahlwerk«, sagte der Inspektor.

»Wer erstattet hier eigentlich Bericht?« knurrte Jimmy. »Hat man mir vielleicht nachspioniert?«

»Nun, ich habe lediglich unwesentliche Einzelheiten ermitteln können«, murmelte der Inspektor. »Fahren Sie fort, McKell.«

»Nun, Papa Cazalis war der Nachkomme eines französischen Soldaten, über Mama Cazalis habe ich nichts in Erfahrung bringen können.« Jimmy warf dem Inspektor einen herausfordernden Blick zu – aber als dieser schweigend sein Glas leerte, fuhr er fort: »Cazalis war eines der jüngsten von vierzehn unterernährten und schlechtgekleideten Kindern. Allem Anschein nach war er der einzige von allen, der es zu einer Karriere gebracht hat.«

»Sind die Vorfahren erblich vorbelastet?« fragte Ellery.

»Darüber habe ich nichts feststellen können. Edward Cazalis war jedenfalls ein recht ehrgeiziger Bursche. Er hat verschiedene Abendkurse besucht, und zum Glück ist es ihm gelungen, einen Mäzen zu finden, der es ihm ermöglicht hat, ein medizinisches Studium zu absolvieren. 1928 hat er von der Columbia University seine Approbation als Arzt erhalten.«

»1928«, murmelte Elley. »Damals war er 21 Jahre alt – und er hat sich als Frauenarzt niedergelassen.«

»Ja; 1930 ist er nach New York gekommen und bei einem Frauenarzt namens Dr. John F. Larkland eingetreten. Als dieser wenige Monate darauf seinem Krebsleiden erlag, hat Edward Cazalis die Praxis übernommen. Innerhalb von wenigen Jahren hat er sich auf seinem Gebiet den Ruf einer Kapazität verschafft. Dann ist er zur Armee einberufen worden.«

»Sehr interessant, Daddy«, sagte Ellery. »Beatrice Wilkins ist in diesem Jahr am 7. April geboren. Zweifellos war das eine von Cazalis' letzten Geburten vor seiner Dienstzeit bei der Armee. Wie steht es eigentlich mit seinen Unterlagen über die Dienstzeit?«

»Hervorragend. Er ist als Captain beim Ärztekorps eingetreten und als Colonel entlassen worden. Im nächsten Jahr war seine Praxis wieder in voller Blüte.«

»Hat er sich noch immer als Frauenarzt und Geburtshelfer betätigt?«

»Ja; als er 44 Jahre alt war, heiratete er seine heutige Frau, die damals 19 war. Das Paar leistete sich eine ausgedehnte Hochzeitsreise: nach Paris, Wien und Rom. Die Ehe war allem Anschein nach trotz des beträchtlichen Altersunterschiedes recht glücklich – aber im nächsten Jahr trat dann eine Pechsträhne für sie ein: ihre beiden 1952 und 1955 geborenen Babys starben bereits bei der Geburt. Cazalis hat die beiden Geburten selbst gemacht und war untröstlich, zumal sich herausstellte, daß seine Frau keine weiteren Babys haben konnte. Wenige Monate später erlitt er einen Nervenzusammenbruch. Er war inzwischen 48 Jahre alt, und dieser Zusammenbruch wurde allgemein auf Überarbeitung zurückgeführt. Zu dieser Zeit war er bereits ein wohlhabender Mann, und seine Frau überredete ihn zu einer langen Reise. Sie blieben eine Weile im Pazifik, und als sie dann nach Europa kamen, hatte Cazalis sich bereits wieder erholt. 1956 erlitt er dann in Wien einen Rückschlag.«

»Rückschlag?« fragte Ellery. »Soll das heißen, daß er wiederum einen Nervenzusammenbruch hatte?«

»Nun, es wurde offiziell als Rückschlag bezeichnet. Er wurde von Béla Seligmann behandelt – und das ist die größte Kapazität, die es zur Zeit auf dem Gebiet der Psychiatrie gibt. Er hat im Verlauf der Behandlung auch in Cazalis den Wunsch erweckt, Psychiater zu werden.«

»Hat Cazalis im Anschluß daran tatsächlich bei Seligmann studiert?«

»Ja, vier Jahre lang. Dann haben die Cazalis noch mehrere Monate in Zürich verbracht und sind schließlich in die USA zurückgekommen. Hier hat er noch eine Weile in einem Sanatorium praktiziert und dann seine eigene Psychiater-Praxis in New York eröffnet. Zu dieser Zeit war er 55 Jahre alt.«

»Ist das alles, Jimmy?« fragte Ellery.

»Nein.« Jimmy warf einen Blick auf seine Notizen. »Im vergangenen Oktober hat Cazalis einen neuerlichen Nervenzusammenbruch erlitten, nachdem er noch Anfang Juni an einem internationalen Psychiaterkongreß in Zürich teilgenommen hatte. Ich kann Ihnen natürlich keine medizinischen Angaben machen, denn zu diesen Unterlagen habe ich ja keinen Zutritt. Jedenfalls war er bereits 66 Jahre alt, und diese Sache muß ihm stark in die Glieder gefahren sein, denn er hat den Kreis seiner Patienten erheblich beschränkt. Ich habe erfahren, daß er seine Praxis wohl bald schließen wird.« Jimmy warf einen letzten Blick auf seine Aufzeichnungen. »Ende des Berichtes.«

»Danke sehr, Jimmy«, sagte Ellery.

Jimmy spürte, daß die beiden Queens jetzt mit sich allein bleiben wollten. Er stand auf, ergriff seinen Hut und wandte sich der Tür zu. Dort drehte er sich noch einmal um und sagte: »Würden Sie mich bitte verständigen, wenn seine Verhaftung bevorsteht?«

Als die Tür hinter Jimmy ins Schloß fiel, sprang Ellery auf.

»Diese Nervenzusammenbrüche – sein plötzliches Interesse für die Psychiatrie – ja, es stimmt alles überein. Er hatte den dringenden Wunsch, irgendeinen Beweis zu erbringen. Wem denn? Sich selbst? Der Gesellschaft? Ja, diese Nervenzusammenbrüche stammten gewiß von Überarbeitungen her – aber nicht in physischer Beziehung, sondern durch eine Überbelastung seines Gewissens. Ich hätte nur gern gewußt . . .«

»Was denn, mein Junge?« fragte der Inspektor, wobei er sein Glas leerte.

»Ich hätte gern gewußt, ob der Tod seiner beiden Kinder auf Strangulation zurückzuführen ist.«

»Auf *was*?«

»Nun, die Nabelschnur hätte sich doch um den Hals der Babys wickeln und sie auf diese Weise erdrosseln können.«

Sein Vater starrte ihn eine Weile an; dann sagte er unvermittelt: »Wir wollen jetzt lieber schlafen gehen.«

Im Aktenschrank fanden sie die weißen Karteikarten von Abernathy, Violet Smith und Rian O'Reilly. In einer knappen Stunde hatten sie in dieser Kartei Dr. Cazalis' alle bisherigen neun Opfer der ›Katze‹ entdeckt.

Ellery ließ sich von Sergeant Velie das Telefonbuch von Manhattan bringen.

»Die ganze Angelegenheit ist einfach und logisch«, sagte Ellery. »Man braucht nur den Schlüssel in die Hand zu bekommen. Wir haben es nicht begreifen können, warum die Opfer jeweils jünger wurden. Nun, Cazalis ist einfach durch seine Kartei gegangen, und hat bei jeder Karte nachgeforscht, ob die betreffende Person noch unter ihrem damaligen Namen im Telefonbuch von Manhattan aufgeführt war. Auf diese Weise hat er seine Opfer ausgewählt. Dabei ist es bezeichnend, daß er für männliche Personen eine blaue und für weibliche eine rosa Schnur genommen hat, denn das sind die traditionellen Farben für Babys der beiden Geschlechter.«

Der Inspektor schaute sich in den Räumen um.

»Mein Gott, Velie!« rief er. »Wenn wir hier nur irgendwo diese Schnüre entdecken könnten!«

Ellery starrte nachdenklich vor sich hin.

»Ich habe festgestellt, daß er plötzlich eine ganze Reihe von Personen übersprungen hat. Warum? Es geschah genau zu dem Zeitpunkt, als ich vom Bürgermeister mit diesem Auftrag betraut wurde. Er ließ eine Reihe von Opfern aus, und als er dann Lenore Richardson ermordete, da wußte er, daß er nunmehr als Onkel des Mädchens persönlich in den Fall verwickelt werden würde.«

»Wahrscheinlich hatte er vor deinem Namen Angst«, sagte Inspektor Queen schmunzelnd.

»Ich glaube eher, daß das eine Herausforderung an mich war. Außerdem bot sich ihm jetzt durch seine Einschaltung in den Fall Gelegenheit, stets über den Stand unserer Ermittlungen unterrichtet zu werden.«

»Die Schnüre sind nirgends zu entdecken, Inspektor«, verkündete Sergeant Velie.

»Wie steht es mit dem Stahlschrank im Büro, Velie?«

»Die schweren Türen könnten nur mit einem Schneidbrenner geöffnet werden, Inspektor.«

»Wieviel Zeit steht uns noch zur Verfügung?« fragte der Inspektor, indem er auf die Uhr schaute.

Ellery nagte an der Unterlippe.

»Für die ganze Arbeit brauchen wir entschieden mehr Zeit als nur einen Tag, Daddy. Außerdem zweifle ich sehr stark daran, daß die Schnüre überhaupt in diesen Räumen sind. Die Gefahr, daß sie seiner Frau in die Hände fallen könnten, ist viel zu groß. Außerdem können wir dem Staatsanwalt wesentlich bessere Beweise in die Hand geben.«

»Welche denn?«

Ellery deutete auf die Kartei.

»Wir brauchen uns doch nur in Cazalis' Lage zu versetzen. Er hat seine Arbeit noch längst nicht beendet, denn nach den Karten von Petrucchi und Katz folgen noch weitere Karten, die sich über eine Periode von drei Jahren erstrecken.«

»Das verstehe ich nicht«, knurrte Sergeant Velie.

Aber Inspektor Queen machte sich bereits an der Kartei zu schaffen.

Die einzelnen Karten wurden mit dem Telefonbuch verglichen, und nachdem eine ganze Reihe ausgeschieden worden war, stießen sie plötzlich auf einen Anhaltspunkt.

»Marilyn Soames!« rief der Inspektor. »Ihre Adresse im Telefonbuch lautet 486 East 29. Street, und das ist in unmittelbarer Nähe des Bellevue Hospitals.«

Er hob den Telefonhörer ab, und als er ihn nach einem längeren Gespräch auflegte, war er recht blaß.

»Ihre Mutter heißt Edna; sie ist eine geborene Lafferty. Der Vater, Frank Pellman Soames, arbeitet bei der Post. Marilyn ist 21 Jahre alt; sie unterhält in der Wohnung ihrer Eltern ein kleines Büro für Schreibarbeiten.«

Es war also zu erwarten, daß diese Marilyn Soames in einer der folgenden Nächte mit einer rosafarbenen

Schnur um den Hals in irgendeiner Gasse aufgefunden werden würde. In diesem Fall mußte der Karikaturist der New Yorker Zeitung dem Bild der schwarzen Katze einen zehnten Schwanz hinzufügen.

»Nun, diesmal werden wir jedenfalls auf der Lauer liegen«, sagte Ellery am selben Abend im Wohnzimmer der Queens. »Wir werden die ›Katze‹ mit der Schnur in der Hand erwischen – und das bedeutet das Ende seiner unrühmlichen Karriere.«

Celeste und Jimmy schauten ihn ängstlich an.

»Wir müssen streng darauf achten«, fuhr Ellery fort, »daß wir nichts dem Zufall überlassen. Cazalis und Marilyn Soames werden seit heute nachmittag beschattet, und die stündlichen Berichte der Beamten werden an das Präsidium duchgegeben. Natürlich weiß weder Marilyn Soames noch sonst jemand aus ihrer Familie etwas von den Vorgängen, denn sonst könnte Cazalis Verdacht schöpfen – und gerade das wollen wir ja unter allen Umständen vermeiden. Unsere Vorbereitungen zur Entlarvung des Massenmörders sind annähernd abgeschlossen.«

»Annähernd?« fragte Jimmy.

»Ich habe Sie bis jetzt gewissermaßen in Reserve gehalten, Celeste«, sagte Ellery. »Und zwar für den gefährlichsten Teil der Aufgabe.« Als Jimmy mit einem Protestschrei aufsprang, fuhr Ellery gelassen fort: »Sie haben mich nicht ausreden lassen, Jimmy. Natürlich wird Celeste genauso scharf bewacht werden wie Cazalis und Miss Soames. Wir wissen, daß Marilyn als sein nächstes Opfer auserkoren ist, und wir wissen weiterhin, daß er zunächst versuchen wird, irgendwie mit ihr in Verbindung zu kommen – so, wie er es bei seinen bisherigen Opfern gemacht hat.«

»Welchen Auftrag haben Sie für mich, Mr. Queen?« fragte Celeste.

»Wir wissen also, daß Cazalis seine Opfer zunächst in Augenschein nimmt. Wir werden sie sehr scharf bewachen lassen – aber unsere Beamten können uns natürlich nur einen Bericht über ihre Wahrnehmungen geben. Wir brauchen also jemanden, der sich unter irgendeinem Vorwand im Haushalt der Soames' befindet und uns somit einen eingehenden Bericht darüber geben kann, was sich dort abspielt. In erster Linie geht es mir dabei um Telefongespräche. Dieser Jemand, an den ich denke, müßte also die folgenden zwei oder drei Wochen im Haushalt der Soames verbringen.«

»Und dazu bin ich ausersehen«, murmelte Celeste.

Inspektor Queen stand auf und sagte: »Ich hätte Ellerys Plan unter keinen Umständen gebilligt und auf dem Einsatz einer Kriminalpolizistin bestanden, die für solche Aufgaben ausgebildet sind – aber es gibt zwei Gründe, die für Ellerys Plan sprechen: erstens haben Sie sich bereits bei Simone als Krankenpflegerin bewährt, und zweitens befindet sich in der Wohnung der Soames' ein siebenjähriger Junge, der sich vor einiger Zeit den Hüftknochen gebrochen und längere Zeit im Hospital gelegen hat. Jetzt ist er wieder daheim – aber der Hausarzt hat sich bisher vergeblich bemüht, eine Pflegerin für ihn zu finden. Der Junge braucht noch Massagen und gehört in die Hand einer Frau, die sich in solchen Dingen auskennt.«

»Glauben Sie, daß Sie eine solche Aufgabe bewältigen könnten, Celeste?« fragte Ellery.

»Nun, ich habe die gleichen Arbeiten für Simone gemacht, und unser Hausarzt hat wiederholt gesagt, er könnte keine bessere Pflegerin für sie finden.«

Die beiden Queens schauten sich an; der Inspektor machte eine kurze Handbewegung, und Ellery sagte: »Morgen früh werden wir Sie durch den Hausarzt bei den Soames einführen lassen. In großen Zügen ist er in unseren Plan eingeweiht – dennoch wird er Sie natürlich erst überprüfen. Im übrigen würde ich Ihnen vorschlagen, sich unter Ihrem richtigen Namen vorzustellen.«

»Ich könnte ja meinen Mittelnamen und den Geburtsnamen meiner Mutter annehmen; in dem Fall würde ich Suzanne Martin heißen.«

»Gut«, murmelte Ellery. »Nachdem dieser Punkt also geklärt wäre, könnten wir ja zur Detektivarbeit zurückkehren. Sie müssen Augen und Ohren jeden Augenblick offenhalten, Celeste. Marilyn tippt in erster Linie die Manuskripte von Schriftstellern, und deshalb hat sie sich auch einen Telefonanschluß legen lassen. Marilyns Heimarbeit ist wiederum eine recht gute Chance für Sie, denn dadurch finden Sie Gelegenheit, sich mit ihr anzufreunden. Sie ist ja nur zwei Jahre jünger als Sie, geht sehr selten aus und interessiert sich in erster Linie für Bücher; somit dürften Sie beide also viele gemeinsame Interessen haben, Celeste. Vor allen Dingen müssen Sie auf jedes einzelne Telefongespräch achten, das im Haus geführt wird. Wenn es Ihnen irgendwie möglich ist, müssen Sie auch jeden Brief lesen, den Marilyn empfängt. Wir werden uns jeden Abend zu vereinbarter Zeit an der Ecke der 2. Avenue treffen, dort können Sie uns dann Bericht erstatten. Das Telefon dürfen Sie nur im Notfall benutzen. Haben Sie noch Fragen dazu?«

»Im Augenblick fällt mir keine ein«, erwiderte Celeste. »Ich werde mir jedenfalls die größte Mühe geben.«

## 10

Frank Pellman Soames war ein kleiner, drahtiger Mann, der seinen Dienst am Schalter des Postamtes auf der 8. Avenue versah. Marilyns Mutter war eine plumpe, aber sehr zuvorkommende Frau. Stanley mit der gebrochenen Hüfte war das jüngste Kind der Familie.

Celeste verstand sich vom ersten Augenblick an blendend mit Marilyn. Sie war nicht gerade hübsch, aber sie hatte eine ausgezeichnete Figur und ein sehr einnehmendes Wesen.

Die Familie hatte eine Fünfzimmerwohnung, und der Telefonapparat stand auf einem kleinen Tisch im Korridor.

Celeste Phillips traf sich abends zwischen 22 und 22 Uhr 15 mit den Queens. Jimmy McKell war natürlich ebenfalls zugegen. Sie berichtete, daß die Familie pünktlich gegen 22 Uhr 30 zu Bett ging.

Der Treffpunkt wurde jeden Abend gewechselt, um nach Möglichkeit einen aufsteigenden Verdacht zu unterbinden.

Wieder und wieder betrachteten die Queens die Berichte, die von den Beamten über Dr. Cazalis eingesandt wurden. Es war wirklich zum Verzweifeln, denn der Mann verhielt sich haargenau so, wie man es von einem berühmten Psychiater erwarten durfte.

Er kam sogar zu einer Pressekonferenz des Bürgermeisters, zu der auch die Queens eingeladen waren. Der Inspektor nahm zu diesem Treffen mehrere bekannte Psychologen mit, die den Arzt beobachteten – aber augenscheinlich war der Mann nicht nur ein guter Psychiater, sondern auch ein hervorragender Schauspieler.

Sein Gesicht war in den vergangen Tagen noch mehr eingefallen, sein Haar war schlohweiß geworden, und seine großen Hände trommelten entweder unruhig oder tasteten an seinem Körper herum, als suchten sie einen Ruhepunkt.

Seine Frau gab sich selbst die Schuld an seiner augenscheinlichen Rastlosigkeit, denn sie hatte ihn zu dieser Arbeit, die er im Interesse der Stadt leistete, überredet. Sie versuchte, ihn zu einer längeren Reise zu bewegen, aber er lehnte lächelnd ab und bemerkte, daß er zuvor noch einige Dinge zu erledigen hätte.

Hatte er vielleicht Verdacht geschöpft?

Die Detektive, welche die Aufgabe seiner Beschattung übernommen hatten, beteuerten nachdrücklich, daß er nichts von ihnen bemerkt hätte – dennoch mußte mit dieser Möglichkeit gerechnet werden.

Er empfing kaum mehr als einen Patienten pro Tag. Gelegentlich führte er eine Unterredung mit Kollegen. Während der Nacht blieb er stets daheim. Einmal stattete er mit seiner Frau den Richardsons einen Besuch ab, ein andermal ging er zu einem Mozart-Konzert in die Carnegie Hall.

Nicht ein einzigesmal begab er sich in die Nähe der East 29. Street oder der First Avenue.

Zehn Tage waren seit dem Mord an Donald Katz vergangen, und die Queens sowie alle Beamten des Präsidiums begannen zu schwitzen.

Worauf wartete Cazalis?

Hatte er etwas von der Durchsuchung seiner Räume gemerkt und wußte er folglich, daß sie sein nächstes Opfer bereits kannten und dort eine Falle gestellt hatten?

Am Mittwoch, dem 19. Oktober, blies ein unangenehm scharfer Wind durch die abendlichen Straßen der Stadt.

Inspektor Richard Queen, sein Sohn und Jimmy McKell stellten sich fröstelnd in einen Hauseingang nahe der Second Avenue.

22 Uhr 15.

Es war das erste Mal, daß Celeste sich verspätete.

Die Berichte über Cazalis zeigten, daß er den ganzen Tag über daheim geblieben war.

Es dauerte noch eine ganze Weile, bis das Mädchen endlich am Ende der kleinen Querstraße auftauchte. Ihr schwarzer Mantel flatterte im Wind.

Ellery ergriff ihre Arme und fragte: »Was ist passiert?«

»Er hat angerufen!«

Jimmy schob Ellery zur Seite und schloß Celeste in die Arme. Sie bebte am ganzen Körper. Sie warteten, bis sich das Mädchen ein wenig beruhigt hatte. Jimmy strich ihr zärtlich über das Haar.

»Wann?« fragte der Inspektor.

»Wenige Minuten nach 22 Uhr. Ich wollte gerade die Wohnung verlassen, als das Telefon schrillte. Marilyn saß mit der Familie im Wohnzimmer, und deshalb bin ich an den Apparat gegangen. Ich weiß genau, daß es seine Stimme war, denn ich habe ihn schon bei den verschiedenen Pressekonferenzen im Radio sprechen hören. Seine Stimme ist unverkennbar: sie klingt leise und melodisch – und dennoch hat sie zuweilen einen scharfen Unterton.«

»Was hat er gesagt? Wort für Wort, bitte.«

»Ich sagte ›hallo‹, er ebenfalls. Dann nannte er mir die Nummer des Apparates und fragte, ob er richtig verbunden wäre. Er fragte: ›Spreche ich mit der Stenotypistin Marilyn Soames, der Tochter von Edna und Frank Soames?‹ Als ich ihm erklärte, daß Marilyn nicht am Apparat wäre, bat er mich, sie zu holen, da er sie sprechen wollte. In diesem Augenblick kam Marylin herein, und ich blieb in der Nähe stehen, um weitere Einzelheiten über den Anruf zu erfahren.«

»Weiter, Celeste«, drängte Ellery.

»Ich hörte Marilyn einige Male ›ja‹ sagen, und dann meinte sie: ›Nun, ich bin zwar zur Zeit mit Arbeit eingedeckt – aber wenn es so steht, dann will ich versuchen, die Sache bis zum Montag für Sie zu machen, Mr. – wie war Ihr Name, Sir?‹

Als er ihr den Namen durchgab, bat sie: ›Möchten Sie bitte buchstabieren?‹ Und dann wiederholte sie jeden einzelnen Buchstaben.«

»Wie lautete der Name?«

»Paul Nostrum. Dann sagte Marilyn, daß sie das Manuskript morgen abholen könnte, und fragte ihn, wo. Er gab irgendeine Erwiderung, und Marilyn sagte: ›Ich habe eine große, schlanke Figur, dunkles Haar und trage einen schwarz-weiß karierten Mantel, den Sie gar nicht übersehen können, Mr. Nostrum. Gut, ich werde pünktlich sein. Gute Nacht!‹ Damit hängte sie ein.«

»Haben Sie sonst noch etwas erfahren können, Mrs. Phillips?«

»Ja, Inspektor. Als Marilyn auflegte, fragte ich ganz beiläufig: ›Ein neuer Kunde?‹ Sie erklärte mir, Nostrum wäre ein Schriftsteller aus Chicago, der nach New York gekommen war, um seinem Verleger ein Manuskript vorzuzeigen. Nach der Besprechung stellte sich heraus, daß mehrere Kapitel geändert werden mußten, und ein ihm bekannter Kollege hätte ihm ihren Namen gegeben. Da es ihm nicht möglich gewesen war, ein Hotelzimmer zu bekommen, hält er sich einige Tage bei Freunden auf. Er bestellte Marilyn auf morgen nachmittag, 17 Uhr 30 in die Empfangshalle des *Hotel Astor*, um ihr dort das Manuskript zu übergeben.«

»Die Halle des *Astor*!« rief Ellery ungläubig. »Aber dort herrscht doch um diese Zeit der stärkste Betrieb.«

»Sind Sie ganz sicher, daß es sich um das *Astor* handelt, Miss Phillips?«

»Ja, so hat Marilyn gesagt.«

Sie schwiegen eine Weile.

Dann zuckte Ellery die Schultern.

»Es hat keinen Wert, daß wir uns jetzt den Kopf darüber zerbrechen.«

»Nein, natürlich nicht!« knurrte Jimmy McKell. »Die Zeit wird es schon beweisen. Soll Celeste in der Soames-Wohnung bleiben, oder soll sie etwa morgen mit dem karierten Mantel im *Astor* aufkreuzen?«

»Celeste bleibt in der Wohnung. Es handelt sich ja erst um den Eröffnungszug des Mörders.«

Der Inspektor nickte. »Um welche Zeit ist dieser Anruf gekommen?« fragte er das Mädchen.

»Wenige Minuten nach 22 Uhr, Inspektor Queen.«

»Gut! Kehren Sie jetzt zu den Soames zurück.«

Ellery drückte ihr die Hand.

»Achten Sie auf das Telefon, Celeste. Wenn morgen ein Anruf von diesem Paul Nostrum oder von einer anderen Person kommen sollte, um Zeit oder Ort der Verabredung zu ändern, dann rufen Sie sofort das Polizeipräsidium an.«

»In Ordnung.«

Sie schauten ihr nach, bis sie im Eingang des Hauses Nr. 486 verschwand. Dann wandten sie sich der Third Avenue zu, wo der Streifenwagen wartete.

Die beiden Detektive Goldberg und Young stellten fest, daß das Ehepaar Cazalis in Begleitung von Mr. und Mrs. Richardson um 21 Uhr 26 das Haus verlassen hatten. Cazalis war zu diesem Zeitpunkt in blendender Laune gewesen und hatte viel gelacht. An der Straßenecke hatten sie sich getrennt; die Cazalis' waren in ein Café gegangen und hatten sich an einen freien Tisch gesetzt. Um 22 Uhr 04 war Cazalis in die Telefonzelle gegangen und hatte genau zehn Minuten lang telefoniert. Dann war er zu seiner Frau zurückgekehrt, und wenige Minuten später hatten sie den Heimweg angetreten.

Während Young den Cazalis' folgte, war Goldberg in die Telefonzelle gegangen und hatte dort festgestellt, daß das Telefonbuch genau an der Stelle aufgeschlagen war, an der die Namen mit den Anfangsbuchstaben »So« standen.

Sie sahen ihn beim Betreten der Empfangshalle des *Hotel Astor.*

Es war genau 17 Uhr 05, und die Beamten lagen bereits seit einer Stunde auf der Lauer. Detektiv Hesse folgte Cazalis auf den Fersen.

Der Psychiater trug einen dunkelgrauen Mantel und einen grauen Filzhut. Er kam mit einer Gruppe durch die Drehtür, kaufte sich am Kiosk ein Exemplar der *New York Post,* und begann langsam durch die Halle zu schlendern.

»Er will sich vergewissern, daß sie nicht schon vor ihm gekommen ist«, murmelte Inspektor Queen.

Sie standen auf der Empore, die ihnen einen guten Ausblick auf die weiträumige Halle bot.

Cazalis schlenderte weiter durch die Halle. Hesse stellte sich neben einem Kiosk auf und behielt den Mann scharf im Auge. In der Halle befanden sich sechs weitere Beamte der Mordkommission.

Um 17 Uhr 25 traf Marilyn Soames ein.

Sie kam ein wenig atemlos durch die Drehtür, blieb neben dem Blumengeschäft stehen und schaute sich nach allen Seiten um. Sie trug einen schwarz-weiß karierten Mantel, eine kleine Pelzkappe, und hielt eine Ledertasche in der Hand.

Detektiv Johnson kam unmittelbar hinter ihr herein und hielt sich stets in der Nähe des Mädchens auf. Detektiv Piggo trat an den Blumenstand und kaufte sich eine Nelke. Von hier aus konnte er sowohl Cazalis als auch das Mädchen genau im Auge behalten.

Cazalis hatte das Mädchen sofort erspäht.

Er lehnte sich an die Wand, öffnete seine Zeitung und gab sich den Anschein zu lesen. Aber auf der Empore sahen die Queens, daß sein Blick über das Blatt hinweg gerichtet war.

Marilyn ging langsam durch die Halle und ließ den

Blick durch den Raum schweifen. Sie kam an Cazalis vorüber, und der Mann verzog keine Miene.

Inzwischen war es 17 Uhr 40 geworden.

Einige der Männer in der Halle lächelten Marilyn an – aber sie setzte stirnrunzelnd ihren Weg fort.

Cazalis schlenderte langsam hinter ihr drein; er traf keine Anstalten, auf das Mädchen zuzutreten. Sein Gesicht war gerötet, und er atmete hastig, als hätte er eine schwere Anstrengung hinter sich.

Um 17 Uhr 50 hatte Marilyn die langsame Runde durch die weite Halle beendet; sie kehrte zum Ausgangspunkt zurück und stellte sich neben dem Blumengeschäft auf.

Cazalis ging so nahe an ihr vorbei, daß er sie mit der ausgestreckten Hand hätte berühren können. Die beiden Detektive Johnson und Piggo hätten ihn ihrerseits berühren können.

Marilyn wurde langsam unruhig. Um 18 Uhr wandte sie sich kurz entschlossen dem Portierpult zu.

Wenige Augenblicke später rief einer der Hotelboys in die Halle: »Mr. Nostrum! Mr. Paul Nostrum!«

Cazalis verließ die Halle und bestieg ein Taxi. Als der Wagen anfuhr, stieg Detektiv Hesse ebenfalls in ein Taxi und folgte ihm.

Um 18 Uhr 10 verließ Marilyn Soames ärgerlich die Hotelhalle und wandte sich der 42. Straße zu.

Johnson und Piggo schlenderten hinter ihr drein.

»Marilyn war bei ihrer Heimkehr sehr wütend«, berichtete Celeste. »Nach dem Abendessen ist sie sofort ins Bett gegangen.«

»Ich werde den Jungens Spezialanweisungen geben«,

murmelte Inspektor Queen und ging die Straße hinunter.

Celeste wandte sich an Ellery.

»Glauben Sie, daß er noch einmal anrufen wird, Mr. Queen?«

»Das weiß ich nicht.«

»Was hat er eigentlich mit dem heutigen Treffen bezwecken wollen?«

»Nun, er muß in diesem Fall anders vorgehen als bisher. Marilyn geht keiner geregelten Beschäftigung nach, und somit kann er bei ihr gar nichts voraussagen. Er hat sie sich genau ansehen wollen. Es wird jetzt nicht mehr lange dauern, Celeste. Wir können jede Nacht damit rechnen, daß er zuschlägt.«

Sie schwiegen eine Weile, und dann murmelte Celeste: »Na, dann will ich wieder zu den Soames' zurückgehen.«

Sie schauten dem Mädchen nach, und dann fuhren sie zum Präsidium.

Detektiv Goldberg berichtete telefonisch, daß in der Cazalis-Wohnung eine große Party stattfand.

Freitag, Samstag und Sonntag verliefen ohne besondere Ereignisse.

Am Montag, dem 24. Oktober, setzte die ›Katze‹ sich wieder in Bewegung.

Detektiv Hesse rief an und berichtete, daß ein Taxi vor dem Cazalis-Haus wartete. Verschiedene Koffer waren in den Wagen gebracht worden, und Hesse hatte von dem Fahrer erfahren können, daß die Fahrgäste zur Pennsylvania Station wollten.

Der Streifenwagen jagte auf den Bahnhof zu.

»Das ist doch gar nicht möglich«, knurrte Ellery unterwegs gereizt. »Ich kann es einfach nicht glauben. Es muß sich um einen Trick handeln!«

Am Eingang der großen Bahnhofshalle wurden sie von Detektiv MacGain erwartet. Das Ehepaar Cazalis stand in einer dichten Gruppe von Fahrgästen vor der Sperre des Bahnsteigs, auf dem der Zug nach Florida eingelaufen war.

Die Beamten gingen in den Warteraum, und MacGain zeigte ihnen die Cazalis-Gruppe vom Fenster aus. Neben den Cazalis' standen die Richardsons, und Detektiv Hesse lungerte in der Nähe herum.

»Übernehmen Sie Hesses Platz und schicken Sie ihn sofort zu mir!« befahl der Inspektor.

Wenige Augenblicke später kam Hesse in den Raum.

Ellery ließ Cazalis keine Sekunde aus den Augen.

»Was wird denn gespielt?« fragte der Inspektor.

»Das weiß ich nicht, Inspektor«, erwiderte der Detektiv besorgt. »Irgend etwas scheint bei der ganzen Sache nicht zu stimmen, aber ich kann nicht nahe genug an die Gruppe herankommen, um etwas von ihrer Unterhaltung aufzufangen. Das Gepäck der Cazalis' und der Richardsons ist bereits in den Zug gebracht worden.«

»Florida«, murmelte Ellery vor sich hin.

Die Sperre wurde geöffnet, und die Fahrgäste strömten auf den Bahnsteig.

Inspektor Queen umklammerte Hesses Arm.

»Folgen Sie ihnen, und wenn irgend etwas geschieht, dann schicken Sie MacGain sofort zu uns. Wir werden uns bei der Sperre aufstellen.«

Hesse eilte hinaus.

Die Queens und Jimmy McKell stellten sich neben der Sperre auf und starrten auf die große Bahnsteiguhr.

Als der Zeitpunkt der Abfahrt gekommen war, tauchte MacGain plötzlich auf und gab ihnen ein hastiges Zeichen. »Wir müssen verschwinden, er kommt zurück!«

»Was?«

»Er fährt nicht mit!«

Sie wichen in die Menge zurück.

Cazalis kam durch die Sperre. Er war allein und lächelte.

Mit den flotten Schritten eines Mannes, der soeben sein Ziel erreicht hat, wandte er sich dem Parkplatz der Taxis zu. MacGain folgte ihm in sicherem Abstand.

Als die Queens zum Präsidium zurückkehrten, fanden sie MacGains Nachricht vor: Ihr Mann war sofort heimgefahren. Hinzu kam noch der Bericht, daß Cazalis seinem Hausmädchen eine Woche Urlaub gegeben hatte, und Ellery sagte: »Jetzt ist der Weg für ihn frei, und die ›Katze‹ kann sich ungestört dem Problem Marilyn Soames widmen.«

So kam es auch. Cazalis widmete sich diesem Problem mit einer Intensität, als würde sein Seelenfrieden davon abhängen. Er war so eifrig, daß er jede Vorsicht in den Wind schlug. Er zog sich einen alten, grauen Mantel an, setzte den Filzhut auf und machte sich an die Arbeit.

Dieses Mal scheute er nicht einmal das Tageslicht.

Am Dienstagmorgen verließ er das Haus durch den kleinen Seiteneingang und wandte sich dem Madison Square zu, wo er ein Taxi bestieg. Der Wagen fuhr nach dem Osten der Stadt; Hesse und MacGain folgten in zwei verschiedenen Taxis.

Cazalis' Wagen erreichte die Straßenkreuzung First Avenue und 28. Straße und hielt vor dem Eingang zum Bellevue-Hospital.

Cazalis entlohnte den Fahrer und ging dann zum Eingang. Als das Taxi abfuhr, warf er einen Blick über die Schulter und kehrte auf die Straße zurück.

Er vergrub die Hände in den Manteltaschen und schlenderte zur 28. Straße.

Langsam ging er am Haus Nr. 486 vorüber und warf einen Blick auf die Haustür. Es war ein vierstöckiges Gebäude mit einer schmutzigen Fassade.

Ein Briefträger betrat das Haus Nr. 490.

Cazalis ging bis zur nächsten Ecke und kehrte um. Hesse, der ihm auf den Fersen war, verschwand hastig in einer Haustür. MacGain stand auf der gegenüberliegenden Straßenseite in einem Hauseingang. Die beiden Detektive, die den Auftrag hatten, Marilyn Soames zu bewachen, lauerten zweifellos irgendwo im Hintergrund des Hausflurs von Nr. 486.

Cazalis kam wieder langsam am Haus vorüber. Der Briefträger war inzwischen in den Hausflur gekommen und warf Briefe in die Kästen.

Cazalis blieb vor dem Nachbarhaus stehen, zog einen Briefumschlag aus der Tasche und warf einen Blick darauf. Dann wandte er sich dem Haus Nr. 486 zu.

Detektiv Quigley sah ihn in den Hausflur kommen und die Briefkästen betrachten.

Der Detektiv fühlte sich gar nicht wohl in seiner Haut. Er wußte, daß die Post jeden Tag zur gleichen Zeit zugestellt wurde und daß Marilyn Soames jetzt jeden Augenblick herunterkommen mußte, um einen Blick in den Briefkasten zu werfen.

Quigley legte vorsichtshalber die Hand an seine im Schulterhalfter steckende Dienstwaffe.

Cazalis kam auf die Treppe zu, und Quigley wich in die dunkelste Ecke des Hausflurs zurück. Er kauerte neben dem Treppengeländer und schaute zu, wie Cazalis auf dem Absatz stehen blieb.

Hesse kam herein und kauerte sich neben Quigley.

»Jemand kommt die Treppe herunter«, flüsterte Hesse seinem Kollegen ins Ohr.

»Das Mädchen!«

Sie kam leichtfüßig die Stufen herunter, öffnete den Briefkasten mit der Aufschrift »Soames«, nahm die Briefe heraus und sortierte sie.

Sie trug einen alten, abgetragenen Morgenmantel, und in ihrem Haar steckten ein paar Lockenwickler.

Cazalis starrte das Mädchen an.

Die beiden Detektive, die neben dem Treppengeländer kauerten und die Szene beobachteten, sagten später aus, sie hätten eigentlich damit gerechnet, daß in diesem Augenblick das Ende der Mordfälle gekommen wäre. Die Lage war geradezu ideal für die ›Katze‹: das Mädchen mußte jeden Augenblick auf ihn zukommen; niemand befand sich in der Nähe; die Straße war vollkommen verlassen; der Hinterausgang bot eine ausgezeichnete Fluchtmöglichkeit.

Die beiden Beamten wurden enttäuscht.

»Zum Teufel!« knurrte Hesse. »Wahrscheinlich hatte er den Plan, sie hinter die Treppe zu ziehen, wo ich mit Quigley kauerte. Der verrückte Kerl muß irgendeine Vorahnung gehabt haben!«

Ellery schüttelte den Kopf.

»Das war bei ihm Gewohnheit und Vorsicht. Er hat ja immer nur nachts zugeschlagen. Wahrscheinlich hat er nicht einmal die Schnur bei sich gehabt.«

Nach Einbruch der Dunkelheit kehrte Cazalis in die Straße zurück und stellte sich in den Hausflur, der dem Eingang zu Nr. 486 gegenüberlag.

Er wartete bis 21 Uhr 45.

Dann machte er sich auf den Heimweg.

»Warum habt ihr ihn nicht einfach geschnappt und dieser ganzen Komödie ein für allemal ein Ende bereitet?« fragte Jimmy McKell gereizt. »Er hatte bestimmt die verhängnisvolle Schnur in der Tasche!«

»Vielleicht – vielleicht aber auch nicht«, murmelte Inspektor Queen. »Wahrscheinlich will er sich erst mit ihren Gewohnheiten vertraut machen, und das kann noch einige Tage so weitergehen. Beim augenblicklichen Stand der Dinge dürfen wir nichts riskieren.«

Den ganzen Mittwoch über lungerte Cazalis in der Nachbarschaft des Hauses herum, und bei Eintritt der Dunkelheit stellte er sich wieder in den Hauseingang.

Um 21 Uhr 50 trat er den Heimweg an.

»Er fragt sich wahrscheinlich, ob das Mädchen je das Haus verläßt«, sagte der Inspektor an diesem Abend, als Celeste ihren Bericht brachte.

»Ja, das frage ich mich auch«, brummte Ellery. »Was, zum Kuckuck, treibt Marilyn eigentlich, Celeste?«

»Sie arbeitet an einem Manuskript für einen ihrer besten Kunden. Sie hat mir erklärt, daß die Arbeit wahrscheinlich erst am Samstag oder am Sonntag fertig wird.«

»Die ›Katze‹ wird inzwischen vor Ungeduld noch den Verstand verlieren«, sagte Jimmy McKell.

Am Donnerstag war es genau wie am Mittwoch; allerdings verließ Cazalis den Hauseingang erst zwei Minuten nach 22 Uhr.

»Jeden Abend ein wenig später.«

»Wenn das so weitergeht«, brummte Jimmy McKell, »dann wird er Celeste beim Verlassen des Hauses sehen – und das kann ich nicht zulassen.«

»Wir müssen die Zeit für unsere Verabredung ändern, mein Junge«, murmelte der Inspektor.

»Einen Augenblick; die Fenster der Soames-Wohnung liegen doch zur Straße heraus, nicht wahr?«

»Ja.«

»Ausgezeichnet. Warten Sie also an einem der Fenster, bis wir Ihnen mit der Taschenlampe ein Signal geben. Dann können Sie kommen, denn dann hat Cazalis seinen Platz verlassen. Warten Sie in jedem Fall auf dieses Signal, und verlassen Sie das Haus nicht eher, bis wir es Ihnen gegeben haben. Wenn es sein muß, warten Sie die ganze Nacht hindurch.«

Am Freitag verließ Cazalis sein Haus erst bei Anbruch der Dunkelheit. Er hielt sich bis 23 Uhr 15 auf der gegenüberliegenden Straßenseite von Nr. 486 auf.

Ellery gab Celeste das verabredete Signal und führte sie an den verabredeten Ort.

»Ich habe schon geglaubt, das Signal würde überhaupt nicht mehr kommen.« Celeste war an diesem Abend sehr blaß. »Ist er gegangen?«

»Ja, vor ein paar Minuten.«

»Ich habe am Nachmittag versucht, das Präsidium anzurufen – aber es hat sich mir einfach keine Möglichkeit geboten. Er hat kurz nach 13 Uhr angerufen!«

Die drei Männer schoben sich dichter an sie heran.

»Er hat sich wieder als Paul Nostrum ausgegeben und sich dafür entschuldigt, daß er Marilyn im *Hotel Astor* versetzt hatte. Er sagte, er sei plötzlich erkrankt und habe sich erst jetzt wieder erholt. Er wollte sich für heute abend mit ihr verabreden.«

»Was hat Marilyn dazu gesagt?«

»Sie hat ganz strikt abgelehnt; als er zudringlich wurde, hat sie einfach aufgehängt.«

»Er wird langsam ungeduldig, Daddy.«

»Ja, sein Hausmädchen kommt am Montag wieder zur Arbeit.«

»Hat Marilyn sonst noch etwas am Telefon gesagt, Celeste?« fragte Ellery.

»Ja, sie erklärte ihm, daß sie im Augenblick eine dringende Arbeit zu beenden habe, die sie entweder am Samstag oder am Sonntag abliefern müsse . . .«

»Aha!« murmelte Ellery.

Am Samstag zogen schwere Wolken auf. Es regnete den ganzen Tag, und bei Einbruch der Dämmerung stieg dichter Nebel auf.

Gegen 17 Uhr verließ Cazalis das Haus und fuhr sofort zur 28. Straße. Wenige Minuten vor 18 Uhr kamen Marilyn Soames und Celeste Phillips aus dem Haus Nr. 486.

Die beiden Mädchen gingen die Straße hinunter.

Die Sicht war wegen des andauernden Regens und des aufsteigenden Nebels sehr schlecht.

Cazalis folgte den beiden Mädchen auf der gegenüberliegenden Straßenseite. MacGain, Hagstrom, Quigley, die beiden Queens und Jimmy McKell schlenderten einzeln oder in kleinen Gruppen hinter ihm drein.

»Hat Celeste denn vollkommen den Verstand verloren?« knurrte Jimmy. Der Inspektor stieß ein paar saftige Verwünschungen aus.

Cazalis' Wut zeigte sich in seinem ganzen Verhalten: er lief einige Schritte, dann blieb er unvermittelt stehen, um dann langsam zu schlendern. Nach wenigen Schritten begann er wieder zu eilen.

Die beiden Mädchen betraten auf der Third Avenue einen Laden und kehrten mit einigen Päckchen in der Hand auf die Straße zurück.

Inzwischen war es noch dunkler geworden.

Cazalis stand wartend vor dem erleuchteten Schaufenster eines Geschäftes.

Ellery mußte Jimmys Arm umklammern.

»Er wird bestimmt keinen Versuch unternehmen, solange Celeste bei ihr ist, Jimmy. Außerdem herrscht zuviel Verkehr. Beruhigen Sie sich doch!«

Die Mädchen schlugen den gleichen Weg ein, auf dem sie gekommen waren.

Etwa fünfzig Meter vor dem Haus Nr. 486 sah es ganz so aus, als wolle Cazalis den Angriff dennoch wagen. Als er jedoch auf die Mädchen zutrat, fuhr am Haus Nr. 490 ein Wagen vor. Drei Männer stiegen aus, unter ihnen schien irgendein Streit auszubrechen.

Cazalis wich zurück, und die beiden Mädchen verschwanden im Haus Nr. 486.

Er betrat den gewohnten Platz im gegenüberliegenden Hauseingang und wartete dort bis nach 23 Uhr.

Als er endlich den Heimweg antrat, nahm Inspektor Queen mit grimmiger Miene die Taschenlampe zur Hand und gab Celeste das verabredete Signal.

Der für diesen Abend vereinbarte Treffpunkt war ein kleines Restaurant in der Nähe der First Avenue.

Als Celeste hereinkam, setzte sie sich an den Tisch und sagte sofort: »Ich konnte einfach nichts daran ändern. Als sie in ihren Mantel schlüpfte, um neues Papier für ihr Manuskript zu holen, konnte ich nicht anders. Ich wußte ja, daß er nichts unternehmen würde, falls sie in Begleitung war – und deshalb mußte ich einfach mitgehen. Hat er uns verfolgt?« Celeste war leichenblaß.

»Ja, er ist Ihnen gefolgt«, antwortete der Inspektor. »Sie dürfen sich darauf verlassen, daß ihr nichts zugestoßen wäre, Miss Phillips.« Er legte eine kleine Pause ein und fuhr fort: »Miss Phillips, dieser Fall hat die Stadtverwaltung bereits Tausende von Dollar gekostet – ganz abgesehen von unserer Arbeit. Heute haben Sie mit einem Schlag alle unsere bisherigen Bemühungen zunichte gemacht. Vielleicht werden wir nie mehr eine solche Chance bekommen. Wenn Marilyn allein gewesen wäre, dann hätte er unter allen Umständen einen Versuch unternommen. Ich kann Ihnen nur sagen, Miss Phillips, ich wünschte, ich hätte Sie nie gesehen und nie etwas von Ihnen gehört.«

Jimmy schickte sich an, aufzustehen.

Celeste drückte ihn auf seinen Stuhl zurück.

»Ich habe einfach nicht die Kraft gefunden, Inspektor, sie allein gehen zu lassen. Was soll ich denn nun machen?«

Ellerys Vater hob mit zitternder Hand sein Bierglas an und leerte es auf einen Zug. »So etwas dürfen Sie nie wieder tun! Vielleicht wird er morgen wieder einen Versuch unternehmen. Wollen Sie uns versprechen, daheim zu bleiben?«

»Ich will es versuchen.«

»Noch ein Bier!« rief Inspektor Queen zum Barkeeper hinüber. Der Mann trug das Bier auf, und Celeste verabschiedete sich. Die drei Männer begleiteten sie an die Tür und schauten ihr nach, bis sie von den Nebelschwaden verschlungen wurde.

Ellery spähte die Straße hinunter; er versuchte, den Nebel mit Blicken zu durchdringen.

Unvermittelt fragte er: »Ist das nicht Young, der da kommt?«

Sein Vater und Jimmy McKell rissen die Köpfe herum.

»Hören Sie, Inspektor!« rief der Detektiv keuchend, als er heran war. Große Schweißtropfen glitzerten auf seiner Stirn. »Der verdammte Nebel ist schuld! Man kann ja kaum die Hand vor den Augen sehen. Goldberg und ich – wir waren unmittelbar hinter ihm, als er sich ganz unerwartet umwandte und auf uns zukam. Ein wilder Ausdruck lag auf seinem Gesicht, als wollte er seine Aufgabe unbedingt heute noch erledigen. Wahrscheinlich hat er uns gar nicht bemerkt.« Young atmete tief ein. »Wir haben ihn in dem verwünschten Nebel verloren. Goldberg versucht, seine Spur aufzunehmen, und ich bin hergekommen, um Sie zu unterrichten, Inspektor.« Inspektor Queen biß sich auf die Lippen.

Plötzlich kam es Ellery zu Bewußtsein, was ihn die ganze Zeit an Celestes Erscheinung unbewußt gestört hatte.

»Der karierte Mantel«, sagte er mechanisch.

»Was?« fragte sein Vater.

»Sie war heute abend so durcheinander, daß sie nicht ihren eigenen Mantel, sondern den Marilyns angezogen hat. Wir haben Cazalis' Spur verloren – und Celeste trägt zur Zeit Marilyns Mantel!«

Jimmy McKell stürzte Hals über Kopf in die Nebelschwaden, und die beiden Queens folgten ihm auf den Fersen.

## 11

Als sie auf die 28. Straße zueilten, drang Celestes schriller Schrei an ihr Ohr.

Nach einer kurzen Zeitspanne klang der Schrei abermals auf – und dann brach er unvermittelt ab.

»Da, in der Seitengasse!« rief Ellery.

Ein Streifenwagen der Polizei kam herangebraust; die Lichtkegel der Scheinwerfer brachen sich im Nebel.

Inspektor Queen rief den Männern im Wagen einen kurzen Befehl zu, und die Scheinwerfer wurden in die Gasse gerichtet.

Johnson und Piggo kamen um die Ecke gestürmt, ihre Dienstrevolver in der Hand.

In der Ferne erklangen heulende Sirenen, aus dem Bellevue-Hospital schoß ein Krankenwagen heran.

Celeste stand vorgebeugt. Der Mann hinter ihr hatte die Hände an ihrer Kehle – aber es war ihr gelungen, beide Hände unter die rosafarbene Schnur zu schieben, so daß sie den Druck abzuwehren vermochte.

Mit einem gewaltigen Satz jagte Jimmy McKell auf Cazalis zu und riß ihn zu Boden.

Sofort warfen sich Goldberg, Young, Johnson und Piggo über ihn.

Cazalis stieß einen schrillen Schrei aus.

Inspektor Queen sagte: »Öffnet seine Hand! Geht aber recht behutsam vor, denn ich möchte die Schnur vollkommen unbeschädigt bekommen.«

Ein junger, weißgekleideter Arzt sprang aus dem haltenden Krankenwagen und beugte sich über die reglos am Boden liegende Celeste.

»Sie ist tot!« rief Jimmy McKell verzweifelt.

»Nein, sie hat nur das Bewußtsein verloren, Jimmy«, erwiderte Ellery.

Inspektor Queen betrachtete liebevoll die rosafarbene Schnur in seiner Hand.

»Sie hat lediglich Abschürfungen am Hals davongetragen, weil sie den Druck der Schnur mit den Händen abgefangen hat«, verkündete der Arzt. »Wirklich ein helles Mädchen! Nun, sie wird bald wieder zu sich kommen.«

Jimmy setzte sich neben Celeste auf den nassen Asphalt.

Inspektor Queen schob die Schnur sorgfältig in einen Briefumschlag. Er pfiff leise vor sich hin.

Cazalis' Hände waren inzwischen auf dem Rücken gefesselt worden. Er lag noch immer am Boden. Seine Augen waren vollkommen ausdruckslos, und sein Gesicht war aschfahl. Schwer atmend lag er in dem Käfig, den die Beine der um ihn stehenden Beamten bildeten.

Die Katze!

Die Beamten rissen Witze. Johnson, der Goldberg noch nie recht leiden mochte, bot ihm eine Zigarette an, da Johnson sein Päckchen verloren hatte.

Der am Boden liegende Mann bewegte die Mundpartie, als kaue er.

»Schauen Sie sich seinen Mund an, Inspektor!«

Inspektor Queen beugte sich über Cazalis und legte die Hand um seinen Kiefer.

»Vorsicht, Inspektor!« rief ein Beamter lachend. »Katzen beißen!«

Cazalis öffnete folgsam den Mund, und Young richtete den Strahl seiner Taschenlampe hinein.

»Es ist nichts«, sagte der Inspektor. »Er hat sich nur auf die Zunge gebissen.«

Der Arzt breitete eine Decke über Celeste.

Inzwischen war es wesentlich kälter geworden – aber die Beamten am Tatort schienen nichts davon zu merken.

Ellery setzte sich müde auf eine in der Nähe stehende Mülltonne. Er schaute zum Himmel hinauf.

»Ah!« rief der junge Arzt. »Endlich kommt sie zu sich.«

Celestes verbundene Hände fuhren sofort mit einer instinktiven Bewegung an den Hals. Jimmy beugte sich über sie.

»Es ist alles vorüber, Liebste.«

»Das schreckliche ...«

»Alles vorüber, Liebste!«

»Er ist auf mich zugekommen. Ich habe sein Gesicht gesehen – dann ist vor meinen Augen plötzlich alles schwarz geworden.«

»Sparen Sie sich das alles für später auf, Miss Philipps«, sagte der Inspektor freundlich.

»Die ›Katze‹, Jimmy – wo ist er?«

»Du brauchst nicht zu zittern, Liebste. Siehst du ihn

dort drüben liegen? Er ist jetzt vollkommen ungefährlich.«

Der junge Arzt beugte sich über den am Boden liegenden, gefesselten Mann. Unvermittelt richtete er sich auf.

»*Wer* soll das Ihrer Meinung nach sein?« fragte er scharf. »Dieser Mann ist der berühmte Psychiater Dr. Edward Cazalis!«

Die Beamten lachten schallend auf.

»Vielen Dank, Doktor«, sagte Young, indem er seinen Kollegen zublinzelte. »Wir sind Ihnen für Ihre Auskunft sehr verbunden.«

Das Gesicht des jungen Arztes rötete sich. »Wir brauchen ihm nur auf die Beine zu helfen. Er hat keine nennenswerte Verletzung.«

Der ganze Spuk hatte nicht länger als fünf Monate gedauert: am 2. Juni war es Archibald Dudley Abernathy gewesen – und am 29. Oktober Celeste Philipps, alias Suzanne Martin.

Die ›Katze‹ saß im Schein der auf ihn gerichteten Scheinwerfer auf einem harten Holzstuhl. Er machte den Eindruck eines alten, vollkommen verbrauchten Mannes. Seine Hände zitterten, und auf seinem Gesicht lag ein nicht zu deutender Ausdruck.

Bei der Festnahme war eine zweite Schnur in seiner Tasche gefunden worden, und er hatte den vernehmenden Beamten auf Anhieb das Versteck in seinem Stahlschrank angegeben, in dem die anderen blauen und rosa Schnüre aufbewahrt waren. Ja, er hatte ihnen sogar den entsprechenden Schlüssel aus dem Bund hervorgesucht.

Er sagte aus, daß er diese Schnüre bereits 1955 auf

seiner Weltreise gekauft habe. Damals hatte er sich einige Zeit in Indien aufgehalten, und einer der Eingeborenen hatte ihm diese Schnüre zum Verkauf angeboten. Seine Frau hatte nichts von dem Vorhandensein dieser Schnüre geahnt.

Ellery saß bei der ersten Vernehmung außerhalb des Lichtkreises und hörte schweigend zu.

Gegen 4 Uhr 30 morgens kam der Bürgermeister in den Vernehmungsraum gestürzt. Er sah sogar noch blasser aus als Dr. Cazalis.

Die ›Katze‹ gab einen bis in alle Einzelheiten gehenden Bericht über die neun Morde. Cazalis' Geständnis war eines der besten, das die Kriminalpolizei von New York je erhalten hatte.

Als er die Aussage schloß, beugte Ellery sich auf seinem Stuhl vor.

»Sie haben soeben zugegeben, die betreffenden Personen seit der von Ihnen ausgeführten Geburt nicht mehr gesehen zu haben. Folglich haben Ihnen diese Personen doch als Individuen gar nichts bedeuten können. Dennoch haben Sie etwas gegen sie gehabt. Was war das? Warum hatten Sie den Drang, diese Menschen umzubringen?«

Dr. Cazalis wandte sich auf seinem Stuhl um und starrte in die Richtung, aus der Ellerys Stimme gekommen war. Das starke Licht der Scheinwerfer stach ihm in die Augen, so daß er nichts zu erkennen vermochte.

»War das eben Ellery Queens Stimme?« fragte er.

»Ja.«

»Nun, Mr. Queen«, sagte Cazalis liebenswürdig, »ich glaube kaum, daß Ihre wissenschaftlichen Kenntnisse ausreichen, um mein Motiv zu verstehen.«

New York erwachte am Sonntagmorgen, und die Bewohner hörten oder lasen die Berichte über die Ergreifung und Entlarvung des Unholds. Die ›Katze‹ war also in Wirklichkeit nichts anderes als ein geistesgestörter, alter Mann!

An einem der folgenden Morgen wurde die Leiche der jungen Reva Xavinsky in der Nähe der Jamaica Bay gefunden. Das Mädchen war zunächst brutal vergewaltigt und dann ermordet worden. Kurz darauf wurde der Täter verhaftet, und die Mordfälle der ›Katze‹ verschwanden von den Titelseiten der Zeitungen.

Dr. Edward Cazalis hatte sich in ein mürrisches Schweigen zurückgezogen. Er verweigerte eine Zeitlang jede Nahrungsaufnahme und schien nur noch für die Augenblicke zu leben, in denen er den Besuch seiner Frau empfangen durfte.

Mrs. Cazalis war am 30. Oktober in Begleitung der Richardsons aus Florida zurückgekehrt. Reportern gegenüber hatte sie ausdrücklich erklärt, daß sie unter keinen Umständen in ihrem Mann die ›Katze‹ sehen könne.

Um den Reportern zu entgehen, mußte sie in New York wiederholt ihre Wohnung wechseln. Sie wurde von Tag zu Tag einsilbiger und nervöser.

Es gelang ihr, die Dienste des berühmten Strafverteidigers Darrell Irons zu gewinnen.

Der Anwalt gab der Presse keine Auskünfte über den Stand der Dinge – aber in kurzer Zeit verbreitete sich das Gerücht, daß er den Fall als hoffnungslos ansah.

Cazalis weigerte sich entschieden, seinen Anwalt zu

empfangen, und er nahm auch nicht den Besuch der verschiedenen Psychiater an, die der Anwalt ihm sandte.

Augenscheinlich verfolgte Anwalt Irons den Plan, seinen Mandanten wegen Unzurechnungsfähigkeit in eine Anstalt einweisen zu lassen, so daß der Riesenprozeß ins Wasser fallen würde.

Der Staatsanwalt vertrat einen vollkommen entgegengesetzten Standpunkt, und die Bevölkerung von New York versprach sich ein dramatisches Duell.

Die Verhandlung wurde schließlich auf den 2. Januar festgesetzt, und Ellery wußte genau, was ihn dann im Gerichtssaal erwartete: er sollte als Hauptzeuge gegen Dr. Edward Cazalis, alias die ›Katze‹ auftreten und dessen Verurteilung besiegeln.

Eine willkommene Unterbrechung für Ellery war nur die Hochzeit von Jimmy McKell und Celeste Phillips. Nach der Zeremonie auf dem Standesamt verließ das Brautpaar das Gebäude, um draußen auf der Straße von Reportern empfangen zu werden.

Am Nachmittag machte Ellery einen Bummel durch das Geschäftszentrum von New York. Die Leute stapften niesend und hustend durch den Schnee – dennoch freuten sie sich auf ein weißes Weihnachtsfest.

An allen Straßenecken standen die in lange, rote Mäntel gekleideten Weihnachtsmänner, die zur Tradition geworden waren.

Ellery hatte bereits einige Geschenke eingekauft, und nun überlegte er, was er dem jungen Ehepaar McKell schenken könne.

Im Schaufenster eines der Geschäfte erblickte er eine hübsche Spieluhr, mit Elfenbein und Perlmutt eingelegt.

Schweizer Arbeit.

Schweiz?

Zürich!

Plötzlich waren alle Einkäufe für das bevorstehende Fest vergessen.

Ellery eilte zur 42. Straße und betrat die Stadtbibliothek von New York.

Irgendein kleiner Punkt hatte ihm seit Tagen zu schaffen gemacht. Unbewußt hatte er immer wieder darüber nachgedacht – und nun, als er das Wort Zürich gelesen hatte, war es, als sei eine kleine verborgene Glocke angeschlagen worden.

Ellery erinnerte sich nämlich bei diesem Wort an eine Abhandlung, die er über ein internationales Treffen berühmter Psychiater gelesen hatte. Dieser Kongreß hatte in Zürich stattgefunden.

Er wandte sich der entsprechenden Abteilung zu, und nach einer knappen Stunde hatte er das Gesuchte gefunden.

Es war ein aus Zürich stammendes, wissenschaftliches Journal. Ellery blätterte in dem Heft und rief sich seine Kenntnisse der deutschen Sprache in die Erinnerung zurück.

Das Journal brachte einen ausführlichen Bericht über den Verlauf des Kongresses. Alle Vorträge waren im Wortlaut angeführt.

Als er ein weiteres Blatt umschlug, zuckte er unwillkürlich zusammen, denn sein Blick fiel auf einen bekannten Namen: *Vortrag von Dr. Edward Cazalis, USA . . .*

Jetzt fiel ihm plötzlich ein, daß Jimmy McKell von diesem Kongreß berichtet hatte. Ellery richtete den Blick wieder auf den Artikel und begann zu lesen:

Vortrag von Dr. Edward Cazalis, USA, auf der Abendsitzung des 3. Juni. Dieser Vortrag war ursprünglich auf 22 Uhr angesetzt worden, aber da der Vorredner, Dr. Naardvoessler aus Dänemark, die Zeit wesentlich überschreiten mußte, konnte er erst um 23 Uhr 52 schließen. Dr. Edward Cazalis' Vortrag war um 2 Uhr 03 früh beendet, und der Kongreß wurde am 4. Juni um 2 Uhr 24 durch den Präsidenten Dr. Jurasse geschlossen.

Langsam blätterte Ellery weiter, um die Namenliste der Teilnehmer zu finden:

Dr. Fulvio Castorizo, Italien
Dr. John Sloughby-Cavell, Großbritannien
Dr. Edward Cazalis, USA
Dr. Walther Schönzweig, Deutschland
Dr. Andres Selboran, Spanien
Dr. Béla Seligmann, Österreich

Jemand tippte Ellery auf die Schulter.

»Wir müssen schließen, Sir.«

Der Raum war bereits vollkommen leer. In tiefe Gedanken versunken, verließ Ellery die Bibliothek.

Er dachte über die Arbeit nach, die die Staatsanwaltschaft von New York in den vergangenen Wochen und Tagen geleistet hatte.

Die Beamten hatten die einzelnen Fälle zurückverfolgt: Donald Katz, Stella Petrucchi, Lenore Richardson und Beatrice Wilkins. Das Zeitelement in den weiter zurückliegenden Fällen wurde natürlich immer unsicherer – aber bei der Vielzahl der Morde spielte das natürlich keine große Rolle.

Es mußte dem Staatsanwalt vollauf genügen, wenn er bei der Hauptverhandlung den einwandfreien Beweis für sechs Morde anführen konnte. Hinzu kam natürlich noch die Ergreifung des Mörders auf frischer Tat.

Ellery ging die Fifth Avenue hinunter. Es war inzwischen kälter geworden. Er schaute in ein Schaufenster und warf einen Blick auf seine Armbanduhr.

In Wien war es zu dieser Zeit mitten in der Nacht.

Er schrak vor dem Gedanken zurück, seinem Vater mit dieser neuen Eröffnung zu kommen.

Verstohlen zog er daheim die Tür ins Schloß und schlich in sein Arbeitszimmer. Ohne den Mantel auszuziehen, setzte er sich an den Schreibtisch, schaltete die Tischlampe ein und hob den Telefonhörer ab.

Er ließ sich mit Wien verbinden.

»Bitte melden, Teilnehmer!«

»Professor Seligmann?«

»Ja, bitte?«

Es war die Stimme eines alten Mannes.

»Ich heiße Ellery Queen«, sagte Ellery auf deutsch. »Sie kennen mich nicht, Professor . . .«

»Das stimmt nicht«, erwiderte der alte Mann auf englisch. »Sie sind ein bekannter Autor von Kriminalromanen, und ich habe einige Ihrer Werke gelesen. Es ist mir auch bekannt, daß Sie sich außerdem als Detektiv beschäftigen. Sie können ruhig englisch mit mir sprechen. Was wünschen Sie, Mr. Queen?«

»Professor Seligmann, ich glaube, Sie sind mit dem amerikanischen Psychiater Edward Cazalis bekannt.«

»Cazalis? Er war mein Schüler. Ja?«

Die Stimme verriet nicht den geringsten Ausdruck.

»Haben Sie ihn in letzter Zeit gesehen?«

»Ich habe ihn im Sommer dieses Jahres in Zürich getroffen. Warum fragen Sie?«

»Bei welcher Gelegenheit, Professor?«

»Bei einem internationalen Kongreß. Sie haben jedoch meine Frage nicht beantwortet, Mr. Queen.«

»Ist es Ihnen nicht bekannt, daß Dr. Cazalis in Schwierigkeiten steckt?«

»Schwierigkeiten? Nein; um was handelt es sich?«

»Das kann ich Ihnen im Augenblick leider nicht erklären, Professor – aber es ist außerordentlich wichtig, daß ich genaue Informationen von Ihnen bekomme.«

»Sind Sie ein Freund von Cazalis?«

*Bin ich ein Freund von Cazalis?*

»Ja«, erwiderte Ellery, »ich bin sein Freund.«

»Sie haben gezögert, und das gefällt mir nicht.«

»Ja, ich habe gezögert, Professor«, entgegnete Ellery vorsichtig, »weil ›Freundschaft‹ ein Wort ist, das ich sorgfältig abwäge.«

Er glaubte bereits, er habe alles verloren – aber dann klang das trockene Auflachen des alten Professors an sein Ohr.

»Ich habe an dem Kongreß in Zürich teilgenommen. Cazalis war ebenfalls anwesend. Bei der letzten Abendsitzung hat er einen Vortrag gehalten, der erst weit nach Mitternacht schloß. Dann habe ich mich noch bis in die frühen Morgenstunden in meinem Hotelzimmer mit ihm unterhalten. Ist Ihre Frage damit beantwortet, Mr. Queen?«

»Sie haben ein hervorragendes Gedächtnis. Ich muß

Sie unbedingt aufsuchen, Professor.«

»Wegen Cazalis?«

»Ja, wegen Cazalis; ich werde sofort nach Wien fliegen. Würden Sie mich empfangen?«

»Nur aus diesem Grund unternehmen Sie eine Reise nach Europa?«

»Ja.«

»Gut, dann kommen Sie.«

Die Reise verzögerte sich um einige Tage, und so kam es, daß Ellery das Weihnachtsfest doch noch in New York verbrachte.

Der Inspektor war großartig: Während dieser Tage des Wartens fragte er Ellery nicht ein einziges Mal nach dem Zweck seiner Europareise.

Es war Neujahrstag, als Ellery Queen endlich in Wien landete.

Wo steckte Professor Seligmann?

Europa befand sich allem Anschein nach in der zweiten Epoche der Eiszeit, und Ellery befürchtete, daß er Professor Seligmann mitten in irgendeinem Gletscher antreffen würde.

Er entdeckte eine Telefonzelle, und als er die betreffende Nummer gewählt hatte, meldete sich eine aufgeregte Frauenstimme.

»Queen? Aber ist der Professor denn nicht bei Ihnen? Ach! Er wird bei dieser Kälte noch umkommen! Sie sollen unbedingt am Flughafen warten, Herr Queen. Der Herr Professor hat gesagt, er würde Sie bestimmt finden.«

Professor Seligmann tauchte kurz nach 10 Uhr auf. Er trug einen weiten, pelzgefütterten Mantel und eine

Pelzkappe.

Als er Ellerys eiskalte Hand drückte, kam dieser sich wie ein Mann vor, der lange Zeit über die Erde geirrt und dann plötzlich auf den Stammeshäuptling gestoßen war. Der Ort spielte dabei keine Rolle, denn wo der Patriarch war, da war auch die Heimat.

Sie setzten sich in den alten Fiat des Professors, und der Chauffeur fuhr über den Karlsplatz und durch die Mariahilfstraße zur Innenstadt.

»Entspricht Wien nicht Ihren Erwartungen?« fragte Professor Seligmann unvermittelt.

»Es ist so unendlich lange her, seit ich hier war, Professor. Das war noch vor dem Krieg . . .«

»Ja, und vor dem Frieden«, sagte der alte Mann lächelnd. »Aber erzählen Sie mir etwas von New York, Mr. Queen. Ich habe Ihre große Stadt seit Jahren nicht mehr gesehen.«

Ellery kam der Aufforderung nach. Unwillkürlich mußte er daran denken, daß die Hauptverhandlung gegen Cazalis auf den morgigen Tag festgesetzt war. Er selbst war über viertausend Meilen vom Gerichtssaal entfernt.

Frau Bauer, Professor Seligmanns Haushälterin, begrüßte den Meister mit einer Aspirintablette, einer Wärmflasche und einer Kanne dampfendem Tee.

Der alte Herr schob sie lächelnd zur Seite; er ergriff Ellerys Hand und führte ihn vor den breiten Kamin, in dem ein Feuer prasselte; Frau Bauer trug ein reichhaltiges Frühstück auf.

»Das ist der beste Kaffee der Welt«, sagte Ellery zu seinem Gastgeber, als er sich die zweite Tasse einschenkte.

»Danke, aber Sie sind bestimmt nicht hergekommen, um über solche Nebensächlichkeiten mit mir zu sprechen. Wie steht es also mit unserem gemeinsamen Freund Edward Cazalis?«

Ellery stand auf und stellte sich vor den Kamin.

»Der Termin der Hauptverhandlung ist für morgen anberaumt worden, Professor, aber ich befinde mich hier in Wien.«

»Zu welchem Zweck?« Der Professor setzte seine alte Meerschaumpfeife in Brand und betrachtete Ellery forschend. »Ich habe Cazalis behandelt, als er vor achtzehn Jahren als Patient nach Wien kam. Anschließend hat er bei mir studiert und ist dann nach Amerika zurückgekehrt. Danach habe ich ihn nur noch in diesem Sommer in Zürich getroffen. Was möchten Sie also von mir, Mr. Queen?«

»Hilfe.«

»Von mir? Aber der Fall ist doch abgeschlossen.«

»Gewiß, die gegen Cazalis vorliegenden Beweise sind schwerwiegend. Er ist verhaftet worden, als er im Begriff stand, einen zehnten Mord zu begehen. Über die anderen neun Morde hat er ein ausführliches Geständnis abgelegt.« Ellery stellte seine Tasse auf den Tisch. »Professor Seligmann, ich bin natürlich ein Laie auf Ihrem Gebiet. Cazalis hat nie ein Motiv für seine Taten angegeben. Ich möchte von Ihnen wissen, Professor, was ihn zu diesen Morden getrieben hat.«

»Sie glauben, ich könnte Ihnen das sagen?«

»Sie haben ihn behandelt, und anschließend hat er sogar bei Ihnen studiert. Um ein guter Psychiater zu werden, hat er doch selbst erst analysiert werden müssen ...«

Seligmann schüttelte den Kopf.

»Sie dürfen nicht vergessen, daß Cazalis bereits 49 Jahre alt war, als er sein Studium bei mir begann. Normalerweise wird ein Mann in diesem Alter nicht analysiert. In Cazalis' Fall habe ich das nur deswegen versucht, weil der Mann Arzt war und mich interessierte.«

»Was hat die Nervenzusammenbrüche bei ihm verursacht, Professor? Diese Frage hat mich zu Ihnen geführt. Cazalis stammt aus einer ärmlichen Familie und war eines von vierzehn Kindern. Er hat sein Elternhaus sofort verlassen, als ihm ein älterer Bekannter die Ausbildung ermöglichte. Dann hat er auch seinen Wohltäter im Stich gelassen und nur noch an seine ehrgeizige Karriere gedacht. Auf dem Höhepunkt dieser erstrebten Karriere erleidet er plötzlich einen Nervenzusammenbruch. Das ist doch bezeichnend.«

Der alte Mann schwieg.

»Und was geschieht nach diesem Zusammenbruch? Er gibt seine Praxis, übrigens eine der besten von New York, auf und geht mit seiner Frau auf eine Weltreise. Unterwegs erholt er sich – aber hier in Wien kommt ein erneuter Nervenzusammenbruch. Der erste Fall ist als Überarbeitung erklärt worden – aber wie steht es mit dem zweiten? Sie haben ihn doch behandelt, Professor. Was hat diese beiden Nervenzusammenbrüche verursacht?«

Seligmann nahm die Pfeife aus dem Mund.

»Sie erwarten von mir Informationen über einen Fall, der meiner ärztlichen Schweigepflicht unterliegt, Mr. Queen.«

»Ja, das stimmt, aber was hat diese Schweigepflicht in einem Fall zu bedeuten, in dem Schweigen selbst unmoralisch wäre?«

Der Professor legte die Meerschaumpfeife auf den Tisch.

»Mr. Queen«, sagte er. »Augenscheinlich sind Sie nicht zu mir gekommen, um Informationen zu holen, sondern um die Bestätigung der Schlußfolgerungen zu finden, die Sie bereits gezogen haben. Beschreiben Sie mir diese Schlußfolgerungen. Vielleicht finde ich dann einen Ausweg aus meinem Dilemma.«

»Gut.« Ellery überlegte einen Augenblick. »Cazalis hat im Alter von 44 Jahren ein neuzehnjähriges Mädchen geheiratet. In den ersten vier Ehejahren wurden zwei Kinder geboren. Diese Geburten sind von Dr. Cazalis selbst beaufsichtigt worden, und beide Kinder sind unmittelbar nach der Geburt gestorben. Wenige Monate nach dem Tod des zweiten Kindes erleidet Cazalis einen Nervenzusammenbruch – und dann gibt er seine Praxis als Frauenarzt und Geburtshelfer vollkommen auf. Meiner Ansicht nach war der Tod seines zweiten Kindes dafür verantwortlich. Ist es nicht eine Tatsache, daß Cazalis von Schuldgefühl in Ihre Praxis getrieben wurde, als er Sie vor achtzehn Jahren aufsuchte? Er, der bekannte Frauenarzt und Geburtshelfer, der Tausende von Babies auf die Welt gebracht hat, versagt ausgerechnet bei seinen eigenen Kindern. Dieses unendliche Schuldgefühl hat ihn letzten Endes zu dem getrieben, was er getan hat, Professor.«

»Was er getan hat? Ah, Sie meinen den Mord der neun Menschen?«

»Nein.«

»Was meinen Sie?«

»Ich meine«, erwiderte Ellery mit Nachdruck, »daß

Cazalis unschuldig ist.«

»Unschuldig?«

»Ja. Ich meine, Professor Seligmann, daß Cazalis diese neun Menschen nicht ermordet hat. Cazalis ist niemals die ›Katze‹ gewesen!«

## 13

Der Professor lehnte sich lächelnd zurück.

»Stammt Ihre Überzeugung von Cazalis' Unschuld aus Ihren merkwürdigen und vollkommen unwissenschaftlichen Schlußfolgerungen und Überlegungen, oder können Sie eine Tatsache anführen, der sogar das Gericht stattgeben müßte?«

»Es ist eine Tatsache, die allgemein verständlich ist«, erwiderte Ellery. »Wahrscheinlich ist sie wegen ihrer Einfachheit von allen Beteiligten übersehen worden. Der Kongreß von Zürich ist am 3. Juni dieses Jahres abgeschlossen worden. Bei der Abschlußsitzung hat Dr. Edward Cazalis einen längeren Vortrag gehalten. Er war der letzte Redner des Kongresses, der um 2 Uhr 24 früh vom Präsidenten geschlossen wurde. Da der Zeitunterschied zwichsen Zürich und New York sechs Stunden beträgt, war es in New York also 8 Uhr abends, als Cazalis seinen Vortrag in Zürich beendete. Nehmen wir an, daß alle Verkehrsverhältnisse zu seinen Gunsten standen und daß er vom Rednerpult sofort zum Flugplatz raste. Aber hätte er die Reise in dreieinhalb Stunden machen können?«

»Unmöglich!«

»Ja, und aus diesem Grund habe ich Sie von New York aus angerufen. Bei diesem Gespräch stellte sich heraus, daß Cazalis sogar noch bis in die frühen Morgenstunden in Ihrem Hotel weilte. Nun, es dürfte also mindestens 6 Uhr gewesen sein, als er Zürich zum frühesten Termin verlassen konnte. Erinnern Sie sich noch an das Datum des ersten Mordes der ›Katze‹, das ich Ihnen gegeben habe? Das war der Fall Abernathy.«

»Ich habe mich noch nie im Leben für Daten interessiert – das halte ich für Unfug.«

»Gut; der Gerichtsarzt hat einwandfrei festgestellt, daß Abernathy gegen Mitternacht des 3. Juni erdrosselt wurde. Cazalis ist ein recht talentierter Mann – aber auch er kann schließlich nicht zur selben Zeit an zwei Orten sein, die über viertausend Meilen entfernt sind.«

»Ja«, sagte der alte Mann betroffen. »Sie haben selbst gesagt, daß diese Sache so denkbar einfach wäre. Warum ist Ihre Polizei und die Staatsanwaltschaft nicht auf diesen Faktor gestoßen?«

»Nun, es waren neun Fälle von vollendetem und ein Fall von versuchtem Mord, die sich über eine Zeitspanne von fünf Monaten erstreckten. Cazalis' Kartei, die in seiner Wohnung gefundenen Schnüre, die Umstände, die zu seiner Verhaftung führten, sein Geständnis – alles deutete unweigerlich auf seine Schuld hin. Vielleicht haben die Beamten sich die Arbeit ein wenig leicht gemacht, denn für jeden Beteiligten stand es ja einwandfrei fest, daß Cazalis die ›Katze‹ ist. Wozu sollte man noch lange Alibis überprüfen?«

»Wenn Sie mir sagen, an wen ich mich wenden kann«, brummte der alte Seligmann, »dann werde ich in einem Telegramm nach New York aussagen, daß Cazalis am 4. Juni dieses Jahres bis in die frühen Morgenstunden in meinem Hotelzimmer geweilt hat.«

»Sie brauchen mir Ihre Aussage nur schriftlich zu geben – das genügt vollkommen.«

»Werden die Beamten dann die Überzeugung gewinnen, daß Cazalis auch die anderen Morde nicht verübt hat?«

»Es wäre lächerlich, das Gegenteil behaupten zu wollen, Professor. Diese Verbrechen waren so charakteristisch, daß von Anfang an nur ein und dieselbe Person als Täter in Frage kommt.«

Professor Seligmann stopfte seine Pfeife.

»Ich beginne langsam zu erkennen, was Sie zu mir geführt hat, Dr. Queen. Dennoch bedarf ich Ihrer ferneren Anleitung. Sie haben ein Problem gelöst, um sofort einem weiteren zu begegnen. Cazalis ist nicht die ›Katze‹, aber wer ist es?«

»Ja, das ist die Frage«, sagte Ellery.

Er schwieg eine Weile.

»Um die Antwort darauf zu finden, müssen wir uns fragen, was Cazalis eigentlich getan hat. Er taucht direkt erst in dem Augenblick in unserem Fall auf, als der zehnte Mord geplant wird. Er hat die gleichen Überlegungen angestellt wie ich, und er ist auch auf die gleichen Schlußfolgerungen gekommen: Das nächste Opfer konnte niemand anderer als Marilyn Soames sein. Cazalis schickte sich an, irrtümlich Celeste Phillips zu erdrosseln, weil er sie in dem karierten Mantel für Marylin Soames hielt. Nach seiner Verhaftung gestand er den Mord an Abernathy, den er gar nicht begangen haben konnte, weil er zu dieser Zeit in Zürich geweilt hatte. Warum hat er ein solches Geständnis abgelegt?«

Professor Seligmann folgte Ellerys Ausführungen mit großer Spannung.

»Sie sind also zu dem Schluß gekommen, daß er dieses Mädchen in der Seitengasse gar nicht erdrosseln *wollte;* daß er das nur vorgab?«

»Ja.«

»Aber das würde doch voraussetzen, daß er genau wußte, die Polizei würde ihn bei der Tat schnappen.«

»Natürlich hat er das gewußt, Professor. Es war ihm nur zu gut bekannt, daß jeder seiner Schritte genau überwacht wurde. Als er dem Mädchen die Schnur um den Hals legte, spielte er gewissermaßen die letzte Szene seines Auftrittes als die ›Katze‹. Es ist bezeichnend, daß es diesem Opfer gelang, einen schrillen Schrei auszustoßen, während das bei den neun vorangegangenen nicht der Fall war. Außerdem ließ er es zu, daß das Mädchen die Hände unter die Schlinge schieben konnte, um den Druck der Schnur aufzufangen. Ja, er *wollte* als die ›Katze‹ entlarvt werden.«

»Damit nähern wir uns dem Ziel«, murmelte der Professor.

»Gewiß; Cazalis wollte die ›Katze‹ decken! Dieses Gefühl konnte nur seinem alten Schuldbewußtsein entspringen. Stimmen Sie mir zu, Professor?«

»Ich höre mir nur Ihre Ausführungen an, Mr. Queen«, erwiderte der Professor. »Ich kann weder zustimmen noch ablehnen.«

Ellery lachte.

»Was war mir denn über die ›Katze‹ bekannt? Lediglich die Tatsache, daß es eine Person sein mußte, mit der Cazalis in enger Verbindung stand, und daß die betreffende Person Zustritt zu seiner Kartei und zu den Schnüren haben mußte. Ich fragte mich, ob eine solche Person überhaupt existierte – und ich gewann die Überzeugung, daß nur eine einzige Person in Frage kam: Mrs. Cazalis! Sie war die einzige Person, die einen wenn auch nur psychotischen Grund hatte, die Menschen zu ermorden, die ihr Mann zur Welt gebracht hatte.«

Professor Seligmann schien keineswegs überrascht zu sein. Nicht der geringste Ausdruck spiegelte sich in dem alten, zerfurchten Gesicht.

»In erster Linie interessiert mich natürlich der Grund, den Sie als psychotisch bezeichnet haben. Wie wollen Sie mir das demonstrieren?«

»Wiederum auf eine Art und mit einer Methode, die Sie als vollkommen unwissenschaftlich bezeichnet haben, Professor. Es war mir bekannt, daß Mrs. Cazalis zwei Kinder bei der Geburt verloren hatte. Ich wußte weiterhin nach Cazalis' eigener Aussage, daß seine Frau nie mehr ein Kind haben konnte. Ich wußte auch, daß sie Lenore Richardson, die Tochter ihrer Schwester, sehr ins Herz geschlossen hatte. Es gelang ihr lange Jahre hindurch, ihre Gefühle zu beherrschen – aber als sie das für Frauen kritische Alter von 45 Jahren erreichte, da brach sie zusammen. Sie muß sich immer wieder mit der Frage gequält haben: ›Mein Mann hat Tausende von Kindern gesund auf die Welt gebracht – warum mußten meine beiden Kinder unter seiner Hand sterben? Wenn er meine Kinder also umgebracht hat, dann werde ich die von ihm auf die Welt gebrachten Kinder ebenfalls umbringen!‹«

»Ihre Schlußfolgerungen sind wirklich bewundernswert, Mr. Queen«, sagte der Professor. »Sie haben zwar einen ganz anderen Weg eingeschlagen als ich – aber am Ziel sind wir wieder beisammen. Ja, Mrs. Cazalis hatte von jeher eine Tendenz zur Schizophrenie, und im

Alter von 45 Jahren ist der Damm in ihr gebrochen. Verfolgungswahn. In ihren Augen ist ihr Mann für den Tod ihrer beiden Kinder verantwortlich.«

»Nun«, murmelte Ellery mit einem bitteren Lächeln, »wird die Tigerin nicht wild vor Wut, wenn man ihr die Jungen nimmt? Außerdem gibt es ein altes Sprichwort, Professor: ›Eine Frau und eine Katze haben neun Leben!‹ Mrs. Cazalis hat neun Leben vernichtet. Sie hat ihr mörderisches Treiben fortgesetzt, bis . . .«

»Ja?«

»Bis ihr Mann eines Tages eine unerwartete Entdeckung machte. Auf irgendeine Weise, die jetzt nicht mehr wichtig ist, hat er die Wahrheit über das Treiben seiner Frau erfahren. Zweifellos ist ihm als ehemaligem Frauenarzt und Geburtshelfer die Tatsache der zweifarbigen Schnüre nicht entgangen: ein blaue für die männlichen und eine rosafarbene Schnur für die weiblichen Opfer! Auf diese Weise konnte er die Psychose seiner Frau bis zu ihrer traumatischen Quelle zurückverfolgen. Er schickte seine Frau also nach Kalifornien, setzte sich in den Besitz der restlichen Schnüre und machte sich an die Ausführung des Planes, allen zu zeigen, daß er, Edward Cazalis, die ›Katze‹ war. Das, Professor Seligmann«, schloß Ellery, »ist meine ganze Geschichte. Wenn Ihnen irgendeine Information bekannt ist, die mit meinen Ausführungen nicht im Einklang steht, dann gebe ich Ihnen jetzt die Gelegenheit, Einwendungen anzuführen.«

Der alte Mann stand auf und legte einige Scheite nach. Dann murmelte er, ohne sich umzuwenden: »Es dürfte wohl ratsam sein, Mr. Queen, das betreffende Telegramm jetzt abzusenden.«

Ellery seufzte.

»Dürfte ich statt dessen telefonieren? In einem Telegramm kann man nicht sehr viel sagen – und wenn ich mit meinem Vater spreche, dann können wir dabei Zeit sparen.«

»Ich werde das Gespräch sofort anmelden«, erwiderte der Professor, indem er an seinen Schreibtisch zurückkehrte und den Telefonhörer abhob.

»Ellery!« rief der Inspektor. »Bist du auf dem Posten? Was machst du denn noch in Wien? Warum habe ich gar nichts von dir gehört – nicht einmal ein Telegramm?«

»Ich habe eine Neuigkeit für dich, Daddy.«

»Eine Neuigkeit?«

»Mrs. Cazalis ist die ›Katze‹!«

Ellery grinste vor sich hin.

»*Mrs. Cazalis?*« fragte sein Vater verblüfft.

»Ja, ich weiß, daß das ein Schlag für alle Beteiligten ist, und ich kann dir im Augenblick keine weiteren Einzelheiten durchgeben, aber . . .«

»Ich habe auch eine Neuigkeit für dich, mein Junge.«

»Für mich?«

»Mrs. Cazalis ist tot; sie hat sich heute früh vergiftet.«

Mit einer Stimme, die Ellery seltsam fremd in den Ohren klang, sagte er zu Professor Seligmann: »Mrs. Cazalis ist tot; sie hat sich heute früh vergiftet.«

»Ellery! Mit wem sprichst du da?«

»Mit Béla Seligmann; ich bin zur Zeit in seiner Wohnung.« Ellery versuchte, den Schock abzuschütteln. »Nun, damit ist jedenfalls für Cazalis ein Problem gelöst . . .«

»Ja«, murmelte der Inspektor.

»Er ist nämlich unschuldig, Daddy«, fuhr Ellery fort. »Die Einzelheiten bekommst du bei meiner Rückkehr. Setz dich sofort mit dem Staatsanwalt in Verbindung. Die für morgen angesetzte Verhandlung kann zwar nicht mehr abgesetzt werden, aber . . .«

»Ellery – auch Cazalis ist tot; er hat sich heute früh ebenfalls vergiftet!«

Ellery umklammerte die Schreibtischkante.

»Höchstwahrscheinlich ist die ganze Sache von Cazalis so geplant worden. Seine Frau brachte ihm das Gift heute früh, und sie haben es zur selben Zeit eingenommen. Es war ein sehr schnell wirkendes Gift, denn sie waren bereits wenige Minuten später tot . . .«

Ellery wurde es plötzlich schwarz vor Augen, und Professor Seligmann brach die Verbindung ab.

Als Ellery nach einer ganzen Weile die Augen öffnete, stand der Alte über ihn gebeugt.

»Ich bin wieder zu spät gekommen«, murmelte Ellery mit ausdrucksloser Stimme. »Wenn ich die Sache gleich überprüft hätte, dann wäre Cazalis jetzt noch am Leben. Sehen Sie, Professor Seligmann: ich bin wieder einmal zu spät gekommen!«

»Immer mit der Ruhe, Mr. Queen«, erwiderte der Professor eindringlich. »In diesen Dingen habe ich ein größeres Wissen als Sie, und ich sage Ihnen in aller Form, daß Sie den Selbstmord von Cazalis unter keinen Umständen hätten verhindern können. Sie dürfen nicht vergessen, daß er unter dem gleichen Schuldgefühl litt wie seine Frau – und somit war dieser Selbstmord für ihn unvermeidlich. Dabei ist es doch vollkommen gleich, ob er nun in einer Gefängniszelle oder in seiner Luxuswohnung in der Park Avenue gestorben ist.«

»Es ist ganz gleich, was Sie sagen, oder wie Sie es sagen, Professor Seligmann – die Tatsache bleibt bestehen, daß ich wiederum einen verhängnisvollen Fehler begangen habe.«

»Gewiß, wenn Sie es so nehmen, Mr. Queen, dann haben Sie einen Fehler begangen.« Der alte Professor beugte sich vor und ergriff Ellerys Hand. »Sie haben diesmal versagt – und Sie werden auch in Zukunft wieder versagen, denn das liegt nun einmal in der Natur der Menschen. Ihre Arbeit ist unentbehrlich, und Sie müssen sie unter allen Umständen fortsetzen. Ich möchte Ihnen ein Wort vor Augen führen, dessen Wahrheit über alle Zweifel erhaben ist. Es steht im Evangelium von Markus und lautet: Es gibt nur einen Gott und niemanden, der ihm gleichkommt!«

Ellery Queen

# Das zwölfte Geschenk

Detektivroman

Übersetzt von Hermann Baer

## Erstes Buch

### Höchstgeschwindigkeiten für Kraftwagen

In dichtbebauten Bezirken: zehn Meilen in der Stunde. In Dörfern oder Städten außerhalb dichtbesiedelter Zonen: fünfzehn Meilen in der Stunde. Auf dem Land und in Randzonen: zwanzig Meilen in der Stunde.

Aus einem Gesetz des Staates New York, 1904

## Erstes Kapitel

*25 Jahre zuvor: Januar 1905*

In dem einer Dame in anderen Umständen durch Naturgewalten und einen halsstarrigen Gatten Leid widerfährt

Für Claire Sebastian begann das neue Jahr mit Entzücken. Das Baby rührte sich prächtig. »Glaubst du, es wird ein Bub, John?« Und in der Zurückgezogenheit ihres Hotelschlafzimmers erlaubte sie sogar ihrem Gatten, das kleine Lebewesen mit den Händen zu fühlen, das sich unter ihrem Herzen wand und regte. In jener Woche hatten sie zusammen viel gelacht.

Es war Johns Einfall gewesen, für Neujahr und die Tage danach in die Stadt zu gehen. »Ich weiß, du hast in den vergangenen Monaten das muntere Leben vermißt, solange du hier in Rye eingeschlossen warst«, hatte John zu Claire gesagt. »Jetzt kommt die letzte Gelegenheit, dich zu amüsieren, bevor die schrecklichen Pflichten der Mutterschaft die Oberhand gewinnen.«

Im stillen freilich hatte Claire es zu riskant gefunden, sich in ihrem Zustand in den gesellschaftlichen Wirbel des New Yorker Lebens zu stürzen. Das Ganze war holder Unsinn, zu dem sie sich erst nach längerem Überlegen hatte entschließen können, wobei sie sich von ihrem zusehends umfangreicheren Spiegelbild losreißen mußte. Sollten sie doch starren, jene New Yorker Katzen!

Bis zum Mittwoch, dem 4. Januar, war es eine herrliche Eskapade gewesen. John hatte im *Waldorf* eine Zimmerflucht reservieren lassen und der Firma Sebastian & Craig für die Festtage den breiten Rücken gekehrt. »Liebling, diese Woche gehört dir«, hatte er Claire versichert. »Das Verlagshaus und Arthur Craig können in diesen Tagen ohne mich weiterwursteln.« Und er hatte sie galant geküßt, worauf sie wie ein Schulmädchen errötete. Claire fühlte sich wie in den Flitterwochen. »John, du entwickelst dich zu einer regelrechten Kußwanze«, hatte sie gekichert. »Was hältst du davon, wenn wir zu schräger Musik ein wenig tanzen fahren?« Aber hier zog John die Grenze.

Claire hatte keine Zeit, sich darüber zu grämen. Den Silvesterabend verbrachten sie unter berühmten Literaten im Plüschheim eines mit John befreundeten Verlegers. Der Champagner und das Geplauder funkelten. Claire wurde sogar um ihr Urteil über die Bestseller der Saison gebeten: unter anderem Mrs. Wiggins »Rebekka vom Sonnenbachhof« und über moderne junge Autoren wie Jack London, George Barr McCutcheon, Lincoln Steffens und Joseph C. Lincoln. Da sie sonst kaum teilhatte an dem eleganten New Yorker Leben ihres Gatten, war es für sie ein glänzender Abend.

Jeweils morgens hatte John darauf bestanden, daß sie im Bett frühstückte, während er die Zeitungen überflog, das Interessanteste laut vorlesend. Claire dünkte es, die Welt inszeniere zu Ehren ihres noch Ungeborenen besondere Begebenheiten. So verfolgte sie die letzten Tage der Belagerung von Port Arthur, als wäre sie selber daran beteiligt. Als am Morgen des 2. Januar die Zeitungen meldeten, der russische General Stoessel habe vor den Truppen General Nogis kapituliert, überraschte sie der Ingrimm in Johns Stimme. »Wir werden eines Tages mit diesen schmächtigen Japanern Ärger haben, darauf gebe ich dir mein Wort.«

Sie dinierten bei *Reisenweber*, gingen jeden Abend ins Theater; das Abendessen pflegten sie bei *Delmonico* einzunehmen.

Die Nachmittage verbrachte Claire mit Einkaufen am Broadway. Bei Arnold Constable in der 19th Street kaufte sie pflichtbewußt einige Umstandskleider für die letzte Zeit der Schwangerschaft. Aber bei Lord & Taylor in der Fifth Avenue und bei B. Altman drüben in der Sixth Avenue stürzte sie sich – eingedenk der kalten Winde – in eine Kauforgie von Dingen für nachher: Petticoats mit raschelnden Spitzen; kurze Röcke, die nur bis zu den Fußknöcheln reichten und ganz *en vogue* waren; aufregend hohe Stiefel aus Ziegenleder; die neuen Hutnadeln, die nach den Worten der Verkäuferin bei Altman viel vornehmer waren als die gebräuchlichen zwei kurzen; und schließlich Kleider und nochmals Kleider.

»Du bist mir deswegen doch nicht etwa böse?« fragte sie nachher ängstlich ihren Gatten. Aber der lachte bloß und küßte sie wieder.

Ach, es war einfach himmlisch. Bis der Sturm kam.

Das Schneetreiben, durch welches ihre Droschke sich am Dienstagabend mühsam den Weg zum Theater bahnte, wütete die ganze Nacht hindurch. Am Morgen steckte die Stadt in einer weißen Zwangsjacke, ohne daß es zu schneien aufgehört hatte. Der »Herold« berichtete, die Stadt sei gelähmt; alle Verbindungen nach und aus New York seien zusammengebrochen. Viele Züge hätten evakuiert und in den tiefen Schneeverwehungen stehengelassen werden müssen. Long Island sei völlig isoliert.

Die Sebastians verbrachten den Mittwoch im *Waldorf.* Johns Sonntagslaune sank. Als sich gar herausstellte, daß sie ihre Theaterkarten nicht würden gebrauchen können, verschanzte er sich mürrisch hinter einer Flasche Whisky. Claire wünschte, sie wäre in Rye geblieben.

Am Donnerstagmorgen schaufelte sich die Stadt aus dem Schnee. John ließ Claire, die lustlos mit ihrem Frühstücksei spielte, im Hotel zurück. Er blieb lange weg. Als er zurückkam, sagte er kurz: »Ich bringe dich nach Hause.«

»Gut«, sagte sie leise und fragte: »Fahren die Züge?«

»Jetzt noch nicht. Niemand weiß, wann sie wieder verkehren werden. Aber vielleicht wird es Regen geben, der alles in Eis oder Matsch verwandelt. Dann sitzen wir fest.« Den wahren Grund, weshalb er Claire aus der Stadt haben wollte, nannte er nicht: nämlich den Bericht des Polizeikommissars McAdoo, der eine Verstärkung um weitere eintausendfünfhundert Mann forderte, weil er an der Fähigkeit seiner Leute zweifelte, mit den Plünderungen fertig zu werden, die in der oberen West Side ausgebrochen waren. »Je früher wir aufbrechen, desto besser«, drängte John.

»Aber wie kommen wir nach Hause?«

»Auf dem Weg, den wir gekommen sind.«

»Mit dem Auto?« Claire erblaßte. »Wie können wir nur? Die Straße . . .«

»Mach dir nur keine Sorgen. Mit dieser Maschine kommen wir überall hin.« Die Stimme des hünenhaften Mannes klang zuversichtlich. »Zieh dich an und pack die Sachen, Liebling. Wir fahren sogleich.«

Claire kroch aus dem Bett. Sie wußte, daß es zwecklos war, mit John Sebastian über seine geliebten Automobile zu streiten.

Sie war entsetzt. Nie hatte sie die Furcht vor den pferdelosen Kraftdroschken überwinden können, obgleich es ihr stets darauf ankam, Begeisterung vorzutäuschen. Den Haynes-Apperson Surrey, Baujahr 1903, hatte Sebastian verkauft, weil er ihm zu langsam gewesen war. Sie besaßen nun einen Pierce-Great-Arrow-Tonneau-Wagen, für den John viertausend Dollar gezahlt hatte. Das Vehikel war mit einem 28—32pferdigen Motor ausgerüstet, Gangschaltung an der Lenkradsäule und Gaslampen. Aber das war John noch nicht modern genug. Vor kurzem hatte er einen der berühmten weißen Renndampfer angeschafft, ein als »Pfeifender Billy« bekanntes Fabrikat, der in der Minute mehr als eine Meile zurücklegte. Claire dankte insgeheim Gott, daß John für die Reise nach New York den Pierce genommen hatte.

Wartend stand sie auf dem Trottoir vor dem *Waldorf,* während ihr Gatte das Verladen des Gepäcks überwachte. Ein berittener Polizist — eine Neuerscheinung im New Yorker Straßenbild — versuchte an der

Kreuzung 34th Street und Fifth Avenue, den ins Stocken geratenen Verkehr zu entwirren.

Trotz Pelzmütze und schwerem russischem Ponymantel fröstelte Claire. John pfiff sein Lieblingslied »Bedelia«, als habe er keine einzige Sorge.

Er half ihr in die aus Pelz gefertigte Autorobe und band ihr die gummierte Sturmschürze um. Dann zog er die Brille über seine Visiermütze – er hatte den Motor eine halbe Stunde lang warmlaufen lassen –, warf dem Hausburschen einen Dollar zu und brauste davon.

Jener Donnerstag, 5. Januar 1905, der schicksalsträchtigste Tag in Claire Sebastians dreiunddreißig Lebensjahren, war ein Alptraum von Benzingeruch, eisigem Schrecken und spiegelglatten Todesdrohungen. Das schlimmste aber war Johns unbekümmerte Fröhlichkeit. Die Schneewehen, die täuschend weißen Vogelschwingen glichen, die tückischen Radspuren, der schmutzige Himmel, die verwaisten Wagen längs der Straßen und die gelegentlich steif aus dem Schnee ragenden Beine toter Pferde – das alles schien absichtlich in Sebastians Weg geschleudert worden zu sein, um ihn zum Kampf herauszufordern. Kraftvoll und rotbackig focht er Stunde für Stunde gegen diese Hindernisse, mit dem Vertrauen des Mannes, der weiß, daß seine Kraft und sein Wille sich durchsetzen müssen. Neben ihm kauerte die schwangere Frau, schauernd, dann und wann ängstlich durch die eisgesprenkelte Brille spähend. Vergeblich versuchte sie, das wollene Halstuch um das erstarrte Gesicht zu schlingen. Sie war halb tot vor Kälte und Hunger und gänzlich entmutigt.

Das einzige, was Sebastian zu bekümmern schien, waren die Vergnügungen, um welche der Blizzard ihn geprellt hatte. Er verfluchte unentwegt die Elemente, derentwegen sie auf die morgige Abendvorstellung der »Aida« in der Metropolitan Opera hatten verzichten müssen, in der Madam Nordica, Scotti und der neue junge italienische Star, Enrico Caruso, auftreten würden. Oper und Theater waren zwei von Sebastians vielen Passionen – die einzigen übrigens, dachte Claire –, die sie aus ganzem Herzen mit ihm teilte. So elend ihr auch war: beim Gedanken an das Abendkleid, das sie in der Met hatte tragen wollen – rosa Seide mit Korallenornamenten und schwarzen Samtblenden, dezent abgehoben von einer Tiara und Perlenkette –, überkam sie ein Bedauern.

Als sie aus Bronx heraus waren und auf die Boston Post Road kamen, fing es an zu regnen. Claire packte ihren Mann am Arm.

»John, wir dürfen nicht weiterfahren!« schrie sie ins Getöse der Maschine.

»Wo sollen wir denn anhalten?« brüllte er zurück. »Nun sei mal ruhig, Claire. Bis jetzt hat uns das Auto durchgebracht, nicht wahr? Du wirst noch vor Dunkelheit zu Hause sein.«

Doch lange vor Einbruch der Nacht mußte er anhalten und die Lampen anzünden. Bald krochen sie nur noch mit einer Geschwindigkeit von fünf Meilen pro Stunde voran. Claire spürte, wie die Räder des Wagens schlitterten und auf der rasch vereisenden Straße Halt suchten.

Schon lange hatte Sebastian aufgehört, fröhlich zu fluchen. Er sprach überhaupt nicht mehr.

Lange Zeit später öffnete Claire die Augen. Das Auto hatte vor einem alten Genossenschaftsstall neben einem kleinen Holzhaus geparkt. Sturmlaternen flackerten im Wind. Claire folgte mit stumpfen Blicken John, der auf das Haus zuging. Er klopfte, bis die Tür von einem Mann in zerschlissenem Pullover aufgemacht wurde, der überrascht den Fremdling anblinzelte.

»Ich sah dort hinten Ihr Schild«, hörte sie ihren Mann rufen. »Ich brauche etwas Benzin. Haben Sie welches zu verkaufen?« Sie sah den Mann nicken. »Meine Frau könnte auch eine Tasse heißen Kaffee und ein Sandwich vertragen.«

John trug Claire in die kleine dampfende Küche. Der Raum war schmutzig und von Fliegen übersät. Doch Claire glaubte, nie im Leben ein solch gesegnetes Plätzchen gesehen zu haben. Sie kuschelte sich an den glutroten Ofen, schlürfte den brühheißen Kaffee, der wie Göttertrank schmeckte. Allmählich erwachten ihre Lebensgeister wieder.

»Armes Baby«, hörte sie sich murmeln. »Bist du noch da?« Das Absurde dieser Worte entlockte ihr ein Lachen. Alarmiert stellte sie fest, daß sie nahe daran war, den Verstand zu verlieren. Sie nahm einen vorsichtigen Schluck, der die unsinnige Anwandlung tilgte.

Nur zu bald kamen die beiden Männer zurück. Hastig stürzte John etwas Kaffee hinunter. Sie wußte, was das zu bedeuten hatte: Das Ganze sollte von vorn beginnen.

»Muß es sein?« fragte sie und versuchte, das Zittern in der Stimme zu unterdrücken. John verabscheute furchtsame Frauen. »Ich würde lieber hierbleiben. Es fängt an, gefährlich zu werden. Wenn du auf deine oder meine Sicherheit keine Rücksicht nehmen willst, dann denk wenigstens an das Kind.«

»Weder dir noch dem Baby wird etwas passieren«, antwortete er.

Der Mann im Pullover gab zu bedenken: »Ihre Frau ist in anderen Umständen? Heute nacht würde ich nicht mal 'ne Ziege auf die Straße hinausschicken. Gnädigste«, sagte er, sich an Claire wendend, »ich kann Ihnen zwar kein Astorhaus anbieten, aber Sie dürfen in meinem Bett schlafen.«

»Danke, das ist sehr freundlich von Ihnen«, sagte Claire mit schwacher Stimme. Sie wußte, es war nutzlos. Jede Art von Kritik machte ihren Mann nur noch halsstarriger.

»Bist du fertig, Claire?«

»Mister, Sie sind verrückt!« rief der Genossenschaftsmann.

John Sebastian schleuderte einige Münzen auf den Küchentisch, nahm seine Frau am Arm und trieb sie in die Nacht hinaus. Wortlos brachte er sie zum Auto zurück. »Du brauchst dein eigenes Bett. Ich bin nicht so weit gefahren, um jetzt aufzugeben.«

Typisch John Sebastian, dachte Claire: nie aufgeben, koste es, was es wolle.

Angst bedrängte sie von neuem. Schützend preßte sie unterm Kleid die Hände gegen den Leib.

Das Unglück geschah ohne Warnung. Der Regen hatte sich in Graupel verwandelt, der den Schneematsch mit einem Eisfilm überzog. Am Ende einer Straßensteigung stockte das Fahrzeug, schlingerte und sauste unkontrolliert bergab.

In Claires Körper spannte sich jeder Muskel. Sie stemmte sich gegen das Fußbrett und starrte wild in die Dunkelheit. Der Wagen beschleunigte mit übler Geschwindigkeit. Wütend wirbelte John Sebastian das hilflose Lenkrad nach allen Seiten.

Dann schleuderten sie.

»John!« schrie Claire.

Das war der letzte Laut, den Sebastian hörte, bevor es krachte.

Ihm war, als trommle ihm jemand mit gewaltigen Schlägen auf den Schädel. Der Schmerz weckte ihn aus eisiger Finsternis. Er war aus dem Auto in eine Schneebank neben der Straße geworfen worden. Er mußte schon einige Zeit dagelegen haben, denn es hatte aufgehört zu regnen, und am Himmel stand der Mond. John richtete sich auf, griff sich an den Kopf – aber das Hämmern ließ nicht nach. Taumelnd kam er auf die Beine, betastete den Körper, der überall schmerzte. Aber nichts schien gebrochen.

Glück gehabt, dachte John Sebastian.

Plötzlich fiel ihm seine Frau ein. Wo war Claire? Entsetzt blickte er sich um.

Zunächst konnte er sie nicht finden. Der Wagen, zur Hälfte noch auf der Straße, lag auf dem Dach wie ein totes Tier. Er war gegen einen dicken Baum gerast. Beim Aufprall hatte er sich überschlagen. Das Gepäck, auch Claires Einkäufe, waren über die Fahrbahn verstreut.

Dann sah er sie.

Sie war ebenfalls aus dem Auto geschleudert worden, das aber beim

Umkippen auf sie gefallen war. Die schwere Maschine hatte ihr linkes Bein unter sich begraben.

Sie stöhnte.

»Claire!« rief John erleichtert.

Sie war bewußtlos. Ein Blutfleck kennzeichnete die Stelle, wo sie mit dem Hinterkopf auf die vereiste Straße aufgeschlagen war. Sebastian packte das Auto und versuchte mit aller Kraft, es hochzuhieven, jedoch umsonst. Es war unmöglich, den Wagen zu heben und gleichzeitig die Frau darunter hervorzuziehen.

»Claire!« Er starrte, gegen die wachsende Verzweiflung kämpfend, auf ihr blau anlaufendes Gesicht nieder.

Dann rannte er wie gehetzt die verlassene Straße hinauf. Dabei glitt er aus und stürzte schwer. Doch raffte er sich schnell wieder auf und hetzte weiter, am rechten Ellbogen und an der Hüfte verletzt.

Ein paar hundert Fuß weiter aufwärts fand er, wie durch ein Wunder, ein kleines Haus, in dem noch Licht brannte und das von einem weißen Zaun und einer Gruppe schneebeladener Bäume umgeben war. Am Zaun reckte sich ein Eisenständer mit einer schwarzen Tafel über den Schnee; einige vergoldete Buchstaben glitzernden im Mondlicht.

Keuchend entzifferte sie Sebastian: Dr. med. Cornelius F. Hall.

Freude packte ihn. Er riß das Gartentor auf, torkelte auf das Haus zu und hämmerte gegen die Tür.

»Mister Sebastian, ich fürchte, es ist schlimmer als nur ein Beinbruch und eine Kopfwunde«, sagte Dr. Hall. Er war ein kleiner schmächtiger Mann von vierzig Jahren, mit gemessenen Bewegungen, borstigen roten Haaren und müden braunen Augen. »Ich habe das Bein geschient und die Wunde behandelt. Über das Ausmaß der Gehirnerschütterung weiß ich noch nichts. Im Augenblick ist das alles, was ich darüber sagen kann.«

Die Stimme des Arztes drang wie von fern an John Sebastians Ohren. Das Hämmern im Kopf war zu einem dumpfen Brausen angeschwollen. Er konnte sich kaum noch daran erinnern, wie sie es zuwege gebracht hatten, Claire zu befreien und ins Haus zu tragen. Schon zwei Stunden lang saß er in dem kühlen fremden Wohnzimmer vor dem qualmenden Kaminfeuer, während hinter der geschlossenen Tür der Doktor und seine dünnlippige wortkarge Frau — eine ausgebildete Schwester, wie Dr. Hall ihm versichert hatte — geheimnisvoll an Claire arbeiteten. Der Tee, den Mrs. Hall ihm gebracht hatte, war ihm zwischen den Händen kalt geworden.

Der Doktor fixierte ihn scharf. »Sind Sie sicher, daß Ihnen nichts fehlt, Mister Sebastian? Es wäre ratsam, auch Sie zu untersuchen.«

»Ach was, nein«, entgegnete John. »Meine Frau – kümmern Sie sich um meine Frau. Mensch, was stehen Sie hier herum und halten Maulaffen feil? Heraus mit der Sprache: Was ist mit meiner Frau?«

»Mister Sebastian, die Verletzungen und der Unfallschock haben Geburtswehen nach sich gezogen. Ihre Frau wird vorzeitig gebären.« Der Doktor sah unglücklich aus. »Mrs. Hall ist dabei, die notwendigen Vorkehrungen zu treffen. Sie wollen mich bitte entschuldigen?«

»Moment mal! Ich kann Ihnen nicht folgen«, murmelte der Verleger. Eine der Gibson-Colliers-Zeichnungen hing schief an der Wand, es machte ihn sehr nervös. »Sie meinen, meine Frau bekommt das Kind jetzt – hier?«

»Ja, Mister Sebastian.«

»Aber sie kann nicht. Sie darf nicht!«

Dr. Halls blasses Gesicht wurde rot. »Der Mensch denkt, und Gott lenkt, Sir. Ich fürchte, Sie haben keine andere Wahl.«

»Ich werde es nicht zulassen!« Die Adern auf Sebastians Schläfen traten bedrohlich hervor. Er stammelte: »Claires Arzt in Rye ... Wo ist das Telefon?«

»Ich habe keins, Mister Sebastian.«

»Aber ein Auto – einen Pferdeschlitten – irgend etwas. Was für ein Quacksalber sind Sie eigentlich? Ich werde den Arzt meiner Frau holen!«

»Ich besitze kein Auto, Sir. Und mein Schlitten wurde heute nachmittag beschädigt. In der Scheune steht zwar ein Gaul, aber bei dem Eis kommen weder Sie noch das Pferd fünfzig Schritt weit.« Die Stimme des Arztes wurde schneidender. »Jede Sekunde, die Sie mich hier aufhalten, bringt das Leben Ihrer Frau in Gefahr. Zwar ist es *Ihre* Frau, doch rate ich Ihnen, sich schnell zu entscheiden.«

Sebastian ließ sich in einen Stuhl sinken. Dr. Hall blickte etwas bitter auf ihn herab. Die Tür öffnete sich, und Mrs. Hall verlangte dringend ihren Gatten.

Durch die offene Tür erhaschte Sebastian einen Blick auf Claire. Ausgestreckt wie eine Leiche lag sie auf dem Bett; eine Leiche, die wie ein Hund winselte. Mrs. Hall verschwand – und die Tür war wieder dazwischen.

»Reden Sie endlich, Mister Sebastian. Soll ich oder soll ich nicht?«

»Ja«, flüsterte der Verleger. »Doktor, werden Sie alles tun, was in Ihren Kräften steht?«

»Mister Sebastian, verstehen Sie mich richtig: Ihre Frau ist ernsthaft geschwächt.«

»Ich verstehe. Gehen Sie. Um Gottes willen, gehen Sie!«

Die Zeit schien stillzustehen.

John glaubte zunächst, der Kopf werde ihm zerspringen, wenn die Schreie nicht bald aufhörten. Aber sowie sie verstummten, hoffte er, sie wieder zu hören.

Er konnte keinen klaren Gedanken fassen, sah alles verschwommen: den welken Gummibaum, die Lithographie überm Kaminsims, das Stereoskop auf dem Tisch und die grünen Portieren, die die schäbige Vorhalle verbargen. Der Anblick der schiefhängenden Gibson-Zeichnung, die ein Mädchen darstellte, war ihm unerträglich geworden. John stand auf und rückte das Bild zurecht.

Plötzlich, wie eine Erscheinung, stand Dr. Hall wieder vor ihm. Er war mit leisen Schritten eingetreten, schlürfte hastig eine Tasse Tee und schielte über den Rand seiner Brille nach dem Verleger. Sein Kittel trug Blutspuren, als habe er die Hände daran abgewischt.

Gebannt starrte John auf die Flecken.

»Sie haben einen Sohn, Sir. Er wurde um 1.09 Uhr geboren. Ich gratuliere.«

»Was für ein Tag ist heute?«

»Freitag, der 6. Januar; denn es ist nach Mitternacht.« Halls Stimme klang herzlich, aber seine braunen Augen blieben wachsam. »Der Junge ist sehr klein. Ich schätze nur vier Pfund schwer.«

»Wo sind wir?« murmelte John. »Wo steht dieses Haus?«

»In der Umgebung von Mount Kidron, nicht weit von der Eisenbahnlinie nach Pelham Manor«, antwortete der Arzt und bemerkte: »Für ein Frühgeborenes sind vier Pfund nicht schlecht. Der Kleine ist kerngesund. Mister Sebastian, sobald alles vorbei ist, sollte ich wirklich auch Sie untersuchen.«

»Mount Kidron«, wiederholte Sebastian wie im Traum. »Und meine Frau?«

»So wie die Dinge liegen«, setzte Dr. Hall schnell hinzu, »muß ich Ihnen offen gestehen, daß der Zustand Ihrer Frau kritisch ist. Denn sie wird ... Nun gut, Sir, ich werde mein Bestes tun.«

»Ja«, sagte Sebastian. »Großer Gott – ja.«

»Ich will es Ihnen gleich sagen: Ihre Frau wird noch ein zweites Kind bekommen.«

Heiser fragte der Verleger: »Was? Was haben Sie eben gesagt?«

»Sehen Sie, die erste Entbindung hat sie gefährlich geschwächt. Eine zweite ...« Die roten Haare des kleinen Mediziners schienen sich nach allen Seiten zu sträuben, dabei schüttelte er bloß den Kopf. »Es ist besser, Sie ruhen sich einstweilen aus, während ich nach der Patientin sehe. Da, trinken Sie den Rest Tee.«

»Aber die zweite Geburt wird meine Frau töten!« Sebastian sprang auf, riß an seinem Kragen, die Augen voller Angst.

»Wir wollen das nicht hoffen, Mister Sebastian.«

»Entfernen Sie das zweite Kind! Lassen Sie's sterben. Aber retten Sie das Leben meiner Frau!«

»Bei dem Zustand wäre eine Operation so gut wie tödlich. Außerdem wird das Kind ganz natürlich zur Welt kommen.«

»Ich will sofort zu meiner Frau!«

Der Doktor heftete die traurigen braunen Augen auf John Sebastian.

»Sir«, sagte er deutlich, »sie will Sie nicht sehen.«

Und er war wieder verschwunden.

Sebastian sank, einen Halt suchend, in den Stuhl zurück. Er bemerkte nicht, daß er sich den Tee, den der Arzt ihm gereicht hatte, auf den Schoß schüttete.

Ein Zwilling ...

Der Teufel sollte ihn holen.

Sie will mich nicht sehen.

Zum Teufel mit ihm, und nochmals zum Teufel ...

Die Tasse entglitt seinen Händen, zerschellte mit einem langen Spritzer ins Feuer am Boden, das wütend aufzischte.

Sebastian hob den Kopf. »Na und?« fragte er rauh.

Mrs. Hall verharrte an der geschlossenen Tür, eingeigelt in ihre geschlechtslose Schlichtheit, die schmalen Lippen verkniffen. Ihre Hand umklammerte den blauen Porzellanknauf so fest, daß sie vor Anstrengung weiß leuchtete wie ein alter Knochen.

Dr. Hall näherte sich langsam dem Sitzenden. Er hatte den Kittel ausgezogen und die Hemdsärmel bis zu den Ellbogen zurückgeschlagen. Die sommersprossigen Hände waren weiß und faltig, als habe er sie immerzu gewaschen, um sie vom Tod zu reinigen.

»Na?« wiederholte der Verleger, diesmal etwas schärfer.

»Mister Sebastian.« Der kleine Mann holte tief Luft. »Das zweite Kind, ein eineiiger Zwilling, wurde um 2.17 Uhr geboren ...«

»Was kümmert mich das! Ich will wissen, wie es meiner Frau geht!«

»Ich bedauere, Sir, sie ist tot.«

Leeres Schweigen.

»Falls Sie sie zu sehen wünschen ...«

Sebastian schüttelte zweimal wild den Kopf.

»Dann vielleicht die Kinder?«

»Nein.« Der große Mann sprang auf, das Gesicht versteinert. »Bitte, wie spät ist es?«

Dr. Hall zog eine vernickelte Uhr aus der Westentasche. »Zwei Minuten nach vier.« Er räusperte sich. »Mister Sebastian«, begann er von neuem.

»Wenn Sie sich wegen des Honorars Sorgen machen, dann nennen Sie mir den Betrag. Ich werde Ihnen einen Scheck geben.«

»Nein, nein, Sir, das ist es nicht . . .«

»Haben Sie den Totenschein ausgestellt?«

»Noch nicht, Sir.«

»Dann tun Sie es, bitte. Ich muß Sie und Ihre Frau bitten, das Kind so lange dazubehalten, bis ich es abholen kann. Zweifellos wird der Arzt meiner Frau dafür sorgen, daß eine Schwester das Neugeborene nach Rye bringt.«

»Das Kind?« Dr. Hall blinzelte. »Sie meinen natürlich die Kinder.«

»Ich sagte, *das* Kind«, beharrte Sebastian. »Das Erstgeborene.«

»Aber . . .«

»Meine Frau hat mir nur einen Sohn geschenkt, Doktor. Der zweite hat sie getötet; er kann nie mein Sohn sein. Daher will ich nichts mit ihm zu tun haben. Mir fällt es sogar außerordentlich schwer — den ersten . . .« Er wandte sich brüsk ab.

Dr. Hall und seine Frau wechselten Blicke. »Mister Sebastian, das kann doch nicht Ihr Ernst sein?«

Sebastian lachte auf. »Woher bekomme ich ein Pferd und einen Schlitten?«

»Können Sie Ihrem eigenen Fleisch und Blut einfach so den Rücken kehren, Sir? Ohne Skrupel?«

»Das verstehen Sie nicht«, entgegnete der Verleger verächtlich. »Das kleine Ungeheuer hat meine Frau umgebracht.«

Der Doktor schwieg. Mrs. Hall, die noch immer bei der Tür stand, rührte sich behutsam.

Schließlich sagte der Arzt: »Sicherlich haben Sie Pläne — für das zweite Kind. Was haben Sie mit ihm vor?«

»Sie sollen nicht zu kurz kommen, wenn Sie es so lange bei sich aufnehmen, bis meine Anwälte einen Platz gefunden haben, vorausgesetzt, daß Ihnen das keinen Verdruß bereitet.«

Mrs. Hall warf lebhaft ein: »Oh, es wäre kein Verdruß.«

»Nein, keinesfalls«, ereiferte sich auch der Doktor. »Vielleicht hat bei allem, was hier geschehen ist, die Vorsehung die Hand im Spiel, Mister Sebastian. Meine Frau und ich sind kinderlos geblieben, was uns oft betrübt hat. Sollte Sie Mrs. Sebastians tragisches Ableben wirklich bewogen haben, nur das Erstgeborene als Sohn anzuerkennen . . .«

»Doktor, wollen Sie damit andeuten, daß Sie und Ihre Frau das zweite Kind gern für sich behielten?«

»Falls Sie es uns geben wollen — ja.«

Sebastian machte eine wegwerfende Handbewegung. »Sie können es haben. Hoffentlich bringt es Ihnen mehr Glück als mir.«

Mrs. Hall schrie leise auf und verschwand wie eine Maus.

»Die Adoption müßte freilich gesetzlich geregelt werden«, sagte Dr. Hall, »damit Sie Ihre Entscheidung nicht wieder rückgängig machen können. Das wäre nämlich grausam. Sie verstehen, was ich meine, Sir? Papiere – Sie werden uns Papiere geben müssen.«

»Die können Sie haben. Auch werde ich für das Kind einen Versorgungsfonds einrichten. Bei nächster Gelegenheit spreche ich mit meinen Anwälten darüber.«

»Ich danke Ihnen, Mister Sebastian.«

»Keine Ursache.« Sebastians Stimme war herb. Plötzlich taumelte er und tappte nach der Rücklehne des Stuhls.

»Mister Sebastian!« Dr. Hall eilte ihm zu Hilfe.

»Nein, nein. Es ist alles in Ordnung ... Mir ist nur ein bißchen schwindlig ... Wahrscheinlich Übermüdung ...«

»Sie legen sich besser hin, Sir.«

»Ach was!« Der Verleger gab sich einen Ruck. »Sie haben noch immer nicht meine Frage beantwortet: Wo kann ich mir einen Pferdeschlitten besorgen?«

Der Arzt musterte ihn und sagte: »Ja, vielleicht ist es besser so. Etwa eine Meile die Post Road aufwärts ...«

Mit weinerlicher Stimme meldete das ältliche Dienstmädchen: »Mister Sebastian! Mister Muncie ist da. Eigentlich dürften Sie gar niemanden sehen. Wenn Sie uns nur den Arzt rufen ließen.«

Sebastian befahl vom Bett aus: »Hören Sie auf mit der Jammerei, und führen Sie gefälligst Muncie herein.«

Man schrieb den 11. Januar 1905, es war Mittwoch nachmittag. Vom Bett aus konnte John Sebastian die Brandung sehen, wie sie auf den Strand von Rye zurollte.

»Ah – Mister Sebastian«, grüßte eine herzliche Stimme.

»Treten Sie näher, Muncie, und nehmen Sie Platz.«

»Mir wurde gesagt, Sie seien ein kranker Mann.« Der Anwalt setzte sich auf einen Stuhl neben das Bett. »Ich sehe, es war keine Übertreibung: Sie sehen nicht gerade gut aus.«

Sebastian wehrte ungeduldig ab. »Muncie ...«

»Auch habe ich gehört, Sie hätten einige Schwindelanfälle gehabt und in den vergangenen fünf Tagen mehrmals an Gedächtnisschwäche gelitten. Warum holen Sie keinen Arzt?«

»Weil ich keinen brauche! Muncie, ich will ein neues Testament aufsetzen.«

»Jetzt?« Der Anwalt war betroffen. »Wär's nicht klüger, damit zu warten, bis Sie sich von dem Unfall restlos erholt haben?«

John blickte ihn mißmutig an. »Wollen Sie damit sagen, ich sei unzurechnungsfähig?«

»Nein, das nicht.« Muncie öffnete seinen Aktenkoffer. »Sir, wie wünschen Sie das vorhandene Testament geändert?«

»Belassen Sie das Vermächtnis, was die Hausbediensteten und die Angestellten bei Sebastian & Craig angeht, beim alten. Aber das Einkommen von meinen Geschäftsanteilen und denen meiner Frau soll meinem Sohn John zufallen.« Sebastian richtete sich halb auf. »Muncie, Sie wissen, welchen Sohn ich meine?«

»Jawohl.« Der Anwalt wunderte sich über die Frage. Er sagte: »Sie meinen das Kind im Säuglingsheim.« Er unterbrach sich und hustete. »Wär's nicht wirklich besser, dies alles auf einen anderen Tag zu verschieben?«

»Das Kind im Säuglingsheim«, brummte Sebastian vor sich hin. »Richtig, Muncie, mein Sohn John, mein einziger Sohn. Schreiben Sie es so, wie ich's eben gesagt habe: ›Mein einziger Sohn – Komma – John! Haben Sie verstanden?«

»›Mein einziger Sohn – Komma – John‹«, wiederholte der Anwalt.

»Er soll bis zu seinem fünfundzwanzigsten Lebensjahr das Einkommen erhalten. Mit fünfundzwanzig erbt er das Vermögen. Haben Sie das begriffen?«

»Ja, Mr. Sebastian.«

»Sollte ich sterben, ehe mein Sohn mündig ist, so wird er unter die vormundschaftliche Obhut meines Kompagnons und Freundes, Arthur B. Craig, gestellt. Craig ist bereit, die Verantwortung zu übernehmen. Überdies ist er der Testamentsvollstrecker und der Verwalter des Vermögens. Sollte mein Sohn noch vor Erreichen der Fünfundzwanzig sterben, dann überlasse ich Craig das Vermögen. Das wär's, Muncie. Schreiben Sie es gleich aus.«

»Bis morgen habe ich alles für Ihre Unterschrift bereit, Mr. Sebastian.«

»Nein, Sie werden die Unterlagen noch heute abend zurückbringen!« Sebastian sank erschöpft in die Kissen.

Muncie zog seine Uhr. »Ich bin nicht sicher ... Gewiß ist die Angelegenheit nicht dermaßen dringend, Mr. Sebastian.« Er lachte erleichtert. »Gesetzt den Fall, wir hätten das Pech, Sie in diesem Augenblick zu verlieren, Sir, dann wäre Ihr Sohn als einziger legitimer Nachkomme ohnehin der Erbe ...«

Sebastian flüsterte: »Ich will es auf dem Papier haben, Muncie, über meine Unterschrift, genauso, wie ich's diktiert habe.« Mit einem Schrei schnellte er in die Höhe: »Haben Sie mich endlich verstanden, verdammt noch mal?«

Der Anwalt verließ fluchtartig das Zimmer.

Muncie kam noch am selben Abend mit seinen zwei Schreibern zurück. Mit scharfer verärgerter Stimme las er John Sebastian das Testament vor. Dieser hörte aufmerksam zu und nickte nach jedem Satz. Als der Anwalt fertig war, griff der Bettlägerige zur Feder und setzte mit großer Sorgfalt seine Unterschrift auf die beiden Kopien. Dann wurden die Schriftstücke von den Schreibern als Zeugen unterschrieben, worauf die drei Männer sich zum Gehen bereitmachten.

»Meine Herren, ich danke Ihnen«, sagte Sebastian. »Hören Sie zu, Muncie.«

Der Anwalt drehte sich um.

»Verzeihen Sie, wenn ich Ihnen etwas ungehalten vorgekommen bin. Sie waren sehr einsichtig.«

»Mag sein«, meinte der Anwalt reserviert. »Dennoch, es ist getan. War sonst noch was?«

»Ja, eine Sache, die ich wirklich nicht vergessen darf ... Ein gewisser Versorgungsfonds, den ich einrichten sollte – gewisse Papiere zum Unterschreiben ...«

»Hat das nicht morgen noch Zeit, Sir?« fragte Muncie lächelnd. »Ich muß Ihnen dringend raten, einen Arzt zu konsultieren, bevor Sie irgendwelche weiteren Anstrengungen unternehmen.«

»Möglicherweise haben Sie recht«, brummte der Verleger. »Ich will morgen Dr. Westcott kommen lassen. Und was die Sache betrifft, von der ich vorhin gesprochen habe ... Nun gut, Muncie, ein andermal.«

Johns Stimme wurde schwächer. Der Anwalt zögerte einen Moment, dann ging er.

Sebastian legte sich zurück. Er war zufrieden. Das kleine Ungeheuer war erledigt. Es war im Testament nicht erwähnt, und niemand, weder Muncie noch Craig, noch sonst jemand, der Beziehungen zu John Sebastian unterhielt, dem Verleger und Witwer – niemand außer Dr. und Mrs. Hall wußten von der Existenz jener kleinen mörderischen Kreatur, und die beiden hatten Grund genug, den Mund zu halten ...

Sebastian fiel in Schlaf.

Und in jener Nacht starb er, ohne nochmals aufgewacht zu sein. Er war schon steif und kalt, als das ältliche Dienstmädchen ihn am frühen Morgen des nächsten Tages fand. Sein Freund, Arthur B. Craig, ordnete an, daß der Arzt die Leiche obduziere. Dieser fand ein Blutgerinnsel im Gehirn. Sebastian hatte sich, als er aus dem Auto geschleudert worden war, innere Kopfverletzungen zugezogen. Der Umstand, daß er sich nach dem Unfall beharrlich geweigert hatte, sich in ärztliche Behandlung zu begeben, hatte vermutlich zu seinem Tod geführt.

Auch wurde angenommen, daß sein ziemlich merkwürdiges Benehmen während der letzten fünf Tage seines Lebens eine Folge der Gehirnverletzung war.

John Sebastian wurde auf dem Friedhof zu Rye in der Familiengruft beigesetzt, gleich neben dem frischen Grab seiner Frau.

Als Dr. Cornelius F. Hall vom Ableben des Verlegers las, sagte er zu seiner Frau: »Wir haben wahrscheinlich mehr Glück gehabt, als wir glauben. Der Kerl wäre zu allem imstande gewesen.«

Mrs. Hall erschauerte und eilte in Claire Sebastians Sterbezimmer, das nun eine Kinderstube war.

Der Doktor zog unauffällig Erkundungen ein. Dabei fand er heraus, daß Sebastian, noch ehe er den versprochenen Fonds einzurichten vermochte, gestorben war. Als das Testament veröffentlicht wurde, studierte der Doktor es genau. Es enthielt keine Vorsorge für einen zweiten Sohn, noch wurde die Existenz eines solchen erwähnt. Der Doktor lächelte: Keine Seele vermutete, daß John Sebastians Frau einem zweiten Kind das Leben geschenkt hatte. »Gott sei Dank!« sagte Mrs. Hall und stürzte sich mit einer Fröhlichkeit in die neuen Pflichten ihrer Mutterschaft, die sogar ihren Gatten ansteckte; vor sich hinsummend preschte er mit seinem Pferdeschlitten über die Straßen des Bezirks Westchester.

Er registrierte die Geburten beim Stadtschreiber in Mount Kidron, war aber vorsichtig genug zu warten, bis er sie unter sieben andere schmuggeln konnte, bei denen er in und um Mount Kidron zugegen gewesen war. Der Stadtschreiber war taub und halb blind; er hatte in seinen fünfundvierzig Dienstjahren schon so viele Geburten in das gewichtige Hauptbuch eingetragen, daß sein Gehirn deren Eigentümlichkeiten nicht mehr behielt.

»Wir sind geschützt«, sagte der Doktor zu seiner Frau.

»Geschützt wovor, Cornelius?«

Er zuckte die Achseln. »Man kann nie wissen.«

Das alles geschah in dem Jahr, in dem Ellery Queen geboren wurde, und ein Vierteljahrhundert bevor er die Einladung zu einer außergewöhnlichen Weihnachtsparty in Alderwood im Staat New York akzeptierte.

## Zweites Buch

»Der Hut des Toten« / Von Ellery Queen

Diese »Aufgabe der Rückschlüsse« stellt zwei neue Detektive vor: die Queens, Vater und Sohn. Der eine ist ein genialer Schnüffler, der andere ein versonnener Bücherwurm. Es sind zwei liebenswürdige Gestalten, wenngleich etwas spröde und allzu ähnlich in ihren schlagfertigen Antworten ... Trotz geringer Mängel — ist dies ein kompetentes Werk für jene, die ihre Detektivgeschichten gern direkt haben.

Saturday Review of Literature, 12. Oktober 1929

## Zweites Kapitel

*Dienstag, 24. Dezember 1929*

In dem Ellery an einer weihnachtlichen Hausparty im ländlichen Westchester teilnimmt und John Sebastian auf künftige Begebenheiten anspielt

Wie jung Ellery war, war daran zu erkennen, daß er die Rezensionen ernst nahm. Die schmeichelhaften brachten seinen Kamm zum Schwellen, die herben hingegen stimmten ihn kleinlaut. Im allgemeinen waren die Kritiken über den »Hut des Toten« ein Ansporn. Daher traf ihn die bissige Besprechung in der »Saturday Review of Literature« wie ein Schlag. Der Vorwurf, bloß kompetent zu sein, ärgerte ihn; ein versonnener Bücherwurm genannt zu werden, verletzte seine Eitelkeit; und als spröde zu gelten, brachte ihn vollends aus der Fassung. Der Erstling eines jungen Schriftstellers ist noch voller Unschuld. Ihn zu beschimpfen, ist ein Verbrechen gegen die Natur. Ellery krümmte sich innerlich.

Jetzt war das alles vergessen. Das Buch war im August herausgekommen. Zwei Monate später lagen sämtliche Besprechungen vor, und Mitte Dezember schien es Ellery, als wären sie überhaupt nie geschrieben worden. Deshalb hatte er Arthur B. Craigs Einladung für die Weihnachts- und Neujahrsfesttage mit der souveränen Gelassenheit eines umschwärmten Autors angenommen. Es hätte ihn freilich verstimmt, wenn er gewußt hätte, daß man ihn ausschließlich als originellen Kopf und nicht als literarisches Löwenbaby eingeladen hatte. Zum Glück erfuhr er das nie.

Ellery hatte nur eine lose Beziehung zu Craig. Sie bestand in der Bekanntschaft mit dessen Mündel John Sebastian, der im New Yorker Künstlerviertel Greenwich Village eine Wohnung besaß. Dort und auch anderswo in der Stadt war dieser Ellery mehrmals auf literarischen und künstlerischen Abendgesellschaften begegnet. Eine gewisse freche Unbekümmertheit, die ihnen gemeinsam war, hatte sie schließlich zusammengeführt. Sebastian war ein dilettierender Dichter von außergewöhnlichem Charme und – wie Ellery glaubte – nicht ohne Talent. Nicht ganz zu Francis Scott Fitzgeralds verlorener Generation gehörend, entsprach er, schlicht gekämmt und mit durchdringendem Falkenblick, eher dem byronschen Vorbild, dem damals in New Yorks Künstlerkreisen nachgeeifert wurde. Von seinem wohlhabenden Vormund sprach Sebastian stets mit zynischer Bewunderung und jenem Unterton amüsierter Teilnahme, den die Jugend nun einmal gegenüber den nachsichtigeren Älteren anschlägt.

Arthur Benjamin Craig war von Haus aus Buchdrucker. Er stellte geschmackvolle, eigenhändig entworfene Bücher her. In diesem Fach galt er bereits als Künstler. Sonst wußte Ellery nichts über ihn, außer daß Craig die Prestigebücher druckte, die sein Verleger, Dan F. Freeman, herausgab.

Ellery hatte Craigs Einladung spontan akzeptiert. Später jedoch, kurz vor Weihnachten, war ihm eingefallen, daß dadurch sein Vater über die Festtage allein sein würde. Er war nahe daran, wieder abzusagen. Aber Inspektor Queen wollte nichts wissen von einem solch kindlichen Opfer.

»Es gibt eine neue Spur in der Mordsache Arnold Rothstein, und das wird mich übers Neujahr vollauf beschäftigen«, hatte der Vater ihm versichert. »Mach dich nur auf nach Alderwood, mein Sohn, und amüsier dich. Aber halte maß beim Limonadetrinken.«

Ellery grinste.

Der Inspektor wurde skeptisch. Er war ein wenig besorgt. »Die Zeitungen«, sagte er nachdenklich, »sagen weiße Weihnachten voraus. Wann willst du fahren?«

»Am Dienstagnachmittag.«

»Es soll am Dienstag stark schneien. Vielleicht ist es besser, du nimmst den Zug.«

»Bis jetzt hat mich der alte Duesenberg noch nie im Stich gelassen.« Ellerys Auto war freilich alles andere als ein vornehmes Stadtkabriolett. Dem offenen Wagen, Baujahr 1924, hatten 135 000 Meilen harten Fahrens arg zugesetzt. Doch Ellery hing an der mitgenommenen Droschke wie an einem klapprigen, aber noch dienstfertigen Reitpferd. »Im übrigen, Dad«, meinte er beruhigend, »habe ich einen Satz neuer Schneeketten gekauft. Es ist alles in Ordnung.«

Wie vorausgesagt: Am frühen Dienstagmorgen, dem 24. Dezember, begann es stark zu schneien. Gegen Mittag, als sich Ellery auf den Weg machte, waren die Straßen schneebedeckt.

In der Garage in der 87th Street West hatte Ellery das Wagenverdeck hochgeklappt und die Seitenvorhänge gezogen, um vor dem Schneetreiben geschützt zu sein. Aber nicht einmal sein abgewetzter Racoonmantel und die pelzgefütterten Ohrenwärmer bewährten sich gegen den Wind; der tückische, bissige Nordoster pfiff durch die Vorhänge, als wären sie bloß aus Baumwollgaze. Als Ellery an der Bezirksgrenze von Westchester am Parkway anlangte, fühlte er sich wie in einen Gletscher eingefroren. Er mußte zum Lunch in Mount Kidron anhalten. Dort kippte er aus seiner silbernen Hüftflasche heimlich einen Becher Kaffee mit Schnaps. Bei Mamaroneck und White Plains machte er abermals Rast, um den inneren Menschen aufzuwärmen. Und hinter White Plains, in nordwestlicher Richtung auf der Straße nach Alderwood, war die Flasche leer. In einem Zustand angenehmer Gleichgültigkeit, halb erfroren, halb durchglüht, erreichte er die Stadt.

Alderwood liegt vierzig Meilen von New York entfernt, ein Ort mit stattlichem Baumbestand, vielen kleinen Anwesen und etwa sechstausend Einwohnern. Die Scheiben der weihnachtlich geschmückten Schaufenster glitzerten vor Frost in dem kleinen, aber peinlich sauberen Geschäftsviertel. Ellery erfuhr, das Craigsche Anwesen liege am nördlichen Saum der Stadt. Er fand es nach traumwandlerischem Suchen und nachdem er sich in zwei Nebenstraßen verfahren hatte, die sich als Sackgassen erwiesen.

Es war ein mächtiges Haus von ungewöhnlicher Ausdehnung. Der zweigeschossige Dachstuhl nahm sich wie eine riesige Pyramide aus. Ellery erkannte in dem Haus ein erhabenes Beispiel amerikanischer Schindelarchitektur der achtziger Jahre. Straßenwärts waren in die wettergeschwärzte Holzfassade zwei übereinanderliegende Reihen großer Bogenfenster eingelassen, was dem Gebäude ein verblüffend modernes Aussehen gab. Der Eingang befand sich in einer großen offenen Vorhalle, die von Säulen aus Feldsteinen getragen wurde. Rings um dieses Ungeheuer wucherte dichtes Gestrüpp, was Ellery unvermittelt zu dem Vergleich mit einem alten kinnbärtigen Seemann veranlaßte. Das Haus ritt auf dem Kamm einer Welle schneebedeckten Rasens.

Vielleicht war es der gehobenen Stimmung zuzuschreiben, die Ellerys Phantasie beflügelte, als er den Duesenberg in die imposante Auffahrt lenkte – jedenfalls hatte er das wunderliche Gefühl, um viele Jahre zurückversetzt zu sein, ins Elisabethanische England. In seiner umnebelten Verfassung hätte es ihn nicht überrascht, von perückentragenden Bediensteten in herzoglicher Livree und einem großtuerischen Wirt in Wams und Strümpfen begrüßt zu werden. Im Geist sah er schon die mit Binsen ausgelegten Steinboden und wölfischen Hunde, die heißhungrig über ihre Wildkeulen herfielen. Heißer Grog war in großen Mengen vorhanden, auch andere dampfende Erfrischungen, dargereicht in Zinngefäßen.

Ellery begann vergnügt »Greensleeves« vor sich hin zu pfeifen.

Als er an der offenen Halle vorfuhr, standen dort erwartungsvoll die hohe dunkle elegante Gestalt John Sebastians und daneben ein

Hüne, eine Mischung zwischen Präsident Hoover und Heinrich VIII.: breitbeinig, mit viereckigem bärtigem Gesicht, eine Pfeife im Mund und einladend lächelnd.

»Du hast es geschafft!« rief Sebastian. Mit ein paar Sätzen sprang er durch den Schnee und packte Ellerys Hand. »Kümmere dich nicht um Wagen und Gepäck.« Und zu Craig gewandt: »Arthur, das ist Ellery Queen, Drachentöter und Tausendsassa. Sein Vater ist ein waschechter Kriminalinspektor.«

»Und ein genialer Schnüffler, das wollen wir nicht vergessen«, ergänzte Ellery leichthin. »Mister Craig, ich fühle mich geehrt, erfreut und erfroren — und zerquetscht«, meinte er, die schmerzende Hand reibend. Arthur Craigs Händedruck stand seinem Körperbau in nichts nach, trotz seiner dreiundsechzig Jahre. Haare und Bart waren noch stark blond, und die dunklen Augen blickten so lebhaft wie die seines Mündels. Es lag aber etwas Geduldiges und Edelmütiges darin, was Johns Augen oder denen Heinrichs VIII. fehlte, schien es Ellery.

»Der Inbegriff eines Vaters«, spottete John feierlich. »Er hat mich seit Kindesbeinen unter der Fuchtel.«

»Mit zweifelhaftem Erfolg, fürchte ich«, brummte Craig gemütlich. »Mr. Queen, ich heiße Sie willkommen. Zwar sehe ich keinen Grund, weshalb Sie sich geehrt und erfreut vorkommen sollten. Was jedoch die innere Unterkühlung anbelangt, so kann dem sofort abgeholfen werden. Felton! Nehmen Sie sich bitte Mr. Queens Auto und Gepäck an.« Der Gerufene, ein muskulöser Hausdiener in schwarzem Anzug und mit Querbinder, eilte zum Wagen. »Der Grog steht auf der Konsole«, sagte Craig.

Er wurde in Zinngefäßen serviert. Aber das vermochte Ellery sowenig zu erstaunen wie der Umstand, daß er sich in einer weitläufigen, zur Hälfte mit Holz verkleideten Wohnhalle fand. Der Raum war feudal in Eiche getäfelt, mit Balkendecke, messingbeschlagenen Sesseln und einem vom Boden bis zur Decke reichenden offenen Kamin unter einem großen Kupferschirm. Ellery blickte sich um: überall Kupfer, Leder, schwarzes Eisen und glänzendes Messing. Den aromatisch duftenden Grog in der Hand, folgten Ellery und John Felton die Treppe hinauf zum Obergeschoß. Er war entzückt. »John, was für ein herrlicher Ort, um Weihnachten zu feiern. Ich kann beinah Sir Andrew Aguecheek hören, der Sir Toby zuruft: ›Wollen wir ein Gelage aufziehen?‹«

»Ja, und den alten Belch, der zurückbrüllt: ›Was bleibt uns denn anderes übrig? Sind wir nicht im Zeichen des Stiers geboren?‹«

»Ich bin Zwilling«, sagte Ellery.

»Um eine düstere, langweilige alte Dame zu zitieren, die du bald kennenlernen wirst: ›An ihren Sternen sollt ihr sie erkennen!‹« Sebastian schlang einen Arm um Ellery. Er schien närrisch glücklich. »Ich bin heilfroh, daß du gekommen bist. Das wird ein tolles Fest werden.«

»Aber keine Morde, bitte!«

»Verflucht, dann muß ich meine Pläne ändern. Sobald du also fertig bist, kommst du herunter. Ich hab' eine kleine Überraschung für dich.«

»Schon jetzt? Ich glaube, du bist ein wenig voreilig.«

»Eine Überraschung zum Vorstellen, Junge. Sie hat auch einen Namen: Rusty Brown.«

»Rusty Brown?« stutzte Ellery. »Klingt nach einem Baseballspieler.«

»Um Himmels willen! Du mußt wissen, wir sind eng befreundet. Laß die Finger davon, verstanden?«

»Sehe ich denn wie ein Schuft aus?«

»Was meine Gefühle für Miss Brown angeht, ist jeder, der in Hosen umherläuft, so lange ein Gauner, bis er das Gegenteil bewiesen hat.« John Sebastian warf den Kopf zurück. »Im übrigen: mach keine Umwege, wenn du runterkommst. Das Haus hat dreißig oder mehr Zimmer in verschiedenen Flügeln, davon wird die Hälfte nie benutzt. Solltest du dich in einen dieser Räume verirren, dann würden wir dich wahrscheinlich bis zum Dreikönigsfest nicht mehr finden. Aber nun beeil dich!«

Ellery betrachtete John Sebastians »Überraschung« mit größtem Wohlgefallen. Rusty Brown hatte, was Elinor Glyn einmal »das gewisse Etwas« genannt hatte, dazu Chic und Geist. Sie war in der Tat ein lebhaftes Persönchen, mit gefälligen Kurven, mädchenhaften Gesichtszügen, Grübchen, feuerrotem Haar, nach der neuesten Mode zu einem Bubikopf frisiert, salopp-eleganten Kleidern und einem Paar auffälliger Ohrringe. Sie sah bemerkenswert wie Clara Bow aus. Der Blick der grünen Augen war offen. Ellery gefiel ihr fester Handschlag. Rusty galt als begabte Künstlerin, die Kleiderschmuck, Stoffmuster und Tapeten entwarf. Obwohl erst vierundzwanzig, also genauso alt wie ihr Freund John, besaß sie in der mondänen Madison Avenue bereits einen eigenen Laden. Die Rusty-Brown-Kreationen wurden gelegentlich in der Klatschspalte des »New Yorker« erwähnt und waren begehrt von dem verwöhnten Publikum der Park Avenue.

»So so, Sie sind der aufregende Autor, von dem John uns bis zum Erbrechen vorgeschwärmt hat«, sagte Rusty Brown mit klarer fester Stimme. »Er hat mich sogar dazu gebracht, Ihr Buch zu lesen.«

»Hat es Ihnen gefallen?«

»Ich fand es schrecklich klug.«

»Entdecke ich einen Wurm in der Frucht?«

»Nun ja, vielleicht zu klug.« Rusty zeigte die unschuldigen Grübchen. »Ich möchte sagen – etwas frühreif.«

»Ellery«, warnte John, »bei dem Mädchen mußt du höllisch aufpassen. Sie saugt Blut.«

»Ich blute bereits«, stöhnte dieser.

Rusty murmelte: »Es ist kein Verbrechen, jung zu sein, nur darf man es nicht zeigen.«

»Kommt da nicht der fürchterlichen Miss Brown Mutter?« fragte Ellery.

Mrs. Brown war das in einem Spiegelkabinett verzerrte Abbild ihrer Tochter: grüne, verschlagene Augen, schlechte Zähne und rote Haare, die sich allmählich graurosa verfärbten. Es ging eine medusenhafte Intensität von ihr aus, die beinahe hörbar vibrierte. Ellery schätzte sie unverzüglich als eine Frau ein, die ungewöhnliche Umstände geprägt hatten; jedenfalls war sie von irgend etwas besessen. Es stellte sich heraus, daß sie eine Anbeterin der Astrologie war, eine andächtige Vermittlerin des Okkulten und ein Medium. Ihr Rufname war Olivette.

»Ihr Sternbild ist das des Zwillings, nicht wahr, Mister Queen?« fragte sie unvermittelt in einem Atemzug.

»Ja, warum, Mrs. Brown?«

»Weil der Zwilling vom Intellekt regiert wird, und John sagt ständig, Sie wären so intellektuell.«

Rusty bemerkte trocken: »Sie müssen verstehen, Mutter ist Spiritistin. Aber ein paar Angaben im voraus helfen ihr dann und wann. Darf ich noch etwas Grog haben?«

»Und diese junge Dame, Mister Queen«, meldete sich Arthur Craig wieder zu Wort, »ist meine Nichte Ellen. Sie ist aus Wellesley für die Festtage hierhergekommen.« Seine Pranke liebkoste eine lange, vornehme Hand. »Ellen, John und die ABC-Presse sind die drei Dinge, für die ich lebe. Ich habe allen mein Impressum aufgedrückt.«

»Das ist allerdings eine feine Ausgabe«, lobte Ellery, indem er auf Ellen anspielte. »Haben Sie dieses verführerische Frauenzimmer auch großgezogen?«

»Jawohl, Mister Queen. Ellens Vater, mein einziger Bruder, starb bald nach ihrer Geburt. Nachher wohnten Ellen und ihre Mutter bei mir, weil Marcia kränklich war und unfähig, ihr Kind ohne Hilfe großzuziehen. Nach Marcias Tod hatte ich für Ellen die Rollen von Vater und Mutter zu übernehmen.«

»Die einzige Mutter mit einem Bart«, meinte Ellen Craig anzüglich. »Mister Queen, werden Sie mich überhaupt zur Kenntnis nehmen, obwohl ich mein Diplom noch nicht gemacht habe?«

»Die Beschreibung, die ich vorhin von Ihnen gegeben habe, beruht nur auf Tatsachen, Miss Craig. Wann wird das College Sie widerstrebend gehen lassen?«

»Im Juni.«

»Ich werde vor der Tür warten«, sagte Mister Queen höflich.

Ellen lachte. Es war ein hübsches Lachen; klangvoll, feminin und unaffektiert. Sie war großgewachsen, blond, mit einem feingeschnittenen Gesicht und breiten Schläfen. Ellery hatte gleich heraus, daß bei ihr nicht alles Äußerlichkeit war. Hier lag ein Schatz verborgen. Er fühlte sich in Stimmung, danach zu suchen.

Als Rusty und John sich entfernten, um nach den noch zu erwartenden Gästen Ausschau zu halten, und Craig sich gutmütig von Mrs. Brown zu einer Horoskop-Lesung überreden ließ, sagte Ellery: »Miss Craig, macht es Ihnen etwas aus, mit meiner Gesellschaft vorliebnehmen zu müssen?«

»Mister Queen, ich will Ihnen ein Geheimnis verraten: Seit ich Ihr Buch gelesen habe, bin ich hoffnungslos in Sie vernarrt.«

»Dem Himmel sei Dank, daß Sie mich nicht für frühreif halten!« Dann, etwas furchtsam, fragte er: »Sie sind über einundzwanzig, nicht wahr?«

Sie lachte. »Ich werde im April zweiundzwanzig.«

»Kommen Sie, wir wollen uns zusammen in eine Kaminecke setzen und dort die weiteren Erkundungen fortsetzen«, schlug Elley begeistert vor.

Der große grüne Marmon 8 hatte es nicht leicht. Mühsam pflügte sich der Wagen auf Alderwoods Hauptstraße durch den tiefer werdenden Schnee. Die kettenlosen Reifen und die zerstreute Fahrweise des Mädchens hinterm Lenkrad waren Grund genug, ihren Begleiter nervös zu machen; er saß bereits auf der Kante des Sitzes.

»Um Gottes willen, Valentina, schau bloß, wo du hinfährst!«

»Komponier derweil ein bißchen, Marius«, antwortete die Lenkerin. »Ich werde dich heil hinbringen.«

Valentina Warren war ein leidenschaftliches und leichtfertiges Geschöpf mit schauspielerischen Ambitionen; im Sommer spielte sie große Rollen, im Winter kleine am Broadway. Ihr Äußeres und ihr Gebaren trimmten sie heimlich auf Joan Crawford. Sie hatte einen großen Traum: eines Tages von Hollywood entdeckt und ein berühmter Filmstar zu werden.

Für die Fahrt landauf hatte sie sich in die letzten Neuheiten der Wintersportmode gestürzt, getreu den exklusiven Empfehlungen in »Vogue«: Norwegerhosen, waldgrüne Wollweste und dazu passendes

Barett. Darüber trug sie einen schweren grünen Wollmantel, dessen Kragen und Manschetten mit schwarzem Fuchspelz besetzt waren. Valentina schwor auf Grün, weil sie glaubte, diese Farbe verleihe ihr in Kontrast zu ihrem luftigen, goldblonden Haar und der vornehmen Blässe ihres Gesichts das Aussehen einer »großen griechischen Tragödin«.

Was Valentina Warren an epischem Trübsinn fehlte, das füllte den jungen Marius Carlo bis zum Rand. Er war spanisch-italienischer Abkunft, hatte aber auch noch einen Schuß irischen Blutes mitbekommen. Sein Gemüt war so dunkel und blatternarbig wie seine Haut. Er hatte einen Hang zur Selbstmißbilligung und verteidigte sich nur mit Sarkasmen.

Carlo war Komponist. Als solcher besaß er echtes Talent, wenn auch nicht große Originalität. Musikalisch wurzelte er in der Tradition von Strawinsky und Hindemith. Doch neuerdings war er unter den Einfluß des österreichischen Modernisten Arnold Schönberg geraten und hatte angefangen, im Schönbergschen Idiom zu komponieren: kurze atonale Werke, die außer der ihn anhimmelnden Clique in Greenwich Village, Poeten, Maler und Musiker, niemand verstand. Zum Broterwerb spielte er die Viola in Walter Damroschs Symphonie-Orchester, das jeden Samstagabend um neun Uhr über NBC von Küste zu Küste zu hören war. Das war sein Kreuz. Deshalb hatte er, als die Einladung nach Alderwood kam, die Gelegenheit nicht versäumt, dem Damrosch-Büro zu melden, er läge mit einer schweren Lungenentzündung darnieder.

»Die sollen ihren verdammten Tschaikowsky ohne mich spielen«, hatte er vor Freunden geknurrt.

»Marius, weißt du, was eigentlich los ist?« fragte Valentina plötzlich.

»Was wo los ist?«

»Hier oben. Warum geben die eine Gesellschaft?«

»Woher soll ich das wissen? Die Tage, als ich noch Johns Vertrauter war, sind Fußnoten im Sand der Zeit.«

»Oh, hör bloß endlich auf mit deinen Ödipusallüren. Du weißt schon, was ich meine. John führt etwas im Schilde, aber was?«

»Frag ihn doch selber.« Marius starrte auf die schneebedeckte Straße.

»Er hat schrecklich rätselhafte Bemerkungen gemacht«, sagte Valentina nachdenklich. »Irgend etwas soll um Neujahr herum geschehen. Ich frage mich nur, was.«

Marius zeigte die Zähne, womit er ein Lächeln andeuten wollte. »Vielleicht bist du besser dran, wenn du's nicht weißt.«

»Was willst du damit sagen?«

»Fahr langsamer!«

»Na schön. Marius, was weißt du?«

»Hast du in den vergangenen Wochen mal Rusty gesehen?«

Die Schauspielerin stutzte. »Nein – das heißt, zum letztenmal vor Thanksgiving.«

»Der Schmuck glitzert, besonders am Ringfinger der linken Hand.«

»Sind sie verlobt?« rief Valentina.

»Freundschaftsring, sagen sie. Eine Kleinigkeit von vier Karat.«

»Glaubst du, daß während wir hier oben sind . . .«

»Bei John ist alles möglich, sogar eine Heirat.« Marius hob die Schultern. »Schicksal: Was sein wird, wird sein.«

»Ach, komm mir nicht mit dem Quatsch. Ich glaub' das nicht.«

»Wirklich?« erwiderte er sanft.

Ihre violetten Augen streiften ihn flüchtig. Dann blickte sie wieder auf die Straße. »Nicht unbedingt«, sagte sie ebenso sanft. »Marius, weißt du – du könntest mir helfen. Wir könnten einer dem andern helfen.«

Er maß sie von der Seite und lachte. »Du Biest. Du hast's also bemerkt. Und ich dachte, es fällt nicht auf.«

»Willst du, Marius?«

Er schwieg einen Augenblick.

Schließlich brummte er: »Warum nicht«, und sank tiefer in seinen dünnen Balmacaan.

»Es will nicht aufhören«, meldete Ellery, als er und Ellen in der Vorhalle den Schnee von den Schuhen klopften.

»Hereinspaziert, ihr beiden. Setzt euch ans Feuer«, sagte Craig. »Ellen, deine Hände sind ja ganz klamm.«

»Aber seht euch nur das Feuer in ihren Augen an«, grinste John Sebastian. In Feltons Abwesenheit bediente er die Hausbar; Felton war mit Craigs Wagen zum Bahnhof gefahren.

»Hier, Schwesterherz, ein Cocktail.«

»Danke.«

»Und du, Ellery?«

»Ja, bitte, auch einen. Wie viele Gäste werden noch kommen, John?«

»Vier. Noch einen, Marius?«

»Soviel du willst«, ermunterte ihn Carlo.

»Ich würde mir keine grauen Haare wachsen lassen«, sagte Craig. »Dan Freeman und Roland Payn fahren zusammen, und Dans Lincoln-Allwetter-Kabriolett kommt überall durch. Sam Dark wohnt gleich am andern Ende Alderwoods. Und falls Mr. Gardiner mit der Bahn kommt . . .«

»Hoffentlich verkehren die New Yorker Züge«, warf Rusty ein. »Der liebenswürdige alte Mann darf auf unserer Party nicht fehlen. Nicht wahr, Liebling?«

»Ich würde mir die Kehle durchschneiden«, sagte John und machte es mit dem Zeigefinger vor. »Willst du auch einen Drink, Val?«

»Nein, danke, jetzt nicht.« Dann fragte sie lebhaft: »Rusty, was soll das mit dem Geistlichen?«

Rusty lachte nur.

»Alles zu seiner Zeit«, beschwichtigte John aufgeräumt. »Ellery, laß mich dein Glas nachfüllen.«

»Halt, nicht so viel, Junge! Mister Craig, sagten Sie, Freeman käme? Dan Z. Freeman?«

»Ja, Mr. Queen.«

»Wie haben Sie das geschafft? Er ist einer der schüchternsten Vögel, die mir je unter die Augen gekommen sind. Er ist mein Verleger.«

»Ich weiß«, lächelte Craig.

»Nun haben hier wenigstens zwei Leute etwas gemeinsam«, murmelte Marius Carlo, der in sein Glas starrte. »Du, Ellery, kannst dich bei Freeman über die unterbliebene Förderung deines Buches beschweren, und Freeman kann dir alles über die Verkäufe der wichtigsten Titel auf seiner Liste erzählen.«

»Aber, Marius«, sagte Ellery gequält.

»Schenken Sie ihm keine Beachtung«, sagte Rusty. »Marius verachtet alles, was er nicht für Kunst hält.«

»Im besonderen schlechte Kunst«, stichelte er weiter.

»Und ganz besonders«, brauste Ellery auf, »wenn man noch Geld damit verdient.«

»Marius, benimm dich!« rügte Valentina. »Ellery, er glaubt selber kein Wort davon. Er ist nur eifersüchtig.«

»Wir sollten das Thema wechseln«, schlug Ellery vor, der sich wieder gefaßt hatte. Er betrachtete Marius mit Interesse. »Mr. Craig, darf ich fragen: Wer ist Roland Payn?«

»Mein Anwalt, ein alter Freund.« Der Buchkünstler betrachtete ebenfalls den jungen Musiker. »Und Sam Dark ist unser Hausarzt, seitdem er sich in Alderwood niedergelassen hat. Ah, Mrs. Brown. Wir haben auf Sie gewartet.«

»Soeben habe ich unser Horoskop gestellt«, rief Rustys Mutter und eilte herbei. »Ich glaube wirklich, da habe ich einen winzigen Fehler gemacht. Die Stellung von Jupiter in Ihrem Aszendenten . . .«

»Ich will sehr hoffen, daß ich Grund zur Beruhigung habe«, lächelte Craig. »Darf ich Ihnen einen Martini anbieten, Mrs. Brown?«

»Sehr gern. Der Wacholder ist so bedeutungsvoll. Schneide nie einen Wacholderbusch in Wales, sonst wirst du in einem Jahr sterben.«

»Aber trink von dem Zeug, das sie heutzutage schwarz brennen«, witzelte John, »und du stirbst noch viel schneller.«

Ellery versicherte todernst: »Der Wacholder heilt auch Schlangenbisse und stärkt die Sehkraft, Mrs. Brown.«

»Wirklich, Mr. Queen?« schrie Rustys Mutter. »Das hab' ich gar nicht gewußt. John, hat Rusty nicht gesagt, du würdest noch mehr Gäste erwarten?«

»Ja, noch vier, Mutter Brown.«

»Dann werden wir zwölf sein. Was für eine Erleichterung, John! Stell dir bloß vor, du hättest nur eine Person mehr eingeladen.« Sie kippte ihren Martini in einem Zug und schauderte.

»Zwölf?« Marius Carlo streckte sein leeres Glas aus. »Zählen Sie die Hausangestellten nicht, Madam?«

»Die Diener?« Mrs. Brown erbleichte.

»Niemand zählt die Diener. Sonst kommt die . . .«

». . . Revolution. Wir wissen es, Marius.« Valentina war verärgert über ihn. Sie warf den Kopf zurück. »Nun, Johnny, verrate uns das große Geheimnis.«

Sebastian lachte. »Zunächst soviel: ich hab' einen Geburtstag im Feuer, nämlich am 6. Januar, also von heute in zwei Wochen. Hoffentlich bleibt ihr bis dahin.«

»Warum?«

»Das hat vier Gründe.« John ergötzte sich an der wachsenden Ungeduld. »Am 5. Januar, gleich nach Mitternacht, geschehen in meinem Leben vier wichtige Dinge.« Grinsend wehrte er die vielen Fragen ab. »Ihr müßt warten, bis die andern Gäste auch da sind.«

»Aber ich bin ja schon da«, ließ sich eine hohe Männerstimme vom Eingang her vernehmen.

»Sam!« Craig eilte freudig auf ihn zu. »Mabel! Bring Dr. Darks Sachen weg.« Die Magd, eine rotbackige Irin, stürmte herbei. Der Neuankömmling begrüßte sie mit einem derben Knuff in die Wange. Mabel kicherte, nahm Darks Pelzmütze, Mantel, Galoschen und verschwand.

Dr. Sam Dark war großgewachsen, sehr beleibt, fast so groß wie Arthur Craig, aber etwas breiter. Auf seinem kleinen Kopf bauschte sich das rötliche Haar, als trage er eine Husarenpelzmütze. Er hätte lächerlich ausgesehen ohne die schlauen, hellwachen Augen. Sein blauer Wollanzug war ungebügelt. Aber von dem Mann ging eine Festigkeit und Verläßlichkeit aus, die Ellery auf den ersten Blick für ihn einnahm.

»Hast du alles arrangiert, um die ganze Woche hier bleiben zu können?« fragte Craig, nachdem sich der Doktor mit einem Glas in der ungewöhnlich großen Hand neben das Feuer gesetzt hatte.

»Hollis und Bernstein springen für mich ein«, nickte der Dicke. »Von Junggeselle zu Junggeselle: Arthur, es ist lange her, daß ich Weihnachten im Kreise einer Familie verbracht habe.« Er trank wie Herkules.

»Sie haben bei Johns Geburt nicht assistiert, Doktor?« fragte Ellery. Er wußte verschwommen etwas von einer bemerkenswerten Geschichte um Johns Herkunft.

»Gott bewahre, nein«, antwortete Dr. Dark. »John kam sozusagen post uterum zu mir.«

»Sechs Wochen alt, nicht wahr, Dr. Sam?« sagte John.

»Sieben Wochen«, verbesserte Craig. »Mr. Queen, Johns Eltern starben nacheinander innerhalb weniger Tage, damals 1905. Claire und John – John erhielt den Namen seines Vaters – fuhren in einem Blizzard von New York nach Rye zurück und verunglückten in der Nähe von Mount Kidron mit dem Auto. Der Unfall hatte die vorzeitige Geburt dieses Bengels zur Folge. Claire starb in jener Nacht. Weniger als eine Woche darauf erlag auch sein Vater John den Unfallfolgen. Zuvor hatte er mich zum Vormund des Kindes eingesetzt, weil beiderseits keine nahen Verwandten da waren. John Junior war ihr Erstgeborener. Mrs. Sapphira, eine Kinderschwester, die John senior gleich nach dem Tode seiner Frau anstellte, brachte das Kind hierher. Sie war eine ergebene Seele und blieb bei uns. Sie ist vor wenigen Jahren in diesem Haus gestorben. Sapphy und ich hatten unsere liebe Not, den kleinen Raufbold großzuziehen.«

»Mit meiner beträchtlichen Hilfe«, wandte Dr. Dark ein. »Gelegentlich mußte ich mitten in der Nacht raus, weil Johnnyboy gerade mal wieder Sapphy oder Arthur störrisch anguckte.«

»Mit jedermanns beträchtlicher Hilfe«, sagte John, die Hand auf Craigs Schulter. »Sapphy, Dr. Sam und Ellen – vor allem aber dieser bärtige Charakter. Ich fürchte, Arthur, ich hab' dich nicht so hervorgehoben, wie du es verdient hast.«

»Waren Sie und Johns Vater nicht Geschäftspartner, Mr. Craig?« fragte Valentina hastig.

»Ja, das waren wir. Wir führten zusammen das Verlagshaus Sebastian & Craig. Ich war zur Hälfte daran beteiligt. Allerdings kannte ich mich im verlegerischen Bereich nur wenig aus. Nach Johns Tod verkaufte ich alles und kehrte zu meinem ursprünglichen Handwerk, dem Buchdruck, zurück.«

»Sie sagen das in einem Ton, als wär's ein Abstieg gewesen, Mr. Craig«, bemerkte Ellery. »Ich würde lieber die ABC-Presse besitzen als manches andere Verlagshaus. Sie haben doch nicht an Dan Freeman verkauft? Der wäre damals ja noch zu jung gewesen.«

Craig nickte. »Nach 1905 wechselte der Verlag mehrmals den Besitzer. Anfang der zwanziger Jahre wurde er schließlich von Dan aufgekauft. Beim heiligen Georg! Da ist er ja schon. Und Roland. Hereinspaziert, hereinspaziert!«

Der Verleger und der Anwalt ergaben zusammen ein wunderliches Paar.

Dan Z. Freeman war ein Mann von Vierzig: dünn, blaß, mit großem Kopf, den die fortgeschrittene Stirnglatze noch größer erscheinen ließ. Er hatte schöne, kluge braune Augen.

Freeman war sichtlich verwirrt, sich einem Raum voller Fremden gegenüberzusehen. So schüttelte er denn Ellerys Hand mit der Verzweiflung eines Ertrinkenden, der sich an seinen Retter zu klammern versucht. Ellery war ihm erst einmal begegnet, damals als Freeman das Manuskript seines Erstlings »Der Hut des Toten« angenommen hatte.

»Nett, Sie wieder zu sehen, Queen«, murmelte Freeman, »ich freue mich außerordentlich.« Doch bei der ersten Gelegenheit vergrub er sich in einen Sessel.

Roland Payn hingegen hätte sich nicht auf die Weise unsichtbar machen können, selbst wenn er es versucht hätte. Er war eine hoch aufgeschossene, blendende Erscheinung, Anfang der Fünfzig, mit einer stattlichen Lohe weißer Hare und dem schnellen, ziemlich abwesenden Lächeln des Politikers. Sein voller Bariton hätte einem Schauspieler der alten Schule zur Ehre gereicht. Ellery hatte durch seinen Vater, Inspektor Queen, schon von ihm gehört. Payn stand im Ruf eines behutsam vorgehenden und durchtriebenen Anwalts, der nur stockkonservative Klienten anzog. Trotz seines distinguierten Äußeren disputierte er selten vor Gericht. Er praktizierte vorwiegend in testamentarischen und vermögensrechtlichen Fragen.

»Jetzt, da auch Messrs. Payn und Mr. Freeman eingetroffen sind«, verkündete John, »bin ich bereit, euch in die ersten zwei der vier Geheimnisse einzuweihen. Mr. Payn, wollen Sie bitte in Ihrer Eigenschaft als unser Familienanwalt erklären, wie sich meine Besitzverhältnisse am 6. Januar verändern?«

»An Ihrem 25. Geburtstag«, holte der weißhaarige Elegant lächelnd aus, »werden Sie gemäß dem Letzten Willen Ihres Vaters, John Sebastian senior, das gesamte Vermögen erben, das seit 1905 für Sie verwahrt worden ist. Das wird Sie in der Tat auf Rosen betten.«

»Und unerträglich machen«, ergänzte Ellen, indem sie John in den Arm kniff. »Stellt euch vor: John ein Millionär!«

»Übel, nicht wahr?« grinste dieser.

»Und nun zu Ihnen, Mister Freeman, der Sie in Ihrer verlegerischen Eigenschaft sprechen werden. Was geschieht am 6. Januar?«

Der Verleger errötete, als sich aller Augen auf ihn richteten. »Ein Ereignis, dessen bin ich sicher, das weit größer und bedeutsamer ist als der Empfang eines Vermögens. Das Haus Freeman wird am 6. Januar den ersten Lyrikband eines vielversprechenden jungen Dichters herausbringen: ›Das Brot der Liebe‹ von John Sebastian.«

Alles jubelte. Rusty schrie: »John, herrlich! Und du hast mir nie ein Wort gesagt. Haben Sie's gewußt, Mr. Craig?«

Craigs Bart wackelte. »Du glaubst doch nicht etwa, daß jemand mich um das Vergnügen bringen könnte, Johns erste lyrische Gehversuche herauszugeben? Dan und ich sind zwei alte Fallensteller.« Dabei klopfte er Freeman anerkennend auf die Schulter. »Wir verstehen uns darauf, das Maul zu halten.«

»John, ich freue mich so für dich«, hauchte Valentina. »Ich gratuliere.« Sie zog seinen Kopf zu sich nieder und küßte ihn.

Rusty Brown lächelte.

»Ich will auch etwas davon haben!« rief Ellen fröhlich. Sie drängte sich zwischen Valentina und John und – nachdem sie ihn ebenfalls geküßt hatte – blieb sie dort stehen.

John hatte rote Ohren bekommen. »Ich wollte euch damit überraschen. Ist das nicht toll?«

»Das Buch wird es genau auf 459 verkaufte Exemplare bringen«, krächzte Marius, das leere Glas schwenkend, »und im Journal für Veterinärmedizin eine umwerfende Besprechung bekommen.«

Aber seine knarrende Stimme ging in dem Tumult unter, und als der letzte Gast eintraf, war Marius in seinem Stuhl fest eingeschlafen.

Der Mann, dessen bescheidene Reisetasche Felton vom Auto ins Haus trug, war ein magerer alter Herr, aber noch voller Energie. Er hatte schwarzes, nur leicht ergrautes Haar, blaue Kinderaugen, eine große Yankeenase; er trug den Kragen eines Geistlichen. Arthur Craig stellte ihn als Rev. Mister Andrew Gardiner vor, der erst vor kurzem von seiner Episkopal-Pfarre in New York in den Ruhestand versetzt worden war. Eigentlich war er ein Freund der Browns und hatte Rusty getauft und konfirmiert.

Als Valentina Warren den Geistlichen erblickte, wurde sie still. Sie setzte sich auf die Armlehne des Stuhls, in dem Marius Carlo eingeschlafen war. Ihre violetten Augen wanderten oft zu Rusty.

Ellery hatte sie beobachtet. Er flüsterte Ellen zu: »Was geht in jener Richtung vor?«

»Sehe ich wie ein Spion aus?« flüsterte sie zurück. »Sie werden Ihre eigenen Schlüsse ziehen müssen, Mister Allesseher.«

»Ich schließe eine Dreiecks-Konstellation.«

»Sie müssen Ihre mathematischen Gleichungen ohne meine Hilfe aufstellen, Mr. Queen.«

»Ich glaube, Sie kennen meine Nichte Ellen«, ließ sich Craig vernehmen, der mit dem Späteintreffenden vor sie hintrat. »Darf ich bekannt machen: das ist einer von Johns Freunden, Rev. Mister Gardiner – Ellery Queen, Schriftsteller.«

Der eiserne Händedruck des alten Mannes überraschte Ellery. »Ich höre, daß Sie sich zur Ruhe gesetzt haben. Warum, in Gottes Namen, wird ein Mann mit diesem Händedruck pensioniert?«

»Ich fürchte, Mr. Queen, Gott hatte wenig damit zu tun«, antwortete der Pfarrer lächelnd. »Es war der Bischof und sein sanftes Mahnen, was mich erinnerte, daß ich die obligatorische Altersgrenze von 72 Jahren bereits überschritten hatte. Ellen, Sie sehen strahlender aus denn je.«

»Mein Einfluß«, lächelte Ellery. Sie errötete, schien aber erfreut.

»In dem Fall«, meinte Gardiner blinzelnd, »mag es sich gut treffen, gerade einen pensionierten Geistlichen im Haus zu haben.« Und sich an Craig wendend: »Ich hoffe, ich bereite Ihnen und Ihren Gästen keine Ungelegenheiten, wenn ich vorhabe, die Christmette zu besuchen. In Alderwood soll's eine Episkopalkirche geben. Falls ich mir heute nacht einen Wagen leihen dürfte . . .«

»Unsinn. Felton oder John werden Sie zur Kirche fahren«, sagte Craig. »Das Problem ist nur, daß die Zufahrtswege zur Hauptstraße in wenigen Stunden unpassierbar sein werden. Ich habe keine Schneepflüge vorbeifahren hören.«

»Bitte, seien Sie deswegen unbesorgt. Falls nötig, werde ich zu Fuß gehen. Es ist nur eine Meile. Seit gut fünfzig Jahren habe ich noch keine Christmette versäumt. Ich glaube nicht, daß es in meinem Alter klug wäre, von der Gnade abzufallen.«

»Wir werden Sie hinbringen«, sagte John und rief: »Alle aufgepaßt!« Marius Carlo erwachte mit einem Ruck.

»Jetzt, da wir durch die Ankunft von Mr. Gardiner vollzählig sind«, strahlte John, »kann ich das dritte Ereignis ankündigen, das am 6. Januar fällig ist. Mister Gardiner wird über die Festtage hierbleiben, und zwar nicht allein aus gesellschaftlichen Gründen. Gleich nach Mitternacht, am 5. Januar, wird Rev. Gardiner eine Trauung vollziehen. Rusty und mich!«

In dem allgemeinen Aufruhr, den diese Mitteilung auslöste, gelang es Ellery, sich etwas abseits zu halten, um Valentina und Marius besser beobachten zu können. Die Schauspielerin benahm sich übertrieben lebhaft, als sie, die kehlige Stimme schrill vor Erregung, Rusty und John umarmte. Sie war so blaß, daß Ellery fürchtete, sie werde jeden Moment in Ohnmacht fallen. Wahrscheinlich befürchtete Marius das gleiche, denn er packte sie am Arm und kniff sie kräftig. Sofort zuckte sie zurück und schüttelte die Hand des Musikers wild ab. Ellery hörte Marius sagen: »Du bist eine lausige Schauspielerin«, und sie: »Halt den Mund, verdammt!« Dann lächelten beide wieder und streckten ihre Gläser hin, als Felton zu ihnen kam, um sie für einen Trinkspruch aufzufüllen.

Nachher wollte Rusty von ihrem künftigen Bräutigam wissen: »Aber Liebling, du hast gesagt, es würden am 6. Januar vier Dinge passieren. Was ist das vierte?«

»Ah, das ist mein großes Geheimnis«, lachte John. »Das ist etwas, das niemand weiß – und niemand erfahren wird, bis es soweit ist. Nicht einmal meine Braut.«

Weder Rustys Zärtlichkeiten noch das gutwillige Rätselraten der andern – einschließlich Craigs, der lächelnd darauf bestand, nicht die geringste Ahnung zu haben – vermochten den jungen Dichter bewegen, sein Geheimnis zu verraten.

Später, als die Gäste sich in dem eichengetäfelten Speisezimmer um den mächtigen, stechpalmengeschmückten Tisch versammelten, sagte Ellery zu Ellen: »Ein amüsantes Zusammentreffen.«

»Was für eins, Ellery?«

»Vom 25. Dezember bis zur Nacht des 5. Januar sind es zwölf Tage, Ellen.«

»Und wenn?«

»Schauen Sie sich um. Wir sind eine Gesellschaft von zwölf Personen. Finden Sie das nicht auffallend interessant?«

»Keineswegs«, erwiderte Ellen. »Was Sie für einen seltsamen Sinn haben.«

In dem Moment rief Olivette Brown: »Wir sind unser zwölf. Ich muß gestehen, es erleichtert mich, daß nicht noch ein Gast da ist!«

»Sehen Sie?« murmelte Ellery.

## Drittes Kapitel

*Erste Nacht: Mittwoch, 25. Dezember 1929*

In dem ein mysteriöser Weihnachtsmann aus der Rumpelkammer erscheint und ein Ochse, ein kleines Haus und ein Kamel in die Bühnenmitte rücken

Arthur Benjamin Craigs Gäste erwachten in einer Welt von makellosem Weiß und eisgrauem Immergrün, wie auf einer Ansichtskarte. Alles war tief verschneit. Die größeren Sträucher zeigten nur noch ihre Spitzen. Wageneinfahrt und Straße waren nicht mehr zu sehen.

Die meisten Gäste waren schon früh auf, entzückt über den herrlichen Ausblick auf die Winterlandschaft. Sie freuten sich über das Weihnachtsfrühstück, das Craigs dicke Köchin, Mrs. Janssen, ihnen bereitet hatte und das die irische Magd auftrug. Im Speisezimmer ging es geräuschvoll zu.

Rev. Gardiner war untröstlich. Er hatte trotz allen guten Willens die Christmette versäumt. Die Nacht zuvor hatte es sich erwiesen, daß es unmöglich war, einen Wagen in Gang zu bringen. Auch hatte er eingesehen, daß es Torheit gewesen wäre, zu Fuß durch die Schneewehen waten zu wollen. Craig hatte ihn besänftigt, indem er um 23.30 Uhr das Radio einschaltete. Gardiner konnte so wenigstens den Chor und die Glocken von St. Thomas hören. Um Mitternacht gesellten sich alle zu dem alten Geistlichen, um die Christmette zu verfolgen, die über WEAF als Direktübertragung ausgestrahlt wurde. Rusty und John saßen Hand in Hand auf dem Fußboden vor dem Radio.

Nachher hatten alle Weihnachtslieder gesungen und den großen Baum im Wohnzimmer geschmückt. Und dann waren die meisten zu Bett gegangen.

Nach dem Frühstück gab John bekannt, daß er für jeden Gast eine weihnachtliche Morgenüberraschung habe.

»Unterm Baum«, sagte er, stutzte und machte ein albernes Gesicht. Es lag nichts unter dem Baum. Er schaute Rusty an und diese ihre Mutter.

»Ich verstehe das nicht«, sagte Rusty. »Wir haben sie doch letzte Nacht selber dorthin gelegt, nachdem alle schlafen gegangen waren.«

»Komisch«, brummte John. »Mabel?« Die Magd streckte den Kopf herein. »Hast du irgendwelche Päckchen unter dem Baum gesehen, als du heute früh hier drin Feuer gemacht hast?«

»Nein, Sir.«

»Falls dies ein Witz sein soll ...«, begann John ziemlich kühl und lachte dann auf. Alle drehten sich um. Im Bogengang zur Halle stand der Weihnachtsmann, die Arme voll kleiner Päckchen.

»Ein Weihnachtsmann!«

»John, du hättest Schauspieler werden sollen.«

»Aber ich habe doch nicht ...«

»Ein hübscher Einfall!«

Es war ein klassischer Weihnachtsmann, mit großem rundem Bauch, stattlichem weißem Bart und dichten Augenbrauen. Mit wortlosem Eifer verteilte er die lustigen Päckchen.

»John, was für eine auserlesene Brosche.«

»Eine ausgestanzte Münze in der Form ... Was ist es?«

»Meine sieht wie ein Lamm aus.«

»Erkennt ihr sie nicht?« kreischte Olivette Brown. »Es sind eure Sternbilder. Du bist Widder, Ellen, und bekommst das Lamm. Valentina ist Schütze – sie bekommt den Bogenschützen. Nicht wahr, John, das war meine Idee?«

»Gewiß. Rusty hat die Dinger entworfen, und Moylans, der Juwelier von der Fifth Avenue, hat sie hergestellt.«

»Es kostete uns einige Mühe, allen Geburtsdaten nachzuspüren«, lachte Rusty, »aber wir haben es geschafft. Und dann stellte sich heraus, daß alle zwölf unter verschiedenen Zeichen des Tierkreises geboren sind. Gefallen sie euch wirklich?«

Es waren lustige kleine Dinger in Gold, mit genauen Darstellungen der Sternbilder in Halbedelsteinen: Broschen für die Damen, Münzanhänger für die Herren. Ellerys Anhänger zeigte die sinnreiche Gestalt von Castor und Pollux.

»Wir alle schulden Felton Dank«, sagte er. »Er hat einen wundervollen Weihnachtsmann abgegeben, John. Wo ist er eigentlich?«

Der Weihnachtsmann war verschwunden.

»Felton?« fragte John. »War das Felton?«

»Das weißt du doch selber am besten. War er's etwa nicht?«

»Keine Ahnung, Ellery. Ich jedenfalls habe keinen Weihnachtsmann bestellt. Du etwa, Arthur?«

»Ich?« Craig schüttelte den Kopf. »Ich hatte nichts damit zu tun.«

Ein kurzes Schweigen trat ein.

»Nun, es muß Felton gewesen sein«, sagte Ellery. »Von uns kommt niemand in Frage, weil wir alle hier waren, als er die Geschenke verteilte. Und die kleine Mabel oder Mrs. Janssen können es auch nicht gewesen sein. Bleibt also nur Felton.«

»Ich, Sir?« Erschrocken wandten alle die Köpfe, aber es war nur Felton im Türbogen zum Speisezimmer. Er trug eine grüne Gummischürze und seifige Gummihandschuhe. »Ich war die ganze Zeit in der Anrichte und hab' das Frühstücksgeschirr abgewaschen. Mrs. Janssen kann es bezeugen.«

Das Schweigen wurde drückender.

Arthur Craig sagte brüsk: »Schon gut, Felton.« Der Diener verschwand. »Ich frage mich bloß, wer das in aller Welt gewesen sein kann.«

»Möglicherweise bist du falsch orientiert«, kam es unerwartet aus Dan Z. Freemans Mund. »Vielleicht war es Marleys Gespenst und aus der Unterwelt.«

Niemand lachte.

»Der dreizehnte Gast«, keuchte Mrs. Brown. »Dreizehn!«

John ging zum nächsten Panoramafenster und blickte finster auf den Schnee hinaus. Rusty folgte und sagte leise etwas zu ihm. Er zuckte die Schultern.

»Geheimnisse sind doch Ihre Spezialität, Mister Queen, oder nicht?« quiekte fröhlich Dr. Dark. »Wie wär's, wenn Sie dieses für uns lösen würden?«

Das klärte die dicke Luft. Jeder drängte Ellery – wie Valentina sich ausdrückte –, in Aktion zu treten.

»Wahrscheinlich ist es erschütternd einfach«, meinte er. »Jemand hat den Weihnachtsmann von auswärts kommen lassen. Ich hätte nichts dagegen, wenn der Schuldige gleich hier und jetzt gestehen würde.«

Aber alle beteuerten ihre Unschuld.

»Moment mal«, sagte Ellery und ging ins Freie.

Wenig später kam er zurück und klopfte sich den Schnee von der Hose. »Weder Fußabdrücke noch sonst irgendwelche Spuren im Schnee rund um das Haus. Niemand hat sich also während der Nacht ins Haus gestohlen, zumindest nicht, nachdem es zu schneien aufgehört hat. Weiß zufällig jemand, wann das war?«

»Ungefähr um halb zwei heute nacht«, sagte Rusty. »Gerade um die Zeit, als John und ich hinaufgingen.«

»Falls doch jemand ins Haus geschlüpft sein sollte, müßte es vor halb zwei gewesen sein, sonst fänden sich Spuren im Schnee. Ich entsinne mich, daß der Rest von uns eine gute Stunde vor Rusty und John zu Bett gegangen ist. Gehört habe ich nichts. Jemand von euch?«

Aber niemand hatte etwas gehört.

»Hm«, brummte Ellery. »Die Sache ist interessant.«

Craig schüttelte lächelnd den Kopf. »Ich schlage vor, daß wir sie vergessen.«

»Das dürfte gar nicht so leicht sein, Mr. Craig.«

»Wie meinen Sie das?«

»Der unberührte Schnee dort draußen erzählt zwei Geschichten. Erstens: Falls der Weihnachtsmann ein Fremder ist, betrat er Ihr Haus vor halb zwei. Zweitens: Wann auch immer er Ihr Haus betreten hat — sei das nun letzte Nacht oder letztes Jahr gewesen: er ist immer noch hier. Selbst wenn er wie der Weihnachtsmann versucht hätte, durch einen Ihrer Schornsteine zu verschwinden, hätte er einen Himmelswagen gebraucht, um wegzukommen, ohne den Boden zu berühren.«

»Vielleicht hat er das bereits getan, Ellery!« Ellen stürzte hinaus. Kopfschüttelnd kam sie zurück. »Draußen ist nichts zu sehen, außer den Spuren, die du vorhin hinterlassen hast.«

»Das ist allerdings komisch, Arthur«, bemerkte Roland Payn stirnrunzelnd. »Wer könnte es gewesen sein?«

In das Schweigen, das folgte, fragte Marius Carlo: »Wie gedenkt der Experte fortzufahren?«

»Ganz einfach, Marius«, lächelte Ellery. »Wer es auch war, er ist noch im Haus. Mit großer Wahrscheinlichkeit hält er sich in einem der unbewohnten Flügel versteckt. Falls Mr. Craig nichts einzuwenden hat, mache ich mich auf die Suche.«

Der Bärtige winkte gequält. »Es wäre vielleicht am besten, Mr. Queen.«

»Ellen, du kennst das Haus innen und außen. Ich schlage vor, daß wir uns zusammen auf die Suche machen«, fügte Ellery hinzu. »Der Ordnung halber muß ich alle andern bitten, hierzubleiben.«

Ellen ging voran die Treppe hinauf. Sie sah besorgt aus.

»Was hat das zu bedeuten, Ellery?«

»Oh, jemand hat's auf einen Scherz angelegt. Übrigens geschickt ausgeheckt. Schau nicht so mutlos drein, Ellen. Laß uns das Spiel aus reinem Spaß zu Ende führen.«

Eine Stunde später zeigte Mr. Queen nicht mehr die geringsten Anzeichen eines Mannes, der sich über einen Spaß amüsiert. Sie hatten in den unbewohnten Flügeln des Hauses Zimmer für Zimmer durchkämmt, ohne eine Spur zu finden; sie waren sogar auf den Dachboden geklettert und hatten dort die Räume der Hausangestellten und mehrere Vorratskammern durchsucht. Auf dem Weg zurück ins Parterre bestand Ellery darauf, auch im Keller nachzusehen. Um diese Zeit hatte das allgemeine Unbehagen auch die Köchin, Mabel und Felton angesteckt; flüsternd drängten sie sich in der großen Küche zusammen. Schließlich, obwohl die Geschichte durch den Schnee klar genug war, watete Ellery noch zu den Außengebäuden. Das eine war eine zweistöckige Garage, das andere ein Stall. Er durchsuchte sie von unten bis oben.

Doch nirgends fand sich ein Hinweis auf eine dreizehnte Person.

»Was mich stört«, klagte Ellery, »sind die vielen Räume, die mit Gerümpel vollgestopft sind. Und die vielen Wandschränke bieten einem Fremden Möglichkeiten, sich endlos zu verstecken. Er brauchte nur, den Suchenden voran, von einem Versteck ins andere auszuweichen. Ich frage mich, was dahintersteckt.«

»Was es auch ist – die Sache kommt mir nicht ganz geheuer vor.«

»Zwölf«, murmelte Ellery.

»Was?«

»Eine Gesellschaft von zwölf Personen, für zwölf Tage und Nächte vereint, und nun ein spurlos verschwindender Weihnachtsmann, der die zwölf Zeichen des Tierkreises verteilt hat.«

»Du bist eine Unke.«

»Beim Bart von Mrs. Browns falschen Propheten«, brummte Ellery, »ich weiß nicht, ob ich das bin oder nicht bin.«

Es war Mabel, die kleine Magd, die die Entdeckung machte. Als sie den Tisch für den Lunch deckte, stieß sie einen gellenden Schrei aus, der allen durch Mark und Bein ging. Ellery, der zusammen mit Ellen, Mr. Gardiner und einigen anderen im Wohnzimmer saß, rannte ins Speisezimmer. Mabel lehnte an der Wand und starrte entsetzt auf eine große eichene Wäschetruhe.

»Ich habe – ich habe nach Decken für den Tisch gesucht«, stotterte die Magd zähneklappernd, »und als ich die Truhe öffnete« – sie zeigte mit zitterndem Finger darauf –, »da war das drin!«

In der Truhe lag sorgfältig zusammengelegt ein komplettes Nikolauskostüm: Anzug, Kapuze, Stiefel, Füllsel zum Ausstopfen, Handschuhe, Perücke, falsche Augenbrauen und Bart.

Während Ellen das erschrockene Mädchen zu beruhigen versuchte, untersuchte Ellery eifrig das Kostüm. Es sah neu aus, barg keine Etiketten und war kaum getragen.

»Ich muß sagen, wer das gewesen ist, der hat Humor«, schmunzelte der dicke Doktor. »Er muß genau gewußt haben, daß Mabel oder sonst jemand früher oder später die Truhe öffnen würde.«

Roland Payn grunzte würdevoll: »Ich finde den Unbekannten so lustig wie eine lahme Anekdote beim Tammany-Muschelessen.«

»Ihr könnt witzeln, soviel ihr wollt«, sagte Olivette Brown mit vor Erregung zitternder Stimme, »aber eines ist sicher: etwas befindet sich in diesem Haus: Gefahr. Ich spüre es. Ja ... Es überkommt mich wie eine Woge.« Sie hatte die Augen geschlossen. Ellery fürchtete, sie werde alsbald in Trance fallen. Aber Dr. Darks unbekümmerter Kommentar schreckte sie auf.

»Sie glauben diesen Unsinn doch wohl selber nicht, Mrs. Brown.«

»Unsinn?« Sie warf sich beinahe auf ihn. »Doktor, lästern Sie nicht über Dinge, die Sie nicht verstehen. Es gibt zwischen Himmel und Erde mehr ...«

»Als zum Beispiel in meiner Philosophie«, bemerkte Ellery trocken. Er starrte auf das unmitteilsame rote Kostüm. »Hat niemand eine Ahnung, wer das heute morgen in die Truhe gelegt hat?«

Keiner hatte eine Ahnung.

Der Nachmittag war flau. Graue Wolken hüllten die Sonne ein, die Temperatur stieg, und Alderwood begann, sich aus dem Schnee zu schaufeln. Schneepflüge rasselten am Haus vorbei. Auch die Einfahrt zum Craigschen Anwesen wurde geräumt. John und Ellery griffen zu Schaufeln und halfen Felton, einen schmalen Pfad rund um das Haus zu graben.

Aber die Freude schien wie weggeblasen. Rusty, Valentina und Ellen versuchten es mit einer Schneeballschlacht, gaben aber bald auf. Dann war die Rede, ein Pferd vor einen alten Rennschlitten zu spannen, der in einer Garagenecke stand. Aber auch daraus wurde nichts.

Marius Carlo saß im Musikzimmer am Flügel, das eine Auge wegen der brennenden Zigarette im Mund zugekniffen. Er spielte wilde kurze *Arpeggios* und böse variierte Opernpassagen, mit gelegentlichen Pausen, um seinen Cocktail aufzufrischen. Olivette Brown, die für Carlos musikalische Sarkasmen keine Ohren hatte, räkelte sich mit einem Buch in einer Ecke, das sie in Arthur Craigs Bibliothek »Amerikanischer Erstausgaben« gefunden hatte. Es handelte sich um Cotton Mathers »Wunder der unsichtbaren Welt«.

Dan Freeman, Dr. Dark und Rev. Gardiner streiften durch den Wald hinter dem Haus. Sie diskutierten lebhaft die zwei gegenwärtigen Bestseller: Axel Munthes »Das Buch von San Michele« und Abbé Ernest Dimnets »Die Kunst des Denkens«.

Craig und Payn lungerten in der Bibliothek umher. Sie stritten sich über die relativen Verdienste der Hoover-Regierung, ein Thema, das in der Regel zwischen ihnen Funken schlug. Aber diesmal begnügte sich der Anwalt damit, den »schwarzen Donnerstag« zu glossieren, und das Beste, was Craig beisteuern konnte, war eine wenig geistvolle Anklage gegen Senator Heflin und das Hoover-Pack, denen er vorwarf, Al Smith vom Weißen Haus ferngehalten zu haben.

An der unbehaglichen Stimmung änderte auch das Weihnachtsdiner nichts, das Mrs. Janssen mit viel Liebe zubereitet hatte und das gegen fünf Uhr abends aufgetragen wurde. Jedermann schien mit einem Ohr angestrengt auf geisterhafte Schritte im Haus zu horchen. Verzweifelt versuchten Rusty und Ellen, das Gespräch am Tisch in Gang zu halten, jedoch umsonst. Es versickerte in immer länger werdende Pausen.

»Das ist eher eine Nachtwache«, rief John und warf seine Serviette auf den Tisch. »Warum nehmen wir Kaffee und Brandy nicht im Wohnzimmer? Vielleicht finden wir im Radio etwas Heiteres.«

Aber daraus wurde bis spät in die Nacht hinein nichts. Denn das erste, was ihnen beim Betreten des Wohnzimmers begegnete, war ein neues Rätsel.

Unterm Weihnachtsbaum lag ein großes Paket, das in rotes und grünes Stanniolpapier eingeschlagen und mit einem vergoldeten Band verschnürt war. An das Band war ein Anhänger in der Form eines fidelen Weihnachtsmannes geheftet. Darauf stand in sauberer Schreibmaschinenschrift der Name »John Sebastian«.

»So eine angenehme Überraschung«, lachte John. »Wer ist denn der bescheidene Spender?«

Er drehte das Paket nach allen Seiten – aber es fand sich kein Absender.

Jäh wurde es kälter im Zimmer.

»Oh«, sagte John plötzlich. »Irgend jemand ist so freundlich, mich zu beschenken, und wir alle stehen herum und machen Gesichter, als erwarteten wir, daß es jeden Augenblick in die Luft fliege.« Er riß die Stanniolhülle auf. Zum Vorschein kam eine unbeschriftete weiße Schachtel. Er entfernte den Deckel und fand eine Anzahl Gegenstände, jeder einzeln in rotes Seidenpapier gewickelt. Obenauf lag eine weiße Karte, auf die ebenfalls mit Schreibmaschine einige Zeilen getippt worden waren.

Stirnrunzelnd las John laut vor:

»IN DER ERSTEN RAUHNACHT
SENDET DIR DEINE TREUE LIEBE
EINEN SANDELHOLZ O C H S E N
IN EINER GESCHENKPACKUNG,
EIN UNVOLLENDETES H A U S
FÜR DIE KÜNFTIGE FRAU,
EIN GRAUWEISSES K A M E L
MIT EINER HAUT AUS EMAILLE.

»Zum Teufel«, sagte John. »Ich kann mir keinen Reim drauf machen.«

»Dann rate mal schön«, meinte Ellen. »Was soll es bedeuten?«

Ellery bat kurz: »Darf ich mal sehen, John?«

Alle scharten sich um ihn und lasen über seine Schulter hinweg die wunderlichen Knüttelverse.

»›Deine treue Liebe‹«, wiederholte Ellery nachdenklich. »Ich sehe nicht, wer außer Rusty damit gemeint sein könnte. Hast du das geschickt?«

»Nein«, antwortete sie. »Ich neige dazu, mit meinem Namen zu unterzeichnen.«

»Sie Mr. Craig?«

»Nicht doch.«

Ellery sagte gelassen: »John, sieh nach, was in dem Seidenpapier ist.«

John stellte die Schachtel auf den Tisch im Speisezimmer und nahm den zuoberst liegenden Gegenstand sorgfältig heraus.

Es war eine kleine Handschnitzerei aus braunem Sandelholz, mit einem hölzernen Fuß zum Aufstellen, die einen Ochsen mit feingeschwungenen Hörnern darstellte.

»Sieht afrikanisch aus«, meinte Ellery.

Rusty schüttelte den Kopf. »Eher ostindisch.«

Ellery drehte den kleinen Ochsen um und nickte. Auf den Holzfuß waren die Worte »Made in India« gedruckt.

»John, nimm als nächstes den größeren Gegenstand heraus.«

Es war, wie angekündigt, ein Haus, eine Art Puppenhaus. Die Außenwände bestanden aus rotbemalten Miniaturklötzchen, die Ziegelsteine vortäuschen sollten; das Dach, aus winzigen Schieferteilchen zusammengefügt, lag etwas quer auf dem Obergeschoß. Ellery entfernte es und sah kleine Räume, Korridore und ein Treppenhaus.

»›Ein unvollendetes Haus‹«, zitierte er. »An diesem kleinen Eingang im Obergeschoß fehlt die Tür. Und schaut mal hierher.« In einer Öffnung im Parterre fehlte das Fenster.

»Was hat das wohl zu bedeuten?« fragte Ellen.

Ellery zuckte die Achseln. Das Spielzeughaus war unmöbliert. Er stellte es auf den Kopf und suchte den Namen des Herstellers oder sonst einen Anhaltspunkt über die Herkunft. Aber es fand sich nichts. »Heimarbeit, ohne Zweifel. Laß mich mal das letzte sehen, John. Was sagt die Karte? Ein Kamel?«

Es war ein winziges Kamel, zweihöckerig und schwer – wahrscheinlich eine Bleilegierung, wie Ellery vermutete –, das mit einer Schicht aus grauem und weißem Emaille überzogen war. Auch hier fand sich nichts, das über die Herkunft hätte Aufschluß geben können.

»Mediterran«, sagte Rusty.

»Eher asiatisch«, entgegnete Ellery. »Das zweihöckerige Kamel ist persisch, nicht arabisch. Im Grunde ist es gleichgültig, woher diese

Dinge stammen. Jedenfalls hat jemand verteufelt viel Mühe darauf verwendet. Ich frage mich, was eine Nebeneinanderstellung dieser drei Gegenstände bedeuten soll.«

»Wahnsinn«, kam es prompt aus Dr. Darks Mund.

»Das glaube ich nicht, Doktor, so sehr das Ganze danach aussieht. Denn dafür kommt mir der Vers allzu durchsichtig vor. Hat jemand einen dieser Gegenstände schon einmal gesehen?«

Allgemeines Kopfschütteln.

»Ich begreife es überhaupt nicht«, sagte John verstimmt.

»Aber ich!« rief Olivette Brown. »Hier ist etwas Geisterhaftes am Werk. Zwar kann ich jetzt noch nicht alles erkennen, aber das Kamel ... In Indien wird kein Geist die Türschwelle eines Hauses überschreiten, wenn die Gebeine eines Kamels darunter begraben sind ... Und hier ist ein Haus, nicht wahr – ja, und ist jener kleine Ochse nicht mit ›Made in India‹ markiert?«

»Ist das nicht ein wenig zu kompliziert, Mrs. Brown?« murrte Ellery. »Überlegen wir einmal ... Zwei der drei Gegenstände sind Tiere, der dritte ist ein Haus. Das scheint nicht zusammenzupassen, außer es wäre ein Käfig, was es aber eindeutig nicht ist. Das Material ist verschieden: Der Ochse ist aus Holz, das Haus ist aus Holz und Schiefer, und das Kamel ist aus Metall und Emaille. Unvereinbar sind auch die Größenverhältnisse: Der Ochse ist größer als das Kamel, und das Haus ist größer als Kamel und Ochse. Farben? Einmal Braun, dann Rot, Schwarz und Weiß, und schließlich Grau und Weiß.«

»Das hört sich an wie die nochmalige Lektüre von dem ›Hut des Toten‹«, bemerkte Freeman. »Fahren Sie fort.«

»Ich brauche nirgendwohin zu fahren, Mr. Freeman, um zwischen den drei Gegenständen keinen Zusammenhang zu erkennen, außer der ärgerlichen Tatsache, daß sie von einem unbekannten Spender aus unerfindlichen Gründen John geschenkt worden sind. John, drängt sich dir irgendeine Erklärung auf?«

»Zum Teufel, nein«, sagte er. »Ich hab' nur ein ungutes Gefühl. Und frag mich nicht, warum!«

»Ach was, wahrscheinlich will dich jemand bloß zum Narren halten«, beschwichtigte Rusty und nahm Johns Arm. »Mach kein so grimmiges Gesicht, Liebling.«

»Der Ochse«, rief ihre Mutter. »Das ist das Zeichen des Stiers! Wer von uns ist denn Stier? Das sind Sie, Mr. Craig.«

Der bärtige Buchkünstler blickte recht unglücklich drein. »Ja, ich bin Stier, aber ich versichere Ihnen ...«

Rusty sagte schneidend: »Mutter, sei nicht so albern.«

»Na gut, liebes Kind, aber er *ist* Stier.«

»Ellery«, meinte Ellen, »vielleicht enthält der Vers einen Anhaltspunkt?«

»Falls es einen gibt, kann ich ihn nicht erkennen. Es ist jedoch klar, daß der Reimeschmied jenes alte englische Weihnachtslied zur Vorlage genommen hat – wie heißt es doch wieder?« Sein Mund blieb offen. »Der Teufel soll mich zweimal holen«, sagte er leise. »Natürlich: ›Die zwölf Tage von Weihnachten‹!« Als ihn alle verblüfft anstarrten, erklärte er: »Ich habe Ellen bereits auf die seltsame Wiederkehr der Zahl zwölf bei uns aufmerksam gemacht. Wir sind eine Gesellschaft von zwölf Personen, die zu einem Urlaub zusammengekommen sind, der sich über die sogenannten zwölf Rauhnächte erstreckt. Und unter diesen zwölf Leuten sind zufällig (oder ist es kein Zufall?) die zwölf Tierkreiszeichen vertreten. Nun kommen diese Geschenke, und der Vers, der sie begleitet, ist eine Parodie auf das englische Weihnachtslied ›Die zwölf Tage von Weihnachten‹! Erinnert sich jemand an den Originaltext? ›Am ersten Weihnachtstag sandte mir meine treue Liebe ein Rebhuhn auf einem Birnbaum. Am zweiten Weihnachtstag sandte mir meine treue Liebe zwei Turteltauben und ein Rebhuhn auf einem Birnbaum.‹ Und so fort, bis es schließlich am zwölften Tag mit ›zwölf trommelnden Trommlern‹ endet.«

»Reizend«, sagte eine Stimme. »Aber was soll's?«

Ellery brauchte sich nicht umzudrehen, um die Stimme zu erkennen. »Marius, ich kann im Augenblick nicht mehr sagen, als daß wir am Anfang eines Rätsels stehen. Das Lied würde wohl kaum für diesen übermütigen Unfug benutzt, wenn der Reimeschmied nicht damit fortzufahren gedächte.«

»O glücklicher Tag, o Tag der Freude«, sagte John. »Oder ist es nicht so?«

»Das weiß ich nicht. Allerdings bezweifle ich, daß der unbekannte Spender diese Gegenstände geschickt hat, um Freude zu bereiten. Ich fürchte, John, du wirst die Sache, die sich wie ein Narrenstreich ansieht, ernst nehmen müssen. In der Regel nimmt niemand um eines bloßen Scherzes willen solche Mühen auf sich. Und falls es ein Scherz sein sollte, dann ist sein Endzweck bedrohlich dunkel.«

Niemand sagte ein Wort.

Ellery tippte mit dem Finger auf die weiße Karte. »Als einzigen Modus operandi kann ich nur vorschlagen, diese Parodie mit einem Auge auf deren Abweichungen vom Original zu studieren. Außerdem ist auf die gesperrte Schreibweise der Worte ›Ochse‹, ›Haus‹ und ›Kamel‹ zu achten; sie soll die besondere Aufmerksamkeit auf die Natur der Geschenke richten. Die Abweichungen fangen schon in der ersten Verszeile an. Im Original heißt es ›Am ersten Weihnachtstag‹, auf der Karte hingegen steht ›Nacht‹ anstatt ›Tag‹. Ebenso weicht die zweite Zeile ab. Auf der Karte steht ›Sendet Dir Deine treue Liebe‹ anstatt ›Sandte mir meine treue Liebe‹, was zu bedeuten hat, daß John damit angesprochen ist. In der dritten Zeile verwandelt sich das ›Rebhuhn‹ aus unerfindlichen Gründen in einen ›Ochsen‹. Und schließlich fügt der Reimeschmied zwei Dinge hinzu, von denen im Original überhaupt nicht die Rede ist: das ›unvollendete Haus‹ und das ›grauweiße Kamel‹.«

Plötzlich sagte Ellery: »Vermutlich klingen meine Überlegungen töricht. Aber nichts, was ich darüber zu sagen habe, ist nur annähernd so albern wie diese Ungereimtheit. Immerhin, jemand hat sich die Mühe gemacht, die Gegenstände zu sammeln oder zu basteln, hat sie eingewickelt, den Vers dazu geschrieben und die ganze Arbeit als Weihnachtspaket präsentiert, um dann in irgendeinem Versteck in dem bequemen Labyrinth dieses Hauses umherzuschleichen, bis sich eine Gelegenheit bot, die Schachtel unbemerkt unter den Baum zu legen. Bei fünfzehn Menschen im Haus – wir zwölf und die drei Hausbediensteten – war der Gang zum Baum äußerst riskant. Aber was soll denn das?«

Ellery hatte die weiße Karte geistesabwesend umgedreht. Nun betrachtete er finster einige Markierungen auf der Rückseite.

Erregt drängten sich alle um ihn. Sogar Mrs. Brown, die ungeachtet ihrer Beziehungen zur übersinnlichen Welt unter ihrem stark aufgelegten Rouge blaßgrün geworden war.

Es waren folgende Bleistiftskizzen:

»Links das Wort ox – ›Ochse‹«, murmelte Freeman, »rein wie das Gewissen eines Verlegers. Aber ich will verdammt sein, wenn ich aus dem Rest klug werde. Bitte Sie um Entschuldigung, Rev. Gardiner.«

»Schon gut, Mr. Freeman«, sagte der Geistliche und winkte ab.

»Jenes Gekritzel rechts unten«, sagte Dr. Dark gespannt. »Sieht aus wie zwei Höcker . . . Die zwei Höcker eines Kamels!«

»Und die Zeichnung in der Mitte«, murmelte Rev. Gardiner. »Mr. Queen, mir fällt auf, daß es das kleine Haus mit dem fehlenden Fenster im Parterre sein könnte.«

Ellery nickte. »Jawohl, diese Markierungen beziehen sich zweifellos auf die drei Geschenke in der Schachtel.« Er schüttelte den Kopf. »Es tut mir leid, aber im Augenblick ist das alles, was ich weiß. Ich kann aber voraussagen, daß weitere Geschenke dieser Art zu erwarten sind. Vielleicht je eine Schachtel für jede der zwölf Rauhnächte. Das würde der Zwölferserie zwölf weitere Dinge hinzufügen. Zwölf Geschenke für dich. John.«

»Meinetwegen soll er überschnappen, der edle Spender«, sagte John. »Ich habe seine Narrheiten satt. Hat jemand Lust zu einem Bummel in die Stadt?«

Außer Rusty schien niemand mitgehen zu wollen. Die beiden stürzten sich in Rollkragenpullover, Stiefel und Trikotmützen und verließen das Haus. Wenig später beschlossen Valentina und Marius, ebenfalls ins Freie zu gehen. Ellery sah sie nach Rusty und John aufbrechen. Er war aber zu sehr beschäftigt mit den Rätseln, die ihm die Zahl zwölf aufgab, um auch noch auf die menschlichen Verwicklungen zu achten.

Ellery merkte plötzlich, daß jemand sich ihm genähert hatte.

»Störe ich dich bei deinen Gedanken?« fragte Ellen.

»Du kannst kaum bei etwas stören, das es nicht gibt«, antwortete er. »Wo sind die andern?«

»Hier und da. Einige Herren spielen Bridge, andere sitzen vorm Radio. Hast du's nicht gehört?«

»Ja, jetzt hör' ich's. Setz dich zu mir Ellen.« Er machte ihr Platz auf der Kaminbank. »Was hältst du von alledem?«

»Nichts. Aber ich fürchte mich.«

»Wer könnte es auf John abgesehen haben?«

»Auf ihn abgesehen?« Ellen war ehrlich überrascht. »Ich kann mir so etwas nicht vorstellen. John ist charmant, begabt und unterhaltend. Ich glaube nicht, daß er jemals in seinem Leben jemanden auf die Füße getreten ist.«

Ellery nickte, obwohl er Ellens Ansicht über John nicht völlig teilte. Er hatte diesen bei Greenwich-Village-Zusammenkünften schon anders erlebt, nämlich mit abbröckelndem Charme. Er hatte hinter dem Äußern des Dichters eine harte Schale entdeckt. John mochte sehr wohl jemanden getreten haben, dachte Ellery. Und wenn dem so war, dann hatte er es unbarmherzig getan.

»Und Marius?«

Ellen sah ihn verdutzt an. »Marius ist Johns bester Freund.«

»Er hat aber eine komische Art, das zu zeigen. Ist Marius in Rusty verliebt?«

Ellen starrte ins Kaminfeuer und sagte: »Warum fragst du ihn nicht selber?«

»Vielleicht tu ich's noch.«

»Schön. Ist es einer Elevin erlaubt, Mister Queen auf etwas hinzuweisen, das er anscheinend übersehen hat?«

Nun war es an Ellery, überrascht zu sein. »Übersehen?«

»Die Karte«, sagte Ellen, »weist doch auf eine Schreibmaschine hin. Du hast selber gesagt, wer auch hinter alledem stecke, er operiere aus einem Versteck im Haus. Vielleicht hat er die Karte unter unserm Dach getippt. Falls du die Maschine identifizieren . . .«

»Kind!« rief Ellery. »Ich hab' mich dermaßen in meine eignen Überlegungen verbissen, daß mir dieser Gedanke nie gekommen ist. Wie viele Schreibmaschinen gibt es im Haus?«

»Zwei. Davon steht eine in Onkel Arthurs Bibliothek, die andere in Johns altem Zimmer.«

»Laß uns nachsehen.«

Sie erhoben sich und schlenderten in die Bibliothek. Von den Herren am Kartenspieltisch sah keiner auf.

Ellery blickte auf seine Armbanduhr: »Zwanzig vor elf. Nach dir, Ellen.«

Sie schlüpften in die Bibliothek, und Ellery zog leise die Tür zu. Er hatte sich die weiße Karte angeeignet und bat Ellen, deren Vers auf der arg ramponierten Maschine ihres Onkels abzuschreiben. Dann verglich er beides im Lichtkegel der Schreibtischlampe. Er schüttelte den Kopf.

»Nein, Ellen. Diese Maschine weist zahlreiche, zum Teil beschädigte oder nicht ganz auf der Linie anschlagende Typen auf, die sich auf der Karte nicht finden. Der rätselhafte Vers ist auf einer neueren Maschine geschrieben worden. Wir wollen uns mal die von John ansehen.«

»Ach, mein Lieber«, sagte Ellen vor Johns Tür, »ist alle Detektivarbeit so gemein?«

»Nur keine Gewissensbisse, Miss Craig. Schließlich war's deine Idee.«

Nach drei Minuten kamen sie wieder heraus.

Die Karte war auch nicht auf Johns Maschine getippt worden.

»Bist du ganz sicher, Ellen, daß es im Haus keine weitere Schreibmaschine gibt?«

»Ich weiß nur von diesen zwei.«

»Wir würden besser mal nachsehen – oder nein: Ich sehe nach, und du gehst hinunter und schaust dem Bridge zu.«

Ellen schüttelte den lichtblonden Schopf. »Versuch nur nicht, mir noch mehr Angst einzujagen. Schließlich sitzen wir im selben Boot, nicht wahr?«

Sie wußte, daß Ellery sich zu einer weiteren Suche nach dem verschwundenen Weihnachtsmann entschlossen hatte. Er drückte ihr grinsend die Hand und ging voran.

Aber sie fanden weder eine dritte Schreibmaschine noch den ungebetenen Gast.

Bevor Ellery zu Bett ging, holte er aus seinem Koffer eines der Weihnachtsgeschenke, womit sein Vater ihn beschert und das er als einziges mit nach Alderwood genommen hatte. Es war ein Tagebuch für 1930, das am Anfang einige leere Blätter für die letzte Dezemberwoche 1929 enthielt. Tagebucheintragungen gehörten zu Ellerys alten Lastern. Er fand, es könnte von Nutzen sein, wenn er mit den Ereignissen im Hause Schritt hielt.

Er fing auf der ersten leeren Seite an, mit dem Datum: »Mittwoch, den 25. Dezember 1929.« In kleiner Schrift schrieb er eine halbe Stunde lang.

Dann legte er sich schlafen. Er träumte von Ochsen, Kamelen, Turteltauben und Ellen Craigs keckem frischem Gesicht.

## Viertes Kapitel

### *Zweite Nacht: Donnerstag, 26. Dezember 1929*

In dem der geheimnisvolle Possenreißer von allen Spielen das tödlichste spielt und dem Mündel des Hauswirts ein weiteres überraschendes Geschenk dargereicht wird

Der Donnerstag dämmerte grau und warm. Merkwürdigerweise kamen alle gut gelaunt zum Frühstück.

»Hat jemand schon unter den Baum geschaut?« fragte Valentina Warren gespannt. Sie trug einen schottengemusterten Überwurf in

Blau, Grün und Beige, der ihr blasses Gesicht dezent hervorhob und den Blick auf ihre leuchtend roten Lippen lenkte.

»Darf ich mit Ihnen nachsehen, Miss Warren?« fragte Roland Payn galant. Der weißhaarige Anwalt hatte Valentina mit den Augen eines Versteigerungsinteressenten betrachtet.

Die Blondine schlug die langen Wimpern nieder. »Warum nicht, Mr. Payn, sehr gern . . .«

»Val bringt die Butter in jedem Republikaner zum Schmelzen«, sagte Marius durch einen Mund voll Schinken. »Ich wette, sie versucht aus ihm herauszukriegen, ob er unter den Produzenten in Hollywood nicht einen Klienten hat.«

»Schwein«, sagte Rusty vergnügt. »John, glaubst du, daß etwas da ist?«

»Unter dem Baum? Ich habe keine Ahnung, süßes Kind, und kümmere mich auch nicht darum«, antwortete er. »Nichts als Papierplunder, der mich nicht einmal erheitert.«

»Zu so früher Stunde werden Val und Payn nichts finden«, bemerkte Ellery. »Die gestrige Karte sagte deutlich: ›In der ersten Weihnachtsnacht.‹ Konsequenz, was Zeit und Ort anbelangt, ist eine der Segnungen dieses Unfugs.«

»Dann wird er sein Geschenk direkt vor meine Nase legen müssen«, knurrte Marius Carlo. »WEAF überträgt heute abend Ausschnitte aus ›Aida‹, mit Rethberg in der Hauptrolle. Davon wird mich auch dieser ganze Hokuspokus nicht abhalten können.«

Valentina kam schmollend zurück. »Nichts.«

»Außer ein paar Tannennadeln.« Der Anwalt nahm sie sogleich wieder in Beschlag. »Warum erzählen Sie mir nicht ein bißchen mehr von sich, Miss Warren? Ich habe einflußreiche Verbindungen an der Westküste . . .«

»Darf ich darauf aufmerksam machen«, meldete sich Marius, »daß zu dem mir angelasteten Schwein nun auch noch der scharfe Geruch eines Ziegenbocks hinzugekommen ist?«

»Mr. Payn ist wenigstens ein Gentleman«, herrschte ihn Olivette Brown an.

»Ein Gentlemanziegenbock«, nickte Marius, »und darüber hinaus noch poetisch, weil er die Ziegenhaftigkeit unter dem Zeichen des Steinbocks spazierenführt – liege ich richtig, Mrs. Brown?« Sie starrte ihn durchdringend an. »Nun, Payn ist für diesen Tag gut aufgehoben, aber was sollen wir tun, um jede helle Stunde zu kultivieren?« sagte Marius.

Mrs. Brown schöpfte Hoffnung. »Ich habe mein Ouijabrett mitgebracht . . .«

Der Auszug aus dem Zimmer war hastig.

So kam es, daß die Gäste bis zum Lunch überall waren, nur nicht in den Wohnräumen des Parterres. Dort lauerte Mrs. Brown wie eine Spinne in ihrem Netz.

Nach dem Mittagessen trieb es alle ins Wohnzimmer, wo sie träge umhersaßen, schläfrig geworden durch das viele Essen und die prasselnden Flammen im Kamin. Daher traf sie die ungeheuerliche Entdeckung wie ein Blitzschlag beim Picknick.

Es war John Sebastian, der sie aufschreckte. Craig hatte ihn in die Bibliothek geschickt, um dort für Dan Freeman eine bestimmte Edgar-Allen-Poe-Erstausgabe zu holen. Als er zurückkam, machte er kleine sinnlose Gesten.

»Arthur ...« Er hielt inne, um sich die Lippen anzufeuchten. »Es ist ein Toter da drinnen.«

In die Leere, die auf diese Mitteilung folgte, fragte Craig erbleichend: »Was, John? Was hast du gesagt?«

»Ein Toter. Jemand, den ich noch nie im Leben gesehen habe.«

Der dürre alte Mann lag bäuchlings auf dem Fußboden der Bibliothek, den Kopf zur Seite gedreht und den Mund leicht geöffnet. Er sah müde aus, so als sei er entsagend gestorben und nicht aufbegehrend. Der Griff eines Bronzemessers ragte aus der Mitte eines dunklen Flecks zwischen den Schulterblättern heraus wie der Staubbeutel einer verwelkten Blume.

»Mein Messer«, stammelte Craig. »Es lag auf meinem Schreibtisch. Eine etruskische Arbeit, die ich als Brieföffner benutzte.«

»Ein etruskischer Dolch«, präzisierte Dan Freeman. »Ich wette, an dem hat schon früher Blut geklebt.«

»Bitte«, befahl Ellery, »es darf niemand über die Türschwelle, außer Dr. Dark. Wollen Sie hereinkommen, Doktor?«

Der Dicke trat ein. Die anderen drängten sich im Flur, zu betäubt, um entsetzt zu sein.

Ellery fragte: »Können Sie mir ungefähr sagen, wie lange er schon tot ist?«

Dr. Dark kniete neben der Leiche. Bevor er sie berührte, wischte er sich mit dem Taschentuch die Stirn. Nach einer Weile richtete er sich auf. »Ich würde sagen, etwa zwei Stunden.«

Ellery nickte und beugte sich über den Toten, während der Doktor sich zu den anderen gesellte.

Der Ermordete sah elend aus, was nicht allein dem Tod zuzuschreiben war. Den grauen Wollanzug mußte er schon viele Jahre getragen haben, ebenso den schäbigen Überzieher, den fleckigen Homburg und die billigen Wollhandschuhe, die verstreut am Boden lagen. Und die Sohlen der altmodischen Schuhe waren durchgelaufen.

Ein paar Büschel farbloser Haare milderten die bleiche Kahlheit der Kopfhaut. Unter dem freiliegenden Ohr zeigte sich eine Schnittwunde am Hals, als habe seine Hand beim Rasieren gezittert.

»Weiß jemand, wer er war?« Als niemand antwortete, sah Ellery unwirsch auf. »Jemand wird ihn doch erkennen. Sie, Mr. Craig?«

Der Hüne schüttelte den Kopf. »Der Tote ist mir völlig unbekannt.«

»Mr. Payn? Mr. Freeman? Marius?« Ellery nannte absichtlich jeden beim Namen, um sie zum Sprechen zu bringen. Aber aus ihrem Nein konnte er nichts heraushören. Alle waren ehrlich überrascht.

»Nun, es kann keine Hexerei sein, ihn zu identifizieren. Wer hat ihn hereingelassen?« sagte Ellery. »Er wird wohl nicht wie ein indischer Gaukler oder einer von Mrs. Browns überirdischen Freunden auf Mr. Craigs Teppich plötzlich Gestalt angenommen haben. Er ist lange genug im Haus gewesen, daß seine Schuhe trocknen konnten. Felton! Haben Sie ihm die Tür geöffnet?«

»Ich nicht, Sir.«

»Mrs. Janssen? Mabel?« Dann sagte Ellery mit tonloser Stimme: »Mr. Craig, Sie benachrichtigen besser die Polizei.«

Alderwoods Polizei war ein Grüppchen von fünf Mann: vier Streifenbeamte und ihr Chef namens Brickell, der schon über zwanzig Jahre seinen Dienst versah. In dieser Zeit hatte seine wichtigste Aufgabe darin bestanden, auswärtige Autofahrer vor die örtliche Justiz zu schleppen, damit sie die Bußgelder zahlten, die Alderwoods Steuerzahlern den größten Teil ihres Polizeietats ersparten. Das Büro des Chefs war ein dunkler Raum in einer Ecke des Rathauses.

Brickells erste Worte beim Betreten des Hauses waren: »Mein Gott, Mr. Craig, wie kommt es, daß man Ihnen einen Ermordeten ins Haus schmuggelt?«

Craig murrte zurück: »Mein Gott, Brick, woher soll ich das wissen?«

Der Chef hatte offensichtlich nicht die geringste Ahnung, was er machen sollte. Er starrte bloß auf die Leiche. »Gleich in den Rücken, wie? Eine verteufelte Geschichte.« Sein verwittertes Gesicht wurde um einen Schatten grüner. Als ihm gesagt wurde, niemand wüßte, wer der alte Mann sei, war er sichtlich erleichtert.

»In dem Fall brauchen wir uns keine allzu großen Sorgen zu machen. Wahrscheinlich ein Landstreicher. Vielleicht hat er sich zusammen mit einem anderen Strolch ins Haus geschlichen, um etwas zu stehlen. Dabei gerieten sie sich gegenseitig in die Haare, und der andere hat den hier erstochen und ist abgehauen. Das würde die Sache erklären.«

»Gewiß«, murmelte Ellery. »Aber können wir es beweisen, Chef? Finden Sie nicht, daß es ratsamer wäre, wenn Sie sich der Sache gründlicher annähmen? Ich helfe Ihnen dabei gern.«

»Sind Sie Polizeibeamter?«

»Nein, aber ich habe einige Erfahrung.«

»Das ist Ellery Queen«, sagte John. »Sein Vater ist Inspektor Queen beim New Yorker Polizeikommissariat. Ellery ist der Mann, der im vergangenen Jahr in New York das aufsehenerregende Verbrechen an Monte Field aufgeklärt hat, der im Römischen Theater ermordet worden ist.«

»Ah!« Brickell schüttelte herzlich Ellerys Hand. »Freut mich, Sie kennenzulernen, Mr. Queen! Haben Sie einige Ratschläge?«

»Ich würde die Bezirkspolizei benachrichtigen, Chef.«

»Damit die sich den Kopf zerbrechen können, he? Darf ich Ihr Telefon benutzen, Mr. Craig?«

»Ja, machen Sie vorwärts.«

»Brickell, sind Sie damit einverstanden, daß ich den Toten durchsuche?«

»Zum Teufel — ja.«

Bis Brickell zurück war, hatte Ellery die Taschen des Fremden von innen nach außen gekehrt.

»Ich fürchte, der Bezirkspolizei wird hier eine Katze im Sack ausgehändigt, Chef.«

»Sie wird gleich hier sein ... Was sagten Sie, Mr. Queen?«

»Dem Toten sind sämtliche Taschen geleert worden: keine Brieftasche, keine Papiere, kein Schlüssel, Schmuck, Geld oder Taschentuch — nichts. Was die Sache noch interessanter macht: alle Etiketten sind aus seinen Kleidern entfernt worden, sogar das Schweißband im Hut.« Nachdenklich betrachtete Ellery die Leiche. »Sein Mörder wollte nicht, daß das Opfer erkannt wird. Gibt's in Alderwood einen Leichenbeschauer, Chef?«

Dr. Dark antwortete: »Dr. Tennant.«

»Wäre eine hübsche Idee, diesen ebenfalls zu benachrichtigen, Chef.«

»Oh! Ja, natürlich.«

»Jener Weihnachtsmann gestern morgen«, meinte Rusty plötzlich, »könnte er nicht ...?«

»Nein«, sagte Ellery. »Der Tote hier mißt nicht mehr als fünf Fuß, unser Freund Nikolaus dagegen war größer als ich, und ich bin sechs Fuß. Er war so groß wie John. Du bist etwa sechs Fuß und zwei Zoll, John, nicht wahr?«

»Sechs Fuß und eineinhalb Zoll.«

Und wieder herrschte Schweigen.

Valentina Warren sagte plötzlich hysterisch: »Zwei unbekannte Männer; der eine verschwunden, der andere ermordet. Zwei Gespenster! Was soll das alles?«

Niemand antwortete, nicht einmal Olivette Brown.

Leutnant Luria von der Bezirkspolizei brachte einen beruhigend sachlichen Stil in die Ermittlungen. Er war ein ruhig gearteter Mann mit schwarzen Augenbrauen. Ohne viel Aufhebens nahm er sich der Sache an. Er setzte seine Beamten wirksam ein. Dann stellte er die unvermeidlich verfänglichen Fragen.

Es war von Anfang an klar, daß er alle einschließlich Ellerys verdächtigte, bis dieser glaubwürdige Gegenbeweise anführen konnte. Aber selbst damit war Luria nicht zufrieden. Er telefonierte mit Inspektor Queen in New York, um es sich bestätigen zu lassen.

»Der Inspektor will Sie sprechen.« Luria reichte Ellery das Telefon.

»In was hast du dich nun schon wieder eingelassen, mein Sohn?«

»Ich weiß es nicht, Dad.«

»Kannst nicht reden, hm? Sag mir nur das eine: Ist deine Nase sauber?«

»Makellos.«

»Soll ich raufkommen?«

»Wozu?« Ellery hängte ein. »Womit kann ich mich nützlich machen, Leutnant?«

»Erzählen Sie mir alles, was Sie wissen.«

Ellery berichtete von dem verschwundenen Nikolaus, den wunderlichen Geschenken, der erfolglosen Suche in den unbewohnten Flügeln und von der Entdeckung des Toten.

Der Leutnant schien unbeeindruckt. »Jene Nikolausgeschichte und das Paket – das klingt mir nach Humbug, Queen. Es scheint nicht zu dem Mord zu passen. Die beiden Männer dürften nicht miteinander in Verbindung gestanden haben.«

»Ich denke doch.«

»In welcher Weise?«

»Keine Ahnung.«

Luria zuckte die Achseln. »Wir werden das ganze Haus durchsuchen und nachsehen, ob wir nicht eine Spur Ihres Weihnachtsmannes finden. Im Augenblick freilich interessiere ich mich mehr für den unbekannten Toten.« Er wandte sich an den Leichenbeschauer. Dieser, ein glatzköpfiger, fischäugiger Landarzt mit Zwicker, war gerade mit der Untersuchung fertig geworden, »Nun, Dr. Tennant?«

»Ich kann Ihnen nicht viel sagen, Leutnant. Der Mann ist seit gut drei Stunden tot. Fraglos ist der Stich in den Rücken die Todesursache.

Keine anderen Verletzungen, auch keine Quetschungen. Das Alter – na ja, ich würde sagen, Ende der Sechzig.«

»Irgendwelche Narben oder andere besondere Merkmale?«

»Keine, nach oberflächlicher Untersuchung.«

Ellery fragte: »Und wie steht es mit seinen Zähnen, Doktor?«

»Soweit ich es beurteilen kann, sind es seine eignen. Keine Brücken. Einige Backenzähne fehlen, aber ich zweifle, ob das weiterhilft.«

»Gut«, sagte der Leutnant. »Überlassen Sie ihn uns. Wir werden ihn in die Bezirksleichenhalle schaffen, wo er gründlich untersucht wird. Jungens, seid ihr fertig mit den Aufnahmen?«

Luria wandte sich unvermittelt an Ellery. »Also ein alter Mann, der mitten in einer Weihnachtsparty auftaucht, und niemand weiß, wer er ist, was er wollte, wie er in die Bibliothek kam oder wer ihm das Messer in den Rücken stieß. Und um's noch undurchsichtiger zu machen: sämtliche Papiere und Etiketten sind entfernt worden. Irgendeine Ahnung, Queen?«

Ellery sah auf seine Zigarette. »Ich bin in einer heiklen Situation, Leutnant. Als Mr. Craigs Gast . . .«

»Sie wollen nicht mit der Sprache herausrücken?«

»Ich war dabei zu sagen, daß möglicherweise jemand in diesem Haus lügt, den alten Mann kennt und ihn vielleicht während der Nacht hereingelassen hat. Er hätte in dem Labyrinth von Zimmern im Obergeschoß wochenlang versteckt gehalten werden können. Ich kann mir nicht helfen, aber ich muß den Ermordeten und den Weihnachtsmann miteinander in Verbindung bringen. Vielleicht sind die beiden sogar zusammen gekommen.«

Leutnant Luria grunzte.

»Wenn dieser Nikolaus nicht zu finden ist«, sagte Ellery, wobei er wieder seine Zigarette betrachtete, »dann könnte sich der ganze Fall nur darum drehen, die Leiche zu identifizieren. Wahrscheinlich fürchtet der Mörder, daß eine direkte Spur zu ihm führt, falls wir herausfinden, wer der Tote ist.«

»Ich sehe, Sie haben die Leiche gründlich in Augenschein genommen. Was haben Sie dabei herausgefunden?«

»Nicht viel. Falls die abgetragenen Kleider nicht Tarnung gewesen sind, so ging es mit dem Kleinen auf eine artige Weise bergab. Er hatte noch nicht aufgegeben – seine Kleider waren tadellos ausgebessert und sauber –, dennoch muß er sich in einer ziemlich verzweifelten Lage befunden haben. Ein Mann, der sich einst Kleider von der Qualität hat leisten können, trägt keinen Homburg zum Tweedüberzieher, es sei denn, er weiß sich nicht mehr anders zu helfen. Außerdem war er kein Arbeiter.«

Luria grinste. »Sie haben also auch seine Hände untersucht.«

»Natürlich. Keine Schwielen, keine abgebrochenen oder schmutzigen Fingernägel und die Handballen weich und gepflegt. Ziemlich feine Hände, die eines Gelehrten oder Künstlers, vielleicht eines Musikers . . .«

Ellery hielt inne.

Die zwei Männer sahen einander an.

Leutnant Luria grinste abermals. »Zwei Köpfe, aber mit einem und demselben Gedanken. Was wissen Sie über diesen Marius Carlo?«

Luria verhörte Carlo, er verhörte Val Warren, Payn und alle andern einschließlich Rev. Gardiner und Mrs. Brown, die den Nachmittag halbwegs in Trance verbrachte. Am Ende hatte Luria einen Notizblock voller nichtssagender Angaben.

»Mrs. Brown hat die Tür zur Bibliothek praktisch den ganzen Morgen über beobachtet«, sagte Luria zu Ellery, »und wenn ich sie richtig verstanden habe, hat sie den Mörder weder kommen noch gehen sehen, weil sie – wie sie sich ausdrückte – nicht mit den Geistern in Verbindung gestanden habe. Was für Geister?«

»Kein Grund zur Besorgnis, Leutnant. Mutter Brown hat nur geistig ein wenig Schlagseite.«

Die Hausdurchsuchung durch Luria und mehrere Polizeibeamte verlief ergebnislos. Sie fanden weder einen Unbekannten noch die Spur eines solchen.

Auf einmal sagte Ellery: »Mir ist eben etwas eingefallen. Wer auch immer sich in den Räumen da oben verborgen hält, braucht ja etwas zu essen.«

»Richtig.«

Der Leutnant fragte Craigs Köchin über die Speisekammer aus. Aber auch das gab keinen Aufschluß.

»Bei so vielen Leuten mit drei Mahlzeiten im Tag und der Menge Lebensmittel, die jederzeit zur Hand sein müssen«, erklärte Mrs. Janssen, »müßte ich auch noch Augen im Rücken haben, um alles überwachen zu können. Natürlich fehlen Lebensmittel, Leutnant. Das meiste verschwindet nämlich im Magen von Mr. John, der seit eh und je ein unverbesserlicher Nascher ist, ohne auch nur eine Unze Fett anzusetzen.«

Bevor Luria aufbrach, versammelte er die ganze Gesellschaft mitsamt dem Hauspersonal im Wohnzimmer.

»Mir liegt daran, ein paar Dinge klarzustellen«, begann er gelassen. »Der Fall ist ungewöhnlich, und ich werde ihn – für eine Weile jedenfalls – ebenso ungewöhnlich behandeln. In diesem Haus ist heute morgen ein Mann ermordet worden, den niemand kennt. Damit will ich nicht sagen, daß dem auch wirklich so ist. Ich habe schon verdrehtere Dinge erlebt. Chef Brickell hat vielleicht mit seiner Version den Nagel auf den Kopf getroffen. Es gibt freilich keine Beweise für diese These. Bis jetzt ist nach Mr. Craigs Aussage unter den kostbaren und seltenen Büchern in der Bibliothek keines gestohlen worden. Auch wurde niemand gesehen, der aus dem Haus flüchtete. Und es ist auch nicht ausgeschlossen«, fuhr Luria freundlicher fort, »daß der unbekannte Tote mit dem einen oder anderen von Ihnen in Verbindung gestanden hat. Es gilt jetzt, die Identität des Opfers festzustellen. Das wird einige Zeit dauern.«

Er betrachtete die gespannten Gesichter. »Bis wir genauer wissen, woran wir sind, muß ich Sie jederzeit erreichen können. Wie ich gehört habe, gedenken Sie mindestens bis Neujahr hierzubleiben, vielleicht auch länger. Das erleichtert die Sache für alle Betroffenen. Aber eine Woche wird unter Umständen nicht ausreichen. In dem Falle . . .«

Roland Payns trunkener Bariton bereicherte die Luft. »Sie verstehen, daß Sie keine Vollmachten haben, irgendwen hier festzuhalten. Was mich angeht, bleibe ich ohnehin bis nach Neujahr, aber sollten mich dringende Geschäfte nach New York zurückrufen . . . Ich glaube im Namen aller Anwesenden zu sprechen, wenn ich sage, daß wir bis zu einem vernünftigen Grad bereit sind, Ihre Ermittlungen zu unterstützen — aber keinesfalls darüber hinaus.«

»Ich habe Sie verstanden«, sagte Luria mit dünnem Lächeln. »Wahrscheinlich wünschen Sie ein Gentlemanagreement.«

»Wie bitte?«

»Ich bin einverstanden. Denn vermutlich legt keiner der Anwesenden besonderen Wert darauf, in Verbindung mit einem Mord in allen Zeitungen bekleckert zu werden.«

»Du meine Güte, nein«, entgegnete Dan Freeman erbleichend.

»Fahren Sie fort, Leutnant«, sagte Payn.

»Gut. Wenn Sie mir versprechen, gesetzlich nicht gegen mich vorzugehen, weil ich Sie hier haben möchte, dann werde ich alles tun, Ihnen die Reporter vom Leib zu halten. Ich bürge für die Verschwiegenheit meiner Beamten, kann indes nicht versprechen, daß auch Brickell oder Dr. Tennant den Mund halten wird.«

»Dafür werde ich schon Sorge tragen, zumindest was Dr. Tennant angeht«, versicherte Dr. Sam Dark grimmig. »Und du, Arthur, müßtest als gewichtiger Steuerzahler genug Einfluß haben, um Brickell am Plappern zu hindern.«

Craig nickte. »Das ist anständig von Ihnen, Leutnant. Bist du einverstanden, Roland?«

»Die Sache sieht mir nach einem Kuhhandel aus. Trotzdem, ich mache mit.«

Luria war erheitert. »Das wäre erledigt. Im übrigen: ich werde einen Beamten hierlassen, Sergeant Devoe. Sergeant?«

»Ja, Sir.«

Ein junger Riese, der in seiner Uniform recht stattlich aussah, betrat den Raum.

»Der Tagesbefehl, Sergeant: Geraten Sie niemandem in die Haare.«

»Nein, Sir.«

»Himmel!« entfuhr es Valentina. »Sergeant, mir können Sie jederzeit in die Haare geraten.«

Zu ihrem Bedauern begleitete Devoe den Leutnant hinaus und war für den Rest des Tages nur flüchtig zu sehen.

Das Diner an jenem Abend war eine mürrische Angelegenheit. Das Bild des Toten lastete schwer auf den Gemütern. Es wurde wenig gegessen, und das Gespräch flackerte trostlos. Nach dem Essen setzten sich alle ins Wohnzimmer. Es fand sich kein neues Paket unterm Baum. Anscheinend hatte das auch niemand erwartet.

»Falls die Sache nur ein Jux gewesen ist«, sagte Rusty, »dann hat der bedauernswerte Tote ihm ein Ende gesetzt.«

»Ich möchte bloß wissen, wer's war«, bemerkte Ellen.

»Ist«, korrigierte Marius.

»Ist?«

»Na, der Urheber ist doch wahrscheinlich noch hier.«

Niemand sagte danach etwas über »Nr. 13«, wie Ellen ihn getauft hatte. Das unbegreiflich Absurde, daß jemand über ihren Köpfen im Haus umherstreifte, vereitelte jeden Versuch, der Sache mit Vernunft beizukommen.

Marius schlenderte ins Musikzimmer. Er trat zum Flügel und spielte kurz und dröhnend eine eigene Komposition, der er den Namen »Schlaflied« gegeben hatte. Mrs. Brown ging von Gruppe zu Gruppe. Sie versuchte die Gäste an ihren astrologischen Deutungen zu interessieren, jedoch ohne Erfolg. John und Rusty hatten sich auf einer Fensterbank niedergelassen. Sie sprachen ernst und gedämpft miteinander. Ellen und Valentina überredeten Marius, einige orthodoxe Weihnachtslieder zu spielen. Die älteren Herren dagegen diskutierten über Bücher, Theater und die Auswüchse der Prohibition, um schließlich beim Sport zu landen. Dabei entpuppte sich Rev. Gardiner überraschenderweise als leidenschaftlicher Baseballfreund, was Dr. Dark jäh aufleben ließ.

Ellery blieb mit sich allein – und seiner Nervosität.

Um zweiundzwanzig Uhr verkündete Marius, daß jeder, dem Opernkunst nichts sage, die Erlaubnis habe, schlafen zu gehen. Er schaltete das Radio ein und stieß Schreie des Entzückens aus, als die machtvolle Stimme von Lauri Volpi den Raum erfüllte. Die anderen blieben.

Aber dem armen Carlo war bestimmt, vorzeitig um seinen Verdi gebracht zu werden. Denn um 22.43 Uhr entfaltete im Türbogen die Gestalt des Sergeanten ihre wuchtigen Proportionen, und die Opernklänge gingen in seinem tiefen Baß unter.

»Wußten Sie davon, Mr. Sebastian?« Seine Pranke hielt ein Weihnachtspaket hoch.

Mit einem Satz war Ellery am Radio und schaltete es aus. »Natürlich konnte er heute abend das Paket nicht in diesem Raum deponieren, weil's keine Gelegenheit dazu gab«, sagte er mit fiebernder Stimme. »Wo haben Sie's gefunden, Sergeant?«

»Auf dem Tischchen in der Halle. Als ich zum Abendbrot in die Küche ging, war es noch nicht da. Nachher machte ich meine Runde ums Haus, ohne jemanden zu sehen.«

Ellen sagte schrill: »Abermals Freund Nikolaus.«

»Darf ich das Paket haben, Sergeant?«

»Zuerst will ich lieber den Leutnant fragen, Mr. Queen.«

»Gut. Rufen Sie ihn an – aber gleich.«

Devoe verschwand. Keiner sagte ein Wort. Als er zurückkam, gab er Ellery das Paket. »Der Leutnant ist einverstanden, Mr. Queen. Sie möchten ihn anrufen, sobald Sie den Inhalt gesehen haben.«

Es war der gleiche Anhänger mit dem Namenszug »John Sebastian« darauf, das gleiche rote und grüne Stanniolpapier und das gleiche vergoldete Band.

Die Schachtel war wieder weiß und unbeschriftet. Ellery hob den Deckel. Zwei Gegenstände lagen darin, jeder in rotes Seidenpapier eingewickelt; und obendrauf lag eine weiße Karte mit einem maschinengeschriebenen Vers.

Ellery las laut vor:

IN DER ZWEITEN RAUHNACHT
SENDET DIR DEINE TREUE LIEBE
EINE FICHTENGETÄFELTE T Ü R
FÜR DEN OBEREN FLUR,
EIN FARBIGES F E N S T E R
FÜR DAS ERDGESCHOSS.

»Sapperlot«, sagte Dr. Dark.

Ellery packte die Gegenstände aus. Der eine war eine kleine fichtengetäfelte Tür, der andere ein winziges farbiges Fenster.

»John?«

»Ja, Ellery.«

»Was hast du mit der ersten Schachtel gemacht, nachdem ich sie heute Leutnant Luria gezeigt hatte?«

»Ich hab' sie auf mein Zimmer genommen.«

»Willst du das Puppenhaus mal herunterbringen?«

Niemand wagte sich unterdessen zu rühren. Nur Val Warren lachte hohl. »Ist der Jux wirklich zu Ende, Rusty? Mir scheint, er fängt erst an.«

Rusty gab keine Antwort.

John stellte das Puppenhaus wortlos auf den Eßtisch, und wortlos setzte Ellery im oberen Flur die Tür dort ein, wo eine gefehlt hatte. Sie paßte fugenlos. Dann drückte er das Fenster in die Öffnung im Erdgeschoß. Es paßte ebenfalls.

»Ellery«, ließ sich Ellens erschrockene Stimme vernehmen, »sind wieder Bleistiftmarkierungen auf der Rückseite der Karte?«

»Nein.« Ellery hatte schon darauf geachtet.

»Das ist doch Wahnsinn!« schrie John. »Wer, zum Teufel, produziert diesen Plunder? Und warum? Selbst der gröbste Unfug läßt eine Absicht erkennen. Aber was steckt hinter diesem Blödsinn?«

Ellery wandte sich an Devoe: »Welche Nummer hat Luria?« Und als er vom Telefon zurückkam, sagte er: »Na schön, jemand hat es auf einen Scherz angelegt. Luria teilt Johns Vermutung, daß ein Psychopath dahintersteckt. Ich kann dem nicht zustimmen. Es steckt mehr dahinter, nämlich kühle Überlegung und tödliche Absicht.«

Ellery warf einen Blick auf das kleine Haus. »Gestern bekam John ein ›unvollendetes Haus‹ – heute schickt man ihm zwei Teile, die es zu vollenden scheinen. Ich habe keine Ahnung, was das bedeuten soll, doch glaube ich nicht, daß die Rätsel noch komplizierter werden. Denn wenn diesen Dingen ein vernünftiges Motiv zugrunde liegt, dann werden sie von Mal zu Mal deutlicher. Überlegen wir einmal, was wir bis jetzt beisammen haben.«

Er begann im Zimmer umherzuwandern. »Die Zahl der eingewickelten Geschenke ist nunmehr zu einem veränderlichen Faktor geworden. Barg die gestrige Schachtel noch drei Gegenstände, so waren es heute nur deren zwei. Demzufolge sind weitere Variationen zu erwarten. Diese einzelnen Abweichungen werden freilich die Wahrscheinlichkeit nicht berühren, daß es am Ende zwölf Pakete sein werden – ein Paket jede Nacht. Zusammengerechnet dürften diese Geschenke in Verbindung mit der Zahl zwölf am Ende eine Bedeutung bekommen. Weiter reichen im Moment unsere Überlegungen nicht.«

Dan Freeman fragte ungläubig: »Ist das Ihr Ernst, Mr. Queen?« er sah ihn mit einem furchtsamen Lächeln an.

Ellery sagte bloß: »Ich mache das Spiel mit, das ist alles, Mr. Freeman.«

Einer nach dem andern ging zu Bett, bis nur noch Ellery und John Sebastian im Wohnzimmer waren.

Die beiden jungen Männer saßen schweigend vor dem verlöschenden Kaminfeuer. Schließlich sagte John: »Ich werde aus dieser verworrenen Geschichte nicht klug.« Er stand auf und mixte zwei Whiskys; den einen reichte er Ellery, dann setzte er sich wieder.

»Ellery, du hast die Sache durchschaut, oder?«

»Im Moment noch nicht.«

»Du weißt, was ich meine. Du hast das differenzierte Denken, das dir ermöglicht, Dinge zu sehen, die der gewöhnliche Sterbliche übersieht. Zumindest stehst du in diesem Ruf. Gibt's an diesem Nonsens etwas, worauf du dir einen Reim machen kannst?«

Ellery schüttelte den Kopf. »Ich bin mit meinem Scharfsinn am Ende, John — wenigstens vorläufig.« Er stellte das Glas ab. »Bist du sicher, daß du nichts weißt, was helfen könnte?«

Der junge Dichter war überrascht. »Ich? Wie meinst du das?«

»Ich weiß zumindest von einer Sache, die du bisher verschwiegen hast. Du hast angekündigt, daß am 6. Januar vier Dinge geschehen: Du wirst das Vermögen deines Vaters erben, dein erstes Buch veröffentlichen, Rusty heiraten — und was noch? Das vierte soll eine Überraschung sein. Was ist es?«

John nagte an der Unterlippe.

»Ist es denkbar, John, daß es mit dem jüngsten Geschehen zusammenhängen könnte?«

»Ich wüßte nicht, wie. Nein, es besteht kein Zusammenhang.« John erhob sich und ging abermals zur Whiskykaraffe. »Nein, es hat nichts zu tun mit den Weihnachtspaketen.«

Ellery fragte gelassen: »Und mit dem Mord an dem alten Mann?«

»Nichts!«

Ellery hob die Augenbrauen. »Du sagst das, als wärst du nicht ganz sicher.«

»Natürlich bin ich sicher! Ich würde mein Leben darauf wetten.«

Ellery hob das Glas und leerte es. Dann stand er auf und sagte höflich: »Das dürfte genau das sein, was du tust, John. Gute Nacht.«

Langsam stieg Ellery die breite Treppe hinauf. Er hatte in den letzten beiden Tagen die wachsende Unruhe seines Freundes bemerkt, ohne ihr Bedeutung beizumessen. Nun kam es ihm aber vor, als stünde diese Nervosität in einer geheimen Beziehung zu dem Rätsel. Was verheimlichte John? Seine Bestürzung über die Ereignisse in den vergangenen 48 Stunden schien echt.

Etwas bewog Ellery, den Blick zu heben.

Er war auf dem Treppenabsatz stehengeblieben. Darüber verlief, an Schlafzimmertüren vorbei, der obere Flur in beiden Richtungen, um an den Enden rechtwinklig in einen Gebäudeflügel abzubiegen, der außer Sicht lag. Beide Flurzweige wurden von je einer Nachtlampe matt erleuchtet.

Die dunkle Gestalt eines Mannes war zu Ellerys Linken um die Flurecke gebogen. Als sie die Nachtlampe passierte, konnte er deutlich das Gesicht sehen.

Es war Johns Gesicht.

John öffnete sogleich die Tür zu seinem Schlafzimmer und verschwand.

Ellery verharrte auf dem Treppenabsatz und fühlte sich veralbert. Er hatte seinen Freund soeben im Wohnzimmer verlassen. Wie kam es, daß dieser noch vor ihm auf dem oberen Flur war? Einfach unmöglich. Es sei denn ... Natürlich, John mußte die Hintertreppe von der Küche aus benutzt haben.

Ellery ging in sein Zimmer, holte das Tagebuch hervor und setzte sich hin, um die Ereignisse das Tages und des Abends einzutragen. Aber während er schrieb, pochte ein Gedanke an sein Unterbewußtsein. Schließlich verdroß das ihn dermaßen, daß er zu schreiben aufhörte und über den Gedanken nachsann.

Der Gedanke war: Wie konnte John über die Hintertreppe so schnell den oberen Flur erreichen? Freilich hatte Ellery den direkten Weg gewählt, und zwar ohne Eile. Aber John hatte ja mehrere Räume durchqueren müssen: das Wohnzimmer, das Speisezimmer, die Anrichte, die Küche, dann die Hintertreppe hinauf zum Ende des linken Flurflügels und durch diesen hindurch und um die Ecke. Tat er es in einer Art Wettlauf? Aber selbst dann ...

Und außerdem – warum?

Und überhaupt: warum über die Hintertreppe?

Ellery schüttelte den Kopf, uneins mit sich selbst. Dieser ganze Hokuspokus und der rätselhafte Mord mußten ihm ganz schön zugesetzt haben.

## FÜNFTES KAPITEL

*Dritte Nacht: Freitag, 27. Dezember 1929*

In dem ein Sommerhaus zum Schauplatz eines Wintermärchens wird und ein eisernes Geschenk das Dach des kleinen Hauses davor bewahrt, abgehoben zu werden

Nachdem er sich stundenlang im Bett herumgewälzt und vergeblich versucht hatte, den immer wiederkehrenden störenden Gedanken zu verdrängen, erwachte Ellery und stellte fest, daß er verschlafen hatte. Hurtig sprang er die Treppe hinunter. Er fand Mabel beim Abräumen.

»Oh, Mr. Queen!« rief die Irin. »Wir hatten Sie schon aufgegeben. Ich will Ihnen ein Gedeck auflegen.«

»Nein, nein, Mabel, der späte Vogel verdient nicht den Wurm. Kaffee tut's auch, ohne Sahne und Zucker.«

»Dabei sind Sie eh so dürr«, kicherte die Magd.

Ellery spazierte mit dem Kaffee ins Wohnzimmer, wo er mit Sticheleien und einer Ausgabe der »New York World« erwartet wurde.

»Trink deinen Kaffee, lies Broun und F. P A. und halt den Mund«, knurrte John Sebastian.

Jedermann hatte die Nase in einer Zeitung. Ellery wanderte umher und las über die Schultern mit.

Was ihn am meisten interessierte, war Johns Lektüre. Offenbar fesselte ihn eine Anzeige, in der das neue Modell eines elektrischen Toasters angepriesen wurde.

Ellery ließ sich neben John in einen Stuhl fallen und sagte: »Du liest ja gar nicht. Was ist los mit dir, John? Schlecht geschlafen? Du siehst mitgenommen aus.«

John murrte: »Was?«

»Vergiß es. Ich will dich jetzt etwas fragen, das dich komisch dünken wird.«

»Entschuldige, was hast du gesagt, Ellery?«

»Letzte Nacht ...«

Johns Benommenheit verflog. Er sah Ellery durchdringend an.

»Was ist damit?«

»Als ich dir hier unten gute Nacht sagte und dich allein zurückließ, bist du dann unmittelbar darauf hinaufgegangen?«

John blinzelte. »Merkwürdige Frage.«

»Und eine merkwürdige Antwort.«

»Unmittelbar hinaufgegangen? Um die Wahrheit zu sagen, ich weiß ...«

»Als du hinaufgingst, gleichgültig, wann das war, hast du die Flurtreppe oder die Hintertreppe benutzt?«

»Die Hintertreppe?« Johns Gesicht glättete sich. »Mag sein. Welchen Unterschied macht das schon aus?« Und er vertiefte sich in eine Anzeige für Rocky Ford Zigarren, fünf Cents das Stück.

Ellery warf seinem Freund einen verwunderten Blick zu.

»Denk nicht mehr dran«, sagte er dann munter und entfaltete die »New York World«. Er wünschte nur, er hätte diesen Rat selbst befolgen können.

Der Tag zog sich unendlich in die Länge.

Zur vorgerückten Nachmittagsstunde blickte Ellery von seinem Buch auf. Ellen Craig hatte ihn sanft an die Fußspitze getippt.

»Was liest du da?«

»Anthony Berkeleys ›Die vergiftete Schokoladenkiste‹.«

»Du bist beinahe so langweilig wie Onkel Arthur«, spöttelte Ellen. »Wie kann man nur den ganzen Tag herumsitzen? Raff dich auf zu einem Spaziergang mit mir, Ellery.«

»Ach, mein Herz, das wenige, was ich bisher gelesen habe, verspricht, daß Mr. Berkeley noch einige umwerfende Überraschungen in seinen britischen Rockärmeln versteckt hält. Ich muß es aus reiner Notwehr fertiglesen. Geh doch mit Sergeant Devoe spazieren.«

»Ich könnte Schlimmeres tun.« Und hocherhobenen Hauptes stolzierte sie davon.

Ellery war einen Moment bekümmert, nahm aber gleich wieder den Faden der Detektivgeschichte auf.

Ellen ging auf ihr Zimmer, wechselte die Kleider, rannte die Treppe hinunter und warf die Haustür mit einem Knall ins Schloß, laut genug, um im Wohnzimmer gehört zu werden.

Der Schnee hatte sich etwas gesetzt. Kieselfarbene Wolken verhüllten die Sonne, der Wind war schwach, aber schneidend kalt.

Sie ging einmal ums Haus. Dann stapfte sie auf den Wald zu. Der Schnee wies viele Fußspuren auf. Aber ihre Stimmung besserte sich erst beim Anblick des Sommerhauses.

Es lag ein gutes Stück abseits vom Herrenhaus am Waldsaum. Als Kind hatte sie hier gern von ihrem Onkel und Mrs. Sapphira Zuflucht gesucht.

Ellen näherte sich dem Haus. Auf einmal blieb sie reglos stehen.

Jemand war in dem Pavillon. Sie hörte die Stimmen eines Mannes und einer Frau, konnte sie jedoch nicht genau erkennen.

Mißmutig schickte sie sich an, einen Bogen um das Häuschen zu schlagen. Im selben Augenblick trat sie mit dem rechten Fuß durch den Schnee auf einen Stein und sank mit einem Schmerzenslaut zu Boden.

»Miss Craig! Haben Sie sich weh getan?«

Ellen sah sich verdrossen um. Es war Devoe. Er eilte von einem Strauch, hinter dem er auf der Lauer gelegen hatte, auf sie zu. Für Ellen gab es keine Zweifel: Der Beamte hatte versucht, das Gespräch im Sommerhaus zu belauschen.

»Mir fehlt nichts«, sagte Ellen laut, aber zu ihrem Schrecken legte sich Devoes große Hand auf ihren Mund.

»Verzeihung, Miss«, flüsterte er, ohne den Druck zu lockern, »aber ich muß das hören.«

»Sie . . . Sie Schnüffler!« murmelte sie erbost. »Lassen Sie mich los!«

Er schüttelte den Kopf. »Sie werden sie warnen, Miss. Ich mag das sowenig wie Sie, aber es ist meine Pflicht. Pst!«

Ellen gab es auf, sich zu wehren, denn im Sommerhaus waren die Stimmen lauter geworden. Deutlich konnte sie die von Rusty Brown und Marius Carlos unterscheiden.

»Ja — Liebe!« schrie Marius. Es war aber mehr ein Bellen. »L-i-e-b-e! Für wen hältst du mich denn? Glaubst du wirklich, ich sei nicht fähig dazu? Oder ist John vielleicht besser als Mann?«

»Du weißt sehr gut, Marius, daß Liebe nichts damit zu tun hat, wer besser oder schlechter ist.« Ellen erkannte, daß sie bemüht war, sich zu beherrschen. »Marius, laß meinen Arm los. Marius!« Das letzte Wort war ein Kreischen. Darauf hörte man es poltern.

»Einen Kuß, einen Kuß nur«, keuchte Marius. »Rusty, ich bin schrecklich verliebt . . .«

Klatsch!

Ellen fuhr zusammen, und der Sergeant machte ein einfältiges Gesicht.

Rusty kreischte wütend: »Versuch das noch mal, Marius Carlo, und ich werde — ich werde . . . Und so etwas nennt sich Mann! Selbst wenn John nie existiert hätte und du im ganzen Kosmos das einzige Wesen in Hosen wärst — dich lieben?« Rusty lachte spöttisch. »Ich hab' deinen Anblick nie ausstehen können. Es dreht mir den Magen um, wenn ich dich bloß ansehe. Jedenfalls liebe ich John und werde ihn heiraten. Ist das klar?«

Marius' Stimme war kaum noch zu erkennen. »Völlig klar, Miss Brown.«

»Du kannst von Glück reden, daß ich nicht zu denen zähle, die jetzt zu John laufen und ihm alles erzählen würden. Er bräche dir das Genick.«

»Was ich gleich mit ihm tun werde!«

»O nein«, sagte der Sergeant.

»Du liebe Zeit!« Als Ellen das sagte, merkte sie, daß Devoe ihren Mund schon lange freigegeben hatte.

John Sebastian tauchte wild gestikulierend auf der andern Seite des Sommerhauses auf und stürzte sich in das dunkle Innere. Er mußte ebenso auf der Lauer gelegen haben wie sie.

Aus dem wackeligen Häuschen drangen alsbald das Poltern von Schuhen, das Dröhnen von Schlägen und das Schnauben von Männernasen. Die Wände zitterten.

Sergeant Devoe horchte angestrengt.

»Was stehen Sie hier!« fuhr Ellen ihn an. »Worauf warten Sie noch? Auf Verstärkung?«

»Wegen der beiden da?« Devoe schien überrascht. »Es wird wohl Zeit, die Sache abzubrechen.« Er schritt auf das Häuschen zu und steckte den Kopf durch die Tür. Ellen hörte ihn sagen: »Kameraden, Sie haben Ihre Prügelei gehabt. Nun aber Schluß.« Doch die Keilerei ging weiter. Da sagte der uniformierte Riese: »Schluß, hab' ich gesagt, oder?«, und verschwand im Haus.

Unmittelbar darauf erschienen Marius und John Seite an Seite im Türrahmen, Devoes Fäuste im Nacken. Dann wurde der Sergeant sichtbar. Nach ihm folgte die verstörte Rusty. Der Beamte schleppte die beiden Freunde in den Schnee hinaus.

»Loslassen, Sie Affe!« keuchte John und versuchte, sich auf Marius zu stürzen. »Ich will die Wanze umbringen!«

»Lassen Sie ihn los!« schrie Marius, der wie ein Dirigent in der Luft herumfuchtelte. »Wir werden sehen – welche Wanze – wen umbringt!«

»Keiner wird den andern umbringen. Ich mache Sie darauf aufmerksam, daß Damen anwesend sind. Wollen Sie sich jetzt endlich vertragen?«

Ellen, die sich inzwischen hinter dem Sommerhaus versteckt hatte, sah als letztes, wie Devoe die beiden Rivalen auf das Herrenhaus zutrieb und wie Rusty hinterhertrottete.

Ellen seufzte und richtete sich auf. Aber ihr Fußgelenk knickte ein, und sie sank abermals in den Schnee.

»Au!« Ellen begann zu schluchzen.

»Physisch oder emotionell?« fragte eine Männerstimme.

Sie erschrak. Hinter einer Reihe Büsche kam Ellery hervor.

Ellen sprang auf, um abermals hinzufallen, und begann wieder zu weinen.

»Von beidem ein wenig, wie ich feststelle«, sagte Ellery. Er half ihr behutsam auf. »Schreckliche Szene, nicht wahr?«

»Du hast dich die ganze Zeit hier versteckt gehalten?«

»Jede Minute«, antwortete er aufgeräumt.

»Schnüffler. Du und Sergeant Devoe. Ich werde nie wieder einen Polizisten oder Detektiv für romantisch halten. Ach, Ellery«, schluchzte sie, »was sollen wir tun? Es wird immer schlimmer. Armer Onkel Arthur . . .«

»Wir wollen den Nachruf später bringen. Zuerst müssen wir dich nach Hause schaffen. Leg die Hand auf meine Schulter, Ellen – brav.«

Ellen sah ihn mit großen Augen an. »Mir fällt gerade ein . . . Was hast du eigentlich da draußen gemacht?«

»Was ich . . .«

»Ich denke, das Buch war so spannend?«

»War es auch.«

»Aber du hast dich entschlossen, mir trotzdem zu folgen.«

»Na ja . . .«

Ellen drückte seine Hand. »Ich verzeihe dir.«

Ellery murmelte etwas, und beide humpelten auf das Haus zu. Er brachte es nicht über sich, dem armen Kind zu sagen, daß er das Buch aus der Hand gelegt hatte, um John Sebastians Spuren zu folgen.

Beim Diner konzentrierte sich die Gesellschaft mit einer protokollarischen Steifheit auf Messer, Gabeln und Servietten, die einer Abordnung von Provinzlehrern beim Bankett im Weißen Haus Ehre angetan hätte. Außer dem leise vorgebrachten: »Darf ich bitte den Yorkshire Pudding haben?« und »Würden Sie mir mal das Gewürz reichen?« wurde kaum gesprochen.

Sergeant Devoe hatte offensichtlich die beiden Streithähne einigermaßen versöhnen können; denn die Freunde richteten gelegentlich – soweit es die Bedürfnisse der Tafel verlangten – das Wort aneinander. Rusty sonnte sich in der Haltung der über alles erhabenen Frau, um die gekämpft worden war und die voraussetzte, daß dies allseits bekannt war.

Der Aufbruch ins Wohnzimmer glich einem ungeordneten Rückzug. Ellen folgte als letzte. Dr. Dark hatte ihren Fuß untersucht, eine leichte Zerrung festgestellt und einen Verband angelegt. Sie hinkte.

Sie kam noch rechtzeitig ins Wohnzimmer, um den Sergeanten sagen zu hören: »Es tut sich nichts, Mr. Queen. Entweder war er zu schlau, um aus seinem Versteck hervorzukommen, oder ich hab's übersehen.«

»Was soll denn das schon wieder?« fragte Ellen.

»Es ist die dritte Rauhnacht«, antwortete Ellery düster.

Aller Augen richteten sich gleichzeitig auf den Weihnachtsbaum; aber es fand sich nichts unter dessen Zweigen.

»An das hab' ich gar nicht mehr gedacht«, rief Arthur Craig. »Haben Sie eine Falle gestellt?«

»So ungefähr.«

»Und Sie haben niemanden gesehen, Sergeant?«

»Niemanden und nichts.«

Ellery brummte: »Ich verstehe das nicht. Es muß ein drittes Paket da sein. Er wird bei zwei nicht aufhören ... Haben Sie schon gegessen, Sergeant?«

»Nein.«

»Dann gehen Sie.«

Devoe verließ eilends den Raum. Er war hungrig.

»Wechselt der Mann jemals seine Kleider?« fragte Dr. Dark gereizt.

»Er hat eine Ablösung, die um Mitternacht kommt und wieder geht, bevor jemand auf ist«, sagte Ellery. »Das gibt Devoe Gelegenheit, sich ein paar Stunden hinzulegen.«

»Ablösung?« knurrte Roland Payn. »Hat jemand auf den andern Mann achtgegeben?«

Niemand antwortete. Wie gerufen erschien Felton, um den Herren Brandy, den Damen Likör zu servieren. Das Gespräch wurde allgemeiner.

Es geschah, wie es Ellery beinahe erwartet hatte – nämlich unerwartet. Auf einer der Runden durch das Zimmer kam der Diener nahe am Baum vorbei. Dabei streifte das Ende eines Zweiges ein Likörglas auf dem Tablett. Als Felton mit einer hastigen Bewegung versuchte, es vom Herunterfallen zu bewahren, verlor er das Gleichgewicht und stürzte in den Baum. Es regnete Weihnachtskugeln.

»Devoe!« brüllte Ellery.

Der Gerufene sprang herbei, eine Serviette im Kragen, den Mund voller Roastbeef.

»Was ist los?« Er sah sich wild um.

»Sehen Sie mal!«

Die Augen des Sergeanten folgten Ellerys vorwurfsvoll ausgestrecktem Arm. Unterm Baum lag im heruntergefallenen Christbaumschmuck ein kleines rot-grünes Paket mit Goldband.

Sergeant Devoe fing an zu stottern. »Aber niemand ...«

»Natürlich nicht«, höhnte Ellery. »Es geschah an diesem Nachmittag, als Sie und ich außer Haus waren, oder spätestens am frühen Abend, bevor wir Ihre Wache arrangierten. Er hat es einfach tief unter die Zweige geschoben. Einer von uns hätte es zuletzt gefunden. Der Teufel hole seine listige Seele!«

Ellery fischte das Päckchen unter dem Baum hervor. Den nunmehr vertrauten Anhänger mit dem Namenszug »John Sebastian« warf er weg. Dann riß er die Hülle von der weißen Schachtel. Sie enthielt etwas, das in rotes Seidenpapier eingewickelt war, und obendrauf lag eine weiße Karte mit einem weiteren maschinengeschriebenen Vers:

IN DER DRITTEN RAUHNACHT
SENDET DIR DEINE TREUE LIEBE
EINEN GEKRÜMMTEN N A G E L,
UM DAS DACH FESTZUHALTEN.

Und genau das barg das Papier: einen einfachen Nagel, der hufeisenförmig zu einem Haken gebogen war.

Ellery ging zu dem Eichenschränkchen, das er sich die Nacht zuvor erbeten hatte, um darin die Geschenke aufzubewahren. Er schloß es auf und entnahm ihm das kleine Haus. Er stellte es auf den Eßtisch und entfernte das Dach.

»Da sind sie«, sagte er durch die Zähne. »Zwei kleine Metallösen, in die der Nagel genau hineinpaßt, so daß das Dach unverrückbar festhält. Wie ich mich entsinne, wunderte ich mich darüber, wozu die Löcher da sind. Nun wissen wir es.«

»Was wissen wir?« fragte Gardiner. »Mir sagt es jedenfalls nichts.«

In Olivette Browns fanatischen Augen brannte ein triumphierendes Feuer. »Eisen!« schrie sie. »Wer von Ihnen könnte das schon wissen? Nicht einmal Sie, Mr. Gardiner . . .«

»Olivette«, mahnte der Geistliche.

»Besonders Sie. Aber ich habe diese Dinge studiert. Oh, ich weiß, daß das eine schlechte Christin aus mir macht, Mr. Gardiner. Wußten Sie überhaupt, daß Eisen die Macht hat, böse Geister zu vertreiben?«

»Wie kommt es dann, Olivette«, entgegnete dieser sanft, »daß in der ganzen Literatur über Hexen und Zauberei die bösen Geister Kessel und Geräte aus Eisen benutzen, um ihren Hexentrank zu brauen?«

»Hört, hört!« sagte Dan Freeman.

»Mutter, bitte«, flehte Rusty.

Mrs. Brown, die eine innere Scheu davor zurückhielt, ihren früheren Pfarrer anzugreifen, wandte sich an den unglücklichen Verleger. »Ihre Sorte kenne ich, Mister Freeman! Herunterreißen, alles herunterreißen!«

»Aber liebe Mrs. Brown«, protestierte Freeman, »das habe ich nie getan . . .«

»Warum bewährt sich denn Eisen gegen Geister? Oder wußten Sie das noch nicht?«

»Offen gestanden, nein.« Freeman war es sichtlich peinlich, Anlaß einer Auseinandersetzung zu sein. »Ich begreife nur nicht, warum dann die Gespenster in den europäischen Schlössern die Nächte damit zubringen, schwere Eisenketten durch die Gemächer zu schleppen.«

»Sie können diese Dinge verhöhnen, wie es Ihnen paßt, Freeman!« Am Hals der Frau traten vor Erregung die Adern hervor. »Aber eins will ich Ihnen sagen: Wenn ein Epileptiker einen Anfall hat, dann wird seit Menschengedenken ein Eisennagel in den Boden getrieben, um den Dämon zu bannen! Was sagen Sie jetzt dazu?«

»Das sollte der amerikanischen Ärztekammer zur Kenntnis gebracht werden«, sagte Dr. Dark ernst.

»Ach!« Olivette Brown stapfte wütend aus dem Zmmer. Rusty folgte ihr.

»Tut mir leid«, sagte der Dicke. »Aber ich glaube nicht, daß sie auch nur die Hälfte von dem Unsinn ernst nimmt, den sie redet.«

Kopfschüttelnd stand Mr. Gardiner auf. Er folgte eilends Mutter und Tochter.

Und als wäre überhaupt keine Unterbrechung eingetreten, sagte Ellery: »Die Rückseite der Karte ist wieder leer.«

Nachts, als er im Tagebuch mit seinen Aufzeichnungen fortfuhr, fügte Ellery den Ereignissen einen kurzen Absatz hinzu: »Von den zwölf haben wir jetzt drei Pakete, unterteilt in sechs verschiedene Gegenstände: Ochse, Haus, Kamel, Tür, Fenster, Nagel. Flüchtig betrachtet: Blödsinn oder boshafter Schabernack. Dennoch kann ich mich des Gefühls nicht erwehren, daß sie eine zusammenhängende Bedeutung haben. Die einzige Frage ist: Welche?«

## Sechstes Kapitel

### *Vierte Nacht: Samstag, 28. Dezember 1929*

In dem John Sebastian einen rätselhaften Verlust seines Gedächtnisses erleidet, Leutnant Luria es mit List versucht und Ellery Queen wieder einmal überlistet wird

Marius sah beim Frühstück verkatert aus. Er aß still, ohne an der Debatte Anteil zu nehmen, die am Tisch im Gange war.

Dr. Sam Dark hatte angekündigt, daß er sich viel davon verspreche, am Nachmittag das Radio einzuschalten. Die Army spielte in Palo Alto gegen Stanford, und beide Stationen, CBS und NBC, würden das Rugbyspiel um 16.45 Uhr östlicher Standardzeit übertragen. Das führte natürlich zu einer Diskussion über die Chancen der beiden Mannschaften.

John Sebastian wirkte an diesem Morgen völlig ausgeruht; heiter, wenn zeitweilen auch etwas zerstreut, stichelte er die Disputanten.

Der junge Musiker lehnte eine zweite Tasse Kaffee ab, zögerte, stand vom Tisch auf, entschuldigte sich und verließ das Speisezimmer. Val Warren folgte ihm. Sie kam nach einer Minute zurück und setzte ihr Frühstück fort. Kurz darauf erschien auch Marius wieder.

»John . . .« Es klang, als bereite Marius das Schlucken Mühe. »Kann ich dich mal sprechen? Dich und Rusty?«

John war überrascht. »Ja, sofort.«

Sie gingen mit ihm ins Wohnzimmer.

Fünf Minuten später kehrte Marius allein zurück. Sein dunkles Gesicht spiegelte Erstaunen.

»Mr. Craig, ich will Ihnen nicht unnötig Sorgen bereiten, aber stimmt etwas nicht mit John? Haben Sie in letzter Zeit an ihm beobachtet, daß er vergeßlich ist?«

Der bärtige Hüne war baff. »Ich verstehe nicht, was Sie meinen, Marius. Warum?«

»Ich habe gestern etwas zuviel getrunken.« Der Musiker errötete. »Ich meine jene Geschichte mit Rusty.«

»Verstehe. Aber ich sehe wirklich nicht . . .«

»Sich entschuldigen zu müssen, ist nicht meine starke Seite, aber . . . Jedenfalls habe ich mich bei Rusty und John entschuldigt. Rusty war sehr verständnisvoll.«

»Und John war's nicht?« lächelte Craig erleichtert. »Nun ja, Jungverliebte . . .«

»Ich meine nicht das, Mr. Craig. Was ich meine ist ... Es scheint, daß sich John nicht mehr an das erinnert, was gestern vorgefallen ist.«

Craig wurde blaß.

»Zuerst dachte ich, er wollte mich bloß auf den Arm nehmen. Aber dann stellte sich heraus, daß er sich tatsächlich nicht mehr erinnern kann.«

»Aber wie soll er's denn vergessen haben?« rief Valentina. »In weniger als vierundzwanzig Stunden!«

Craig starrte ratlos Dr. Dark an.

Der Arzt war nachdenklich. »Mir scheint das eine Art vorübergehender Amnesie zu sein, Arthur. Vielleicht als Folge eines Schlags, den er bei der Prügelei erhalten hat. Ich will ihn mal untersuchen.«

»Darf ich ihn mir zuerst vornehmen?« fragte Ellery schnell. Noch ehe jemand antworten konnte, sprang er auf und ging ins Wohnzimmer.

John saß steif auf einem Stuhl, und Rusty, die besorgt auf ihn einsprach, kauerte zu seinen Füßen.

»Stellen Sie sich vor, Ellery«, sagte sie, »John weiß nicht mehr, was im Sommerhaus passiert ist. Er kann sich nicht einmal entsinnen, dort gewesen zu sein. Ist das nicht komisch?«

»Ich weiß nicht, warum deswegen ein solches Aufheben gemacht wird«, sagte John gereizt. »Ich hab's einfach vergessen. Ist das ein Verbrechen?«

»Unsere Nerven sind in den vergangenen paar Tagen arg strapaziert worden«, bemerkte Ellery und fügte hinzu: »Und der alte Brummschädel kann uns manchmal wunderliche Streiche spielen, John. Zum Beispiel die Episode mit der Hintertreppe am Donnerstag.«

»Ich weigere mich, darüber auch nur zu diskutieren!« John schnellte vom Stuhl hoch und hätte beinahe Rusty umgeworfen.

»Aber Liebling, du weißt doch, daß du Kopfschmerzen hattest ...«

»Nein, einen Kater!«

»John«, meinte Ellery, »solange Dr. Dark als Gast im Hause ist ...«

»Mir fehlt nichts!« Er eilte aus dem Zimmer und rannte die Treppe hinauf.

Gleich darauf strömten die andern vom Speisezimmer herein. Rusty war den Tränen nahe. Craig streichelte sie hilflos.

»Ich verstehe das nicht«, sagte er ein übers andere Mal. »Sam, es ist besser, wenn ich allein zu ihm hinaufgehe ...«

»Unsinn, Arthur«, sagte Dr. Dark. »Ich habe ihn betreut, seit er ein Knirps war. Wir gehen zusammen.«

Ellery unterbrach: »Das ist nicht mehr nötig.«

Denn John kam eben wieder die Treppe herunter. Er lächelte, als er eintrat.

»Ich muß allen einen ordentlichen Schrecken eingejagt haben«, sagte er. »Rusty, süßes Kind, es tut mir furchtbar leid. Natürlich erinnere ich mich jetzt. Mir ist es grad wieder eingefallen. Hab' ich mich blöd benommen? Marius, du brauchst dich übrigens nicht zu entschuldigen. Es ist keine Schande, in Rusty verliebt zu sein — ich bin's ja selber! Schwamm drüber.«

Marius war sprachlos.

»John Sebastian«, sagte Rusty ernst, »sag mir dies eine: Als Sergeant Devoe das Sommerhaus betrat, um die Rauferei abzubrechen, was hat er da getan?«

John grinste. »Er packte uns mit den Fäusten am Genick und beförderte uns in den Schnee, als wären wir raufende Katzen.« Reumütig rieb er sich den Nacken. »Ich bin immer noch wund.«

»Du kannst dich doch erinnern!« Rusty umarmte ihn. »Ach, Liebling, mir war so angst . . .«

Alles begann gleichzeitig zu reden.

Ellery schlüpfte aus dem Zimmer. Er zog die Tür zu Craigs Bibliothek hinter sich zu, setzte sich an den Nebenanschluß des Haustelefons und verlangte ein Gespräch mit Inspektor Richard Queen im New Yorker Polizeikommissariat.

»Dad, hier Ellery. Hör mal, willst du mir einen Gefallen tun?«

»Moment«, sagte der Inspektor. »Was geht bei dir vor?«

Ellery berichtete etwas ungeduldig.

»Verrückt«, sagte sein Vater. »Ich bin froh, daß ich in der Sache nicht drinstecke. Oder etwa doch?«

»Alles, was ich möchte, sind ein paar Auskünfte, die du für mich sammeln sollst. Rusty Brown, John Sebastians Verlobte, hat eine Anzahl Weihnachtsgaben für die Gäste hier oben entworfen, die John am Weihnachtsmorgen verteilte. Jede Gabe stellt eines der zwölf Tierkreiszeichen dar.«

»Ah«, sagte der Inspektor.

»Und alle wurden von Moylans in der Fifth Avenue auf besondere Bestellung angefertigt. Acht Stücke waren Münzen, die anderen vier Broschen. Könntest du Moylan darüber ausfragen?«

»Persönlich?«

»Das wird nicht nötig sein. Du kannst Velie, Hesse, Piggott oder sonst jemanden hinschicken.«

»Weißt du, mein Sohn, daß du keinen Humor hast?«

»Was?«

»Ist unwichtig«, sagte der Inspektor. »Welche Fragen sind zu stellen? Oder müssen wir sie uns erst einfallen lassen, wenn wir dort sind?«

»Ich weiß wirklich nicht. Frag Moylan einfach über den Auftrag aus, vor allem aber, ob irgend etwas daran ungewöhnlich war. Verstanden?«

»Jawohl«, antwortete sein Vater. »Ich nehme an, die Erkundung soll vertraulich behandelt werden? Es darf nichts durchsickern?«

»Genau.«

Der Inspektor seufzte und hängte ein.

Am frühen Nachmittag tauchte Leutnant Luria auf.

»Nein«, entgegnete er auf die vielen Fragen, »bis zur Stunde wissen wir nichts über den Toten. Wir haben angefangen, Fotos von ihm außerhalb des Staates zu verschicken. Mr. Sebastian, ich höre, daß Sie noch immer die nächtlichen Geschenke erhalten.«

»Verstehen Sie griechisch, Leutnant?«

»Sie wollen sagen ›timeo danaos et dona ferentes‹?« Luria grinste.

»Das ist Latein, aber ich vermute, daß Sie die Idee kapiert haben.«

»Ich mache Ihnen keinen Vorwurf.« Der Leutnant hob die Stimme. »Alle aufgepaßt! Sie haben mit Ihrem Hierbleiben viel guten Willen gezeigt. Hätten Sie Lust, bei dem schönen Wetter ein paar Stunden eislaufen zu gehen?« Er lachte.

Die Damen waren begeistert. Selbst Dr. Dark ließ sich überreden, setzte aber voraus, daß man ihn rechtzeitig zur Rugbyübertragung wieder zurückbringe. Die Jüngeren hatten ihre Schlittschuhe mitgebracht. Arthur Craig überlegte, daß er in Johns Rumpelkammer noch welche finden werde für jene, die keine hatten. Alle eilten auf die Zimmer, um sich warm anzuziehen.

»Und Sie, Queen, wollen Sie nicht auch gehen?« fragte Luria.

Ellery zündete seine Pfeife an und lehnte sich zurück. »Nichts aus dem Labor, Leutnant?«

»Gar nichts.« Leutnant Luria starrte ihn an, Ellery starrte zurück.

»Wie steht es mit Fingerabdrücken?«

»Keine fremden Abdrücke in der Bibliothek, außer denen des Ermordeten.«

»Und am Dolch?«

»Einige Abdrücke von Mr. Craig, aber die sind alt und schmutzig. Der Mörder trug Handschuhe.«

»Wie immer, nicht wahr?«

Bevor die Gruppe aufbrach, sagte Ellen zu Ellery: »Ich hätte es wissen sollen, daß du aus der Reihe tanzt. Bleibst du hier, damit die Polizei nichts stiehlt?«

»Erraten.« Ellery lächelte. »Wollen wir hoffen, daß sich alle von dünnem Eis fernhalten.«

Ellen rümpfte die kecke Nase. »Mr. Queen, Sie sind wirklich nicht halb so klug, wie Sie's sich einbilden.« Und weg war sie, Arm in Arm mit Marius Carlo und Dr. Sam Dark, als wären sie die begehrtesten Männer des Universums.

Kaum war die kleine Gesellschaft weggefahren, eilte Luria in die Küche. »Meine Damen«, sagte er aufgeräumt, »ziehen Sie Ihre warmen Sachen an. Es wird ausgefahren.«

»Gleich jetzt?« fragte Mabel und zeigte ihre Grübchen.

»Jawohl. Sergeant Devoe wird Sie und Felton ein wenig spazierenfahren.«

»Das ist aber nett von Ihnen und Sergeant Devoe«, strahlte Mrs. Jansson. »Aber was mache ich mit dem Abendessen?«

»Sie werden reichlich Zeit haben. Die Rugbyübertragung beginnt erst gegen siebzehn Uhr.«

Luria wartete, bis der Polizeiwagen mit den Hausangestellten weggefahren war. Dann ging er ins Wohnzimmer.

Ellery nahm die Pfeife aus dem Mund und fragte: »St. Nikolaus?«

»Der Teufel soll ihn holen«, knurrte Luria. »Nun seien Sie mal still und lassen Sie mich die Früchte meiner Bemühungen ernten.«

Er entfernte die Kissen von den Stühlen, untersuchte das Mobiliar, öffnete Schubladen, durchwühlte Schränke, blickte hinters Radio, suchte den Weihnachtsbaum ab; er prüfte die Wände Zoll für Zoll, schaute hinter Bilder, tastete, riß, klopfte, hob Teppiche – kurz: Er nahm das ganze Wohnzimmer auseinander und setzte es wieder zusammen.

Das wiederholte er in der Bibliothek, im Musikzimmer, im Speisezimmer, in der Anrichte, in der Küche und in der Halle.

Ellery folgte ihm überallhin, friedlich die Pfeife rauchend. Als Luria fertig war, fragte er: »Was suchen Sie?«

Der Leutnant sagte vieldeutig: »Ich hoffe – nichts«, und setzte hinzu: »Queen, ich würde gern auch Sie durchsuchen.«

»Mich durchsuchen?« Ellery lächelte. »Mit Vergnügen.«

Er hob die Arme, derweil Luria ihn hastig abtastete.

Es ging auf halb fünf. Der Leutnant kehrte ins Wohnzimmer zurück, Ellery lief hinterher.

»Nun können sie kommen«, sagte Luria rauchend.

Die Eisläufer kehrten als erste zurück, munter plaudernd. Luria empfing sie an der Haustür, die er blockierte.

Craig war überrascht. »Noch immer hier, Leutnant?«

»Tut mir leid, Sie werden meine Anwesenheit noch eine Weile in Kauf nehmen müssen, Sir.«

Das milde Brummeln des Buchkünstlers wurde etwas schärfer. »Was gibt's denn diesmal?«

»Das will ich später erklären. Wollen Sie alle so freundlich sein und tun, was ich sage? Ich vermute, daß Sie die Kleider wechseln möchten. Bitte, gehen Sie gleich auf Ihre Zimmer. Wer mit Umziehen fertig ist, kann herunterkommen. Aber benutzen Sie die Haupttreppe.« Er trat zurück.

Wachsam blieb er auf der andern Seite der Halle stehen, als Arthur Craig, John Sebastian und deren Gäste an ihm vorbei die Treppe hinaufgingen.

Kurze Zeit später kehrte Sergeant Devoe mit den drei Hausangestellten zurück. Luria wiederholte die Anweisungen und befahl: »Sergeant, Sie gehen mit diesen Leuten hinauf und bringen sie nachher wieder herunter.«

Ellerys graue Augen leuchteten auf. »Jetzt verstehe ich.«

Als erster kam Dr. Dark die Treppe herunter. »Ich hab' keine Ahnung, was hier gespielt wird«, schnaufte er, »aber ich will die Rugbyübertragung hören. Würden Sie ein wenig zur Seite treten, meine Herren?«

»Warten Sie eine Minute«, sagte der Leutnant. Der massige Körper des Doktors kam am Fuß der Treppe zitternd zum Stehen. »Haben Sie etwas dagegen, wenn ich Sie ein bißchen beklopfe? Es wird nicht weh tun.« Er lächelte.

»Eine Leibesvisitation?« fragte der Arzt barsch. »Wozu?«

Seine rötliche Mähne sträubte sich. Aber dann zwinkerte er mit den kleinen Augen. »Warum soll es mir etwas ausmachen? Fangen Sie an.«

Als Luria fertig war, sagte er höflich: »Vielen Dank, Doktor. Bitte, gehen Sie gleich ins Wohnzimmer und bleiben Sie dort. Stellen Sie das Radio ein, tun Sie, was Sie wollen, nur den Raum dürfen Sie nicht verlassen.«

Als nächster erschien John, die übrigen folgten. Einer nach dem andern wurde von Luria aufgehalten. Die Herren ließen sich bereitwillig durchsuchen. Die Damen brauchten bloß die Handtaschen zu öffnen. Alle wurden geradewegs ins Wohnzimmer geschickt und gebeten, dort zu bleiben.

Als Devoe mit Mrs. Janssen, Mabel und Felton erschien, sagte Luria beruhigend: »Nur keine Angst, Mädchen, niemand wird Sie skalpieren. Mrs. Janssen, gehen Sie gleich in die Küche und bereiten Sie das Diner. Mabel, Sie arbeiten doch mit Mrs. Janssen zusammen, nicht wahr?«

»Und wie«, sagte die Irin. »Ich muß die Kartoffeln schälen, den Tisch decken . . .«

»Im Speisezimmer? Aber nicht heute, Mabel.« Luria schürzte die ledernen Lippen. »Mrs. Janssen, was steht für heute abend auf Ihrem Speisezettel?«

»Schinken, Aufschnitt und Kartoffelsalat.«

»Ausgezeichnet. Richten Sie es so an, daß es im Wohnzimmer eingenommen werden kann.«

»Mr. Craig wünscht, daß ich vor dem Essen Cocktails und kleine Vorspeisen serviere«, sagte Felton.

»Das ist zu machen. Ihr drei könnt in der Küche, in der Anrichte und im Speisezimmer arbeiten; und Sie, Felton, können außerdem das Wohnzimmer bedienen. Aber achten Sie darauf, jedesmal durchs Speisezimmer zu gehen und auf dem gleichen Weg wieder zurückzukommen. Sergeant, Sie sind für jede Bewegung dieser drei Leute verantwortlich.«

Devoe sagte vergnügt: »Ja, Sir.« Luria eilte ins Wohnzimmer.

Außer Dr. Dark, der sich auf die Stimme des Sportreporters konzentrierte, standen alle flüsternd herum.

Arthur Craig sagte formell: »Leutnant, ich wäre Ihnen für eine Erklärung dankbar.«

»Es ist ganz einfach«, erklärte Luria. »Ich habe einen Mord aufzuklären, eine undurchsichtige Geschichte, solange das Opfer nicht identifiziert ist. Mittlerweile gibt's auch die tückische Sache mit den anonymen Weihnachtsgeschenken, die an John Sebastian adressiert sind. Deshalb habe ich Sie heute nachmittag weggeschickt und in Ihrer Abwesenheit hier unten sämtliche Räume durchsucht. Übrigens kam ich mit einem Durchsuchungsbefehl. Wenn Sie ihn sehen wollen, Sir . . .«

Craig winkte mürrisch ab.

»In den vergangenen drei Nächten ist jedes an Mr. Sebastian gerichtete Paket in den Parterreräumen abgestellt worden«, sagte Luria lächelnd. »Daher wollte ich mich davon überzeugen, daß das vierte Paket noch nicht hinterlassen worden ist.«

»Verdammt klug von Ihnen, Leutnant«, bemerkte John kühl.

»Gesunder Menschenverstand, das ist alles. Ich habe Sie beim Hinaufgehen und Herunterkommen beobachtet. Auf diese Weise habe ich mich vergewissert, daß niemand ein Paket deponierte. Mit anderen Worten: Ich bin bereit, unter Eid zu bezeugen, daß zur Zeit in diesen Parterreräumen kein Paket ist. Und da wir bis Mitternacht in diesem Zimmer bleiben werden« – ein allgemeines Aufstöhnen war die Antwort –, »dürfte es interessant sein, zu erfahren, was geschehen oder nicht geschehen wird. Richtig, Queen?«

Es zeigte sich, daß sieben Stunden eine lange Zeit sein können für ein Dutzend Personen, die ohne Hoffnung auf Entrinnen in einem

Raum eingeschlossen sind, auch wenn der so groß war wie Arthur Craigs Wohnzimmer. Der Belagerungszustand begann in einer gespannten Atmosphäre, die mit dem Vorrücken des Abends spürbar zunahm. Das verdarb natürlich dem guten Doktor das Rugbyspiel. Als schließlich Stanford seinen Triumph von 1928 über die Army wiederholte, konnte ihn dieser Sieg kaum noch freuen.

Die Stimmung besserte sich auch nicht, als ein blasser Felton, das unverkennbare Tablett für ein kaltes Büfett balancierend, von Devoe begleitet im Wohnzimmer erschien. Craig richtete sich halb auf, um sogleich stumm zurückzusinken. Olivette Brown bemerkte spitz: »Das geht nun doch entschieden zu weit, finden Sie nicht, Mr. Craig?« Einige murrten mißmutig. Wortlos wurde gegessen. Luria war die ganze Zeit gefällig und wachsam. Sein Stuhl, den er nicht einen Augenblick verließ, stand quer vor dem Samtvorhang des Türbogens.

Nach dem Essen betrank sich Marius Carlo und schlief ein; sein Schnarchen trug freilich nicht dazu bei, die Moral zu heben. Einige spielten lustlos Bridge. Rusty fand im Radio Jazzmusik und überredete John, mit ihr zu tanzen, während Ellery in einer Ecke saß, blind für Ellens Signale. Spät am Abend gaben alle dem Drängen Valentinas nach und lösten Silbenrätsel. Gegen elf Uhr wurden die Nachrichten eingeschaltet, was hohles Gelächter auslöste. Die von Präsident Hoover eingesetzte Kommission zur Überwachung der Alkoholgesetze sei bereit, dem Kongreß Bericht zu erstatten, verkündete der Sprecher mit ergebener Stimme und fuhr fort, die Kommission sehe zuversichtlich einer strikteren Anwendung derselben entgegen.

Als im Flur die Großvateruhr mit dumpfen Schlägen die zwölfte Stunde schlug, hob kaum jemand den Kopf.

»Ich bin sehr müde, Leutnant«, seufzte Gardiner. »Darf ich mich nun zurückziehen?«

»Noch eine Minute.« Luria sprang auf und ging ins Speisezimmer. »Devoe!«

Der Sergeant steckte den Kopf herein.

»Rufen Sie die Hausangestellten.« Als diese erschienen, schärfte Luria dem Sergeanten ein: »Sie bleiben hier bei den andern. Niemand darf sich von seinem Platz entfernen.« Dann verschwand er durch die Portiere.

Das Haus war totenstill.

»Die Geisterstunde«, sagte Freeman unvermittelt und lachte. Sein Lachen hallte fast von den Wänden wider.

Alle verharrten für zehn lange Minuten in völligem Schweigen. Dann teilte sich der Samtvorhang, und Leutnant Luria stand wieder im Raum. Langsam zündete er sich eine Zigarette an.

»Das Experiment ist beendet«, sagte er.

»Was soll das heißen?« krächzte John.

Luria sagte bedächtig: »Heute abend gibt es kein Weihnachtspaket. Weder in den Parterreräumen noch in der Vorhalle. Und wissen Sie, warum, meine Damen und Herren? Weil der Spender keine vierte Schachtel hinterlassen konnte. Und wer konnte keine Schachtel hinterlassen? Ei, jeder beliebige von Ihnen. Darf ich hinzufügen, daß ich Ihre Geschichte von dem Weihnachtsmann nie geglaubt habe? Derjenige, der hier überall seine Geschenke fallen ließ, sitzt unter Ihnen. Wie wär's, wenn er uns alle in den Spaß einweiht?«

Aber niemand sagte etwas.

Sonderbarerweise verlor Luria die Beherrschung. »Nun gut, bleiben Sie bei Ihren Kindereien«, knurrte er. »Ich konzentriere mich von jetzt an auf den Mord. Den Paketplunder überlasse ich Ihnen, Queen.«

»Aber, Leutnant«, begann Ellery, der sich fragte, auf welche Weise er mit hinreichender Feinheit Luria auf die großen Lücken aufmerksam machen sollte, die sein experimentelles Gewebe aufwies.

Doch der bellte: »Gute Nacht!«, und stolzierte aus dem Haus. Devoe folgte ihm.

Niemand rührte sich, bis das Motorengebrumm der beiden Polizeiwagen sich in der Ferne verloren hatte.

Daraufhin begaben sich alle, überdrüssig und müde, wie sie waren, zu Bett. Jedenfalls dachten sie, auf dem Weg dahin zu sein. Aber während sich im Obergeschoß laut Türen öffneten und schlossen, kam John teuflisch lachend aus seinem Schlafzimmer gestürzt.

»Keine Schachtel heute nacht, ha!« rief er. »Gerade habe ich das auf meinem Bett gefunden!«

Er hielt ein kleines Weihnachtspaket hoch, mit rotem und grünem Stanniolpapier und einem vergoldeten Band. Auf dem vertrauten Anhänger stand in Maschinenschrift das vertraute »John Sebastian«.

John mußte beruhigt werden; Dr. Dark blieb bei ihm, bis er eingeschlafen war.

Als er ins Parterre hinunterging, fand er alle um die neue Schachtel versammelt, die Ellery geöffnet hatte.

»Wie geht's John?« fragte Rusty gedämpft.

»Es sind nur die Nerven, meine Teure. Er ist schon immer etwas sensibel gewesen. Dieser rätselhafte Humbug greift ihn allmählich an.« Der Doktor holte sich ungeniert die Scotch-Karaffe. »Nun, was hat uns der Kobold heute nacht beschert, Queen?«

Ellery hielt einen kleinen, weißbemalten hölzernen Zaun in die Höhe. »Paßt perfekt um das Haus, Doktor.«

»Und die Botschaft?«

Ellery reichte ihm eine weiße Karte; sie zeigte vier sauber getippte Zeilen:

> IN DER VIERTEN RAUHNACHT
> SENDET DIR DEINE TREUE LIEBE
> EINEN WEISSEN Z A U N,
> DER VOR GEWALT SCHÜTZEN SOLL.

»Nicht einmal ein anständiger Vers«, murrte Dark.

»Diesmal sind wieder Bleistiftmarkierungen auf der Rückseite. Können Sie irgend etwas erkennen, Doktor?«

Der Dicke drehte die Karte schnell um und machte große Augen.

»Sieht einem von Kinderhand gezeichneten Zaun ähnlich. Was hat es zu bedeuten?«

»Wenn ich das wüßte.«

»Gewalt«, sagte Craig düster. »Im Vers ist das Wort ›Gewalt‹ enthalten. Es ist das erstemal, daß eine Andeutung auf – auf so etwas gemacht wird.«

»Außer der Leiche in Ihrer Bibliothek, Mr. Craig«, sagte Ellery nicht ohne Ironie.

»Ja, aber das hier ist gegen John gerichtet.«

Ellery starrte auf das Puppenhaus mit der neuesten Zugabe. »Lurias Experiment hat nichts erwiesen. Falls sich ein Unbekannter im Haus versteckt hält, dann konnte er diese Schachtel auf Johns Bett legen, während der Leutnant uns hier unten festhielt; oder falls der Spender – wie Luria glaubt – einer von uns sein sollte, dann kann er möglicherweise die Absicht durchschaut und nach der Rückkehr vom Eislaufen das Geschenk in Johns Zimmer geschmuggelt haben, bevor er die Treppe herunterkam. Sie entsinnen sich, daß John als einer der ersten im Parterre war.«

Ellery schüttelte den Kopf. »Fortan interessiert micht nur noch der Inhalt der Pakete. Bis jetzt sind es sieben Gegenstände in vier Einheiten. Irgendwie steckt da ein Plan dahinter, nur kann ich ihn noch nicht erkennen. Vielleicht werden die weiteren Geschenke Aufschluß geben.«

Craig fragte: »Sind Sie überzeugt, daß das kein Jux ist, Mr. Queen?«

»Ja.«

»Dann kann ich Ihnen gar nicht sagen, wie froh ich bin, Sie hier zu haben.« Der Hüne sank in einen Sessel. »Hoffen wir, daß Sie den Sinn erkennen können, bevor es zu spät ist.«

»Leg dich schlafen, Arthur«, sagte Freeman sanft.

Und Ellery empfahl: »Wir alle sollten diesem Vorschlag folgen.«

Sie ließen Marius, der noch immer schnarchte, im Wohnzimmer zurück.

## Siebentes Kapitel

### *Fünfte Nacht: Sonntag, 29. Dezember 1929*

In dem dem Steinbock vier Hörner sprießen, ein X die Stelle markiert und diverse Untersuchungen über die Anwendbarkeit der Zwölf nirgendwohin führen

Luria spazierte während des Frühstücks herein und verdarb es. Ein Blick auf seine umwölkte Stirn belehrte Ellery, daß der Leutnant an diesem Morgen nicht in Stimmung war für Weihnachtsgeschenke.

»Sie kommen jeweils einzeln zu mir in die Bibliothek«, sagte er unvermittelt. »Wo ist Gardiner?«

»In der Kirche«, antwortete Craig.

»Ebenfalls in die Bibliothek, sobald er zurück ist.«

Hinter Craigs Schreibtisch thronend, verhörte Luria den ganzen Morgen hindurch jeden einzelnen. Die Aussagen notierte er in ein dickes Notizbuch. Aber das war nichts Neues. Er exerzierte lediglich das Hobsonsche System aller Polizisten, nämlich die alten Fakten ständig wiederzukäuen.

Als er das Notizbuch zuklappte und sich erhob, bemerkte Ellery beiläufig: »Gestern nacht, gleich nachdem Sie weggefahren waren, fand John Sebastian die vierte Schachtel in seinem Zimmer.«

Luria setzte sich hin und erhob sich wieder. »Macht nichts.« Aber dann fragte er: »Was enthielt sie?«

»Einen kleinen weißen Zaun und einen Hinweis auf drohende Gewalt.«

»Ihre Köpfe sind hohler als leere Flaschen. Ich muß jetzt gehen.«

»Augenblick noch, Leutnant. Was ist mit dem Toten?«

»Ein großes Fragezeichen. Er stammt wahrscheinlich nicht aus dieser Gegend. Die Sache ist zum Verrücktwerden.«

Kurz nach dem Mittagessen kam für Ellery ein Anruf aus New York. Er nahm ihn hinter verschlossener Tür in der Bibliothek entgegen.

»Inspektor Queen zur Berichterstattung«, meldete sich die Stimme seines Vaters. »Wie möchtest du dein Horoskop, Junge, geradeheraus oder durch die Blume?«

»Immer frisch von der Leber weg«, sagte Ellery mutig.

»Du hast mir doch erzählt, diese Rusty Brown habe acht Münzen für die Herren und vier Broschen für die Damen entworfen?«

»Richtig.«

»Deine Rechnung stimmt nicht. Moylans sagen, sie hätten dreizehn Stück angefertigt.« Als es am andern Ende der Leitung still wurde, fragte der Inspektor: »Ellery? Hat dich der Schlag getroffen?«

»Ich erhole mich gerade«, sagte Ellery mit schwacher Stimme. »Dreizehn, sagst du? Auf Bestellung natürlich, nicht aus Versehen.«

»Auf Bestellung, jawohl. Bei Moylans gibt's kein Versehen.«

»Und sag mal«, fragte Ellery, »war das dreizehnte ein Duplikat von einem der zwölf?«

»Ja.«

»Warte mal, Vater! Laß mich überlegen. Handelte es sich bei den beiden Duplikaten um Ziegen? Was in dem Fall Steinbock zu bedeuten hätte? Zwei Münzen für den Steinbock? Na, wie mache ich das?«

»Großartig«, sagte sein Vater ehrlich erstaunt. »Wie bist du drauf gekommen, mein Sohn?«

»Du kennst meine Methoden«, sagte Ellery bescheiden. »Der 6. Januar ist John Sebastians Geburtstag, und der fällt unter das Zeichen des Steinbocks.«

»Oh? Aber wie hast du herausgefunden, daß es ein Duplikat von Sebastians Münze ist?«

»Das ist eine faszinierende Geschichte, in die ich mich aber am Telefon nicht einlassen will. Dad, ich hab' noch einen Auftrag für dich. Bist du noch da?«

»Ja«, kam es mürrisch zurück. »Worum geht es diesmal?«

»Hast du einen tüchtigen Beamten, den du für ein paar Tage entbehren kannst? Zum Beispiel Velie?«

»Was – meine rechte Hand! Na schön, einverstanden. Was soll Velie tun?«

»Die näheren Umstände von Johns Geburt erforschen.«

»Johns Geburt?«

»Hör zu. Alles, was ich darüber weiß, ist dies: Johns Eltern waren Mr. und Mrs. John Sebastian aus Rye im Staate New York. Mrs. Sebastian hieß mit Vornamen Claire. Am Abend des 5. Januar 1905 – schreibst du mit, Dad?«

»Jawohl, Sir«, seufzte der Inspektor. »1905.«

»In einem Schneesturm fuhren die Sebastians von New York zurück. In der Nähe von Mount Kidron verunglückten sie mit dem Auto. Als Folge des Unfalls kam die schwangere Frau vorzeitig nieder. Sie starb bei der Geburt des Kindes, Johns Vater ungefähr eine Woche später an den Unfallfolgen. Das ist alles. Ich will aber darüber noch mehr wissen.«

Ellery fand Rusty hinterm Haus. John sah zu, wie Valentina, Marius und Ellen um die Wette einen Schneemann bauten.

Ellen rief nach Ellery, aber er lächelte und winkte bloß. Sich John zuwendend, sagte er: »Darf ich mir für ein paar Minuten deine Braut leihen?«

»Ja, aber unter der Bedingung, daß du ihr nicht die Heirat mit mir auszureden versuchst. Bist du auch in sie verliebt?«

»Schrecklich«, lächelte Ellery und führte Rusty beiseite. Ellens rosige Wangen wurden karminrot.

»Ich frage mich, weshalb Sie ausgerechnet auf mich verfallen«, sagte Rusty, »wo ich doch nicht abkömmlich bin, wohl aber Ellen.«

»Weil Ellen die Frage nicht beantworten kann, die ich Ihnen stellen werde.«

»Was für eine Frage?«

»Rusty, wie kommt es, daß Sie die dreizehnte Tierkreisgabe nie erwähnt haben?«

»Ach das«, sagte Rusty. »Hab' ich das nicht getan?«

»Nein«, sagte Ellery freundlich.

»Nun, ich hab's bestellt, das stimmt. Es war ein Duplikat von Johns Sternbild.«

»Warum die zweifache Anfertigung?«

»Weil John mich darum gebeten hat. Weitere Fragen, Mr. Queen?«

»Ja, noch eine. Warum wollte John zwei Steinbockmünzen?«

Rusty sagte kühl: »Ellery, das weiß ich wirklich nicht.«

»Und Sie haben ihn nicht gefragt?«

»Doch, natürlich.«

»Und was hat er gesagt?«

»Er hat gelacht und mich geküßt und gemeint, wir wären noch nicht verheiratet. Warum fragen Sie ihn nicht selber?«

»Ich werde ihn fragen, selbst auf das Risiko hin, auch geküßt zu werden«, sagte Ellery.

Sein Spott verbarg echten Grimm. Aber er ließ sich nichts anmerken, als er John beiseite nahm. »Warum die zweifache Steinbockausgabe, Johnnyboy?« fragte er.

»Wie kommst du darauf?« erwiderte John scharf. »Hat Rusty geplaudert?«

»Nein, sie hat bloß bestätigt, was ich bereits wußte.«

John sagte unfreundlich: »Du hast mich also kontrolliert?«

»Nur um einer müßigen Neigung nachzugeben. Warum, John? Macht es dir etwas aus?«

»Ich glaube, ja«, sagte er langsam.

»Hör zu, Freund, in diesem Haus ist ein Mord verübt worden ...«

»Du meine Güte!« schrie der junge Dichter, »willst du sagen, daß ich damit zu tun habe? Ellery, was den alten Mann angeht, tappe ich genauso im dunkel wie du.«

»Warum sagst du mir denn nichts über den duplizierten Anhänger?«

»Weil ich mich nicht rechtfertigen will«, entgegnete John kühl. »Weitere Fragen?«

»Ich glaube nicht.«

Ellery schlenderte zum Haus zurück. Aber kaum war er den andern außer Sicht, beschleunigte er die Schritte. Leise betrat er die Halle, wo er auf Mr. Gardiner und Olivette Brown stieß. Er murmelte, er wolle sich zu einem Nickerchen hinlegen, und stapfte langsam die Treppe hinauf — um schnell in Johns Schlafzimmer zu verschwinden.

Es war ein großer Raum mit riesigen Fenstern, Kamin, übergroßem Bett und zwei geräumigen Wandschränken. College-Wimpel und französische Reiseplakate bedeckten die Wände.

Ellery schritt sogleich auf den nächsten Schrank zu und öffnete die Tür.

Er blieb eine Weile stehen — sehr erstaunt.

Dann öffnete er den anderen Schrank.

Während er wie angewurzelt dastand, sagte eine eisige Stimme hinter ihm: »Schnüffler habe ich seit eh und je mit Küchenschaben und anderem Ungeziefer gleichgesetzt. Was glaubst du eigentlich, was du tust?«

Ohne sich zu rühren, antwortete Ellery: »Des einen Schnüffler ist des andern Kreuzfahrer. Ich bin auf dem Weg zur Wahrheit, und zwar ohne deine geschätzte Unterstützung, wie ich feststelle.« Er drehte sich um. »Ich muß mich dennoch bei dir entschuldigen, John. Willst du mir nun erklären, warum in diesen Schränken jeder Anzug, Mantel, jede Sportausrüstung, jeder Hut, Pullover, jedes Paar Schuhe und so fort in zweifacher Ausführung unmittelbar nebeneinander hängen oder stehen?«

Überraschenderweise verzogen sich Johns Mundwinkel zu einem Lächeln. »Du willst sagen, daß du das einfach annimmst, weil ich bei Moylans zwei Steinbockmünzen anfertigen ließ?«

»Nein, John, ich wußte bereits ein wenig mehr. Aber du hast meine Frage nicht beantwortet.«

Das Lächeln wurde breiter. »Wahrscheinlich wirst du daraus nicht klug werden. Ich bin immer etwas knapp an Kleidern und habe mir deshalb angewöhnt, alles doppelt zu kaufen. Ich weiß, es ist verrückt. Aber was soll schon der Vorzug, ein Dichter zu sein, wenn man nicht einmal einer oder zwei Grillen frönen kann?«

»So einfach ist das?« sagte Ellery.

»Der Spleen erstreckt sich auf identische Brieftaschen, Siegelringe, Zigarettenetuis ... Wirst du jetzt einen Psychiater holen?«

»Wegen dieser methodischen Verrücktheiten?« Ellery schüttelte den Kopf.

»Du glaubst mir nicht?«

»Nun, du erinnerst dich, was Oscar Wilde gesagt hat: ›Der Mensch kann das Unmögliche glauben, aber niemals das Unwahrscheinliche‹!«

»Dem kann ich nur beipflichten. Ich hätte es beispielsweise nie für unwahrscheinlich gehalten, daß du dich katzenfüßig wie ein Dieb in der Nacht in mein Zimmer schleichen würdest.«

»Ich habe bloß Oscar Wilde zitiert. Persönlich kann ich nicht nur, sondern glaube ich gelegentlich an das Unwahrscheinliche. Alles was ich verlange, ist, daß die Tatsachen auf keinen anderen Schluß hinweisen.«

»Und die Tatsachen in diesem Fall weisen auf einen anderen Schluß hin?«

»Die, welche ich im Moment habe — ja«, sagte Ellery.

Beide lächelten einander zu, dann verließ Ellery das Zimmer.

Es war Ellery, der das Geschenk dieser Nacht fand.

Während einer Radiosendung nach dem Diner stellte er fest, daß ihm der Pfeifentabak ausgegangen war. Er ging auf sein Zimmer, um den Beutel nachzufüllen. Auf dem Bett lag ein Weihnachtspaket, lustig anzusehen mit seinem grünen und roten Stanniolpapier, dem vergoldeten Band und dem beschrifteten Anhänger.

Die Schachtel war etwas größer als die beiden letzten.

»Nummer fünf«, verkündete er unten.

Craig drehte sofort das Radio aus.

Ellery stellte das Paket auf den Eßtisch, um den sich alle wortlos versammelten. Er streifte die Verpackung ab und enthüllte die übliche weiße Schachtel. Darin lag ein Gegenstand, in rotes Seidenpapier eingewickelt, und obendrauf eine weiße Karte:

IN DER FÜNFTEN RAUHNACHT
SENDET DIR DEINE TREUE LIEBE
DIESE H A N D AUS GIPS
(DU BEGREIFST ES IMMER NOCH NICHT?)
EIN DUNKLER KLECKS IN DER H A N D F L Ä C H E
(BEREITET ER DIR UNBEHAGEN?)

Als Ellery das Papier entfernte, war es eine Hand — eine Männerhand aus Gips, knochig, beinah abgezehrt, die Finger leicht nach innen gekrümmt, der Daumen flehend ausgestreckt. In die Handfläche hatte der hämische Absender mit Bleistift ein X gezeichnet.

»Ziemlich unmißverständlich, was er diesmal meint, nicht wahr?« sagte John mit kurzem Auflachen. Automatisch wandte er sich der Hausbar zu.

»Rusty«, fragte Ellery, »hältst du das für einen Originalabguß?«

»Nein.« Ihr verstörter Blick richtete sich auf John. »Es sieht mehr nach einem Modell für anatomische Studien aus.«

»Das X kennzeichnet die Stelle«, murmelte Arthur Craig. »Aber warum eine Hand?«

»Handlesen«, bemerkte Mrs. Brown plötzlich. »Die Handfläche — die Lebenslinie — vom X durchschnitten . . .«

»Soll ich mir gleich die Kehle aufschlitzen und damit die Spannung beenden?« fragte John mit gequältem Lachen.

»Ich glaube, wir kommen auch ohne schlechte Witze aus, John«, erwiderte sein Vormund gereizt. »Mr. Queen, sagt Ihnen das mehr, als irgendeins der anderen Dinge?«

»Kein bißchen.« Ellery drehte die Karte um. »Und hier ist eine weitere Bleistiftskizze:«

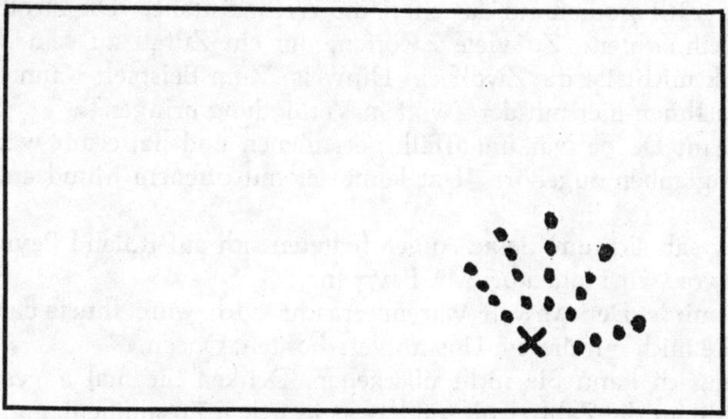

»Die Hand«, murmelte Ellery, »bis aufs Skelett reduziert. Zusammen mit X — wahrscheinlich für den Fall, daß John nicht lesen kann. Es ist zum Erschrecken sinnlos.«

Er warf die Karte auf den Tisch. Einer nach dem andern kehrten sie zu ihren Stühlen zurück. Niemand, nicht einmal Dr. Dark, schien Lust zu haben, das Radio wieder einzuschalten.

»John«, sagte Rusty.

»Was?«

»Liebling, du wirst doch das nicht ernst nehmen?«

»Ach nein«, sagte er. »Ich bin den Todesdrohungen entwöhnt worden. Sie machen mir gar nichts aus, süße Rusty. Ich esse sie zum Frühstück, schlucke sie zum Lunch und verdaue sie zum Diner. Im Ernst!« platzte er heraus. »Was soll ich tun, Rusty, lachend sterben?«

»John, John«, mahnte Craig.

»Los, Ellery!« schrie John. »Das ist dein Fach. Erzähl was, halt uns nicht hin. Aber bitte ausführlich.«

»Hört, hört!« sagte Marius, indem er mit dem Glas gegen die Armlehne seines Stuhls schlug. »Eine Ansprache!«

»Na schön«, begann Ellery. »Das Thema meines Vortrags ist das seltsame Auftauchen der Zahl zwölf.«

Ellen unterbrach: »Müssen wir darauf zurückkommen?«

»Wir haben es nie verlassen, Miss Craig«, sagte Ellery mit einer galanten Verbeugung.

»Fahren Sie fort«, bat Rusty.

»Zwölf Personen bei einer Gesellschaft«, sagte Ellery und nickte. »Und ein Urlaub, der aus den zwölf Tagen – oder Rauhnächten – nach Weihnachten besteht. Unter diesen zwölf Personen sind die zwölf Tierkreiszeichen vorgestellt worden. Und John bekommt nächtlich Geschenke mit Parodien auf das englische Weihnachtslied ›Die zwölf Tage von Weihnachten‹. Zu viele Zwölfen, um ein Zufall zu sein. Daher frage ich mich: Ist die Zwölf ein Hinweis? Zum Beispiel: Kann ich jeden von Ihnen hier mit der Zwölf in Verbindung bringen?«

Sergeant Devoe war unauffällig erschienen und hatte mit wachsendem Unglauben zugehört. Jetzt lehnte er mit offenem Mund am Türbogen.

Ellery sah sich um. Seine Augen hefteten sich auf Roland Payn. »Ich schlage vor, wir fangen bei Mr. Payn an.«

»Bei mir?« Der Anwalt war überrascht. »Ich wäre Ihnen dankbar, wenn Sie mich mit diesem Unsinn verschonten, Queen.«

»Nein, ich kann Sie nicht übergehen. Denken Sie mal angestrengt nach. Schlägt die Zahl zwölf, und zwar in jedem Zusammenhang, einen Funken in Ihrem Gedächtnis?«

»Nein«, antwortete Payn.

»Und in Ihrem beruflichen Leben? Sie sind Anwalt ... Ja, natürlich«, sagte Ellery, »was könnte klarer sein? Anwalt – Jury. Zwölf Geschworene. Sehen Sie?«

»Ich vertrete kaum einen Fall vor Gericht«, sagte der weißhaarige Vermögensanwalt.

»Roland, wie kannst du denn nur deine Dissertation vergessen haben?« sagte Craig feierlich. »Erinnerst du dich nicht mehr? Sie behandelte das Römische Recht 500 v. Chr.«

»Mein Gott«, stöhnte Payn. »Arthur, laß das doch!«

»Ich meine natürlich den Titel«, schmunzelte der Bärtige. »›Die zwölf Gesetzestafeln‹ von Roland Payn.«

»Ja, richtig«, bestätigte der Anwalt mit einem hilflosen Lächeln.

»So, das hätten wir mal«, sagte Ellery fröhlich. »Nun, wer kommt als nächster? Dr. Dark? Was sagt Ihnen die Zwölf?«

»Das ist die Stunde, in der ich in der Regel von einem Patienten aus tiefstem Schlaf geholt werde«, antwortete der Dicke.

»Zu abgelegen«, sagte Ellery stirnrunzelnd.

»Denk an Samson«, grinste Craig.

»Samson! Sagten Sie ›Samson‹, Mr. Craig?« rief Ellery.

»Sicherlich, so heißt er mit Vornamen.«

»Und ich dachte, er heißt Samuel! Das macht natürlich einen großen Unterschied«, sagte Ellery zufrieden. »Samson ist das biblische Gegenstück des griechischen Herkules. Und was drängt sich einem bei Herkules auf?«

»Die zwölf Mühen!« antwortete Freeman mit breitem Lächeln.

Danach wurde es leichter. Marius Carlo qualifizierte als Schüler von Schönbergs Zwölftonmusik; Rev. Gardiner wurde mit den zwölf Aposteln in Verbindung gebracht; Mrs. Brown und die zwölf Tierkreise waren natürliche Geistesverwandte; Arthur Craig wurde wegen seines alljährlichen Haupterzeugnisses, des begehrten Craig-Kalenders, akzeptiert; und Valentina, weil sie im Zeichen des Schützen geboren war und auch noch am 12. Dezember Geburtstag hatte – der zwölfte Tag im zwölften Monat! Rusty war ein Problem, bis Ellery herausbekam, daß ihr Taufname nicht Rusty, sondern Yolanda war, was zusammen mit ihrem Nachnamen zwölf Buchstaben ergab. Und Dan Z. Freeman, der jüdischen Glaubens war, wurde einstimmig – auf Johns Vorschlag – zur Großen Zwölf erkoren: einmal, weil es die zwölf Stämme Israels gegeben hatte, zum andern, weil sein Vorname Dan und sein Mittelname Zebulon auch die Namen von zwei der zwölf Söhne Jakobs gewesen waren.

Um diese Zeit hing Sergeant Devoes Unterkiefer schon fast auf der Brust.

Doch ging die Wirkung ziemlich verloren, als festgestellt wurde, daß weder John noch Ellen Aufnahme in den Zwölferklub finden würden.

»Und wie steht es bei Ihnen, Mr. Queen?« lächelte Craig. »Sie dürfen sich nicht ausnehmen.«

»Ich? Ich bin ein Buch mit sieben Siegeln.«

»Bücher!« Craig schlug sich auf die Schenkel. »Sie sind in diesem Klub wegen des Umgangs mit Büchern! Eines der Buchmaße ist ›duodecimo‹, wir nennen es ›12mo‹. Da haben Sie's.«

Ellery sagte: »Mr. Craig, ich glaube, da haben Sie den Nagel auf den Kopf getroffen.«

»Dann gehöre ich auch zum Klub«, grinste John. »Hab' ich nicht ein Buch geschrieben? Armes Schwesterherz, du bist die einzige, die draußen bleiben muß.«

»Komm in zwanzig Jahren wieder vorbei«, sagte sie durch die kleinen weißen Zähne, »und ich werde dir das Gegenteil beweisen: mit einem Dutzend Kindern!«

Diese heitere Anmerkung beschloß die improvisierte Untersuchung des Sebastian-Debakels. Der Patient selbst, mit allen Anzeichen der Genesung, schlug vor, daß man sich über den Kühlschrank hermache. Er überredete den verwirrten Devoe, den Raubzug anzuführen. Marius eilte zum Flügel und hämmerte einen Marsch, Dr. Dark ergriff Olivette Browns Arm und bestand darauf, ihr das Geleit zu geben;

Roland Payn schlang den Arm um Val Warrens Hüfte. So marschierte die ganze Gesellschaft fröhlich in die Küche.

Später jedoch, als er in seinem Schlafzimmer mit den Aufzeichnungen fortfuhr, hielt Ellery inne und wunderte sich, wieviel von dem Ganzen wohl Unsinn gewesen sein mochte und wieviel nicht.

## Achtes Kapitel

### *Sechste Nacht: Montag, 30. Dezember 1929*

**In dem Rev. Gardiner ein ungeistliches Abenteuer erlebt, das Verlagshaus Freeman zu wackeln beginnt und John mit einer Peitsche zu Bett geht**

Rev. Gardiner kam am Montagmorgen die Treppe herunter mit einem Herzen so schwer wie sein Gang. Seit Weihnachten hatte der Geistliche schlecht geschlafen. Mit wachsender Sorge hatte er die Vorgänge im Craigschen Haushalt beobachtet und jede Nacht gebetet, daß die verworrenen Dinge doch eine heitere und anmutige Wendung nähmen. Den Toten in der Bibliothek hatte er entschlossen aus seinen Gedanken verbannt.

Weil ihn das alles bestürzte und er in seinem Tun eine Sünde oder zumindest ein Schwanken im Glauben erblickte, entschloß er sich, an diesem Morgen dem Fleisch zu entsagen. Er würde nicht frühstücken. Daher mied er das Speisezimmer, aus dem Stimmengewirr drang, und ging leise in die Bibliothek. Er wollte dem Bischof einen langen Brief schreiben.

Er setzte sich an den Schreibtisch, schraubte die Kappe vom Füllhalter, murmelte ein kurzes Gebet und begann zu schreiben.

Wie lange er schrieb, hätte er nicht mehr sagen können. Dunkel wurde er gewahr, daß Leute durchs Wohnzimmer gingen – er hatte Stimmen, Gelächter und Schritte gehört –, aber einige Zeit später kam ihm zu Bewußtsein, daß das schon lange her gewesen sein mußte. Vielleicht waren die anderen ins Freie gegangen oder hatten sich auf ihre Zimmer zurückgezogen.

In dem Moment hörte er zwei Stimmen aus dem Wohnzimmer. Es wurde nicht laut gesprochen. Mr. Gardiner hätte freilich kaum etwas gehört, wenn es im Haus nicht so still gewesen wäre. Er erkannte an den Stimmen Freeman und John. Wahrscheinlich handelte es sich um eine geschäftliche Unterredung, und da sie in gedämpftem Ton geführt wurde, nahm Gardiner an, daß sie vertraulich war. Das war ihm peinlich. Er überlegte, ob er sich bemerkbar machen sollte. Aber das hätte eventuell Verlegenheit bereitet. Deshalb entschloß er sich zu bleiben, wo er war. Vielleicht würde man ihn beim Umhergehen im Zimmer ohnehin durch den Türbogen erblicken.

Aber auf einmal hoffte er, daß er unbemerkt blieb, denn das, was er für eine Geschäftsbesprechung gehalten hatte, nahm einen boshaften Ton an.

John wurde garstig, sehr garstig. Er rief in Erinnerung, daß Freemans Verlagshaus von seinem Vater, John Sebastian, und Arthur Craig gegründet worden war. Daß Craig nach Sebastian Srs. frühem Tod das Verlagshaus verkauft habe, habe er, der Sohn, als Schändung am Andenken seines Vaters empfunden. Lange habe er darüber nachgedacht, wie er dieses Unrecht wieder gutmachen könne. Und jetzt, da er am 6. Januar das väterliche Millionenvermögen erbe, werde er das Verlagshaus einfach wieder zurückkaufen.

Das alles wurde auf eine beiläufige und spöttische Art vorgetragen, was Mr. Gardiner dennoch sehr garstig fand.

Eine Weile herrschte Schweisten. Dann hörte der Geistliche den älteren Mann mit nervösem Lachen sagen: »Einen Augenblick glaubte ich, es sei Ihr Ernst, John.«

»Und damit lagen Sie todrichtig.«

Freemans Stimme sagte: »Ich – ich weiß nicht recht, was ich dazu sagen soll, John. Falls es ein ernsthaftes Angebot ist, dann bewegt es mich. Aber das Haus Freeman ist unverkäuflich.«

»Sie scheinen davon sehr überzeugt zu sein.«

»Natürlich bin ich überzeugt«, sagte der Verleger verärgert. »Was ist denn das für eine Frage?«

»Mr. Freeman, ich will das Verlagshaus erwerben, und Sie werden es mir verkaufen – oder Ihre Anteile, was auf das gleiche herauskommt. Was das Geschäft wert ist, kann und werde ich zahlen. Aber Sie werden verstehen müssen, daß nicht Sie, sondern ich die Wahl habe.«

Mr. Gardiner sprang beinahe auf.

Der bedauernswerte Verleger sagte hilflos: »John, entweder wollen Sie mich zum besten halten oder – oder Sie sind übergeschnappt. Ich hatte mit dem ursprünglichen Kauf nichts zu tun. Nachdem Craig das Verlagshaus verkauft hatte, weil er allein nicht in der Lage war, es weiterzuführen, ging es durch mehrere Hände. Ich bin lediglich der gegenwärtige Besitzer. Als ich den Verlag übernahm, war er am Rande des Ruins. Inzwischen habe ich es durch harte Arbeit zu einem der vielleicht besten kleinen Verlagshäuser in New York gemacht. Und jetzt kommen Sie und wollen es mir wegnehmen. Ich könnte fragen: warum? Mit welchem Recht? Aber ich werde das nicht tun. Ich frage Sie einfach – und ich wünsche eine klare Antwort: Warum liegt die Wahl bei Ihnen? Und wie wollen Sie mich zum Verkaufen zwingen?«

Freemans Stimme hatte an Festigkeit zugenommen. Der Geistliche war versucht, das mit einem lauten »Bravo!« zu quittieren. Aber er blieb am Schreibtisch und lauschte angestrengt.

»Durch Ihren Vater«, sagte John Sebastian.

»Durch meinen Vater?« Gardiner konnte die Betäubung des Verlegers bis in die Bibliothek hinein spüren. »Meinen Vater?«

»Ich wünschte, Sie nähmen Vernunft an«, beschwerte sich die gehässige junge Stimme. »Zwingen Sie mich nicht, Gewalt anzuwenden, Freeman.«

Aus dem Wohnzimmer drang das Krachen einer Faust auf einen Stuhl. »So eine Unverschämtheit! Was hat mein Vater damit zu tun? Was bezwecken Sie damit, einen alten gebrechlichen Mann in diesen Alptraum hineinzuziehen?«

»Er ist alt, nicht wahr? In den Siebzig ... Nun, Mr. Freeman, Sie haben mich nach dem Grund gefragt. Als ich den Entschluß faßte, das Verlagshaus zu kaufen, da wußte ich, daß ich mit einem Argument kommen muß, das mehr zieht als bares Geld. So habe ich denn einige Nachforschungen angestellt. Als ich über Sie nichts Nachteiliges erfahren konnte, wandte ich mich Ihrer Familie zu. Ihr Vater ist als Einwanderer in dieses Land gekommen, nicht wahr?«

»Ja«, sagte Freeman. Mr. Gardiners Herz blutete für ihn.

»Ein orthodoxer Jude aus Deutschland, der das Land unter einem angenommenen Namen verlassen hatte. Er war in politische Händel mit der deutschen Reichsregierung verwickelt.«

»Mit wem haben Sie gesprochen?« flüsterte der Verleger. »Mit welchem Judas?«

»Jedenfalls hat Ihr Vater den amerikanischen Einwanderungsbehörden gegenüber falsche Angaben gemacht, vermutlich weil er fürchtete, nicht aufgenommen zu werden. Daher scheute er davor zurück, sich später um das Bürgerrecht zu bewerben. Er ist noch immer Deutscher, und wenn die falschen Angaben, die er unter Eid gemacht hat, den Einwanderungsbehörden zur Kenntnis gebracht würden, dann würde er wahrscheinlich nach Deutschland deportiert.«

»Unmöglich!« schrie Freeman entsetzt. »Das würden sie nie tun. Er ist vierundsiebzig, es würde ihn töten. Es wäre sein Todesurteil. Ich sage Ihnen, das würden sie niemals tun!«

John Sebastian fragte höflich: »Wollen Sie das riskieren, oder mir lieber das Verlagshaus verkaufen?«

Es folgte eine lange Pause.

Dann hörte der Geistliche den Verleger verstört sagen: »Eine Teilhaberschaft. Ich biete Ihnen eine Teilhaberschaft an — zum Teufel mit Ihrem Geld.«

»Aber ich will nicht bloß Teilhaber werden, Mr. Freeman. Ich will das Verlagshaus meines Vaters. Bekomme ich es?«

»Das ist unerträglich. Sie sind wahnsinnig — größenwahnsinnig! Nein! Ich verkaufe nicht!«

Mit großer Liebenswürdigkeit sagte John: »Denken Sie darüber nach. Sie haben Zeit. Sie werden mindestens noch eine Woche hier sein.«

»Eine weitere Woche?« lachte Freeman gequält. »Glauben Sie, daß ich nach alledem auch nur eine Stunde hier bleiben kann? Ich reise ab, und zwar sogleich!«

»Ich fürchte, daß Leutnant Luria da ein Wörtchen mitzureden hat. Haben Sie vergessen, daß in diesem Haus ein Mord verübt worden ist und daß Sie deswegen bis auf weiteres hierbleiben müssen?«

Gardiner hörte John das Wohnzimmer verlassen.

Er konnte sich den armen Verleger vorstellen, die feinen Hände zusammengepreßt, das Herz voller Gram und Bestürzung. Er hätte weinen mögen.

Mr. Gardiner fand Rusty in der alten Remise. Sie saß, an John geschmiegt, auf dem staubigen Vordersitz eines alten Schlittens und lauschte entzückt der Lyrik des jungen Ungeheuers. Der alte Gentleman konnte sie unbemerkt beobachten, weil sie ihm den Rücken zukehrten.

Der Pfarrer sammelte sich und hustete. Er mußte abermals husten, bevor sie ihn hörten.

»Oh, Mr. Gardiner!« rief Rusty. »Sie sollten Johns Gedichte hören. Die sind herrlich!«

»Hallo«, grüßte John kurz.

»In diesem Fall störe ich, was ich bedauere.« Dennoch rührte sich der Geistliche nicht von der Stelle.

»Ich nehme an, daß meine Anwesenheit nicht erwünscht ist«, sagte John.

»Nun, ich war etwas säumig«, meinte Gardiner ungerührt. »Aber jetzt, da die Hochzeit näherrückt, sollte ich wirklich einmal mit Rusty ein Wort unter vier Augen reden. Aber wenn es dir lieber ist, John, daß ich es verschiebe . . .«

»Ach was.« John sprang vom Schlitten und entfernte sich.

»Schenken Sie ihm keine Beachtung«, lachte Rusty verlegen. »Sie wissen ja selber, welchen Belastungen er in den vergangenen Tagen ausgesetzt war. Wollen Sie sich neben mich setzen?«

Mr. Gardiner kletterte auf den Schlitten. Er nahm Rustys Hand und lächelte. »Nun, meine Liebe – endlich allein, wie die Spinne zur Fliege sagte.«

Rusty strahlte ihn an. »Oh, Mr. Gardiner, ich könnte vor lauter Glück platzen. Nicht einmal das, was im Haus geschehen ist, kann das überschatten.«

»Du liebst John sehr«, sagte der Geistliche besorgt.

»O ja.«

»Und liebt John auch dich?«

Rusty lachte. »Das würde ich ihm empfehlen!«

Mr. Gardiner lächelte nicht. »Du zweifelst nicht daran, Kind?«

Rusty zögerte, und Mr. Gardiner schöpfte Hoffnung. Aber dann sagte sie nachdenklich: »Ich glaube nicht. Zwar muß ich gestehen, daß ich in den letzten Tagen ein wenig besorgt war. John benahm sich so ... Nun, nicht so, wie er ist. Aber das rührt eben von all den Aufregungen her. Sie können ihm wirklich keinen Vorwurf machen.«

»Rusty.« Der Pfarrer räusperte sich. »Angenommen, du würdest entdecken, daß John nicht so ist, wie du ihn kennengelernt hast. Würdest du ihn trotzdem heiraten?«

»Sie sind ein Schatz.« Rusty drückte seine Hand. »Ich kann eine Frage wie diese nicht beantworten, Mr. Gardiner. John könnte nicht anders sein, als ich ihn kenne. Ihn nicht zu heiraten, kann ich mir gar nicht vorstellen.«

Mr. Gardiner küßte sie auf die Stirn. »In diesem Fall«, sagte er, »wollen wir nicht mehr darüber sprechen.«

Der alte Geistliche suchte Olivette Brown, aber nicht in der Hoffnung, dadurch etwas ändern zu können, sondern aus Pflichtbewußtsein. Er kannte Rustys Mutter gründlich: Sie war ein steiniger, beinahe unfruchtbarer Weinberg, in dem er seit Jahren erfolglos gearbeitet hatte.

Er fand sie in der Küche, wo sie aus einigen Teeblättern Mrs. Janssens Schicksal las.

»Olivette«, begann er, »ich würde Sie gern privat sprechen.«

»Ich wollte Mabel gerade beim Bettmachen helfen«, sagte Mrs. Janssen hastig und stürmte davon.

Mr. Gardiner setzte sich auf die andere Seite des Tisches.

»Sie wollen mich wieder schelten«, sagte Mr. Brown spröde.

»Nein, ich will Sie nur fragen, was Sie von Ihrem künftigen Schwiegersohn halten.«

»John?« Ihr Gesicht hellte sich auf. »Ein reizender junger Mann! Ich freue mich für Rusty.«

»Olivette«, sagte Mr. Gardiner, »angenommen, Sie würden feststellen, daß John anders ist, als Sie ihn kennen. Wären Sie dann immer noch so froh?«

»Natürlich! Sie glauben doch nicht, ich sei so naiv zu glauben, daß die erste Verliebtheit ewig währt? Gewiß ist John nicht in allem das, was er zu sein scheint. Aber welcher Mann ist das schon, wenn er um ein Mädchen wirbt?«

»Angenommen«, sagte Gardiner hartnäckig, »Sie würden herausfinden, daß er unehrlich ist?«

»Unsinn«, sagte Mrs. Brown. »Weshalb sollte er unehrlich sein? Gewiß nicht in materiellen Dingen. Und sollte es in etwas anderem sein, bin ich klug genug, mich nicht als Richter über ihn zu setzen.«

»Richtet nicht ...«, erinnerte sich Mr. Gardiner. Er entschuldigte sich und ging, um Arthur Craig aufzusuchen, der von Anfang an seine einzige wirkliche Hoffnung gewesen war.

»Sie sind sicher, Mr. Gardiner, ganz sicher, daß Sie nichts mißverstanden haben?« wiederholte Craig.

»Ich habe es nicht mißverstanden, Mr. Craig.«

»Aber das ist John unähnlich. Ich meine — John hat oft über seinen Vater und das Verlagshaus gesprochen, aber soweit ich mich entsinnen kann, hörte ich ihn nie den Wunsch äußern ...«

»Ich kann Ihnen nur sagen, was ich zufällig gehört habe.«

»Dan Freeman erpressen?« Er zupfte an seinem Bart. »Ich kann es nicht glauben, Mr. Gardiner, ich kann einfach nicht!«

Gardiner stand auf. »Ich verstehe. Es tut mir aufrichtig leid. Aber ich fühlte mich verpflichtet ...«

»Nein, nein, bitte setzen Sie sich.« Craigs Finger umklammerten den Arm des Geistlichen. »Ein Junge, den man großgezogen — und den man durch und durch zu kennen glaubte ... Auf dessen Rechtschaffenheit man geschworen hätte ... Wie soll man sich dem mit einer solchen Sache nähern, Mr. Gardiner? Was soll man sagen?«

»Wem das Herz voll ist, dem fließt der Mund über«, zitierte der Geistliche. »Sagen Sie einfach, was Sie empfinden. Der Junge liebt und achtet Sie. Er wird zuhören. Er muß.«

»Meinen Sie? Kenne ich ihn überhaupt? Manchmal in den vergangenen Tagen ...« Craig stand plötzlich auf und starrte ins Kaminfeuer. »Mr. Gardiner, ich habe versucht, ein gewisses Gleichgewicht zu bewahren inmitten all ... Ich weiß nicht, was. Etwas Schrecklichem.« Er drehte sich um. Gardiners Herz zog sich vor Mitleid zusammen. »Was geschieht in meinem Haus?« rief der bärtige Mann. »Was kann ich tun? Wie werde ich damit fertig?«

Der Pfarrer legte Craig die Hand auf die Schulter. »In der letzten Nacht Seines Erdenlebens, Mr. Craig, begab sich Jesus auf den Ölberg und suchte dort einen Ort namens Gethsemane auf. Er hatte entsetzliche Todesangst. Aber während Sein Herz bedrängt und gepeinigt wurde, fand Er dennoch die Kraft zu sagen: ›Doch nicht, was ich will, sondern was du willst, geschehe.‹« Gardiner lächelte. »Ich weiß, das klingt altmodisch, Mr. Craig, aber wo ein Glaube ist, da ist auch ein Weg.«

Aber als er Craig zurückließ, verschwand sein Lächeln. Ein halbes Jahrhundert hatte er Glauben gepredigt, überlegte er, aber mit dürftigem Ergebnis. Echter Glaube wirkte Wunder, aber er war so selten.

So suchte er denn Ellery auf und erzählte ihm von dem Ultimatum, das John dem Verleger gestellt hatte.

Ellery hörte gespannt zu. »Danke, Mr. Gardiner. Ich bin froh, daß Sie damit zu mir gekommen sind. Es fängt an, sich zu summieren.«

»Summieren, Mr. Queen?« Der Geistliche war überrascht.

»Noch bin ich nicht ganz sicher. Mehr will ich jetzt nicht sagen.«

Mr. Gardiner zog sich auf sein Zimmer zurück; er war äußerst beunruhigt.

Mrs. Janssen servierte ein frühes Diner. Um halb acht versammelten sich alle im Wohnzimmer und hörten Radio. Eine Stunde später schaltete Craig WEAF ein, um sich die Sendung »A & P Zigeuner« anzuhören. »Marius, ich hoffe, daß dich das nicht stört. Ich weiß, es ist konventionelle Musik, aber ich mag sie.«

Marius nickte. »Wer könnte denn schon so eitel sein und diesem Schmalz das Ohr verschließen?«

Es war kein guter Abend. Die Stimmung war gereizt. Marius schien seine schlechte Form wiedergefunden zu haben, John war zerstreut, Valentina zänkisch, Payn brüsk, Dr. Dark mürrisch, Ellen empfindlich, Rusty unruhig und Freeman ein entkörperter Geist in anderen Sphären.

Die Zeit schleppte sich dahin. Um elf drehte jemand die Nachrichten an. Mitten drin stand Freeman auf und sagte: »Scherereien, nichts als Scherereien. Wollen Sie mich entschuldigen? Ich glaube, ich gehe besser schlafen.« Mit müden Schritten verließ er den Raum.

Träge diskutierten die anderen über die Nachrichten — eine Patrouille der amerikanischen Küstenwache hatte drei Schmuggler erschossen; in Indien hatte Mahatma Gandhi zum zivilen Ungehorsam gegen die britische Herrschaft aufgerufen –, als Freeman wieder erschien und mit knarrender Stimme sagte: »Soeben habe ich das in meinem Zimmer gefunden.«

Er hielt ein kleines Weihnachtspaket hoch, das in grünes und rotes Stanniolpapier verpackt sowie mit einem vergoldeten Band und einem Anhänger versehen war.

Ellery nahm das Geschenk entgegen. »Es ist natürlich an dich adressiert, John. Habe ich die Ehre?«

John lachte erbittert. Mr. Gardiner, der genau aufgepaßt hatte, konnte nur noch wenig von dem Hohn heraushören, der am Morgen über dieselben Lippen gekommen war. Ein seltsamer junger Mann, dachte er, so viele Gesichter ...

Freeman würdigte John keines Blickes. Er setzte sich etwas abseits.

Arthur Craig kaute versonnen an einer Bartsträhne und beobachtete sein Mündel mit Augen, als sähe er es wahrhaftig zum erstenmal. Dann gab er sich einen Ruck, richtete sich auf und sah zu, wie Ellery das Paket öffnete.

In der Schachtel lag auf einem in rotes Seidenpapier eingewickelten Gegenstand eine weiße Karte. Monoton las Ellery vor:

IN DER SECHSTEN RAUHNACHT
SENDET DIR DEINE TREUE LIEBE
EINE LEDERGEFLOCHTENEE P E I T S C H E
IN BESTER HANDARBEIT.

Es war eine teuflisch aussehende kleine Peitsche aus zähem Leder; der Handgriff war dick geflochten und die Peitschenschnur verhältnismäßig lang. Ein Peitschchen für Liliputaner.

»Es ist die verkleinerte Nachbildung einer echten Peitsche«, sagte Rusty, »aber ich weiß nicht, von welcher Art. Es dürfte sich um eine Stierpeitsche handeln, wahrscheinlich südamerikanischer Herkunft.«

»Eine Stier- oder eine Menschenpeitsche?« fragte Dan Freeman.

Rusty sah ihn verdutzt an. »Wie bitte, Mr. Freeman?«

»Ich hab' mir gerade überlegt«, sagte der Verleger, »daß ich am 3. März Geburtstag habe, also im Zeichen der Fische. Mrs. Brown, Sie sind ja unsere Astrologin, frischen Sie mein Gedächtnis auf. Wie lautet die allgemeine Deutung für den ›Fische‹-Geborenen?«

Rustys Mutter machte ein argwöhnisches Gesicht. »Ein Symbol der Knechtschaft.«

»Sklaverei«, nickte Freeman und lächelte. »Ich habe dem Einfluß des Sternbildes nie Beachtung geschenkt — bis zum heutigen Tag.« Und sein Blick richtete sich direkt auf John. Aber der nagte an seinem Daumen und starrte zu Boden.

»Wieder eines?«

Alle drehten sich erleichtert um. Es war Sergeant Devoe.

Ellery händigte ihm wortlos Peitsche und Karte aus. Devoe kratzte sich am Kinn und verschwand. Kurz darauf hörten sie ihn telefonieren. Als er zurückkam, gab er die Gegenstände Ellery wieder zurück.

»Der Leutnant sagt, Sie sollen die Sachen behalten, Mr. Queen.«

»Nein, ich vermute, das ist ein Geschenk, das John vielleicht gern für sich behalten möchte.« Ellery machte ein Pause. »John?«

Verwirrt nahm dieser die Peitsche entgegen. Er drehte sie verlegen in den Händen.

»Ja«, sagte Dan Freeman aus dem Hintergrund, »ja, ich finde das ziemlich passend.«

»Passend?« Zum erstenmal richtete der junge Dichter den Blick auf den Verleger. »Was wollen Sie damit sagen, Mr. Freeman?«

»Sagen Sie jetzt bloß nicht, Sie hätten einen weiteren Anfall von Gedächtnisschwund«, höhnte Freeman.

»Ich weiß nicht, wovon Sie sprechen.« Johns Augen blitzten auf. »Ich gehe schlafen.«

»John . . .« begann Rusty.

Er küßte sie hastig und eilte davon.

Erst dann fiel Ellery ein, daß er die Rückseite der Karte noch nicht gesehen hatte. Er drehte sie schnell um.

Aber die andere Seite war leer.

## Neuntes Kapitel

## *Siebente Nacht: Dienstag, 31. Dezember 1929*

In dem zwei Dreiecke ein Quadrat werden, die Damen Brown und Warren zu den Höhlenmenschen zurückkehren und das neue Jahr sich unheilvoll ankündigt

Der letzte Tag des Jahres begann schön und frisch, mit Wind aus Südwesten.

»Ich hätte Lust zum Reiten«, verkündete Ellen beim Frühstück. »Will jemand mitkommen?«

»Ich«, sagte Ellery.

»Wirklich?« Ellen schien erfreut.

»Ich will auch reiten«, warf Rusty ein. »John?«

»Gewiß«, antwortete der. »Sollen wir zu zweit reiten? Es stehen nämlich nur zwei Pferde zur Verfügung.«

»Zu zweit wär's lustig«, meinte Rusty.

»Aber nicht für mich«, gab Ellen kühl zurück. »Ich schlage vor, wir wechseln ab. Wir kommen in einer Stunde wieder und treffen dich und John beim Stall. Dort könnt ihr die Pferde von uns haben.«

Felton hielt den Wallach und die Stute bereit. In würdigem Schweigen ritten sie in den Wald. Ellery brauchte einige Zeit, um Ellen aufzutauen, die er in den letzten Tagen vernachlässigt hatte. Schließlich erntete er ein Lächeln.

Im Schritt kehrten sie aus dem Wald zurück. Ellens Wangen waren rosig, ihre Augen tanzten. Ellery stellte fest, daß er in der vergangenen Stunde nicht ein einziges Mal an den Toten in der Bibliothek, an die geheimnisvollen Geschenke oder an die rätselhaften Verse gedacht hatte. Munter plauderte er, kaum gewahr, was er sagte, und Ellen hörte ihm mit glühenden Wangen zu. So kam es, daß sie in den Stall hineinritten und um ein Haar Valentina Warren und John Sebastian niedergetrampelt hätten, bevor sie merkten, in was sie hineingeraten waren.

»Val, um Gottes willen«, sagte John. Sie hatte ihn mit dem Rücken gegen die Stallwand gedrängt. »Wir haben Gesellschaft bekommen.«

»Das kümmert mich nicht«, sagte Valentina leidenschaftlich, ohne sich umzudrehen. »Ich hätte dich nie für so oberflächlich gehalten, um auf zwei Grübchen und ein paar gemeine rote Haare hereinzufallen.«

»Hallo, Schwesterherz. Hallo, Ellery«, sagte John schwach. »Hör zu, Val, Rusty kann jeden Augenblick kommen . . .«

»Ich sage dir, das kümmert mich nicht!«

Ellery und Ellen saßen unbeweglich auf ihren Pferden.

»John, ich bin auch nur ein Mensch. Ich hab' meine Rolle gespielt als guter Kamerad – die beste Freundin – ich hoffe, ihr beide werdet glücklich . . .! Liebling, aber ich muß es sagen, bevor es zu spät ist: Ich liebe dich, John, ich liebe dich, ich liebe dich, liebe dich! Bist du so blind wie blöde? Ich liebte dich, ehe du Rusty kennengelernt hast. Wir hatten die tollste Zeit zusammen . . .«

»Ich weiß, Val, ich weiß. Glaub nicht, daß ich das vergessen habe. Wie war der Ritt, ihr zwei? Wie sind die Waldwege?«

»Schön«, sagte Ellen.

»John, beachte sie nicht . . .«

»Können wir nicht ein andermal darüber sprechen?« fragte John. Er versuchte, sich unter Valentinas Armen hindurchzuzwängen.

»Wann? Nachdem du an jene dürftige Gans verschachert bist?« Val unterdrückte ein Schluchzen. »Ach Johnny, Johnny . . .«

»Val, laß los! Laß mich gehen!« Johns Geschrei ging in einem erstickten Murmeln unter. Ellen und Ellery sahen fasziniert zu, wie die Blondine mit ihm rang und ihn schließlich leidenschaftlich küßte. Es gelang ihm, ihr die Lippen solange zu entreißen, um sagen zu können: »Oh, ihr Götter und kleinen Fische«, worauf er erbittert lachte. »Hallo, Rusty!«

Schuldbewußt drehten sich Ellen und Ellery in ihren Sätteln um. Hinter ihnen stand Rusty im Schnee.

»Na«, sagte sie. Ihre Stimme klang, als käme sie aus einer Gletscherspalte. »Was machst du da, Val? Demonstrierst du die handgreifliche Szene von ›Untergehen oder Schwimmen‹?«

Ellen sagte etwas steif: »Rusty, das ist genau das, was Val macht. Eine Szene erläutern . . .«

»Halt den Mund!« sagte diese mürrisch. »Schön, Rusty, jetzt weißt du's wenigstens.«

»Ich soll was wissen, Val?« fragte sie eiskalt. »Daß du eine Schlange bist, eine Veruntreuerin, eine zweibeinige, doppelgesichtige Hündin?«

»Diese ständige Aufhetzerei«, sagte Ellen wütend.

John räusperte sich. »Sieh, Rusty . . .«

»Du hältst dich da mal schön heraus, John Sebastian!« explodierte sie. »Wahrscheinlich hast du sie ermutigt! Ein Glück, daß ich rechtzeitig dahinterkam!«

»Oh, Junge, Junge«, sagte John erschöpft. »Sieh, Kleines, du kannst es glauben oder nicht, aber ich hab' bloß auf die Straßenbahn gewartet, als ich geentert und geküßt wurde. Ich habe Zeugen. Bin ich nicht überfallen worden, Schwester . . . Ellery?«

»Ja«, sagte Ellen. »Ja, Rusty.«

»Ja, tatsächlich«, bestätigte Ellery. »So ist es gewesen, Rusty.«

»Vor versammeltem Publikum«, sagte Rusty. »Wie tief kannst du sinken?«

»Ich – eine Hündin?« murmelte Valentina. »Hündin?« wiederholte sie, das Wort machte ihr offenbar zu schaffen. »Wer stahl wen von wem, das möchte ich gern erfahren, du rote Hexe!«

»Willst du dich mit mir schlagen?« fragte Rusty herausfordernd. Und zum Schrecken der Zuschauer stürzten die beiden Mädchen mit ausgestreckten Armen aufeinander los. Kreischen, undamenhaftes Keuchen, Stiefeltritte und das Getrampel der bäumenden Pferde erfüllten den Stall.

»Runter!« schrie Ellen, die Mühe hatte, nicht abgeworfen zu werden.

»Noch mehr Komplikationen!« brüllte Ellery, der ebenfalls versuchte, sein Pferd im Zügel zu halten.

Sie kämpften um Leben und Glieder, während sich die beiden Mädchen mit frenetischem Gezeter in den Haaren lagen. Schließlich rannte Rusty heulend auf und davon, gefolgt von Valentina, die ebenfalls heulte, und John sprang als letzter hinterher.

Als Craigs Gastgeberin hatte Ellen eine traditionelle Silvesterparty geplant, mit Verkleidungen, Champagner, Luftballons, Knallfröschen, Juxhüten, Girlanden und Konfetti.

Ellen sagte alles ab.

»Etwas so Lustiges und Normales können wir uns nicht erlauben, Onkel Arthur«, sagte sie wütend. »Auf keinen Fall, wenn man daran denkt, wie diese Feiertage bisher verlaufen sind. Es wäre ein Possenspiel.«

»Viel schlimmer«, meinte Ellery.

»Einverstanden«, sagte Craig müde. Ellen hatte ihm den unerquicklichen Vorfall im Stall erzählt. Und Craig hatte mit der betäubten Ergebenheit dessen zugehört, den nichts mehr überraschen kann. »Großer Gott, was wird als nächstes geschehen?«

»Warum läßt jener – jener Polizist uns nicht gehen?« rief Ellen.

Das war noch so eine Unannehmlichkeit am letzten Tag des Jahres gewesen. Kurz vor dem Lunch war Leutnant Luria unangemeldet erschienen offensichtlich nur, um nachdrücklich auf den Hausarrest hinzuweisen. Er sah zermürbt aus. Ellery schloß daraus, daß man mit der Identifizierung des Toten noch keinen Schritt weitergekommen war. Luria hatte eine gereizte Unterredung mit Payn gehabt, der zunehmend halsstarriger geworden war. Auch hatte er sich mit Val Warren überworfen. Nach Lurias Weggang blieben die Dinge, wie sie gewesen waren, nur etwas schlimmer.

Als wolle sie sich gegen Ellens Anordnung auflehnen, erschien Valentina zum Dinner in großer Aufmachung. Ihr langes Abendkleid war aus apfelgrünem Chiffon; darüber trug sie einen Mantel aus dünnem Samt. Sie bestand darauf, daß John ihr diesen abnehme. Er kam dem mürrisch nach. Über die linke Hand hatte sie einen sechzehnknöpfigen Handschuh aus weißem Glacéleder gezogen; den andern trug sie mit der Abendtasche, ein französisches Modell aus grüner Seide. Die schillernd grünen Abendpumps hatten hohe Absätze. Sie überragte Rusty wie eine Märchenkönigin.

Rusty war wütend. Auch sie hatte Ellens Programmwechsel mißachtet und war in voller Rüstung ins Parterre gerauscht. Sie trug ein Abendensemble aus flachem Krepp; von den Ellbogen der Jacke fiel weißer Luchs bis halbwegs zu den Knien. Der einzige Kummer war, daß ihre Ausstattung – durch irgendeinen teuflischen Zufall – ebenfalls apfelgrün leuchtete.

Bei Tisch saßen sie einander gegenüber und starrten sich an. Ellen, die ein Wollkleid von einfachem Schnitt trug, fühlte sich elend.

Aber es sollte noch weiteren Ärger geben. Luria hatte Sergeant Devoe den Abend für eine Silvesterfeier freigegeben. Sein Stellvertreter indes, ein blauhäutiger käferäugiger, plattnäsiger Eiferer, tauchte alle zehn Minuten katzenfüßig im Wohnzimmer auf, in der Erwartung, die Gesellschaft beim Herstellen einer Bombe zu überraschen.

Die älteren Herren hielten mit verzweifelter Mühe ein Gespräch über Hemingway aufrecht; auch unterhielten sie sich über die Entwicklung der Moderne in der Kunst, angeführt von Picasso, Modigliani, Archipenko, Utrillo und Soutine. Doch das Thema versickerte aus Mangel an Begeisterung.

Unvermittelt sagte Ellery: »Ich frage mich, wer es heute abend finden wird.« Niemand antwortete.

Um Mitternacht brachten alle auf das neue Jahr einen Trinkspruch aus; sie schüttelten einander die Hände – Rusty und Valentina küßten sich in eisiger Versöhnung die Wange – und ließen sich wieder in ihre Stühle fallen. Im Radio brachte WJZ das neue Originalprogramm »Mit der Zeit über den Kontinent«, eine Sendung, bei der die Hörer, wie der Sprecher erklärte, jeweils fünf Minuten vor und nach jeder Stunde dabeisein würden, wie in New York, Chikago, Denver und San Franzisko das neue Jahr musikalisch begrüßt wurde. Aber selbst diese angenehmen Aussichten für den weiteren Verlauf der Nacht sollten verdorben werden. Denn beim Nachfüllen ihres Glases verschüttete Valentina den Inhalt über ihr Kleid.

»Oh, Mist«, sagte sie leichthin. »Jetzt kann ich mich ebensogut ins Bett legen.« Sie rauschte königlich aus dem Zimmer.

Zwei Minuten später kam sie wieder zurück, mit weitaufgerissenen, entsetzten Augen.

»Heute nacht war's auf meinem Bett!«

Und Valentina setzte sich auf den Fußboden, das siebente Weihnachtspaket im Schoß.

Die weiße Karte war vierzeilig beschriftet:

IN DER SIEBENTEN RAUHNACHT<br>
SENDET DIR DEINE TREUE LIEBE<br>
W A S S E R UND EINEN GOLDENEN F I S C H<br>
(NEIN, DAS IST KEIN KAUDERWELSCH).

Das rote Seidenpapier in der Schachtel war feucht; es färbte auf Ellerys Finger ab. Unter dem Papier fand sich ein kleines Fischbecken – ein Spielzeug, kaum größer als eine Pflaume – mit einem unglaublich winzigen tropischen Fisch, der in einem Fingerhut voll Wasser zappelte.

»Nicht allzu fernliegend vom Haus«, sagte Ellery. »Auf jeden Fall ist das ein konsequenter Wahnsinniger.«

»Ich glaubte, das verdammte Haus sei nun fertig«, bemerkte John, als ob ihn das störe.

»Die Rückseite der Karte hat auch wieder eine Skizze«, murmelte Ellery.

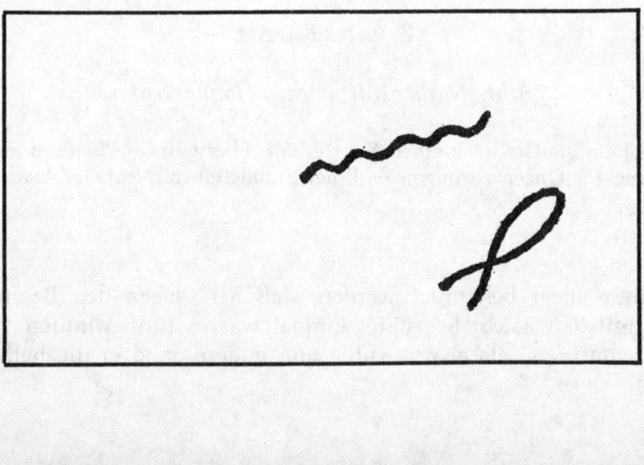

Er starrte auf die Kritzelei. »Das ist bestimmt ein Wassersymbol.«

»Die Zeichnung rechts unten sieht eher nach einer Drahtzange aus,« entgegnete Dr. Dark.

»Keine Drahtzange, Doktor. Können Sie's nicht sehen? Es ist die äußerst vereinfachte Darstellung eines Fisches mit Schwanzflosse. Wasser und Fisch, wie angekündigt. Wasser und Fisch ...«

Die meisten blieben bis spät auf und verfolgten die WJZ-Kampagne bis zum Golden Gate in San Franzisko, nach der zweifelhaften Fröhlichkeit des von Craig spendierten Champagners trachtend. Dann meldete sich Ellen freiwillig, eine Kleinigkeit zu kochen: Rühreier und Hühnerleber. Danach fand sich Ellery in einer Nische wieder, mit zwei weichen Armen um den Hals und parfümierten Lippen auf dem Mund, während eine Stimme, gewiß die von Ellen: »Glückliches neues Jahr«, murmelte – was unbestritten angenehm, ja sogar aufregend war.

Es ging schon auf fünf Uhr morgens, als er in seinem Schlafzimmer in einen Stuhl sank und nach seinem Tagebuch fummelte. Ungeachtet des umnebelten Gehirns vollendete er die Eintragung für den 31. Dezember. Der letzte Absatz hatte einen verzweifelten Ton: »Die Zeichnungen sind roh, roh ... Roh. Sollen sie denn primitiv erscheinen? Höhlenzeichnungen? Amerikanische Indianer ...? Hieroglyphen! Könnte das der Schlüssel sein? Wenn ja, dann sind es Begriffsschriften. Sie gleichen ägyptischen Begriffsschriften, besonders die letzten zwei Symbole ... Aber was sonst, was sonst? Was bedeuten die verdammten Dinger? Ich meine: ich weiß, wozu sie da sind – Wasser und Fisch –, aber was soll es bedeuten?«

## Zehntes Kapitel

### *Achte Nacht: Mittwoch, 1. Januar 1930*

In dem John als Geschenk einen Kopf erhält, Ellery einem Phantom nachsetzt und Inspektor Queen zu ungewöhnlicher Stunde einen Neujahrsbesuch macht

Es konnte nicht behauptet werden, daß Mr. Queen den Beginn des Jahres mit Zuversicht begrüßte. Einmal war es fünf Minuten vor ein Uhr nachmittags, als er erwachte, zum andern fand er die helle neue

Welt beim Blick durchs Fenster wolkenverhangen und so undurchdringlich wie seinen Kopf. Der Tag verhieß Regen.

Der schmelzende Schnee glich einem Leichentuch.

Als er die Treppe hinunterschlich, hatte er einen weiteren Grund, um niedergeschlagen zu sein. Ellen wartete nämlich auf ihn, bewaffnet mit Aspirin, Tomatensaft – und, was gut war, mit einem Krug Kaffee. Weniger gut waren indes die Glut auf ihren Wangen und das Leuchten in ihren Augen. Angestrengt versuchte er sich zu erinnern, was nach jenem Kuß in der dunklen Nische passiert war. Aber die Ereignisse der Nacht verloren sich im Nebel. Sie hing sich an ihn, als ob ...

Er schauderte und stürzte eine weitere Tasse Kaffee hinunter.

Ellen säuselte: »Armer Schatz«, und die Art, wie sie sich an ihm festhielt, als sie ins Wohnzimmer schritten, versetzte ihn in Panik.

Das Zimmer war übersät mit den Überlebenden der Silvesternacht, die teilnahmslos ihre Zeitungen lasen. Ellery griff unmißverständlich nach einem ungebrauchten Blatt, in der Hoffnung, der hübsche Parasit werde das verstehen und ihn allein lassen. Nicht so Ellen. Sie steuerte ihn auf einen Stuhl zu, den er zu seinem Schrecken als einen Liebessessel erkannte. Sie sanken in die Polster, unzertrennlich.

»Lies deine Zeitung, Liebling«, lispelte der Parasit ihm ins Ohr. »Ich werde artig hier sitzen und – dich betrachten.«

Er las mit Verzweiflung: New Yorks Polizei hatte neunzehn Alkoholrazzien während der Neujahrsfröhlichkeiten durchgeführt; der südafrikanische General Smuts war zu einem ersten Besuch in den Vereinigten Staaten eingetroffen und hatte vor Journalisten erklärt, daß die Schrecken des modernen Krieges diesen zweifellos ächten würden ... Er las weiter, blind.

Die Ankunft von Rusty und John, die von einem Spaziergang zurückkehrten, rettete ihn. Ellery sprang auf und sagte hastig: »Entschuldige, Ellen, aber ich will John sprechen. Bis später ...«

»Cäsar«, grüßte Rusty. »Sie könnten schlechter abschneiden.«

»Wie bitte?« fragte Ellery albern.

»Ellen ist ein hübsches Mädchen.«

»Nun – ja. Guten Morgen. Was machen die Köpfe?«

»Der meine ist noch da«, grinste John, »obwohl mir heute morgen war, als werde er es nicht schaffen.«

»Du hattest wenigstens eine Entschuldigung.«

»Eine was?«

»Ich beziehe mich auf den Vorfall in den Stallungen«, sagte Ellery mit hohler Stimme.

»Auf was?«

»Die gestrige Geschichte im Stall, John. Die große Liebesszene.«

John grinste. »Wer war der Glückliche?«

»Ah?« Ellerys Blick streifte Rusty.

Sie war blaß. »Spielt keine Rolle, Ellery. Jedenfalls war's eine Dummheit. Wir vergessen es am besten.«

»Was vergessen, um Himmels willen?« begehrte John auf.

Ellery fixierte ihn. Er wollte etwas sagen, aber da trat Valentina wie Lady Macbeth ins Zimmer. »Ihr entschuldigt, aber wir brauchen dringend einen Schluck Kaffee«, sagte Rusty. Sie trieb John buchstäblich ins Speisezimmer.

Auch nach Mrs. Janssens Dinner heftete Ellen sich an Ellerys Fersen. »Ich frage mich, wer heute abend die Schachtel findet«, sagte sie, als sie ins Wohnzimmer aufbrachen.

»Wen kümmert's?« bemerkte Marius hinter ihnen und huschte vorbei. Sie sahen, wie im Musikzimmer das Licht anging, und hörten den Schönberg-Schüler den schweren Deckel des Flügels aufklappen, der gleich darauf krachend herunterfiel. Marius kam aufgeregt ins Wohnzimmer gerannt; er schwang ein kleines Weihnachtspaket in rotem und grünem Stanniolpapier, mit einem vergoldeten Band und einem Anhänger daran.

»Im Flügel, mein Gott!« schrie er.

Ellery nahm ihm das Paket ab.

»Nicht öffnen«, knurrte John. »Ich will es nicht sehen.«

»John!«

Rusty eilte zu ihm hin, setzte ihn in einen Stuhl und streichelte seine Stirn.

»Die gleiche Schreibmaschine«, konstatierte Ellery.

Die weiße Karte in der Schachtel besagte:

> IN DER ACHTEN RAUHNACHT
> SENDET DIR DEINE TREUE LIEBE
> EINEN KOPF MIT EINEM GESCHLOSSENEN A U G E –
> ALS WARNUNG, DASS DU STERBEN WIRST –
> EINEN KOPF MIT GESCHLOSSENEM M U N D –
> ALS VORHERSAGE DIESER ACHTEN NACHT.

John saß starr auf der Stuhlkante.

Ellery entfernte das rote Seidenpapier. Zum Vorschein kam der Kopf einer Stoffpuppe, zweifellos mit einer Schere vom Körper getrennt. Das

Gesicht war mit weißer Farbe ausgelöscht worden; darauf waren mit schwarzer Farbe gemalt: links oben ein einziges geschlossenes Auge und in der Mitte, zum Kinn hin, ein strenger waagerechter Strich, der offenbar einen geschlossenen Mund darstellen sollte.

Ellery wendete die Karte, aber die Rückseite war leer.

Da sagte John: »Als Warnung, daß ich sterben werde.« Er sprang vom Stuhl auf. Rusty legte den Finger an die Lippen. »Gut«, sagte John. »Ich kann das nicht mehr länger als faulen Jux hinnehmen oder als Grille eines Geisteskranken oder was auch immer, zum Teufel. Mir reicht's! Wer ist hinter mir her? Was habe ich verbrochen?«

Und das konfrontierte Ellery erneut mit der Mauer, die ihm von Anfang an im Weg gestanden hatte. Angesichts dessen, was er jetzt über John wußte, widersprach sein Gefühlsausbruch der Vermutung, daß es sich um eine geheuchelte Vorstellung handeln könnte. John fürchtete sich, war vor Furcht beinahe außer sich. Er konnte unmöglich hinter den Geschenken stecken. Er wußte nichts von deren Herkunft.

John rannte hinaus. Sie hörten seine Schuhe auf der Treppe poltern, hörten ihn die Tür aufreißen, zuschlagen – und verriegeln.

Einer nach dem andern verließen sie ihre Stühle, um in ihren Zimmern Sicherheit zu finden.

Als Ellery mit dem Tagebuchschreiben fertig war, sah er mit einem Blick auf seine Uhr, daß es erst etwas nach halb elf war. Im Haus war es so still, als wäre es um die vierte Stunde am Morgen.

Trotz seines Silvesterkaters fühlte er sich nicht schläfrig. Er begann im Zimmer auf- und abzugehen.

Nie zuvor in seinem Leben hatte er so sehnlich gewünscht, ein Problem zu lösen. Mit dem Mord hatte das nichts zu tun. Der Tote in der Bibliothek schien weit weg. Früher oder später würde er identifiziert werden.

Aber diese Schachteln mit dem wunderlichen Inhalt: Das war ein Rätsel für Narren – oder Verrückte – oder jemanden wie seinesgleichen, der mit dem Bandwurm der Neugierde auf die Welt gekommen war.

Es gibt eine Antwort, überlegte er. Etwas verbindet diese Gegenstände, zweifellos etwas ungeheuer Einfaches.

Ellery setzte sich hin und stützte den Kopf in die Hände.

Bis jetzt waren es acht Schachteln. Vier weitere waren noch zu erwarten, falls Logik dahintersteckte. Acht Schachteln mit insgesamt dreizehn Gegenständen – vierzehn, wenn man die Handfläche dazurechnete. Der Reimeschmied hatte das Wort »Handfläche« durch Sperrung hervorgehoben. Dann also vierzehn. Acht – vierzehn. Verbarg sich hier eine mathematische Verbindung? Wenn ja, dann war sie verschleierter als die ägyptischen Hieroglyphen, bevor Champollion den Rosettastein entziffert hatte ... Hieroglyphen? Ellery fuhr mit einem Ruck auf. Aber dann lehnte er sich zurück und schloß die Augen.

Angenommen: es sind vierzehn, grübelte er weiter. Ein Ochse. Ein Haus. Ein Kamel. Eine Tür. Ein Fenster. Ein Nagel. Ein Zaun. Eine Hand. Eine Handfläche. Eine Peitsche. Wasser. Ein Fisch. Ein Auge – ein geschlossenes Auge. Ein Mund – ein geschlossener Mund ...

Drei sind Tiere, wenn man den Fisch zu dem Ochsen und dem Kamel hinzurechnete. Fünf beziehen sich auf ein Haus. Vier sind Teile eines Körpers – vor allem des menschlichen Körpers. Bleiben noch Peitsche und Wasser, die nirgendwohin passen.

Er versuchte verschiedene Kombinationen. Ochse und Peitsche paßten zusammen. Ja, aber wohin führten sie? Nirgendwohin ... Kamel und Auge. »Es ist leichter, daß ein Kamel durch ein Nadelöhr geht als ein Reicher ins Reich Gottes.« Damit konnte John gemeint sein, der bald reich genug sein würde. Eine Warnung? Laß die Finger von deinem Erbe, oder du wirst dich in der Hölle finden? Haus und Fenster. »Leute, die in Glashäusern sitzen ...« Das war interessant. Das Geheimnis um Johns Geburt. Erpresse mich nicht, und ich werde dich nicht erpressen?

Nach einer Weile gab Ellery es auf.

Er sah zum Bett hin – es lud ihn nicht zum Schlafen ein.

Ich werde noch ein wenig lesen, sagte er sich. Ich will mir ein Buch aus der Bibliothek holen.

Noch hatte er sich nicht ausgezogen. Er trat in den dämmerigen Flur und schlich die Treppe hinunter. Außer dem Glühen der Kaminasche war es im Wohnzimmer dunkel. Er knipste seine Taschenlampe an, um sie sogleich wieder auszumachen. In der Bibliothek brannte Licht. Hatte Felton vergessen, es auszumachen? Oder ...?

Ellerys Gesicht spannte sich. Vorsichtig durchquerte er den Raum.

Jemand saß in der Bibliothek, eine reglose Gestalt mit schlaffen Beinen unter einem Hausmantel und einer Hand, die beängstigend leblos über die Armlehne des ledernen Drehstuhls hing.

Ellery spähte.

Es war John.

Er saß unter der Leselampe, als ob ... »Als Warnung, daß du sterben wirst.«

Mit einem Satz war Ellery in der Bibliothek und verharrte. Beinahe hätte er vor Erleichterung aufgeschrien. John atmete langsam und ruhig; im Schoß hatte er ein Buch liegen. Wahrscheinlich war er in die Bibliothek gekommen, um etwas zu lesen, und dann eingeschlafen.

Ellery bückte sich, um John wachzurütteln. Aber dann — durch irgendein unerklärliches Mißtrauen — richtete er sich wieder auf, ohne den Schlafenden zu berühren. Auf Zehenspitzen ging er hinaus.

Nach dem Licht in der Bibliothek erschien ihm das Wohnzimmer stockfinster. Er brauchte einige Zeit, bis er den Weg in die Halle gefunden hatte. Hier half ihm das trübe Licht der Nachtlampen im Obergeschoß. Leichtfüßig sprang er die Treppe hinauf, bog in den Flur ein — und erstarrte.

John ging vor ihm auf das Schlafzimmer zu.

Keine Täuschung: Es war John. Und er hatte Ellery auf der Treppe nicht überholt, dennoch aber — abermals — als erster den oberen Flur erreicht!

Ellery rief schneidend: »John?«

Aber der drehte sich nicht um, sondern fing an zu laufen.

Ellery sagte grimmig: »Schön, Bruder Jonathan«, und fing ebenfalls zu laufen an.

John rannte an seiner Schlafzimmertür vorbei, stürzte zum Ende des Flurs, bog rechts ab und verschwand.

Ellery senkte den Kopf und lief schneller.

Es folgte eine Jagd in teuflischer Finsternis. Sie führte durch die unbenutzten Flügel des Hauses und durch unbewohnte Zimmer, die mit allerlei Gerümpel vollgestopft waren. Als ihm endlich die Taschenlampe einfiel, hatte er den Flüchtigen verloren, verärgert über sich selber.

Ellery eilte zurück ins Parterre. Die Bibliothek war dunkel, der Drehstuhl leer.

Er machte kehrt, rannte wieder hinauf, stieß ohne Zögern die Tür zu Johns Zimmer auf und trat ein.

Vor ihm stand John, nackt und im Begriff, in seine Pyjamahose zu schlüpfen.

Sie starrten einander an.

»Ich hätte meine Tür abschließen sollen«, sagte John.

»Ich dachte, du seiest schlafen gegangen.«

»Ich will alles gestehen. Ich ging zu Bett, konnte aber nicht einschlafen. Drum ging ich in die Bibliothek, hab' eine Weile gelesen, bin drüber eingenickt und eben wieder zu mir gekommen. Warum keuchst du?«

»Wer keucht?« grinste Ellery und ging zurück in sein Zimmer.

Die Wahrheit war, daß Ellery wie ein Puma keuchte. Auch war es wahr — dachte er, noch immer grinsend —, daß Johns Atem so mühsam ging wie der eines Babys, das den Bauch voll Muttermilch hatte.

Auf das verstohlene Klopfen an seine Tür sagte er: »Ja?«

»Ich bin's. Machen Sie auf, Mr. Queen.«

Ellery öffnete. »Ich dachte, Sie wären schon lange weg, Sergeant.«

»Meine Ablösung ist gerade eingetroffen.« Devoe senkte die Stimme. »Gut, daß Sie sich noch nicht ausgezogen haben. Kommen Sie mit.«

»Mitkommen, wohin?«

»Vors Haus. Sie haben Besucher.«

»Besucher?«

»Ja, sie finden es ratsamer, nicht ins Haus zu kommen. Sie warten im Wagen.«

»Wer wartet in was für einem Wagen, Sergeant?«

Aber Devoe war schon auf dem Weg in die Halle. Ellery folgte ihm verwirrt.

Er trat vors Haus und sah sich um. Der Wagen stand im Dunkeln, ohne Licht und mit ausgeschaltetem Motor.

Er sagte: »Ja? Wer ist dort?«

Eine Stimme platzte heraus: »Viel Glück im neuen Jahr!« Und ein Baß brummte hinterher: »Von mir auch.«

»Vater – Velie!« Ellery riß die Hintertür des Polizeiwagens auf und kletterte hinein. »Was macht ihr denn hier um diese nachtschlafende Stunde?«

»Herumschnüffeln«, sagte Inspektor Queen.

»Um Mitternacht?« sagte Ellery. »Und im Freien?«

»Ich wollte dich vor deinen vornehmen Freunden nicht in Verlegenheit bringen«, sagte sein Vater.

»Das ist ein schöner Buckel von Haus«, meinte Sergeant Velie.

»Schluß mit der Komödie«, sagte Ellery. »Was habt ihr über Johns Geburt herausgefunden?«

»Thomas«, sagte der Inspektor.

»Nun, ich habe überall in Mount Kidron und Rye Erkundungen eingezogen«, begann der Sergeant, »und mit diesem und jenem, was ich erfuhr, setzte ich mir die Geschichte zusammen. Der Autounfall ereignete sich während eines Schneesturmes auf der Boston Post Road in der Umgebung von Mount Kidron, und zwar in der Nacht des 5. Januar 1905, unweit vom Haus eines Arztes namens Hall, Cornelius F. Hall. Es gab auch eine Mrs. Hall, des Doktors Frau.«

Ellery fragte: »Dieser Doktor und Mrs. Hall: Wie lange sind die in Mount Kidron gewesen? Und woher kamen sie?«

»Keine Informationen«, sagte Velie. »Über Hall konnte ich nur erfahren, daß er eine armselige Praxis hatte und daß er und seine Frau gerade davon leben konnten. Auf jeden Fall hat Sebastian Senior, der nicht verletzt schien, obwohl er weniger als eine Woche später an einer Gehirnverletzung starb, irgendwie seine Frau in Dr. Halls Haus geschafft. Sie war im achten Monat und kam durch den Unfallschock vorzeitig nieder. Sie gebar noch in der gleichen Nacht – nun, am 6. Januar, denn es war nach Mitternacht.«

»Und nun«, sagte Inspektor Queen, »bereite dich auf eine Überraschung vor.«

»Ich wäre überrascht, wenn dir das gelänge«, sagte Ellery. »Ich kenne deine Überraschung. Deshalb habe ich dich gebeten, in Johns Vergangenheit zu graben. Er war nicht das einzige Kind, das den Sebastians in jener Nacht geboren wurde, nicht wahr? Mrs. Sebastian schenkte Zwillingen das Leben, eineiigen Zwillingen?«

»Nun hören Sie sich mal das an, Inspektor«, brummte Velie verärgert. »Wenn Sie schon alles gewußt haben, Maestro, warum haben Sie mich denn im ganzen Bezirk Westchester umhergehetzt?«

»Ich wußte es nicht, Velie. Ich hab' es nur angenommen. Nachdem ich gewisse kuriose Zufälle beobachtet hatte, habe ich das Queensche Gesetz von der Versetzung fester Körper angewandt, das darlegt, daß nicht einmal ein Dichter zur gleichen Zeit an zwei Orten sein kann.«

»Wovon spricht er eigentlich, Inspektor?« begehrte der Sergeant zu wissen.

»Was weiß ich!« sagte Inspektor Queen. »Obwohl mir deine Erklärung, mein Sohn, eine unbestimmte Ahnung gibt, worauf du hinauswillst, bist du nun für eine ebenso große Überraschung an der Reihe.«

»Was?« sagte Ellery.

»Velie, gib ihm zuerst das Gerüst.«

»Jawohl, Sir«, sagte der Sergeant und schmatzte vergnügt. »Sehen Sie, Maestro, als ich herausgefunden hatte, daß in jener Nacht noch ein zweites Kind geboren worden war, sagte ich mir: Was ist mit diesem geschehen? Logische Frage, nicht wahr?«

»Allerdings«, fuhr Ellery ihn an. »Und die logische Antwort lautet: Da die Geburt des zweiten Kindes nie bekannt wurde, und John Sebastian Senior offenbar dessen Existenz nicht zur Kenntnis nahm, muß es von fremden Leuten großgezogen worden sein, wahrscheinlich unter einem anderen Namen und ohne seine wahre Herkunft zu kennen, zumindest für viele Jahre. Es gibt einiges über diesen zweiten Sohn, das wir nie erfahren werden. Zum Beispiel, warum sein Vater ihn abgelehnt hat. Aber du hast bestätigt, was ich gefolgert habe. Das ist alles, was mich im Augenblick interessiert. Von John existert ein identischer Zwilling.«

»Fertig, Mr. Queen?« fragte sein Vater.

»Natürlich. War denn sonst noch etwas?«

»Oh, nur eine Kleinigkeit«, murrte der Inspektor. »Sag's ihm, Velie.«

Der Sergeant kicherte. »Der Zwillingsbruder starb am 20. Januar 1905, im Alter von zwei Wochen.«

»Nein!« rief Ellery.

»Ja«, sagte Velie.

»Unmöglich!«

»Maestro, ich kann's beweisen.«

»Du hast einen Fehler gemacht!«

»Ist das nett?« knurrte der Sergeant. »Andre Kerle müssen für solche Lügen ihre Zähne schlucken. Wenn ich sage, dieser Junge — der Zwilling — sei mit zwei Wochen gestorben, Bruder, dann starb er. Kapiert?«

»Sie können unmöglich sicher sein«, widersprach Ellery. »Denn das wäre — das wäre unerträglich! Es würde die Welt auf den Kopf stellen! Nennen Sie mir Ihren sogenannten Beweis, Velie, und ich garantiere, daß ich ihn zweiundvierzigmal durchlöchere!«

»So? Es stimmt zwar, daß vor neun Jahren das Rathaus in Mount Kidron mitsamt den Akten bis auf die Grundmauern niedergebrannt ist, so daß ich von dem Jungen keine offizielle Geburtsurkunde auftreiben konnte, aber . . .«

»Aha!« sagte Ellery. »Und oho!«

»Aber«, fuhr Sergeant Velie unbeirrt fort, »ich habe lebende Zeugen. Sie sagen, daß die Leute, die den zweiten Zwilling in Obhut nahmen, nachdem der Erstgeborene, dein John, nach Rye gebracht worden war, die Halls waren. Allerdings erkrankte der Kleine an einer Lungenentzündung und trat ab. Hall rief damals nach einem anderen Arzt, der noch heute in Mount Kidron praktiziert, einem gewissen Dr. Harold G. Martin. Er kann sich daran erinnern, den Totenschein ausgestellt zu haben. Martin entsinnt sich auch, daß Hall ihm die ganze Geschichte von dem Unfall und der vorzeitigen Geburt erzählt hat. Sebastian Senior soll diesen Zweitgeborenen von sich gewiesen haben, weil er glaubte, seine Geburt habe den Tod seiner Frau verschuldet.«

»So, das wäre gesagt«, bemerkte der Inspektor.

»Das ist Nummer eins«, setzte Velie mit Genugtuung seine Beweisführung fort. »Nummer zwei: Ich habe auch den Totengräber gefunden, der das Kind für die Halls beerdigt hat. Nummer drei: Der Pfarrer, der bei dem Begräbnis sprach, lebt noch heute in Mount Kidron. Er hat mir in den Kirchenurkunden schwarz auf weiß gezeigt: ›Zweiter Sohn des John Sebastian Senior, starb zwei Wochen alt, am 20. Januar 1905.‹ Ich hab' Fotos davon gemacht, weil ich meinen Kunden kenne. Wollen Sie sie sehen?«

»Ich begreife nichts von alledem«, sagte Ellery kleinlaut.

»Und viertens«, vervollständigte sein Vater, »hat Velie das Grab des Kindes auf dem Friedhof in Mount Kidron gefunden. Dort steht ein schlichter Stein mit der Inschrift: ›Sebastian Hall, geboren 6. Januar 1905 – gestorben 20. Januar 1905. Ruhe sanft.‹ Du siehst schlecht aus, mein Sohn. Sind das sehr schlimme Nachrichten?«

»Die schlimmsten«, stöhnte Ellery. »Es ist unglaublich. Es kann nicht sein. Die Halls, Sergeant – was ist aus ihnen geworden?«

»Sie sind Mitte 1906 weggezogen, und seither hat niemand in Mount Kidron sie jemals wiedergesehen oder etwas von ihnen gehört. Auch konnte ich niemanden finden, der gewußt hätte, wohin sie verzogen sind. Und in den Büchern der örtlichen Speditionen findet sich auch nichts von einem solchen Umzug. Wahrscheinlich benutzten sie ein auswärtiges Unternehmen.«

Ellery war still. Dann sagte er: »Vielen Dank, Velie.«

»Willst du darüber sprechen?« fragte sein Vater milde.

»Ich wüßte nicht, was. Das war eine der Phasen in diesem verflixten Fall, bei der ich sicher war, die Antwort darauf in der Tasche zu haben. Aber jetzt ...« Ellery wurde wieder still. Nach einer Weile sagte er: »Nun, das ist mein Kummer. Danke, Vater. Velie, seien Sie vorsichtig auf der Rückfahrt. Gute Nacht.«

Er kletterte aus dem Wagen und tappte ins Haus zurück wie ein alter Mann.

## Elftes Kapitel

### *Neunte Nacht: Donnerstag, 2. Januar 1930*

In dem sich das Geheimnis um John Sebastian verdunkelt, Ellery Queen verzweifelt und der Menagerie noch ein Bewohner hinzugefügt wird

Es ist nicht übertrieben zu sagen, daß Ellerys Gedanken nicht voller Weisheit waren, nachdem er sich im Bett unruhig durch die endlos scheinende Nacht und die regengrauen Morgenstunden gewälzt hatte. Er sollte im Verlauf seiner Karriere noch vielen Schwierigkeiten begegnen und sie überwinden lernen. Aber damals war er noch jung. Der Fall mit den wunderlichen Weihnachtspaketen war erst seine zweite Untersuchung – und schon schien ihm das Ende seiner Laufbahn gekommen. Jeder logische Anhaltspunkt schrie nach zwei John Sebastians, aber nun gab es nur einen. Falls John II existierte, war er ein

Engel im Himmel und ein zwei Wochen altes Skelett auf Erden. Auch das waren Tatsachen. Und was geschieht, wenn zwei Tatsachen frontal aufeinanderprallen? Es entsteht ein Chaos.

Soweit die Verzweiflung des jungen Mr. Queen. Er kroch um Mittag aus dem Bett und wünschte, nie von Verbrechen, von John Sebastian oder von Weihnachten gehört zu haben.

Als er ins Parterre kam, fand er Leutnant Luria damit beschäftigt, eine Meuterei zu unterdrücken. Es war der 2. Januar, und Mr. Payn sagte mit erregter Stimme, daß er dringende Angelegenheiten zu erledigen habe und deswegen unverzüglich nach New York zurückzukehren wünsche. Dr. Dark beteuerte, er werde in seiner Praxis gebraucht. Luria entgegnete, er tue nur seine Pflicht. Mr. Freeman, Marius Carlo, Miss Valentina Warren und Miss Ellen Craig brachten ebenfalls mehr oder weniger triftige Gründe gegen den Hausarrest vor, fanden jedoch kein Gehör. Der Tote sei immer noch nicht identifiziert und die Ermittlungen seien inzwischen auf die gesamten Vereinigten Staaten ausgedehnt worden, sagte Luria. Daraufhin verschwand er wieder.

Beim Lunch herrschte trübselige Stimmung. Aus den grünen Blitzen, die Rusty auf Valentina schoß und dem wütenden Blick, mit welchem John den Musiker durchbohrte, schloß Ellery, daß die heiklen Probleme des Quadrats noch immer nicht bereinigt waren. Nach dem Essen zog sich Dan Z. Freeman wie ein Eichhörnchen mit seiner Nuß in eine Ecke zurück; er las ein Manuskript, das ihm ein Bote aus der Stadt gebracht hatte. Olivette Brown saß murmelnd über einer astrologischen Tabelle. Roland Payn ging wie ein Tiger auf und ab. Dr. Dark und Arthur Craig spielten Karten. Rev. Gardiner, der von einem Rundgang ums Anwesen mit bekümmerter Miene zurückkehrte, schützte Kopfschmerzen vor und zog sich auf sein Zimmer zurück.

Ellery folgte dem Beispiel des Geistlichen. Er ging auf sein Zimmer, verriegelte die Tür und setzte sich in einen Sessel, aber nicht um zu schlummern. Im Gegenteil, er stützte den Kopf in die Hände und grübelte und grübelte und grübelte.

Leicht zusammenfahrend, kam Ellery zu sich. Im Zimmer war es fast dunkel. Er fühlte sich steif und fröstelte, war über dem Grübeln eingeschlafen. Er mußte den Stimmen dankbar sein . . .

Stimmen! Er gab sich einen Ruck. Es waren Stimmen, die ihn in die trostlose Wirklichkeit zurückgeholt hatten. Sie kamen offenbar von nebenan.

Männerstimmen. Wer bewohnte das anstoßende Schlafzimmer?

Payn.

Ja, Payn!

Ellery erhob sich, nahm einen Stuhl, trug ihn zur Verbindungstür, stellte sich auf den Sitz und klappte geräuschlos das kleine Fenster über der Tür herunter.

Payns Stimme.

Und die von John Sebastian.

»Sie ekelhafter kleiner Hund«, hörte er Roland Payn sagen. »Sie versuchen, mich zu erpressen!«

»Mich zu beschimpfen, wird Sie nicht weiterbringen, Payn«, sagte John. »Tatsache ist – wenn Sie diesen Ausdruck entschuldigen wollen –, daß ich Sie ohne Hosen habe. Ich kenne den Namen der Dame, sie ist weiter nichts als eine Strichmagd. Und Sie sind einer ihrer bevorzugten Kunden.«

»Beweise«, sagte Payn kurz.

»Das hab' ich gern. Kommt gleich zum Kern der Sache. Sie wollen Beweise? Hier.«

»Was ist das?« fragte der Anwalt erstickt.

»Fotokopien von einem kleinen roten Buch, Dollys blauer Liste, mit der Creme ihrer Gönner. Daten, Namen, Honorare und sogar einige köstliche Kommentare wie diesen hier: ›Also, Rollie Payn ist wirklich ein Athlet.‹«

»Genug«, kam es heiser über Payns Lippen. »Woher haben Sie das?«

»Von Dolly«, sagte John. »Gekauft. Ich meine, das Original. Keine Sorge, Rollie, ich hab' es an einem sicheren Ort verwahrt. Ich will es nicht in allen New Yorker Zeitungen sehen. Stellen Sie sich vor, was die daraus machen würden! Ich fürchte, es könnte Ihre Anwaltspraxis ruinieren.«

Payn schwieg. Dann sagte er: »Wieviel?«

»Geld? Nicht einen Zehner.«

»Ich verstehe nicht.«

John lachte. »Der Mensch lebt nicht vom Brot allein.« Dann sagte er schnell: »Sie haben einen Sohn, Payn. Sein Name ist Wendell Payn, eine der großen Leuchten in der Fakultät für englische Sprache an der Princeton Universität. Auf dem Gebiet der Literaturkritik wird er als der kommende Mann betrachtet. Ein Wort von dem jungen Professor Payn ...«

»Sie«, sagte Roland Payn verwundert, »Sie sind wahnsinnig, davon bin ich restlos überzeugt. Wollen Sie mir allen Ernstes einreden, ich soll meinen Sohn dazu bewegen, eine wohlwollende Besprechung über Ihr erbärmliches Gedichtbändchen zu schreiben?«

»Nicht bloß wohlwollend, Mr. Payn. Enthusiastisch.«

»Sie verkennen den Charakter meines Sohnes. Wendell würde so wenig eine unehrliche Kritik schreiben wie er niemals auf den Gedanken käme, das Safe des Universitäts-Schatzmeisters aufzubrechen. Er würde es einfach nicht tun.«

»Nicht einmal, um seinen Vater vor Schande zu bewahren?«

»Außer jeder Frage! Ich kann ihn nicht dazu bewegen.«

»Das ist Ihr Problem.« Ellery hörte das Quietschen eines Türknopfs. »Sie haben noch Zeit. Auf meinen Vorschlag hin hat Dan Freeman Ihrem Sohn ein Exemplar meines Buches geschickt, mit der Bitte, es zu besprechen. Sie haben Zeit bis Redaktionsschluß für die nächste Literaturbeilage der ›Saturday Review‹. Bis dahin will ich warten. Ja, Mr. Payn? Wollten Sie noch etwas sagen?«

Mühsam und mit seltsam fremder Stimme sagte der Anwalt: »Nein – nichts.«

Ellery hörte, wie Payns Tür leise geöffnet und zugezogen wurde, und wie sich Johns Schritte entfernten.

Auch hörte er ein gewaltsames metallisches Klirren, so, als ob sich ein Mann auf ein Bett geworfen hätte.

Ellery bebte.

Das war nicht John. Das konnte nicht John sein, nicht einmal von seiner schlimmsten Seite. Der John, den Ellery kannte, war nicht so. Der John, in den Rusty sich verliebt hatte, war ein völlig anderer Mensch.

Und dennoch war es John. Es konnte kein anderer sein.

Er war es. Und er war es nicht.

Es war nicht zu ertragen.

An jenem Abend war es Roland Payn, der das Weihnachtspaket fand. Gleich nach dem Essen war er auf sein Zimmer gegangen. Er habe noch Briefe zu schreiben. Zwei Minuten später kehrte er zurück, das Gesicht abgespannt, die weißen Haare zerzaust, in den Händen ein lustiges kleines Paket. Er ließ es auf den Eßtisch fallen und ging wortlos wieder auf sein Zimmer.

Schweigend nahm Ellery das Paket an sich.

»John Sebastian« stand auf dem Anhänger.

Die weiße Karte in der Schachtel trug vier maschinengeschriebene Zeilen:

IN DER NEUNTEN RAUHNACHT
SENDET DIR DEINE TREUE LIEBE
EINEN A F F E N FÜR DEINEN ZOO:
DER FÜNFZEHNTE FINGERZEIG.

Der Gegenstand in dem roten Seidenpapier war ein nichtssagender kleiner Affe aus filzähnlichem Stoff. Er war ziemlich drollig. Unter anderen Umständen hätte er wahrscheinlich bei den Frauen Entzücken und bei den Männern Schmunzeln hervorgerufen. Aber so, wie die Dinge lagen, starrten alle ihn bloß an, als ob er jeden Augenblick Hörner bekommen und das Vaterunser rückwärts aufsagen würde.

Ellery wendete die Karte. Die Rückseite war leer.

»Irgendwelche Vorschläge?«

»Ja!« schrie John. »Wirf den erbärmlichen Plunder ins Feuer!«

Dan Freeman kicherte in seiner Ecke. »Ich weiß nicht, aber allmählich macht mir die Sache Spaß.«

Ellery schritt in jener Nacht mit der kalten Verzweiflung Edmond Dantès auf Chateau d'If in seinem Zimmer auf und ab.

Wieder das Tiermotiv, überlegte er. Ein Ochse, Ein Kamel. Ein Fisch. Und nun ein Affe. Und die Botschaft brachte zum erstenmal den Begriff »Zoo«, als wolle sie die Aufmerksamkeit auf die Sammlung der Tiere lenken.

So konzentrierte er sich denn auf die vier Tiergeschenke.

Ochse. Kamel. Fisch. Affe.

Hörner. Höcker, Flossen. Hände.

Träge. Wiederkäuend. Wasser. Ursprünglich.

Hörner. Höcker. Flossen. Hände.

Er schüttelte ungeduldig den Kopf.

Das Material?

Ochse – Holz. Kamel – Metall und Emaille. Fisch – lebendes Gewebe. Affe – Stoff. Er griff nach dem Tagebuch und versuchte, sich ins Schreiben zu vertiefen.

Aber das Wort »Fingerzeig« klopfte unentwegt an sein Gedächtnis. Es war das erstemal, daß die Botschaften dieses Wort enthielten. Als werde der Reimeschmied allmählich ungeduldig über seine – Ellerys – Dummheit und vereinfache die Dinge ... Meine Dummheit? Ellery sann nach. Warum vermute ich, daß ich es bin, den er ködert? Die Geschenke sind an John gerichtet.

Dennoch war er der sonderbaren Überzeugung, daß Queen, nicht John, das Ziel des Hohns war.

Fünfzehn einzelne Geschenke in neun Nächten.

»Fingerzeige.«

Fingerzeige auf was? Auf was?

## Zwölftes Kapitel

*Zehnte Nacht: Freitag, 3. Januar 1930*

In dem der bleiche Reiter einen schweren Sturz tut, dem einäugigen Puppenkopf unerwartet ein Zahn wächst und ein verwirrter Detektiv auf Grund geht

Ein unguter Geist ging am Freitagmorgen im Haus um. Jedermann ließ seinem Unwillen freien Lauf und unverhohlen durchblicken, daß ihm nichts wünschenswerter wäre, als aus der Gesellschaft auszubrechen. Mrs. Janssens Frühstück wurde kaum angerührt.

Das Verhältnis zwischen John und Rusty war noch um einige Grade kühler geworden. Und das Benehmen von Valentina und Marius trug wenig dazu bei, die Runde aufzutauen. Die beiden gefielen sich in einem Sperrfeuer boshafter Anspielungen, die ihr Ziel nicht verfehlten. Der schnippische Ton trieb John schließlich aus dem Haus.

Rusty folgte ihm wütend.

»Siehst du nicht, worauf die beiden es abgesehen haben? Liebling, was ist zwischen uns gefahren? Was ist über dich gekommen?«

John sattelte die Stute und stellte sich taub.

»Du solltest heute morgen nicht ausreiten. Bei dem Matsch sind die Wege gefährlich.«

»Ich gebe schon acht. Aber ich will einmal weg.«

»Von mir?«

»Nicht von dir. Ich habe einfach das Bedürfnis, allein zu sein.«

»Ich dachte, man verlobt sich, um zu heiraten und nicht, um allein zu sein«, sagte Rusty, wohl wissend, daß das überspannt war. »Oder ist es etwa das, was du mir sagen willst?«

»Ach, Herrgott noch mal!« John schwang sich in den Sattel und gab dem Pferd die Sporen. Er schoß wie eine Rakete aus dem Stall.

Durch zurückgehaltene Tränen blinzelnd, sah Rusty ihn über den grauen Schnee galoppieren und im Wald verschwinden.

Angst packte sie.

Mit zerfahrenen Bewegungen sattelte sie den Wallach und ritt John nach.

Die Waldpfade waren noch schlechter, als sie befürchtet hatte. Der Wallach nahm seinen Weg geziert und schnaubte mißvergnügt. Rustys Herz klopfte. Falls John versuchte, die Stute auf diesen tückischen Wegen im Galopp zu reiten ... Sie versetzte den Wallach in leichten Trab und spähte angestrengt nach vorn.

Sie fand ihn nach einer Wegbiegung. Er war abgeworfen worden und lag mit dem Gesicht nach unten im tiefen Schnee unter einer Fichte. Die Stute war ausgerutscht und gestürzt – Rusty sah, daß sie sich im Schnee gewälzt hatte –, aber offenbar hatte sie sich nicht verletzt, denn sie war weit und breit nicht zu sehen.

»John?«

Er lag reglos. Rusty kletterte vom Pferd und lief zu ihm hin. Er kann nicht tot sein, sagte sie sich. Er darf nicht.

»John!« Sie schüttelte ihn heftig. »Gott sei Dank ...«

Er lebte, war aber ohne Bewußtsein.

»Liebling, wach auf.« Sie küßte ihn, streichelte seine Wange.

Doch Johns Augen blieben geschlossen.

Rustys Erleichterung schwand. Er ist verletzt, dachte sie. Schwer verletzt. Ich darf ihn nicht bewegen. Ich sollte ...

Dr. Dark!

Rusty sprang aufs Pferd und raste zum Haus zurück.

Johns Unfall reinigte die Luft. Ellery kam vom Stall zurück und fand ihn umhätschelt auf dem Diwan. Alle plauderten munter durcheinander. Rusty liebkoste John, und Dr. Dark schloß gerade seine Tasche. Das einzige Zeichen von Johns Verletzung war ein Verband um das rechte Handgelenk und die Hand.

»Ich sehe, der Patient wird überleben«, sagte Ellery.

»Der verdammte Idiot, willst du wohl sagen«, brummte John. »Es war mein Fehler.«

»Gewiß, das war es«, sagte der Doktor vorwurfsvoll. »Du kannst von Glück reden, daß du mit einem verrenkten Handgelenk davongekommen bist.«

»Bist du sicher, daß keine Knochen gebrochen sind, Sam?« fragte Craig besorgt.

»Ich könnte ihn ins Krankenhaus bringen, falls dich das beruhigt. Aber das ist wirklich nicht notwendig.«

»Natürlich nicht«, sagte John. »Laß gut sein, Arthur. Wo bist denn du gewesen, Ellery? Nicht daß ich deine Sympathie verdiene, aber vielleicht hast du dich da draußen umhergetrieben, um zu sehen, ob ich mir das Genick gebrochen habe.«

»Ich war versucht, es mir selber zu brechen.« Ellery stopfte seine Pfeife. »Sergeant Devoe und ich waren im Stall, um nach der Stute zu sehen.«

»Ist sie verletzt?« rief John.

»Nein.« Ellery blies das Streichholz aus und warf es lässig in den Aschenbecher. »John, sag mal, wie ist der Unfall passiert?«

»Ich galoppierte, das Pferd rutschte aus, und ich machte einen Kopfsprung. Das ist alles, woran ich mich erinnern kann, bis Dr. Dark mich wieder zu Bewußtsein brachte.«

»Geschah nichts auf dem Pfad, was die Stute zum Aufbäumen brachte oder sie scheu machte?«

»Nein.« John war überrascht. »Nicht daß ich wüßte. Warum?«

»Mr. Queen ...« Johns Vormund war beunruhigt. »Sie vermuten doch nicht ...«

»Ich will damit nur andeuten, Mr. Craig«, sagte Ellery trocken, »daß dies nicht der Zeitpunkt ist, einen Unfall Johns leichtzunehmen. Darum haben Devoe und ich die Stute untersucht. Sie hätte möglicherweise ein falsches Hufeisen tragen können. Ich bin froh, sagen zu können, daß das nicht der Fall war. Auch war es unwahrscheinlich, weil niemand wissen konnte, daß John heute morgen ausreiten würde oder daß er die Stute anstatt des Wallachs nehmen würde, den er in der Regel benutzt. Aber angesichts dessen, was in diesem Haus vorgeht, schließe ich nichts aus, nur weil es unwahrscheinlich erscheint.«

Die Schatten kehrten zurück.

Dr. Dark bestand darauf, daß John den Rest des Tages liegend zubringe. Da er nicht ins Bett gebracht werden wollte, belegte er den Diwan im Wohnzimmer.

Den ganzen Tag ging Ellery die Frage durch den Kopf: Was für ein Geschenk wird es heute abend sein?

Die Antwort auf die Frage, wer es wohl finden werde, betrachtete Ellery als erledigt. Wenn der Sender konsequent blieb, dann würde Rusty die Finderin sein. Jeder, der an dem betreffenden Tag in der Hauptsache mit John zu tun gehabt hatte, war am Abend der Finder gewesen – wenigstens seit Sonntag, der fünften Nacht. Ellery zuckte die Achseln. Er war nicht geneigt, dem allzu große Bedeutung beizumessen.

Weitaus drückender empfand er die Fragen: Wer ist der Tote, und wie paßt er zu den anderen Teilen dieses Zusammensetzspiels? Wie erklärte sich die widersinnige Tatsache, daß John einen Zwilling im Haus verborgen hielt, während Sergeant Velies Aussagen zufolge dieser Zwilling im Alter von zwei Wochen gestorben war? Und schließlich und immer wieder: Was hatten die nächtlichen Geschenke zu bedeuten?

Was Ellery vorausgesehen hatte, traf ein: Rusty fand das zehnte Geschenk. Nach dem Abendessen ging sie auf ihr Zimmer, um für John auf dem Diwan eine zusätzliche Decke zu holen. Bleich kam sie zurückgestürmt, mit der neuesten der schrecklichen Schachteln.

»Auf meinem Bett! Will jemand sie mir bitte abnehmen?«

Diesmal war es eine flache, quadratische Schachtel, von der Art wie Wäschegeschäfte sie benutzen, um Taschentücher einzupacken.

Sie unterschied sich von den Vorgängerinnen auch noch in einer anderen Weise. Als Ellery sie nämlich öffnete, fand er außer einer weißen Karte nichts.

»Kein Geschenk?« sagte Ellen mit großen Augen.

»Das ist eine Wende.« John sah erleichtert aus. »Selbst der Schwachkopf hinter all diesem Unsinn sieht vielleicht allmählich ein, daß er mit seinem Jux ein Kuckucksei gelegt hat.«

»Davon bin ich nicht so überzeugt, John.« Ellery las die maschinengeschriebene Botschaft laut vor:

> IN DER ZEHNTEN RAUHNACHT
> SENDET DIR DEINE TREUE LIEBE
> ZWEI DER GESCHENKE MEHR: DEN K O P F,
> DER VORAUSSAGT, DASS DU TOT SEIN WIRST,
> UND DARAUF DEN PASSENDEN ZAHN,
> UM DEN HERRN DETEKTIV ZU TÄUSCHEN.

John brachte ein Lächeln zustande. »Reizend. Mach kein so trauriges Gesicht, Rusty. Ich lasse mich von diesen Dingen nicht mehr unterkriegen. Lahme Verse habe ich ohnehin nie ausstehen können.«

Niemand fühlte sich zum besten gehalten.

»Kein Geschenk?« kam es schrill über Olivette Browns Lippen. »Ich muß sagen, das ist unheimlich. Was hat es zu bedeuten?«

»Vielleicht sind ihm die Ideen ausgegangen«, meinte Dr. Dark.

»Oder er konnte keinen Kopf auftreiben«, sagte Marius.

»Ich finde diese Bemerkung nicht besonders witzig, Carlo«, entgegnete Payn kühl.

»Ihr zwei haltet mal schön den Mund«, befahl Valentina. »Was halten Sie davon, Ellery? Warum heute kein Geschenk?«

»Es gibt ein Geschenk«, sagte dieser. »›Der Kopf, der voraussagt, daß du tot sein wirst.‹ Einen solchen Kopf hat es gegeben. Der mit dem geschlossenen Auge und dem geschlossenen Mund.«

»Der Puppenkopf in der Neujahrsnacht!« rief Ellen.

Ellery nickte. Er ging zu dem Kabinett, in welchem er die Geschenke aufbewahrte. Er untersuchte das Schloß, nickte abermals, und zog am Knopf. Die Schranktür ging auf, ohne daß er den Schlüssel gedreht hätte.

»Das Schloß ist gewaltsam aufgesprengt worden, wahrscheinlich während der stillen Stunden der letzten Nacht. Ja, er ist noch da«, sagte Ellery finster, »wenngleich in verändertem Zustand.«

Dem geschlossenen Auge und dem geschlossenen Mund war ein dritter Gesichtszug hinzugefügt worden: ein einziger, kurzer, senkrechter Strich, ein wenig rechts von der Mitte des Mundes, der aufwärts zeigte. So unbeholfen es war, die Bedeutung war unmißverständlich: Er stellte einen Zahn dar, der unter einem grinsenden Auge aus einem gemeinen Mund herausragte.

Sie mußten John ins Bett helfen.

In jener Nacht leerte der junge Mr. Queen in seinem Schlafzimmer den bitteren Becher bis zur Neige.

Er schmeckte nach Hohn.

Es stand außer Zweifel, wer da verhöhnt wurde. John Sebastian mochte das Ziel der Drohungen sein, aber der »Detektiv« war die Zielscheibe des Hohns.

Er führt mich an der Nase herum, dachte Ellery erzürnt. Und alles, was mir zu tun bleibt, ist, mich foppen und zwicken zu lassen. Er kennt mich, der Teufel hole ihn! Er weiß, daß ich nicht aufgebe und bis zum Ende durchhalten werde. Und es ist für ihn nicht im geringsten von Belang, zu welchem Ergebnis ich komme. Er führt mich zu einem Schluß . . .

Ein seltsamer Gedanke durchzuckte ihn: Er wünscht, daß ich zu dem Schluß komme.

Und wenn es soweit ist – was dann? Was geschieht dann?

Er sah in den Mühen dieser Nacht nur einen Nutzen: Um das Schloß am Kabinett aufbrechen zu können, mußte der Täter einer der Hausbewohner sein. Denn mit Sergeant Devoe und seiner Ablösung als Wachen konnte das kein Fremder bewerkstelligt haben.

Aber es war ein schwacher Trost. Er hatte das die ganze Zeit hindurch gewußt.

Ellery starrte in die Finsternis des Zimmers, bis der Tag graute. Dann schlief er erschöpft ein.

## Dreizehntes Kapitel

### *Elfte Nacht: Samstag, 4. Januar 1930*

In dem Dr. Dark John einige unmedizinische Ratschläge erteilt und das kleine Haus mit dem Zeichen des Kreuzes vervollständigt wird

Über Nacht war das Wetter kälter geworden. Das erwies sich als stärkend. Beim Frühstück mußte sogar John darüber lächeln, wie Rusty ihn bemutterte; mit der rechten Hand *hors de combat* brauchte er Hilfe. Das abscheuliche Geschenk der letzten Nacht wurde mit keinem Wort erwähnt, auch fragte niemand danach, welch neue Teufelei am Abend zu erwarten war. Dies war der Morgen der elften Rauhnacht; mit nur noch 36 Stunden bis zum Dreikönigsfest schien jedermann zu fühlen, daß selbst Leutnant Luria ein Einsehen haben werde.

»Falls er das nicht hat«, drohte Roland Payn, »werde ich kostenlos Rechtsauskünfte erteilen.«

Der Tag fing gut an. Und da Valentina und Marius offenbar übereingekommen waren, ihre Krallen einzuziehen, versprach der Geist der Eintracht fortzudauern. Ellen war dermaßen ermutigt, daß sie zusammen mit Mrs. Janssen und Felton einen Wiener Roast organisierte. Sie hielten ihren Picknick-Lunch bei lustig knisterndem Feuer auf einer Waldlichtung, die von herrlichen Fichten umstanden war.

Nicht einmal Leutnant Lurias Besuch am Nachmittag konnte den Tag verderben. Er ließ sich über den letzten Stand der Geschenke und der Botschaften unterrichten, tat aber so, als ob ihn das nicht sonderlich interessiere. Auch verhörte er nochmals jeden einzelnen. Zum Schluß gab er bekannt, daß die Gesellschaft sich am Montag oder Dienstag auflösen könne, vorausgesetzt, es komme nichts Unvorhergesehenes dazwischen. Diese Mitteilung wurde mit Beifall aufgenommen.

Ellery sagte beiläufig zu Luria: »Sie sind auf etwas gestoßen.«

Der Polizist zögerte, um sich eine Zigarette anzuzünden. »Wie kommen Sie darauf, Queen?«

»Was haben Sie herausgefunden?«

»Nun – etwas.«

»Über den Toten?«

»Wir sind noch nicht sicher.«

»Wer war's?« fragte Ellery begierig.

»Sobald wir sicher sind, werde ich Sie benachrichtigen.«

»Sonst noch etwas?«

Luria schüttelte den Kopf. »Ich weiß nicht, ob uns die Identifizierung überhaupt weiterbringt. Gewisse Möglichkeiten bestehen, falls der Tote der ist, den wir vermuten, aber . . .« Er hob die Schultern. »Zum Teufel, man kann auf Grund von Vermutungen keinen Haftbefehl erlassen. Es gibt keine Beweise, mit denen wir irgend jemanden hier im Haus direkt mit dem Mord in Verbindung bringen könnten.«

»Dann ist es Ihr Ernst, sie gehen zu lassen?«

»Was bleibt mir anderes übrig?«

Dr. Dark klopfte an die Schlafzimmertür. »John?«

»Wer ist da?«

»Sam Dark. Darf ich hereinkommen?«

»Natürlich.«

Der Dicke trat ein. John lag auf dem Bett. Neben ihm saß Rusty, ein offenes Buch im Schoß.

»Hallo!« grüßte der Doktor. »Was macht der Knochen?«

»Er schmerzt, danke. Was praktizieren Sie eigentlich heutzutage, Dr. Sam? Verbotene Medizin? Mich wegen eines verrenkten Handgelenks ins Bett zu schicken!«

»Immerhin habe ich dich zum Picknick gelassen, nicht wahr? Jedenfalls bist du nicht wegen der Hand im Bett. Eine Gehirnerschütterung kann gefährlich sein.« Der Doktor warf einen Blick auf Rusty. »Meine Teure, ich frage mich, ob es Ihnen was ausmacht . . .«

Rusty erhob sich. »Ich komme wieder, Liebling.«

»Falls ich laut schreien sollte, bitte«, witzelte John. »Ich werde aber nicht rot, wenn mein Handgelenk entblößt wird.«

»Die Beziehungen zwischen Arzt und Patient sind heilig.« Dr. Dark zwinkerte Rusty zu. »Es wird nicht lange dauern.«

Rusty küßte John sanft unter die byronsche Locke und ging.

»Schön, Dr. Sam, machen Sie's kurz. He!« John richtete sich im Bett auf. »Warum schließen Sie die Tür ab? Was für eine Untersuchung soll das sein?«

Dr. Dark lehnte sich mit dem breiten Rücken an die Tür. Aus seinen Augen war das freundliche Blinzeln verschwunden. »John, ich will mit dir reden.«

John starrte ihn an. Dann legte er sich ins Kissen zurück und blickte ergeben zur Decke. »Von Mann-zu-Mann-Quatsch, hm?«

»Ist etwas falsch dran?« Der Dicke kam auf das Bett zu. Er blieb davor stehen und sah auf den jungen Dichter nieder.

»Wahrscheinlich ist es immer noch besser als von Mann zu Bub.« John rollte den Kopf verächtlich hin und her. »Sie und Arthur vergessen ständig, daß ich kein katzenjammerndes Bübchen mehr bin.«

»John.« Der Doktor zögerte. »Ich kenne dich von Kindesbeinen auf. Irgendwie fühlte ich mich stets als Onkel bei dir. Weißt du, was du tust?«

»Daß ich Rusty heiraten will?« John grinste. »Ich habe Ihnen schon Anfang November gesagt, daß sie für mich eine ideale Frau sein wird.«

»Du weißt, daß ich nicht das meine. John, sieh mich an. Nein, in die Augen.«

»Die Probe auf die Tugend?« John lächelte. »Ich dachte, das sei mit dem Keuschheitsgürtel verschwunden. Meinen Sie das?«

Mühsam kam es über Darks Lippen: »John, mir ist bekannt, was du mit Mr. Freeman und Mr. Payn vorhast.«

»Wirklich?« Johns Stimme ließ keine Verwirrung erkennen; er zeigte sich bloß überrascht und verärgert. »Und nun, was ist es, das ich mit Freeman und Payn vorhaben soll?«

»Ich glaube nicht, dir das buchstabieren zu müssen.«

John betrachtete wieder die Decke. »Soso, die zwei haben also geplaudert. Dann habe ich sie falsch eingeschätzt.«

»Sie haben mir nichts erzählt.«

»Wer hat Ihnen dann dieses *conte drolatique* ins Ohr gesetzt?«

»Spielt das eine Rolle?«

»Es könnte«, sagte John gelassen. »Wie schnell hat sich diese Zeitungsente verbreitet? Wie viele andere wissen davon?«

»Keine Ahnung«, sagte Dr. Dark. »Ich glaube, nur einige wenige. Darum dreht es sich auch nicht. Es dreht sich darum, John, daß du wie gestern einem Sturz entgegenreitest.«

»Dr. Sam . . .«, begann John.

»Ich weiß, du könntest jetzt sagen, ich solle mich um meine eigenen Angelegenheiten kümmern, und das wäre dein gutes Recht.«

John schwieg.

»Ich wünschte, ich wäre ein Prediger. Ein Arzt hat nicht den Takt, die Dinge durch die Blume zu sagen. John, ich weiß nicht, weshalb du so etwas tust, aber . . . Bitte, tu es nicht. Fang dein Leben nicht damit an, andere Leute zu schikanieren. Leute wie Freeman und Payn, die trotz ihrer Schwächen ihren Weg gemacht haben, werden sich das nicht gefallen lassen. Sie werden zurückschlagen. Hast du dir das überlegt?«

»Dr. Sam«, sagte John, »ich weiß beim Teufel nicht, wovon Sie reden. Werden Sie meine Hand untersuchen oder nicht?«

Dr. Samson Dark sah eine Weile auf John nieder. Dann schritt er zur Tür, schloß auf und ging leise hinaus.

Als Dr. Dark an jenem Abend ins Wohnzimmer zurückkehrte, nachdem er es wenige Minuten zuvor verlassen hatte, um zu Bett zu gehen, brauchte sich Ellery gar nicht erst umzudrehen, um das Weihnachtspaket in seinen Händen zu sehen.

»Soeben fand ich das auf dem Schreibtisch.«

Ellery nahm das Paket entgegen. Er wunderte sich, welche Rolle der Arzt im Verlauf des Tages gespielt haben mochte, um nun der zweifelhaften nächtlichen Ehre teilhaftig zu werden. Aber Dark stand mit zusammengepreßten Lippen da, und Ellery wußte, daß es zwecklos war, ihn danach zu fragen.

Er nahm das Paket zum Eßtisch und entfernte wortlos die Hülle.

Die weiße Schachtel war eine der kleinsten in der Serie, aber die Karte trug einen der längeren Verse:

IN DER ELFTEN RAUHNACHT
SENDET DIR DEINE TREUE LIEBE
DAS GEHEIMNISVOLLSTE Z E I C H E N
(BIST DU IMMER NOCH IM DUNKEL?),
EIN SCHILD AUF DEM P F A H L –
EIN WINK DES GEISTES.

Die Rückseite der Karte war leer.

Das Geschenk war ein kleiner Wegweiser aus braunbemaltem Holz: ein Pfahl, an dessen Ende eine Messingklammer geheftet war; daran hing waagerecht ein langes Schild mit gezackten Enden. Auf das Schild war ein unbeholfenes X gemalt.

»Nun, das macht aus dem ganzen ein hübsches kleines Nest«, sagte John. »Glaubst du, daß es jetzt vollständig ist, oder wird morgen abend noch ein Briefkasten dazukommen?«

»Ich sage, es ist vollständig«, zischte Mrs. Brown. »Frag mich nicht warum. Ich spüre es.«

»Ich sage, es ist Spinat«, meinte Marius Carlo. »John, wie wär's, wenn du mir nochmals einen einschenkst?«

»X«, sagte Mr. Gardiner nachdenklich. »Der griechische Anfangsbuchstabe für Christus.«

Ellery sah auf. »Wissen Sie, Mr. Gardiner, daran habe ich nicht gedacht. Aber ich glaube nicht, daß es das zu bedeuten hat. Die Botschaft sagt: ›Ein Wink des Geistes.‹«

»Der Heilige Geist?« deutete Freeman an.

»Gotteslästerung«, murmelte der Geistliche. »Das Ganze ist eine Gemeinheit.«

»Reizend«, meinte John. »Alles läuft darauf hinaus, daß ich in diesem Haus ermordet werde.«

»Sag nicht solche Dinge, John!« schrie Rusty. Arthur Craig ging zu ihr hin und betrachtete John mit durchdringendem Blick.

»Sie irren, Mr. Queen«, krächzte Olivette Brown. »›Ein Wink des Geistes‹ bezieht sich auf den Absender. Und das Zeichen des Geistes ist X, der Unbekannte. Jemand, der hinübersetzte, versucht mit John Verbindung aufzunehmen. Es gibt Geister, die entweder keine Identität oder sie verloren haben, und die dazu verurteilt sind, an die sinnliche Welt gekettet zu sein, bis sie eine Identität gefunden haben ...«

Ellery hörte überhaupt nicht hin. Er überlegte: Nun sind es neunzehn einzelne Geschenke in elf Schachteln. Morgen abend kommt die zwölfte – und letzte – Schachtel.

Wie viele Geschenke werden es dann sein?

## Vierzehntes Kapitel

### *Zwölfte Nacht: Sonntag, 5. Januar 1930*

In dem Olivette Brown sich mit einem Geist unterhält, Mr. Queen der Blitz trifft und John Sebastian das letzte Geschenk erhält

Der Sonntag war einer jener schrecklichen Tage, deren Stunden sich mühsam dahinschleppen. Die Hausbewohner wanderten von Zimmer zu Zimmer und wechselten ruhelos die Stühle. Die Sonntagszeitungen wurden gelesen und wieder gelesen. Die literarisch Interessierten diskutierten die wichtigsten Neuerscheinungen auf dem Buchmarkt. Freeman erzählte traurig die sonderbare Geschichte um den Vorabdruck von Remarques »Im Westen nicht Neues«. Als jedoch Ellery das Thema auf William Bolithos »Zwölf gegen das Schicksal« brachte, löste sich die Gesprächsrunde jäh auf. In diesem Haus, an diesem Tag, war »zwölf« ein böses Wort.

Trotz des Sonnenscheins war niemand geneigt, ins Freie zu gehen; nur Mr. Gardiner war ausgegangen. Er kehrte erst am späten Nachmittag zurück.

Das düstere Versprechen des Abends hing wie ein Damoklesschwert über dem Haus.

Schließlich machte Ellen Craig einen Vorschlag.

»Da es die zwölfte Rauhnacht ist und wir uns morgen wahrscheinlich in alle Winde zerstreuen werden«, sagte sie, »warum feiern wir das nicht so wie die Menschen im Mittelalter? Damals hatten sie in der zwölften Nacht viel Spaß mit Gelagen, Spielen und anderen Scherzen. Was meint ihr?«

»Bravo«, sagte Ellery. »Aber wer wird was tun?«

Es wurde ein Programm zusammengestellt.

Bei der festlichen Tafel bezog sich Mr. Gardiner in seinem Tischgebet auf die Hochzeit zu Kana. Er schloß mit der flehentlichen Bitte, daß »das bittere Wasser dieses Hauses« zum süßen Wein der Güte und Freude werde. Das beziehungsreiche Gebet war nicht dazu angetan, die Schatten zu verscheuchen. Der Tafel war auch nicht geholfen, als John – so laut, daß Mrs. Janssen in der Küche es nicht überhören konnte – bemerkte, der Lammbraten sei nicht gar. Und als der Tisch für das Dessert abgeräumt wurde, kippte von Mabels Tablett ein fast volles Glas Burgunder, dessen Inhalt Roland Payns weißen Scheitel purpurrot taufte. Vor Aufregung ließ Mabel das Tablett fallen und flüchtete in die Küche, während die Gesellschaft verwirrt vom Tisch aufbrach. Arthur Craig begleitete den besudelten Anwalt aufs Zimmer.

Ellery nahm diese Gelegenheit wahr, um das Wohnzimmer abzusuchen. Aber er fand kein Weihnachtspaket. Er war immer noch in nachdenkliches Wundern versunken, von wem, wann und wo das zwölfte Paket gefunden werde, als sich die andern zur Feier der zwölften Rauhnacht versammelten.

Marius war im Musikzimmer untergetaucht. Durch den Türbogen drang eine überraschend naive Musik, die wie Purcell klang.

Ellery hob die Hand, und die Musik verstummte.

»Meine Damen und Herren«, begann er feierlich, »als Leiter der Hoflustbarkeiten wählte ich den Weg des geringsten Widerstandes. Ich werde keine Rede halten. Statt dessen wollen wir gleich zu den Darbietungen des Abends kommen. Meine lieben Freunde: Mr. Arthur Benjamin Craig.«

Marius schlug auf dem Flügel einen Akkord an, und aus der Bibliothek marschierte Craig herein. Er trug einen Karton aus Wellpappe, den er auf den Tisch stellte, und verneigte sich kurz zu Ellery hin.

Sergeant Devoe betrachtete vom Türbogen aus die Szene; Mrs. Janssen, Mabel und Felton spähten hinter der halboffenen Klapptür des Speisezimmers hervor.

»Mitglieder der John-Sebastian-Bewunderer-Gesellschaft«, sagte Craig, »am 6. Januar wird das Verlagshaus Freeman ›Das Brot der Liebe‹ veröffentlichen, in einer Ausgabe, die so maßvoll und vollwertig ist wie der Autor selbst.«

Beifall unterbrach ihn. John lächelte, alle andern lächelten auch, außer Freeman und Payn, die mit ausdruckslosen Gesichtern zuhörten.

»In meiner doppelten Beziehung zu unserem jungen Debütanten – nämlich als sein inoffizieller Vater und Hersteller der genannten Ausgabe – konnte ich dieses Ereignis nicht vorbeigehen lassen, ohne den Beitrag einer persönlichen Widmung.

Deswegen habe ich«, fuhr Craig fort, »die beachtlichen Mittel meiner Druckerei und verschiedene hervorragende Handwerker, mit denen ich seit langen Jahren zusammenarbeite, in den Dienst der Herstellung« – er holte aus dem Karton ein Buch hervor – »dieser Sonderausgabe gestellt, die, auf zwölf numerierte Exemplare beschränkt, für die Mitglieder unserer Gesellschaft bestimmt ist.«

Die Schönheit des Einbandes löste allgemeines Murmeln aus.

»Ich bin stolz darauf, dieses Buch hergestellt zu haben, John. Ich schenke diese Sonderexemplare deinen Freunden und mir, in der Hoffnung, daß sie an dem Besitz soviel Freude haben werden wie ich beim Herstellen.«

Mit einer Verbeugung überreichte Craig einen der Bände John, die weiteren zehn verteilte er an die anderen. Das letzte Buch drückte er an die Brust.

»Natürlich habe ich mich nicht übersehen!«

John war bewegt.

Unter den allgemeinen Ausrufen der Bewunderung wurde der Wunsch nach Johns Autogramm laut. Ungeachtet seines Protestes, er könne mit der verletzten Hand nur mit größter Mühe schreiben, schleppten Rusty und Ellen ihn an den Tisch. Mr. Gardiner lieh ihm seinen Füllhalter. Jeder verlangte eine persönliche Widmung und das Autogramm. Stirnrunzelnd und nachdenklich kritzelte John mühsam seinen Namen in unbeholfenen Schriftzügen in die bereitgehaltenen Bücher.

Ellery schlenderte indes zu dem Stuhl hin, auf welchem John sein eigenes Exemplar hatte liegenlassen. Er nahm es in die Hand und betrachtete beiläufig die eingeschobene Seite. Der Band war mit Zwölf numeriert. Das Zitat eines vergessenen viktorianischen Autors sprang ihm in die Augen: »Das Schicksal lacht über die Wahrscheinlichkeiten.«

»Ich hatte beim Aufstellen dieses Programms keine Ahnung«, sagte Ellery, »wie vortrefflich Mr. Craigs Eröffnungsnummer mit der zweiten Darbietung übereinstimmen werde, die ich hiermit ankündige: Eine Leseprobe aus ›Das Brot der Liebe‹, von John Sebastian.«

Er las gut, und was er las – dachte Ellery – war in der Tat ausgezeichnet. Da er des Dichters eigener Fitzgeraldscher Generation angehörte, konnte er Mr. Gardiners Ansicht nicht teilen, daß die Gedichte spröde und bloß klug waren. Ihm erschienen sie frisch und witzig, voll köstlicher Zynismen und einer souveränen Abkehr von der traditionellen Form, wie es unter den jungen amerikanischen Dichtern an der französischen Riviera und in den Cafés am linken Seineufer verbreitet war.

Ellery stimmte voll ehrlicher Anerkennung in den Beifall ein.

»Die nächste Belustigung ist ein musikalisches Zwischenspiel, dargeboten von unserem pianistischen Wunder, dem vollendeten Komponisten und Virtuosen: Maestro Marius Carlo.«

Sergeant Devoe und Felton rollten den Flügel herein. Marius verneigte sich, hob die imaginären Frackschöße und setzte sich auf den Klavierstuhl.

»In Anbetracht der vielen Zwölfen, auf die Mr. Queen neulich hingewiesen hat, habe ich an einer Komposition gearbeitet, bei der ich mir das Schönbergsche Zwölftonsystem zunutze gemacht habe.«

Marius hob die Hände, pausierte einige Sekunden, ehe er sie auf die Tastatur krachen ließ. Zwanzig Minuten lang traktierte der junge Komponist das elfenbeinere Gebiß, wobei er sich wie ein Vorturner nach allen Seiten hin verrenkte; zeitweise begleitete er sein wildes Spiel mit einem fröhlichen Libretto, das die Audienz ebenso konfus wie betäubt zurückließ. Am Schluß gab es vor Erleichterung starken Applaus.

»Unser nächster Künstler«, verkündete Ellery, nachdem der Flügel ins Musikzimmer zurückgerollt war, »ist Valentina Warren. Miss Warren?«

Valentina war eine Überraschung. Ellery hatte etwas Schweres erwartet – zum Beispiel von Sophokles. Statt dessen forderte Valentina das Publikum auf, sich im Geiste über den Hudson River nach Hoboken ins dortige Christopher-Morley-Repertoire-Theater zu versetzen. Sie stürzte sich in einen heiteren Monolog aus einem Schauspiel des 19. Jahrhunderts.

Ellen Craig stellte eine Staffelei auf, nahm Papier und Holzkohle und ergötzte die Gesellschaft mit einer Reihe hurtig skizzierter Karikaturen von unerwarteter Boshaftigkeit. (Die eine, die sie von Ellery anfertigte, war besonders verheerend.)

Mr. Gardiner las artig aus dem Lied von Solomon, wobei er nicht versäumte, es als eine Allegorie der Vereinigung Christi mit seiner Kirche auszulegen; Rusty erschien mit Drahtrolle und Zange und formte damit bezaubernde Vögel und Tiere. Sogar Dr. Dark trat auf. Er erheiterte das Haus mit einer nicht geheuren nasalen Imitation Rudy Vallees beim Singen des Main-Stein-Liedes.

»Und nun«, sagte Ellery, »kommen wir zu dem *pièce de résistance*, dem Dreikönigsfest unseres Programmes, einer garantiert echten Séance, dargeboten von unserer gefeierten Spiritistin: Madam Olivette Brown.«

Mr. Gardiner stand auf, schützte Unpäßlichkeit vor und verließ den Raum. Doch kurz darauf kam er wieder zurück. Grimmig bemerkte er, daß jemand, der sein Leben der Welt des Geistes gewidmet habe, vielleicht nützlich sein könne im Umgamg mit Mrs. Browns Freunden von der anderen Seite, sei es auch nur, um sie zu bannen. Der alte Mann setzte sich hin, verschränkte die Arme – bereit, den Teufel selbst zu empfangen.

Olivette Brown schenkte dem keine Beachtung. Sie war allzusehr damit beschäftigt, die Vorkehrungen für ihren Auftritt zu überwachen.

Endlich saßen alle im abgedunkelten Zimmer um den großen runden Tisch, den Mrs. Brown herbeizuschaffen befohlen hatte, jeder des Nachbarn Hand haltend; die Séance begann.

Am Anfang kicherten die Mädchen unterdrückt, und Marius murmelte bissige Bemerkungen; doch nach und nach erstarben diese Laute, und eine spürbare Stille senkte sich herab. Als sich aller Augen an die spärliche Beleuchtung gewöhnt hatten, konnten sie Olivette Brown sehen, wie sie aufrecht und steif dasaß und über ihre Köpfe hinweg in die Schatten des Zimmers starrte.

Sie verharrte sehr lange in dieser Stellung, so lange, bis alle angestrengt horchten. Eine singende Spannung bemächtigte sich des Tisches.

Plötzlich fiel Rustys Mutter in ihrem Stuhl zurück und stöhnte. Nach der vorangegangenen Stille wirkten diese Laute haarsträubend. Mehrere Hände faßten sich fester.

Das Stöhnen erstarb. Sie saß jetzt ganz ruhig, die Augen weit aufgerissen, das Gesicht eine schimmernde weiße Maske.

Und dann begann sie mit matter, entrückter Stimme, die mit ihrer normalen kaum noch Ähnlichkeit hatte, zu sprechen:

»Ich bin in einem großen Gewölbe, finster und doch nicht finster, hell und doch nicht hell, ein Gewölbe, das mich umschließt und sich dennoch in alle Richtungen unendlich ausdehnt ... Es ist ein Ort wie in einem Traum, aber deutlicher, viel deutlicher.«

In diesem Ton fuhr sie fort, beschreibend und auch wieder nicht beschreibend.

Auf einmal sagte sie: »Er kommt, er ... Ich sehe seinen grauen

Schatten ... Er kommt näher, näher.« Die matte Stimme wurde schärfer und lauter. »Jemand, den ich kenne, den ich erkennen kann ... Der Tod. Er ist tot, ein Geist ... Ich kenne ihn ... Näher ... Wer ist es? Wer bist du? Wer bist du?« Dann stieß sie einen gellenden Schrei aus, daß allen das Herz bis zum Hals hinauf schlug. »John! Es ist John!« Sie stürzte vornüber und schlug mit der Stirn auf der Tischplatte auf.

Die Séance war ruiniert. Ellery sprang zum Lichtschalter, den er gleichzeitig mit Sergeant Devoe erreichte. Als er sich umdrehte, half Dr. Dark Olivette Brown in den Stuhl zurück, und Rusty streichelte ihr aufgeregt die wächsernen Wangen.

»Ich weiß nicht, weshalb ich sie das tun ließ. Sie verliert hinterher jedesmal die Fassung. Sie scheint sich in eine Art Selbsthypnose zu vertiefen ... Mutter! Mutter!«

»Lassen Sie mich«, sagte Dr. Dark. »Arthur, bring jenen Stuhl hierher. Ich will sie ausstrecken und den Kopf tiefer lagern als die Füße. Sie ist ohnmächtig geworden, das ist alles. Freilich wird sie an der Stirn eine Beule davontragen ... Will bitte jemand die Fenster weit aufmachen? Wir brauchen frische Luft.«

Während sich der Arzt mit der Ohnmächtigen beschäftigte, trat Ellery zu John hin, der mit eigentümlichem Gesicht abseits stand.

»Der gellende Schrei muß dich verwandelt haben, John. Wie ist es, dem eigenen Geist vor der Stunde zu begegnen?«

John erwiderte kühl: »Interessant. Weitaus interessanter, als du glaubst.«

»Was willst du damit sagen?«

Er schüttelte lächelnd den Kopf. Aufmerksam beobachtete er Rustys Mutter.

Als sie die Augen öffnete, trat er vor.

»Mutter Brown, wie konntest du es wissen?«

»Was?« fragte sie leise. »Oh, John, mir tut der Kopf so weh. Was ist passiert?«

»Du warst in Trance, Mutter«, sagte Rusty, »und du hast gesagt, daß jemand auf dich zukomme, ein Geist oder so etwas, ein toter Mann. Du nanntest ihn John und bist ohnmächtig geworden.«

»Ich — in Ohnmacht gefallen?« sagte sie verwundert. »John — tot? Dummes Zeug.« Sie griff sich an den Kopf. »Ich kann mich nicht erinnern. Hinterher weiß ich von allem nichts mehr.«

»Wie konntest du es wissen?« wiederholte John.

»Ach, tu nicht so geheimnisvoll«, murrte Rusty. »Wie konnte Mutter was wissen?«

»Nur ein Mensch weiß davon«, sagte John zu Mrs. Brown. »Jemand, der nicht anwesend ist. In diesem Zimmer bin ich der einzige, der davon weiß. Darum frage ich dich nochmals, Mutter Brown: Wie konntest du es wissen?«

»Hör endlich damit auf, John«, fuhr Craig ihn an. »Mrs. Brown ist nicht in der Verfassung, um mit Fragen belästigt zu werden.«

»Schön, Arthur«, sagte John, noch immer lächelnd. »Ich bedauere, Mutter Brown. Warum gehst du nicht auf dein Zimmer und ruhst dich ein wenig aus? Überhaupt, es wäre gut, wenn wir uns alle ein bißchen ausruhen oder hinlegen würden, so für eine Stunde. Wir werden heute ohnehin die halbe Nacht auf sein.« John grinste, als sich aller Augen überrascht auf ihn richteten. »Warum bis zum Tageslicht warten? Um die Geisterstunde werde ich mich in einen Prinzen verwandeln. Gleich nach Mitternacht, wenn ich 25 Jahre alt geworden bin, werde ich Mr. Payn bitten, das Testament meines Vaters zu verlesen, das den Kürbis in eine königliche Kutsche verwandelt. Und nachher wird Mr. Gardiner Rusty und mich wohl oder übel trauen ...«

»Du beschreibst das so romantisch«, sagte Rusty.

Er küßte sie. »Und nachher werde ich die große Überraschung entschleiern, die ich versprochen habe.«

»Beim heiligen Georg, das habe ich ganz vergessen!« sagte Craig. Ellery dachte: Heiliger Georg, ich ebenfalls. »John, was, zum Kuckuck, hast du im Ärmel versteckt?«

»Das wirst du mit den andern nach der Trauung erfahren, Arthur. Wollen wir uns ein Viertel vor zwölf hier unten wieder versammeln?«

Ellery blieb im Wohnzimmer, nachdem sich alle entfernt hatten. Er wanderte umher und schaute in alle Ecken.

»Suchen Sie das zwölfte Geschenk, Mr. Queen?« Es war Sergeant Devoes Stimme, der ihn von der Halle aus beobachtete.

»Auf eine unbestimmte Weise – ja, Sergeant. Die andern haben es anscheinend vergessen.«

»Ich nicht. Ich habe schon den ganzen Abend aufgepaßt.« Devoe schüttelte den Kopf. »Hier unten ist es nicht.«

»Wieder in einem Schlafzimmer, nehme ich an.«

Zehn Minuten später warteten die beiden noch immer darauf, daß jemand mit dem Paket die Treppe heruntergerannt käme.

»Angenommen, wir haben jetzt alle Schachteln?« grinste Devoe. »Obwohl es irgendwie nicht richtig erscheint, daß er bei elf aufhören sollte.«

Ellery grinste nicht. »Es wird vor Mitternacht auftauchen, Sergeant – fürchte ich.« Er nahm sein Exemplar von Johns Buch und ging auf sein Zimmer.

Ochse
Haus
Kamel
Tür
Fenster
Nagel
Zaun
Hand
Handfläche
Peitsche
Wasser
Fisch
Auge
Mund
Affe
Kopf
Zahn
Zeichen (oder Kreuz?)
Pfahl

Neunzehn Gegenstände in elf Schachteln oder elf Nächten.

Ellery ging im Schlafzimmer auf und ab, hastig rauchend.

Er überlegte: Heute nacht würde noch ein Paket dazukommen und die Zwölferserie vervollständigen. Das bedeutete mindestens noch einen Gegenstand. Ein Minimum von zwanzig dann.

Seine Gedanken kehrten ständig zu der Zahl zwanzig zurück.

War das ein Hinweis? Zwanzig? Zwanzig ...

Er ging zu dem kleinem Schreibtisch, wo er alle neunzehn Gegenstände in einer Liste notiert hatte. Ochse ... Haus ... Kamel ... Aber er schüttelte den Kopf. Er war die Liste schon hundertmal durchgegangen, um einen gemeinsamen Nenner zu finden. Je länger er suchte, desto sicherer wurde er, daß ein Zusammenhang existierte.

Zwanzig ...

Ellery starrte mutlos auf die Liste. Es war alles richtig, alles bemerkenswert — und alles bedeutungslos. Er konnte nicht im entferntesten sehen, auf was die Gegenstände, die John erhalten hatte, anzuwenden waren.

Er klopfte die Asche aus der Pfeife und sank in einen Sessel. Erschöpft griff er nach dem Sonderexemplar von Johns Buch und schlug es auf.

Und sofort schoß er wieder in die Höhe, wie von der Tarantel gestochen.

Er hatte zufällig die Titelseite geöffnet. Und da war es – da war es; es zuckte ihm vom Blatt wie der Blitz in die Augen – bis in eine vergessene Schatzkammer des Gehirns.

*Das*

*Brot der Liebe*

VON

JOHN SEBASTIAN

*»Wenn die Musik der Liebe*
*Nahrung ist, spielt weiter ...«*

– WAS IHR WOLLT

ABC PRESSE
NEW YORK 1930

Begierig durchforschte er sein Gedächtnis, sondierte, prüfte, zergliederte und legte alles in seiner wunderbaren Einfachheit bloß. Er fühlte sich gedemütigt. Warum hatte er es nicht schon früher gesehen? Es war nichts Esoterisches oder Phantastisches daran.

Das ist mein Fehler, gestand er sich. Ich lasse immer das Augenfällige zugunsten des Verworrenen unbeachtet.

Es war so einleuchtend. Ochse, Haus, Kamel, Tür ... Alle zwanzig. Ja, die Zahl hieß zwanzig. Hierin hatte er intuitiv richtiggelegen.

Als er alles nochmals überdachte, fiel ihm plötzlich ein, daß er noch den ausstehenden zwanzigsten Gegenstand herauszufinden hatte. Abermals ging er im Geiste die Liste durch.

Und sein Herz setzte beinahe aus.

Das zwölfte Geschenk, der zwanzigste Gegenstand, hatte ein ...

Er ließ das Buch fallen, blickte wild um sich und stürzte aus dem Zimmer.

Sergeant Devoe döste auf dem Treppenabsatz.

»Was ist los, Mr. Queen?«

»In Johns Schlafzimmer!«

Devoe erreichte die Tür zu Johns Zimmer im gleichen Moment wie Ellery. Die Schulter des Polizisten krachte dagegen, und sie sprang auf.

Im ganzen Flur wurden Türen geöffnet. Leute kamen herbeigelaufen.

Langsam trat Ellery in Johns Zimmer. Sergeant Devoe pflanzte sich breitbeinig im Türrahmen auf. Er schluckte mühsam.

Rusty schrie einmal kurz auf.

Johns Rücken war der Tür zugekehrt. Er saß in Hemdsärmeln auf einem Stuhl am Schreibtisch, den Kopf auf der Tischplatte, den linken Arm ausgestreckt; die rechte, verbundene Hand baumelte schlaff herunter.

Sein weißer Hemdrücken trug, gleich unterhalb der Schulterblätter und links von der Mitte, etwas wie eine hellrote Blume, deren Blätter leicht zerronnen waren.

Aus dem Zentrum ragte der Griff eines Messers.

»Sergeant, lassen Sie Dr. Dark herein.«

Der Dicke trat ein. Alle Farbe verschwand aus seinem kräftigen Gesicht.

»Achten Sie darauf, keine Fingerabdrücke auf dem Tisch oder auf seinen Kleidern zu hinterlassen, Doktor.«

Nach einer Weile richtete sich Dr. Dark auf. Er schien bestürzt und entsetzt. »John ist tot.«

»Bitte, gehen Sie jetzt zurück. Sergeant! Rufen Sie Leutnant Luria an. Ich werde hierbleiben. Nein, Mr. Craig, nein. Sie können mehr helfen, wenn Sie sich um Rusty kümmern.«

Mr. Gardiner stand im Korridor und betete.

Mit dem Toten allein gelassen, versuchte Ellery, seine Gedanken zu sammeln.

Zu spät, wahrscheinlich.

Er legte die Hand auf Johns Nacken, Wangen und Ohren. Noch warm, wie im Leben. Wäre das Messer nicht gewesen, das aus dem Rücken ragte, hätte es ausgesehen, als ob John schliefe.

Hätte ich doch die Bedeutung der Geschenke nur fünf, zehn oder fünfzehn Minuten früher erkannt, dachte Ellery.

Dann entdeckte er die Karte. Johns Gesicht lag teilweise darauf, als habe er sie in dem Augenblick gelesen, als sich das Messer in seinen Rücken bohrte. Ellery wickelte sich das Taschentuch um die Finger, faßte die Ecke der Karte und zog, aber nur so lange, bis das Maschinengeschriebene freilag. Er nahm die Karte nicht vom Tisch.

Sie war – wie die elf vorangegangenen Karten – weiß und länglich und mit einer Botschaft in Versform:

IN DER ZWÖLFTEN RAUHNACHT
SENDET DIR DEINE TREUE LIEBE
DIESEN UNHEILVOLLEN D O L C H
DIESES JUWELENBESETZTE MESSER –
DIESEN GNADENSTOSS,
DER DEIN LEBEN BEENDET.

Dolch. Das war der zwanzigste Gegenstand, wie er es hätte vorhersehen müssen.

So vieles war jetzt klar. Gnadenstoß . . . Ja. Ja, das war logisch.

Der Haken war nur, dachte Ellery bekümmert, daß es allzu logisch war, um unbesehen akzeptiert zu werden.

## *... die Nacht zum Dreikönigsfest, 6. Januar 1930*

In dem der junge Mr. Queen das Spiel ablehnt, der Tote lebendig wird, vieles eine Lösung findet, aber noch viel mehr ein Rätsel bleibt

Als Sergeant Devoe wieder im Schlafzimmer erschien, ließ Ellery ihn bei der Leiche zurück und eilte ins Parterre.

Alle hatten sich im Wohnzimmer versammelt, außer Mr. Gardiner, Rusty Brown und deren Mutter.

»Ich habe Rusty ein Beruhigungsmittel gegeben. Sie hat sich hingelegt«, murmelte Dr. Dark. »Mrs. Brown und der Pfarrer sind bei ihr.«

Ellery nickte. Alle hatten bestürzte Gesichter.

»Das Messer«, sagte er, »vermutlich habt ihr es flüchtig gesehen. Es ist ein antiker Dolch, der Griff ist mit Halbedelsteinen besetzt. Er sieht alt aus. Stammt er aus diesem Haus, Mr. Craig?«

Der Buchkünstler schüttelte den Kopf. Er sah ebenfalls alt aus. Aufrecht, mit zusammengepreßten Lippen, saß er auf einem Stuhl, etwas abseits von den andern.

»Erkennt jemand den Dolch?«

Niemand antwortete.

Ellery zuckte die Achseln. »Nun, das ist Lurias Sache. Uns betrifft es nur soweit, als er das letzte Geschenk gewesen ist.« Er wiederholte den Vers auf der Karte. »Nummer zwanzig. Damit ist die Serie vollständig.«

Darauf schwieg er. Denn was hatte es für einen Zweck, zu erzählen, daß er jetzt wußte, was die Geschenke bedeuteten? Er konnte ihnen nicht sagen, daß die Fingerzeige in den Versen, deren Bedeutung als Gruppe – der ganze Aufbau dieses Falles – auf eine einzige Person unter ihnen als den Schuldigen hinwiesen. Er konnte nicht sagen: »Es verurteilt diese Person und bringt sie an den Galgen.«

Nämlich den einen und einzigen Schluß zu akzeptieren, hieß, aus dem Schuldigen einen vollkommenen Idioten zu machen. Und das war unmöglich, sagte sich Ellery, denn es handelte sich um ein Verbrechen, wie es nur ein sehr gescheiter Kopf erdacht haben konnte. Würde jemand, der fähig war, eine solch geschickte Spur zu legen, dies in der bloßen Absicht tun, daß sie direkt zu ihm hinführte? Denn genau dahin führte sie.

Unbegreiflich. Deshalb hatte er zu schweigen.

Für Ellery hatte es in diesem Fall von Anfang an drei Zielscheiben gegeben: einmal John, dann die Person, zu der die Spur hinführte, und schließlich er selbst. Johns Tod war immer das Erwünschte gewesen. Die Rolle, die Ellery zugewiesen war, bestand in der des gehorsamen Hundes, der sich mit der Nase der Fährte entlangführen ließ, um zu dem unbestreitbaren Schluß zu gelangen: für Johns Tod den Falschen verantwortlich zu machen.

Das Ganze war auch in einer anderen Hinsicht teuflisch klug ersonnen: Ellery hatte Grund genug, zu glauben, daß dieser Unschuldige theoretisch für ein solches Verbrechen ein gewichtiges Motiv hatte.

Ellery blieb jetzt nur, das Spiel des Verleumders nicht mitzumachen — die Rolle abzulehnen, die ihm zugewiesen war. Die Person, welche die Geschenke als den Mörder denunzierten, war nicht die, die John wirklich erstochen hatte. Das war der gewesen, der die Geschenke gesammelt, die Verse geschmiedet und die Weihnachtspakete ausgelegt hatte. Wenn er nun schwieg, dachte Ellery, würde er vielleicht die Hand des Verleumders zwingen ...

Leutnant Luria und eine Gruppe von Spezialisten vertrieben die allgemeine Apathie. Luria sprach sehr wenig, dafür sprach sein Gesicht Bände. Er ging gleich ins Obergeschoß.

Der Leutnant war brutal. Er bestand darauf, das Obergeschoß zu räumen, so daß die beiden Browns und Mr. Gardiner gezwungenermaßen Rustys Zimmer verlassen mußten. Dann kam der Leichenbeschauer Dr. Tennant, der die Polizisten abermals aufhielt. Freeman und Payn sahen schlecht aus. Ellery ahnte, was in ihren Köpfen vorging. Wenn Luria herausfand, was John mit ihnen vorgehabt hatte ...

Die drei Hausangestellten wurden ebenfalls ins Wohnzimmer getrieben, wo sie sich in eine Ecke absonderten.

Ellery verlor den Sinn für Zeit. Gleich den andern verkroch er sich in einen Stuhl.

Das Warten dauerte eine Ewigkeit.

Auf einmal sagte eine fröhliche Stimme vom Türbogen her: »Viertel vor zwölf, auf die Minute. Was machen all die Autos vor dem Haus? Hallo!«

Da geschah etwas Seltsames.

Vierzehn Körper fuhren ruckartig und gleichzeitig wie Marionetten auf; vierzehn Köpfe wandten sich um, wie von der gleichen Schnur gezogen; vierzehn ungläubige Augenpaare weiteten sich vor Entsetzen.

Rusty kam mühsam auf die Beine. Sie versuchte zu sprechen, griff sich aber bloß an die Kehle.

Ihre Mutter kreischte: »Sein Geist! Sein Geist!«

Dann fielen alle sechs Frauen in Ohnmacht.

Die große schlanke Gestalt im Türbogen hatte einen Verband um die rechte Hand.

Es war John.

*Es war John.*

John schritt wie ein Lebender ins Wohnzimmer. Falls er ein Geist war, dann war es ein verdatterter Geist. Ihm war offensichtlich unbehaglich zumute.

»Was ist los?« fragte er verwundert. »Warum schaut ihr alle mich so komisch an?«

»John.« Sein Vormund netzte sich die Lippen. »John?«

»Ich verstehe nicht«, sagte dieser. »Ich war im Wald spazieren, um mich auf die große Überraschung vorzubereiten. Ich hab' doch gesagt, daß ich ein Viertel vor zwölf hier sein werde – und da bin ich. Wer hat jene humorlose Bemerkung über einen Geist gemacht? Dachte jemand, ich sei tot oder so?«

»Du bist es«, knurrte Marius Carlo.

»Was?«

»Ich meine, du warst es. Ich meine . . .«

»Wer bist du?« Craigs Bart wackelte.

»Was ist denn in euch gefahren?« rief John. »Was für eine Frage ist das? Wer ich bin!«

»Bist du John oder – wer?«

»Ich bin Moses im Körbchen«, sagte John erzürnt. »Nun, was ist mit all diesen Damen los? Oder tun die nur so? Rusty! Wach auf!«

»Mein Gott.« Es war Leutnant Luria. Er stand im Türbogen, das rauhe Gesicht leichenblaß. Er war gänzlich entnervt.

»Wartet mal«, sagte Ellery. »Wartet.« Er war noch nie in seinem Leben dermaßen erschüttert worden. Aber jetzt, nachdem der erste Schock überwunden war, sickerten wieder einige Gedanken durch seinen Kopf. Gewiß, es war John – der gleiche Körper, das gleiche Gesicht, die gleiche byronsche Stirnlocke, die gleiche Stimme, die gleichen Kleider, der gleiche Verband um die gleiche Hand. Und das war es, was er gesucht hatte: einen zweiten John. Er klammerte sich an den Gedanken. »Wenn du John bist . . . Wer ist dann das in deinem Zimmer?«

In Johns dunklen Augen blitzte ein Licht auf. »In meinem Zimmer?«

»Jawohl, in Ihrem Zimmer«, krächzte Leutnant Luria. »Es ist ein Toter in Ihrem Zimmer, der Ihnen wie aus dem Gesicht geschnitten ähnlich sieht. Wer ist es, Sebastian?«

Das Licht in den Augen erlosch. »Ein Toter?« wiederholte John. »Tot?«

»Mit einem Messer im Rücken.«

John schlug die Hände vors Gesicht und begann zu schluchzen.

Später, als sie ihn mit dem Ermordeten konfrontierten, konnten weder Johns Weinkrampf noch die Veränderungen an dem leblosen Körper die verblüffende Ähnlichkeit zwischen den beiden mindern.

Damit erklärte sich manches, was Ellery genarrt hatte. Aber schließlich war es eine Erklärung, die er in der Theorie seit langem aufgearbeitet hatte: eineiige Zwillinge. Dennoch bereitete es ihm Mühe, es zu begreifen. Der Bruder – der eine Zwilling war doch vor 25 Jahren im Alter von zwei Wochen gestorben! Waren Sergeant Velies Auskünfte falsch gewesen? Ellery konnte das nicht glauben. Der Tod des Kindes war einwandfrei erwiesen und durch Urkunden belegt. Und dennoch: Hier war er – eine Leiche zwar, aber eine fünfundzwanzigjährige. Einfach unglaublich. Demnach war der Tote, ungeachtet seiner haargenauen Ähnlichkeit mit John, nicht dessen Zwilling.

Aber wer konnte er dann sein?

Die Antwort stellte sich mit der Frage ein.

Er war Johns Drilling.

»Meine Mutter schenkte in jener Nacht Drillingen das Leben«, sagte John müde, nachdem die Vernunft einigermaßen wiederhergestellt war und alle im Wohnzimmer saßen. »Ich wurde zuerst geboren. Bei der Geburt des zweiten Drillings verschied meine Mutter; das war das Kind, das zwei Wochen später starb und auf dem Friedhof in Mount Kidron beerdigt wurde. Das dritte Kind hat Dr. Hall vom toten Körper meiner Mutter entbunden.« John deutete mit dem Kopf zur Decke hin. »Das war mein Bruder – der da oben.«

»Aber ich will wissen ...«, begann Luria.

»Lassen Sie mich ausreden, Leutnant«, sagte John. »Sie können Ihre Fragen nachher stellen.

Zuerst will ich erklären, wie es kam, daß niemand von der Existenz dieses dritten Bruders wußte. Dr. Hall und seine Frau konnten keine Kinder haben, wünschten sich aber verzweifelt welche. Dann fuhr mein Vater sein Auto unweit ihres Hauses zu Schrott. Dabei wurde meine Mutter verletzt. Da sie schwanger war, hatte der Unfallschock eine vorzeitige Niederkunft zur Folge.

Mein Vater blieb im Flur und betrat zu keiner Zeit das Schlafzimmer der Halls, wo meine Mutter entbunden wurde und starb. Den Halls erschien es nicht recht, daß drei mutterlose Kinder einem Mann gehören sollten, der sie ohnehin in fremder Leute Hand geben wollte, während sie, sehnlichst ein Kind wünschend, die einzigen Menschen waren, die von der Geburt eines dritten Babys wußten. Daher konnten sich die

Halls nicht entschließen, ob sie meinem Vater diese dritte Geburt verschweigen sollten oder nicht.«

Johns Gesicht wurde finster. »Als Hall meinem Vater mitteilte, seine Frau sei bei der zweiten Entbindung gestorben, wurde ihm die Entscheidung aus der Hand genommen. Mein Vater weigerte sich nämlich, das zweite Kind anzunehmen. Ihn plagten Gewissensbisse, durch seine Halsstarrigkeit, den Tod meiner Mutter herbeigeführt zu haben. Aber unbewußt übertrug er seine Schuld auf das Zweitgeborene. Dr. Hall verschwieg das dritte Kind und bat gleichsam um das zweite. Mein Vater war einverstanden. Er versprach, für diesen Jungen Vorsorge zu treffen, und ging.«

»Oh, John«, murmelte Rusty. Aber Ellery bemerkte, daß sie ein wenig von John weggerückt war, als könne sie dessen lebende Nachbarschaft noch immer nicht mit dem toten Doppelgänger vereinbaren.

»Eine Woche später las Dr. Hall vom Ableben meines Vaters. Er stellte Nachforschungen an und fand heraus, daß Sebastian senior gestorben war, ohne für den zweiten Sohn Vorsorge zu treffen, wie er es versprochen hatte. Hall riskierte es, alle drei Geburten im Rathaus zu Mount Kidron einzutragen. Er tat es für den Fall, daß es einmal notwendig werden sollte, die Geburten zu beurkunden und die Vaterschaft sowie den rechtmäßigen Erbschaftsanspruch der beiden andern Kinder zu begründen. Eine Woche später starb das zweite Kind an einer Lungenentzündung. Daraufhin zogen die Halls mit dem dritten Jungen nach Idaho. Sie sagten niemandem, wohin sie gingen.«

John stand auf und schenkte sich einen tüchtigen Schluck Whisky ein. Er leerte das Glas in einem Zug und machte keine Anstalten, sich wieder neben Rusty zu setzen, als habe er etwas von ihrer Reserve gespürt.

»So haben sie denn John im Westen großgezogen. Bis zu seinem vierzehnten Lebensjahr glaubte er, er sei ihr Sohn . . .«

»John?« sagte Ellery. »Warum nennst du ihn John?«

»Weil das sein Name ist — war. Bevor die Halls von Mount Kidron wegzogen, nannten sie die Drillinge nach Zahlen — eins, zwei, drei. Ich war die Eins; das Baby, das starb, die Zwei, und — der Bruder da oben die Drei. Als Zwei starb und sie Drei einen Namen zu geben hatten, fand Dr. Hall heraus, daß ich den Vornamen meines Vaters bekommen hatte. Er entschloß sich, meinen Bruder John III zu nennen.«

John trat vor den Kamin und starrte in die Flammen. »Im vergangenen September tauchte John III in meinem Apartment in Greenwich Village auf. Ich war völlig erschlagen. Ich hatte nie die geringste Ahnung, daß von mir noch ein Drillingsbruder existierte.«

Arthur Craig sagte schwach: »Das ist — das ist erstaunlich.«

»Du kannst dir vorstellen, wie mir war, Arthur. Seine geradezu unwahrscheinliche Ähnlichkeit mit mir bestätigte schon allein die Geschichte. Auch konnte er es schriftlich beweisen. Er hatte Papiere bei sich, unter anderem eidesstattliche Erklärungen, die eine von Dr. Hall, die andere von Mrs. Hall – aufgesetzt, bevor sie 1921 starb. Ich nahm John III mit offenen Armen auf.

Er erzählte mir die ganze Geschichte. Als er die Wahrheit über seine Herkunft erfahren hatte, lagen ihm die Halls ständig damit in den Ohren, er habe ein Anrecht auf das Vermögen meines Vaters und solle seinen Anteil fordern, sobald ich die Erbschaft angetreten habe. Er hatte ein hartes Leben zu führen, weil die Halls arm waren, mußte sich selber weiterbilden und wie ein Hund schuften, um einigermaßen über die Runden zu kommen. Ich versprach meinem Bruder, daß er selbstverständlich die Hälfte der Erbschaft bekommen werde.«

»Selbstverständlich, selbstverständlich«, seufzte Craig. »Aber warum hast du mir nichts von alledem gesagt, John?«

»Ich wollte es ja, Arthur. Aber dann überlegte ich mir, was für ein Heidenspaß es wäre, wenn mein Bruder und ich die Sache für einige Monate geheimhielten. Mich reizte der Gedanke, ihn am 6. Januar der ganzen Gesellschaft als Krone der Überraschungen vor die Nase springen zu lassen.«

John drehte sich wieder um. »Mein Bruder fand die Idee großartig. Wir gingen hin und kauften für ihn von jedem Kleidungsstück, das ich besitze, eine zweite Anfertigung. Ich brachte ihn mit jedem, den ich kenne, in Verbindung, hielt ihn in meiner New Yorker Wohnung versteckt. Abwechselnd nahm jeder von uns einmal des andern Stelle ein. Die Sache funktionierte wie Zauberei. Er vertrat mich sogar einmal bei einem Rendezvous mit dir, Rusty. Wir sagten uns, wenn wir dich zum besten halten können, wird es uns auch gelingen, alle andern zum Narren zu halten.«

»Wie recht du damit gehabt hast«, sagte Rusty kühl. »Und wie blind ich war ... Ich frage mich nur, an welchem Abend das gewesen ist.«

»Und ich?« fragte Craig. »Hast du mich auch zum Narren gehalten, John?«

»Natürlich, Arthur. Ich wollte auch dich überraschen. Ich weiß nicht, warum ihr mich so anstarrt«, fuhr John auf. »Nun ja, vielleicht klingt das alles jetzt recht kindisch, aber damals versprach es lustig zu werden. Ich brachte seine Garderobe hierher und schmuggelte ihn vor Weihnachten ins Haus ...«

»Und du begannst, deinen Spaß zu haben«, sagte Ellery. »Zum Beispiel die Nikolausmaskerade am Weihnachtsmorgen.«

John lächelte dünn. »Richtig, das war John III in einem Kostüm, das wir in New York gekauft hatten. Wir beabsichtigten damit, alle zu täuschen und die Gesellschaft in Aufregung zu versetzen. John III hielt sich die ganze Zeit hindurch in meinem Zimmer verborgen. Heimlich gab ich ihm zu essen, oder er plünderte spätnachts den Eisschrank. Wir schliefen in meinem übergroßen Bett und achteten streng darauf, daß jeder immer genauso angezogen war wie der andere und daß wir uns immer an verschiedenen Orten aufhielten.«

»Ähem, John«, räusperte sich Freeman. »Am Montag vor einer Woche hatte einer von Ihnen beiden im Wohnzimmer ein Gespräch mit mir, eine ziemlich persönliche Unterredung. Waren Sie das?«

John schüttelte den Kopf. »Es muß mein Bruder gewesen sein. Manchmal stach ihn der Hafer. Warum, Mr. Freeman? Worum ging es?«

Der Verleger murmelte: »Nichts, nichts Wichtiges, John.«

»John«, fragte Roland Payn, »am letzten Dienstag hatte ich, äh – eine ähnliche Unterredung in meinem Schlafzimmer mit ... War das ebenfalls Ihr Bruder?«

»Er muß es gewesen sein.«

»Und jenes Gezänk im Sommerhaus«, sagte Marius Carlo plötzlich. »Deswegen hast du – oder der andere – dich nachher nicht mehr daran erinnern können. Es war der andere!« Er leerte ein Glas Whisky mit Soda, ohne abzusetzen.

John grinste. »In die Geschichte waren wir zusammen verwickelt.«

»Und das Gespräch, das ich im Stall hatte ...« Val Warrens Nasenflügel zitterten. »Ich will nicht einmal erfahren, welcher von beiden das war. All diese abscheulichen Streiche!«

Rusty bemerkte: »Ich kann dir nur beipflichten, Val.«

»Zugegeben«, sagte John, »es war alles ein Fehler. Ich weiß es jetzt.«

»Und die nächtlichen Weihnachtspakete und Verse«, brummte Ellery. »War das auch ein Teil des kleinen Spiels, John?«

»Mein Gott, nein«, antwortete dieser gereizt. »Keiner von uns zweien hatte irgend etwas damit zu tun. Wir wälzten diese Frage Nacht für Nacht. Ich weiß immer noch nicht, was es zu bedeuten hat.«

»Außer daß Ihr Bruder das letzte Geschenk in den Rücken bekam«, sagte Leutnant Luria.

Alle zuckten zusammen. Sie hatten vergessen, daß Luria noch da war.

»Sie wissen nicht, wer ihn erstochen hat?«

»Nein, Leutnant. Ich wollte, ich wüßte es.«

»Dann erklären Sie mir mal das.« Luria trat einen Schritt vor. »Der alte Mann, der ebenfalls mit einem Messer im Rücken in der Bibliothek gefunden worden war – wer von Ihnen hat ihn ins Haus geschmuggelt? Sie oder Ihr Bruder?«

»Niemand!«

»Sie wissen nicht, wie er hier hereinkam?«

»Bestimmt nicht!«

»Sie wissen nicht einmal, wer es war?«

»Keinen Schimmer!«

»Vielleicht kann ich Ihnen helfen. Wir haben heute abend die Bestätigung erhalten. Wollen Sie den Namen des alten Mannes erfahren?«

John wurde rot im Gesicht. »Hören Sie zu, Leutnant, ich bin nicht aufgelegt für weitere Scherze! Wer war's?«

»Dr. Cornelius F. Hall.«

»Es war mein Bruder, der ihn hereingelassen haben muß«, flüsterte John. »Hier kannte niemand den Arzt. Und er hat mir nichts gesagt! Jetzt weiß ich, weshalb er so grün ausgesehen hat, nachdem ich ihn an meiner Stelle die Leiche des Unbekannten sehen ließ. Warum hat er mir nichts gesagt? Wahrscheinlich war er zu Tode erschrocken ...«

»Oder schuldig«, sagte Luria rauh. »Wenn niemand in diesem Haus den Doktor gekannt hat, dann hatte auch niemand einen Grund, ihn niederzustechen, nicht wahr? Das alles läuft darauf hinaus, daß Ihr Bruder Halls Mörder war. Was halten Sie davon?«

»Ich weiß es nicht«, sagte John benommen. »Mir erscheint das unwahrscheinlich. Welchen Grund könnte er gehabt haben? Er sprach immer mit größter Zuneigung von Dr. Hall.«

»Ja«, sagte Luria. »Es ist auch nicht ausgeschlossen, daß der alte Hall sich vom Anteil Ihres Bruders eine Scheibe abschneiden wollte und daß dieser ihn betrogen und umgebracht hat.«

»Ich weiß es nicht«, wiederholte John. »Das würde ein Ungeheuer aus ihm machen. Ich kann das nicht glauben.«

»Leutnant«, sagte Ellery.

»Ja, Queen?«

»Falls John III Dr. Hall tötete, wer ermordete dann John III?«

»Jetzt sind wir da«, sagte der Leutnant, »wo Sie mich haben wollten, Queen. Ich bin eben nur ein gewöhnlicher Polizist, der ein Irrenhaus zu begreifen versucht. Aber nichts reimt sich zusammen! Gar nichts!« Er wandte sich ab, um sich gleich wieder umzudrehen. »Und noch etwas, Sebastian. Sie sagten, Sie und Ihr Bruder hätten an dem Doppelspiel einen Heidenspaß gehabt. Aber dann wird auf einmal ein geheimnisvoller alter Kauz, den kein Mensch zu kennen scheint, auf dem Teppich der Bibliothek sozusagen tranchiert ... Und trotzdem haben

Sie Ihre Scherze weitergetrieben? Soll ich wirklich glauben, daß zwei unschuldige Männer dann nicht sogleich den Kindergartenplunder fallengelassen hätten?«

»Wir sprachen darüber«, sagte John, »aber mein Bruder meinte, wir sollten die Sache durchhalten, bis wir wüßten, was dahintersteckte ... Die nächtlichen Geschenke, der Mord ...«

»Ihr Bruder«, sagte Luria. »Komisch, jedesmal, wenn einer von Ihnen etwas Garstiges oder Verdächtiges tat, stellt sich heraus, daß es Ihr Bruder war.«

»Das nehme ich Ihnen übel, Luria!« schrie John. »Zuletzt werden Sie mich noch beschuldigen, meinen Bruder getötet zu haben!«

»Das ist gar kein so abwegiger Gedanke«, erwiderte Luria ungerührt. »Warum nicht? Sie konnten John III ebensogut etwas vorgespielt haben, als Sie merkten, daß er von dem Erbschaftskuchen auch etwas haben wollte. Sie haben ihn dann unter dem Vorwand dieses Doppelspiels hierhergelockt und umgebracht.«

»Warum sollte ich das tun?« brüllte John. »Hätte ich meinen Bruder umbringen wollen, so hätte ich ihm bloß in einer dunklen Gasse in New York aufzulauern oder ihn irgendwo von einem Dock ins Wasser zu stoßen brauchen, ohne ihn erst ins Haus zu bringen.«

»Nun, Leutnant, was sagen Sie dazu?« fragte Ellery freundlich.

Luria hob beide Hände.

»Tatsache ist«, fuhr John eifrig fort, »daß ich derjenige bin, an den diese Geschenke und Verse gerichtet waren ... Ich bin es, dem von Anfang an die Drohungen galten. Wer auch immer sich heute nacht in mein Zimmer geschlichen hat – er sah dort meinen Bruder sitzen, genauso gekleidet wie ich, und glaubte, den Dolch in *meinen* Rücken zu stoßen!«

Leutnant Luria war sichtlich überrumpelt.

Ellery sagte nachdenklich: »Das leuchtet mir ein, Leutnant. Ich glaube, John hat einen wichtigen Punkt getroffen, aber gleichzeitig auf eine seltsame Möglichkeit hingewiesen.«

»Welche?«

Ellery wandte sich an John Sebastian. »Du behauptest, John zu sein – der John, den Mr. Craig großgezogen hat, der John, den wir alle kennen, John I.«

»Und?«

»Und du sagst, der Tote in deinem Zimmer sei dein Drillingsbruder John III.«

»Na und?«

»Was ich gern wüßte,« fragte Ellery mit einem Anflug von Humor, »ist folgendes: Warum kann es nicht auch umgekehrt sein?«

John war überrascht. »Was?«

»Bis jetzt habe ich von dir nichts gesehen oder gehört, das bewiese, daß du John I bist. Daher frage ich dich: Wie können wir herausfinden, daß du nicht John III bist?«

Im ganzen Zimmer klappten Kinnladen herunter.

John keuchte: »Du bist nicht ganz bei Trost!«

»Das habe ich während dieses Falles oft gedacht«, nickte Ellery. »Nun siehst du, was du mit diesem Schabernack angerichtet hast.

Nämlich, falls du John III bist, dann hast du ein starkes Motiv gehabt, deinen Bruder umzubringen. Du hast uns selber gesagt, wie sich dein Bruder all die Jahre plagen mußte, weil er von den Unterstützungen deines Vaters ausgeschlossen war. Eine solche Erbitterung kann sehr wohl die Überzeugung genährt haben, daß nun der Zurückgewiesene an der Reihe war, die Erbschaft für sich allein in Anspruch zu nehmen. Und so hat John III John I ermordet – und erhebt hinterher den Anspruch, John I zu sein.«

Ellery fuhr mit einer gewissen Traurigkeit in der Stimme fort: »Kannst du uns irgend etwas beibringen, das alles, was ich soeben gesagt habe, als das Produkt eines Wirrkopfs widerlegt?«

## Sechzehntes Kapitel *... und danach*

**In dem es viel Lärm um nichts Unerhebliches gibt, die Liebesmüh verloren ist und in der Tragödie der Irrtümer alles schiefgeht**

John sprudelte heraus: »Natürlich kann ich's beweisen, daß ich John I bin!« Er sah sich um und hielt triumphierend die rechte Hand hoch. »Hier! Das ist der Beweis. Am Freitag habe ich mir das Handgelenk verrenkt, nicht wahr? Dr. Sam, nehmen Sie den Verband ab!«

Schweigend kam der Doktor der Aufforderung nach, während John wie ein beleidigtes Rennpferd Ellery anstarrte. Und da war es: ein jodbraunes, böse geschwollenes Handgelenk.

»Ist es das Gelenk, das Sie behandelt haben, Dr. Sam?« fragte John.

»Gewiß«, antwortete der Dicke und fügte hastig hinzu: »Ich glaube, es sieht so aus.«

»Ach Gott«, stöhnte John. »Schauen Sie doch genau hin. Ist das eine verrenkte Hand oder nicht?«

»Das will ich meinen . . .«

»Leutnant, sehen Sie sich doch mal die Hand meines Bruders an. Sie werden feststellen, daß der Verband eine Attrappe ist. Die rechte Hand ist völlig in Ordnung.«

»Das war eine Kleinigkeit, die ich mir aufgehoben habe«, murrte Luria. »Dr. Tennant hat den Verband bereits entfernt. Keine Spur von einer Verrenkung.«

»Da hast du's. Zufrieden?«

»Nein«, sagte Ellery. »Ich sage dir auch, warum. Du behauptest, John I zu sein – richtig?«

»Richtig.«

»Und du sagst, daß du der gewesen bist, der am Freitag ausritt, stürzte und sich dabei das Handgelenk verrenkte – richtig?«

»Jawohl.«

»Und nun zeigst du die verletzte Hand, indes die Hand deines Bruders unversehrt ist – immer noch richtig?«

»Absolut!«

»Schön, was hast du bewiesen? Siehst du nicht, daß es bei dieser Frage nicht darum geht, wer die Hand verletzte, sondern darum, ob derjenige, der sie verrenkte, John I oder John III war? Bis jetzt hast du nur bewiesen, daß du der Bruder gewesen bist, der vom Pferd stürzte.«

John setzte sich. »Fingerabdrücke. Fingerabdrücke lügen nicht! Dr. Sam, mein Bruder und ich würden doch nicht die gleichen Abdrücke haben?«

»Nein. Die Fingerabdrücke von Zwillingen oder Drillingen sind zwar ähnlich, aber es gibt schnell feststellbare Unterschiede.«

»Wohlan«, sagte John barsch. »Nehmt meine Abdrücke und die meines Bruders und . . .«

»Und was?« fragte Ellery bekümmert. »Sie vergleichen? Sehr gut. Sie werden deutliche Charakteristiken zeigen. Aber es bliebe die Frage: Welche Abdrücke gehören John I und welche John III?« Ellery seufzte. »Aber halt: Operationen! Bist du jemals operiert worden, John?«

»Nein.«

»Doch!« sagte Dr. Dark. »Ich habe John die Mandeln herausgenommen, als er fünf Jahre alt war. Leutnant, haben Sie etwas dagegen?«

»Nein«, sagte Luria müde.

Dr. Dark holte eine kleine Taschenlampe aus der Westentasche. »Mach den Mund auf und streck die Zunge heraus.« Erleichtert sagte er: »Keine Mandeln. Das ist unser John!«

»Gott sei Dank«, brummte Craig und wischte sich das Gesicht.

»Bis jetzt«, bemerkte Ellery.

»Was ist denn nun schon wieder!« schrie John.

»Leutnant, ist der Leichenbeschauer immer noch oben?«

»Er ist fertig, hat aber das Haus noch nicht verlassen.«

»Fragen Sie ihn, ob die Leiche noch die Mandeln hat.«

Luria war in drei Minuten zurück. »Ebenfalls keine Mandeln.«

Das allgemeine Nägelkauen begann von vorn.

»Leutnant, gibt es nach Dr. Tennants Aussagen irgendwelche Operationsnarben oder Geburtsmale am Körper des Toten?«

»Er konnte bei der oberflächlichen Untersuchung keine entdecken.«

»Hast du welche, John?«

»Nein, das Glück hab' ich nicht.«

Ellery dachte angestrengt nach. »Natürlich, die Zähne!«

»Keine Zahnarbeit«, sagte John. »Es sei denn, mein Bruder ...«

»Ebenfalls keine Zahnarbeit«, sagte der Leutnant. »Tennant hat die Zähne nachgesehen.«

»Und die Blutgruppe«, meinte Ellery, »ist natürlich auch identisch.«

»Ja.«

»Knochenbau und Schädelmaße?«

»So ähnlich, daß Sie noch immer nicht überzeugt sein können, welcher nun welcher ist«, sagte Dr. Dark.

Es entstand eine kurze Pause. Da meldete sich überraschenderweise Dan Z. Freeman zu Wort.

»Wenn ich einen Vorschlag machen darf: Nächst den Fingerabdrükken gibt es den eindeutigen Weg, identische Individuen an Hand der Handschrift zu unterscheiden. Alles, was John zu tun braucht ...«

»Ist, mit der verletzten Hand zu schreiben.« Ellery schüttelte den Kopf. »Ein Vergleich der Handschriften wird wenig zu einem befriedigenden Ergebnis beitragen, jedenfalls nicht für längere Zeit. Und ich verlange noch in dieser Nacht eine Entscheidung. Dafür gibt es viele Gründe. Der wichtigste heißt Rusty Brown.«

»Das ist es ja gerade, Ellery«, sagte sie. »So, wie ich mich jetzt fühle ...«

»Ja?« fuhr John sie an. »Wie fühlst du dich denn, Rusty? Ich vermute, daß du mir ebenfalls nicht glaubst!«

»Die Sebastians haben mich einmal erfolgreich zum Narren gehalten«, gab sie entrüstet zurück. »Ich glaube weder das eine noch das andere. Ich weiß es einfach nicht. Bis ich ...«

John zischte durch die Zähne: »Willst du sagen, daß du dich anders besonnen hast? Willst du die Hochzeit absagen?«

»Das habe ich nicht gesagt. Und ich werde diese Dinge auch nicht in einem Zimmer voller Menschen diskutieren. Jedenfalls bin ich ratlos. Laß mich allein!« Rusty brach in Tränen aus und rannte aus dem Zimmer.

»Laß sie allein!« kreischte Olivette Brown und rannte ihr nach.

»Du bleibst stehen!« schrie Valentina Warren und rannte hinterher.

Mr. Gardiner folgte ebenfalls, aber ohne ein Wort zu sagen.

Leutnant Luria sah die drei beim Vorbeirennen erschrocken an. Ellery klopfte ihm auf die Schulter. »Kühlen Sie sich ab, Leutnant. Sie müssen warten, bis die geschwollene Hand wieder in Ordnung ist.« Ellerys Blick streifte John, der sich kaltblütig einen Whisky einschenkte. »Es wird interessant sein zu sehen, wie schnell die Hand heilt, John. Falls du Nummer eins bist, wird es die bisher schnellste Heilung einer verrenkten Hand sein. Aber falls du John III bist, wäre ich nicht überrascht, wenn du plötzlich eine Reihe von Unfällen haben würdest, die jedesmal deine rechte Hand lähmen.«

»Du und ich«, sagte John, »sind miteinander fertig. Ich breche hiermit die diplomatischen Beziehungen ab.« Und er kippte sechs Unzen Whisky, ohne mit der Wimper zu zucken.

Ellery sah gelassen drein. »Dennoch wird sich früher oder später das Wirrwarr um die Identität der beiden Brüder lösen, Leutnant. Und dann . . .«

»Ich weiß«, sagte Luria, »dann fängt mein Elend erst an. Wissen Sie, wie ich über diesen ganzen Fall denke, Queen?«

Ellery sah zu Ellen hinüber, die steif wie eine Mumie in der Nähe ihres Onkels saß. »Können Sie es in Anwesenheit einer Dame sagen?«

Luria brüllte: »Gott verdammt, zum Teufel, nein!«, und stampfte davon.

Sie wurden weitere 36 Stunden im Haus zurückgehalten. Ununterbrochen wurden sie verhört. Aber am Ende mußte Luria sie doch gehen lassen.

Ellen sagte Ellery Lebewohl, als dieser mit leerem Herzen hinter dem Lenkrad des Duesenbergs saß. Er hatte ihr angeboten, sie zurück nach Wellesley zu bringen, aber sie hatte abgelehnt.

»Es tut mir leid, daß alles ins Wasser gefallen ist, Ellery«, sagte Ellen.

»Ich weiß schon, was du meinst.«

Daraufhin lächelte sie wie Mona Lisa und sagte: »Du weißt es?«

Ellery war halbwegs in Manhattan, bis er heraus hatte, was Ellen gemeint hatte.

Niemand brauchte zu warten, bis die Hand des überlebenden Bruders geheilt war, um dessen numerische Identität festzustellen. Das Dilemma wurde von zwei Friseuren gelöst, die zweitausend Meilen voneinander entfernt lebten. Der einäugige Barbier auf dem Universitätsgelände in Missoula im Staate Montana sprach mit Sachkenntnis über das Thema John III; und der schnauzbärtige Barbier, der in der MacDougal Street in Greenwich Village, New York, seinen Tonsur-Laden hatte, legte für John I Zeugnis ab.

Folgendes war passiert (Ellery las das alles in der Zeitung): Nach der überstürzten Abreise der rotgeweinten Rusty Brown hatte sich der lebende John auf sein Zimmer begeben (der Tote war inzwischen in die Leichenhalle gebracht worden). Dort hatte er einen ganzen Liter Maryland Panther Whisky in sich hineinlaufen lassen, der die Wirkung nicht verfehlte. Als er versuchte, den Neujahrserfolg der dreimotorigen Fokker in Cleveland zu verdoppeln, die für Reiseflugzeuge einen neuen Geschwindigkeitsrekord von 203 Meilen in der Stunde aufgestellt hatte, flog er unglücklicherweise die Treppe hinunter und landete Kopf voran auf dem Boden der Halle.

Sergeant Stanley Devoe und Mr. Arthur Craig leisteten Erste Hilfe. Dann wurde der Ikarus von Alderwood sofort ins Upper Westchester Hospital in Guildenstern gebracht, wo er bei der Ankunft eher wie ein frischgeschlachteter Stier (so Sergeant Devoes eigene Worte gegenüber Reportern) als ein Mensch aussah. Ursache der starken Blutung war eine klaffende Wunde in der Kopfhaut. Die diensthabende Schwester mußte um die Wunde herum die Haare rasieren. Um diese Zeit waren auch Dr. Dark und Leutnant Luria eingetroffen. Luria hörte die Schwester plötzlich sagen: »Oh, das wird er nicht gern haben, daß man jetzt sein häßliches Geburtsmal sieht!«

Der Rest ist Geschichte. Der Patient wurde, nachdem er das Bewußtsein wiedererlangt hatte, von Leutnant Luria auf das Geburtsmal angesprochen. Doch dieser schwor, es nie wahrgenommen zu haben, da er seiner Lebtage dickes Haar gehabt und sich auch sonst nie in narzistischer Verzückung im Spiegel betrachtet habe. Auch Dark und Craig wußten nichts von dem Mal. Leutnant Luria rief unverzüglich Dr. Tennant an und raste zur Leichenhalle. Tennant untersuchte die Kopfhaut des Toten und rief triumphierend: »Der hier hat keines!«

Das nächste Kapitel wurde von Faustino Quancchi geschrieben, den Leutnant Luria in einem Ausbruch von Begeisterung aufsuchte. Mr. Quancchi in Greenwich Village war seit 1925 der Barbier von John I. Ja, Quancchi hatte seit vier Jahren Mr. Sebastians Haar geschnitten, persönlich. Geburtsmal auf Kopf? Ja, Quancchi gesehen Geburtsmal schon beim ersten Haarschnitt. Wo auf Kopf? Hier? Wie aussehen? So groß? Diese Form? Er zeichnete sie mit Bleistift auf ein Journal.

Ergo, der lebende John war John I.

Erfolg machte Luria mißtrauisch. Er veranlaßte, daß in Idaho Erkundungen eingezogen wurden. Der Weg führte zum Westabhang der Kontinentalscheide, zur Montana State University in Missoula, wo John III vier Jahre seines Lebens verbracht hatte. Den Campus-Barbieren wurde ein Bild von John III aus dem Universitäts-Jahrbuch gezeigt. Der Barbier Clarence Rodney Pick, der sein linkes Auge verloren hatte, konnte sich noch gut an John III erinnern. Geburtsmal auf dem Kopf? Zum Teufel — nein. Jedenfalls hatte er nichts dergleichen gesehen; an dem jungen Bastard wäre ihm alles aufgefallen. Hahahahaha!

Ergo, der tote John war John III.

Nachdem die Hand des Überlebenden wieder in Ordnung war, bewies ein Vergleich der Handschriften über alle Zweifel, daß der lebende John, was seine Identität anlagte, die Wahrheit gesagt hatte.

Zu der Zeit erschien es als ein imposanter Sieg von Gesetz und Ordnung. Aber als die Begeisterung abkühlte, zeigte sich, daß allein John I einen Nutzen daraus zog. Es blieb das Rätsel, wer Dr. Hall erstochen und wer zehn Tage darauf den gleichen Undienst John III erwiesen hatte. Es gab einfach keine Anhaltspunkte.

Zur gehörigen Zeit kam John Sebastian in den Besitz der Erbschaft.

Traurig indes — was Ellery mit Anteilnahme verfolgte — war der Ausgang von John Sebastians Romanze mit Yolanda (Rusty) Brown. Miss Brown ging mit ihrer Mutter nach Kalifornien. Vor der Abreise hatte sie mit John eine kurze Unterredung hinter verschlossener Tür. Als sie herauskam, blaß, aber mit stolz erhobenem Kinn, fiel den Reportern auf, daß der diamantene Verlobungsring nicht mehr an ihrer linken Hand funkelte. Obwohl Miss Brown jeden Kommentar verweigerte (desgleichen Mr. Sebastian), machte die Presse eine freundliche Verbeugung und äußerte, das Paar sei nicht mehr verlobt.

Was den Doppelmord anging (es wurde ein Zusammenhang zwischen den beiden Morden in Craigs Haus vermutet), so ist er offiziell nie geklärt worden. Der Fall blieb offen, bis die Akten vergilbten.

Für den jungen Ellery Queen zählten die Folgen davon zu den düstersten Abschnitten seines Lebens.

Nicht einmal die väterliche Liebe des Inspektors durchdrang diese Finsternis. Tag und Nacht ging Ellery in seinem Zimmer auf und ab oder starrte gegen die Wände. Er aß kaum, magerte ab und kam sich verlassen vor.

Gelegentlich lichtete sich die Finsternis, und andere Fälle beanspruchten sein Interesse und seine Fähigkeiten. Er löste sie. Er schrieb seine Bücher und wurde sogar berühmt. Doch nie vergaß er, wie er bei seinem zweiten Fall versagt hatte.

## Drittes Buch

### Herausforderung an den Leser
### Bei der respektvoll um Aufmerksamkeit gebeten wird

Die gängige Mode in der Detektivliteratur ist darauf aus, den Leser in die Lage des Oberdetektivs zu versetzen ... An diesem Punkt – ist das Einschieben einer Herausforderung an den Leser (angemessen) ... Der aufmerksame Schüler von Kriminalgeschichten, der nunmehr im Besitz aller – Fakten ist, sollte in diesem Stadium der Geschichte einen endgültigen Schluß gezogen haben ... Die Lösung – oder hinreichend genug davon, um irrtumslos auf den schuldigen Charakter zeigen zu können – dürfte erreicht werden durch eine Reihe logischer Rückschlüsse und psychologischer Beobachtungen ...

Der Hut des Toten

## Siebzehntes Kapitel

*27 Jahre später: Sommer 1957*

In dem Mr. Queen von einem ernsten Heimwehanfall gepackt wird und fatalerweise versucht ist, die Vergangenheit wiederzuerwecken

Für New Yorker Verhältnisse war es ein vollendeter Sommertag: warm und trocken und brisenfrisch, mit Tauben, die vor dem Fenster flatterten. Ein paar Häuserblocks ostwärts winkte der Park.

Ellery hatte sich jetzt beinahe zwei Stunden lang an seiner schönen elektrischen Schreibmaschine abgeplagt, und alles, was er aufzuweisen hatte, war ein gelbes Blatt mit fünfeinhalb Zeilen unsterblicher Prosa.

Keine Energie, dachte er entmutigt. Gebt mir eine Harfe, und ich bin glücklich. Dreißig Romane unter meinem Gürtel – was will ich mit einunddreißig?

Alarmiert stellte er fest, daß er älter wurde.

In dem Augenblick läutete das Telefon.

»Ellery Queen!«

Es meldete sich eine tiefe vibrierende Männerstimme. »Mr. Queen, ich wette, Sie erraten nicht, wer hier spricht.«

Ellery seufzte. »Freund, ich wette nie. Wer ist dort?«

»Stanley Devoe«, sagte die Stimme. »Devoe, erinnern Sie sich?«

»Devoe, Devoe. Nein«, sagte Ellery. »Woher kenne ich Sie?«

»Von ganz früher. Vielleicht erinnern Sie sich an Sergeant Devoe?«

»Sergeant De . . . Sergeant Devoe!« schrie Ellery. »Hallo! Wie konnte ich Sie nur vergessen? Noch größer geworden?«

»Ja, einen Zoll.«

»Sergeant Devoe. Wie geht es Ihnen?«

»Es geht, es geht. Und Sie?«

»Danke, wie man's nimmt«, sagte Ellery düster. »Wie kommen Sie dazu, mich anzurufen, Sergeant?«

»Ich bin nicht mehr Sergeant, Mr. Queen.«

»Leutnant oder Captain?«

»Chef.«

»Chef! Gut. Chef wovon?«

»Der Polizei in Alderwood.«

»Alderwood!« Erinnerungen platzten auf wie Popcorn auf einem Bratrost. »Was ist denn aus Chef Brickell geworden?«

»Brickell?« Chef Devoe kicherte. »Bedeutet denn Zeit den Schriftstellern gar nichts? Der alte Brick starb 1937.«

Beiderseitiges Schweigen. Dann sagte Devoe: »Ich will Ihnen sagen, weshalb ich anrufe. Erinnern Sie sich noch an jene beiden Morde im alten Craigschen Haus?«

»Ja?« Ellerys Nasenflügel begannen zu zittern.

»Sie wissen, der Fall ist nie gelöst worden?«

»Ich weiß.«

»Nun, letzte Woche habe ich einen der Kellerräume im Polizeirevier ausgeräumt. Wir haben jetzt nämlich ein neues Gebäude. Jedenfalls stieß ich heute morgen auf einen Packkorb. Und was glauben Sie, was der für eine Bezeichnung trug? ›Der Fall Sebastian.‹«

»Schön.« Etwas in Ellerys tiefstem Innern wurde aufgewühlt, etwas Unangenehmes. »Wie kommt dieser Korb nach Alderwood? Es war doch eine Ermittlung der Bezirkspolizei?«

»Niemand weiß, wie er hierherkam. Ich hätte ihn beinahe verbrannt. Aber da fiel mir ein, daß Sie ihn vielleicht gern hätten.«

Ellery schwieg.

»Mr. Queen?«

»Ich glaube – ja«, sagte Ellery langsam. »Ist alles noch da? Die Weihnachtspakete, die Karten . . .«

»Die ganze Sammlung der verhexten Geschichte.« Devoe schien mit sich selber zufrieden. »Also gut, Mr. Queen, ich schicke es Ihnen per Bahnexpreß.«

»Nein, nein, Sie brauchen sich die Mühe nicht zu machen«, sagte Ellery schnell. »Ich könnte spazierenfahren und es mir selber abholen. Ja, ich glaube, das werde ich tun – noch heute. Ist Ihnen das recht, Chef?«

»Ist das Ihr Ernst? Meine ganze Abteilung ist aus dem Häuschen, nur weil sie weiß, daß ich mit Ihnen telefoniere.«

»Alle vier, he?« kicherte Ellery.

»Vier? Ich habe zweiunddreißig Mann.«

»Oh«, hauchte Ellery ergeben.

»Sie werden hier eine ganze Menge verändert finden, auch mich. Ich hab' ein bißchen Gewicht angesetzt . . .«

Chef Devoe wog dreihundert Pfund. Das Gesicht war alles andere als erkennbar.

»Etwas verändert, was, Mr. Queen?« sagte Devoe wehmütig.

»Haben wir das nicht alle?«

»Ich würde Sie überall wiedererkennen. Sie haben sich in Form gehalten.«

Aber nicht, wo es zählt, dachte Ellery ... Alles hatte sich verändert. Er hatte seinen schnittigen 57er Convertible in eine fremde Stadt gefahren, mit Parkuhren und hohen Geschäftshäusern.

Es war eine trostlose Erfahrung. Chef Devoe empfand ähnlich. Sie schwatzten eine Weile in seinem großen neuen Büro über seine Laufbahn als Polizist, über das Wachstum Alderwoods, über die Jugendkriminalität, über die radioaktive Strahlung, über den neuen Schnellweg, über den ersten Erdsatelliten, ja sogar über Leutnant Luria, der sich ein paar Jahre nach dem Sebastian-Fiasko vom Polizeidienst zurückgezogen hatte und irgendwo ins Versicherungsgeschäft eingestiegen war. Schließlich schlug Devoe vor, in den Keller zu gehen.

Da waren sie alle, die Zeugen seines jugendlichen Versagens, noch vollständig erhalten. Der kleine Ochse – das Haus – der Dolch ... Und auch der Stapel der weißen Karten. Und das kleine schwarze ...

Das schwarze Buch?

Das Tagebuch!

Ellery nahm es aus dem Korb. Es war staubbedeckt. Begierig schlug er es auf. Eine jugendliche Handschrift sprang ihm in die Augen. Seine eigene Handschrift, über ein Vierteljahrhundert alt. Leutnant Luria hatte aas Buch konfisziert und es ihm nie wieder zurückgegeben.

»Kann einer von Ihren Leuten das alles im Kofferraum meines Autos verstauen, Chef?«

»Sofort.«

»Ich kann Ihnen nicht sagen, was es mir bedeutet.«

»Schon recht, Mr. Queen. Ich verstehe.« Für einen Moment überkam Ellery das warme Gefühl, daß der Hüne ihn wirklich verstand.

Spontan fuhr er durch die unvertrauten Straßen zum alten Craigschen Anwesen. Aber das große Haus war verschwunden – verschwunden waren auch der Wald und der herrschaftliche Rasen. Auf dem Gelände breiteten sich Dutzende und aber Dutzende kleiner Bungalows aus, mit gelbem oder rotem oder purpurfarbenem Verputz, jedes mit einer kleinen Garage und einem briefmarkengroßen Rasenstück davor, einer Fernsehantenne auf dem Dach und einem kümmerlichen Baum auf dem Grundstück.

Ellery machte brüsk kehrt und fuhr, um Jahre gealtert, nach New York zurück.

Inspektor Queen fuhr aus tiefem Schlaf auf. Er wunderte sich, was ihn geweckt hatte. Verschlafen sah er auf die Leuchtziffern seiner Uhr. Zwanzig nach vier. Jemand hatte etwas gesagt ...

Jemand sagte noch immer etwas.

»Ich will verflucht sein. Ich will verflucht sein.«

Der alte Mann kroch aus dem Bett. Gähnend tastete er sich durch das Dunkel zu Ellerys Arbeitszimmer, wo noch Licht brannte.

»Hast du den Verstand verloren, mein Sohn?« Der Inspektor gähnte nochmals. »Bist du noch nicht im Bett gewesen?«

Ellery war in Socken, Hose und Hemd. Er saß wie ein Indianer am Lagerfeuer auf seinem Schreibtisch und starrte auf den Boden, wo er in einem Kreis den Inhalt des Alderwood-Korbes ausgebreitet hatte. Neben ihm auf der Tischplatte lag aufgeschlagen das schwarze Tagebuch.

»Dad, ich hab's!«

»Bist du nicht ein wenig zu alt, um Kaufladen zu spielen?« Sein Vater setzte sich aufs Sofa und griff nach einer Zigarette. »Was hast du?«

»Die Antwort auf das Sebastian-Rätsel.«

»Sebastian?« Der alte Mann blies den Rauch von sich und runzelte die Stirn. »Wer ist Sebastian?«

»Es ist lange her, Vater.« Ellery strahlte eine Aura von Frische aus, als käme er direkt von einem Bad im Bergsee.

»Du erinnerst dich«, sagte Ellery sanft, »Alderwood. Jener verseschmiedende Junge, der in Greenwich Village lebte. Das war 1929. Du und Velie stellten damals Nachforschungen für mich an . . .«

Der Inspektor schlug sich auf die Schenkel. »Natürlich! Sind das . . .?« Aufmerksam betrachtete er die Gegenstände. »Aber das ist finsterste Vergangenheit, Ellery. Wo hast du das ausgegraben?«

Ellery berichtete und nahm das schwarze Buch zur Hand. »Ich habe den größten Teil der Nacht damit zugebracht, mein Tagebuch wieder zu lesen. Du weißt, ich war damals ziemlich jung.«

»Ist das schlecht?«

»Das ist gut, aber es hat seine Nachteile. Ich muß unausstehlich gewesen sein. So hochnäsig.«

»Damals war auch ich ein gutes Stück jünger«, grinste der Inspektor. Er drückte die Zigarette aus und fragte: »Du hast den Fall gelöst? Nach all den Jahren?«

»Ja.« Ellery umfaßte mit den Armen die Knie und schaukelte vor- und rückwärts.

»Willst du es mir sagen?«

»Nein, Dad, du gehst jetzt wieder schlafen. Es tut mir leid, daß ich dich geweckt habe.«

»Willst du es mir wirklich nicht sagen?« wiederholte der alte Mann. Ellery sagte es ihm.

Diesmal war es der Inspektor, der ein über das andere Mal sagte: »Ich will verflucht sein. Ich will verflucht sein.«

## Achtzehntes Kapitel

## *Am folgenden Tage*

**In dem, so kurz wie möglich, einige lange Geschichten über Lebende und Tote enthüllt werden und Ellery eine weite Reise plant**

Im regelmäßigen Lauf der Beziehungen zwischen Autor und Verleger hatte Ellery beinahe drei Jahrzehnte lang Dan Z. Freeman hin und wieder besucht. Aber heute, als sich der Verleger zum Gruß vom Schreibtisch erhob, fiel Ellery auf, daß er Freeman überhaupt nie richtig gesehen hatte. Er sah nun einen älteren Mann mit einem dürftigen Kranz grauer Haare um den blanken Schädel. Die braunen Augen waren immer noch schön, aber sie lagen eingebettet in faltiges Fleisch wie alte Juwelen in einem Museumskissen.

»Nein, es handelt sich nicht um unser gemeinsames Interesse an Bestsellern, Dan«, sagte Ellery lächelnd. »Diesmal nicht. Es geht um eine bemerkenswerte Erfahrung, die ich gemacht habe. Erinnern Sie sich noch an unseren Aufenthalt in Arthur Craigs Haus über die Weihnachts- und Neujahrstage im Winter 1929/30?«

Der Verleger hielt inne. »Was, in aller Welt, bringt Sie darauf? Ich habe seit Jahren nicht mehr daran gedacht.«

»Ich auch nicht, wirklich«, sagte Ellery. »Aber gestern ist etwas passiert, das jene zwei Wochen zurückgerufen hat. Plötzlich packte mich die Neugierde über den Verbleib der Leute, die damals mit uns im Hause Craig waren. Haben Sie eine Ahnung, was aus ihnen geworden ist?«

Der Verleger sah ihn forschend an. Dann sprach er über eine Stunde lang.

John Sebastian hatte die Vereinigten Staaten verlassen. Der junge Millionär hatte in Südfrankreich, in der Nähe von Cannes, eine Villa gekauft und war seither nicht wieder zurückgekehrt. Nach anfänglichen exzessiven Eskapaden hatte er sich zu einem ruhigen Leben niedergelassen. Die meiste Zeit widmete er dem Dichten; durch Agenten in Paris, London und in New York hatte er auch eine Kunstsammlung aufgebaut. Soweit Freeman unterrichtet war, hatte John nie geheiratet.

»Ja, er veröffentlichte seine Gedichte«, sagte Freeman, »aber nicht durch mich, sondern in Paris. Drei oder vier schlanke Bände in Französisch.«

»Ellen Craig?«

»Ellen heiratete einen Diplomaten«, sagte Freeman. »Sie hat fünf Kinder, alle erwachsen. Zur Zeit lebt sie mit ihrem Gatten irgendwo in Afrika. Ich sah sie vor zwei Jahren. Sie ist sehr beleibt und verschwiegen.«

Das wäre einmal das, dachte Ellery. Er fragte nach Rusty Brown. Rusty hatte ihren Laden in der Madison Avenue während der Jahre der Wirtschaftskrise aufgegeben. Freeman war ihr Jahre später bei einem Besuch in Hollywood auf einer Party in Beverly Hills begegnet. Sie war eine erfolgreiche Innendekorateurin in Los Angeles geworden und hatte bereits vier Ehen hinter sich. Kinder hatte sie keine. Doch war Freeman aufgefallen, daß sie den Eindruck einer verzweifelt unglücklichen Frau gemacht hatte. Was aus ihrer Mutter geworden war, davon hatte Freeman keine Ahnung.

Auch der Referend Mr. Gardiner gehörte zu denen, über deren Verbleib der Verleger nichts wußte. »Er wird wohl kaum noch am Leben sein. Er wäre ja schon über die Hundert.«

Dr. Samson Dark war 1935 gestorben.

Roland Payn lebte auch nicht mehr. Er hatte in den späten dreißiger Jahren Selbstmord verübt, aus Gründen, die niemals bekannt wurden.

Valentina Warren hatte Marius Carlo geheiratet. Es war eine stürmische Ehe, und sie endete mit einem lärmigen Scheidungsprozeß. Keiner von beiden hatte sich wiederverheiratet, und keiner hatte beruflich etwas erreicht.

Unglaublicherweise war Arthur Craig noch am Leben.

»Aber er muß ja schon neunzig oder darüber sein«, protestierte Ellery.

»Er ist ein zäher alter Junge.«

Kurz bevor John Sebastian den Vereinigten Staaten den Rücken kehrte, hatte Craig seine Druckerei an das Haus Freeman verkauft. Gleichzeitig hatte er auch sein Anwesen in Alderwood veräußert und dem Osten den Rücken gekehrt. Er hatte sich in San Franzisko niedergelassen, wo er noch heute lebte. Freeman schrieb ihm gelegentlich oder schickte ihm Proben der alten Druckerei. Aber Craig antwortete nie.

»Er ist komisch geworden im Alter«, sagte der Verleger. »Er wohnt in einer erbärmlichen Hütte, kocht sich die Mahlzeiten selbst und kleidet sich wie ein Einsiedler, obwohl er aus seinen Verkäufen im Osten eine hübsche Summe kassiert haben muß. Er ist ein Geizhals geworden. Das letztemal, als ich Ellen sah, erzählte sie mir, er schreibe ihr regelmäßig Bettelbriefe. Sie will ihm seit Jahren Geld geschickt haben. Ich pflegte ihn zu besuchen, wenn mich Geschäfte nach San Franzisko führten. Aber das letztemal machte er mich dermaßen elend, daß ich die Besuche eingestellt habe.«

Ellery fragte jäh: »Dann haben Sie seine Adresse?«

»Natürlich. Schreiben tue ich ihm ja immer noch.«

»Darf ich sie haben?«

Freeman sah überrascht auf. Er sprach mit seiner Sekretärin, einen Augenblick später kam sie mit der Adresse.

»Wollen Sie ihm auch schreiben, Ellery?«

»Ich werde ihn besuchen.«

»Was führt Sie zu ihm?« rief Freeman.

»Ich schulde dem alten Gentleman eine Erklärung, die etwa seit 27 Jahren überfällig ist.« Ellery erhob sich. »Vielen Dank, Dan.«

Noch in der gleichen Nacht nahm er die Maschine nach San Franzisko.

## NEUNZEHNTES KAPITEL

### *Tags darauf ...*

In dem Mr. Queen, um seine Sache zu beweisen, mehr als 2500 Meilen über den Kontinent und mehr als 3000 Jahre durch die Geschichte reist

Arthur Craigs Haus war nicht weit vom Wasser: eine schäbige gelbbraune Holzhütte auf einer kleinen, mit Sträuchern bewachsenen Erhebung, eingequetscht zwischen zwei monströsen Lagerhäusern.

Vor dem Haus war eine kleine Veranda, die schon lange ihr Geländer verloren hatte. Und hier saß, sich in einem Schaukelstuhl sanft hin und her wiegend, eine Pfeife im Mund – Arthur Benjamin Craig.

Äußerlich war er kaum noch zu erkennen. Die hünenhafte Gestalt, wie Ellery sie in Erinnerung hatte, war in sich zusammengesunken. Die Hand, die nun nach der Hundepfeife griff, war eine runzlige Klaue. Das Gesicht war vogelähnlich, die Haut rauh, doch die lidlosen Augen spähten hell und munter. Der Schädel war ein polierter alter Knochen, der stattliche Bart verschwunden.

Auf den ersten Blick erschienen die Kleider des alten Mannes wie eine Lumpensammlung; doch bei näherem Hinsehen war es ein alter und mehrmals geflickter Anzug aus der Zeit der besten Jahre seines Lebens.

Ellery blieb vor der Veranda stehen.

»Mr. Craig?« sagte er.

Die hellen Augen musterten ihn gelassen von Kopf bis Fuß.

»Ich kenne Sie«, sagte Craig plötzlich. Ellery war erstaunt über die Qualität der Stimme. Sie war spröde, aber nicht greisenhaft.

»Sie haben mich also erkannt, Mr. Craig«, lächelte Ellery. »Aber es ist lange her.«

»Wann?« platzte die Frage heraus.

»Weihnachten 1929.«

Das Gesicht des Greises brach in zahllose Fältchen, er schlug sich auf die Schenkel und begann zu schwatzen.

»Sie sind Ellery Queen«, keuchte er und wischte sich die Augen.

»Erraten, Sir. Darf ich hinaufkommen?«

»Selbstverständlich!« Der Greis sprang von seinem Schaukelstuhl auf und wehrte Ellerys Proteste ab. »Nein, Sie setzen sich in den Stuhl. Ich werde mich auf der Kante der Veranda niederlassen. Sie haben den ganzen Weg gemacht, um den alten Craig zu sehen? Ich wußte, daß Sie mich eines Tages aufsuchen würden.«

»Ja, Mr. Craig. Warum wußten Sie das?«

»Weil Sie jene Aufgabe in Alderwood nie abgeschlossen haben«, murmelte er. »Sie sind wie ich: Sie hassen lumpige Arbeit.« Er nahm die Pfeife aus dem zahnlosen Mund und sah Ellery forschend ins Gesicht. »Mir scheint, es hat Sie einige Zeit gekostet, das Problem zu lösen.«

»Nun, ich habe nicht ständig daran gearbeitet«, grinste Ellery. »Aber gestern . . .«

Und so erzählte Ellery Arthur Craig, wie er auf den Fall zurückgekommen war.

»Da war nun alles auf dem Boden meines Arbeitszimmers ausgebreitet: die zwölf Karten und die zwanzig Geschenke.« Er zündete sich eine Zigarette an. »Wissen Sie, Mr. Craig, die Bedeutung der Geschenke hatte ich schon damals in Alderwood herausgefunden.«

»Tatsächlich?« der alte Mann schien überrascht.

»Aber lassen Sie uns bei Alpha und nicht bei Omega beginnen, nicht wahr, Mr. Craig?«

»Gut gesagt.« Der zahnlose Mund verzog sich zu einem Lächeln. »Schießen Sie los. Ich habe 27 Jahre darauf gewartet.«

Ellery grinste. »Lange Zeit verwickelte ich mich in Zahlenspekulationen. Die Zwölf bereitete mir viel Kopfzerbrechen. Ich war überzeugt, daß sie bedeutsam war. Natürlich war die Zwölf weiter nichts als ein Bückling.

Aber die Zwanzig war schon eine andere Fischsorte.« Ellery klopfte die Asche von der Zigarette. »Denn das war die Zahl der einzelnen Gegenstände. Sie hing mit einem konkreten Konzept zusammen, einer Sammlung von zwanzig Dingen: Ochse, Haus, Kamel, Peitsche. Aber: In welchem Zusammenhang erschienen zwanzig Dinge serienweise? Ich studierte die Gegenstände.

Ein Zufall brachte mich darauf. Als ich in jener Nacht, am 5. Januar, den Sonderdruck von Johns Gedichtband mit auf mein Zimmer nahm und beiläufig die Titelseite aufschlug, da fand ich den Schlüssel zu der Tür, hinter welcher sich die Antwort verbarg.«

»Welche Antwort?« begehrte der Greis zu wissen.

»Das Alphabet«, sagte Ellery.

»Das Alphabet.« Craig formte das Wort beinahe mit Liebe. »Wie fundamental.«

»Ja, das ist das richtige Wort, Mr. Craig«, sagte Ellery. »Das Alphabet, wie die alten Phönizier es uns überliefert haben, begann nämlich mit einer Sammlung von Bildern vertrauter Gegenstände, die die Lebensgrundlagen der Menschen des Altertums bildeten: Nahrung, Obdach, Fortbewegung, Teile des Körpers und so fort. Zwar hat unser Alphabet 26 Buchstaben. Aber es waren keine 26 im Jahre 1300 v. Chr., als das phönizische Alphabet sich erst entwickelte. Damals bestand es aus 22 ›Bildern‹, davon sind uns zwanzig überliefert worden, die übrigen sechs stammen aus späteren Quellen.

War es das phönizische Alphabet, mit dem ich zum Narren gehalten wurde? Mit großer Wahrscheinlichkeit war dem so. Der Ochse — oder genauer, der Kopf des Ochsen — war das fundamentale Nahrungsobjekt, das die Phönizier zum ersten Buchstaben ihres Alphabets wählten, *alef* oder A. Das zweite Geschenk war ein Haus; Haus — *beth*, was B bedeutet. Das dritte Geschenk war ein Kamel — und das phönizische Kamel, *gimel* oder *gamel*, wurde unser Buchstabe C. D kommt von Tür, E von Fenster, F von Haken oder Nagel. Es gab kein G als einzelnen Buchstaben bis ins dritte Jahrhundert v. Chr. Bis dahin diente das C als G-Laut. Unser H stammt von dem phönizischen *cheth*, was Zaun bedeutet — und es war ein Zaun, den John gleich auf den Nagel erhielt. I — Hand; J, das eine römische Dehnung des I war, um ihm die Bedeutung eines Konsonanten anstatt eines Vokals zu geben, war bis zum 16. Jahrhundert kein einzelner Buchstabe, deshalb bekam John auch keinen J-Gegenstand; K — Handfläche; L — Peitsche; M — Wasser; N — Fisch; O — Auge; P — Mund; Q — Affe; R — Kopf; S — Zahn; T — Zeichen oder Kreuz; U, V und W kamen später; X — Pfahl; Y haben wir von den Griechen und schließlich Z – grimmig genug – stammt von *zayin*, was Dolch bedeutet – der ›letzte Streich‹, der dem Leben von Johns Bruder ein Ende setzte.«

»Ja?« brummte der alte Mann. »Und was sagte Ihnen das alles?«

»Daß das Gehirn, das den ganzen makabren Plunder ausgeheckt hatte, über praktische Kenntnisse vom Ursprung des Alphabets verfügen mußte«, sagte Ellery. »Andere Fakten ließen darauf schließen, daß der Absender der Pakete unter den Leuten im Haus zu suchen war. Und was waren sie? Ein dilettierender Dichter, eine Schmuck- und Textilzeichnerin, eine Jüngerin des Okkulten, ein Pfarrer, eine Schauspielerin, ein Musiker, ein junges Collegemädchen – und ein Buchverleger und ein Drucker ... Mrs. Janssen, Mabel und Felton habe ich ausgelassen, weil die nicht ernsthaft in Frage kamen.

Es war sogleich klar, daß die Wahl nur zwischen Mr. Freeman und Ihnen lag. Und das war nicht einmal eine wirkliche Wahl. Ein Verleger ist redaktionell und kommerziell mit der Sprache verbunden, ein Drukker dagegen technisch. Und Sie waren nicht bloß Drucker, Sie waren zugleich Buchkünstler mit einer umfassenden Kenntnis der Typographie und der typographischen Kunst. Für mich gab es keine Zweifel, daß das phönizische Alphabet als Fundament der Geschenkserie mit dem Finger auf Sie zeigte, Mr. Craig – auf Sie als den, der die Pakete geschickt und den Mord an John geplant hatte.«

»Ich verstehe«, sagte der Greis nachdenklich. »Und das haben Sie nicht geglaubt?«

»Nein, und zwar deshalb nicht, weil ich ebenso überzeugt war, daß kein Mensch eine Reihe solch kunstvoller Hinweise austüfteln würde, die am Ende ihn selber als den Schurken entlarvten. Falls jemand Sie unschuldig in Verdacht bringen wollte, war ich nicht bereit, das Spiel des Verleumders mitzumachen.

Die große Frage«, sagte Ellery, »die mich damals und zeitweise auch während der letzten siebenundzwanzig Jahre bedrängte, lautete: Wer war der Verleumder?«

Der alte Mann schielte durch den Tabakrauch zu Ellery hin. »Und jetzt wissen Sie es, he?«

Ellery nickte.

»Und jetzt weiß ich es.«

## Zwanzigstes Kapitel

### *... fortgesetzt und abgeschlossen*

In dem Mr. Queen sich zur Torheit seiner Jugend bekennt und ungeachtet der Verspätung die Geschichte der zwölf Rauhnächte zu Ende bringt

»Ich weiß es auf Grund von drei Hinweisen«, fuhr Ellery fort, »die ich in jener Nacht des Dreikönigsfestes zu durchdenken versäumt hatte.

Da waren einmal die Zeichnungen, die auf der Rückseite von vier der zwölf Karten erschienen waren. Ihr beiläufiger Charakter deutete mehr auf ein unwillkürliches denn willkürliches Muster, so, als habe der Reimeschmied, vielleicht in Gedanken versunken, mit dem Bleistift gespielt.

Wenn dem so war, konnten die Bilder einen Fingerzeig geben auf das Unterbewußtsein des Zeichners, im Gegensatz zu den anderen Schöpfungen seines Bewußtseins. Unglücklicherweise sagten die Zeichnungen mir nichts.«

Der alte Mann hörte aufmerksam zu, beinahe kritisch.

»Ja, ja?« sagte er. »Fahren Sie fort, Mr. Queen.«

Ellery holte ein Blatt Papier aus der Tasche hervor und entfaltete es. »Das habe ich von den Karten kopiert, Mr. Craig. Vielleicht frischt es Ihre Erinnerungen auf. Sehen Sie es sich genau an.«

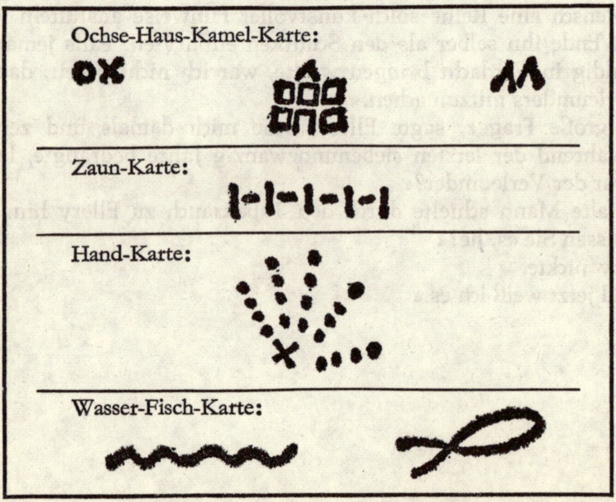

Der Greis starrte verwundert auf die Zeichnungen.

»Unglaublich«, rief er. »Es fällt mir erst jetzt auf.«

»Ja, das Unterbewußtsein ist tückisch«, nickte Ellery. »Die Hand, die diese Bilder zeichnete, hat bewußt, wenn auch tändelnd, den Gegenstand gezeichnet, den das Paket enthielt, aber in einer unbewußten Manier, so daß sie sich gehenließ. Daß es unbewußt geschah, dafür spricht die Tatsache, daß der Zeichner die markierten Karten durchgehen ließ.

Und was war die unbewußte Manier, die zu erkennen ich über siebenundzwanzig Jahre benötigte?« sagte Ellery. »Daß nämlich jeder Teil dieser Zichnungen – jeder Kreis, jedes Quadrat, jede Linie, jeder Punkt und jedes Kreuz – mit einem bestimmten Zeichensystem identisch ist, das in einer speziellen Phase der englischen redaktionellen und drucktechnischen Arbeit verwendet wird: Korrekturlesen.«

Der alte Mann war fasziniert.

»Das war Nummer eins.« Ellery zündete sich eine weitere Zigarette an. »Nummer zwei war nicht weniger interessant.

»Sie erinnern sich, daß in den Versen alle Schlüsselworte gesperrt geschrieben waren – zum Beispiel das Wort H a u s. In der ersten Nacht sagte ich mir, daß damit offensichtlich beabsichtigt war, Nachdruck auf dieses Wort zu legen. Aber ich vermochte damals nicht zu erkennen, daß diese Methode wiederum ein unbewußtes Sichgehenlassen des Verfassers war.

Denn was würde der Laie tun, um ein maschinengeschriebenes Wort hervorzuheben? Er würde es unterstreichen oder in Großbuchstaben schreiben.«

»Richtig«, murmelte Craig.

»Aber in der letzten Nacht fand ich noch einen dritten Hinweis, und der setzte dem Topf den Deckel auf.

Erinnern Sie sich, daß es in der letzten Verszeile der letzten Karte hieß: ›Diesen Gnadenstoß, der dein Leben beendet‹?

Der ›Gnadenstoß‹ – ursprünglich abgeleitet von der antiken ionischen Stadt Kolophon, deren berühmte Kavallerietruppen einer Schlacht den ›Gnadenstoß‹ zu geben pflegten – ist die Definition der modernen Bibliographen für das Wort ›Kolophon‹, das, was ich Ihnen kaum zu sagen brauche, Sir, eine Eintragung am Ende jedes Buches ist, mit der Angabe über Verfasser, Illustrator, Druckort und Druckjahr.«

Ellery schnellte seine Zigarette weg. »Und da war es«, sagte er. »Wer in der ganzen Gesellschaft hatte solch genaue Kenntnisse von den Zeichen des Korrekturlesens, daß er sie unbewußt anwenden würde? Mr. Craig, Sie haben jene Karten getippt und die Geschenke zusammengestellt. Sie haben den Dolch in den Rücken des jungen

Mannes gestoßen, von dem Sie glaubten, er sei Ihr John. Sie haben sich selbst als Strohmann für das Verbrechen hingestellt.«

»Sie sind klug, sehr klug«, keuchte der alte Mann.

»Sie waren weitaus klüger, Mr. Craig. Zweifellos haben Sie mein erstes Buch gelesen und John über mich ausgequetscht. Dann haben Sie den Plan entworfen. Sie offerierten mir das Augenfällige, wohl wissend, daß ich es zurückweisen werde. Es war ein meisterhafter Doppelbluff. Ich kann Ihnen bloß meine verspätete Bewunderung entgegenbringen.

Auch hatten Sie ein schwerwiegendes Motiv, John vor dem 6. Januar 1930 zu töten. Denn nach dem Letzten Willen seines Vaters wären Sie, falls John vor seinem fünfundzwanzigsten Geburtstag sterben sollte, der Erbe des Vermögens geworden.«

Eine Spur von Bitterkeit war in der Stimme des Greises. »Aber weshalb sollte ich, ein wohlhabender Mann, damals ein Interesse daran gehabt haben, das Sebastiansche Vermögen an mich zu reißen? Bin ich Ihnen so habgierig erschienen?«

»Nein, Mr. Craig«, sagte Ellery, »aber zwei Monate vor Weihnachten 1929, Ende Oktober, kam es zum größten Börsenkrach in der Geschichte. Das muß Sie wie Hunderte und Tausende anderer ebenfalls getroffen haben. Sie waren fünfundzwanzig Jahre lang der legale Verwalter des fremden Vermögens gewesen. Ich vermute, daß es in der Hauptsache dessen Grundkapital war, das Sie unbesonnenerweise in riskanten Spekulationen verloren haben. Ein Vorgehen übrigens, das Sie ins Gefängnis hätte bringen können. Um das zu verschleiern, wollten Sie John beseitigen, bevor er die Erbschaft antrat und dahinterkam. Der andere Weg wäre gewesen, John zu gestehen, daß er nur noch wenig oder überhaupt nichts mehr zu erben hatte, und sich auf diese Weise seiner Gnade oder Ungnade auszuliefern. Ich glaube aber, daß Sie gute Gründe hatten, an Johns Entgegenkommen zu zweifeln. Und um dem Gefängnis zu entgehen, waren Sie bereit, ein Verbrechen zu verüben.«

»Ja«, murmelte der alte Mann, »und alles ist schiefgegangen. Ich brachte den Falschen um.« Seine Stimme war nur noch ein Flüstern.

»Deshalb haben Sie nach der Tat«, erklärte Ellery, »alles liquidiert, was Ihnen persönlich gehörte: die Druckerei, das Haus, die Geschäftsanteile. Es gelang Ihnen so, genug zusammenzubringen, um John den Gegenwert des Sebastianschen Vermögens zu geben, ohne daß jemand ahnte, daß das Ihr eigener Besitz war.«

»Ja, das hat mich auch restlos ruiniert«, sagte der Greis. »Wenn es Ellen nicht gäbe mit ihren Zuschüssen, wäre ich schon lange vor die Hunde gegangen.«

Sein Kopf sank auf die Brust.

»Mr. Craig, Sie haben doch auch Dr. Hall getötet, nicht wahr?«

Er sah auf.

»Was? Oh, Hall. Ja, das war ich auch.«

»Ich muß gestehen, nie herausgefunden zu haben, weshalb Sie ihn umbrachten.«

»Das war ein Durcheinander, ein böses Durcheinander. Es war der andere John — John III —, der ihn ins Haus geschmuggelt hatte, ohne daß ich davon wußte. Ich sah ihn an jenem Tag zum erstenmal in der Bibliothek, wo er auf mich gewartet hatte. Er erzählte mir, daß er der Arzt sei, der Johns Mutter entbunden hatte. Den Drillingsbruder erwähnte er mit keinem Wort. Er hatte mir nachgeschnüffelt und herausbekommen, daß Johns Erbschaft während des Börsenkrachs verlorengegangen war. Er drohte mir, mich bloßzustellen und ins Gefängnis zu bringen, falls ich den Verlust nicht wiedergutmache. Da ich den Plan, John zu töten, bereits gefaßt hatte, beschloß ich, auch Hall umzubringen, damit er mir nicht alles verderbe. Nachher tilgte ich alle Spuren, die Hinweise auf seine Identität hätten geben können.«

Sein Kopf sank wieder auf die Brust. »Nun wissen Sie alles, Mr. Queen. Was haben Sie jetzt mit mir vor?«

»Ich weiß es nicht«, sagte Ellery. Er sah den alten Mann an. »Diese Verbrechen sind vor siebenundzwanzig Jahren verübt worden. Meine Lösung des Falles mag, wie Sie gesagt haben, klug sein, aber vom Standpunkt des Gesetzes aus ist sie nutzlos. Es gibt keine Beweise für ein Verfahren, die eine Verhaftung und einen Prozeß rechtfertigten. Und selbst wenn es sie gäbe . . . Wie alt sind Sie?«

»Ich werde zweiundneunzig.«

»Zweiundneunzig.« Ellery erhob sich. »Ich denke, Mr. Craig, ich sage Ihnen Lebewohl.«

»Warten Sie noch einen Moment«, bat Arthur B. Craig.

»Ja?«

»Vor etwa einer Stunde sagten Sie mir, wie Sie darauf kamen, was die zwanzig Gegenstände, die an John gerichtet waren, bedeuteten. Sie sagten, Sie hätten auf der Titelseite des Gedichtbandes, den ich für John gedruckt hatte, etwas entdeckt, das Sie darauf brachte, daß die zwanzig einzelnen Geschenke für das Alphabet standen. Was war es, Mr. Queen?«

»Nun, der Name Ihrer Druckerei, den Sie, wie ich annehme, aus Ihren Initialen zusammengesetzt haben«, sagte Ellery. »Die ABC Presse.«



»Ja ... Dr. Hall. Ja, der ... er ist tot ...«



Ellery Queen

# Das ägyptische Kreuz

Detektivroman

Übersetzt von Luise Däbritz

## 1. Weihnachten in Arroyo

Wieso Ellery Queen an einem späten Dezembertag um zwei Uhr mittags in der grauen Kälte dieses Zipfels von West-Virginia neben einem mitgenommenen Sportwagen stand, bedarf der Erklärung. Viele Faktoren mußten zusammentreffen, um diese Situation herbeizuführen. Einer davon war eine berufliche Exkursion von Inspektor Queen, Ellerys Vater, nach Chicago.

Als der Inspektor von seinem Hotel zum Chicagoer Polizeihauptquartier eilte, erfuhr Ellery, der ihn begleitete, von dem seltsamen Verbrechen in Arroyo – dem Verbrechen, das die *United Press* pikanterweise als den »T-Mord« bezeichnete. Der Zeitungsbericht enthielt so viele Einzelheiten, die Ellery reizten – zum Beispiel die Tatsache, daß Andrew Van an einem Weihnachtsmorgen enthauptet und gekreuzigt wurde –, daß er seinen Vater bestimmte, die rauchige Chicagoer Konferenz zu schwänzen, und den alten Sportwagen ostwärts lenkte.

Sie hatten Arroyo passiert, ehe sie es überhaupt bemerkten: eine winzige Ortschaft von vielleicht zweihundert Seelen. Und dann – die Kreuzung.

Der Wegweiser mit seinen Querbalken an der Spitze war bereits aus einiger Entfernung als klare Silhouette sichtbar, da hier der Weg von Arroyo endete und im rechten Winkel auf die Straße Cumberland–Pughtown stieß. Der Wegweiser, an dem Andrew Van, der exzentrische Schulmeister von Arroyo, gekreuzigt worden war.

Der ehemals weiße Wegweiser war beschmiert mit verkrustetem Dreck. Er wirkte wie ein gewaltiges T, stellte Ellery, der in einiger Entfernung stehengeblieben war, fest. Er begriff nun, warum der *U.P.*-Journalist das Verbrechen den »T-Mord« getauft hatte: einmal der Wegweiser in Form eines T, dann die T-förmige Straßenkreuzung, an deren Kopf der Wegweiser stand, und schließlich das grauenhafte, mit Blut an die Haustür des Toten geschmierte T, an dem Ellery vorbeigekommen war.

Ellery seufzte und nahm seinen Hut ab. Er vergegenwärtigte sich lebhaft einen Zeitungsartikel über die Entdeckung der Leiche:

»Wir erhielten heute die Nachricht von der erschreckendsten Weihnachtsgeschichte des Jahres. Am frühen Weihnachtsmorgen wurde die geköpfte Leiche Andrew Vans, 46jähriger Schulmeister in Arroyo, West-Virginia, an dem Wegweiser einer einsamen Straßenkreuzung, unweit des Ortes, gekreuzigt aufgefunden.

Die nach oben gekehrten Handteller des Opfers waren mit zehn Zentimeter langen Nägeln an die wetterzerfurchten Arme des Wegweisers gespießt. Zwei weitere Nägel durchbohrten die Fußgelenke, welche am unteren Pfahlende dicht nebeneinander standen. Unter die Achselhöhlen waren ebenfalls zwei Nägel getrieben, die das Gewicht des Toten, dessen Kopf abgehackt worden war, dergestalt trugen, daß die Leiche ganz deutlich einem großen T glich.

Der Wegweiser stellt ein T dar. Die Straßenkreuzung formt ein T. An die Tür von Vans Haus, nicht weit von der Straßenkreuzung entfernt, hat der Mörder mit dem Blut seines Opfers ein T geschmiert. Und an dem Wegweiser ein menschliches T, entsprungen der Wahnvorstellung eines Irren . . .

Warum zu Weihnachten? Warum hat der Mörder sein Opfer hundert Meter vom Haus zu dem Wegweiser geschleift, um dort die Leiche zu kreuzigen? Was bedeuten die T?

Die örtliche Polizei ist ratlos. Van war ein exzentrischer, aber ruhiger und gutartiger Mensch. Er besaß keine Feinde – allerdings auch keine Freunde. Sein einziger Vertrauter war ein einfältiger Mensch namens Kling, der als sein Hausangestellter fungierte. Kling wird vermißt, und Staatsanwalt Crumit scheint es auf Grund noch nicht veröffentlichten Beweismaterials für möglich zu halten, daß Kling ebenfalls ein Opfer des blutrünstigen Verbrechers geworden ist . . .«

In dieser Tonart ging es weiter.

Ellery ließ seine scharfen Augen über die grausigen Reste schweifen.

An beiden Armen, fast an den Enden des Querbalkens, waren Löcher ins Holz gerissen, da, wo die Polizei die Nägel herausgezogen hatte. Um jedes Loch schlangen sich unregelmäßige Flecken von rostigbrauner Farbe. Kleine braune Bäche rannen von den Löchern herab, wo aus Andrew Vans verstümmelten Händen das Blut getropft hatte. Dort, wo die Querbalken aus dem Pfosten hervortraten, befanden sich zwei Löcher ohne blutige Umrandung; die hier entfernten Nägel hatten die Achselhöhlen der Leiche gestützt.

Ellery kehrte nachdenklich zum Wagen zurück.

Arroyo war eine verschlafene kleine Siedlung, eine Handvoll zusammengedrängter Anwesen. Das Holzgebäude, vor dem der Wagen hielt, wirkte wie eines der rasch aus dem Boden gestampften Häuser des alten Westens. Daneben war ein Kramladen mit einer altersschwachen Benzinpumpe und einer kleinen Garage. Das Fachwerkhaus zierte ein stolzes, handgemaltes Schild:

GEMEINDEHAUS ARROYO

Sie fanden den Mann, den sie suchten, im hintersten Winkel des Hauses, fest schlafend an seinem Schreibtisch und verborgen hinter einer Tür, auf der er als KONSTABLER bezeichnet wurde. Er war ein dicker, rotbackiger Mann mit gelben Zähnen.

Der Inspektor schnaubte, worauf der Konstabler seine schweren Lider hob.

»Konstabler«, sagte Ellery bedeutungsvoll, »ich möchte Sie mit Inspektor Richard Queen, Chef der Mordkommission im Polizeibezirk New York, bekannt machen. Erzählen Sie uns alles, Konstabler.«

»Da ist nichts zu erzählen. Ein Haufen Leute aus Chicago und Pittsburg haben hier herumgeschnüffelt. Ich hab' die Nase voll.«

»Wer hat die Leiche gefunden?«

»Der alte Pete. Kennen Se nich'. Hat 'ne Hütte oben in den Bergen.«

»Ja, ich weiß. War nicht auch irgendein Bauer beteiligt?«

»Mike Orkins. Hat ein paar Äcker nach Pughtown zu. Orkins muß wohl in seinem Ford nach Arroyo gefahren sein. War am Freitagmorgen – Weihnachtsmorgen, ziemlich früh. Pete hatte sich auch nach Arroyo aufgemacht – kommt manchmal von den Bergen herunter. Orkins nahm Pete mit. Na ja, Sir, sie kamen an die Kreuzung, wo Orkins nach Arroyo einbiegen mußte, und da war sie dann. An dem Wegweiser. Hing so steif wie 'n Kalb im Schlachthaus – Andrew Vans Leiche, mein' ich.«

»Die beiden haben die Leiche natürlich nicht berührt?« fragte Ellery.

Konstabler Luden schüttelte nachdenklich sein graues Haupt. »Die nich! Die fuhren nach Arroyo herein, als wär' der Teufel hinter ihnen her, und trommelten mich aus dem Bett.«

»Ich nehme an, daß Sie und Mr. Hollis sofort zu der Straßenkreuzung hinausgingen?«

»Ja. Matt – unser Bürgermeister – Matt und ich, wir holten uns vier von den Burschen und fuhren raus. Ziemliche Schweinerei war das – Van, meine ich.« Der Konstabler schüttelte den Kopf. »So was hab' ich mein Lebtag noch nich' gesehen. Dazu noch zu Weihnachten. Gotteslästerung nenn' ich das. Wo Van auch noch 'n Atheist war.«

»Beachtlich«, sagte Ellery, sich zu seinem Vater wendend. »Wirklich beachtlich, Vater. Es wirkt tatsächlich wie das Werk eines religiös Wahnsinnigen.«

»Ja, das sagen alle«, meinte Konstabler Luden.

»Ich nehme an, daß niemand aus dem Ort verdächtigt wird«, meinte Ellery mit Stirnrunzeln.

»So verrückt ist hier keiner, Mister. Ich sage Ihnen – es ist jemand aus Vans Vergangenheit.«

»Haben sich in letzter Zeit Fremde im Dorf aufgehalten?«

»Nich' einer ... Also, Matt und ich und die Burschen haben die Leiche identifiziert. Und auf dem Weg zurück ins Dorf haben wir bei Vans Haus haltgemacht –«

»Ja«, sagte Ellery wißbegierig, »und was fanden Sie dort?«

»Die Hölle war los«, sagte der Konstabler Luden und kaute wild auf seinem Gummi. »Spuren von einem Kampf, alle Stühle umgeschmissen, überall Blut, das große T aus Blut an der Haustür, über das die Zeitungen so ein Geschrei gemacht haben, und der arme alte Kling fort.«

»Aha, der Angestellte«, sagte der Inspektor. »Einfach fort, was? Fersengeld gegeben, wie?«

»Tja«, antwortete der Konstabler, seinen Kopf kratzend, »ich weiß nich' genau. Der Coroner hat mir die Sache aus den Händen genommen. Ich weiß, sie suchen nach Kling. Und ich glaube«, – er kniff langsam ein Auge zu –, »ich glaube, auch noch nach jemand anderem. Aber ich will nix gesagt haben«, fügte er hastig hinzu.

»Hat man bereits eine Spur von Kling?« fragte Ellery.

»Nich' daß ich wüßte. Großalarm ist gegeben. Die Leiche ist nach der Kreisstadt gebracht, nach Weirton – elf, zwölf Meilen von hier. Der Coroner hat auch Vans Haus versiegelt. Die Staatspolizei hat die Sache übernommen und der Distriktstaatsanwalt.«

»Der Kopf war abgehauen«, murmelte Ellery. »Seltsam. Mit einer Axt, nehme ich an?«

»Ja, wir haben die Axt im Haus gefunden. Gehörte Van. Keine Fingerabdrücke.«

»Und der Kopf selbst?«

Konstabler Luden schüttelte den Kopf. »Keine Spur davon. Nehme an, der verrückte Mörder hat ihn als eine Art Andenken mitgenommen.«

## 2. Neujahr in Weirton

Es war ein Dienstag. Ellery hatte bis Samstag, dem Tag nach Neujahr, Zeit, so viele Informationen wie möglich aus dem Distriktstaatsanwalt herauszuholen. Staatsanwalt Crumit war ein sturer alter Mann voll verschlagenem Ehrgeiz und mit einer übertriebenen Meinung von seiner eigenen Wichtigkeit. Ellery gelangte bis zur Tür seines Vorzimmers, und kein Bitten oder Schmeicheln brachte ihn auch nur einen Schritt weiter.

Am Mittwoch machte er den Versuch, Stapleton, den Distrikt-Coroner, zu sehen. Stapleton war ein fetter junger Mann. Doch auch er war vorsichtig, und Ellery erfuhr nichts von ihm, was er nicht schon wußte.

So opferte er die restlichen drei Tage, um möglichst viel über Andrew Van, das Opfer, herauszubekommen. Es war unglaublich, wie wenig man über den Mann wußte. Die wenigsten hatten ihn lebend gekannt; er war ein zurückhaltender Mann mit einsiedlerischen Neigungen gewesen, der Weirton selten besucht hatte. Man erzählte, die Einwohner von Arroyo hätten ihn für einen mustergültigen Lehrer gehalten: freundlich und doch seinen Schülern gegenüber nicht zu milde. Seine Dienste waren zufriedenstellend gewesen. Wenn er auch nicht zur Kirche ging, so war er Abstinenzler gewesen, was seine Position in der gottesfürchtigen Gemeinde gefestigt zu haben schien.

Das Grafschaftsgericht, in dem am Samstagmorgen die Untersuchung des Coroners stattfand, war lange vor der festgesetzten Stunde bis an die Türen überfüllt. Als Coroner Stapleton einige Minuten vor neun erschien, zog Ellery ihn beiseite, wies ein vom Polizeikommissar von New York unterzeichnetes Telegramm vor und verschaffte sich Eintritt in den Vorraum, in dem Andrew Vans Leiche ausgestellt lag. Der Anblick war Übelkeit erregend, und Ellery warf das Laken schnell zurück.

Auf einem Tisch daneben lagen männliche Kleidungsstücke: ein einfacher, dunkelgrauer Anzug, schwarze Schuhe, ein Hemd, Socken, Unterwäsche – alle steif von getrocknetem Blut.

Stapleton wandte sich ab, um einen großen, verbissen wirkenden, alten Mann vorzustellen, der soeben eingetreten war und Ellery mißtrauisch anstarrte. »Mr. Queen – Distriktstaatsanwalt Crumit.«

»Wer?« sagte Crumit scharf.

Ellery lächelte, nickte und kehrte in das Untersuchungszimmer zurück.

Fünf Minuten später klopfte Coroner Stapleton mit dem Hammer und rief nach den Eröffnungsformalitäten Michael Orkins in den Zeugenstand. »Erzählen Sie uns, wie Sie die Leiche gefunden haben.«

Der Farmer leckte seine Lippen. »Ja, Sir. Kam nach Arroyo letzten Freitagmorgen, in meinem Ford. Gerad' bevor ich an die Abzweigung nach Arroyo kam, sah ich Pete von oben in den Bergen die Straße längskommen. Hab' ihn mitgenommen. Wir kommen zu der Kreuzung von der Straße und – und da hängt die Leiche am Wegweiser. War angenagelt an Händen und Füßen.« Orkins Stimme brach. »Wir – wir fuhren wie die Verrückten in den Ort.«

»Sie haben die Leiche nicht berührt?«

»Nein, Sir! Wir sind nich' mal aus dem Wagen gestiegen.«

»Gut, Mr. Orkins. Jetzt der alte Pete.«

Im Hintergrund des Raumes erhob sich eine seltsame Gestalt. Es war die eines aufrechten alten Mannes mit buschigem, grauem Bart und überhängenden Augenbrauen. Er war in Lumpen gekleidet. Er schlurfte den Gang entlang, zögerte, wackelte mit dem Kopf und setzte sich in den Zeugenstuhl.

»Wie ist Ihr voller Name?«

Der alte Pete schüttelte den Kopf. »Hab' keinen Namen«, erklärte er. »Der alte Pete, das bin ich. Tot, das bin ich. Schon zwanzig Jahre tot.«

Es herrschte betretenes Schweigen, und Stapleton blickte erschreckt um sich. Ein schlanker, drahtig wirkender Mann mittleren Alters, der nahe dem Coroner saß, erhob sich. »Das geht in Ordnung, Sir. Pete ist seit Jahren so – seit er damals in den Bergen plötzlich auftauchte. Er hat irgendwo oberhalb von Arroyo eine Hütte und erscheint alle paar Monate mal. Ein paar Fallen zu stellen, nehme ich an. Ein ordentlicher Mensch, Sir.«

»Ich verstehe. Danke sehr, Mr. Hollis.«

Bürgermeister Hollis und Konstabler Luden wiederholten ihre Berichte, wie sie von Orkins und Pete aus dem Bett geholt wurden, wie sie zum Kreuzweg gingen, die Leiche identifizierten, die Nägel entfernten, die Leiche aufluden, an Vans Haus hielten, dort die Verwüstung und das blutige T an der Tür erblickten ...

Ein dicker, robuster alter Deutscher wurde aufgerufen: »Luther Bernheim.«

»Sie besitzen den Laden von Arroyo?«

»Ja, Sir.«

»Kannten Sie Andrew Van?«

»Ja, Sir. Er kaufte in meinem Geschäft ein.«

»Wie lange waren Sie mit ihm bekannt?«

»Viele Jahre. Er war ein guter Kunde. Er bezahlte immer in bar.«

»Besorgte er seine Lebensmittel selber?«

»Manchmal, meistens tat das Kling, sein Hausangestellter. Aber er kam immer selber, um die Rechnung zu bezahlen.«

»Würden Sie ihn als einen ungewöhnlichen Menschen bezeichnen?«

»O ja. Er bestellte zum Beispiel immer Kaviar. Alle Sorten – Beluga, roten, aber meistens den schwarzen, die beste Sorte.«

Ellery Queen seufzte. Ein Schulmeister in einem Dorf von zweihundert Seelen, der sich Kaviar bestellte!

Die hohe, schmale Gestalt von Distriktstaatsanwalt Crumit stakste zum Zeugenstand.

»Herr Distriktstaatsanwalt«, sagte Coroner Stapleton und beugte sich gespannt vor, »haben Sie Nachforschungen über das Vorleben des Verstorbenen angestellt?«

»Ja.« Der Staatsanwalt ergriff die Lehne des Zeugenstuhls. »Andrew Van erschien vor neun Jahren in Arroyo, in Beantwortung einer Anzeige, in welcher ein Dorfschullehrer gesucht wurde. Er übte seine Lehrpflichten zur Zufriedenheit aus. Seine Führung während seines Aufenthaltes in Arroyo war über jeden Vorwurf erhaben.« Crumit machte eine eindrucksvolle Pause. »Meine Beamten haben sich bemüht, seine Spur vor seinem Erscheinen in Arroyo zu verfolgen. Wir haben festgestellt, daß er Volksschullehrer in Pittsburg war, bevor er nach Arroyo kam.«

»Und davor?«

»Keine Spur. Doch war er naturalisierter Bürger der Vereinigten Staaten. Seine in Pittsburg ausgefüllten Papiere geben seine Nationalität, bevor er naturalisiert wurde, als armenisch an.«

Armenisch! dachte Ellery, sein Kinn streichend. Seltsame Gedanken durchzogen sein Hirn, die er ungeduldig verscheuchte.

»Sie haben ebensolche Nachforschungen nach Kling, Vans Hausangestelltem, angestellt, Staatsanwalt?«

»Ja. Er war ein vom St.-Vinzent-Waisenhaus in Pittsburg aufgezogenes Findelkind und wurde bei seiner Großjährigkeit vom Waisenhaus als Mann-für-alles angestellt. Als Andrew Van die Volksschule von Pittsburg verließ, um die Stellung in Arroyo anzunehmen, besuchte er das Waisenhaus mit der Absicht, einen Mann zu engagieren. Kling schien seinen Wünschen zu entsprechen.«

Ellery überlegte, welche Motive einen Mann veranlassen konnten, eine Stellung in einer Großstadt wie Pittsburg aufzugeben, um eine gleiche in einem Nest wie Arroyo anzunehmen. Ein Strafregister, der Wunsch, sich vor der Polizei zu verstecken? Unwahrscheinlich; Verborgenheit findet man in den Großstädten, nicht in Dörfern. Nein, es mußte tiefer und versteckter liegen.

»Was für ein Mensch war Kling?« fragte Coroner Stapleton.

Der Staatsanwalt blickte gelangweilt. »Das Waisenhaus bezeichnete ihn als geistig zurückgeblieben. Ein Schwachsinniger, aber harmlos. Bekannt für seine Körperkräfte.«

»Bürgermeister Hollis, bitte, treten Sie nochmals in den Zeugenstand.«

Matt Hollis verbeugte sich. Ein öliger Bursche, dachte Ellery.

»Erzählen Sie dem Gericht, was Sie über Andrew Van wissen.«

»Wir waren immer zufrieden. Gab sich mit niemandem ab. Eben ein Studierter. Hielt sich außerhalb der Schulstunden ganz für sich in dem feinen Haus, das ich ihm gemietet hatte. Manche hielten ihn für hochnäsig, manche für einen Zugereisten, der nicht zu uns gehört, aber ich nicht.« Der Bürgermeister faßte sich. »Lediglich zurückhaltend, das is' alles.«

»Hatte er, soweit Sie wissen, jemals Besucher?«

»Nein. Natürlich kann ich das nich' mit Sicherheit sagen. Seltener Knabe, trotz allem«, fuhr der Bürgermeister nachdenklich fort. »Ein paarmal, als ich geschäftlich nach Pittsburg mußte, bat er mich, ihm Bücher mitzubringen – komische Bücher waren das, hochgestochenes Zeug. Philosophie, Geschichte, über Sterne und so'n Kram.«

»Sehr interessant, Mr. Hollis. Sie sind auch Leiter der Bank von Arroyo, nicht wahr?«

»Ja, so ist es.« Aus dem Ausdruck des Bürgermeisters schloß Ellery, daß dieser einfach alle Posten in Arroyo innehatte.

»Besaß Andrew Van ein Guthaben auf Ihrer Bank?«

»Das hatte er nicht. Er holte sein Gehalt regelmäßig in bar ab, aber ich glaub nich', daß er es irgendwo anders deponierte, weil ich ihn ein paarmal gefragt habe – Sie wissen, Geschäft ist nun mal Geschäft –, und er sagte, er behielte sein Geld im Hause.« Bürgermeister Hollis zuckte die Schultern.

»War dies in Arroyo allgemein bekannt?«

Hollis zögerte. »Hm – ja, möglich, daß ich es mal erwähnt habe. Ich glaube, fast jeder im Ort wußte, daß der Lehrer 'n bißchen komisch war.«

Der Bürgermeister wurde aus dem Zeugenstand geschickt und Konstabler Luden wieder aufgerufen. Der Konstabler näherte sich steif.

»Konstabler, Sie haben Andrew Vans Haus am Freitagmorgen, den fünfundzwanzigsten Dezember, durchsucht?«

»Sehr richtig.«

»Haben Sie Geld gefunden?«

»Nein.«

Alles schnappte nach Luft. Raub! Ellery runzelte die Stirn. Er konnte sich keinen Vers darauf machen. Zuerst ein Verbrechen mit allen Anzeichen religiösen Wahnsinns, dann Raub. Das paßte nicht zusammen. Er beugte sich vor. Ein Mann brachte etwas an den Zeugentisch. Es war eine billige, zerbeulte, grüne Blechkassette. Ihr Griff war verdreht, und das schwächliche Schloß wackelte. Der Coroner nahm sie dem Gehilfen ab, öffnete sie und drehte sie um. Sie war leer.

»Konstabler, erkennen Sie diese grüne Kassette?«

Luden zog die Nase hoch. »Das kann ich wohl behaupten«,

sagte er in seinem rostigen Baß. »Habe sie genauso in Vans Haus gefunden. Das is' seine Kasse.«

Der Coroner hielt sie den ländlichen Geschworenen hin, die sich den Hals verrenkten. »Das Geschworenengericht wird gebeten, dieses Beweisstück zu betrachten. – In Ordnung, Konstabler. Der Posthalter von Arroyo wird gebeten, den Zeugenstand einzunehmen.«

Ein verschrumpeltes, altes Männchen hopste auf den Zeugenstuhl.

»Erhielt Andrew Van viel Post?«

»Nichts«, kreischte der Postmeister. »Außer Reklame fast nichts.«

»Bekam er in der Woche vor seinem Tode irgendeinen Brief oder ein Päckchen?«

»Nichts!«

»Verschickte er oft Briefe?«

»Nichts. Ab und zu mal einen während der letzten Monate.«

Dr. Strang, der Gerichtsarzt, wurde aufgerufen. Bei Nennung seines Namens begannen die Zuschauer aufgeregt zu flüstern.

Als er Platz genommen hatte, fragte der Coroner: »Doktor Strang, wann haben Sie die Leiche erstmals untersucht?«

»Zwei Stunden, nachdem sie gefunden wurde.«

»Können Sie dem Gericht die ungefähre Zeit des Todes angeben?«

»Ich würde sagen, daß der Mann schon sechs bis acht Stunden tot war, als man ihn an der Straßenkreuzung fand.«

»Das würde den Mord ungefähr auf Mitternacht am Heiligen Abend festlegen?«

»Sehr richtig.« Dr. Strang schlug die Beine übereinander und fuhr gelangweilt fort: »Keine anderen Merkmale am Körper als die offene Wunde am Hals, da, wo der Kopf abgetrennt worden war, und die Löcher der Nägel an Händen und Füßen.«

»Welche Schlüsse ziehen Sie aus dieser Tatsache?«

»Daß der Tote wahrscheinlich auf den Kopf geschlagen oder in den Kopf geschossen wurde, da sich an seinem Körper keine Zeichen von Gewaltanwendung befanden.«

Der Coroner ergriff einen Gegenstand vor sich auf dem Tisch und hob ihn hoch. Es war eine langstielige Axt, deren Blatt dort, wo kein Blut klebte, blitzte. »Doktor Strang, glauben Sie, daß diese Waffe dazu gedient haben könnte, den Kopf vom Körper abzutrennen?«

»Ja.«

Der Coroner wandte sich an die Geschworenen. »Dieser Gegenstand fand sich in der Küche von Vans Haus, wo der Mord verübt wurde. Ich möchte Ihre Aufmerksamkeit darauf lenken, meine Herren, daß sich an der Waffe keinerlei Fingerabdrücke befinden, was beweist, daß der Mörder entweder Handschuhe trug oder die Axt nach Gebrauch von Abdrücken reinigte. Diese Axt gehörte dem Verstorbenen. – Das ist alles, Doktor Strang. Colonel Pickett, bitte.«

Der Chef von West-Virginias Staatspolizei folgte dem Aufruf. »Trotz gründlicher Nachforschungen in der Umgebung von Arroyo«, sagte er mit knatternder Maschinengewehrstimme, »tauchte der Kopf des Ermordeten nicht auf. Es fand sich auch keine Spur des vermißten Hausangestellten Kling, nach dem noch gefahndet wird.«

»Was haben Sie sonst herausgefunden?«

»Andrew Van wurde zuletzt am Donnerstag, den vierundzwanzigsten Dezember, um vier Uhr nachmittags gesehen. Er suchte das Haus von Mrs. Rebecca Traub, einer Einwohnerin von Arroyo auf, um dieser mitzuteilen, daß ihr Sohn William in seinen Leistungen nachließ. Dann ging er fort, und soviel wir wissen, hat ihn niemand mehr lebendig gesehen.«

»Und Kling?«

»Kling wurde zuletzt von Timothy Traynor, einem Bauern, wohnhaft zwischen Arroyo und Pughtown, am selben Nachmittag kurz nach vier Uhr gesehen. Er kaufte dort einen Sack Kartoffeln, zahlte dafür in bar und schleppte ihn auf seinen Schultern fort.«

»Wurde der Sack Kartoffeln in Vans Anwesen gefunden?«

»Ja, unberührt und von Traynor als derjenige identifiziert, der nachmittags bei ihm gekauft wurde.«

»Haben Sie sonst noch etwas mitzuteilen?«

Colonel Pickett sah sich um, ehe er antwortete. »Das habe ich in der Tat!«

Im Raum wurde es mucksmäuschenstill. Ellery lächelte matt; die Eröffnung nahte. Pickett winkte gelassen jemandem am Ende des Raumes zu.

Ein großer Polizeibeamter erschien, ein seltsames Individuum am Arm haltend: einen kleinen, alten Mann mit ungekämmtem, langem braunem Haar und einem zottigen braunen Bart. Er hatte kleine glitzernde Augen, die Augen eines Fanatikers. Seine Haut besaß die Farbe schmutziger Bronze, faltig und von Sonne und Wind gegerbt, als habe er sein Leben im Freien verbracht. Er war – Ellerys Augen verengten sich – mit von Dreck verkrusteten Khakishorts und einem alten grauen Rollkragenpullover bekleidet. An seinen nackten braunen, von Schmutzadern überzogenen Füßen trug er ein seltsames Paar Sandalen. Und in der Hand hielt er einen merkwürdigen Gegenstand – eine Art Zauberstab, gekrönt von einer Schlange in primitiver Darstellung.

Hinter dem Polizisten und seinem grotesken Gefangenen schlurfte ein blasser junger Mann in ölbeschmiertem Overall.

Die drei schritten durch die Schranke und setzten sich.

»Caspar Croker in den Zeugenstand!«

Der blasse junge Mann im öligen Overall schluckte, erhob sich und trat in den Stand.

»Sie betreiben eine Garage und Tankstelle an der Hauptstraße von Weirton?« fragte der Coroner. »Teilen Sie dem Gericht mit, was sich um elf Uhr nachts am Heiligen Abend ereignete.«

Croker holte tief Atem und sagte: »Ich halte meine Garage am Heiligen Abend geschlossen – wollte feiern. Ich wohne in einem Haus direkt hinter meiner Garage. Um elf Uhr nachts, als ich mit meiner Frau im Vorderraum saß, hörte ich draußen irgendwo ein wahnsinniges Stampfen und Schlagen. Weil es mir schien, als käme es von meiner Garage, rannte ich hinaus. Es war stockfinster.« Er schluckte aufs neue und kam dann auf das Wesentliche. »Also, es war ein Mann, der gegen meine Garagentür schlug. Als er mich sah . . .«

»Einen Augenblick, Mr. Croker. Wie war er angezogen?«

Der Garagenmann zuckte die Schultern. »Es war dunkel, und ich konnte nichts sehen.«

»Haben Sie einen Blick auf das Gesicht des Mannes geworfen?«

»Ja, Sir. Er stand unter meinem Nachtlicht. Eingepackt war er, bei der Kälte, aber mir kam's vor, als wollte er nicht erkannt werden. Auf jeden Fall hab' ich gesehen, daß er glattrasiert war, dunkel und so ein bißchen fremdländisch, wenn er auch gutes, echtes Amerikanisch sprach.«

»Für wie alt würden Sie ihn schätzen?«

»Oh, Mitte Dreißig, vielleicht etwas mehr, vielleicht etwas weniger. Schwer zu sagen.«

»Was wollte er?«

»Er wollte einen Wagen mieten, um nach Arroyo zu fahren. Um elf Uhr nachts am Heiligen Abend, und meine Frau war ganz allein und so. Aber er zog seine Brieftasche raus und sagte: ›Ich gebe Ihnen zehn Dollar, wenn Sie mich rüberfahren.‹ Nun, Sir, das ist viel Geld für einen armen Mann wie mich.«

»Sie fuhren ihn?«

»Ja, Sir, das habe ich getan. Ich fragte ihn, wohin er in Arroyo wollte, und er sagte: ›Gibt es da nicht eine Stelle, wo die Straße von Arroyo auf die Straße Cumberland–Pughtown stößt?‹ Ich sagte, ja, die gäbe es. Er sagte: ›Gut, dahin will ich.‹ Ich fuhr ihn bis dorthin, er stieg aus, gab mir den Zehner, und ich machte, daß ich nach Hause kam.«

»Haben Sie beobachtet, was er tat, als Sie ihn verließen?«

Croker nickte heftig. »Ich habe über meine Schulter geguckt. Er schlug die Richtung nach Arroyo ein, zu Fuß. Er hinkte ziemlich stark, Sir.«

»Auf welchem Bein, Mr. Croker?«

»Tja, er schonte sozusagen das linke. Legte alles Gewicht auf das rechte.«

»War dies das letzte, was Sie von ihm sahen?«

»Ja, Sir. Und das erste. Hatte ihn bis zu dieser Nacht nie vorher gesehen.«

»Das ist alles.«

Croker verließ erleichtert den Zeugenstand und eilte der Tür zu.

»Und jetzt«, sagte Coroner Stapleton, den braunbärtigen kleinen Mann, der sich in seinem Stuhl verkroch, fixierend. »Sie da! Treten Sie in den Stand. Wie heißen Sie?«

Nun, da die ganze verrückte Erscheinung des Mannes für alle voll sichtbar war, brachen die Zuschauer in Lachen aus. Es dauerte lange, bis die Ordnung wiederhergestellt war, während sich der Zeuge hin und her wiegte und vor sich hin brabbelte. Ellery hatte den Eindruck, als bete der Mann zu der hölzernen Schlange an der Spitze des Zauberstabes.

Stapleton wiederholte nervös seine Frage. Der Mann streckte den Stab von sich, warf seine mageren Schultern zurück, als verleihe ihm diese Haltung Kraft und Würde, blickte Stapleton direkt in die Augen und sagte in einer klaren und schrillen Stimme: »Ich bin der, den man Harakht nennt, der Gott der Mittagssonne. Ra-Harakht, der Falke.«

Verdutztes Schweigen.

»Wer?«

Der Mann, der sich Harakht nannte, verschränkte, den Zauberstab fest an sich pressend, die Arme vor seiner dürren Brust und geruhte nicht, zu antworten.

Stapleton wischte sich die Wangen und fragte zögernd: »Ähh – was sind Sie von Beruf, Mr. – Mr. Harakht?«

Harakht sagte ernst und streng: »Ich bin der Helfer der Schwachen. Ich mache kranke Leiber gesund und stark. Ich bin der, der Manzet befiehlt, der Barke des Morgenrots. Ich bin der, der auf Mesenktet segelt, der Barke der Dämmerung. Manche nennen mich Horus, den Gott des Horizontes. Ich bin der Sohn von Nut, Göttin des Himmels, Gemahlin des Queb, Mutter von Isis und Osiris. Ich bin der höchste Gott von Mephis. Ich bin eins mit Aton . . .«

»Halt!« schrie der Coroner. »Colonel Pickett, um Himmels willen, was soll das? Ich dachte, der Verrückte hätte dem Gericht eine wichtige Aussage zu machen. Ich . . .«

Der Chef der Staatspolizei erhob sich hastig.

»Entschuldigen Sie«, sagte er rasch, »ich hätte Sie warnen müssen. Der Mann ist nicht ganz klar. Er leitet so eine Art von Medizin-Schau – verrückte Sache, alles mit Sonnen und Sternen, Monden, komischen Zeichen und ägyptischen Pharaonen bemalt. Er ist harmlos. Reist mit einem alten Pferd und Wagen herum, wie ein Zigeuner von Stadt zu Stadt; dabei predigt er und verkauft ein Haarwuchsmittel . . .«

»Es ist das Elixier der Jugend«, sagte Harakht ernsthaft. »Sonnenlicht in der Flasche.«

»Es ist ganz einfacher Lebertran, soviel ich weiß«, erklärte Colonel Pickett grinsend. »Niemand kennt seinen wirklichen Namen, ich nehme an, er hat ihn selbst vergessen.«

»Danke sehr, Colonel«, sagte der Coroner.

Ellery fuhr auf seinem harten Stuhl zusammen, bis ins Innerste durch eine plötzliche Entdeckung erregt. Er hatte das primitiv geschnitzte Emblem in des Verrückten Hand erkannt. Es war der Uräus, das Schlangenzepter der höchsten altägyptischen Gottheit und ihrer gotterwählten Könige. Einige der Namen, die der kleine Irre hatte fallenlassen, waren ihm vertraut gewesen: Isis, Osiris, Horus, Nut . . . Ellery richtete sich auf.

»Äh – Harakht oder wie Sie sich nennen«, sagte der Coroner, »haben Sie die Aussage von Caspar Croker bezüglich eines dunklen, glattrasierten, hinkenden Mannes gehört?«

In die Augen des Bärtigen trat ein Schimmer von Vernunft und damit auch verborgene Angst. »Der – der Hinkende?« stammelte er. »Ja.«

»Kennen Sie jemanden dieser Beschreibung?«

Zögern. Dann: »Ja. Er ist mein Priester.«

»Priester?«

»Mein Jünger, mein Priester. Der Hohepriester von Horus.«

»Ja, ja«, sagte Stapleton hastig. »Wie heißt er?«

»Velja Krosac.«

»Wo ist Krosac?«

Harakht zuckte die Schultern. »Fortgegangen.« Doch Ellery bemerkte das Aufzucken von Angst in den hellen, kleinen Augen.

»Wann?«

Er zuckte abermals die Schultern.

Colonel Pickett sprang noch einmal in die Bresche. »Vielleicht besser, wenn ich es erzähle, Mr. Stapleton, und den Gang der Untersuchung vorwärtsbringe. Soweit wir herausfinden konnten, war Krosac seit ein paar Jahren mit diesem Mann hier zusammen. Mysteriöser Bursche. Arbeitete als eine Art Geschäftsführer und Reklameagent und ließ Harakht den Hokuspokus machen. Harakht hatte ihn irgendwo im Westen aufgelesen. Das letztemal war Krosac am Heiligen Abend mit Harakht zusammen. Sie hatten in der Nähe von Holliday's Cove Station gemacht (ein paar Meilen von Weirton entfernt. Ellery entsann sich eines Wegweisers). Krosac ging gegen zehn Uhr fort, und das ist das letzte, was er hier von ihm gesehen hat. Die Zeit würde passen.«

»Harakht«, sagte der Coroner, »sind Sie jemals in Arroyo gewesen?«

»Arroyo? Nein!«

»So weit nach Norden sind sie nie gekommen«, erklärte der Colonel.

»Was wissen Sie über Krosac?«

»Ein wahrer Gläubiger«, stellte Harakht bedächtig fest. »Er

dient voller Ehrfurcht am Altar. Er hat teil an Kuphi und vernimmt die heiligen Schriften im echten Geist. Er ist der Stolz und die Glorie ...«

»Schon gut«, sagte der Coroner seufzend. »Abführen.«

Ellery stimmte in den Seufzer ein. Sein Vater hatte recht gehabt. Es sah so aus, als sei es höchste Zeit für ihn, nach New York zurückzufahren. Die ganze Angelegenheit war so wahnsinnig, die Sachlage so unbegreiflich, so im Widerspruch zu aller Logik, daß sie einer Farce glich. Und dennoch – da war dieser grausig entstellte Körper, gekreuzigt ...

*Gekreuzigt!* Er fuhr mit einem hörbaren Atemzug zusammen. Kreuzigung – altes Ägypten. Wo hatte er schon von dieser seltsamen Tatsache gehört?

Die Untersuchung machte rasche Fortschritte. Ellery wurde sich seiner Umgebung erst wieder bewußt, als sich Coroner Stapleton erhob. »Meine Herren Geschworenen«, sagte der Coroner, »Sie haben den Verlauf der Untersu–...«

Ellery sprang auf. »Einen Augenblick, Mr. Stapleton«, sagte er. »Bevor Sie sich an die Geschworenen wenden. Ich habe da eine Sache, die mir für die Untersuchung von Wichtigkeit zu sein scheint.«

»Was?« rief Staatsanwalt Crumit, von seinem Sitz aufspringend. »Ein neuer Tatbestand?«

»Kein neuer Tatbestand, Herr Staatsanwalt«, erwiderte Ellery lächelnd. »Ein sehr alter. Älter als die christliche Religion. Ich beziehe mich auf die Tatsache, daß der Mörder vorsätzlich den Schauplatz des Verbrechens mit dem Buchstaben oder dem Symbol T kennzeichnete. Die T-Form der Kreuzung. Die T-Form des Wegweisers. Die T-Form der Leiche. Das T, das mit Blut an die Tür des Opfers geschmiert wurde.«

»Ja«, unterbrach Staatsanwalt Crumit, tief Luft holend, »das wissen wir doch alles. Wo ist also Ihr Tatbestand?«

»Hier.« Ellery blickte ihn fest an. »Wissen Sie, daß sich das Symbol T keineswegs nur auf das Alphabet beziehen muß? Es hat auch eine religiöse Bedeutung.«

»Religiöse Bedeutung?« wiederholte Stapleton.

Ellery lächelte. »Es gibt unter den vielen religiösen Symbolen ein Kreuz in Form eines T. Es heißt das *tau*-Kreuz oder *crux commissa* und datiert Hunderte von Jahren vor dem uns vertrauten griechischen Kreuz. Doch der entscheidende Punkt ist folgender.« Alles wartete in angespannter Stille, als er eine Atempause machte. »*Tau* oder T-Kreuz ist nicht der einzige Name hierfür. Manchmal nennt man es –«, er pausierte – »das *ägyptische* Kreuz!«

## 3. Professor Yardley

Und das war alles. Seltsam, unglaublich – doch damit endete es. Angeführt vom Coroner, kratzte sich das Gericht gemeinsam den Kopf und brachte den Spruch »Tod durch die Hand einer oder mehrerer unbekannter Personen« zustande.

Ellery kehrte nach New York zurück, überzeugt, daß die Lösung letzten Endes einfach war, wenn er nur lange genug darüber nachgrübelte. Da war also ein Mann namens Velja Krosac, ein englischsprechender Ausländer, eine Art Scharlatan, der einen Dorfschullehrer, ebenfalls Ausländer, umgebracht hatte. Die Methode, wenn auch vom kriminalistischen Standpunkt aus interessant, war nicht unbedingt wichtig. Es war die grausige, von einer religiösen Wahnidee aufgestachelte Geisteshaltung. Was dahinterlag – welche trübe Geschichte von eingebildetem Unrecht, religiösem Fanatismus oder blutrünstiger Rache –, würde wahrscheinlich nie herauskommen.

Monate vergingen, während derer Ellery die außergewöhnlichen Ereignisse in Arroyo völlig vergaß. Es gab viel zu tun. Erst im Juni, sechs Monate nach Andrew Vans Kreuzigung, wurde er gezwungen, sich an den Mord zu erinnern.

Es war am Mittwoch, dem 22. des Monats. Ellery und Inspektor Queen saßen beim Frühstück, als es läutete und Djuna, der Junge-für-alles bei den Queens, die Tür öffnete, vor der ein Bote mit einem Telegramm für Ellery stand.

»Von wem ist es?« murmelte der alte Herr, den Mund voller Toast.

»Es ist von ...« Ellery entfaltete das Blatt und warf einen Blick auf die getippte Unterschrift ... »von Yardley!« rief er in höchstem Erstaunen. Er grinste seinen Vater an. »Professor Yardley, du entsinnst dich, Vater. Einer meiner Professoren an der Universität.«

»Natürlich erinnere ich mich. Professor für Alte Geschichte.

Um was dreht es sich?«

Ellery warf den gelben Zettel über den Tisch und sprang vom Stuhl auf, während der Inspektor las:

GLAUBE NACH ALL DEN JAHREN KOMBINATION BERUF UND VERGNÜGEN WIRD IHNEN GEFALLEN STOP WARUM MIR NICHT DEN LANGE VERSPROCHENEN BESUCH ABSTATTEN STOP HABE SAFTIGEN MORD GEGENÜBER STOP GESCHAH DIESEN MORGEN UND ORTSPOLIZEI IST IM ANZUG STOP SEHR INTERESSANT STOP MEIN NACHBAR WURDE AN SEINEN TOTEMPFAHL GEKREUZIGT OHNE KOPF GEFUNDEN STOP ICH ERWARTE SIE HEUTE YARDLEY

## 4. Bradwood

Gegen Mittag schwenkte Ellerys Wagen in eine der makellosen Privatstraßen Long Islands ein und bog fünf Minuten später in den Weg zwischen zwei Anwesen – eines war, nach dem Gewimmel von Dienstwagen auf der Auffahrt klar zu schließen, Bradwood, wo der Mord begangen worden war, das andere, da es gegenüberlag, das Haus seines Freundes und früheren Lehrers Professor Yardley.

Der Professor selber, ein langer, hagerer, häßlicher Mann, der auffallend Abraham Lincoln glich, eilte ihm entgegen. Sie schlenderten die belebte Auffahrt von Bradwood entlang auf ein Haus im Kolonialstil zu, dessen breite Säulen in der Nachmittagssonne glänzten.

»Der lange Arm des Zufalls«, sagte der Professor trocken. »Ich habe natürlich Ihre Entwicklung mit Interesse verfolgt. Und da mich Ihre Schlußfolgerungen immer faszinieren, habe ich vor fünf oder sechs Monaten gierig den Bericht über den außergewöhnlichen Mord in West-Virginia verschlungen.« Der Professor kicherte. »Gleichzeitig war ich dankbar, daß Sie auf die Fundamente zurückgriffen, die ich mich bemüht habe, in Ihren Schädel einzuhämmern. Ein ägyptisches Kreuz, mein Junge? Ich fürchte, Ihr Sinn für Dramatik hat die wissenschaftliche Wahrheit vergewaltigt. Nun, da wären wir.«

»Was meinen Sie?« fragte Ellery stirnrunzelnd. »Das *tau*-Kreuz war bestimmt ein frühes ägyptisches . . .«

»Das besprechen wir später. Ich nehme an, Sie wollen Isham kennenlernen. Er läßt mich liebenswürdigerweise hier herumstrolchen.«

Distriktstaatsanwalt Isham, ein untersetzter Mann mittleren Alters mit wäßrigen blauen Augen und einem grauen Haarkranz, stand auf den Stufen der langen Veranda, in heftigem Gespräch mit einem großen Mann begriffen.

»Äh, Mr. Isham«, sagte Professor Yardley, »hier ist Ellery Queen.« Die beiden Männer wandten sich rasch um. »Und das«, fuhr er fort, »ist Inspektor Vaughn von der Polizei in Nassau.«

Ellery schüttelte beiden die Hände. »Gestatten Sie mir, herumzulaufen? Ich verspreche, Ihnen nicht auf die Füße zu treten.«

Inspektor Vaughn bleckte seine braunen Zähne. »Treten Sie uns nur auf die Füße. Wir halten still, Mr. Queen. Wollen Sie unser Hauptausstellungsstück betrachten?«

»Wenn es sein muß. Kommen Sie, Professor.«

Die vier Männer traten die Verandastufen hinab und gingen um den Ostflügel des Hauses herum. Ungefähr dreißig Meter weiter kamen sie an eine Lichtung, auf der sich ein grotesker Gegenstand erhob.

Es war ein dicker, geschnitzter, über zweieinhalb Meter hoher Pfosten, der, nach den Überresten zu urteilen, einmal grellbunt bemalt gewesen, jetzt aber blaß, fleckig und verwittert war, so als habe er durch Jahrhunderte dem Wetter standhalten müssen. Die Schnitzerei, ein Gemisch absurder Masken und Tiersymbole, gipfelte an der Spitze in der grobgehauenen Figur eines Adlers mit ausgebreiteten Schwingen. Ellery fiel sofort auf, daß der Pfosten mit den ausgebreiteten Flügeln einem großen T glich.

Der enthauptete Körper eines Mannes hing an dem Pfosten, die Arme mit schweren Seilen an die Flügel gebunden, die Beine an das Holz in der Mitte, drei Fuß über dem Boden. Der scharfe hölzerne Schnabel des Adlers schwebte nur Zentimeter über dem blutigen Loch, wo des Mannes Kopf gesessen hatte.

»Was für ein Anblick«, sagte Ellery.

»Entsetzlich«, murmelte Isham. »So etwas habe ich noch nicht gesehen.« Er schüttelte sich. »Kommen Sie, damit wir es hinter uns bringen.«

Sie schritten auf den Pfosten zu. Ellery bemerkte, daß einige

Meter entfernt ein strohgedecktes Sommerhaus stand, vor dessen Eingang ein Polizist wachte. Doch konzentrierte er seine Aufmerksamkeit auf die Leiche. Sie war die eines Mannes mittleren Alters, mit schwerem Leib und knorrigen alten Händen. Bekleidet war sie mit grauer Flanellhose und einem am Hals offenen Seidenhemd, weißen Schuhen, weißen Socken und einer samtenen Hausjacke. Die Leiche war vom Hals bis zu den Füßen derart blutverschmiert, als sei sie in einem Kübel Blut gebadet worden.

»Ein Totempfahl, nicht wahr?« fragte Ellery den Professor, als sie an der Leiche vorbeigingen.

»Ja. Ich bin keine Autorität auf dem Gebiet des Totemismus, doch dieser hier ist entweder primitives Nordamerika oder eine geschickte Fälschung. Ich habe niemals einen ähnlichen gesehen. Der Adler deutet auf einen Adler-Clan hin.«

»Ich nehme an, daß die Leiche identifiziert wurde?«

»Natürlich«, sagte Inspektor Vaughn. »Sie betrachten die sterblichen Überreste von Thomas Brad, Besitzer von Bradwood und millionenschwerer Teppichimporteur.«

»Wer hat die Leiche entdeckt?«

»Einer von Brads Angestellten – halb Chauffeur, halb Gärtner, ein Bursche namens Fox – hat sie heute morgen um sieben Uhr dreißig gefunden. Fox wohnt im Wald auf der anderen Seite des Hauses, und als er heute früh wie gewöhnlich zum Haupthaus ging, um den Wagen für Jonah Lincoln, einen der Leute, die hier wohnen, zu holen – die Garage ist hinterm Haus –, da hörte er, daß Lincoln noch nicht fertig war. Darauf ging er hierher, weil er nach ein paar Blumen sehen wollte. So stieß er auf die Bescherung. Hat ihm einen ziemlichen Schock versetzt.«

»Und wer ist Lincoln?« fragte Ellery.

»Geschäftsführer in Brads Unternehmen. Brad & Megara«, erklärte Isham, »die großen Teppichimporteure. Lincoln wohnt hier. Brad soll viel von ihm gehalten haben.«

»Megara auch?«

Isham zuckte die Schultern. »Wenn er nicht gerade verreist ist. Er treibt sich schon seit Monaten irgendwo auf einer Kreuzfahrt herum. Brad war der aktive Teilhaber.«

Ein kleiner Mann mit schwarzer Tasche schlenderte den Weg zu ihnen herauf.

»Das ist Doktor Rumsen«, sagte Isham mit einem Seufzer der

Erleichterung. »Der Gerichtsarzt. Hallo, Doktor, sehen Sie sich das mal an.«

Dr. Rumsen warf der Leiche einen abschätzenden Blick zu, machte »Hm« und sagte: »Also, holen Sie sie runter, holen Sie sie runter. Oder erwarten Sie, daß ich auf den Pfosten klettere?«

»Übrigens«, bemerkte Ellery, während sie die Prozedur beobachteten, »wie hat der Mörder es fertiggebracht, die Leiche da hinaufzuhieven und zweieinhalb Meter über dem Boden die Handgelenke an den Flügeln festzubinden?«

»Genauso wie die Detektive es jetzt machen«, erwiderte der Staatsanwalt trocken. »Wir fanden einen blutbeschmierten Stuhl im Sommerhaus. Entweder waren zwei beteiligt, oder der Kerl hatte viel Kraft. Muß eine ziemliche Arbeit gewesen sein, einen Toten da hinaufzuheben, selbst mit einem Stuhl.«

»Ich habe etwas, das Sie interessieren wird«, sagte Inspektor Vaughn, als die Leiche schließlich losgebunden und auf den Rasen gelegt worden war. »Dieses hier.«

Er zog einen kleinen kreisrunden Gegenstand aus der Tasche und reichte ihn Ellery. Es war ein roter hölzerner Dame-Stein.

»Hm«, sagte Ellery. »Recht prosaisch. Wo haben Sie ihn gefunden, Inspektor?«

»Auf dem Kies der Lichtung hier«, antwortete Vaughn. »Einen guten halben Meter von der rechten Seite des Pfahls.«

»Warum halten Sie ihn für wichtig?« Ellery drehte den Stein zwischen den Fingern.

Vaughn lächelte. »Wegen der Art und Weise, wie wir ihn fanden. Er hat noch nicht lange hiergelegen, und auf diesem sauberen, grauen Kies wäre er ins Auge gefallen. Fox säubert das Grundstück täglich wie mit einem Läusekamm; also ist es unwahrscheinlich, daß er schon zuvor hierlag — Fox jedenfalls bestreitet es. Ich würde unbesehen sagen, daß er etwas mit den Ereignissen der letzten Nacht zu tun hat; in der Dunkelheit fiel er nicht auf.«

»Ausgezeichnet, Inspektor«, lächelte Ellery. »Sie sind ein Mann nach meinem Herzen.« Er gab gerade den Stein zurück, als Dr. Rumsen in eine Flut sehr unmedizinischer Flüche ausbrach.

»Was ist?« fragte Isham. »Haben Sie etwas gefunden?«

»Sehen Sie sich das an.«

Der Arzt hatte die rechte Hand des Toten erhoben; er wies auf den bläulichen Handteller. In dessen Mitte befand sich, deutlich abgedruckt wie mit einem Stempel, ein runder roter Fleck mit nur leicht zerfließenden Umrissen.

»Als was soll man das bezeichnen?« brummte der Doktor. »Es ist kein Blut. Wirkt eher wie Farbe oder Tinte. Aber ich will verrückt sein, wenn ich irgendeinen Grund dafür entdeckte.«

»Mir scheint«, sagte Ellery langsam, »Ihre Ahnung bewahrheitet sich, Inspektor. Der Dame-Stein, die rechte Seite des Pfahls – die rechte Hand des Toten ...«

»Mein Gott, ja!« schrie Inspektor Vaughn. Er holte den Stein wieder hervor und legte ihn auf den Fleck in des Toten Hand. Er paßte, und Vaughn richtete sich mit einem aus Triumph und Erstaunen gemischten Blick auf. »Aber, wieso, zum Teufel?«

Staatsanwalt Isham schüttelte den Kopf. »Ich halte das nicht für wichtig. Sie haben Brads Bibliothek noch nicht gesehen, Vaughn, darum verstehen Sie den Zusammenhang nicht. Dort steht ein angefangenes Dame-Spiel. Aus irgendeinem Grund hatte Brad einen Stein in der Hand, als er getötet wurde, was der Mörder nicht wußte. Er fiel aus seiner Hand, als er aufgebunden wurde – das ist alles.«

»Demnach wurde das Verbrechen im Haus begangen?« fragte Ellery.

»O nein, hier im Sommerhaus. Dafür gibt es einen Haufen Beweise.«

Sie verließen Dr. Rumsen und begaben sich zum Sommerhaus. Ellery sah sich nach allen Seiten um, bevor er durch den niedrigen Eingang trat.

»Kein elektrischer Anschluß hier draußen, wie ich sehe.«

»Der Mörder muß eine Taschenlampe benutzt haben, falls sich die Sache tatsächlich im Dunkel abgespielt hat«, sagte der Inspektor.

Das Häuschen war klein und rund, aus rohen Baumstämmen und Ästen in künstlich ländlichem Stil gezimmert. Es besaß ein spitzes Strohdach und lediglich halbe Wände; die obere Hälfte bestand aus einem grünen Gitter. Innen standen ein grober Tisch und zwei Stühle; der eine davon war mit Blut beschmiert. In der Mitte des Fußbodens war ein großer, schmieriger Fleck von braunroter Färbung.

Professor Yardley zeigte zum erstenmal eine gewisse Nervosität. »Was – das ist doch nicht etwa menschliches Blut?«

»Natürlich ist es das«, erwiderte Vaughn grimmig. »Und die einzige Erklärung dafür ist, daß Brads Kopf hier am Boden abgeschnitten wurde.«

Ellerys scharfe Augen hefteten sich auf einen Teil des Holzbodens, direkt vor dem Tisch. Dort stand, grob geschmiert, ein großes T.

Er schluckte schwer, als er den Blick von dem Symbol losriß. »Mr. Isham, können Sie mir das T auf dem Boden erklären?«

Der Staatsanwalt streckte die Hände aus. »Ich frage Sie, Mr. Queen. Kann ein vernünftiger Mensch daran zweifeln, daß dies das Verbrechen eines Geisteskranken ist?«

»Kein vernünftiger Mensch kann dies«, sagte Ellery, »und kein vernünftiger Mensch wird es. Sie haben vollkommen recht, Mr. Isham.« Er hielt inne, um einen Gegenstand, der am Boden neben dem geronnenen Blut lag, zu untersuchen. Es war eine langstielige Bruyèrepfeife.

»Die haben wir uns schon angesehen«, sagte Inspektor Vaughn. »Genug Fingerabdrücke. Sie gehörte Brad, er hat hier geraucht. Wir haben sie für Sie dorthin gelegt, wo wir sie gefunden haben.«

Ellery nickte. Es war eine ungewöhnliche Pfeife von seltsamer Form; der Kopf war sorgfältig in Form eines Neptunhauptes mit einem Dreizack geschnitzt. Er war halb voll grauer Asche, und auf dem Boden, neben dem Pfeifenkopf, lag Tabakasche von gleicher Farbe und Sorte, als sei die Pfeife hingefallen und dabei etwas Tabak herausgerutscht. Ellery streckte die Hand aus, um die Pfeife zu ergreifen – und hielt inne. »Sind Sie sicher Inspektor, daß es die Pfeife des Opfers war? Ich meine, haben Sie sich bei den Hausbewohnern dessen versichert?«

»Offen gestanden, nein«, erwiderte Vaughn steif. »Ich sehe nicht ein, warum man es bezweifeln sollte. Schließlich, seine Abdrücke . . .«

»Er trug seine Hausjacke«, bemerkte Isham. »Und sonst war keine Spur von Tabak an ihm zu finden – weder von Zigarren noch Zigaretten. Ich verstehe nicht, Mr. Queen, warum Sie . . .«

Professor Yardley verbarg ein Lächeln, und Ellery bemerkte nebensächlich: »Es ist nur eine Gewohnheit von mir, Mr. Isham. Vielleicht . . .«

Er nahm die Pfeife auf und klopfte sorgfältig die Asche auf die Tischplatte. Als keine Asche mehr herausfiel, blickte er in den

Pfeifenkopf und sah, daß der Boden noch von einer Schicht halbverbrannten Tabaks bedeckt blieb. Er entnahm seiner Brieftasche einen durchsichtigen Umschlag und schüttete den Tabak hinein.

»Wie wirkt nun das Ganze auf Sie?« fragte Vaughn.

Ellery polierte nachdenklich die Gläser seiner Brille. »Entweder war der Mörder mit Brad zusammen, als Brad zum Sommerhaus kam, oder er war es nicht; mehr kann man bis jetzt nicht sagen. Auf jeden Fall hielt Brad, als er in Richtung seines Sommerhauses ging, in der Hand einen roten Dame-Stein, den er aus einem besonderen Grunde im Hause, wo die abgebrochene Partie steht, ergriffen haben muß. Im Sommerhaus wurde er überfallen und ermordet. Vielleicht geschah es, während er rauchte; die Pfeife fiel aus seinem Mund und rollte zu Boden. Vielleicht hatte er die Hände in der Tasche, wo er abwesend mit dem Stein spielte. Im Augenblick seines Todes preßte er den Stein zwischen die Finger und behielt ihn so, während er enthauptet, an den Totempfahl geschleift und an den Flügeln festgebunden wurde. Dann fiel der Stein und rollte unbemerkt auf den Kies. Warum er den Stein überhaupt mit sich genommen hat, scheint mir eine äußerst wichtige Frage.«

Dr. Rumsen stapfte in das Sommerhaus. »Erledigt«, erklärte er.

»Mit welchem Ergebnis, Doktor?« fragte Isham gespannt.

»Keine Spur von Gewalttat am Körper«, knurrte Dr. Rumsen. »Was klar beweist, daß sich der Todesstreich, welcher Natur er auch gewesen sein mag, gegen den Kopf richtete.« Ellery stutzte; es klang wie vor Monaten Dr. Strangs Zeugenaussage.

»Kann er erwürgt worden sein?« fragte Ellery.

»Im Augenblick nicht feststellbar. Wird die Obduktion erweisen, je nach Zustand der Lunge.«

»Wie lange ist er tot?« fragte Inspektor Vaughn.

»Ungefähr vierzehn Stunden.«

»Dann war es im Dunkeln«, rief Isham. »Das Verbrechen muß gegen zehn Uhr am gestrigen Abend begangen worden sein.«

Dr. Rumsen zuckte die Schultern. »Lassen Sie mich zu Ende kommen. Ich möchte nach Hause. Erdbeerförmiges Muttermal zwanzig Zentimeter über dem rechten Knie. Das ist alles.«

Als sie das Sommerhaus verließen, sagte Inspektor Vaughn plötzlich: »Da fällt mir etwas ein, Mr. Queen. Ihr Vater erwähnte am Telefon, Sie hätten Informationen für uns.«

Ellery sah Professor Yardley an, und Professor Yardley sah Ellery an. »Ja«, sagte Ellery, »die habe ich. Inspektor Vaughn, würden Sie es als Zufall bezeichnen, daß vor sechs Monaten in West-Virginia ein Mord begangen wurde, bei welchem das Opfer an einem T-förmigen Wegweiser einer T-förmigen Straßenkreuzung gekreuzigt wurde, mit abgetrenntem Kopf, und einem blutigen T an der Tür seines keine hundert Meter entfernten Hauses?«

Isham und Vaughn blieben ruckartig stehen, und der Staatsanwalt erbleichte. »Machen Sie keine Witze, Mr. Queen!«

»Ich muß mich tatsächlich über die Herren wundern«, sagte Professor Yardley sanft. »Sämtliche Zeitungen des Landes berichteten darüber.«

»Aber, mein Gott, Mr. Queen!« rief Vaughn. »Das ist gegen alle Vernunft!«

»Gegen die Vernunft, ja«, murmelte Ellery, »aber unmöglich – nein. Da war so ein komischer Bursche dabei, der sich selbst Ra-Harakht nannte.«

»Über den möchte ich mich mit Ihnen unterhalten«, begann der Professor.

»Harakht!« schrie Inspektor Vaughn. »Ein Verrückter mit diesem Namen leitet eine Nacktkolonie auf der Austerninsel in der Bucht!«

## 5. Häusliche Angelegenheiten

Einen Augenblick waren die Karten vertauscht, und Ellerys Erstaunen beherrschte die Szene. Der fanatische Braunbart in der Nachbarschaft von Bradwood! Das Verbindungsglied zu Velja Krosac erschien auf dem Schauplatz eines Verbrechens! Das war zu gut, um wahr zu sein.

»Ich bin gespannt, ob von den anderen auch einer hier ist«, bemerkte er, als sie die Verandastufen hinaufstiegen. »Möglich, daß wir lediglich einer Fortsetzung des ersten Mordes nachspüren. Harakht . . .«

»Ich hatte keine Möglichkeit, mit Ihnen darüber zu sprechen«, sagte Yardley bekümmert. »Aber mir scheint, bei dieser ägyptischen Angelegenheit sind Sie inzwischen schon selber zu meiner Schlußfolgerung gelangt.«

»Jetzt schon?« meinte Ellery gedehnt. »Und die wäre?«

Yardley grinste über sein ebenso sympathisches wie häßliches Gesicht. »Daß Harakht – sosehr ich es auch hasse, Menschen zu beschuldigen – derjenige ist ... Nun ja, einige Kreuzigungen und T scheinen den Herrn zu verfolgen, oder nicht?«

»Sie vergessen Krosac«, bemerkte Ellery.

Inspektor Vaughn kam zu ihnen auf die Veranda zurückgerannt.

»Ich habe soeben die Austerninsel unter Bewachung gestellt«, japste er. »Wir werden uns den Knaben vornehmen, sobald wir hier fertig sind.«

Der Staatsanwalt schien verwirrt. »Sie behaupten wahrhaftig, daß der Geschäftsführer dieses Harakht des Verbrechens verdächtig war? Wie, zum Teufel, sah er denn aus?«

»Es gab eine oberflächliche Beschreibung. Zuwenig, um damit etwas anzufangen, mit Ausnahme der Tatsache, daß der Mann hinkte. Nein, Mr. Isham, das Problem ist nicht so einfach. Soweit ich sehe, ist dieser Harakht der einzige, der den mysteriösen Krosac zu identifizieren vermag. Lassen Sie uns hineingehen.«

Im Wohnzimmer des Hauses erwartete sie eine tragische Gruppe. Die drei Menschen, die bei Ellerys und der anderen Eintritt auf die Füße sprangen, hatten angestrengte Augen, eingefallene Gesichter und waren nervös.

»Oh – hallo«, sagte der Mann mit einer trockenen, brüchigen Stimme. »Wir haben auf Sie gewartet.« Er war ein großer, hagerer und energisch aussehender Mann um die Mitte Dreißig.

»Hallo«, sagte Isham finster. »Mrs. Brad, dies ist Mr. Ellery Queen, der aus New York gekommen ist, um uns zu helfen.«

Margret Brad sagte steif: »Danke, Mr. Queen. Ich ...« Sie wandte sich ab und setzte sich, ohne den Satz zu beenden.

»Und dies ist Mr. Brads Stieftochter«, fuhr der Staatsanwalt fort. »Miss Brad – Mr. Queen.«

Helene Brad lächelte Ellery grimmig an, nickte Professor Yardley zu und trat wortlos an ihrer Mutter Seite. Sie war ein junges Mädchen mit klugen, schönen Augen, offenen Zügen und rötlichem Haar.

»Nun?« fragte der große Mann.

»Also, ich glaube, das beste wäre, zunächst mit den Theaterkarten von gestern abend klarzukommen«, begann Isham. »Mr. Lincoln, wie wär's, wenn Sie uns die ganze Geschichte erzählten?«

»Theaterkarten – o ja.« Lincoln starrte an die Wand über Ishams Kopf. »Gestern rief Tom Brad Mrs. Brad von seinem Büro aus an, er habe Karten für ein Stück am Broadway für sie, Helene und mich besorgt. Mrs. Brad und Helene sollten mich in der Stadt treffen. Er, Brad, wollte nach Hause fahren. Es schien ihm daran zu liegen, daß ich die Damen begleitete. Ich konnte nicht ablehnen.«

»Ich begreife es nicht«, sagte Mrs. Brad tonlos. »Gerade, als habe er uns loswerden wollen.«

»Ich traf mich mit Mrs. Brad und Helene zum Abendessen«, fuhr Lincoln mit der gleichen angestrengten Stimme fort. »Nach dem Essen brachte ich sie ins Theater, entschuldigte mich, versprach, mich mit ihnen nach der Vorstellung zu treffen, und ging ins Geschäft zurück.«

»Und waren dort mit Ihrem Buchhalter zusammen, Mr. Lincoln?« fragte Vaughn sanft.

Lincoln stockte. »Warum . . .?« Er schüttelte wie benommen den Kopf. »Was meinen Sie? Nein. Er ging gegen acht Uhr. Ich habe allein weitergearbeitet.«

Inspektor Vaughn räusperte sich; seine Augen glitzerten. »Um welche Zeit trafen Sie die Damen am Theater?«

»Elf Uhr fünfundvierzig«, sagte Helene Brad plötzlich mit gelassener Stimme, was ihre Mutter veranlaßte, ihr einen Blick zuzuwerfen. »Mein lieber Inspektor Vaughn, Ihre Taktik ist unfair. Sie verdächtigen Jonah und versuchen, ihn bei einer Lüge zu ertappen.«

»Die Wahrheit tut niemandem weh«, sagte Vaughn kühl. »Fahren Sie fort, Mr. Lincoln.«

Lincoln blinzelte. »Ich traf Mrs. Brad und Helene im Foyer. Wir fuhren nach Hause –«

»Mit dem Wagen?« fragte Isham.

»Nein, mit der Long-Island-Bahn. Als wir aus dem Zug stiegen, war Fox nicht da, und wir nahmen uns ein Taxi.«

»Taxi?« murmelte Vaughn. Er verließ wortlos den Raum.

»Fahren Sie fort«, sagte Isham ungeduldig. »Haben Sie etwas Ungewöhnliches bemerkt, als Sie nach Hause kamen? Um welche Zeit war es?«

»Ich weiß es nicht genau. Um eins, glaube ich.« Lincolns Schultern sackten.

»Nach eins«, sagte Helene. »Du erinnerst dich bloß nicht, Jonah.«

»Ja. Wir sahen nichts Ungewöhnliches. Der Weg zum Sommerhaus . . .« Lincoln zitterte. »Wir dachten nicht daran, dort nachzusehen. Wir hätten sowieso nichts sehen können – es war zu dunkel. Wir gingen schlafen.«

Inspektor Vaughn kehrte schweigend zurück.

»Woher kommt es, Mrs. Brad«, fragte Isham, »daß Sie bis heute morgen nichts vom Verschwinden Ihres Mannes wußten?«

»Wir schlafen getrennt«, erklärte sie bleich. »So konnte ich es nicht wissen. Helene und ich gingen zu Bett. Wir erfuhren erst, was geschehen war, als Fox uns heute morgen weckte.«

Inspektor Vaughn ging durchs Zimmer und beugte sich flüsternd zu Isham. Der Staatsanwalt nickte zerstreut.

»Wie lange wohnen Sie schon hier im Haus, Mr. Lincoln?« fragte Vaughn.

»Schon lange. Wie viele Jahre sind es, Helene?« Der lange Neu-Engländer wandte sich an Helene; ihre Augen trafen sich in einem Blick der Zuneigung.

»Acht, glaube ich, Jonah.« Ihre Stimme zitterte, und zum ersten Male kamen Tränen in ihre Augen. »Ich – ich war noch ein Kind, als ihr kamt, du und Hester.«

»Hester?« wiederholten Vaughn und Isham gemeinsam. »Wer ist Hester?«

»Meine Schwester«, antwortete Lincoln mit ruhigerer Stimme. »Wir wurden früh Waisen.«

»Wo ist sie? Wir haben sie noch nicht gesehen.«

Lincoln sagte ruhig: »Sie ist auf der Insel.«

»Auf der Austerninsel?« fragte Ellery gedehnt. »Wie interessant. Ist sie womöglich eine Sonnenanbeterin, Mr. Lincoln?«

»Meine Schwester«, erklärte Lincoln zögernd, »ist etwas sonderlich. Sie fällt auf derartige Sachen herein. Dieser Verrückte, der sich Harakht nennt, hat die Insel von den Ketchams gemietet – Alteingesessene, die auf der Insel leben, denen sie praktisch gehört – und dort einen Klub für Sonnenanbeter gegründet. Hester begann sich dafür zu interessieren, und wir stritten uns deswegen. Sie ist dickköpfig und verließ Bradwood, um sich dem Klub anzuschließen.«

Ellery hüstelte leise und wandte sich an Mrs. Brad. »Soweit ich verstanden habe, ist Miss Brad Ihre Tochter und Ihres Gatten Stieftochter. Ihr zweiter Mann also, Mrs. Brad?«

Die hübsche Frau sagte: »Ja.«

»War Mr. Brad auch schon vorher verheiratet?«

Sie biß sich auf ihre Lippen. »Wir – wir waren zwölf Jahre verheiratet. Tom – ich weiß wenig über seine – seine erste Frau. Ich glaube, er war in Europa verheiratet, und seine erste Frau starb sehr jung.«

»Hm«, sagte Ellery mitfühlend. »Wo in Europa, Mrs. Brad?«

Sie sah ihn an, und eine langsame Röte stieg in ihren Wangen auf. »Ich weiß es tatsächlich nicht. Thomas war Rumäne. Ich nehme an – dort.«

Helene Brad warf ihren Kopf zurück und sagte entrüstet: »Wirklich, ich finde Sie absurd. Was spielt das für eine Rolle, woher man kommt oder mit wem man vor Jahren verheiratet war?«

»Etwas sagt mir mit Bestimmtheit, Miss Brad«, antwortete Ellery mit einem traurigen Lächeln, »daß die geographische Lage von außerordentlicher Wichtigkeit ist. Ist Mr. Megara ebenfalls Rumäne?«

Mrs. Brad war ahnungslos. Lincoln sagte kurz: »Grieche.«

»Was in aller Welt . . .?« begann der Staatsanwalt. Inspektor Vaughn lächelte. »Grieche, so? Sie hier sind aber alle gebürtige Amerikaner, oder?«

Die Anwesenden nickten.

»Wo ist Megara?« fuhr Vaughn fort. »Irgend jemand sagte, er befände sich auf See. Macht er eine Weltreise?«

»Nein«, sagte Lincoln langsam. »Nichts dergleichen. Mr. Megara ist eine Art Globetrotter. Er besitzt eine eigene Jacht, mit der er herumgondelt.«

»Wie lange ist er diesmal schon abwesend?« fragte Vaughn.

»Fast ein Jahr.«

»Und wo ist er?«

Lincoln zuckte die Schultern. »Ich weiß es nicht. Er schreibt nie – taucht plötzlich ohne Vorankündigung wieder auf. Ich verstehe nicht, warum er diesmal so lange ausbleibt.«

»Ich glaube, daß er in die Südsee gefahren ist«, sagte Helene mit gefurchter Stirn.

»Wie heißt die Jacht?«

Helene errötete: »*Helene*.«

»Eine Motorjacht?« fragte Ellery.

»Ja.«

»Er hat doch wohl Funk an Bord?« wollte Vaughn wissen.

»Ja. Er hat Kapitän und Mannschaft – Kapitän Swift, der schon seit Jahren bei ihm ist.«

Ellery setzte sich plötzlich und streckte seine langen Beine aus. »Ich glaube . . . Wie ist Megaras Vorname?«

Isham stöhnte aus tiefstem Herzen. »O Gott! Können wir uns nicht an Tatsachen halten? Seit wann waren Brad und Megara in diesem Teppich-Importgeschäft Partner?«

»Seit sechzehn Jahren«, erwiderte Jonah. »Sie gründeten das Geschäft zusammen.«

»Erfolgreiches Unternehmen?«

»Beide, Mr. Brad wie Mr. Megara, haben sich ein solides Vermögen erarbeitet.« Er hielt inne. »Ich glaube nicht, daß die Ursache dieser Angelegenheit Geldschwierigkeiten sind.«

»Und was glauben *Sie*?« brummte Isham.

»Sie halten es keinesfalls für möglich«, warf Ellery ein, »daß religiöse Motive dahinterstecken, Mr. Lincoln?«

Lincoln erstarrte. »Wieso? Ich habe nichts davon gesagt. Aber das Verbrechen selbst, die Kreuzigung . . .«

Ellery lächelte liebenswürdig. »Übrigens, welcher Konfession gehörte Mr. Brad an?«

Mrs. Brad murmelte: »Er erzählte mir einmal, daß er griechisch-orthodox erzogen worden sei. Aber er war nicht fromm. Manche Menschen hielten ihn für einen Atheisten.«

»Und Megara?«

»Ach, der glaubt an gar nichts.«

Inspektor Vaughn hustete, und Mrs. Brad betrachtete ihn gespannt. »Besaß Ihr Mann irgendwelche Erkennungszeichen am Körper, Mrs. Brad?«

Helene schien es schlecht zu werden; sie wandte den Kopf ab. Mrs. Brad stammelte: »Ein erdbeerförmiges Muttermal an der rechten Hüfte.«

Der Inspektor seufzte erleichtert. »So, das wäre dieses. Jetzt wollen wir mal von Anfang an beginnen: Wer hatte ein Motiv für den Mord?«

Mutter und Tochter sahen einander an und blickten sofort wieder zur Seite. Lincoln starrte unverwandt auf den Teppich – ein herrlicher Perser, wie Ellery feststellte.

»Nein«, sagte Mrs. Brad, »er war ein glücklicher Mensch. Er besaß keine Feinde.«

»Du vergißt jemanden, Margret«, sagte Lincoln langsam. »Romaine.«

»Ja, Romaine«, sagte Mrs. Brad und fuhr sich mit der Zunge über die Lippen. »Ich vergaß. Sie hatten einen Streit.«

»Wer, zum Teufel, ist Romaine?« wollte Vaughn wissen.

Lincoln sagte rasch und leise: »Paul Romaine. Harakht, dieser Verrückte von der Austerninsel, nennt ihn den ›obersten Jünger‹.«

»Aha«, sagte Ellery und sah Professor Yardley an.

»Sie haben eine Nacktkolonie auf der Insel gegründet. Nacktkultur!« rief Lincoln bitter aus. »Harakht ist ein Verrückter – er meint es vielleicht ernst; aber Romaine ist ein Scharlatan, ein Schwindler schlimmster Sorte.«

»Klar«, sagte Inspektor Vaughn. »Wir begreifen durchaus. Aber wie war das mit dem Streit, Mr. Lincoln?«

In dem hageren Gesicht arbeitete es fieberhaft. »Romaine ist für die ›Gäste‹ auf der Insel verantwortlich – er schmeißt das Geschäft. Er hat sich ein paar arme Narren geangelt, die ihn für eine Art Gott halten. Ich gebe zu, daß sie hier niemanden aus dem Hause belästigt haben. Aber Tom und Doktor Temple empfanden genauso wie ich.«

»Doktor Temple?«

»Unser Nachbar im Osten. Man hat sie vollständig nackt auf der Insel herumhüpfen sehen – na ja, immerhin sind wir eine anständige Gemeinde.« Aha, dachte Ellery, hier spricht der Puritaner. »Temples Anwesen liegt mit Blick auf die Bucht, und er hatte das Gefühl, er sei verpflichtet, einzugreifen. Er hatte einen Zusammenstoß mit Romaine und Harakht. Ich glaube, er wollte sie mit Hilfe der Behörden von der Insel verjagen, und das sagte er ihnen auch.«

Vaughn und Isham blickten sich erst gegenseitig und dann Ellery an. Die Brads, Mutter und Tochter, verhielten sich ganz still; und Lincoln wirkte unruhig und beschämt.

»Nun, darum werden wir uns später kümmern«, sagte Vaughn leicht. »Sagten Sie eben, diesem Doktor Temple gehört der im Osten angrenzende Besitz?«

»Er gehört ihm nicht, er hat ihn nur gemietet – von Thomas gemietet.« Mrs. Brads Augen zeigten Erleichterung. »Ein pensionierter Militärarzt. Er und Thomas waren gute Freunde. Sie spielten oft abends zusammen Dame.«

»Dame!« rief Inspektor Vaughn aus. »Wer spielte noch mit Mr. Brad, oder war dieser Doktor Temple sein einziger Partner?«

»Aber, nein. Wir alle spielten gelegentlich mit Thomas. Er war ein beachtenswerter Spieler. Das hat mir selbst der nationale Dame-Champion gesagt. Wir hatten ihn letzten Weihnachtsabend eingeladen, und Thomas und er spielten ununterbrochen. Der Meister sagte, daß Thomas sich glatt mit ihm messen könne.«

Ellery sprang auf. »Ich glaube, wir ermüden diese liebenswürdigen Herrschaften. Noch ein paar Fragen, und wir werden Sie nicht mehr stören, Mrs. Brad. Haben Sie jemals den Namen Velja Krosac gehört?«

Mrs. Brad blickte aufrichtig überrascht. »Was für ein komischer Name! Nein, Mr. Queen, das habe ich nicht.«

»Sie, Miss Brad?«

»Nein.«

»Sie, Mr. Lincoln?«

»Nein.«

»Haben Sie je den Namen Kling gehört?«

Alle schüttelten die Köpfe.

»Andrew Van?«

Noch eine Verneinung.

»Arroyo, West-Virginia?«

»Nein.«

»Aber jetzt kommt etwas, das Sie sicher beantworten können. Zu welchem Zeitpunkt tauchte der Besessene, der sich Harakht nennt, auf der Austerninsel auf?«

»Ach ja!« sagte Lincoln. »Im März.«

»War dieser Paul Romaine bei ihm?«

Lincolns Züge verdunkelten sich. »Ja.«

Ellery beugte sich vor. »Besitzt der Buchstabe T für einen von Ihnen Bedeutung?«

Sie starrten ihn an. »T?« wiederholte Helene. »Wovon sprechen Sie überhaupt?«

»Offenbar tut er das nicht«, bemerkte Ellery. »Mrs. Brad, hat sich Ihr Mann öfter mit der rumänischen Geschichte befaßt?«

»Nein, niemals. Alles, was ich weiß, ist, daß er vor achtzehn

Jahren zusammen mit Stephen Megara aus Rumänien in die Staaten kam. Sie waren wohl Freunde oder Geschäftspartner in ihrer alten Heimat.«

»War Ihr Mann wohlhabend, als er auswanderte?«

Mrs. Brad errötete. »Ich weiß es nicht. Er war es, als wir heirateten.«

Ellery wurde nachdenklich. »Und wenn ich jetzt einen Atlas bekommen kann, dann werde ich Sie so bald nicht mehr stören.«

»In der Bibliothek ist einer«, sagte Lincoln. Er verließ das Wohnzimmer.

Ellery schlenderte auf und ab. »Mrs. Brad«, sagte er stehenbleibend, »sprechen Sie griechisch oder rumänisch?«

Sie schüttelte bestürzt den Kopf. Lincoln kehrte, einen großen, blaugebundenen Band tragend, zurück. »Und Sie, Mr. Lincoln«, sagte Ellery. »Verstehen und sprechen Sie griechisch oder rumänisch?«

»Nein. Unsere Büros in Europa und Asien korrespondieren in Englisch, und unsere Vertreter hier im Land tun das gleiche.«

»Ich verstehe.« Ellery hob gedankenvoll den Atlas hoch. »Das genügt mir, Mr. Isham.«

Der Staatsanwalt winkte schwach mit der Hand. »Also gut, Mrs. Brad. Wir werden unser Bestes tun. Bleiben Sie erreichbar, Mr. Lincoln; auch Sie, Miss Brad; verlassen Sie jedenfalls nicht den Besitz.«

Die Damen und Jonah zögerten, sahen sich an, erhoben sich dann und verließen wortlos den Raum.

Kaum hatte sich die Tür hinter ihnen geschlossen, als Ellery sich in einen Sessel warf und den blauen Atlas öffnete. Er war volle fünf Minuten in Anspruch genommen, dann stand er auf. »Himmel«, sagte er, »ich dachte mir, daß es so kommen würde.« Er wandte sich an den Professor. »Ist Ihnen nicht etwas an den Namen unserer Helden aufgefallen?«

»An den Namen, Queen?« Yardley war verwirrt.

»Ja. Brad – Megara. Brad – rumänisch. Megara – griechisch. Es sind die kleinen Dinge, die das Leben so interessant machen.«

»Sie werden langsam aufreizend«, brummte Professor Yardley.

Ellery grinste. »Thomas Brad war Rumäne – in Rumänien gibt es eine Stadt namens Brad. Stephen Megara ist Grieche. In Griechenland gibt es eine Stadt namens Megara!«

»Na, und?« brummte Isham.

Ellery schlug Isham leicht auf den Arm. »Angenommen, ich würde Ihnen erzählen, daß der Mann, der scheinbar Beziehungen weder zu dem millionenschweren Teppichimporteur noch zu dem millionenschweren Jachtbesitzer hat, nämlich der arme Schulmeister von Arroyo, der vor sechs Monaten ermordet wurde – mit einem Wort, daß Andrew Van . . .«

»Sie wollen nicht behaupten . . .«, platzte Vaughn heraus.

»Vans Naturalisierungspapiere geben Armenien als Geburtsland an. Es gibt in Armenien eine Stadt namens Van – und zum Überfluß noch einen See.« Er entspannte sich und lächelte. »Und wenn in drei Fällen – von denen zwei ganz offensichtlich eine Beziehung haben und der dritte zu einem von den beiden durch die Methode der Ermordung eine Beziehung herstellt – die gleichen Phänomene auftauchen . . .« Ellery zuckte die Schultern. »Wenn das Zufall ist, dann bin ich die Königin von Saba.«

»Wirklich merkwürdig«, murmelte der Professor.

»Als seien die falschen Namen alle einem Atlas entnommen.« Ellery blies einen Rauchkringel. »Interessant, nicht wahr?«

»Mein Gott!« ächzte Isham. »Was nun?«

»Eine weitere bedeutsame Tatsache«, sagte Ellery heiter. »Man würde annehmen, daß, wenn Van, Brad und Megara ihre Namen geändert haben, sich die vierte fremdländische Gestalt dieser Tragödie, der ehrenwerte Krosac, seinen Spitznamen ebenfalls aus dem großen Atlas geholt hätte. Aber das tat er nicht – jedenfalls gibt es keine Stadt irgendwo in Europa oder dem Nahen Osten namens Krosac. Die Schlußfolgerung?«

»Drei falsche und ein anscheinend echter Name«, sagte der Professor langsam. »Wobei der Besitzer des anscheinend echten Namens in den Mord an einem der falschen verwickelt ist. Vielleicht . . . Queen, mein Junge, ich glaube, der Schlüssel zu den Hieroglyphen beginnt sich zu zeigen.«

## 6. Brettspiele und Pfeifen

Es war zwei Uhr, als die Herren nach einem Lunch das Eßzimmer verließen und in den rechten Flügel zurückkehrten. Die Bibliothek erwies sich als eine geräumige Angelegenheit – das Arbeitszimmer eines kultivierten Mannes. Ellery wandte seine Aufmerksamkeit dem runden Lesetisch zu. Nachdem er aus seiner Tasche den durchsichtigen Umschlag mit Tabakresten aus der im Sommerhaus gefundenen Pfeife gezogen hatte, schraubte er den Deckel einer großen Tabakdose auf, die auf dem Tisch stand, und tauchte seine Hand hinein. Er zog eine Handvoll Tabak, in Farbe und Schnitt – dem ungewöhnlichen Würfelschnitt – mit dem Tabak der Pfeife identisch, heraus.

Er lachte. »Gut, auf jeden Fall birgt dieses Kraut keine Probleme.«

Versuchsweise öffnete er eine kleine Schublade unter der runden Tischplatte. Er entdeckte, daß sie mit einer beachtlichen Pfeifensammlung gefüllt war, alle von hervorragender Qualität. »Hm«, sagte er. »Mr. Brad gehörte zu einer verschworenen Gemeinschaft. Brettspiele und Pfeifen – sie gehen häufig zusammen.«

Dann wandte er seine Aufmerksamkeit der Hauptattraktion zu: Es war eine raffinierte Erfindung: ein zusammenklappbarer Spieltisch, den man falten und in eine flache Wandnische direkt dahinter zurückschlagen konnte, wo er mit Scharnieren befestigt war. Die Tischplatte, ein handwerkliches Meisterstück, war mit dem üblichen Muster von vierundsechzig sich abwechselnden schwarzen und weißen Feldern eingelegt. Auf den Seiten der beiden Spieler war ein breiter Streifen für die nicht im Spiel befindlichen Steine frei gelassen. Auf einem Streifen lagen neun rote Steine – rote Steine, die die schwarze Seite erobert hatte. Auf dem gegenüberliegenden Streifen befanden sich drei schwarze Steine, erobert von Rot. Auf dem Spielfeld selbst standen drei schwarze Damen in Spielposition (entstanden, indem ein schwarzer Stein auf den anderen gesetzt worden war) und drei einfache schwarze Steine, sowie zwei einfache rote Steine, einer davon auf der ersten Grundlinie von Schwarz.

Ellery studierte nachdenklich Feld und Zwischenstreifen. »Wo ist die dazugehörige Schachtel?«

Isham nickte in Richtung Sekretär. Auf der offenen Platte stand ein billiger leerer Pappkarton.

»Elf rote Steine«, sagte Ellery. »Natürlich sollten es zwölf sein. Ein roter Stein der gleichen Art befand sich neben dem Totempfahl.«

»Richtig«, seufzte Isham. »Wir haben alles durchsucht; es befinden sich keine anderen Spielgarnituren im Haus. Also muß der rote Stein, den wir gefunden haben, von hier stammen.« Er ging zur Tür und sagte zu einem Detektiv: »Holen Sie diesen Stallings noch einmal her. Den Butler.«

Ellery hob die Augenbrauen, sagte aber nichts.

Der Detektiv öffnete von der Halle aus die Tür, und ein langer, dünner Mann mit gelblichen Wangen und sanften Augen trat ein. Er wirkte ausgesprochen unterwürfig.

»Stallings«, sagte Isham ohne Einleitung, »erzählen Sie uns, was sich gestern abend ereignete.«

»Ja, Sir.« Stallings ließ die Zunge über die Lippen gleiten. »Gerade als ich letzten Abend das Haus verließ, so wie Mr. Brad angeordnet hatte . . .«

»Moment mal«, sagte Ellery scharf. »Sie hatten den Auftrag, gestern abend das Haus zu verlassen?«

»Ja, Sir. Als Mr. Brad gestern aus der Stadt kam, rief er Fox, Mrs. Baxter und mich in dieses Zimmer. Mrs. Brad und Miss Helene waren bereits fortgegangen – sie besuchten ein Theater, glaube ich; Mr. Lincoln kam überhaupt nicht zum Abendessen. Mr. Brad wirkte sehr müde. Er zog eine Zehndollarnote heraus, gab sie mir und sagte zu Fox, Mrs. Baxter und mir, wir sollten uns den Abend freinehmen. Er wolle den ganzen Abend allein bleiben, und Fox könnte den kleinen Wagen nehmen. Und so gingen wir.«

»Verstehe«, murmelte Ellery.

»Wie war die Geschichte mit dem Spiel, Stallings?« half Isham nach.

Stallings schüttelte den Kopf. »Gerade bevor ich das Haus verließ – Fox und Mrs. Baxter saßen schon im Wagen draußen auf der Auffahrt –, ging ich noch einmal in die Bibliothek, um zu sehen, ob ich noch etwas für Mr. Brad tun könnte. Er saß an dem Spieltisch und spielte mit sich selber – sozusagen.«

»Dann hat er mit niemandem gespielt«, stieß Inspektor Vaughn aus. »Warum, zum Teufel, haben Sie mir das nicht gesagt, Isham?«

Der Distriktstaatsanwalt breitete die Hände aus, und Ellery sagte: »Wie meinen Sie das, Stallings?«

»Nun, Sir, er hatte alle Steine aufgestellt, schwarze und rote, und spielte beide Seiten. Er begann gerade ein Spiel.«

»Da haben wir es«, sagte Isham. »Dieses Dame-Spiel hat nichts zu bedeuten.« Er seufzte. »Was machten Sie, Stallings?«

»Wir fuhren alle in die Stadt«, antwortete Stallings. »Fox setzte Mrs. Baxter und mich am *Roxy-Theater* ab und versprach, uns am Ende der Vorstellung abzuholen. Ich weiß nicht, wohin er fuhr.«

»Er holte Sie aber nicht ab?« fragte der Inspektor plötzlich munter.

»Nein, Sir. Wir warteten eine halbe Stunde auf ihn, fuhren dann mit dem Zug zurück und von der Station aus mit einem Taxi.«

»Um welche Zeit kamen Sie zurück?«

»Gegen Mitternacht, Sir, vielleicht ein bißchen später. Ich bin nicht ganz sicher.«

»War Fox bei Ihrer Ankunft schon zurück?«

»Tut mir leid, Sir, das kann ich nicht sagen.«

»Einen Augenblick«, sagte Ellery, »Stallings, sagte Mr. Brad gestern abend, daß er einen Besuch erwartete?«

»Nein, Sir. Er sagte lediglich, er wolle allein sein.«

»Schickte er Sie, Fox und Mrs. Baxter öfter fort?«

»Nein, Sir. Es war das erstemal.«

Jemand klopfte an die Tür, und Inspektor Vaughn ging durchs Zimmer, um zu öffnen. Draußen stand ein Mann mit einem melancholischen Gesicht. Er wisperte minutenlang auf Vaughn ein, und Vaughn nickte. Endlich schloß der Inspektor die Tür wieder und kehrte zurück.

»Was ist los?« fragte Isham.

»Nichts Besonderes. Ein Haufen Fehlschläge, fürchte ich. Meine Leute melden, sie hätten auf dem Grundstück absolut nichts gefunden. Nichts. Es ist unfaßlich!«

»Was haben Sie denn gesucht?« fragte Ellery.

»Den Kopf, Mann, den Kopf!«

## 7. Fox

Ellery saß teilnahmslos bei der Vernehmung von Mrs. Baxter, der Haushälterin. Auf den Kanälen seines Hirns schwamm unaufhörlich der Name Andrew Van.

»Kommen Sie«, sagte Isham. »Unterhalten wir uns mit dem Chauffeur Fox.«

Er und Vaughn schritten aus dem Haus, während Ellery hinterhertrödelte und den Duft der Junirosen einsog.

Isham führte sie um den linken Flügel des Haupthauses, einen schmalen Kiespfad entlang, der bald in ein gepflegtes Wäldchen mündete. Noch wenige Schritte, und sie traten aus den Bäumen auf eine Lichtung hinaus, auf deren Mitte eine hübsche kleine Hütte aus rohen Stämmen stand.

Isham klopfte an die feste Tür, und eine tiefe Männerstimme sagte: »Herein!« Fox war ein großer Mann, dünn und zäh wie ein Bambusrohr. »Fox«, sagte Isham bestimmt. »Wir wissen, wie Sie die Leiche gefunden haben: Was wir jetzt wissen möchten, ist, warum Sie Stallings und Mrs. Baxter verließen, wohin Sie gingen und wann Sie nach Hause kamen.«

Seltsamerweise zuckte der Mann weder zusammen noch erbleichte er. Sein Ausdruck veränderte sich überhaupt nicht. »Ich bin in der Stadt umhergefahren«, sagte er. »Ich kam etwas vor Mitternacht nach Bradwood zurück.«

»Warum haben Sie Stallings und Mrs. Baxter nach dem Kino nicht abgeholt?«

Fox' breite Schultern deuteten ein Zucken an. »Niemand hat mich das geheißen.«

Isham sah Vaughn an, und Vaughn sah Isham an, Ellery sah immerhin Fox an; und er bemerkte mit Staunen, daß sich des Mannes Augen – man sollte es nicht für möglich halten – mit Tränen füllten.

»Okay«, sagte Vaughn schließlich. »Der Himmel stehe Ihnen bei, wenn wir etwas anderes herausfinden. Wie lange arbeiten Sie schon hier?«

»Seit dem Ersten des Jahres, Sir.«

»Eh – Fox«, sagte Ellery, »haben Sie etwas Ungewöhnliches gesehen oder gehört, als Sie gestern abend nach Hause kamen?«

»Nein, Sir.«

»Daß Sie sich hier nicht wegrühren«, sagte Isham und verließ die Hütte.

»Er lügt uns wegen gestern abend die Hucke voll«, sagte Vaughn laut; Fox mußte es hören. »Wir werden das sofort nachprüfen.«

Sie machten sich schweigend in westlicher Richtung auf; Fox' Hütte lag nicht weit von Ketchams Bucht entfernt, und als sie weiterschritten, konnten sie das besonnte blaue Glitzern zwischen den Bäumen sehen.

## 8. Die Austerninsel

Ketchams Bucht war ein in Thomas Brads Besitz hineingeschnittener Halbmond. In der Mitte der Ausbuchtung sprang ein langer Landungssteg vor, an dem verschiedene Motorboote und eine Barkasse vertäut lagen. Ellery, der mit seinen beiden Begleitern die westliche Straße bis zum Wasser hinuntergegangen war, fand sich auf einem kleinen Steg wieder, der einige hundert Meter von dem Hauptanlegeplatz entfernt war. Anderthalb Kilometer entfernt lag die Insel, wie ein grüner Stein in die türkisfarbene Meerenge von Long Island gesetzt.

Isham trat auf den Steg und rief eine Polizeibarkasse. Durch den kleinen Einschnitt im Westen sah Ellery den Bug eines weiteren Polizeibootes; es patrouillierte anscheinend dicht am Ufer entlang.

Die erste Barkasse schoß vorwärts und legte am Steg an.

Ellery und Isham sprangen hinein, und sie durchschnitten die Bucht. Bald gewannen sie einen klaren Blick über Insel und Festland.

»Da drüben wohnt Doktor Temple, nicht wahr?« fragte Ellery.

»Ja, dort muß sein Anlegeplatz sein.«

Die Barkasse durchpflügte das Wasser. Als sie sich dem kleinen Kai der Austerninsel näherten, traten die Einzelheiten deutlicher hervor.

Plötzlich sprang Inspektor Vaughn auf und schrie, das Gesicht von Aufregung verzerrt: »Sehen Sie bloß, da drüben ist was los!«

Sie starrten auf den Anlegeplatz. Die Gestalt eines Mannes, eine sich wehrende, schreiende Frau auf den Armen, war aus dem Gehölz aufgetaucht und sprang in ein winziges Boot mit Außenbordmotor, das, wie sie jetzt erst sahen, am Kai vertäut lag. Er warf die Frau kurzerhand auf die Ruderbank, ließ den Motor an und schoß vom Kai los, genau auf die sich nähernde Polizeibarkasse zu. Die Frau lag wie betäubt; sie konnten das dunkle Gesicht des Mannes sehen, als er sich rasch nach der Insel umsah.

Keine zehn Sekunden nach dieser Flucht – falls es eine Flucht war – tauchte eine erstaunliche Erscheinung aus dem Wald auf.

Es war ein nackter Mann. Ein großer, breiter brauner Bursche mit schweren Muskelpaketen und einer schwarzen Mähne. Tarzan, dachte Ellery. Sie konnten seine wütende Enttäuschung erkennen, als er am Kai plötzlich innehielt und hinter dem davonfahrenden Boot herstarrte.

Dann war der nackte Mann verschwunden. Mit einem raschen Kopfsprung war er vom Rande des Kais herabgesprungen, das Wasser wie eine Harpune durchschneidend. Gleich darauf begann er in Richtung auf die Davonfahrenden loszukraulen.

»Der blödsinnige Idiot!« rief Isham aus. »Glaubt er vielleicht, er könne ein Motorboot einholen?«

»Das Motorboot hält«, bemerkte Ellery trocken.

Verwundert sah Isham zu dem Außenborder hin. Er lag hundert Meter vom Ufer entfernt im Wasser, und sein Steuermann arbeitete fieberhaft an dem rasselnden Motor.

»Auf ihn!« brüllte Inspektor Vaughn dem Steuermann der Barkasse zu. »Der Kerl plant Mord!«

Die Barkasse dröhnte, und ihre Sirene stieß ein heiseres Gewinsel aus. Der Mann in dem Boot und der Mann im Wasser erstarrten, als würden sie sich erst jetzt der Anwesenheit der Barkasse bewußt. Der Schwimmer hielt einen Moment inne, schüttelte dann wild eine Kaskade Wasser aus seinem Haar und tauchte. Er erschien einen Augenblick später wieder an der Oberfläche, doch diesmal in eiligem Rückzug auf die Insel, als seien alle Teufel hinter ihm her.

Das Mädchen auf der Ruderbank richtete sich auf und sah sich um. Der Mann machte eine Handbewegung zur Barkasse hin. Als das Polizeiboot den kleinen Außenborder erreichte, warf er erstaunlicherweise den Kopf zurück und lachte erleichtert.

Er war dünn, sehnig und von unbestimmtem Alter, mit bräunlichem Haar und einem beinahe purpurn verbrannten Gesicht. Das weibliche Wesen, das er entführt hatte, konnte, nach der Ähnlichkeit mit Jonah Lincoln zu schließen, nur die rebellische Hester sein. Sie erwiderte die Blicke der Männer aus verstörten blauen Augen, dann errötete sie und ließ den Kopf hängen.

»Zum Teufel, was gibt's da zu lachen?« fragte der Inspektor. »Wer sind Sie? Was fällt Ihnen ein, diese Frau zu entführen?«

»Ich nehm's Ihnen nicht übel«, schluckte der Mann. »Herrje, war das komisch!« Er unterdrückte sein Lachen und stand auf. »Entschuldigen Sie, mein Name ist Temple. Dies ist Miss Hester Lincoln. Vielen Dank für die Rettung.«

»Kommen Sie an Bord«, knurrte Vaughn.

Isham und Ellery halfen der schweigenden Frau in die Barkasse.

»Halt, einen Augenblick«, knurrte Temple. »Was ist denn eigentlich los?«

Staatsanwalt Isham teilte es ihm mit. Sein Gesicht verfärbte sich, und Hester Lincoln sah voller Entsetzen auf.

»Brad!« murmelte Temple. »Ermordet. Das ist unmöglich! Aber ich habe ihn gestern morgen doch noch gesehen und ...«

»Jonah«, begann Hester; sie zitterte. »Geht es – geht es ihm gut?«

Niemand antwortete. »An Brads Anlegeplatz zurück«, befahl Vaughn. Die Barkasse wühlte das Wasser auf und bewegte sich wieder auf das Festland zu.

»So, Doktor Temple«, sagte Staatsanwalt Isham grimmig, »wie wär's, wenn Sie jetzt mal auspackten? Was hatte diese Entführungsszene zu bedeuten?«

»So ein Pech ... Besser, ich erzähle die Wahrheit. Hester, du mußt entschuldigen.«

Das Mädchen schwieg wie betäubt.

»Miss Lincoln«, fuhr der sonnenverbrannte Mann fort, »hat sich – nun, sagen wir, ein wenig impulsiv benommen. Sie ist jung, und bei gewissen Dingen verlieren junge Menschen den Kopf. Auf jeden Fall, nachdem eine Woche vergangen und Hester noch nicht von dieser verdammten Insel zurückgekommen war, glaubte ich, es sei allerhöchste Zeit, daß jemand sie wieder zur Vernunft brächte. Da niemand sonst dazu in der Lage zu sein schien, übernahm ich es. Nacktkultur!« Er schnaubte. »Ein Haufen Schwindler, die mit den Hemmungen anständiger Menschen Geschäfte machen. Sie hat sich von einem angenehmen Äußeren und von Überredungskünsten hinreißen lassen.«

»Es dreht sich wohl um Paul Romaine?« warf Ellery ein.

Der Arzt nickte. »Dieser hinterhältige Schuft! Er ist das lebende Symbol dieses verrückten Sonnenkults. Nichts gegen die Sonne, aber da, wo sie hingehört. Ich bin heute morgen rübergefahren, um mich ein bißchen umzusehen. Romaine und ich hatten eine kleine Rauferei. Wie die Höhlenmenschen!«

Hester starrte ihn teilnahmslos an, sie zitterte.

»Trotzdem sehe ich immer noch nicht, welche Berechtigung Sie haben ...«, begann Isham.

Dr. Temple stand auf, und seine Augen glühten. »Das geht Sie einen Dreck an. Aber ich gedenke, diese junge Dame eines Tages zu heiraten. Das ist die Berechtigung, die ich habe. Sie liebt mich, nur weiß sie es noch nicht. Aber ich werde es ihr schon beibringen.« Er sah sie durchdringend an, und einen Moment lang blitzte in ihren Augen eine Antwort auf.

Ein Beamter auf dem Steg ergriff das Tau. Professor Yardley, der sie erwartete, sagte: »Hallo, Temple! Was passiert?«

Dr. Temple nickte. »Ich habe Hester gerade entführt, und diese Herren wollen mich dafür hängen.«

Yardleys Lächeln erstarb. »Tut mir leid . . .«

»Äh – kommen Sie mit uns, Professor«, sagte Ellery. »Wir brauchen auf der Insel Ihre Hilfe.«

»Gute Idee«, fügte Inspektor Vaughn hinzu. »Doktor Temple, was haben Sie gestern abend getan?«

Temple grinste. »Ich war den ganzen Abend zu Hause – ich wohne allein, müssen Sie wissen. Eine Frau kommt jeden Tag zum Kochen und Aufräumen.«

»Seit wann leben Sie hier?«

»Seit vielen Jahren. Ich bin pensionierter Militärarzt, war auf dem Balkan stationiert. Nach dem Krieg fiel mir eine ganz anständige Erbschaft zu, und da steuerte ich heimwärts.«

»Danke, Doktor«, sagte Isham freundlicher. »Wir setzen Sie hier ab und . . .« Ein Gedanke überfiel ihn. »Sie kommen besser in die Brad-Villa zurück, Miss Lincoln. Auf der Insel kann es allerhand Feuerwerk geben. Ich lasse Ihre Sachen zurückschicken.«

»Ich bleibe *nicht* hier. Ich gehe zurück«, sagte Hester Lincoln, ohne die Augen zu heben, aber mit eigensinniger Härte in der Stimme. »Ich lasse mir weder von Ihnen noch von sonst jemandem sagen, was ich zu tun habe! Ich gehe zurück, und Sie werden mich nicht daran hindern. Wagen Sie es ja nicht!«

So durchschnitt die Barkasse ein zweites Mal die Bucht. Als sie das Boot an der Landestelle verließen, erstarrten sie angesichts einer Gestalt, die zunächst wie ein Gespenst wirkte.

Es war ein kleiner alter Mann, ungekämmt, mit braunem Bart und fanatischen Augen. Er war in ein weißes Gewand gehüllt und trug seltsame Sandalen. In seiner rechten Hand hielt er einen rohen und ungewöhnlichen Stab, gekrönt mit der primitiv geschnitzten Darstellung einer Schlange. Er trat aus dem Gebüsch, reckte seine knöcherne Brust vor und starrte sie hochmütig an.

Hinter ihm ragte der mächtige Schwimmer auf, der sich in der Zwischenzeit mit weißer Leinenhose und einem Unterhemd versehen hatte. Seine braunen Füße waren nackt.

Die beiden Parteien musterten sich einen Augenblick lang, und dann sagte Ellery: »Ja, wenn das nicht Harakht persönlich ist!« Professor Yardley grinste in seinen Bart.

Das kleine Gespenst glotzte Ellery an. »So ist mein Name«, verkündete er mit schriller, klarer Stimme. »Seid ihr Anbeter des Heiligtums?«

»Ich werde dich gleich anbeten, Freundchen«, knurrte Inspektor Vaughn, trat vorwärts und packte Harakht am Arm. »Sie sind der Chef hier, nicht? Wo ist Ihre Bude? Wir wollen mit Ihnen reden.«

Harakht sah sich hilflos nach seinem Begleiter um. »Paul, siehst du? Paul!«

Paul Romaine schob Harakht rauh zur Seite und trat vor den Inspektor. »Reden Sie mit mir, wenn Sie was von uns wollen. Der alte Mann ist nicht ganz richtig im Kopf. Suchen Sie einen Mörder? Bitte, sehen Sie sich um. Aber was hat das mit uns zu tun?«

Ellery bewunderte ihn; der Mann war wie ein herrliches Tier. Verständlich, daß Frauen mit verdrängtem oder sentimentalem Charakter ihr Herz an ihn verloren.

Isham sagte ruhig: »Wo sind Sie und dieser Mondsüchtige gestern abend gewesen?«

»Hier auf der Insel. Wer ist ermordet worden?«

»Wissen Sie das nicht? Thomas Brad.«

Romaine blinzelte. »Brad! Nun, wahrscheinlich hat er es verdient. Was geht uns das an? Wir haben nichts mit dem Festland zu tun. Wir wollen bloß in Ruhe gelassen werden.«

»Wann haben Sie und Ihr Oberclown da hinten zuletzt die Insel verlassen?«

»Der alte Mann hat sich nicht vom Fleck gerührt, seit wir hierhergekommen sind. Ich bin vor einer Woche zum Einkaufen im Dorf gewesen.«

»Das klingt schon besser.« Der Inspektor ließ Romaines Arm los. »Vorwärts. Wir möchten Ihren Tempel sehen.«

Im Gänsemarsch folgten sie Harakht einen Fußpfad entlang, der vom Ufer durch das Unterholz ins Herz der Insel führte.

Offenbar hatte Romaine vor Ankunft des Untersuchungskomitees Alarm gegeben, denn als sie aus dem Wald auf die weite Lichtung traten, wo das Haus stand – eine roh zusammengefügte Holzkonstruktion – erwarteten sie die Anhänger des Harakht-Kultes sämtlich bekleidet: ungefähr zwanzig Männer und Frauen jeden Alters und Aussehens.

Harakht führte sie die Stufen des Hauptgebäudes hinauf und in das, was anscheinend das Allerheiligste war – ein erstaunlicher Raum, weit in den Ausmaßen, ausgestattet mit astrologischen Karten, Gipsstatuen von Horus, dem falkenköpfigen ägyptischen Gott, Stierhörnern, einem Thron, und einer Art Kanzel, die von rohen Holzbrettern eingefaßt war.

Harakht ging sofort auf den Altar zu, als befände er sich dort in Sicherheit, und begann seltsam zu murmeln.

Ellery sah fragend Professor Yardley an, der in der Nähe stand und aufmerksam zuhörte. »Unglaublich«, stieß er aus. »Der Mann ist ein Anachronismus. Im zwanzigsten Jahrhundert einen Menschen zu hören, der altes Ägyptisch spricht –.«

Ellery war erstaunt. »Wollen Sie damit behaupten, daß dieser Mann tatsächlich weiß, was er spricht?«

Yardley lächelte traurig. »Der Mann ist krank. Und was die Echtheit seiner Sprache anbelangt ... Er nennt sich Ra-Harakht. In Wirklichkeit ist er – oder war – einer der größten Ägyptologen. Sein Name ist Stryker. Er erlitt einen schrecklichen Sonnenstich, als er vor Jahren im Tal der Könige Ausgrabungen machte, und erholte sich niemals davon. Armer Kerl.«

Harakht ließ die Arme sinken, ergriff ein altes Weihrauchfaß aus der Altarnische, beräucherte sich und stieg dann ruhig von der Estrade herab. Er lächelte sogar und schien vernünftiger.

Ellery betrachtete ihn mit neuem Interesse. Krank oder nicht, als eine authentische Gestalt wurde der Mann jetzt zu einem völlig neuen Problem.

Ellery wandte sich ab und sah Hester Lincoln, bekleidet mit einem kurzen Rock und Sweater, hereinkommen und sich an Paul Romaines Seite stellen. Ihre Hand griff nach der seinigen. Erstaunlicherweise wurde er feuerrot und tat einen Schritt zur Seite.

Dr. Temple lächelte.

Inspektor Vaughn ging auf Stryker zu, der die Eindringlinge ruhig betrachtete, und sagte: »Können Sie ein paar einfache Fragen beantworten?«

Der Verrückte neigte den Kopf. »Fragt.«

»Wann haben Sie Weirton in West-Virginia verlassen?«

Die Augen flackerten. »Vor fünf Monaten.«

»*Wann?*« sagte Vaughn.

In diesem Augenblick stieß Ellery ein volltönendes Gebrüll aus, das sie alle aufspringen ließ.

»*Krosac*!«

Er beobachtete mit glänzenden Augen den Sonnengott und seinen Geschäftsführer.

Strykers Lächeln verschwand, und ein Muskel über seinem Mund begann zu zucken. Er beugte sich gegen den Altar. Romaine blieb ungerührt, war lediglich erstaunt.

»Verzeihung«, murmelte Ellery, »das passiert mir manchmal. Bitte, fahren Sie fort, Professor.«

»Gar nicht so dumm«, grinste Vaughn. »Harakht, wo ist Velja Krosac?«

Stryker fuhr sich mit der Zunge über die Lippen. »Krosac – nein! Ich weiß es nicht. Er hat das Heiligtum verraten. Er ist davongelaufen.«

»Was soll diese Krosac-Geschichte bedeuten?« brummte Romaine. »Alles, was ich weiß, ist, daß ich den Alten hier im Februar getroffen habe. Mir gefiel seine Idee.«

»Wo war das?«

»In Pittsburg. Kam mir wie eine prima Gelegenheit vor. Dieser Käse mit dem Sonnengott . . . Nicht schlecht für geistig Minderbemittelte, aber mich interessiert bloß, daß die Leute ihre stinkigen Kleider ausziehen und in die Sonne gehen.«

»Wie kamen Sie auf die Austerninsel?«

»Es war abgemacht«, gellte Stryker.

»Abgemacht?« Isham runzelte die Stirn. »Von wem?«

Stryker wiederholte: »Es war abgemacht.«

»Ach, hören Sie nicht auf den!« knurrte Romaine. »Wenn der seine Tour hat, kriegen Sie kein vernünftiges Wort aus ihm heraus. Als ich mich mit ihm zusammentat, sagte er genau dasselbe. Es sei abgemacht, auf die Austerninsel zu gehen.«

»Bevor Sie sein – äh – Hilfspriester wurden?«

»Richtig.«

Sie schienen an einem toten Punkt angelangt.

Die Untersuchung enthüllte, daß dreiundzwanzig Nacktkulturanhänger auf der Insel wohnten, die meisten von ihnen aus New York. Der alte Ketcham lebte mit seiner Frau am östlichen Zipfel der Insel. Niemand schien seit einigen Tagen den Fuß aufs Festland gesetzt zu haben.

## 9. Eine Anweisung auf 100 Dollar

Die Polizeibarkasse tuckerte vom Kai in östlicher Richtung den grünbewachsenen Uferstreifen der Austerninsel entlang. Am äußersten Ostzipfel der Insel sahen sie einen Anlegeplatz.

»Das muß der von Ketcham sein«, sagte Vaughn. »Halten Sie darauf zu.«

Die Insel war an diesem Ende beinahe noch verlassener als auf der Westseite. Dr. Temple, recht gedämpfter Stimmung, und Professor Yardley blieben in der Barkasse. Staatsanwalt Isham, Vaughn und Ellery kletterten über die baufälligen Planken und folgten dann einem gewundenen Pfad durch den Wald. Nach hundertfünfzig Yards stießen sie auf eine Hütte aus grobbehauenen Stämmen. Auf der Türschwelle saß, gemütlich aus einem Maiskolben rauchend, ein großer, sonnengebräunter alter Mann. Beim Anblick seiner Besucher stand er rasch auf.

»Was wollen Sie hier?«

»Polizei«, sagte Vaughn bestimmt. »Sie sind Mr. Ketcham?«

Der alte Mann nickte. »Hinter den Nackten her, was? Also, ich und Mrs. Ketcham, wir haben nichts damit zu tun. Mir gehört bloß das bißchen hier. Wenn die Mieter was ausgefressen haben, ist das ihr Pech. Ich bin nicht verantwortlich.«

»Niemand behauptet das«, knurrte Isham. »Wissen Sie nicht, daß auf dem Festland in Bradwood ein Verbrechen begangen wurde?«

»Was Sie nicht sagen!« Ketchams Kiefer fiel herab.

»Moment, Inspektor«, sagte Ellery mit lebhaften Augen. »Mr. Ketcham, wer mietete die Insel von Ihnen?«

Aus Ketchams Maiskolben stieg gelber Rauch auf. »Nicht der Spinner. Ein Mann mit verdammt komischem Namen. Was Ausländisches. Kro-sac.« Er sprach ihn mit Schwierigkeiten aus.

Die drei Männer wechselten Blicke.

»Hinkte er?« fragte Ellery gespannt.

»Da ich ihn nie gesehen habe«, kaute Ketcham, »kann ich das nicht sagen. Warten Sie mal eine Minute. Ich habe da was, was Sie interessieren könnte.« Er drehte sich um und verschwand im Dunkel der Hütte.

»Das ist der Brief«, sagte er. »Ist von dem Kro-sac gekommen. Können Sie selber sehen.«

Vaughn riß es ihm aus der Hand, und Ellery und Isham betrachteten das Papier prüfend. Es war eine maschinegeschriebene Mitteilung auf einem Papier unbestimmbarer Herkunft, datiert vom 13. Oktober des vergangenen Jahres. Sie beantwortete die Anzeige in einer New Yorker Zeitung, welche die Austerninsel als Sommeraufenthalt empfahl. Der Schreiber legte eine Postanweisung über hundert Dollar als Sicherheit bis zum 1. März des kommenden Jahres, dem eigentlichen Beginn des Mietverhältnisses, bei. Der Brief war unterschrieben mit *Velja Krosac.*

»Ist dieser Krosac am ersten März persönlich erschienen?« fragte der Distriktstaatsanwalt.

»Nein, Sir. Nur der alte Harakht kam und der Bursche, der bei ihm ist. Romaine. Die haben den Rest der Miete in bar gezahlt und haben übernommen.«

Vaughn und Isham ließen das Thema Krosac fallen. Offensichtlich konnte der Alte nichts mehr in dieser Richtung beitragen. Der Inspektor schob den Brief in seine Tasche und begann, Fragen bezüglich des Brad-Harakht-Streits zu stellen. Sobald sich der Kult als Nacktkolonie erwiesen hatte, hatte Brad mit behördlichen Maßnahmen gedroht, mit der Begründung, die beiden Männer erregten öffentliches Ärgernis.

»Aber sie taten mir nicht weh und Mrs. Ketcham auch nicht«, sagte der alte Mann. »Mr. Brad wollte mir tausend Dollar geben, wenn ich wegen Erregung öffentlichen Ärgernisses kündigte. Nein, Sir, sagte ich, nicht der alte Ketcham. Will nichts mit den Behörden zu tun haben.«

Die letzte und heftigste Auseinandersetzung hatte sich vor drei Tagen ereignet, fuhr Ketcham fort, am Sonntag. Brad war über die Bucht gesegelt, hatte Stryker im Wald getroffen und mit diesem ein erhitztes Wortgefecht gehabt, in dessen Verlauf sich der kleine braunbärtige Mann geradezu in Raserei gesteigert hatte. »Dachte, er würde ganz überschnappen«, bemerkte Ketcham gemütlich. »Romaine – ein mächtig strammer Bursche ist das –, der mischte sich ein und sagte, Mr. Brad solle sich von der Insel scheren. Ich war im Wald und hab' zugehört; war nicht meine Sache, geht mich nichts an. Und Mr. Brad wollte nicht gehen, und Romaine packt Mr. Brad am Genick und sagt: ›Jetzt verschwinde, verdammt noch mal, oder ich schlag' dich so zu Brei, daß deine eigene Mutter dich nicht mehr erkennt!‹ Und Mr. Brad verschwand und schrie, er würde sie schon kriegen, und wenn es seinen letzten Groschen kostete.«

Isham rieb sich wieder die Hände. »Sie sind in Ordnung, Mr. Ketcham. Sagen Sie, hatte sonst noch jemand vom Festland Auseinandersetzungen mit Harakht und Romaine?«

Der alte Ketcham lächelte verschlagen. »Der Bursche Jonah Lincoln – wohnte in Bradwood. Hatte einen Boxkampf mit Romaine, letzte Woche hier auf der Insel.« Er schmatzte mit seinen ledernen Lippen. »Lincoln wollte seine Schwester holen. Mußte was einstecken, trug es aber wie ein Mann. Romaine schmiß ihn in die Bucht, wahrhaftig. Strammer Bursche, der Romaine.«

## 10. Dr. Temples Abenteuer

Der Nachmittag war vorangeschritten. Staatsanwalt Isham verschwand. Mrs. Brad hatte sich in ihrem Schlafzimmer eingeschlossen; krank, hieß es, und ihre Tochter Helene befand sich bei ihr. Jonah Lincoln irrte ruhelos durch den Park. Schutzleute und Detektive gähnten. Reporter kamen und gingen.

Ellery, keineswegs ermüdet, folgte Professor Yardley einen Kiesweg zum Haus hinauf. Beide Männer waren mit ihren eigenen Gedanken beschäftigt.

Der Abend kam, und mit der hereinfallenden Dunkelheit schien die Austerninsel im Sund zu versinken.

Es war beinahe Mitternacht, als sich auf der Veranda von Dr. Temples Haus etwas bewegte und der Arzt, in schwarze Hose, schwarzen Pullover und schwarze Mokassins gekleidet, seine Pfeife auslöschte und geräuschlos die Veranda hinunterschritt, um unter den dunklen Bäumen zu verschwinden.

Und dann erstarrte er; schwache Stimmen näherten sich aus der Richtung von Ketchams Landungsplatz. Er tastete sich mit äußerster Vorsicht näher an das Ufer heran. Plötzlich gurgelte das schwarze Wasser beinahe gegen seine Füße. Er strengte seine

Augen an: Drei Meter vom Ufer, knapp neben dem wackligen Steg, schaukelte ein Ruderboot. Zwei schattenhafte Figuren wurden sichtbar, die in der Mitte des Boots saßen. Ein Mann und eine Frau. Der Arm der Frau lag um den Mann, und sie sprach leidenschaftlich auf ihn ein.

»Warum bist du so kalt? Nimm mich mit auf die Insel. Dort sind wir sicherer – unter den Bäumen . . .«

Die Stimme des Mannes gedämpft und vorsichtig: »Du benimmst dich wie eine Idiotin. Ich sage dir, es ist gefährlich. Ausgerechnet heute nacht! Irgend jemand wird dich vermissen, und dann ist der Teufel los. Ich habe dir gesagt, wir dürfen uns nicht sehen, mindestens so lange nicht, bis der Wirbel vorbei ist.«

Die Frau riß ihren Arm von des Mannes Hals und wimmerte: »Ich wußte es! Du liebst mich nicht mehr. Oh, es ist . . .«

Er schlug ihr die Hand auf den Mund und flüsterte fieberhaft: »Halt den Mund! Hier ist überall Polizei!«

Sie stieß ihn mit beiden Händen von sich und richtete sich langsam auf. »Nein, du sollst sie nicht haben. Dafür werde ich sorgen.«

Der Mann schwieg. Er ergriff ein Ruder und paddelte zum Ufer. Die Frau stand auf, und er stieß sie roh aus dem Boot, stemmte sich hastig ab und begann zu rudern – Richtung Austerninsel.

Der Mond stieg auf, und da sah Dr. Temple, daß der davonrudernde Mann Paul Romaine war.

Und die Frau, die bleich und zitternd am Ufer stand, war Mrs. Brad.

Als Ellery am nächsten Morgen den Kiesweg von Bradwood hinaufging, sah er Staatsanwalt Ishams Wagen auf der Einfahrt parken. Er ging an dem bleichen Stallings vorbei ins Wohnzimmer. Dort fand er Isham und Vaughn und ihnen gegenüber Fox, den Chauffeur. Fox stand vor Isham, ruhig, mit fest ineinanderverschränkten Händen; nur die Augen verrieten seine Unruhe. Mrs. Brad, Helene und Jonah Lincoln saßen an einer Seite zusammen.

»Treten Sie ein, Mr. Queen«, sagte Isham vergnügt. »Sie kommen gerade rechtzeitig. Fox, warum reden Sie nicht?«

Ellery kam leise näher. Fox rührte sich nicht. »Ich verstehe nicht«, sagte er, doch offenbar verstand er sehr wohl und wollte

Zeit gewinnen.

Vaughn entblößte seine Zähne. »Stellen Sie sich nicht dumm. Sie waren Dienstag nacht bei Patsy Malone – der Nacht, in der Brad ermordet wurde!«

»An dem Abend«, fügte Isham bedeutungsvoll hinzu, »als Sie Stallings und Mrs. Baxter am *Roxy* absetzten. Um acht Uhr, Fox.«

Fox stand wie zu Stein erstarrt. Seine Lippen waren weiß.

»Nun?« knurrte der Inspektor. »Was haben Sie zu sagen, Bursche? Warum besucht ein unschuldiger Chauffeur das Hauptquartier eines New Yorker Gangsters?«

Fox blinzelte, ohne zu antworten.

»Sie wollen wohl nicht reden, wie?« Der Inspektor ging zur Tür. »Mike, bringen Sie das Stempelkissen her.«

Ein Beamter in Zivil erschien sofort, ein Stempelkissen und Papier in der Hand. Fox stieß einen gurgelnden Schrei aus und machte einen Satz auf die Tür zu. Der Beamte ließ Stempelkissen und Papier fallen und packte Fox' Arm, während der Inspektor mit einem raffinierten Griff des Mannes Bein zu fassen bekam und ihn unter wildem Gezappel zu Boden zwang. Überwältigt, gab er seine Gegenwehr auf und ließ sich von Vaughn widerstandslos hochziehen.

Helene Brad sah mit entsetzten Augen zu, Mrs. Brad schien unberührt. Lincoln stand auf und wandte sich ab.

»Nehmen Sie seine Abdrücke«, sagte der Inspektor grimmig. Der Beamte ergriff Fox' rechte Hand, drückte seine Finger auf das Stempelkissen und dann fachmännisch auf das Papier. Der Inspektor winkte zwei Detektiven. »Bringen Sie ihn zu seiner Hütte zurück und halten Sie ihn da unter Verschluß. Wir werden uns später mit ihm beschäftigen.«

Fox' Augen brannten, als er zwischen den beiden Detektiven hinausstolperte.

»So!« Der Inspektor wischte sich die Stirn. »Tut mir leid, Mrs. Brad, daß ich hier in Ihrem Wohnzimmer einen solchen Wirbel veranstalten mußte.«

Mrs. Brad schüttelte den Kopf. »Ich begreife das nicht. Er war so ein netter junger Mann. Sie glauben doch nicht, daß er es war, der ...«

Vaughn wandte sich an Ellery. »Das geht auf das Konto Ihres

Vaters, Mr. Queen. Wir verdanken den Tip Inspektor Queen.«

»Ich wußte doch, daß Dad seine Finger nicht davon lassen konnte«, murmelte Ellery. »Wie kam er dazu?«

»Ein Spitzel sah Fox in Malones Hauptquartier gehen, das ist alles. Aber es genügte.« Der Inspektor grinste, zog ein maschinegeschriebenes Blatt aus der Tasche und reichte es Ellery. »Wenn Sie daraus etwas machen können, sind Sie ein Genie. *Aber* ...«, sagte er scharf, sich an Lincoln wendend, der aufgestanden war und den Raum verlassen wollte, »Sie wollen doch nicht gehen, Mr. Lincoln? Da ist noch etwas, das ich Sie fragen möchte.«

»Und das wäre?« fragte Lincoln.

»Warum«, sagte Vaughn heiter, »haben Sie mich gestern belogen, als Sie sagten, Sie, Miss Brad und ihre Mutter seien Montagabend zusammen nach Hause gekommen?«

»Ich – wieso, was meinen Sie?«

Isham sagte: »Es macht den Eindruck, Mrs. Brad, als gäben Sie sich alle erdenkliche Mühe, die Nachforschungen nach dem Mörder Ihres Gatten aufzuhalten, statt zu fördern. Die Leute des Inspektors haben von dem Taxichauffeur erfahren, der Sie am Montagabend vom Bahnhof nach Bradwood brachte, daß nur zwei Fahrgäste –«

»Zwei?« sagte Ellery gedehnt.

» – daß nur Mr. Lincoln und Miss Brad in dem Wagen saßen, Mrs. Brad.«

Helene sprang auf; Mrs. Brad verschlug es die Sprache. »Antworte nicht, Mutter. Das ist infam! Wollen Sie behaupten, daß einer von *uns* in den Mord verwickelt ist, Mr. Isham?«

Lincoln stammelte: »Aber, Helene, sollen wir nicht doch besser ...«

»Jonah!« Sie sah ihn zitternd an. »Wenn du es wagst, den Mund zu öffnen, dann rede ich nie mehr mit dir.«

Lincoln biß sich auf die Lippen, mied ihre Augen und verließ das Zimmer. Mrs. Brad stieß ein Stöhnen aus. Helene stellte sich vor sie, als wollte sie sie vor Unheil bewahren.

»Bitte«, sagte Isham, »da haben Sie's, Mr. Queen. Mit so was muß man sich nun bei einer Morduntersuchung zufriedengeben. Gut, Miss Brad. Bitte, nehmen Sie zur Kenntnis, daß von jetzt an jeder von Ihnen unter dem Verdacht steht, Thomas Brad ermordet zu haben!«

11. Der Professor erzählt

Mit dem Eifer eines Hundes, der einen Knochen gefunden hat, eilte Ellery Queen zum Haus seines Freundes. Er fand Professor Yardley in einem Raum mit marmornem Mosaikfußboden und türkischen Arabesken. In der Mitte befand sich ein Bassin.

»Was bringen Sie Neues?« fragte der Professor.

Ellery machte ein finsteres Gesicht. »Sie haben natürlich nichts über die letzten Entwicklungen im Falle Fox und Mrs. Brad gehört.« Die Augenbrauen des Professors hoben sich. Ellery berichtete, was sich vor einer Stunde im Wohnzimmer von Bradwood ereignet hatte.

Der Professor zuckte die Schultern. »Was enthält dieses Nachschlagwerk in Ihrer Hand?«

»Schnelle Arbeit von seiten Vaughn. Der Portier des *Parktheaters* bezeugte, daß eine Dame, auf die Mrs. Brads Beschreibung zutrifft, das Theater am Dienstagabend in der Mitte des ersten Aktes gegen neun Uhr verlassen habe.«

»Allein?«

»Ja. Noch etwas anderes. Vaughns Leute haben das Original der Postanweisung über hundert Dollar gefunden, die Ketcham als Anzahlung für die Inselmiete erhielt. Sie war im Postamt von Peoria, Illinois, von Velja Krosac aufgegeben worden.«

»Nein!« Die Augen des Professors wurden kugelrund.

»Noch eine Sache von Interesse: Bücherrevisoren prüfen die Bücher von Brad and Megara. Routineuntersuchung, natürlich. Doch soweit scheint alles in Ordnung. Die Finanzen stehen gut. Unser Weltenbummler Stephen Megara, der irgendwo auf hoher See schaukelt, betätigt sich nicht aktiv im Geschäft – seit fünf Jahren nicht. Brad schwebte darüber, und Lincoln führt die Sache fast alleine. Ich möchte wissen, wo ihn der Schuh drückt.«

»Ärger mit der Schwiegermutter in spe, würde ich denken«, sagte der Professor trocken.

»Übrigens, Velja Krosac ist Montenegriner!«

»Montenegriner? Sie meinen von Geburt? Denn ein solches Land existiert heute nicht mehr«, sagte Yardley interessiert. »Es wurde ein Teil Jugoslawiens.«

»Hm. Nachforschungen haben erbracht, daß Krosac aus Montenegro emigrierte. Er begegnete Freund Harakht oder Stryker vor vier Jahren in Chattanooga, Tennessee, und die beiden vereinigten ihre Streitkräfte. Stryker verkaufte damals eine ›Sonnen-Medizin‹. Krosac wurde sein Geschäftsführer und, um der Reklame willen, sein ›Jünger‹, der dem armen alten Geistesgestörten half, seinen Sonnenkult und seine Gesundheitspredigten während ihres Nomadendaseins auf den Straßen zu arrangieren.«

»Hörte man etwas über Krosac nach dem Mord von Arroyo?«

Ellery machte ein langes Gesicht. »Nein. Er ist einfach verschwunden. Er hat es bemerkenswert geschickt angestellt.«

»Und Kling, Vans Diener?«

»Keine Spur zu finden. Es ist, als hätte die Erde beide verschluckt. Diese Komplikation mit Kling beunruhigt mich. Wo, zum Teufel, steckt er? Wenn Krosac ihn über die Klinge hat springen lassen, wo ist dann seine Leiche – wo hat Krosac sie versteckt? Ich sage Ihnen, Professor, bevor wir Klings Schicksal nicht genau kennen, werden wir diesen Fall nicht lösen. Indem Isham Krosac als den wahrscheinlichen Mörder von Van hinstellt, hat er den entscheidenden Punkt getroffen.«

»Wie kommen Sie darauf?«

»Durch die Tatsachen. Aber daß Krosac Andrew Van ermordet hat, ist nicht der Schlüssel zu diesem Fall. Das entscheidende Problem ist«, Ellery beugte sich vor, »*wer ist Krosac?*«

»Wie meinen Sie das?« fragte Professor Yardley.

»Ich meine, daß Velja Krosac nur *einem* Menschen in dieser Affäre wirklich bekannt ist«, antwortete Ellery ernst. »Das ist Stryker, von dem man kein glaubwürdiges Zeugnis erwarten kann. Darum wiederhole ich: Wer ist Krosac? Wer ist Krosac *jetzt?* Er kann jemand von uns sein!«

»Unfug«, sagte der Professor unbehaglich. »Ein Montenegriner, wahrscheinlich mit kroatischem Akzent, ein Mann außerdem, der links hinkt –.«

»Nicht unbedingt Unfug, Professor. Nationalitäten verwischen sich in unserem Lande, und als sich Krosac mit Croker, dem Garagenbesitzer aus Weirton, unterhielt, sprach er völlig akzentfrei. Und bezüglich der Tatsache, daß Krosac sich unter uns aufhalten könne – ich glaube, Sie haben die einzelnen Bestandteile, aus denen sich das Verbrechen an Brad zusammensetzt, nicht genügend analysiert.«

»Wirklich?«

Ellery sah den Professor mit einem verschmitzten Grinsen an. »Ich will nur eine Tatsache erwähnen«, sagte er. »Es war Krosac, der den Sonnenkult in nächster Nähe von Bradwood etablierte. Vor dem Mord an Van, wohlgemerkt. Er kann sich hier herumtreiben. – Kommen Sie!« sagte er unvermittelt. »Lassen Sie uns gemeinsam überlegen. Fangen wir bei Krosac an. Ein Montenegriner. Dieser, sagen wir einmal, ermordete einen Osteuropäer mit offensichtlich falschem rumänischem Namen und einen Osteuropäer mit offensichtlich falschem armenischem Namen. Drei Osteuropäer also, wahrscheinlich alle aus dem gleichen Land; denn ich bin überzeugt, wie die Dinge liegen, stammen Van und Brad nicht aus Armenien oder Rumänien.«

»Ich bin ungewöhnlich ahnungslos, was den Balkan anbelangt«, sagte der Professor. »Die einzige Assoziation, die bei Erwähnung des Wortes in mir auftaucht, ist die Tatsache, daß in diesem Teil der Welt der Ursprung für ein unheimliches Brauchtum liegt.«

»Da bringen Sie mich auf eine Idee«, kicherte Ellery. »Ein Vampir! Erinnern Sie sich an *Dracula,* Bram Stokers unsterblicher Beitrag zu den Alpträumen unschuldiger Bürger? Diese Geschichte des menschlichen Vampirs spielte in Osteuropa. Und sogar die Köpfe wurden abgeschnitten!«

»Sie sind nicht ernsthaft«, protestierte Yardley.

Ellery rauchte eine Weile. »Ich weiß selber nicht, ob ich es bin oder nicht.«

»Wie war das mit diesem ägyptischen Kreuz?« fragte der Professor plötzlich.

Ellery setzte sich auf. »Ja, was ist damit? Habe ich, um es klassisch auszudrücken, einen Riesenbock geschossen?«

Der Professor klopfte bedächtig seine Pfeife aus. »Mein Sohn«, sagte er feierlich, »Sie haben sich selber zum Narren gemacht.«

Ellery runzelte die Stirn. »Wollen Sie sagen, das *tau*-Kreuz sei kein ägyptisches Kreuz?«

»Genau dies will ich sagen.«

Ellery schaukelte leicht hin und her. »Die Stimme der Autorität ... Hm. Sie wären nicht bereit, eine kleine Wette abzuschließen, Professor?«

»Ich bin nicht der Typ, dazu fehlt mir das Einkommen. Woher haben Sie die Idee, das *crux commissa* würde ›ägyptisches Kreuz‹ genannt?«

»Aus der *Encyclopaedia Britannica.* Dort wurde das *tau-* oder T-Kreuz als ein gebräuchliches ägyptisches Zeichen beschrieben.«

Der Professor kicherte. »Die *Encyclopaedia Britannica* ist ebenso fehlbar wie andere menschliche Institutionen und nicht immer die letzte Autorität. Ein bestimmter sakraler Gegenstand der Ägypter besaß zwar die Form eines griechischen T. Es erscheint gelegentlich als Hieroglyphe. Doch wird deshalb daraus kein *tau-Kreuz,* das ein altes christliches Symbol ist. Falls man ein kreuzförmiges Symbol unbedingt als ägyptisches Kreuz bezeichnen will, dann ist es das ›*ankh*‹.«

»Das *ankh?*« Ellery grübelte. »Vielleicht war es überhaupt das, woran ich gedacht hatte. Ist dies nicht das T-Kreuz mit dem Kreis auf der Spitze?«

Yardley schüttelte den Kopf. »Kein Kreis, mein Junge, sondern eine tropfen- oder birnenförmige kleine Figur. Das *ankh* im ganzen erinnert an einen Schlüssel. Es heißt das *crux ansata* und erscheint mit größter Häufigkeit auf ägyptischen Inschriften. Es ist gleichbedeutend mit ›göttlich‹ oder ›königlich‹ und charakterisiert seinen Träger als einen Erzeuger des Lebens.«

»Erzeuger des Lebens?« In Ellerys Augen funkelte es. »Mein Gott!« rief er. »Ich hab's! Begreifen Sie nicht? *Ankh* – Symbol des Lebens. Die Querbalken des T – die Arme. Der Pfosten – der Körper. Birnenförmige Scheibe an der Spitze – der Kopf. Und der Kopf wurde abgeschnitten! Das hat etwas zu bedeuten. Ich sage Ihnen – Krosac änderte vorsätzlich das Symbol des Lebens in das des Todes.«

Der Professor starrte ihn einen Moment lang an und brach dann in spöttisches Gekicher aus. »Bestechend, mein Junge, doch Meilen an der Wahrheit vorbei.«

Ellerys Aufregung versiegte. »Was ist nun wieder falsch?«

»Ihre erleuchtete Interpretation von Mr. Krosacs Motiven, warum er seinen Opfern den Kopf abschnitt, könnte haltbar sein, wenn das *ankh* oder *crux ansata* das Symbol einer menschlichen *Gestalt* wäre. Doch das ist es nicht, Queen. Es stellte niemals eine menschliche Figur dar.«

Ellery polierte die beschlagenen Gläser seiner Brille, wobei er nachdenklich auf das sonnige Wasser blinzelte. »Na gut«, sagte er trübselig. »Lassen wir die gesamte ägyptische Theorie fallen! Kehren wir zu dem, was uns vor der Nase liegt, zurück.«

»Was wäre das?«

»Die Tatsache, daß T wahrscheinlich T bedeutet, und nichts anderes. T im alphabetischen Sinn. T, T . . .« Er unterbrach sich plötzlich, und der Professor betrachtete ihn verwundert. Ellery starrte in das Becken.

In diesem Augenblick erschien eine alte Negerin.

»Mistah Ya'dley«, sagte sie mit sanftem Vorwurf in der Stimme, »jemand schlägt uns bald die Tür ein.«

»Äh?« Der Professor tauchte aus seinen Träumereien auf. »Wer ist da?«

»Der Spektor. Is' schrecklich aufgeregt.«

»Gut, Nanny. Schicken Sie ihn her.«

Einen Augenblick später platzte Vaughn herein, mit einem schmalen Papier winkend; sein Gesicht glühte vor Aufregung. »Queen«, rief er. »Große Neuigkeit!«

Ellery wandte sich mit abwesenden Augen um. »Oh, hallo, Inspektor. Was für eine Neuigkeit?«

»Lesen Sie.« Der Inspektor warf den Zettel auf den Marmorfußboden und sank auf den Rand des Beckens.

Ellery und der Inspektor sahen sich gegenseitig an, dann das Papier. Es war ein Telegramm von der Insel Jamaika: ERREICHTE HEUTE HAFEN ERFUHR BRADS TOD LAUFE SOFORT NACH NEW YORK AUS. – STEPHEN MEGARA.

## 12. Neptuns Geheimnis

Stephen Megaras Jacht *Helene* fuhr in Rekordzeit von Jamaika nördlich durch die Bahamas, doch bei der Insel New Providence stellte sich ernstlicher Motorschaden ein, und Kapitän Swift sah sich gezwungen, in den Hafen von Nassau zur Reparatur einzulaufen. Es dauerte einige Tage, bevor sie wieder in See stechen konnten.

So kam es, daß die *Helene* erst am ersten Juli, acht Tage nachdem Vaughn Megaras Telegramm erhalten hatte, anlangte.

Acht Tage ereignisloser Ruhe. Mit Ausnahme des Begräbnisses. Und selbst das wurde zu einer stillen Affäre.

Die Suche nach Velja Krosac hatte inzwischen den Umfang einer kontinentalen Menschenjagd angenommen. Seine Beschreibung war an alle Polizeihauptquartiere, Sheriffbüros und Hafenbehörden in den Vereinigten Staaten gegangen; trotz des riesig erweiterten Netzes wurde kein montenegrinischer Fisch gefangen.

Der Chauffeur Fox befand sich immer noch unter Bewachung in seiner Hütte. Die Nachforschungen über ihn vollzogen sich in aller Stille. Es war des Inspektors geniale Eingebung, den Mann völlig zu ignorieren, bis auf die schweigenden Wachen. Fox wurde weder befragt noch herumgestoßen; man ließ ihn gänzlich allein. Trotz dieser Nervenbelastung brach der Mann nicht zusammen. Er saß still in seiner Hütte, Tag um Tag, kaum die Nahrung, die ihm aus Mrs. Baxters Küche gebracht wurde, berührend, kaum sich bewegend, kaum atmend.

Als die *Helene* in den tiefen Wassern zwischen der Austerninsel und dem Festland vor Anker ging, standen Inspektor Vaughn, Staatsanwalt Isham, Ellery Queen und Professor Yardley in schweigender Erwartung am Kai, bis die Polizeibarkasse festmachte.

Stephen Megara war ein großer, sonnengebräunter Mann von mächtigem Umfang, mit schwarzem Schnurrbart und einer Nase, die aussah, als sei sie ihm zerschmettert worden. Er war eine vitale und finstere Erscheinung. Er ergriff Helenes Hand, ließ die anderen unbeachtet und blickte ihr intensiv in die Augen. Sie errötete und entzog ihm langsam ihre Hand. Megara verzog seinen Schnurrbart zu einem kurzen Lächeln, murmelte etwas in Mrs. Brads Ohr, nickte Dr. Temple rasch zu und wandte sich wieder um.

Der Staatsanwalt begann mit der Vorstellung: »Isham, Distriktstaatsanwalt von Nassau. Das hier ist Inspektor Vaughn von der Grafschaftspolizei. Mr. Ellery Queen, Privatdetektiv, Professor Yardley, ein Nachbar von Ihnen.«

Megara schüttelte mechanisch Hände. Dann drehte er sich um und wies auf einen alten Mann mit harten Zügen in blauer Uniform. »Kapitän Swift.«

»Tag«, sagte Kapitän Swift zur Allgemeinheit und legte seine linke Hand an die Mütze. Drei Finger fehlten, stellte Ellery fest. Dann bewegte sich alles vom Kai auf das Haus zu.

»Zu ärgerlich, daß ich nicht früher Nachricht erhielt«, sagte Megara unterwegs zu Isham. »Es war ein schwerer Schlag.« Allerdings, wie er es sagte, schien es nicht wie ein Schlag; er besprach den Mord an seinem Partner so unberührt, als handle es sich um den Ankauf einer neuen Schiffsladung von Teppichen.

»Wir haben auf Sie gewartet, Mr. Megara«, sagte Inspektor Vaughn. »Wer kann Ihrer Meinung nach ein Motiv für den Mord an Mr. Brad gehabt haben?«

»Hm«, sagte Megara. Er wandte für einen Moment den Kopf zu Mrs. Brad und Helene. »Kann ich im Augenblick nicht beantworten. Erzählen Sie mir genau, was passiert ist.«

Isham öffnete den Mund, um zu antworten, als Ellery mit sanfter Stimme fragte: »Haben Sie jemals von einem Mann namens Andrew Van gehört?«

Den Bruchteil einer Sekunde wurde der Rhythmus von Megaras Schritten unterbrochen, doch sein Ausdruck blieb undurchsichtig, als er weiterstrebte. »Andrew Van? Was hat der damit zu tun?«

»Dann kennen Sie ihn also!« rief Isham aus.

»Er ist unter ähnlichen Umständen wie denen beim Tode Ihres Partners ermordet worden, Mr. Megara«, sagte Ellery.

»Van auch ermordet!« Etwas von der Haltung des Seemanns fiel in sich zusammen, in seine kühnen Augen trat ein unruhiges Flackern.

»Der Kopf wurde abgeschnitten und der Körper in Form eines T gekreuzigt«, fuhr Ellery beiläufig fort.

Diesmal blieb Megara stehen, und die ganze Kavalkade hinter ihm ebenfalls. Sein Gesicht färbte sich unter der Maske von Sonnenbräune lila. »T!« stammelte er. Er war plötzlich um Jahre gealtert.

»Können Sie die T erklären?« fragte Ellery aufgeregt.

»Ich habe eine Idee...« Megaras Zähne schlugen aufeinander, und er schritt vorwärts.

Sie bewältigten die restliche Entfernung bis zum Hause schweigend.

Im Wohnzimmer angekommen, seufzte Megara und steckte seine Hände in die Taschen. »Meine Herren«, sagte er abrupt, »ich glaube, ich weiß, wer meinen – wer Brad ermordet hat.«

»Tatsächlich?« sagte Vaughn ungerührt.

»Wer?« rief Isham.

Megara warf seine breiten Schultern zurück. »Ein Mann namens Velja Krosac. Wenn das T bedeutet, was ich glaube, dann ist er der einzige Mensch auf der Welt, der dieses Zeichen zurücklassen konnte. Erzählen Sie mir, was geschah. Bei Vans ebenso wie bei Brads Ermordung.«

Der Inspektor begann mit einer kurzen bündigen Zusammenfassung alles dessen, was sich bei den beiden Verbrechen ereignet hatte. Als die Geschichte endete, lächelte Megara gezwungen.

»Ich sehe jetzt klar.« Er hatte seine Haltung zurückgewonnen, sie drückte Willen und Mut aus. »Sagen Sie mir nur noch, was Sie in dem Sommerhaus fanden. Oder führen Sie mich unverzüglich hin.« Isham war unentschlossen, doch Ellery warf ihm einen Blick zu und nickte. Alles strömte hinter dem Seemann hinaus.

Ein Beamter hielt vor dem Sommerhaus Wache. Megara trat, ohne mit der Wimper zu zucken, ein. Das Innere des Häuschens befand sich noch in genau dem gleichen Zustand, wie die Detektive es am Morgen nach dem Verbrechen gefunden hatten. Megara hatte nur Blick für eine Sache: Die Pfeife mit dem geschnitzten Kolben in Form eines Neptunkopfes mit Dreizack.

»Das habe ich mir gedacht«, sagte er ruhig, indem er stehenblieb und die Pfeife aufnahm. »Sie halten dies für Toms Pfeife. Nun, das war sie nicht.«

»Sie wollen doch nicht etwa behaupten«, rief der Inspektor aus, »es sei Krosacs Pfeife gewesen?«

»Ich wollte, ich könnte es«, antwortete Megara düster. »Nein. Sie gehört mir.«

Einen Augenblick lang waren sie damit beschäftigt, diese Eröffnung zu verdauen. Vaughn war lediglich erstaunt. »Aber selbst«, sagte er, »wenn es Ihre . . .«

»Warten Sie eine Minute, Vaughn«, unterbrach der Staatsanwalt rasch. »Ich glaube, dahinter steckt mehr, als im Augenblick ersichtlich ist. Mr. Megara, wir befanden uns in dem Glauben, die Pfeife gehöre Mr. Brad. Sie trug Brads Fingerabdrücke und wurde in der Mordnacht mit seinem Tabak geraucht. Jetzt sagen Sie, es sei die Ihrige. Was ich dabei nicht verstehe . . .«

Megaras Augen verengten sich, seine Stimme klang eigensinnig. »Hier stimmt etwas nicht, Mr. Isham. Das ist meine Pfeife. Wenn Stallings sagt, es sei Toms, lügt er entweder, oder er hielt sie für Toms, weil er sie schon vor einem Jahr, bevor ich fortging, im Haus gesehen hat. Ich habe sie versehentlich hier liegenlassen, als ich vor einem Jahr absegelte.«

»Was Sie nicht verstehen«, sagte Ellery sanft zu Isham, »ist, warum ein Mann die Pfeife eines anderen Mannes rauchen sollte.«

»Ja.«

»Lächerlich!« knurrte Megara. »Tom hätte niemals meine Pfeife oder die von jemand anderem geraucht. Kein Mensch steckt ein fremdes Mundstück in den Mund. Tom schon gar nicht; er war ein Reinlichkeitsfanatiker.« Er drehte den Neptunskopf abwesend zwischen seinen Fingern. »Ich habe den alten Neptun vermißt – besitze ihn seit fünfzehn Jahren. Tom wußte, wieviel die Pfeife mir wert war.« Er schwieg einen Augenblick lang. »Er hätte ebensowenig diese Pfeife geraucht, wie er ein fremdes Gebiß in den Mund gesteckt hätte.«

Niemand lachte. Ellery sagte rasch: »Wir stehen einer interessanten Situation gegenüber, meine Herren. Der erste Lichtstrahl. Erkennen Sie, wie bedeutsam die Identifizierung der Pfeife von Mr. Megara ist?«

»Es kann nur eins bedeuten«, grunzte Vaughn. »Krosac wollte Megara verdächtig machen.«

»Unsinn, Inspektor«, sagte Ellery freundlich. »Es bedeutet nichts dergleichen. Jeder wußte, daß Megara irgendwo, Tausende von Meilen entfernt, auf dem Wasser schwamm.« Er wandte sich an den Jachtbesitzer, der still, mit gerunzelter Stirn, die Pfeife musterte. »Wo waren Sie, Sir – Ihre Jacht, Sie selbst, Ihre Mannschaft – am zweiundzwanzigsten Juni?«

Megara drehte sich zu seinem Kapitän. »Das haben wir erwartet, nicht wahr, Swift?« Sein Schnurrbart hob sich. »Wo waren wir?«

Der Kapitän zog ein Papier aus seiner ausgebeulten Tasche. »Aufzeichnung aus meinem Logbuch«, sagte er, »beantwortet Ihre Frage, Mister.«

Sie prüften die Aufzeichnung. Sie besagte, daß die *Helene* am 22. Juni die Gatun-Schleuse des Panamakanals passiert hatte, unterwegs nach den Westindischen Inseln. Dem Blatt war ein offiziell wirkender Zettel beigefügt, auf dem die Kanalverwaltung die Bezahlung für die Passage bestätigte.

»Ich fürchte, Inspektor, nach diesem Beweisstück«, sagte Ellery, »können wir kaum annehmen, daß Krosac uns glauben machen wollte, Megara sei der Mörder seines Partners. Aber auf Grund der Tatsache, daß dieses Mr. Megaras Pfeife ist und daß Brad sie nicht geraucht haben würde, können wir eine haltbare Theorie aufstellen.«

»Wieso?«

»Brad hat diese Neptunpfeife, die ihm nicht gehörte, nicht geraucht. Dennoch wurde sie geraucht – und offensichtlich von dem Opfer selbst angefaßt. Das läßt nur einen Schluß zu.«

»Ausgezeichnet« murmelte der Professor. »Es sollte so *wirken*, als habe Brad die Pfeife geraucht. Ein Kinderspiel, die Fingerabdrücke des Toten an den Stiel zu placieren.«

»Richtig!« rief Ellery. »Nun aber, wer konnte wünschen, daß es wirkte, als habe Brad die Pfeife geraucht? Doch nur der Mörder. Warum? Um den Eindruck zu bekräftigen, daß Brad in seiner Hausjacke, die Pfeife rauchend, zu seinem Sommerhaus gewandert war und dort überfallen und ermordet wurde.«

»Klingt wahrscheinlich«, bekannte Isham. »Aber warum benutzte Krosac hierzu Mr. Megaras Pfeife? Warum nahm er nicht eine von Brads eigenen?«

Ellery zuckte die Schultern. »Darauf gibt es eine einfache Antwort. Krosac fand die Pfeife in der Schublade des Lesetischs in der Bibliothek unter mehreren Pfeifen. Selbstverständlich nahm er an, daß sie alle Brad gehörten. Er wollte eine Pfeife zum Beweis, daß Brad im Sommerhaus geraucht hatte, zurücklassen. So wählte er diejenige mit der ausgeprägtesten Form – Neptun. Freund Krosac hat sich beträchtliche Mühe gegeben, um den Anschein zu erwecken, Brad sei angegriffen und getötet worden, während er *im Sommerhaus* rauchte. Die einzig vernünftige Schlußfolgerung hieraus ist, *daß das Sommerhaus nicht der Ort des Verbrechens war*, wie der Mörder uns dies glauben machen wollte.«

Ellery warf seine Zigarette zur Türe hinaus. »Der nächste Schritt ist ganz klar. Nachdem dies nicht der Ort des Verbrechens ist, müssen wir den richtigen Tatort finden und untersuchen. Ihn zu finden, scheint mir nicht so schwierig. Die Bibliothek natürlich. Dort wurde Brad, mit einer Partie Dame beschäftigt, zuletzt gesehen. Er erwartete jemanden, da er vorher sorgfältig Zeugen oder Störenfriede entfernt hatte.«

»Einen Augenblick.« Megaras Mund hatte sich verhärtet. »Das ist eine schöne Erzählung, Mr. Queen, und sie hört sich gut an, nur stimmt sie leider nicht.«

Ellerys Lächeln verschwand. »Wie? Ich verstehe nicht. Wieso ist diese Analyse falsch?«

»Sie ist in der Annahme falsch, Krosac wisse nicht, daß diese Pfeife mir gehört.«

Ellery nahm seine Brille ab. »Woher wußte Krosac, daß die Pfeife Ihnen gehört?«

»Weil die Pfeife in einem *Behälter* lag. Haben Sie einen Behälter in der Schublade gefunden?«

»Nein.« Ellerys Augen glitzerten. »Sagen Sie nicht, daß sich Ihre Initialen auf dem Kasten befanden, Sir!«

»Mehr als das«, knurrte Megara. »Mein voller Name war in goldenen Lettern auf den Lederüberzug gepreßt. Als ich die Pfeife zuletzt sah, lag sie in dem Behälter. Er hat natürlich eine ebenso ausgefallene Form wie die Pfeife und kann unmöglich für eine andere gebraucht werden.«

»Oh, großartig!« rief Ellery mit breitem Lächeln. »Die Sache bekommt ein völlig neues Licht. Also, Krosac wußte, daß es Ihre Pfeife war. Trotzdem wählte er mit Vorbedacht Ihre Pfeife aus, um sie im Sommerhaus zurückzulassen. Den Behälter nahm er offensichtlich an sich, da er verschwunden ist. Warum nahm er den Behälter? Weil wir ihn gefunden und sofort gewußt hätten, daß die Pfeife nicht Brad gehörte. Indem er den Behälter entfernte, ließ er uns *eine gewisse* Zeit glauben, die Pfeife gehöre Brad. Stimmen Sie mit der Schlußfolgerung überein?«

»Warum nur eine gewisse Zeit?« wollte Vaughn wissen.

»Weil«, sagte Ellery triumphierend, »Mr. Megara zurückkam, die Pfeife identifizierte und uns von dem fehlenden Pfeifenbehälter erzählte! Krosac vermutete mit Bestimmtheit, daß Mr. Megara so handeln würde. Folgerung: *Bevor Mr. Megara zurückkehrte,* wollte Krosac, daß wir glaubten, das Sommerhaus sei der Ort des Verbrechens. *Nachdem Mr. Megara zurückkehrte,* wollte Krosac uns wissen lassen, daß das Sommerhaus *nicht* der Ort des Verbrechens war.«

»Sie meinen demnach«, sagte der Professor langsam, »daß der Mörder unsere Rückkehr an den wirklichen Tatort wünschte. Ich begreife nicht, warum.«

»Es ist so unwahrscheinlich klar«, lächelte Ellery. »Begreifen Sie nicht – Krosac wollte, daß wir uns den Ort des Verbrechens *jetzt*, eine Woche nach der Tat, ansehen.«

»Aber warum, Mann?« fragte Megara ungeduldig. »Das ist doch sinnlos.«

Ellery zuckte die Schultern. »Ich kann Ihnen den Grund nicht genau sagen, doch wird sich die Sache bestimmt als *sinnvoll* erweisen, Mr. Megara. Krosac will, daß wir jetzt, *während Sie in Bradwood sind, etwas finden,* das wir nicht finden sollten, als Sie auf dem Pazifik schwammen. Wir wollen ihm gehorchen. Sollen wir in die Bibliothek gehen?«

## 13. Der Schlüssel aus Elfenbein

Die Bibliothek war am Morgen nach der Entdeckung von Brads verstümmelter Leiche versiegelt worden. Isham, Vaughn, Megara, Professor Yardley und Ellery betraten sie.

Megara stand an einer Wand, während die Suche vonstatten ging – diesmal eine Untersuchung, die kein Staubkörnchen auf seinem Platz ließ. Zufällig oder aus Umsicht griff Ellery nach einer Ecke des Diwans und zog diesen von der mit Büchern bedeckten Wand ab, so daß er gänzlich auf dem chinesischen Teppich stand, während sich vorher seine Hinterbeine auf dem glatten Boden befunden hatten. Ellery stieß einen Ruf des Erstaunens aus und hielt rasch inne, um das Teppichstück, das bisher verborgen gewesen war, zu untersuchen. Isham, Vaughn und Yardley eilten zu ihm; Megara reckte den Hals, blieb aber stehen.

»Was ist das?«

»Himmel«, stotterte der Inspektor. »Ausgerechnet an diesem Platz. Ein Fleck!«

»Ein Blutfleck«, sagte Ellery sanft, »oder meine sämtlichen Erfahrungen täuschen mich.«

Es war ein trockener, schwärzlicher Fleck, der sich von der goldenen Farbe des Teppichs abhob. Nahe daran war ein viereckiger Eindruck im Gewebe des Teppichs, wie ihn Stuhl- oder Tischbeine machen, die lange Zeit an einer Stelle stehen. Der Eindruck konnte nicht von den Diwanbeinen stammen, da deren Grundfläche rund war.

Ellery sah sich kniend um. Sein Blick fiel auf den Sekretär an der gegenüberliegenden Wand.

»Da sollten . . .«, begann er und zog den Diwan in die Mitte des Zimmers. Er nickte: drei Fuß von dem ersten Eindruck entfernt zeigte sich in der gepreßten Wolle das Gegenstück.

»Aber der Fleck«, grübelte Isham, »wie ist der unter den Diwan gekommen? Stallings sagte mir, nichts in dem Zimmer sei verändert worden.«

»Das bedarf doch keiner Erklärung, oder?« bemerkte Ellery trocken, als er sich aufrichtete. »Nichts war verrückt, außer dem Teppich selbst, und Sie können von Stallings kaum verlangen, daß er *das* bemerkte.« Seine Augen glänzten, als er sich in der Bibliothek umsah. Mit dem Sekretär hatte er recht gehabt, es war das einzige Möbelstück im Raum, dessen Beine nach Form und Größe die beiden Eindrücke unter dem Diwan hatten verursachen können. »Lassen Sie uns den Teppich herumdrehen, damit er so liegt wie am Dienstagabend, bevor Krosac ihn anders hinlegte.«

»Himmel!« schrie Inspektor Vaughn. »Jetzt begreife ich. Er wollte nicht, daß man den Blutfleck sah, und wußte nicht, wie er ihn beseitigen sollte.«

»Das ist nur die eine Hälfte der Theorie«, bemerkte Professor Yardley, »wenn ich Queens Folgerungen richtig verstehe.«

»Sie tun es«, sagte Ellery gleichmütig. »Man muß lediglich den Tisch aus dem Weg räumen. Der Rest ist einfach.« Stephen Megara stand immer noch unbeweglich in der Ecke und hörte schweigend zu; er rührte sich nicht, um den vier Männern zu helfen. Vaughn hob mühelos den Tisch und trug ihn in die Halle hinaus. Dann brachten sie es in wenigen Minuten fertig, den Teppich in die alte Lage zu versetzen. Die beiden Eindrücke paßten genau unter die zwei Vorderbeine des Sekretärs. Und das getrocknete Blut . . .

Isham glotzte. »Hinter dem Dame-Stuhl!«

»Hm. Die Szene beginnt, Gestalt anzunehmen«, sagte Ellery gedehnt. Der Blutfleck befand sich einen halben Meter hinter dem zusammenklappbaren Wandstuhl am Spieltisch, nach der Seite zum Sekretär hin.

»Von hinten erschlagen«, murmelte der Professor, »als er mit diesen Dame-Steinen experimentierte.«

»Ich begreife noch immer nicht, warum er den Teppich herumgedreht haben soll«, sagte der Inspektor. »Wen wollte er zum Narren halten? Wir hätten es nie entdeckt, wenn er nicht, wie Sie sagen, bewußt mit Mr. Megaras Pfeife eine Spur hinterlassen hätte, die in dieses Zimmer zurückführt.«

»Langsam, Inspektor. Lassen Sie mich einen Augenblick nachdenken. Es scheint mir jetzt, daß Krosac niemals beabsichtigte, die

Tatsache, daß dies der Ort des Verbrechens war, für *ständig* zu verbergen. Der entscheidende Punkt hierbei ist, daß von Krosac bei diesem ganzen Manöver nichts gewonnen wurde außer *Zeit.*«

»Alles gut und schön«, sagte der Professor leicht gereizt, »aber ich will gehenkt und gevierteilt werden, wenn ich begreife, warum wir das alles finden sollten.«

»Liebster Professor«, sagte Ellery, »bitte, greifen Sie nicht vor. Krosac wollte den Tatort nicht für immer verbergen, doch den Augenblick der Entdeckung hinauszögern. Warum? Drei Gründe sind möglich. Hören Sie gut zu – vor allen Dingen Sie, Mr. Megara; Sie können uns vielleicht helfen.«

Megara nickte und ließ sich auf den Diwan fallen.

»Erstens: Hier im Zimmer befand sich etwas für Krosac Gefährliches, das er später holen wollte, da er es aus irgendwelchen Gründen in der Mordnacht nicht mitnehmen konnte. Zweitens: Krosac wollte etwas in das Zimmer zurückbringen, das er in der Mordnacht nicht zurückbringen konnte. Krosac mußte damit rechnen, daß das Haus bewacht und er durch polizeiliche Vorsichtsmaßregeln daran gehindert werden würde, später etwas zu holen oder zu bringen. Es wäre für ihn vorteilhafter gewesen, das Sommerhaus ein für allemal als Tatort erscheinen zu lassen. Dies hätte ihm unbegrenzten Zutritt zu der Bibliothek gewonnen. Doch tat er dies nicht – er hinterließ vorsätzlich eine Spur, die in das Zimmer führte. Darum behaupte ich, daß keine der beiden Theorien haltbar ist.«

»Ohne mich«, sagte Vaughn angewidert. »Da komme ich nicht mit.«

Megara ließ kein Auge von Ellery. »Fahren Sie fort, Mr. Queen.«

»Da wir liebenswürdige Menschen sind«, fuhr Ellery fort, »müssen wir also danach suchen, was Krosac uns in Anwesenheit Mr. Megaras finden lassen wollte. Also«, schloß er aufmunternd, »ans Werk.«

Die nun folgende Szene hätte jeden zum Lachen gebracht, nur Stephen Megara nicht; er schien die Fähigkeit zum Lachen verloren zu haben. Der Anblick von vier erwachsenen Männern, die auf allen vieren auf dem Boden herumkrochen ... Es war eine Lustspielsituation. Nach fruchtloser Suche stand Ellery heiß, zerknittert und ärgerlich auf und setzte sich neben Megara, um sofort in tiefste Träume zu versinken.

Plötzlich fuhr er unvermittelt auf und sagte gedehnt: »Was sind wir für Trottel! Wie die Irren herumzukriechen . . . Krosac wollte, daß wir hierherkamen, um etwas zu finden. Es muß sich also um ein gutes, aber zugängliches Versteck handeln.«

»Gut gesprochen«, sagte Vaughn sarkastisch. »Aber wo?«

Ellery sagte: »Das erinnert mich an eine ganz ähnliche Suche, die mein Vater, Staatsanwalt Cronin und ich vor langer Zeit einmal unternahmen. Wir untersuchten den Mord an diesem Hintertreppenanwalt Monte Field, der vergiftet wurde – erinnern Sie sich? – während einer Vorstellung im *Römischen Theater*. Wir fanden es in . . .«

Die Augen des Professors glitzerten und er stürzte durch das Zimmer in die Nische, in der der Flügel stand. Er setzte sich auf den Stuhl und begann jede Taste einzeln hinabzudrücken, angefangen von der ersten Baßnote die ganze Tastatur entlang. Der gleichmäßige Fluß der Tonleiter wurde unterbrochen; er war an einer Taste angelangt, die sich hartnäckig weigerte, sich hinunterdrücken zu lassen.

»Heureka«, sagte Yardley mit dem Ausdruck völligen Unglaubens. Er wirkte wie ein Mann, dem man einen Taschenspielertrick beigebracht hat und der bei seinem ersten Versuch erstaunt ist, daß der Trick tatsächlich funktioniert.

Sie umringten ihn, Megara so aufgeregt wie die anderen. Die Taste ließ sich nicht weiter als einen Millimeter hinunterdrücken. Plötzlich blieb sie ganz stecken, schnellte auch nicht mehr herauf.

Ellery sagte scharf: »Moment« und zog eine kleine Tasche mit Instrumenten heraus, die er immer bei sich trug. Er wählte eine lange Nadel und versuchte damit, zwischen die widerspenstige Taste und die danebenliegende zu gelangen. Die Arbeit eines Augenblicks, und zwischen den beiden Elfenbeintasten erschien eine winzige Papierecke.

Alle richteten sich auf. Ellery zog den Fund vorsichtig heraus. Sie umringten ihn schweigend und kehrten in die Bibliothek zurück. Das Papier war zusammengepreßt und zerdrückt; Ellery entfaltete es behutsam. Megaras Gesicht war undurchsichtig. Auf dem Papier stand folgendes:

*An die Polizei:*

*Sollte ich ermordet werden – und ich habe gute Gründe, zu glauben, daß ein Angriff auf mein Leben versucht wird – untersu-*

*chen Sie umgehend den Mord an dem Lehrer Andrew Van in Arroyo (West-Virginia), der letzte Weihnachten enthauptet und gekreuzigt wurde.*

*Gleichzeitig benachrichtigen Sie Stephen Megara, wo immer er sich auch aufhält, daß er sofort nach Bradwood zurückkehrt.*

*Sagen Sie ihm, daß Andrew Van nicht tot ist. Nur Stephen Megara weiß, wo man ihn finden kann.*

*Wenn Ihnen das Leben unschuldiger Menschen lieb ist, behandeln Sie dies streng vertraulich. Unternehmen Sie nichts, bevor nicht Megara rät, was zu tun ist. Van sowohl als auch Megara bedürfen dringend des Schutzes.*

*Ich wiederhole, daß der erste Schritt seitens Megara erfolgen muß. Sie haben es mit einem Monomanen zu tun, der vor nichts zurückschreckt.«*

Die Nachricht war unterschrieben – sie war zweifellos echt, wie der sofortige Vergleich mit anderen Schriftproben bewies – von Thomas Brad.

## 14. Lazarus

In Stephen Megaras Gesicht brodelten die Empfindungen. Die Verwandlung dieses vitalen, selbstbeherrschten Mannes war erschreckend. Seine riesigen Augen glitzerten unstet. Er sah sich rasch im Zimmer um, als erwarte er, das Gespenst des Velja Krosac spränge ihm entgegen.

Isham brummte: »Mr. Megara.«

Der Seemann drehte sich rasch mit starrem Gesicht um. »Tom war ein Schwächling«, sagte er kurz. »Mich bekommt er nicht auf diese Weise.«

»Wer ist Van? Wieso lebt er? Was bedeutet diese Nachricht?«

»Einen Augenblick«, unterbrach Ellery langsam. »Nicht zu schnell, Mr. Isham. Es ist klar, daß Brad diese Notiz an einen leicht zugänglichen Platz legte mit der Absicht, daß sie sofort gefunden werden sollte, falls man ihn umbrachte. Doch rechnete er nicht mit der Raffinesse Krosacs, den ich übrigens immer mehr bewundere.

Nachdem er Brad ermordet hatte, unterließ er nicht, das Zimmer zu durchsuchen. Vielleicht hatte er eine Ahnung, daß solch eine Warnung existierte. Jedenfalls fand er das Blatt, und da er es für ungefährlich hielt . . .«

»Wie kommen Sie darauf?«

»Weil er seine Sicherheit keineswegs bedroht sah, sondern es sogar als günstig betrachtete, wenn die Polizei die Notiz fand. Was steht in dem Brief? *Daß Andrew Van noch am Leben ist und daß nur Stephen Megara ihn finden kann!*«

Professor Yardleys Augen weiteten sich. »Raffiniert. Er weiß nicht, wo Van ist!«

»Stimmt. Krosac, das steht jetzt fest, hat den *Falschen* in Arroyo ermordet. Er glaubte, Andrew Van umgebracht zu haben; Thomas Brad war der nächste auf seiner Liste, und als er Brad gefunden und getötet hatte, entdeckte er diese Nachricht. Sie sagte ihm, daß Van noch am Leben war. Doch wenn er vor sechs Monaten ein Motiv besaß, Van nach dem Leben zu trachten, hat er dieses Motiv bestimmt immer noch. Van muß ausgekundschaftet und vernichtet werden. Ohne die geringste Rücksicht auf den armen Teufel, den Krosac versehentlich getötet hat«, warf Ellery grimmig ein. »Doch wo ist Van? Nur *ein* Mann, Megara, weiß, wo Van ist –.«

»Halt«, sagte Isham. »Ich verstehe, wo Sie hinauswollen. Aber warum, zum Donnerwetter, vernichtete Krosac nicht einfach den Zettel und wartete, bis Megara zurückkam? Dann würde Megara Vans Aufenthalt enthüllen.«

»Eine ausgezeichnete Frage, doch leider überflüssig.« Ellery entzündete sich mit leicht zitternden Fingern eine Zigarette. »Verstehen Sie nicht, wenn die Nachricht nicht zurückblieb, hätte Megara bei seiner Rückkehr gar keinen Grund gehabt, an Vans Tod zu *zweifeln?* Oder doch, Mr. Megara?«

Megara stammelte wild: »Vielleicht ist bereits alles vorbei!«

Ellery fuhr herum. »Sie meinen, Krosac hat Van inzwischen gefunden?«

Megara spreizte die Finger und zuckte die Schultern – eine europäische Geste, die nicht zu diesem amerikanisch wirkenden Mann paßte. »Möglich. Bei dem Teufel ist alles möglich.«

»Hören Sie«, unterbrach der Inspektor barsch. »Wir vergeuden kostbare Zeit mit Gerede. Heraus damit, Mr. Megara – was für eine Verbindung besteht zwischen Van, Ihrem Partner Brad und Ihnen selbst?«

Der Seemann zögerte. »Wir sind ..., wir waren ...« Seine Hand tastete instinktiv nach der ausgebeulten Tasche.

»Nun?« rief der Distriktstaatsanwalt.

»Brüder.«

»Brüder!«

Ellerys Augen hafteten an den Lippen des großen Mannes. Isham sagte aufgeregt: »Dann hatten Sie also recht, Mr. Queen! Es waren keine richtigen Namen – Brad, Megara oder Van. Was sind ...«

Megara setzte sich unvermittelt nieder. »Nein. Sie alle nicht. Wenn ich es Ihnen erzähle, werden Sie das, was Ihnen bis zu diesem Augenblick ein rätselhaftes Geheimnis war, verstehen. Im Augenblick, in dem Sie von den T sprachen – diese wahnsinnige Sache mit den T – den Leichen ohne Kopf, den starren Armen und Beinen, dem blutigen T an der Tür und auf dem Boden des Sommerhauses, der Kreuzweg, der Totempfahl ...«

»Sagen Sie nicht«, unterbrach Ellery heiser, *»daß Ihr wirklicher Name mit einem T beginnt!«*

Megara nickte. »Ja«, sagte er leise. »Unser Name ist Tvar.«

Sie schwiegen einen Augenblick. Dann bemerkte der Professor: »Sie hatten recht, Queen, wie gewöhnlich. Eine buchstäbliche Darstellung, sonst nichts. Nur ein T – kein Kreuz, keine Ägyptologie.«

Ein Schatten von Enttäuschung fiel über Ellerys Züge; er beobachtete Megara.

»Einen Mann zum Anfangsbuchstaben seines Namens zusammenzuschneiden!« stotterte Isham. »Kein Mensch nimmt uns mehr ernst, wenn wir das herauslassen, Vaughn.«

Megara sprang auf die Füße. »Sie kennen den Balkan nicht!« stieß er aus. »Der Mann ist wahnsinnig, ich sage es Ihnen. Es ist schwer zu glauben, daß er uns in all diesen Jahren gejagt hat. Aber daß er die Leichen verstümmeln würde ... Andreja wußte es!«

»Tvar«, sagte Ellery ruhig. »Drei Verbündete. Und Balkan ... Ich nehme an, es ist Rache, Mr. Megara.«

Megara nickte; seine Stimme klang schwächer. »Ja, das ist es. Aber wie hat er uns gefunden? Ich begreife es nicht. Als Andreja, Tomislav und ich – mein Gott, vor wieviel Jahren? – übereinkamen, unsere Herkunft zu verbergen, beschlossen wir auch, daß niemand unseren alten Familiennamen erfahren sollte. Nicht einmal Toms Frau, Margret, oder ihre Tochter Helene wissen, daß unser Name Tvar ist.«

»Würden Sie Krosac erkennen, wenn Sie ihn sähen?« fragte Ellery nachdenklich.

Der Seemann preßte seine Lippen aufeinander. »Das ist die verfluchte Geschichte! Keiner von uns hat Krosac seit zwanzig Jahren gesehen, und damals war er so jung, daß heute ein Identifizieren unmöglich ist. Er kann irgend jemand sein. Wir kämpfen gegen einen Mann, der fast unsichtbar ist.«

»Er hinkt linksseitig, oder?«

»Er hinkte als Kind etwas.«

Vaughn trat plötzlich vor. »Hören Sie, Mr. Megara – oder Tvar oder wie Sie heißen –, warum will er Sie denn alle umlegen? Was ist das für eine Geschichte?«

»Das hat Zeit«, sagte Ellery scharf. »Ein Punkt ist wichtiger als alles andere im Augenblick. Mr. Tvar, in dem Brief, den Ihr Bruder hinterlassen hat, steht, daß Sie wissen, wo Van zu erreichen ist. Wieso können Sie es wissen? Sie sind seit einem Jahr ohne Verbindung mit der Umwelt, und der Mord in Arroyo geschah vor sechs Monaten – letzte Weihnachten.«

»Vorbereitet, alles vorbereitet«, murmelte Megara. »Seit langer Zeit, seit Jahren ... Ich sagte, daß ich auch ohne die Nachricht gewußt hätte, daß Andreja noch am Leben ist. Der Grund war etwas aus Ihrem Bericht über Arroyo.« Sie starrten ihn an. »Ja«, fuhr er düster fort, »als Sie die Namen der beiden Männer erwähnten, die die Leiche am Kreuzweg entdeckt haben –«

Ellerys Augen verengten sich. »Ja?«

Megaras Augen wanderten suchend durchs Zimmer, als wollte er sich vergewissern, daß Krosac nicht anwesend sei. »Ich wußte es. Denn wenn der alte Pete – der Mann aus den Bergen, den Sie erwähnten – am Leben war, dann war es Andreja Tvar, mein Bruder, ebenfalls.«

»Ich fürchte, ich ...«, begann der Staatsanwalt.

»Oh, großartig!« rief Ellery, sich an Professor Yardley wendend. »Begreifen Sie nicht? Andrew Van ist der alte Pete!«

Bevor sich die anderen von ihrem Erstaunen erholen konnten, nickte Megara und fuhr fort: »So ist es. Er nahm diese Gestalt des Waldmenschen vor Jahren an, um für eben diese Situation gerüstet zu sein. Er hält sich jetzt wahrscheinlich in den Bergen

West-Virginias auf – wenn Krosac ihn nicht schon gefunden hat – und versteckt sich. Bedenken Sie, daß Krosac ebensowenig einen von uns seit zwanzig Jahren gesehen hat. Jedenfalls glaube ich es nicht.«

»Und darum hat Krosac den Fehler beim ersten Mord begangen«, sagte Ellery. »Da er sein Opfer so lange Jahre nicht gesehen hatte, war der Irrtum leicht möglich.«

»Sie meinen Kling?« fragte Isham nachdenklich.

»Wen sonst? Eines ist sicher: Wir müssen Krosac zuvorkommen und ihn irreführen. Ich glaube nicht, daß Krosac Andreja bereits gefunden hat. Die Aufmachung von Pete war hervorragend. Ich habe im Untersuchungszimmer von Weirton gesessen und keine Sekunde den Verdacht gehabt, daß irgend etwas mit dem Mann nicht in Ordnung war. Wir müssen sofort zu Ihrem Bruder, Mr. Megara.«

## 15. Die Abgesandten

Stephen Megara, der von Kapitän Swift und dem Stewart mit fragenden Blicken empfangen wurde, schlief in dieser Nacht unter Bewachung auf seiner Jacht. Detektive patrouillierten an Deck. Megara verschloß seine Tür, und der Wachhabende draußen hörte zwei Stunden lang das Glucksen einer Flüssigkeit und das regelmäßige Klimpern von Glas. Dann erlosch das Licht. Megara schien im Alkohol Vergessen gefunden zu haben; er schlief ganz ruhig, jedenfalls vernahm der Detektiv während der Nacht keinen Laut.

Am nächsten Morgen, einem Samstag, gärte es in Bradwood vor Aktivität. Bereits sehr früh schritt Inspektor Vaughn zum Landungssteg. Dort sprang er in die Barkasse, die ihn zu der Jacht brachte.

Fünf Minuten später kehrte er in Begleitung von Stephen Megara zurück, der mit einem Straßenanzug bekleidet war. Sie stiegen rasch in einen Polizeiwagen. Ein zweites Fahrzeug voller Polizeibeamten schloß sich an. Und dann schossen die beiden Wagen die Auffahrt hinunter und auf die Straße, die um Bradwood herumführte. Am Tor erwachten vier Polizisten auf ihren Motorrädern zum Leben. Zwei jagten dem ersten Wagen voraus, zwei flankierten ihn; der zweite Wagen bildete die Nachhut. Es war eine eindrucksvolle Angelegenheit; doch mit der Abfahrt der beiden Wagen blieb kein einziger Polizist auf dem Grundstück von Bradwood.

Nach diesem Aufbruch des Inspektors und Megaras blieb Bradwood still und friedlich. Dr. Temple trottete rauchend in den Wald. Die Gestalten am Ufer der Austerninsel verschwanden. Der alte Ketcham ruderte in einem klapprigen alten Kahn durch die Bucht Richtung Festland. Jonah Lincoln holte still einen Wagen aus Brads Garage. Professor Yardleys Haus, das von der Straße zurücklag, machte einen völlig leblosen Eindruck.

Doch daß Vaughn nicht gänzlich den Verstand verloren hatte, wäre jedem klar geworden, der sich am Ende der Straße, die Bradwood von Professor Yardleys Besitz trennte, umgesehen hätte. An den beiden Straßenkreuzungen, von denen jeder Autofahrer oder Fußgänger die eine oder die andere benutzen mußte, wenn er Bradwood auf dem Landwege verlassen wollte, stand unauffällig geparkt ein schwerer Polizeiwagen.

Und auf dem Wasser, hinter der Austerninsel, also vom Festland aus unsichtbar, trieb eine Barkasse mit halber Kraft, auf deren Deck Männer saßen und fischten, die aber trotzdem ein scharfes Auge auf die beiden Zipfel der Insel hatten, an denen jedes Boot, das Bradwood und Umgebung auf dem Wasserweg verließ, vorbeikommen mußte.

## 16. Der alte Mann von den Bergen

Sonntagnachmittag, wenige Minuten vor fünf, hielt Ellerys alter Sportwagen vor dem Holzhaus, das Arroyos Gemeindeverwaltung beherbergte. Es war ein ausgeklügelter Plan. Noch bevor Inspektor Vaughn Mr. Megara abtransportiert hatte, waren Ellery und Isham heimlich losgebraust.

Ellery führte ihn in den rückwärtigen Teil des Gebäudes, wo des Konstablers Büro lag.

Konstabler Luden saß breit und schwitzend da.

»Was haben Sie auf dem Herzen, Mr. Queen?«

Sie setzten sich. Ellery sagte: »Konstabler, haben Sie in letzter Zeit diesen komischen Mann aus den Bergen, den alten Pete, einmal gesehen?«

»Pete? Das ist ulkig«, sagte Luden mit schlauem Blick auf Isham. »Hab' den Alten seit Wochen nich' gesehen. Kommt nich' oft runter. Muß sich das letztemal ordentlich eingedeckt haben, als er von den Bergen kam. Wir können ja Bernheim fragen.«

»Wissen Sie, wo seine Hütte liegt?« fragte Isham.

»Was soll das Geschrei um den Alten? Sie wollen ihn doch nich' einsperren, oder? Seine Hütte is' irgendwo in den Bergen, ganz einsam. Würden Sie allein nie finden.«

»Würden Sie uns führen, Konstabler?« fragte Ellery.

»Klar! Finde sie garantiert.« Luden stand auf und schüttelte sich wie ein alter Kettenhund. »Soll nich' drüber gesprochen werden, was?« sagte er beiläufig.

»Nein!« sagte Isham.

Er führte sie nicht zum Vorderausgang auf die Hauptstraße von Arroyo, wo der Wagen stand, sondern durch eine Hintertür in eine verlassene Seitenstraße. Zwei Minuten später verschwanden die drei Männer in einer mächtigen Staubwolke.

Sie ließen das Auto in einem dichten Gebüsch. Der Distriktstaatsanwalt sah sich um, blieb stehen und nahm etwas vom Boden des Wagens auf. Es war ein dickes Bündel. Luden betrachtete es mit offenem Erstaunen, doch keiner der Männer gab eine Erklärung ab.

Nach fünfzehn Minuten Bergansteigens durch immer dichter werdenden Wald und auf einem kaum mehr erkennbaren Pfad blieb der Konstabler plötzlich stehen.

»Matt Hollis, der hat mir mal davon erzählt«, wisperte er. »Da ist sie.«

Auf einer kleinen Lichtung, unter einem Felsüberhang, duckte sich eine rohe Hütte. Vor dem Häuschen und dreißig Fuß an jeder Seite war das Gestrüpp abgehackt; von hinten schützte es ein Granitfelsen. Und – Ellery staunte – der gesamte Platz war von einem hohen, rostigen und gefährlich wirkenden Stacheldrahtzaun eingefaßt.

»Sehen Sie sich das an«, flüsterte Isham. »Nicht mal eine Tür!«

Die Hütte war fast eine Festung. Selbst der Rauch aus dem Kamin wirkte abweisend.

»Donnerwetter«, stotterte Luden. »Wozu verschanzt der sich bloß so? Spinnt, wie ich gesagt habe.«

»Konstabler, Staatsanwalt Isham und ich haben eine außergewöhnliche Bitte an Sie«, sagte Ellery.

»Vergessen Sie diesen ganzen Zwischenfall«, befahl Isham. »Wir sind nie hier gewesen, verstanden? Kein Wort zu Ihren Vorgesetzten in Arroyo oder in der Grafschaft. Sie wissen überhaupt nichts vom alten Pete.«

Konstabler Ludens gewaltige Faust schloß sich über etwas, das Ellery seiner Brieftasche entnommen hatte. »Mr. Isham«, sagte er ernst, »ich bin taub, stumm und blind. Finden Sie den Weg allein runter?«

»Ja.«

»Dann – viel Glück und vielen Dank, Mr. Queen.«

Sie hatten den Fuß noch nicht auf das Stück Land am Zaun gesetzt – Isham wollte eben das Bündel, das er trug, über den Zaun werfen –, als eine rauhe, brüchige Stimme aus dem Inneren der Hütte rief: »Halt! Weg da!«

Sie blieben unvermittelt stehen; das Bündel fiel zu Boden. In dem einzigen Fenster der Hütte, das ebenfalls, wie sie feststellten, Stacheldraht schützte, war die Mündung eines Gewehres erschienen.

Ellery schluckte, und der Distriktstaatsanwalt stand wie angewurzelt. »Das ist Pete«, flüsterte Ellery. »Auf jeden Fall ein konsequenter Stimmenimitator.« Er hob den Kopf und rief: »Augenblick! Nehmen Sie den Finger vom Abzug. Wir sind Freunde.«

Schweigen, währenddessen sie sorgfältig gemustert wurden.

Isham rief: »Wir sind Justizbeamte und haben einen Brief für Sie, von Megara.«

Der Kopf verschwand und ebenfalls das Gewehr. Einen Augenblick später knackte die schwere, nägelbeschlagene Tür, und Pete stand da – graubärtig, vergammelt, in Fetzen gekleidet. Das Gewehr war etwas gesenkt, doch war die Mündung noch auf sie gerichtet.

»Klettern Sie durch den Zaun. Gibt keinen anderen Weg.«

Isham fischte auf dem Boden nach einem Stock, fand einen und klemmte ihn zwischen die beiden untersten Drähte; Ellery kletterte hindurch, nicht ohne sich trotzdem die Schulter seines Anzuges zu ritzen. Der Staatsanwalt folgte schwerfällig.

Sie eilten rasch auf den Mann zu, der sich in die Hütte zurückzog. Drinnen schloß Isham die schwere Tür und ließ den Riegel einrasten. Der Fußboden war aus Stein, saubergekehrt und mit

Matten belegt. Die eine Ecke füllte die Speisekammer aus, und neben dem Herd lag ein ordentlich aufgeschichteter Stapel Feuerholz. Darüber hing ein Brett, vollgestopft mit Arzneimitteln. An einem Becken an der Rückwand war eine kleine Handpumpe befestigt; wahrscheinlich befand sich der Brunnen hinter dem Hause.

»Den Brief«, sagte Pete heiser.

Isham zog ein Blatt hervor. Der alte Mann senkte die Waffe nicht; er las den Brief in kurzen Absätzen, die Augen nie länger als einen Moment von seinen Gästen lassend. Trotzdem wandelte sich seine Haltung während des Lesens. Noch existierten der Bart, die Lumpen und die ganze äußere Aufmachung, doch der Mann selber war ein anderer. Er lehnte das Gewehr langsam gegen den Tisch und setzte sich, indem er den Brief zwischen den Fingern drehte.

»Tomislav ist also tot«, sagte er.

»Ja, ermordet«, antwortete Isham. »Er hinterließ eine Nachricht. Wollen Sie sie lesen?«

»Bitte.« Der Mann nahm das Blatt von Isham und las es schnell und ohne Gemütsbewegung. Er nickte. »Ich verstehe. Tja, meine Herren, da bin ich. Andrew Van – einst Andreja Tvar. Immer noch am Leben, während Tom, dieser dickköpfige Narr . . .«

Van löste seinen buschigen Bart ab und nahm die weißen Perückenteile vom Kopf. Als er sich umdrehte, war er eine wesentlich andere Erscheinung. Groß, aufrecht, mit dichtem schwarzem Haar und den strengen Zügen eines Asketen.

Ein bemerkenswerter Mann. Sein Ton war bitter. »Ich nehme an, es war Krosac?«

»Scheint so«, sagte Isham mit gedämpfter Stimme. Er sowie Ellery waren beide fasziniert von des Mannes Ähnlichkeit mit Stephen Megara.

»Stephen schreibt, daß er . . .« Van zitterte. »Er gebrauchte das T.«

»Ja. Kopf abgeschnitten. Schrecklich.«

»Sie sind sicher, daß Ihnen niemand gefolgt ist?«

»Bestimmt. Wir haben jede Vorsichtsmaßnahme ergriffen, Mr. Tvar. Ihr Bruder wurde ganz offen von Inspektor Vaughn nach New York begleitet. Mr. Queen und ich sind gestern nacht in aller Stille aufgebrochen.«

Andrew Tvar nagte an seiner dünnen Unterlippe. »Es

kommt ... Ich kann Ihnen nicht sagen, wie bedrückend all dies ist – nach Jahren der Furcht. Sie wollen wohl meine Geschichte hören?«

»Glauben Sie nicht, daß wir unter diesen Umständen dazu berechtigt sind?« sagte Ellery trocken.

»Ja«, antwortete der Schulmeister schwer. »Stephen und ich werden alle nur mögliche Hilfe brauchen. Was hat er Ihnen erzählt?«

»Nur, daß Sie, Brad und er Brüder sind«, sagte Isham. »Was wir jetzt wissen möchten ... «

Andrew Van stand auf, und seine Augen verhärteten sich. »Kein Wort! Ich sage nichts, bis ich nicht Stephen gesehen habe.«

Der Wechsel in seinem Benehmen war so plötzlich, daß sie ihn beide anstarrten. »Aber warum, Mann?« rief Isham. »Wir sind Hunderte von Kilometern gereist –«

Der Mann packte sein Gewehr, und Isham trat einen Schritt zurück. »Keiner von Ihnen beiden ist, was er vorgibt zu sein. Der Brief ist in Stephens Handschrift, der andere in Toms. Aber solche Dinge kann man arrangieren. Ich habe nicht alle diese Vorsichtsmaßnahmen getroffen, um schließlich durch einen Trick übertölpelt zu werden. Wo ist Stephen jetzt?«

»In Bradwood«, sagte Ellery langsam. »Benehmen Sie sich nicht wie ein Kind, Mann; legen Sie das Gewehr hin. Und wenn Sie nichts sagen wollen, bevor Sie nicht Ihren Bruder gesehen haben – bitte, Mr. Megara hat dies vorausgesehen und wir sind darauf vorbereitet!«

Der Distriktstaatsanwalt nahm das Bündel auf, das er den ganzen Weg, den Berg hinauf, getragen hatte, und riß das braune Papier ab. Das Paket enthielt die Uniform eines Polizeibeamten der Grafschaft Nassau.

»Das kann unmöglich Verdacht erregen«, sagte Ellery. »Wenn wir nach Bradwood kommen, sind Sie ein Polizist. Die treiben sich da dutzendweise herum.«

Als sie die Hütte verließen, ging die Sonne unter, und an den Bäumen hing bereits ein trüber Hauch der Dämmerung. Ellery krabbelte durch die untersten Drähte des Zaunes, Isham folgte, und sie beide sahen neidvoll zu, mit welcher Leichtigkeit ihr uniformierter Schützling hinter ihnen her kletterte.

Die Tür – dafür hatte Andrew Tvar gesorgt – war geschlossen. Der Rauch stieg noch immer aus dem Kamin auf. Auf jeden, der am Waldrand daherstreifte, mußte die Hütte bewohnt und uneinnehmbar wirken.

## 17. Fox spricht

Ellerys und Ishams verschwiegene Abfahrt ließen Bradwood keineswegs ereignislos.

Gegen Mittag – während Ellery und Isham nach Arroyo brausten – kehrte die eindrucksvolle Kavalkade nach Bradwood zurück. Die Tür der Limousine öffnete sich, und Inspektor Vaughn sprang heraus. Stephen Megara folgte düster, mit unruhig schweifenden Augen. Megara wurde sofort von seiner Wache umringt und ging am Haus vorbei zum Anlegeplatz hinunter. Begleitet von dem Polizeiboot, kehrte er zur *Helene* zurück und verschwand die Leiter hinauf. Das Polizeiboot umkreiste weiterhin die Jacht.

Auf der Veranda des Hauses sprang ein Detektiv auf und überreichte dem Inspektor einen dicken Umschlag. Vaughn, der sich an diesem Morgen völlig hilflos fühlte, griff danach wie nach einem Rettungsring.

»Los, Jonny, es gibt Arbeit.«

Der Inspektor stieg, begleitet von dem Detektiv, die Verandastufen hinab und begab sich auf dem westlichen Weg in das Gehölz. Die kleine Hütte, in der Fox, der Chauffeur-Gärtner, eingesperrt saß, kam durch die Bäume in Sicht. Ein Kriminalbeamter stand gelangweilt Wache.

»Alles ruhig?« fragte Vaughn.

»Kein Pieps zu hören.«

Vaughn stieß ohne Vorbereitung die Tür auf und trat, von seinem Untergebenen gefolgt, ins Zimmer. Fox' hageres, graues, von Stoppeln bedecktes Gesicht mit violett umschatteten Augen wandte sich ihm sofort zu.

»Ich gebe Ihnen eine letzte Chance«, sagte der Inspektor unvermittelt. »Wollen Sie mir erzählen, warum Sie zu Patsy Malone gingen?«

Keine Antwort.

»Gut«, sagte Vaughn und setzte sich lässig nieder. »Das ist Ihr Begräbnis – *Pendleton*. Denn wir wissen alles über Sie.«

Fox murmelte: »Ich weiß nicht, worüber Sie sprechen.«

»Sie haben gesessen! Sie haben ein Strafregister, und unter diesen Umständen wäre es besser, Sie redeten.«

Die Augen des Mannes blickten gequält. »Ich habe nichts zu sagen.«

»Nein? Gut, unterhalten wir uns. Sie sind Phil Pendleton und haben im Staatsgefängnis von Vandalia, Illinois, eine fünfjährige Strafe wegen Raubes abgesessen. Im vergangenen Jahr haben Sie den großen Helden gespielt und bei der Meuterei dem Wachmann das Leben gerettet. Der Gouverneur von Illinois hat Ihnen daraufhin Ihre Strafe erlassen. Wenn Sie ein gutes Gewissen haben, wollen wir Sie nicht bedrängen. Wenn nicht, heraus mit der Sprache: Haben Sie Thomas Brad umgelegt?«

Der Mann, der auf Bradwood als Fox bekannt war, sackte auf seinem Stuhl zusammen. »Nein«, flüsterte er. »So wahr mir Gott helfe, Inspektor.«

»Wenn Sie Verständnis erwarten, dann müssen Sie diesen Besuch bei Malone aufklären. Wenn Sie neu anfangen wollten, warum legten Sie sich dann mit Malones Gesindel an?«

Fox schwieg lange Zeit. Dann stand er auf, und seine Züge verhärteten sich. »Ein alter Kollege aus dem Gefängnis hatte mich hier entdeckt. Am Dienstagmorgen hörte ich zum erstenmal von ihm. Er bestand darauf, mich zu treffen. Ich sagte, nein, ich hätte Schluß gemacht. Er sagte: ›Willst du, daß ich deinem Chef einen Tip gebe?‹ Und so ging ich.«

Vaughn hörte gespannt zu. »Nur weiter, mein Junge, nur weiter.«

»Ich sprach mit – jemandem. Er machte mir einen Vorschlag. Ich sagte, nein, ich wäre fertig mit dem alten Leben. Mit mir wäre kein Geschäft mehr zu machen. Er sagte, er würde mir bis zum nächsten Morgen Bedenkzeit geben, und wenn ich mich nicht entschlösse, würde er Mr. Brad mitteilen, wer ich sei. Ich ging fort – und den Rest kennen Sie.«

»Wovon er natürlich Abstand nahm, als er hörte, daß ein Mord begangen worden war«, murmelte Vaughn. »War es Patsy Malone?«

Fox schüttelte den Kopf. »Ich kann nicht mehr sagen, Inspektor. Wenn ich den Mann verpfeife, bin ich im Eimer.«

Der Inspektor erhob sich. »Verstehe. Sie bleiben unter Beobachtung, und ich hoffe nicht, daß Sie versuchen, auszukneifen.«

Vaughn fand Helene auf der Terrasse des Haupthauses.

»Wieder den armen Fox gefoltert?« fragte sie schnippisch.

»Fox ist in Ordnung«, antwortete der Inspektor kurz; sein Gesicht drückte Müdigkeit und Hilflosigkeit aus. »Haben Sie Temple gesehen?«

»Ich ging bei ihm vorbei, aber er war nicht da. Er ist mit seinem Motorboot irgendwohin gefahren. Ich habe ihm eine Nachricht hinterlassen.«

Vaughn blickte in die Richtung der Austerninsel und nickte.

## 18. T

Am Sonntag um neun Uhr fünfundvierzig hatte Staatsanwalt Isham seinen großen Auftritt in Bradwood, indem er in einem Dienstwagen mit drei Polizeibeamten vorfuhr. Sie stiegen alle vor dem Haupthaus aus, und Inspektor Vaughn eilte herbei, ergriff Ishams Hand und begann sofort in unterdrücktem Ton eine Konversation.

Unter dem Schutz dieses Ablenkungsmanövers schmuggelte Ellery wenige Minuten später seinen Sportwagen auf Yardleys Grundstück.

Professor Yardley, die unvermeidliche Pfeife rauchend, begrüßte Ellery im Patio des Hauses.

»Unser Lieblingsgast«, rief er. »Ich dachte, Sie kämen überhaupt nicht mehr zurück, mein Junge.«

»Nun«, sagte Ellery, »er ist bei uns.«

»Nein!« Yardley wurde nachdenklich. »In Uniform? Himmel – wie im Theater.«

»Wir haben die Einzelheiten heute morgen in Mineola arrangiert. Haben Sie Lust, Zeuge des großen Entschleierungsaktes zu sein?«

Der Professor sprang auf. »Unbedingt! Man hat mich lange genug auf die Folter gespannt.«

Sie verließen das Haus und schlenderten über die Straße nach Bradwood. Vaughn sprach immer noch auf Isham ein.

»Wo ist Megara?« fragte Ellery.

»Auf der Jacht.« Vaughn senkte die Stimme. »Er ist an den

Landungssteg hinuntergegangen. Megara hatte gestern üble Schmerzen. Ich glaube, Doktor Temple ist heute morgen zur *Helene* hinübergefahren.«

Sie gingen um das Haus herum auf den Weg zur Bucht. Am Kai standen drei Polizisten, und die Polizeibarkasse wartete.

Niemand schenkte dem dritten Polizisten die geringste Beachtung. Isham, Vaughn, Yardley und Ellery kletterten in die Barkasse, und die drei Beamten folgten. Die Barkasse tuckerte auf die eine halbe Meile entfernte Jacht zu.

Die gleiche Prozedur fand an Bord der *Helene* statt. Die vier Männer kletterten die Leiter hinauf, und dann folgten die Polizisten.

Der Inspektor klopfte an die Vertäfelung der Hauptkabine. Die Tür schwang nach innen, und Dr. Temples straffes dunkles Gesicht erschien.

»Hallo«, sagte er. »Die gesamte Streitmacht, wie? Ich habe mir Mr. Megara eben angesehen.«

»Dürfen wir hineinkommen?« fragte Isham.

»Kommen Sie«, sagte Megara mit angespannter Stimme vom Inneren der Kabine her. Sie traten schweigend ein. Stephen Megara lag auf einem einfachen Bett, an seinen Augenbrauen hingen Schweißtropfen. Er krümmte sich, seinen Leib pressend. Er sah die Beamten gar nicht an; seine Augen hingen im Schmerz an Temple.

»Was gibt's, Doktor?« fragte Ellery nüchtern.

»*Hernia testis*«, sagte Dr. Temple. »Kein Grund zur Besorgnis. Ich habe Mr. Megara momentane Erleichterung verschafft; er wird die Wirkung sofort spüren.«

»Habe ich mir auf der letzten Fahrt geholt«, stöhnte Megara. »Gut, Doktor, in Ordnung. Bitte, verlassen Sie uns. Diese Herren wollen etwas mit mir besprechen.«

Temple stutzte, zuckte dann die Schultern und nahm seine Arzttasche auf.

Der Inspektor begleitete ihn hinaus. Er kehrte nicht eher zurück, bevor nicht Dr. Temple in seinem eigenen Motorboot dem Festland zusteuerte.

Vaughn schloß sorgfältig die Kabinentür. Zwei Polizisten sicherten sie von draußen.

Der dritte Beamte trat einen Schritt vorwärts. Der Mann im

Bett zerrte an seiner Decke. Sie sahen sich schweigend an; sie schüttelten sich nicht die Hände.

»Stefan«, sagte der Schulmeister.

»Andreja.«

»Krosac. Krosac, Andreja«, sagte der Kranke. »Er hat uns gefunden, wie du es immer prophezeit hast.«

Andreja Tvar sagte heiser: »Wenn Tom meinem Rat gefolgt wäre ... Im letzten Dezember habe ich ihn brieflich gewarnt. Stand er nicht in Verbindung mit dir?«

Stefan schüttelte langsam den Kopf. »Nein. Er wußte nicht, wie er mich erreichen sollte. Ich kreuzte im Pazifik. Wie ist es dir ergangen?«

»Gut. Wie lange ist es her?«

»Jahre – fünf oder sechs?«

Sie fielen in Schweigen. Der Inspektor beobachtete sie voller Spannung, und Isham wagte kaum zu atmen. Yardley sah Ellery an, und Ellery sagte rasch: »Bitte, meine Herren, Mr. Van –«, er wandte sich an den Schulmeister, »muß Bradwood so bald wie möglich wieder verlassen. Jede Minute, die er sich hier in der Gegend aufhält, vergrößert die Gefahr. Krosac, wer er auch sein mag, ist klug. Er kann unsere kleine Täuschung leicht durchschauen, und er darf keine Möglichkeit haben, Mr. Van nach West-Virginia zu verfolgen.«

»Nein«, sagte Van, »das ist wahr. Stefan, erzähle ihnen.«

Der Seemann richtete sich im Bett auf – entweder waren die Schmerzen vergangen, oder er hatte sie in der Aufregung vergessen – und starrte an die niedrige Kabinendecke. »Wie soll ich anfangen? Es liegt so verdammt lange zurück. Tomislav, Andreja und ich waren die letzten der Mitglieder der Tvar-Familie. Eine stolze und reiche Sippe in den Bergen von Montenegro. Die Tvars besaßen einen traditionellen Feind – die Krosacs, eine andere Sippe. Seit Generationen ...«

»Vendetta!« rief der Professor. »Natürlich. Keine echte Vendetta, wie in Italien, aber doch Blutrache.«

»Ja«, sagte Megara. »Von Kindheit an wurde uns gelehrt ...«

»Tötet die Krosacs«, krächzte der Schulmeister.

»Wir waren die Angreifer«, fuhr Megara stirnrunzelnd fort, »und vor zwanzig Jahren gab es nur noch einen männlichen Krosac – Velja, der Mann, den Sie suchen. Damals war er ein Kind.

Seine Mutter floh mit ihm aus Montenegro. Sie versteckten sich in Italien, und sie starb bald darauf.«

»Und ließ den jungen Krosac zurück«, sagte Vaughn nachdenklich.

»Sie haben den Jungen nicht aus den Augen verloren?«

»Nein. Wir durften es nicht aus Selbstschutz, da wir wußten, daß er versuchen würde, uns zu töten, sobald er dazu imstande war. Unser Agent verfolgte ihn durch ganz Europa, doch er verschwand, bevor er siebzehn wurde, und wir hörten nie wieder von ihm – bis jetzt.«

»Es ist also sicher, daß Sie Krosac, wenn Sie ihm Auge in Auge gegenüberstünden, nicht erkennen würden?« fragte Ellery unvermittelt.

»Wie sollten wir? Wir drei entschlossen uns, Montenegro zu verlassen und nach Amerika zu gehen. Es bestand kein Band, das uns hielt. Andrew und ich waren nicht verheiratet; Tom war verheiratet, aber seine Frau starb, und er hatte keine Kinder. Wir waren eine reiche Familie und unsere Besitzungen sehr wertvoll. Wir verkauften unsere gesamte Habe und kamen getrennt, mit angenommenen Namen, in dieses Land. Tom und ich fingen unser jetziges Geschäft an. Andrew hier war immer eine unruhige Seele und bevorzugte es, allein zu arbeiten, indem er die englische Sprache lernte und schließlich Lehrer wurde. Wir wurden natürlich amerikanische Staatsbürger. Und langsam, im Laufe der Jahre, nachdem wir nichts mehr von Krosac hörten, vergaßen wir ihn beinahe. Er wurde – für Tom und mich zum mindesten – eine Legende. Wir hielten ihn für tot oder völlig von der Spur abgekommen.« Der Seemann knirschte mit den Zähnen. »Wenn wir gewußt hätten ... Jedenfalls, Tom heiratete. Unser Geschäft florierte. Und Andrew ging nach Arroyo.«

»Wenn ihr meinem Rat gefolgt wäret«, fuhr Van auf, »wäre dies nicht geschehen, und Tom lebte heute noch. Ich habe euch immer wieder gesagt, daß Krosac zurückkommen würde, um Rache zu nehmen!«

»Ja«, sagte der Inspektor. »Wenn Sie nichts dagegen haben, Mr. Van, so würde ich gern die kleine Sache mit dem Arroyo-Mord klären.«

Der Lehrer erstarrte bei dieser düsteren Erinnerung. »Arroyo«, sagte er heiser, »ein Ort des Grauens. Meine Furcht riet mir vor

Jahren, die Gestalt des alten Pete anzunehmen. Die Hütte habe ich seit Jahren. Sie war verlassen, und ich fand sie zufällig, als ich nach Höhlen in den Bergen suchte. Ab und zu in großen Abständen, wenn ich keinen Unterricht hatte, stahl ich mich in die Berge hinauf und verkleidete mich als der alte Pete und erschien oft genug, um im Bewußtsein der Leute von Arroyo Gestalt anzunehmen.«

Sie vernahmen eine erstaunliche Geschichte. Als Weihnachten nahte, stellte Van fest, daß er seit zwei Monaten nicht als der alte Bergbewohner in Arroyo erschienen war. Seine Abwesenheit während so langer Zeit veranlaßte womöglich Konstabler Luden, den alten Waldschrat aufzustöbern und in seiner Hütte nachzuforschen. Er hatte mehr als eine Woche zwischen Weihnachten und Neujahr, in der seine winzige Schule geschlossen war, und zumindest für einige Tage konnte er als der einsiedlerische Pete auftreten.

Am Weihnachtsabend hatte er dann Kling mitgeteilt, daß er nach Pittsburg führe, um dort zu feiern. Am Abend hatte er sich nach der Berghütte aufgemacht. Dort verwandelte er sich in Pete. Am nächsten Morgen – dem Weihnachtsmorgen – machte er sich sehr früh in den Ort auf, um einzukaufen, denn er wußte, daß er trotz des Feiertages von Bernheim, dem Ladenbesitzer, etwas bekommen würde. Als er morgens um halb sieben die Kreuzung der Hauptstraße und der Abzweigung nach Arroyo erreichte, machte er ganz allein die entsetzliche Entdeckung der gekreuzigten Leiche. Die verschiedenen T erschreckten ihn sofort. Er hastete zu seinem Haus, begriff sofort, daß Krosac in der vergangenen Nacht gekommen war, den armen Kling tötete (weil er ihn für Andreja Tvar hielt), seinen Kopf abschnitt und ihn an dem Wegweiser kreuzigte.

Was sollte er tun? Durch ein unerwartetes Geschenk des Schicksals glaubte Krosac nun, er hätte seine Rache an Andreja Tvar erfüllt; warum ihn nicht in diesem Glauben lassen? Glücklicherweise war der Anzug, den Kling bei seiner Ermordung trug, einer, den Van ihm ein paar Tage zuvor geschenkt hatte. Er wußte, daß die Leute aus Arroyo ihn als Andrew Vans, ihres Schulmeisters, Anzug erkennen würden: Und wenn er ihm noch einige Van gehörige Papiere in die Tasche steckte, würde er leicht als dieser identifiziert werden.

Nachdem er Briefe und Schlüssel aus alten Anzügen von sich genommen hatte, stahl sich der Schulmeister zu der Kreuzung zurück, nahm von Klings verstümmelter Leiche alle Gegenstände, die mit Kling zu identifizieren waren, steckte dem Toten Vans Besitztümer zu und eilte dann in den Wald. Hier entzündete er ein kleines Feuer, verbrannte Klings persönliche Habe und wartete.

Nach einer Stunde ungefähr war der Farmer Michael Orkins vorbeigekommen. Van oder Pete gab vor, auf der Straße in Richtung Kreuzung zu wandern. Er winkte Orkins, der Bauer ließ ihn aufsitzen, sie fanden die Leiche – der Rest, wie Van trocken sagte, »ist Mr. Queen bekannt, da er bei der Untersuchung zugegen war«.

»Und Sie konnten Ihre Brüder benachrichtigen?« fragte Isham.

»Ja. Ich erzählte Tom in dem Brief kurz, was geschehen war, und warnte ihn, daß Krosac seinen Rachefeldzug wahrscheinlich fortführen werde.«

»Tja«, sagte Isham, »das ist alles schön und gut, aber wohin führt uns das, zum Donnerwetter? Wir sehen immer noch kein Licht, was Krosac anbelangt.«

Ellery nickte. »Ob Krosac irgend jemandem in diesem Land davon erzählt hat? Kaum. Er hätte sich damit in die Hand eines anderen begeben oder eine zu ihm führende Spur zurückgelassen. Und Krosac ist, nach der Gerissenheit zu urteilen, die er gezeigt hat, ein raffinierter Bursche – trotz seines Wahnsinns. Und wenn er sich einen Komplicen genommen hätte – was er sicher nicht tat –, was hätte er diesem zu bieten?«

»Ein überzeugender Punkt«, stimmte Isham zu.

»Allein die Tatsache, daß er Mr. Vans Haus durchsuchte und den Inhalt der Blechdose raubte –«

»In der Dose waren hundertundvierzig Dollar«, murmelte Van.

»– beweist, daß Krosac schlecht bei Kasse war und nahm, was er kriegen konnte. Das Haus Ihres Bruders aber wurde nicht geplündert. Also ein Gegenbeweis gegen einen Komplicen – denn der hätte sich diese Gelegenheit nicht entgehen lassen, mitzunehmen, was er nur konnte. Es waren Rache- und keine Raubmorde.«

Distriktstaatsanwalt Isham pendelte unruhig zwischen den beiden Brüdern hin und her. »Das gibt es nicht, daß ein Mann vollständig von der Bildfläche verschwindet, ohne irgendeine Spur zu hinterlassen. Wir müssen mehr über seine Erscheinung erfahren.«

Die Brüder sahen sich gegenseitig an. »Das Hinken«, sagte Van schulterzuckend.

»Davon habe ich Ihnen erzählt«, sagte Megara. »Als Kind litt Krosac an einem leichten Hüftleiden – nicht entstellend, aber doch so stark, daß er mit dem linken Bein hinkte.«

»Ein ständiges Hinken?«

Die Tvars waren ahnungslos.

»Möglich, daß das Hinken in den zwanzig Jahren, die seitdem vergangen sind, geheilt wurde. Vielleicht täuschte er das Hinken nur vor.«

»Wir haben genügend Zeit vertrödelt«, polterte Vaughn. »Eins ist sicher: Sie brauchen von jetzt ab einen starken Schutz. Ich halte es für das beste, wenn Sie sofort nach Arroyo zurückgehen. Ich schicke ein halbes Dutzend Beamte mit Ihnen nach West-Virginia und lasse sie dort.«

»Lieber Himmel«, stöhnte Ellery. »Inspektor, Sie spielen Krosac direkt in die Hand! Mr. Van muß so unauffällig wie möglich zu seiner Hütte in den Bergen zurückbegleitet werden. Je weniger Aufsehen wir machen, desto besser für ihn.«

»Und was ist mit Mr. Megara?« fragte Isham. »Sollen wir ihn auch allein lassen?«

»Natürlich nicht! Krosac erwartet, daß er bewacht wird, und er muß es sein. Öffentlich, so öffentlich wie nur möglich.«

Die Brüder äußerten sich nicht, als ihr Schicksal von diesen Außenstehenden diskutiert wurde; sie wechselten heimliche Blicke.

»Also gut«, murmelte Van. »Ich gehe nach Arroyo zurück.«

»Vielleicht«, sagte der Seemann lahm, »brauchst du Geld.« Er stand auf, setzte sich an den Schreibtisch und begann zu schreiben. Andreja Tvar wanderte auf und ab. Der Seemann erhob sich und winkte mit einem Scheck.

»Du mußt bis morgen früh warten, Andr'«, sagte er. »Ich werde ihn selber für dich einlösen, und du kannst das Geld morgen vormittag auf deinem Weg nach West-Virginia hier abholen.«

Van sah sich rasch um. »Ich muß jetzt gehen. Wo kann ich bleiben, Inspektor?«

»Die Polizisten werden heute nacht für Sie sorgen.«

Die beiden Brüder sahen sich an, als ob in ihren Augen eine unsichtbare Schranke läge.

Als sie aufs Festland zurückgekehrt waren und Andreja Tvar

mit den übrigen Beamten verschwunden war, meinte Ellery gedehnt: »Mr. Isham, was gefiel Ihnen nicht an Stephen Megaras Erklärung, warum die Tvar-Brüder aus Montenegro flohen?«

»Daß sie albern war«, sagte der Distriktstaatsanwalt. »Fehde oder nicht Fehde, kein Mensch kann mir erzählen, daß drei erwachsene Männer ihr Haus und ihr Vaterland verlassen und ihre Namen ändern, nur weil eine kleine Rotznase sie töten will.«

»Sehr richtig«, sagte Ellery, die warme Tannenluft einsaugend. »So richtig, daß ich mich wundere, warum Inspektor Vaughn sie nicht vom Fleck weg wegen falscher Aussage festgenommen hat.«

Inspektor Vaughn schnaufte. »Während die Krosac-Geschichte zweifellos stimmt, bin ich überzeugt, daß hinter der Auswanderung mehr steckt als die Angst vor einem elfjährigen Rächer.«

»Die Polizei!« stotterte Vaughn.

»Genau. Sie gingen, weil sie gehen mußten, veranlaßt durch irgendeine Gefahr, die wesentlich dringender war als der Rachedurst des Knaben Krosac. Ich an Ihrer Stelle, Inspektor, würde eine Anfrage nach Europa loslassen.«

»Nach Jugoslawien telegrafieren«, sagte der Inspektor. »Gute Idee. Mache ich heute abend.«

## 19. Zwei Dreiecke

Als Ellery, Professor Yardley, Isham und Vaughn um den Ostflügel des Hauses kamen, trafen sie Dr. Temple. Im gleichen Augenblick kam Jonah Lincolns lange Gestalt um die Ecke gelaufen; er stieß mit Ellery zusammen und trat, eine Entschuldigung stotternd, zurück.

»Der ganze Platz ist das reinste Gefängnis«, murrte er. »Meine Schwester hatte die größten Schwierigkeiten, nach Bradwood hereinzugelangen. Sie ist eben von der Austerninsel zurückgekommen, und der Mann an der . . .«

»Miss Lincoln ist zurück?« sagte der Inspektor rasch.

Dr. Temple nahm seine Pfeife aus dem Mund. »Wann?« fragte er.

»Vor ein paar Minuten. Die Detektive wollten nicht . . .«

»Allein?«

»Ja. Sie . . .«

Von irgendwoher im Hause erklang kreischendes Lachen.

»Hester!« rief Dr. Temple und stürzte vorwärts. Lincoln jagte dem Arzt nach, Ellery folgte ihm auf den Fersen, und die anderen strömten hinterher.

Die Schreie drangen aus dem oberen Stockwerk des Hauses, in dem die Schlafzimmer lagen. Sie erreichten den Flur gerade noch rechtzeitig, um Dr. Temples drahtige Gestalt in eines der Zimmer fegen zu sehen. Die Schreie hielten an; Kaskaden eines schrillen weiblichen Gelächters.

Sie fanden Dr. Temple, wie er Hester Lincoln in seinem Arm hielt, ihr aufgewühltes Haar strich und sanft versuchte, sie zu beruhigen. Das Gesicht des Mädchens war rot, ihre Augen fiebrig und unklar, ihr Mund verzerrt; die Schreie brachen aus ihr heraus, als habe sie die Kontrolle über ihre Stimmbänder verloren.

»Hysterisch!« sagte der Arzt über seine Schulter. »Helfen Sie mir, sie aufs Bett zu legen.«

In diesem Augenblick hörte Ellery rasche Schritte auf dem Korridor, und als er sich umwandte, sah er Mrs. Brad und Helene in der Tür erscheinen.

»Was ist los?« stieß Mrs. Brad hervor. »Was ist passiert?«

Die Schreie erstarben. Hester richtete sich halb auf und starrte in das bleiche rundliche Gesicht von Mrs. Brad. Plötzlich erwachten ihre Augen zum Bewußtsein und füllten sich mit übermenschlichem Haß.

»Raus hier – du, du ... Geh mir aus den Augen!« schrie sie. »Ich hasse, hasse dich – und alles, was zu dir gehört. Geh raus, sage ich – raus!«

Mrs. Brad stand wie mit Feuer übergossen, ihre vollen Lippen zitterten. Sie stieß einen leisen Schrei aus, drehte sich um und verschwand.

»Aber, Hester!« sagte Helene.

Hesters Augen verdrehten sich in ihren Höhlen; sie sank auf das Bett.

»Wodurch mag diese Hysterie ausgelöst sein?« sagte Isham stirnrunzelnd.

»Reaktion auf eine schwere Gefühlserregung«, meinte Ellery gedehnt.

»Warum hat sie die Insel verlassen?« wollte Vaughn wissen.

Jonah grinste dünn. »Da jetzt alles vorbei ist, Inspektor, kann ich wohl darüber sprechen; es ist nichts Rätselhaftes dabei. Hester war in diesen Gauner Romaine von der Austerninsel vernarrt. Mir scheint, er hat – nun ja, versucht, sie zu verführen.« Sein Gesicht verdüsterte sich. »Aber einerseits bin ich ihm dankbar. Er hat ihr die Augen geöffnet und sie wieder zu Verstand gebracht. Sie möchte fort von hier – irgendwohin, New York vielleicht. Darf Hester Bradwood verlassen, Mr. Isham?«

»Übernehmen Sie die Verantwortung, Mr. Lincoln?« fragte Isham.

Jonah nickte eifrig. »Ich verbürge mich unbedingt –«

»Übrigens«, murmelte Ellery, »was hat eigentlich Ihre Schwester gegen Mrs. Brad, Mr. Lincoln?«

Jonahs Lächeln erstarb. »Ich habe keine Ahnung«, sagte er flach. »Ich glaube, sie wußte nicht, was sie sagte.«

»Komisch«, sagte Ellery. »Mir kam es so vor, als spräche sie mit bemerkenswerter Klarheit. Ich glaube, Inspektor, es wäre ganz klug, wenn wir uns einmal mit Mrs. Brad unterhielten . . .«

»Ich fürchte . . .«, sagte Lincoln rasch. Er unterbrach sich, sie alle wandten sich nach dem nächsten Treppenabsatz um.

Dort stand einer von Vaughns Detektiven.

»Dieser Romaine und der alte Mann«, sagte der Detektiv, »sind unten am Kai. Wollen mit Ihnen sprechen, Chef.«

Sie wanderten den Weg hinab. In der Nähe des Tennisplatzes begegneten sie Dr. Temple, der mit seiner schwarzen Tasche dahereilte. Temple lächelte kurz; er schien völlig in Anspruch genommen.

Paul Romaines große braune Gestalt ragte auf dem Landungssteg auf. Der knöcherne kleine Stryker, der verrückte Ägyptologe, hockte zitternd in einem winzigen Motorboot, das am Kai angebunden war.

»Schießen Sie los«, knurrte Vaughn. »Was wollen Sie?«

Romaine warf einen kurzen Blick auf die zusammengekrümmte Gestalt von Stryker. »Wir möchten die Erlaubnis zum Weggehen bekommen.«

Völlig unvermittelt stand der alte Stryker in seinem Motorboot auf. »Man verfolgt uns!« kreischte er. »Ein Prophet gilt nichts in seinem Vaterland! Harakht verlangt sein Recht, aus den heiligen Schriften zu predigen –«

»Ruhe!« sagte Romaine wütend.

»Diese Erlaubnis kann ich Ihnen nicht geben«, sagte Inspektor

Vaughn ruhig.

Romaines hübsches Gesicht wurde sofort drohend. Er trat mit geballten Fäusten einen Schritt vor. »Warum?« fragte er, schwer schluckend. »Sie können uns nichts vorwerfen, Inspektor. Wir waren doch artig wie die Kinder, oder etwa nicht?«

»Sie haben mich verstanden. Ich lasse weder Sie noch den alten Ziegenbock davon – noch lange nicht. Wo waren Sie in der Nacht, als Brad ermordet wurde?«

»Das habe ich Ihnen gesagt. Auf der Insel!«

»Oh – wirklich?« sagte der Inspektor erheitert.

Statt wieder aufzubrausen wurde Romaine, zu Ellerys Erstaunen, nachdenklich. Die Nasenlöcher des Inspektors zitterten; durch Zufall schien er auf etwas gestoßen zu sein.

»Also?« bellte Vaughn. »Ich habe nicht den ganzen Tag Zeit. Machen Sie den Mund auf!«

»Angenommen«, sagte Romaine langsam, »angenommen, ich könnte genau beweisen, wo ich in der Nacht war – durch einen glaubwürdigen Zeugen. Wäre ich dann frei?«

»Natürlich wären Sie das, Romaine.«

Hinter ihnen entstand eine kleine Bewegung, die niemand außer Ellery beachtete.

»Gut«, sagte Romaine. »Ich hatte nicht vor, das auszuposaunen, denn es betrifft . . . Na ja, manche Leute könnten es mißverstehen. Aber wir müssen hier raus. Ich war . . .«

»Romaine«, erklang Jonahs Stimme, »wenn Sie noch ein Wort sagen, bringe ich Sie um.«

Romaine schüttelte den mächtigen Kopf und lachte. »Quatsch«, sagte er kurz. »Sie und alle anderen hier in dieser lausigen Gegend können mir den Buckel runterrutschen. Also, Inspektor, da haben Sie Ihren Geheimtip: In der Nacht zwischen halb elf und halb zwölf . . .«

Jonah warf sich vorwärts. Ellery stieß ein Grunzen aus, schlang seinen Arm um Lincolns Nacken und bog ihn zurück. Ein Detektiv griff in das Handgemenge ein und nahm Jonah in den Schwitzkasten. Nach kurzem Kampf gab Jonah auf; er keuchte und stierte Romaine an.

Romaine sagte hastig: »Ich war mit Mrs. Brad auf der Austerninsel.«

»Was meinen Sie – mit Mrs. Brad auf der Austerninsel?« fragte der Inspektor mit schmalen Augen. »Allein mit ihr?«

»Hören Sie schlecht?« sagte Romaine. »Wir waren eine Stunde zusammen – am Ufer, unter den Bäumen.«

»Wie kam Mrs. Brad auf die Insel?«

»Wir waren verabredet. Ich erwartete sie in meinem Boot am Landungssteg. Sie erschien gerade, als ich dort ankam. Kurz vor halb elf.«

Inspektor Vaughn zog eine zerdrückte Zigarre aus seiner Tasche und stieß sie sich in den Mund. »Sie fahren auf die Insel zurück«, sagte er, »und wir werden Ihre Geschichte nachprüfen. Nehmen Sie den alten Spinner mit. Hat jemand Mrs. Brad gesehen?«

Sofort stand Jonah auf und ging ins Haus.

»Ich glaube, sie ist immer noch oben«, sagte Isham.

Sie kamen eben rechtzeitig auf die erste Etage, um Jonah in seinem Schlafzimmer verschwinden zu sehen. Stallings Anweisungen folgend, gingen sie an eine Tür im Hintergrund des Hauses, und der Inspektor klopfte.

Mrs. Brads bebende Stimme sagte: »Wer ist da?«

»Inspektor Vaughn. Dürfen wir eintreten?«

»Wer? Oh, einen Augenblick!« In der Stimme der Frau lag Panik. Sie warteten, bis die Tür leicht geöffnet wurde. Das hübsche Gesicht von Mrs. Brad erschien; ihre Augen schimmerten feucht und furchtsam. »Was gibt es, Inspektor? Ich – ich bin krank.«

Vaughn stieß sacht gegen die Tür. »Ich weiß. Aber es ist wichtig.«

Sie wich zurück, und sie traten ein.

»Mrs. Brad«, sagte Isham, »wo waren Sie in der Nacht, als Ihr Gatte ermordet wurde, zwischen halb elf und halb zwölf?«

»Was meinen Sie?« fragte sie tonlos. »Ich war mit meiner Tochter im Theater, mit ...«

»Paul Romaine«, sagte Inspektor Vaughn sehr milde, »behauptet, Sie wären mit ihm zusammen auf der Insel gewesen.«

Sie stammelte: »Paul ...« Ihre großen dunklen Augen irrten umher. »Er – er hat das gesagt?«

»Ja, Mrs. Brad«, antwortete Isham feierlich. »Wir begreifen, wie schmerzlich dies für Sie sein muß. Sagen Sie uns die Wahrheit, und wir werden nicht darauf zurückkommen.«

»Es ist eine Lüge!« schrie sie.

»Nein, Mrs. Brad. Es ist die Wahrheit.«

Sie schlug die Hände gegen ihre Ohren. »Bitte«, wimmerte sie, »ich war wahnsinnig. Ich weiß nicht, wie es passieren konnte. Ich war eine Närrin. Hester haßt mich. Sie wollte ihn auch haben. Sie glaubte – sie glaubte, er sei ein anständiger Mensch. Aber er ist das gemeinste Biest, das existiert.«

»Für eine ganze Weile wird er jetzt nichts mehr anstellen, Mrs. Brad«, sagte der Inspektor grimmig. »Niemand will Sie richten oder verhören. Das einzige, woran wir interessiert sind, ist: wie Sie nach Hause kamen und was in dieser Nacht passierte.«

Sie rang die Hände. »Ich habe mich zu Anfang der Vorstellung aus dem Theater geschlichen. Ich sagte Helene, ich fühlte mich nicht wohl, und bestand darauf, daß sie dort blieb und auf Jonah wartete. Ich ging zur Pennsylvania Station und nahm den ersten Zug zurück. Ich traf ihn – am Kai.«

»Um welche Zeit war das?«

»Kurz vor halb elf.«

»Sie haben bestimmt niemanden gehört oder gesehen?«

»Nein.« Sie sah Vaughn mit gequälten Augen an. »Oh, glauben Sie, ich hätte nicht alles erzählt, wenn ich etwas oder jemanden gesehen hätte? Und als – als ich zurückkam, schlich ich mich ins Haus und sofort in mein Zimmer.«

Isham wollte eben eine neue Frage stellen, als sich die Tür leise öffnete und Helene Brad erschien. Mrs. Brad begrub ihren Kopf in den Händen und begann zu weinen.

»Dann ist es also herausgekommen«, flüsterte Helene. »Als meine Mutter mich an dem Abend verließ – nun ja, ich wußte Bescheid. Aber sie ahnte nicht, daß ich es wußte. Ich war ebenfalls schwach.« Sie starrte zu Boden. »Ich entschloß mich, auf Jonah zu warten; wir hatten beide – nun, einiges beobachtet. Als er kam, erzählte ich es ihm, und wir gingen nach Hause.«

»Glauben Sie, daß auch Ihr Stiefvater davon wußte?«

Mrs. Brad hob plötzlich den Kopf. »Nein!« rief sie.

Helene flüsterte: »Ich bin sicher, daß er nichts wußte.«

## 20. Der Streit der Liebenden

Es war die Nacht des 14. Juli, des Nationalfeiertags. Ellery stolperte unter den Sternen und dem Feuerwerk dahin und näherte sich dem Pfad, der zu dem düsteren Totempfahl und dem Sommerhaus führte.

Plötzlich blieb er stehen. Nicht weit entfernt zur Rechten, da wo der Tennisplatz lag, unterhielt sich jemand.

Es waren die Stimmen eines Mannes und einer Frau: Jonah Lincoln und Helene Brad.

Sie schienen an einem Gartentisch an der Westseite des Tennisplatzes zu sitzen; Ellery entsann sich dunkel der Lage. Er kroch bis auf zwei Meter an sie heran und erstarrte hinter einem Baum.

»Es hat keinen Sinn zu leugnen, Jonah Lincoln«, hörte er Helene in eisigem Ton sagen. »Du – du mischst dich eben immer ein.«

»So?« sagte Jonah bitter. »Gut, das ist alles, was ich hören wollte. Ich mische mich ein, wie? Eben ein Außenstehender. Ohne jedes Recht. Gut, Helene. Ich werde mich nie mehr einmischen. Ich werde gehen –«

»Jonah!« In ihrer Stimme lag größte Angst. »Was meinst du? Ich wollte nicht . . .«

»Ich meine, was ich sagte«, grollte Jonah. »Seit Jahren bin ich immer nur der gute Junge, der wie ein Pferd schuftet, damit der eine sich auf dem Meer herumtreiben und der andere zu Hause hocken und Dame spielen konnte. Also, das ist vorbei! Die paar Dollar Gehalt sind das nicht wert. Himmel, ich gehe mit Hester fort, und das habe ich deinem Megara auch schon gesagt! Heute nachmittag auf der Jacht. Soll er zur Abwechslung mal selbst sein Geschäft führen; ich habe es endgültig satt.«

Es folgte eine angespannte Pause, in welcher keiner der beiden Gegner etwas sagte. Ellery, im Schutze seines Baumes, seufzte. Er ahnte, was kam.

Er hörte Helenes leises Ausatmen und spürte Jonahs starre Abwehr. »Schließlich, Joe«, flüsterte sie, »hat Vater eine Menge für dich getan. Und was Stephen anbelangt – ich habe dir schon so oft gesagt, daß zwischen uns nichts ist. Warum bist du so – so voller Haß auf ihn?«

»Ich bin nicht voller Haß«, sagte Jonah würdevoll.

»Sei doch nicht töricht, Jonah. Warum glaubst du, blieb Stephen ein ganzes Jahr auf seiner Reise?«

»Woher soll ich das wissen? Vielleicht fand er auf Hawaii ein Hula-Hula-Mädchen, das sein Typ war.«

»Jonah! Das ist ungerecht. So ist Stephen nicht, und das weißt du. Ich will es dir sagen. Es ist, weil er mich gefragt hat, ob ich ihn heiraten wollte. Das war der Grund.«

»Ja?« meinte Jonah. »Wirklich, eine feine Art, seine zukünftige Braut zu behandeln – einfach ein Jahr zu verschwinden! Ich wünsche euch beiden viel Glück.«

»Aber ich – ich habe abgelehnt!«

Ellery seufzte abermals und kroch auf den Weg zurück.

## 21. Kriegsrat

Ellery ärgerte sich – mehr als das, er war beunruhigt. Daß sich für den Fall keine logische Lösung fand, störte ihn nicht halb soviel wie die Tatsache, daß dieser Fall sozusagen an Trägheit verendete. Wo steckte Krosac? Worauf wartete er?

Mrs. Brad schluchzte über ihren Sünden in der Abgeschlossenheit ihres Boudoirs. Jonah Lincoln war, trotz seiner Schwüre, in das Büro von Brad & Megara zurückgekehrt und verkaufte Teppiche. Helene Brad schwebte auf einer Wolke dahin, kaum die Erde berührend. Hester Lincoln war nach einer stürmischen Auseinandersetzung mit Dr. Temple mit Hab und Gut nach New York abgezogen. Worauf Dr. Temple, die Pfeife im Mund, in Bradwood herumirrte, sein dunkles Gesicht dunkler denn je.

Andrew Van hatte sich in die Berge von West-Virginia verdrückt. Stephen Megara hielt sich auf seiner Jacht auf. Die Mannschaft, mit Ausnahme von Kapitän Swift, war mit Inspektor Vaughns Erlaubnis ausbezahlt und heimgeschickt worden. Megaras persönliche Bewachung von zwei Detektiven, die an Bord der *Helene* herumlungerten, wurde auf Megaras dringenden Wunsch hin entlassen; er sei Manns genug, sagte er, auf sich selber aufzupassen. Die Wasserpolizei patrouillierte allerdings immer noch im Sund.

Am Donnerstagmorgen schlenderte Ellery nach Bradwood hinüber und fand dort Inspektor Vaughn auf der Veranda sitzen.

»Nichts, Inspektor?«

»Absolut gar nichts.«

Helene Brad trat aus dem Haus, kühl wie eine Frühlingswolke in ihrem weißen Organdykleid. Sie murmelte einen Guten-Morgen-Gruß, schritt die Treppen hinab und ging auf den westlichen Weg zu.

Sie fielen in Schweigen. Auf dem Rasen bewegte sich die schlanke Gestalt von Fox in Manchesterhosen, begleitet vom Rattern des Rasenmähers.

Plötzlich richtete sich der Inspektor auf, und Ellery, der mit halbgeschlossenen Augen rauchte, fuhr zusammen. Das Rattern hatte aufgehört. Fox stand beim Postboten und nahm etwas entgegen: Ein Telegramm aus Belgrad, das lautete: BERICHT ÜBER BRÜDER TVAR UND VELJA KROSAC INFOLGE SCHWIERIGKEIT IN AUFFINDUNG ALTER MONTENEGRINISCHER AKTEN VERZÖGERT KEIN ZWEIFEL AN AUTHENTIZITÄT ALTER BLUTRACHEVERBRECHEN ZWISCHEN BEIDEN FAMILIEN WEITERE AUSKÜNFTE BINNEN ZWEI WOCHEN.

Es war erstaunlich, wie wenig bei allem herauskam, wie lächerlich wenig wirkliche Tatsachen in dieser Mordtragödie übrigblieben. Wer war Krosac? Wo war er, und warum zögerte er? Seine Rache war noch nicht erfüllt. In Anbetracht der Art des Verbrechens war es einfach nicht glaubhaft, daß er sich aus Angst, gefaßt zu werden, oder wegen der ständigen Anwesenheit der Polizei davon abhalten lassen würde, das Leben der beiden übriggebliebenen Tvar-Brüder zu verschonen.

An diesem Abend erwachte Stephen Megara zum Leben. Er stand inmitten des Wohnzimmers im Hause seines ermordeten Bruders und musterte grimmig seine Zuhörer. Inspektor Vaughn brütete in einem alten Großvaterstuhl, Ellery saß mit Professor Yardley zusammen und kam sich unter Megaras anklagenden Blicken dumm vor. Helene Brad und Jonah Lincoln hatten das Sofa mit Beschlag belegt; ihre Finger lagen ineinander verschlungen. Distriktstaatsanwalt Isham, der von dem Seemann aus Mineola herbeizitiert worden war, drehte im Türrahmen die Daumen und hustete ständig vor sich hin. Kapitän Swift stand hinter seinem Brotgeber, Dr. Temple vor dem dunklen Kamin.

»Hören Sie mir alle zu«, sagte Megara mit scharfer Stimme, »aber vor allem Sie, Inspektor Vaughn und Mr. Isham. Es sind jetzt drei Wochen, seit mein . . ., seit Brad umkam. Ich bin seit zehn Tagen zurück. Bitte, teilen Sie mir mit, was Sie erreicht haben.«

»Äh – es ist nur eine Frage der Zeit, Mr. Megara«, sagte Isham. Seine von grauen Haaren eingefaßte Glatze war knallrot.

»Es ist wirklich nicht so einfach, müssen Sie wissen.«

Vaughn sagte sarkastisch: »Außerdem, Mr. Megara, wurde uns hier auch nicht die lautere Wahrheit geboten. Die Anwesenden selber haben eine Menge Zeit verschwendet. Keiner von Ihnen war ganz sauber. Sie selbst haben uns neulich eine gewisse Geschichte erzählt –«

»Ich verstehe nicht«, antwortete Megara kalt. »Erklären Sie sich.«

»Vaughn«, bat Isham.

»Ich tue, was mir paßt. Sie wissen, wovon ich spreche. Drei Männer verließen einen gewissen Ort in ziemlicher Eile vor einer gewissen Anzahl von Jahren. Warum?«

Megara zuckte die Schultern. »Mir scheint tatsächlich, Inspektor, daß Ihnen diese Untersuchung die Sinne verwirrt hat. Ich habe Ihnen die Wahrheit gesagt. Natürlich konnte ich Ihnen keine zwölfbändige Biographie geben. Wenn ich etwas ausgelassen habe . . .«

»War es, weil Sie es für unwichtig hielten?« Vaughn lachte kurz. »Das habe ich schon mal gehört. Aber merken Sie sich – wenn Sie Rechenschaft von uns fordern –, unsere Arbeit besteht nicht nur darin, nach einem Mörder zu suchen. Wir müssen uns durch ein Gestrüpp verwirrter Motive, versteckter Tatsachen und hinterhältiger Lügen kämpfen.«

»Ich fürchte, wir sind vom Thema abgekommen. Ich habe diesen Kriegsrat nicht einberufen, um mich herumzuzanken. Ich habe etwas Bestimmtes im Sinn.« Megara spreizte die Beine. »Wir haben alle auf Krosacs nächsten Schlag gewartet. Nun, er ist nicht gekommen. Aber ich gebe Ihnen mein Wort, daß er nicht ausbleibt.«

»Was haben Sie vor?« fragte der Inspektor schroff. »Wollen Sie ihm eine Einladung schicken?«

»Genau. Er will mich, nicht wahr? Bitte, soll er mich haben. Ich nehme an, Ihre ständige Gegenwart hier hat ihn veranlaßt, sich zurückzuziehen. Gehen Sie aber fort, zum Beispiel, geben Sie sich geschlagen –«

»Eine glänzende Idee!« rief der Distriktstaatsanwalt. »Es ist beschämend, daß wir nicht vorher daraufgekommen sind. Selbstverständlich wird Krosac nicht losschlagen, solange die Polizei die Umgebung besetzt hält.«

»Und er wird ebenso verdammt vorsichtig sein, loszuschlagen, wenn wir urplötzlich verschwinden«, polterte Vaughn. Immerhin sah er nachdenklich vor sich hin. »Man könnte darüber reden.«

Ellery beugte sich mit glänzenden Augen vor. »Ihr Mut ist beachtlich, Mr. Megara. Sie sind sich über die Konsequenzen, wenn es schiefgeht, natürlich im klaren.«

Megara lächelte nicht. »Ich habe mich durch die ganze Welt geschlagen, ohne mir viel Gedanken zu machen«, sagte er grimmig. »Aber glauben Sie mir, ich unterschätze seine heimtückische Klugheit nicht. In diesem Falle lasse ich es auch nicht darauf ankommen. Wir werden für seinen Besuch bereit sein – der Kapitän und ich.«

Der alte Seebär sagte barsch: »Ich habe einen schönen neuen Revolver, und Mr. Megara ebenfalls. Wir werden mit dem Burschen schon fertig werden.«

»Was halten Sie davon?« fragte Professor Yardley später.

»Ich halte Stephen Megara für einen Narren«, sagte Ellery.

Es blieb Stephen Megara nur wenig Zeit, um seinen Mut – oder seine Dummheit zu beweisen.

Als Ellery und der Professor am nächsten Morgen, dem Dienstag, beim Frühstück saßen, kam ein Mann, ohne sich um die wütenden Proteste der alten Nanny zu kümmern, mit einer Nachricht von Vaughn ins Eßzimmer gerannt.

Vor wenigen Minuten hatte man Kapitän Swift in seiner Kabine an Bord der *Helene* aufgefunden: gefesselt und durch einen schweren Schlag auf den Hinterkopf bewußtlos geschlagen.

Stephen Megaras kopflose Leiche hing mächtig und grauenerregend an den Mast gebunden.

## 22. Wiederum T.

Es war eine schweigende Gesellschaft, die an diesem Morgen vom Festland zur *Helene* übersetzte. Ellery, bleich wie sein Leinenanzug, stand an der Reling der großen Polizeibarkasse und starrte der Jacht entgegen.

An Deck sah man Männer sich rasch bewegen.

Und klar gegen den hellen Morgenhimmel abgezeichnet, stand

das grausige Symbol, angetan mit einem blutbeschmierten Pyjama. Es war fest an den ersten der beiden Maste gebunden. Es erinnerte an nichts Menschliches mehr, am allerwenigsten an den lebhaften, warmblütigen Mann, der noch vor knapp zwölf Stunden mit ihnen gesprochen hatte. Es täuschte von seiner Höhe aus; die beiden an den Mast gebundenen Beine schienen über alle menschlichen Proportionen hinaus verlängert, und so bot das ganze entsetzliche Bild die Illusion riesenhafter Größe.

Keiner der Männer sagte ein Wort, bis die Barkasse längsseits der *Helene* beidrehte und sie die Leiter zum Deck hinaufkletterten.

Von allen beschäftigten Männern, die an diesem Morgen an Deck der *Helene* herumwimmelten, schien Inspektor Vaughn am wenigsten beeindruckt von dem phantastischen Irrsinn des Verbrechens. Für ihn bedeutete es Dienst – ganz bestimmt kein angenehmer, sondern ein schauerlicher und blutiger Dienst, aber immerhin zu seinem Pflichtenkreis gehörig. Er tobte auf einen Leutnant der Wasserpolizei los. »Sie behaupten, niemand sei letzte Nacht vorbeigekommen?«

»Nein, Inspektor. Das schwöre ich. Wir sind die ganze Nacht am Ausguck gewesen. Natürlich, wir hatten nur vier Boote, und es wäre praktisch denkbar ...«

»Praktisch denkbar?« höhnte der Inspektor. »Donnerwetter, Mann, es ist geschehen!«

Der Leutnant, ein junger Mensch, wurde rot. »Darf ich darauf hinweisen, Inspektor, daß er vielleicht vom Festland kam? Schließlich konnten wir die Jacht nur vom Norden, vom Wasser her beschützen.«

»Wenn ich Ihre Meinung wissen will, Leutnant, werde ich Sie danach fragen.« Vaughn hob die Stimme. »Mal herhören, Leute. Ich will keine Debatten oder Verteidigungen, verstanden? Ich will Tatsachen. Es ist wichtig, zu wissen, wie er auf die Jacht kam. Wenn er übers Wasser von der New Yorker Küste herkam, ist das wichtig. Wenn er vom Long-Island-Festland kam, ist das wichtig. Aller Wahrscheinlichkeit nach wird er nicht durch Bradwood selbst gegangen sein. Er wußte bestimmt, daß es bewacht war. Untersuchen Sie vor allem den Bootssteg und die Gegend ringsum nach Fußspuren. Durchkämmen Sie jeden Zentimeter. Versuchen Sie, die Spur des Kerls zu finden, die er hinterließ, bevor er hierherkam.«

Ellery seufzte. Distriktstaatsanwalt Isham lehnte sich mit grünlichem Aussehen an die Reling. Ein kleines Motorboot mit Dr. Temple an Bord schoß heran.

Es folgte ein Augenblick der Ruhe. Der Inspektor trat zu Ellery und dem Professor, lehnte sich mit dem Ellenbogen gegen die Tür, steckte sich eine Zigarre in den Mund.

»Nun, meine Herren?« sagte er. »Wie finden Sie das?«

»Scheußlich«, stammelte der Professor. »Und wieder die T.«

Ellery fuhr erstaunt zusammen. Natürlich! In der Verwirrung seiner Gefühle hatte er den Mast als Sinnbild des Kreuzes völlig übersehen. Erst jetzt bemerkte er, daß sich zwei Männer auf dem Dach hinter der gekreuzigten Leiche zu schaffen machten. Einen davon erkannte er als Dr. Rumsen, den Gerichtsmediziner; den anderen hatte er vorher nie gesehen – ein dunkler, schmaler Mann.

»In ein paar Minuten nehmen sie die Leiche ab«, bemerkte Vaughn. »Der alte Vogel da oben ist Seemann – Knotenexperte. Ich wollte, daß er sich die Verschnürung ansieht, bevor wir die Leiche abschneiden. Was meinen Sie, Rollins?« rief er dem alten Mann zu.

Der Knotenexperte schüttelte den Kopf und richtete sich auf. »Kein Seemann hat den Knoten gebunden, Inspektor. So plump, wie nur eine Landratte das tun kann. Und noch eine andere Sache. Das sind die gleichen Knoten wie an der Wäscheleine, die Sie mir vor drei Wochen gegeben haben.«

»Gut!« sagte der Inspektor. »Nehmen Sie ihn ab, Doktor.« Er wandte sich um. »Hat wieder eine Wäscheleine benutzt – wollte wahrscheinlich keine Zeit damit vertrödeln, an Bord nach einem Tau zu suchen. Die gleichen Knoten, der gleiche Mann.«

»Nicht unbedingt eine Schlußfolgerung«, sagte Ellery, »aber mit den anderen Dingen haben Sie vollkommen recht. Was ist eigentlich geschehen? Kapitän Swift wurde überfallen, hörte ich.«

»Ja. Der arme Knacker ist immer noch nicht bei sich. Vielleicht kann er uns etwas erzählen. – Kommen Sie herauf, Doktor«, sagte Vaughn zu Dr. Temple, der zögernd in seinem Motorboot stand, als wisse er nicht, ob er an Bord der Jacht gehen solle oder nicht. »Wir brauchen Sie.« Temple nickte und erklomm die Leiter.

Ellery gab sich einen Ruck; der Schock hatte ihn so fertiggemacht, daß er bisher noch nicht die unregelmäßigen Blutspuren an Deck beachtet hatte. In Klecksen und Spritzern rann es von Megaras Kabine weiter bis zu der Leiter, die auf das Dach der Funkerkabine führte. Dr. Temple begrüßte Dr. Rumsen oben auf dem Dach, stellte sich vor, und dann machten sich die beiden Männer mit Hilfe des alten Seemanns an die unerfreuliche Arbeit, die Leiche abzuschneiden.

»Die Geschichte ist folgende«, faßte Vaughn rasch zusammen. »Die Leiche wurde heute morgen von einem meiner Männer vom Landungssteg aus gesehen, so wie sie jetzt ist. Wir fanden Kapitän Swift, gebunden wie ein altes Huhn und völlig hinüber, mit einer blutigen Wunde am Hinterkopf. Außer Megara und dem Kapitän war letzte Nacht kein Mensch an Deck. Krosac ist irgendwie auf das Nachbargrundstück gelangt, hat sich dort ein Ruderboot genommen und ist zur Jacht gerudert. Es war sehr dunkel in der vergangenen Nacht, und die einzige Beleuchtung auf der Jacht war das Standlicht. An Bord angelangt, schlug er den Kapitän nieder und verschnürte ihn, schlich sich dann in Megaras Kajüte und machte ihn fertig. Die Kajüte ist ein Schweinestall – genauso wie das Sommerhaus bei Brads Ermordung.«

»Natürlich ist auch irgendwo ein blutiges T?« fragte Ellery.

»An Megaras Kabinentür.« Vaughn kratzte seinen bläulichen Kiefer. »Es muß eine Mordsarbeit gewesen sein, Megaras Leiche von der Kajüte die Leiter hinauf und auf das Dach des Funkerhäuschens zu schleifen, aber wahrscheinlich nicht schlimmer, als Brad an den Totempfahl zu binden. Krosac muß ein stämmiger Bursche sein«, fügte er hinzu.

»Aber er kann es sich doch nicht leisten«, sagte Professor Yardley, »sich mit dem Blut seines Opfers derart zu beschmieren, Inspektor. Glauben Sie nicht, daß sich eine Spur zu einem Mann mit blutbefleckten Kleidern finden ließe?«

»Nein«, sagte Ellery, bevor Vaughn antworten konnte. »Dieses Verbrechen, ebenso wie der Mord an Kling und der Mord an Brad, war vorausgeplant. Krosac wußte, daß Blut vergossen würde, und so hat er sich in jedem Fall mit Kleidern zum Wechseln versehen. Ich würde sagen, Inspektor, daß Ihre Spur zu einem hinkenden Mann führt, der entweder ein Bündel oder einen kleinen billigen Koffer trägt.«

Inzwischen war die Leiche abgeschnitten worden, und Dr.

Rumsen kniete auf dem Dach und untersuchte sie. Einige Augenblicke später begaben sich alle in Kapitän Swifts Kabine.

Sie trafen Dr. Temple, wie er sich über die ausgestreckte Gestalt des alten Seemanns beugte, dessen zerzauster Schädel mit trockenem Blut verkrustet war.

»Er kommt zu sich«, sagte der Arzt. »Ganz übler Schlag.«

Die Kapitänskabine war keineswegs unordentlich; hier jedenfalls schien der Mörder auf wenig Widerstand gestoßen zu sein. Ellery bemerkte, daß in Armeslänge von der Koje entfernt eine kurze Pistole auf dem Tisch lag.

»Nicht abgefeuert«, sagte Vaughn, der seine Blickrichtung verfolgte. »Swift wird keine Möglichkeit dazu gehabt haben.«

Der alte Mann stieß einen würgenden Laut aus, und seine Lider öffneten sich zitternd über matten Augen. »Zum Teufel, was ist passiert?«

Vaughn sagte: »Megara ist ermordet worden. Wir wüßten gerne, was Sie zu erzählen haben.«

»Ist es der nächste Tag?«

Niemand lachte, sie verstanden ihn. »Ja, Kapitän.«

Swift starrte gegen die Kabinendecke. »Mr. Megara und ich, wir begaben uns gestern abend aus dem Haus und auf die *Helene* zurück. Soweit ich sagen kann, war alles in bester Ordnung. Mr. Megara ließ was verlauten über eine Fahrt nach Afrika, wenn der Sturm hier abgeflaut wäre. Dann krochen wir in die Kojen – er in seiner Kabine und ich in der meinen. Aber zuerst habe ich noch eine Runde auf Deck gemacht, wie immer.«

»Sie sahen keinerlei Zeichen, daß sich ein Mann an Bord versteckt hielt?« fragte Ellery.

»Keins«, krächzte der Kapitän. »Aber ich kann es nicht bestimmt sagen. Kann sich auch in einer der Kabinen versteckt haben oder unten.«

»Und dann gingen Sie schlafen«, sagte Isham ermunternd. »Um welche Zeit war das, Kapitän?«

»Sieben Glas.«

»Elf Uhr dreißig«, murmelte Ellery.

»Richtig. Wenn ich schlafe, schlafe ich fest. Weiß nich', welche Stunde ich aufwachte, aber ich fand mich, wie ich in meiner Koje saß und lauschte. Spürte, daß was nich' stimmte. Dann habe ich geglaubt, ich hörte einen Mann schwer atmen, direkt an meiner

Koje. Ich wollte einen raschen Griff nach meiner Pistole auf dem Tisch tun, aber ich hab' sie nich' erwischt. Ein Lichtstrahl fiel auf mich, und irgendwas haute mir mächtig über den Kopp. Das is' alles, was ich weiß.«

»Wenig genug«, meinte Isham. »Haben Sie überhaupt nicht gesehen, wer Sie schlug?«

Der Kapitän schüttelte vorsichtig den Kopf. »Nicht einen Schimmer. Hier drin war es stockduster, und als mich das Licht traf, war ich geblendet.«

Dr. Rumsen erwartete sie an Deck unter dem Mast.

»Nun, Doktor?« fragte Vaughn.

Der Gerichtsmediziner zuckte die Schultern. »Nichts Besonderes. Wenn Sie sich entsinnen, was ich Ihnen vor drei Wochen über die Leiche von Brad sagte, brauche ich kein Wort mehr zu verlieren.«

»Keine Zeichen von Gewalt, was?«

»Nicht unterhalb des Nackens. Und über dem Nacken . . .« Er zuckte nochmals die Schultern.

»Gut, um welche Zeit, schätzen Sie, wurde Megara umgebracht?«

Dr. Rumsen schielte zur Takelung hinauf. »Alle Umstände einbezogen, würde ich sagen, zwischen eins und ein Uhr dreißig heute morgen.«

»Ist irgend etwas gestohlen worden, Inspektor?« fragte Ellery stirnrunzelnd.

»Nein. In Megaras Brieftasche in der Kajüte war ein bißchen Kleingeld. Es ist nicht verschwunden. Und der Wandsafe wurde nicht berührt.«

»Da ist noch ein Punkt . . .«, begann Ellery, als eine Barkasse beilegte, der ein Trupp schwitzender Männer entstieg.

»Nun?« wollte Vaughn wissen. »Irgendeine Spur?«

Der Anführer des Trupps schüttelte den Kopf. »Nein, Chef. Im Umkreis einer Meile haben wir alles durchgekämmt.«

»Er kann ihn ins Wasser versenkt haben«, murmelte Vaughn.

»Wen?« fragte Isham.

»Megaras Kopf. Nicht, daß es eine gewaltige Rolle spielt. Wir werden nicht mal danach fischen, glaube ich.«

»Ich an Ihrer Stelle würde es tun«, sagte Ellery.

23. Der Hinkende

Ein Detektiv kletterte an Bord, einen vertrauten Umschlag in der Hand. »Telegramm. Gerade eingetroffen.«

»Telegramm«, wiederholte Ellery langsam. »Aus Belgrad, Inspektor?«

Vaughn riß den Umschlag auf. »Ja.« Seine Augen überflogen die Zeilen, wobei er düster nickte.

»Zu spät«, bemerkte Isham, »um noch nützen zu können. Was steht darin?«

Der Inspektor reichte es dem Staatsanwalt, und Isham las laut vor: »FANDEN ALTE AKTEN TVAR-KROSAC-FEHDE STEFAN ANDREJA UND TOMISLAV TVAR BEGINGEN MORD AN VELJA KROSACS VATER UND ZWEI ONKELN VÄTERLICHERSEITS BERAUBTEN KROSACS HAUS UM GROSSE GELDSUMME ANSCHLIESSEND FLUCHT AUS MONTENEGRO ANZEIGE VON ÄLTERER KROSAC-WITWE DANACH KEINE SPUR MEHR VON TVARS NOCH KROSAC WITWE NOCH JUNGEM SOHN VELJA WEITERE EINZELHEITEN STEHEN ZUR VERFÜGUNG.

»So«, sagte Professor Yardley. »Sie haben also recht behalten, Queen. Sie waren nichts als ordinäre Diebe.«

Ellery seufzte. »Ein billiger Triumph. Es bedeutet nur, daß Velja Krosac ein zusätzliches Motiv für den Mord an den Tvar-Brüdern besaß. Seine Familie ausgelöscht, sein Geld gestohlen. Ich sehe nicht, daß es mehr als einen winzigen Punkt aufklärt . . .«

»Ja, was ist los?« unterbrach der Inspektor. »Bill scheint etwas entdeckt zu haben!«

Der Detektiv stand in einem herankommenden Boot, fuchtelte mit den Armen und schrie etwas Unverständliches. Er kletterte mit glänzenden Augen an Bord.

»Bestens, Chef!« rief er. »Wir haben eine Menge drüben gefunden.«

»Was?«

»Zuerst haben wir die Herkunft des Ruderboots überprüft; es gehört tatsächlich zu dem Anlegeplatz drüben. Das Tau war mit einem scharfen Messer durchschnitten. Der Knoten hängt noch an dem Ring, und das Tau am Boot zeigt einen Schnitt, der mit dem anderen Ende zusammenpaßt.«

»Gut, gut«, sagte Vaughn ungeduldig. »Er hat das Boot benutzt – das wußten wir. Haben Sie in der Nähe des Stegs etwas gefunden?«

»Und ob. Fußspuren.«

Sie alle wiederholten das Wort und beugten sich vor.

Bill nickte. »Direkt hinter dem Steg ist die Erde weich. Darin haben wir fünf Spuren gefunden – drei linke und zwei rechte in der gleichen Schuhgröße – männliche, ungefähr zweiundvierzig, würde ich sagen. Und derjenige, der die Spuren hinterließ, hat gehinkt.«

»Gehinkt?« wiederholte Professor Yardley. »Woher, um Himmels willen, wissen Sie das?«

Bill warf dem Professor einen mitleidigen Blick zu. »Die Abdrücke des rechten Schuhs waren viel tiefer als die des linken. Der rechte Absatz preßte sich ein. Ein starkes Hinken des linken Beines, würde ich sagen; der linke Absatz war kaum zu sehen.«

»Gut gemacht, Bill«, sagte Vaughn.

Eine neue Deputation schoß über Ketchams Bucht auf die Jacht zu. Verschiedene Detektive umringten einen Mann mittleren Alters, der auf einer Querbank saß. Der Mann krabbelte mit einem gequälten Grinsen an Deck und nahm seinen Filzhut ab, als befände er sich in königlicher Gesellschaft. Sie musterten ihn neugierig: er war ein farbloses Individuum mit Goldzähnen und von einer schäbigen Eleganz.

»Wer ist das, Pickard?« wollte der Inspektor wissen.

»Erzählen Sie Ihre Geschichte, Mr. Darling«, sagte der Detektiv. »Das ist der Chef.«

Mr. Darling nickte ehrfurchtsvoll. »Freut mich, Sie kennenzulernen, Captain. Nun, es ist nicht viel. Ich bin Elias Darling aus Huntington, Captain. Ich besitze dort ein Zigarren- und Schreibwarengeschäft auf der Hauptstraße. Gestern abend schloß ich um Mitternacht, und dabei fiel mir zufällig etwas auf der Straße auf. Vor meinem Geschäft parkte ein Wagen – ich glaube, es war ein Buick, eine Buick-Limousine. Zufällig hatte ich auch den Mann gesehen, der ihn parkte – ein kleiner Bursche mit einem jungen Mädchen. Gerade als ich absperrte, sah ich einen Mann, einen langen Kerl, auf den Wagen zugehen und hineinschauen. Das vordere Fenster stand offen, und der Wagen war nicht abgeschlossen.

Da öffnete er die Tür, trat auf den Anlasser und fuhr in Richtung Centerport davon. Ich entsinne mich, daß der Mann mit dem linken Bein hinkte –«

»He!« röhrte Vaughn. »Augenblick! Hinkte? Wie sah er aus?«

»Ich habe sein Gesicht nicht gesehen. Aber er war groß, ziemlich breitschultrig und trug eine von diesen Wochenendtaschen.«

Ishams und Vaughns Spannung ließ nach. »Gut, Mr. Darling«, sagte Vaughn. »Vielen Dank für Ihre Mühe. Pickard, sorgen Sie dafür, daß Mr. Darling nach Huntington zurückgebracht wird.« Pickard half dem Geschäftsinhaber die Treppe hinunter und kehrte zurück, als das Boot entschwand.

»Was ist mit dem gestohlenen Wagen, Pickard?« fragte Isham.

»Tja«, meinte der Detektiv gedehnt, »dabei kommt nicht viel heraus. Ein Paar, das Darlings Beschreibung entspricht, hat den Autodiebstahl um zwei Uhr morgens bei der Polizei von Huntington gemeldet.«

»Haben Sie eine Beschreibung des Wagens losgelassen?« wollte Vaughn wissen.

»Ja, Chef. Mit Nummer und allem.«

»Was denken Sie, Mr. Queen?« fragte Isham.

Ellery drehte sich um. »Ich fürchte, wir sind von der Lösung dieses Verbrechens so weit entfernt wie vor drei Wochen. Was mich anbelangt, so bekenne ich mich zu einer vollkommenen Pleite.« Er nahm seine Brille ab und rieb sich ungeduldig die Augen. »Krosac hinterließ eine Spur – protzte beinahe damit . . .« Sein Gesicht verhärtete sich, und er verfiel in Schweigen.

»Was ist los?« fragte der Professor besorgt.

Ellery ballte die Fäuste. »Mein Gehirn – dieser Gedanke! Was, in drei Teufels Namen, ist mir entfallen?«

## 24. Ellery spricht

Im Hause Yardleys angekommen, ging der Professor direkt auf seine Bibliothek zu, und Ellery folgte ihm wie auf eine rettende Insel. Isham und Vaughn waren irgendwohin verschwunden.

Ellery sank in einen Sessel und begann mechanisch, seine Taschen nach Zigaretten zu durchsuchen.

»Was quält Sie?« fragte Yardley vorsichtig.

Ellery sog wütend an seiner Zigarette. »Kennen Sie dieses undefinierbare Gefühl? Irgend etwas spukt in den hintersten Gehirnwindungen herum. Wenn ich es nur fassen könnte. Ich spüre genau, daß es wichtig ist.«

Der Professor stopfte seine Pfeife. »Eine bekannte Erscheinung. Ich habe festgestellt, daß der Versuch, durch Konzentration des Gedankens habhaft zu werden, sinnlos ist.«

Ellery grunzte.

»Vor einer Viertelstunde«, fuhr der Professor mit einem traurigen Lächeln fort, »sagten Sie, Sie seien von einer Lösung so weit entfernt wie vor drei Wochen. Gut. Damit bekennen Sie sich zu einem Fehlschlag. Aber vielleicht sind Ihnen bei Ihrer Analyse Dinge entgangen, die klarwerden, wenn Sie Ihre Überlegungen in Worte fassen.

Zum Beispiel erwähnten Sie das Dame-Spiel. Offensichtlich barg Brads Bibliothek, der Spieltisch, die Stellung der Steine Hinweise für Sie, die wir anderen völlig übersahen. Rekapitulieren Sie einmal laut.«

Unter der tiefen, beruhigenden Stimme des Professors begannen sich Ellerys überreizte Nerven zu entspannen. Er rauchte jetzt ruhiger. »Keine schlechte Idee, Professor.« Er machte es sich auf seinem Sitz bequemer und schloß halb die Augen. »Welchen Vers haben Sie sich auf Stallings Aussage und den Spieltisch, so wie wir ihn fanden, gemacht?«

Der Professor blies gedankenvoll den Rauch gegen den Kamin. »Als Stallings Brad zuletzt sah – vermutlich war er die letzte Person, außer dem Mörder, der Brad sah –, saß Brad an seinem Spieltisch und spielte allein Dame. Hierin liegt nichts Ungewöhnliches; Stallings bestätigte, daß er oft beide Partien gleichzeitig spielte. Dann, nachdem Stallings verschwunden war und Brad immer noch allein spielte, scheint sich Krosac Zugang zur Bibliothek verschafft und Brad getötet zu haben. Im Augenblick, als Brad ermordet wurde, hielt er einen roten Stein in der Hand, was erklärt, warum wir diesen am Totempfahl fanden.«

Ellery rieb sich schwach die Hände. »Sie sagen: ›verschaffte sich Zugang zur Bibliothek‹. Was meinen Sie damit?«

Yardley grinste. »Darauf wollte ich eben kommen. Krosac kann der an jenem Abend von Brad erwartete Gast gewesen sein, was erklären würde, wie er ins Haus kam. Und Brad ahnte selbstverständlich nicht, daß jemand, den er für einen Freund oder Bekannten hielt, in Wirklichkeit sein Todfeind war.«

Der Professor sog gedankenvoll an seiner Pfeife. »Eine weitere Theorie wäre, daß Brad in jener Nacht zwei Besucher hatte: die Person, die er erwartete und für deren Besuch er Frau, Stieftochter und Hausangestellte fortschickte; und seinen Feind Krosac. Der offizielle Besucher schwieg natürlich über seinen Besuch, um keinesfalls in die Sache verwickelt zu werden. Mich wundert, daß sonst noch niemand auf diese Idee gekommen ist.«

»So?« Ellery nahm seine Brille ab und legte sie auf den Tisch. »Ich erwähnte sie nur nie, weil diese Annahme nicht stimmt.«

Der Professor beugte sich erwartungsvoll vor, und Ellery fuhr fort: »Meine Überlegung basiert auf zwei Punkten: die Stellung der Steine auf Brads Spieltisch – und die Psychologie eines routinierten Spielers. Wenn Sie Dame spielen können, werden Sie meine Analyse verstehen. Als Stallings die Bibliothek betrat, bevor er das Haus verließ, sah er, daß Brad ein Spiel mit sich selber begann, tatsächlich sah er zwei Eröffnungszüge. Es war diese Aussage, die unsere Freunde verwirrte. Weil Brad allein spielte, als Stallings ihn zuletzt sah, nahmen sie an, daß er immer noch allein spielte, als er ermordet wurde. Sie selbst verfielen dem gleichen Irrtum.

Doch die Steine auf dem Spielbrett erzählten eine grundlegend andere Geschichte. Sie werden sich entsinnen, daß Schwarz neun rote Steine erobert hatte, die auf dem Zwischenraum zwischen Spielfeld und Tischkante lagen, und Rot nur drei Steine, die auf dem gegenüberliegenden Platz lagen. Also war Schwarz ganz offensichtlich Rot stark überlegen. Auf dem Spielfeld selbst standen drei Damen, oder Doppelsteine, für Schwarz, plus drei einfachen schwarzen Steinen und zwei dürftige einfache Steine für Rot.«

»Worauf wollen Sie damit hinaus?«

»Bei einem Übungsspiel ist ein Experte nur an den Eröffnungs- und Endzügen interessiert«, sagte Ellery. »Warum sollte sich Brad mit einem Spiel abplagen, bei der sich die eine Seite in dem überwältigenden Vorteil von drei Damen und einem Stein befand? Dazu hätte er es in einem Übungsspiel nie kommen lassen. Nein, wenn Brad auch ein Übungsspiel spielte, als Stallings ihn sah, so spielte er dennoch am späten Abend ein echtes Spiel.«

Draußen begann es zu regnen – Ströme trüben Wassers schlugen gegen die Fenster.

Ellery fuhr fort: »Vermögen wir nun den *Zeitpunkt* des Mordes in Beziehung zu dem Verlauf des Spieles zu setzen? In Aufrechterhaltung aller Logik behaupte ich, daß wir dies können. Denn was fanden wir vor? Auf der ersten Reihe von Schwarz stand noch einer der zwei roten Steine im Spiel. Wenn man beim Dame-Spiel die Grundlinie des Gegners erreicht, ist man berechtigt, eine Dame zu machen, was derart geschieht, daß man einen zweiten Stein auf den ersten stellt. Wieso konnte es nun in diesem Spiel geschehen, daß Rot einen Stein auf der anderen Grundlinie hatte, der trotzdem noch ungekrönt war?«

»Ich fange an zu verstehen«, murmelte Yardley.

»Ganz einfach, weil das Spiel in diesem Augenblick unterbrochen wurde. Spielte Brad Schwarz oder Rot? Wir besitzen die verschiedensten Aussagen, daß Brad ein ausgezeichneter Dame-Spieler war. Ist es also denkbar, daß er in diesem Spiel, in dem sich Rot ganz offensichtlich als unterlegen erwies, Rot hatte? Nein, es ist nicht denkbar, und wir können ohne weiteres voraussetzen, daß Brad Schwarz spielte. – Lassen Sie mich, um genau zu sein, noch eine Berichtigung einschieben: Wir wissen jetzt, daß der Vorteil von Schwarz über Rot nicht drei Damen und ein Stein, sondern zwei Damen und zwei Steine war, da einer der roten Steine noch eine Dame krönen sollte.«

»Trotzdem ein enormer Vorsprung.«

»Wenn aber Brad Schwarz spielte, muß er auf dem Stuhl in der Nähe des Sekretärs und nicht auf der anderen Tischseite gesessen haben. Sein Besucher und Gegner saß ihm demnach gegenüber, mit dem Gesicht zu dem Sekretär, während Brad diesem den Rücken zukehrte.«

»Aber wohin soll das –?«

Ellery schloß die Augen. »Ein roter Stein fehlte, den wir draußen, nahe dem Platz von Brads Kreuzigung fanden. In seiner Handfläche zeigte sich ein runder roter Fleck. Also hielt er den Stein, als er ermordet wurde. Warum hatte er den roten Stein aufgegriffen und festgehalten? Theoretisch gibt es viele mögliche Erklärungen. Doch gibt es nur eine Erklärung, die durch eine bekannte Tatsache untermauert wird.«

»Und die wäre?« fragte der Professor.

»Die Tatsache, daß ein roter Stein auf der Grundlinie von

Schwarz stand und daß dieser ungekrönt war. In Brads Hand – in der Hand von Schwarz, wohlgemerkt – befand sich der einzige fehlende rote Stein. Ich begreife nicht«, sagte Ellery, »wie es Ihrer Aufmerksamkeit entgehen konnte, daß Rot, der Gegner von Schwarz, es fertigbrachte, einen Stein auf die Grundlinie von Schwarz zu führen, daß Schwarz, oder Brad, einen der eroberten roten Steine aufnahm, um diesen auf den eben auf der Grundlinie angelangten roten Stein zu setzen; daß er diese Absicht aber niemals ausführen konnte, zeigt uns in direkter Schlußfolgerung nicht nur, wann das Spiel unterbrochen wurde, sondern auch, warum.«

Yardley verhielt sich schweigend und gespannt.

»Brad führte seine Handlung nicht aus, weil er nicht konnte.« Ellery machte eine Pause und seufzte. »In diesem Augenblick wurde er angegriffen und, um es milde auszudrücken, daran gehindert, die rote Dame zu krönen.«

»Und der Blutfleck?« murmelte der Professor.

»Genau«, sagte Ellery. »Die Lage des Blutflecks auf dem Teppich ist eine Bestätigung. Der Blutfleck befand sich sechzig Zentimeter hinter dem Stuhl, in dem Schwarz – oder Brad – saß. Falls Brad von vorne auf den Kopf geschlagen wurde, als er am Tisch saß und eben die Dame krönen wollte, wäre er nach rückwärts gefallen, zwischen Stuhl und Sekretär. Und das ist genau, wo wir den Blutflecken gefunden haben. *Brad wurde also angegriffen, als er mit seinem Mörder Dame spielte. Mit anderen Worten, Brads Mörder war auch sein Spielgegner* –«

»Und Ihr Fazit aus dieser Folgerung?« brummte Yardley.

»Wie ich schon sagte: Der Mörder spielte mit Brad Dame. Und Brad kannte Krosac sehr gut, wenn auch selbstverständlich nicht als Krosac, sondern als jemand anderen.«

»Wollen Sie behaupten, das sei logisch? Weil ein Mann wie Brad mit jemandem Dame spielte, muß dieser Jemand zwangsläufig ein Freund von ihm sein? Unsinn! Brad hätte mit Männern von der Müllabfuhr gespielt. Jeder Fremde war ein gefundenes Fressen für ihn, vorausgesetzt, er konnte spielen.«

»Aber würde sich Brad, trotz seiner Kenntnis von Krosacs Anwesenheit im Lande, mit einem Fremden verabreden und freiwillig alle seine eventuellen Beschützer fortschicken, so wie er es tat?«

»Hm, wahrscheinlich nicht. Und wohin führt Sie das?«

»Nirgendwohin«, sagte Ellery kläglich. »Was, wie gesagt, bedeutet, daß ich nicht weiter bin als vor drei Wochen. – Übrigens, wenn ich darüber nachdenke, gibt es noch eine Tatsache, die aus diesem Meer von Vermutungen herausragt. Ich bin ein Idiot, nicht vorher daran gedacht zu haben: Wir können mit absoluter Sicherheit feststellen, daß Krosac nicht hinkt.«

»Das haben wir schon früher erörtert«, erwiderte Yardley. »Nein, Sie haben recht. Wir waren nicht sicher. Aber wie ...?«

Ellery erhob sich, reckte seine Arme und begann, auf und ab zu gehen. »Krosac, unter welchem Namen er jetzt auch auftritt, war Brad wohlbekannt. Keiner von Brads guten Bekannten hinkt. Demnach hinkt Krosac in Wirklichkeit nicht; doch hat er sein jugendliches Gebrechen benutzt und als ständiges körperliches Charakteristikum hingestellt, um die Polizei irrezuführen.«

»Darum also ließ er so scheinbar unvorsichtig eine Spur als Hinkender zurück«, murmelte Yardley.

»Genau. Kein Wunder, daß sich noch keine Spur von ihm fand. Ich hätte früher daran denken sollen.«

Yardley wippte auf seinen großen Füßen, die kalte Pfeife zwischen den Zähnen. »So weit wären wir also.« Er betrachtete Ellery scharf. »Macht sich der verlorene Gedanke noch nicht bemerkbar, he?«

Ellery schüttelte den Kopf. »Der versteckt sich immer noch. Überlegen wir: Mord an dem ersten Opfer, Kling, zufriedenstellend erklärt. Krosac beziehungsweise der sogenannte Hinkende in direkter Nähe; Motiv, örtlicher Zusammenhang, besondere Umstände des Verbrechens – alles paßt. Krosac glaubt, Andreja, einen der Brüder, getötet zu haben. Wie ist er eigentlich auf Vans Spur, die am verstecktesten lag, gestoßen? Frage unbeantwortbar; wird, Gott weiß wann, beantwortet werden. Krosac schlägt wieder zu. Dieses Mal Brad; dieselbe Frage, ebenso unbeantwortbar. Der Knoten schürzt sich überraschend: Krosac findet Brads Brief, aus dem er zum ersten Male erfährt, daß er bei dem einleitenden Mord einen Fehler beging, daß Van noch lebt. Aber wo ist Van? Muß gefunden werden, sagt sich Krosac, oder meine Rache bleibt unvollendet. Megara kehrt zurück. Krosac weiß, daß er kommen wird; Auftritt des alleinigen Mitwissers, laut Brief, von Vans neuer Identität und derzeitigem Aufenthalt. – Pause. Aufschub. Und dann ... *Himmel!*« sagte Ellery.

Professor Yardley starrte ihn mit angehaltenem Atem an.

»Himmel!« rief Ellery. »Was war ich für ein Narr! Was für ein Idiot, für ein schwachsinniger, vertrottelter Geisteskranker bin ich! Jetzt habe ich es endlich!«

»Es wirkt immer«, grinste der Professor erleichtert. »Was ...? – Hallo, mein Junge, was ist los?«

Er schwieg erschreckt. Mit Ellerys erregtem Gesicht war eine seltsame Veränderung vor sich gegangen. Seine Augen verschleierten sich.

»Hören Sie«, sagte er rasch. »Ich habe nur Zeit für eine kurze Andeutung. Worauf haben wir gewartet? Worauf wartete Krosac? Wir warteten auf Krosacs Versuche, durch Megara, den einzig Eingeweihten, zu erfahren *wo Van* ist. Krosac wartete auf diese Information. *Und dann ermordete er Megara.* Dies kann nur eines bedeuten!«

»Er hat es herausgefunden«, rief Yardley, und die Schwere dieses Gedankens ließ seine Stimme brüchig klingen. »Mein Gott, Queen, was für Narren, was für blinde Narren sind wir gewesen! Es kann schon zu spät sein!«

Ellery verschwendete keine Zeit mit einer Antwort. Er rannte zum Telefon. »Western Union – Ein Telegramm. Dringend. Adresse: Konstabler Luden, Arroyo, West-Virginia. – Ja. Text: ›Sofort Polizeiaufgebot zu Petes Hütte. Beschützt Pete bis zu meiner Ankunft. Benachrichtigt Staatsanwalt Crumit von Rückkehr Krosacs. Sollte bereits etwas geschehen sein, dann Krosacs Spur aufnehmen, aber Ort des Verbrechens nicht antasten.‹ Unterschrift Ellery Queen. Bitte, wiederholen Sie – Krosac – K-r-o-s-a-c. Richtig. – Danke.«

Er rief als nächstes Bradwood, das Haus jenseits der Straße, an und verlangte Inspektor Vaughn. Der Mann am anderen Ende bedauerte, aber er hatte keine Ahnung, wo Vaughn war. Der Inspektor hatte eine Nachricht erhalten; er und Staatsanwalt Isham hatten sofort einen Wagen bestellt und waren davongesaust.

»Verdammt«, fluchte Ellery und hängte ein. »Was machen wir nun? Wir haben keine Zeit!« Er eilte zu einem Fenster und sah hinaus. Der Regen schien immer mehr an Stärke zuzunehmen.

»Hören Sie, Professor«, sagte Ellery, sich umwendend, »Sie bleiben hier und versuchen Ihr möglichstes, um Vaughn und Isham zu erreichen.« Er sprang nochmals ans Telefon. »Mineola, Flughafen. Schnell!«

Es war keine Chartermaschine zu haben.

»Bleibt nichts als mein alter Sportwagen«, sagte Ellery. »Besitzen Sie einen Regenmantel, den Sie mir leihen können, Professor?«

Sie eilten in den Flur, wo Yardley einen Schrank öffnete, aus dem er einen langen Gummimantel zog. »Geben Sie auf sich acht. Sind Sie sich auch ganz sicher? Ist es kein unnötiges Risiko?«

Ellery sagte grimmig: »Es gab nur einen Grund, der Krosac während der letzten zwei Wochen zurückhielt, Megara umzubringen: herauszufinden, wo Van sich aufhielt. Wenn er Megara schließlich umbrachte, dann nur, weil er die Sache mit Pete durchschaut und dessen Bergversteck gefunden hatte. Wahrscheinlich hat er dies von Megara erpreßt, bevor er ihn tötete. In diesem Augenblick befindet sich Krosac bestimmt auf seinem Weg nach West-Virginia. Ich hoffe nur, daß er sich Zeit zum Ausschlafen genommen hat in der letzten Nacht. Sonst . . .« Er zuckte die Schultern, bevor er im Regen verschwand.

## 25. Entschlüpft

Unter einem sich aufhellenden Himmel und einer Sonne, die sich tapfer bemühte, die Spitzen der Alleghenies zu beleuchten, hielt Ellery fünfunddreißig Stunden später um 11 Uhr 30 mit seinem Wagen vor dem Gemeindehaus in Arroyo, West-Virginia. Er rannte durch die trübe Halle nach hinten, wo Konstabler Ludens Büro lag. Es war leer.

»Wann ist der Konstabler fortgegangen?« erkundigte sich Ellery beim Hausmeister.

»Montag früh.«

»Was?« In Ellerys Stimme schwang Entsetzen und das Aufdämmern einer Katastrophe. »Lieber Himmel, dann hat er mein . . .« Er stürzte auf Ludens Schreibtisch zu. Es war ein wüster, unordentlicher Papierhaufen. Und da lag, was er in düsterer Ahnung erwartet hatte: ein Telegramm in gelbem Umschlag. Sein Telegramm.

Der Hausmeister erklärte geduldig, daß der Konstabler und Bürgermeister Matt Hollis vor zwei Tagen zu ihrer jährlichen Angelpartie aufgebrochen seien; diese dauerte gewöhnlich eine Woche. Vor Sonntag würden sie kaum zurück sein. Das Telegramm war gestern ein paar Minuten vor drei angekommen. Ellery stürmte schreckensbleich auf die Hauptstraße zurück, wo er in seinen Wagen sprang.

Aufheulend jagte er um die nächste Kurve und die Straße entlang, deren er sich von seinem ersten Ausflug mit Isham und Luden entsann. Falls das, was er befürchtete, noch nicht geschehen war, fühlte er sich jeder nur denkbaren Situation gewachsen; im Handschuhkasten des Wagens lag eine geladene Pistole. Wenn es aber geschehen war . . .

Er ließ den Wagen in dem Gesträuch stehen und begann, die Pistole in der Hand, den steilen Aufstieg. Voller Ahnung, daß er zu spät kommen würde, pirschte er sich voran.

Als er den Rand der Lichtung erreichte, verbarg er sich hinter einem Baum und spähte. Die Umzäunung war in Ordnung. Ellery fühlte sich ermutigt, wenn auch die Tür geschlossen war. Er wollte es nicht darauf ankommen lassen. Er entsicherte seine Pistole und kroch hinter dem Baum hervor. Er kletterte schwerfällig über den Zaun, die Waffe immer noch gehoben. Und dann bemerkte er die Fußspuren.

Er blieb drei volle Minuten lang stehen und nahm die Geschichte, die diese Abdrücke in der feuchten Erde mit aller Deutlichkeit erzählten, in sich auf. Endlich riß er sich los und schritt in einem weiten Bogen, vorsichtig einen Fuß vor den anderen setzend, bis vor die Tür. Die Tür war nicht ganz geschlossen, wie er auf den ersten Blick gemeint hatte. Ein winziger Spalt stand offen.

Die Pistole in seiner rechten Hand, blieb er stehen und legte das Ohr an den Spalt. Kein Laut. Er richtete sich auf und versetzte der Tür einen heftigen Schlag, so daß sie zurückflog und das Innere freigab . . .

Einige Herzschläge lang stand er so, die linke Hand in der Luft, mit der Pistole in der Rechten in das Innere der Hütte zielend, die Augen auf die grausige Szene vor ihm gerichtet.

Dann trat er ein und schloß sorgfältig die schwere Tür.

»Hallo«, sagte der Hausmeister im Monteuranzug unsicher, als Ellery um 12 Uhr 50 vor dem Gemeindehaus wieder aus dem Wagen stieg. »Sie sind also zurück, wie? Wollte Ihnen was sagen, Mistah, aber Se ließen mich ja nich'. Is' Ihr Name –?«

»Hören Sie mal«, knurrte Ellery. »Sie scheinen der einzige

Mensch von offizieller Verantwortung zu sein, der in dieser aufstrebenden Gemeinde übriggeblieben ist. Sie müssen etwas für mich erledigen. Es werden ein paar Herren aus New York kommen – wann, weiß ich nicht. Sie müssen auf sie hier warten, verstanden?«

»Ja, ich weiß nich'«, sagte der Hausmeister und lehnte sich auf seinen Besen. »Hören Se mal – sind Se zufällig der Mann, der Queen heißt?«

Ellery stutzte. »Ja. Warum?«

Der Hausmeister kramte in der Tiefe seiner weiten Hosentasche und brachte ein gefaltetes Blatt Papier zutage. »Hab' versucht, Ihnen vorher zu erzählen, Mr. Queen, aber Se wollten ja nich'. 'n Mann hat das für Se dagelassen – häßlicher Kerl. Sah aus wie Abe Lincoln.«

»Yardley!« rief Ellery aus und entriß ihm das Blatt. »Himmel, warum haben Sie mir das nicht früher gesagt, Mann?« In seiner Eile zerriß er das Blatt fast beim Entfalten. Es waren hastig mit Bleistift hingekritzelte Zeilen, von Yardley unterschrieben:

*Lieber Queen!*
*Dank der Wunder der modernen Technik war es mir möglich, Ihnen zuvorzukommen. Machte mir Sorge, nachdem Sie abfuhren, und versuchte vergeblich, Vaughn und Isham zu erwischen. Erfuhr nur soviel, daß die beiden wahrscheinlich in Massachusetts sind. Gab Ihre Nachricht einem von Vaughns Leuten. Überredete einen Privatpiloten, mich südwestwärts zu fliegen. Landete heute morgen um zehn Uhr in der Nähe von Arroyo. Kann Hütte oder jemanden, der weiß, wo sie liegt, nicht finden. Luden abwesend, der ganze Ort tot. Ihr Telegramm wahrscheinlich ungeöffnet. Befürchte natürlich das Schlimmste, besonders nachdem ich die Spur eines hinkenden Mannes in der Umgebung entdeckt habe. Ein Hinkender, der einen kleinen Koffer trug (es muß Krosac sein, wenn auch die Beschreibung ungenau ist; der Mann hielt sein Gesicht verhüllt), mietete in Yellow Creek, gegenüber von Arroyo auf der anderen Seite des Ohio, gestern abend um 11 Uhr 40 einen Wagen. Habe mich mit Besitzer des Wagens unterhalten; er fuhr Krosac nach Steubenville, setzte ihn dort vor einem Hotel ab. – Versuche selbst, K. zu folgen, hinterlasse diese Nachricht für Sie bei dem hochintelligenten Hausmeister des Gemeindehauses.*

*Fahre sofort nach Steubenville; sollte ich eine neue Spur finden, hinterlege ich weitere Nachrichten für Sie im Fort Steuben Hotel.*
*Yardley.*

Ellerys Augen weiteten sich. »Wann hat gestern nacht der Regen aufgehört?« fragte er plötzlich.

»Stunde oder so vor Mitternacht. Aber über dem Fluß hat es die ganze Nacht wie verrückt gegossen. Mr. Queen, glauben Se nich' –?«

»Nein«, sagte Ellery bestimmt. »Geben Sie diesen Brief den Herren aus New York, wenn sie kommen.« Er kritzelte einige zusätzliche Zeilen auf die freie Seite des Blattes und drückte es dem Hausmeister in die Hand.

Er schob dem Hausmeister einen Dollar zu und verschwand samt Wagen in einer Staubwolke.

## 26. Zum zweitenmal getötet

Inspektor Vaughn und Staatsanwalt Isham trafen am Mittwochmorgen um 1 Uhr 30 in Arroyo ein. Ein Hubschrauber hatte sie eine Viertelmeile außerhalb des Ortes auf freiem Feld abgesetzt. Sie wandten sich dem Gemeindehaus zu. Ein Mann in blauem Monteuranzug saß auf der Eingangsstufe. »Sind Se' von New York?«

»Ja.«

»Heißen Vaughn und Isham oder so?«

»Ja.«

»Hab 'n Brief für Sie.«

Sie lasen die Nachricht schweigend und wandten dann das Blatt um. Ellery hatte den Zusatz gekritzelt:

*Yardleys Worte sprechen für sich selbst. Ich war an der Hütte. Grauenhafter Zustand. Folgen Sie, so schnell Sie können. Die Fußspuren, die die Hütte umkreisen, sind die meinen – das andere Paar . . . Sehen Sie selbst. Beeilen Sie sich. Q.*

»Also ist es passiert«, seufzte Isham.

Die Hüttentür war geschlossen.

Isham und Vaughn durchkletterten mit Schwierigkeit den Stacheldrahtzaun. »Treten Sie nicht auf die Spuren«, sagte der Inspektor kurz. »Mal sehen – diese sind Queens, nehme ich an, die den Bogen machen. Das andere Paar . . .«

Sie blieben stehen und verfolgten mit den Augen die Fußspuren, die Ellery zuvor betrachtet hatte. Es waren zwei vollständige Spurenfolgen des gleichen Schuhpaares. Die beiden Linien waren klar zu unterscheiden: eine, die vom Zaun zur Hütte führte, die andere mit einer leichten Abweichung zurück. Jenseits des Drahtzaunes verwischte sich die Spur wegen des felsigen Bodens. Die Spuren, die auf das Haus zuführten, waren tiefer eingedrückt als diejenigen, die es verließen. Bei allen Spuren war der Eindruck des rechten Fußes tiefer als der des linken.

»Tatsächlich – die Fährte des Hinkenden«, stammelte Vaughn. »Merkwürdig, diese erste Spur.« Er schritt neben der Doppelfährte her und öffnete die Tür; Isham folgte.

Voller Grauen starrten sie auf das, was sich ihnen darbot.

An der Wand, der Tür gegenüber, war die Leiche eines Mannes wie eine Trophäe an die rohen Stämme genagelt. Sie war ohne Kopf. Die Beine hatte man dicht nebeneinandergenagelt. Den blutigen Fetzen nach, in die sie gekleidet war, war es die Leiche des unglücklichen Schulmeisters.

Blut war über den Steinfußboden geronnen. Blut hatte die Wände bespritzt. Die Hütte, die bei Ishams erstem Besuch so sauber und gemütlich gewirkt hatte, sah jetzt wie das Innere eines Schlachthauses aus. Die Platte des alten Tisches war von sonstigen Utensilien leergefegt und als Schreibtafel benutzt worden; darauf stand in riesiger blutiger Schrift das Symbol von Krosacs Rache – ein großes T.

»Da dreht sich einem der Magen um«, stammelte Vaughn. »Ich glaube, ich könnte diesen Kannibalen mit nackten Händen umbringen, wenn ich ihn erwische.«

»Ich muß raus hier«, sagte Isham heiser. »Mir ist übel.«

Inspektor Vaughn blinzelte, reckte die Schultern und ging durch den Raum. Er berührte die Leiche; sie war starr. Aus den Nägelköpfen in Handflächen und Füßen waren Blutbäche gesickert.

Seit ungefähr fünfzehn Stunden tot, dachte Vaughn. Er kämpfte gegen einen Schwindel an und trat zurück. Es mußte ein Kampf stattgefunden haben, überlegte er dumpf, denn am Boden neben dem Tisch lagen verschiedene Dinge, die eine beredte Sprache sprachen. Das erste war eine schwere Axt, Stiel und Blatt voller Blut; offenbar die Waffe, mit der Andrew Van enthauptet worden war. Das zweite war eine zusammengerollte Bandage in der Größe eines Apfels; ihre Ränder waren ausgefranst und schmutzig, die eine Seite von einer braunroten, jetzt getrockneten Flüssigkeit durchtränkt. Der Inspektor nahm vorsichtig das Knäuel auf, und als es beim Heben auseinanderfiel, sah er mit Erstaunen, daß der Verband mit einem scharfen Instrument durchschnitten war. Ja, wenige Zentimeter entfernt lag eine schwere Schere am Boden, so, als habe man sie in wilder Eile fallen lassen.

Vaughn ging zur Tür; Isham hatte sich halbwegs erholt, wenn er auch noch bleich und spitz aussah. »Für was würden Sie dies halten?« fragte Vaughn und hielt die scheußliche Bandage hoch.

Der Staatsanwalt rümpfte die Nase. »Verband um ein Handgelenk«, meinte er zögernd. »Und zwar von einer schweren Verletzung, dem Blut und Jod nach zu urteilen.«

»Ich fürchte, Mr. Krosac hat sich eine kleine Verletzung am Handgelenk zugezogen.«

»Entweder hatten sie einen Kampf, oder er hat sich selber geschnitten, während – während er die Leiche zerhackte«, überlegte Isham. »Aber warum hat er den Verband zurückgelassen, so daß wir ihn finden konnten?«

»Ganz einfach, er ist voller Blut. Er muß sich zu Beginn des Kampfes verletzt haben. Darum hat er den Verband abgeschnitten und einen neuen angelegt. Was das Liegenlassen anbelangt – er hatte es mächtig eilig, aus der Hütte fortzukommen, Isham.«

Isham schluckte und folgte dem Inspektor tapfer in die Hütte. Vaughn wies auf die Axt und die Schere und entdeckte dann eine Flasche, die nahe der Stelle, wo er den Verband gefunden hatte, am Boden lag, eine Flasche aus dunklem, blauem Glas ohne Etikett. Sie war fast leer, ein Großteil des Inhaltes hatte den Boden daneben braun gefärbt, und der Korken war einige Zentimeter weit gerollt. Daneben lag eine zum Teil aufgewickelte Verbandrolle.

»Jod«, sagte Vaughn. »Das erklärt die ganze Geschichte. Er nahm es von dem Bord mit Arzneimitteln da oben, nachdem er sich geschnitten hatte. Stellte die Flasche auf den Tisch und stieß sie später zufällig um oder warf sie einfach auf den Boden – es war ihm schließlich egal.«

Sie traten an die Wand, wo die Leiche hing; einen Meter weiter, in einer Ecke über dem Becken und der Pumpe, befand sich das Bord, das Isham schon bei seinem vorigen Besuch aufgefallen war. Bis auf zwei Zwischenräume war es voll; darauf befanden sich eine große Packung Watte, eine Tube Zahnpasta, eine Rolle Heftpflaster, eine Rolle Verbandgaze und eine Bandage, zwei kleine Flaschen, die eine Jod-, die andere Lysoform-etikettiert, und verschiedene Flaschen und Dosen – Zinksalbe, Vaseline, Aspirin und so weiter.

»Ganz klar«, sagte der Inspektor düster. »Er hat sich hier verletzt. Die Bandage und die große Jodflasche stammten von dem Bord, und er machte sich nicht die Mühe, sie zurückzustellen.«

»Augenblick«, sagte Isham mit gerunzelter Stirn. »Wenn es nun gar nicht Krosac war, der sich schnitt? Angenommen, es war der arme Kerl da an der Wand. Verstehen Sie?«

»Gar nicht so dumm«, rief Vaughn. »Daran habe ich nicht gedacht. Also!«

Zehn Minuten später lag der kopflose Körper am Boden. Sie hatten die Nägel aus Händen und Füßen gezogen. Vaughn hatte die Leiche entkleidet, und nun lag sie nackt und weiß da. Isham lehnte, die Hände gegen den Magen gepreßt, an der Wand. Es war der Inspektor, der mit Überwindung das nackte Fleisch nach Wunden untersuchte, das grausige Ding umdrehte und die Untersuchung am Rücken wiederholte.

»Nein«, sagte er, sich erhebend, »keine Wunden, außer den Nagellöchern in Händen und Füßen. Demnach ist es Krosac, der sich am Handgelenk verwundet hat.«

In tiefem Schweigen kehrten sie nach Arroyo zurück. Im Ort machte Inspektor Vaughn ein Telefon ausfindig und rief Weirton an. Er unterhielt sich fünf Minuten lang mit Staatsanwalt Crumit. Dann kehrte er zu Isham zurück.

»Crumit will den Mund halten«, sagte er grimmig. »Mann, war der erstaunt! Aber er wird dafür sorgen, daß nichts durchsickert, und das ist alles, was ich will.«

Isham sagte nichts; die Übelkeit hatte ihn immer noch in den Klauen. Sie besorgten sich ein Fahrzeug und fuhren von dannen. Ihr Ziel war Steubenville.

## 27. Geographische Entfernungen

Am Mittwochmittag, um 1 Uhr 30, gerade als Staatsanwalt Isham und Inspektor Vaughn in Arroyo eintrafen, brauste Ellery Queen mit seinem Sportwagen nach Steubenville, hielt vor dem *Fort Steuben Hotel.* Am Empfang erwartete ihn ein Brief:

*QUEEN! Halten Sie sich nicht mit Fragen an den Portier auf. Besitze alle notwendigen Informationen. Ein Mann, wie K. aussehend, stieg hier im Hotel ab, traf gegen Mitternacht ein, fuhr 7 Uhr 30 in gemietetem Wagen ab. Kein Hinken bei Verlassen des Hotels, allerdings Bandage um das Handgelenk, was mich verwirrt. Hinterläßt offene Spur, ohne Angst vor Verfolgung; behauptet, er reise nach Zanesville. Folge ihm mit dem Auto. Besitze vage Beschreibung von ihm durch Portier. Hinterlasse weitere Nachrichten für Sie Clarendon Hotel, Zanesville. Yardley.*

Ellerys Augen glitzerten, als er das Blatt in die Tasche schob. »Um welche Zeit hat Mr. Yardley Steubenville verlassen?«

»Gegen Mittag in einem Mietwagen.«

»Zanesville, also.« Ellery dachte nach. Dann griff er zum Telefon und sagte: »Geben Sie mir den Polizeichef von Zanesville, bitte. – Hallo. Polizeipräsidium? Ich möchte den Chef sprechen. – Dringend!«

Das *Clarendon Hotel* in Zanesville war rasch von Ellery gefunden. Dort kam ihm ein runder, untersetzter Mann in Polizeiuniform entgegen.

»Nun?« fragte Ellery.

»Ich bin Hardy, der Polizeichef hier«, sagte der fette Mann. »Ihr Bekannter mit dem Backenbart hat vor kurzem dem Portier eine Nachricht für Sie durchtelefoniert. Jedenfalls hat er sich als dieser ausgegeben. Anscheinend hat der erste Mann seine Route geändert und ist statt nach Zanesville nach Columbus gefahren.«

»Mein Gott!« rief Ellery. »Ich hätte ahnen müssen, daß Yardley die Sache verpfuscht, der arme Bücherwurm. Haben Sie Columbus benachrichtigt?«

»Klar – habe ich. Wichtige Verhaftung, Mr. Queen?«

»Ziemlich wichtig«, sagte Ellery kurz. »Danke sehr, Chef. Ich werde . . .«

»Verzeihen Sie«, sagte der Portier schüchtern, »aber der Herr, der anrief, sagte, er würde eine Nachricht für Sie im *Seneca Hotel* in Columbus hinterlassen. Der Portier ist ein Freund von mir.«

Ellery enteilte hastig, den untersetzten Herrn in Uniform in einiger Verwirrung zurücklassend.

Um sieben Uhr – während Vaughn und Isham die schlammige Straße zwischen Steubenville und Columbus dahinfuhren – schlängelte Ellery sich nach einer haarsträubenden Fahrt auf der Suche nach dem *Seneca Hotel* durch Columbus.

Diesmal erwartete ihn kein Hindernis. Der Portier überreichte ihm Yardleys flüchtig hingekritzelte Nachricht:

*QUEEN! Er hat mich gefoppt, aber ich habe die Situation rasch erfaßt. Es war von ihm keineswegs geplant, er änderte lediglich seine Meinung und fuhr nach Columbus. Habe etwas Zeit verloren, entdeckte dann, daß K. von hier aus um ein Uhr mit dem Zug nach Indianapolis fuhr. Nehme jetzt ein Flugzeug, um die verlorene Zeit aufzuholen. Was für ein Spaß! Beeilen Sie sich, junger Mann. Vielleicht fangen wir den Fuchs in Indianapolis! Ich freue mich jetzt schon auf Ihr dummes Gesicht! Y.*

»Wenn er burschikos wird, ist er unerträglich«, murmelte Ellery. »Wann hat der Herr diesen Brief geschrieben?«

»Um fünf Uhr dreißig, Sir.«

Ellery griff nach dem Telefon und verlangte ein Gespräch nach Indianapolis. Wenige Augenblicke später sprach er mit dem Polizeipräsidium. Indianapolis tat es außerordentlich leid, aber nach der kümmerlichen Beschreibung war die Identifikation zu schwierig gewesen, und man hatte keine Spur des Verfolgten gefunden.

Ellery hängte mit einem Kopfschütteln ein. »Sonst noch eine Nachricht von Mr. Yardley an mich?«

»Ja, Sir. Er sagte, er wolle Ihnen am Flughafen von Indianapolis eine Nachricht hinterlassen.«

Ellery zog seine Brieftasche heraus. »Eine Prämie für prompte Bedienung. Können Sie mir sofort eine Maschine verschaffen?«

Der Portier lächelte. »Mr. Yardley sagte mir, Sie würden wahrscheinlich diesen Wunsch äußern. Ich habe mir daher die Freiheit genommen, eines für Sie zu chartern. Es erwartet Sie auf dem Flugfeld.«

Es war kurz nach 8 Uhr – eine Stunde, nachdem Ellery in der Chartermaschine von Columbus abgeflogen war, fast drei Stunden hinter Yardley und sieben Stunden, nachdem ihre Beute Columbus mit dem Zug verlassen hatte –, als zwei übermüdete Reisende, Vaughn und Isham, nach Columbus hineinrasten. Vaughns offizielle Position hatte ihrer Fahrt Flügel verliehen. Botschaften aus Zanesville waren ihnen vorausgejagt. Ein Flugzeug erwartete sie auf dem Flugplatz von Columbus. Sie befanden sich in der Luft, Richtung Indianapolis, bevor sich Staatsanwalt Isham hatte dreimal räuspern können.

Sie schwebten auf das Flugfeld von Indianapolis hinab, Ellery sah auf die Uhr. Es war 8 Uhr 30.

Als drei Mechaniker die Bremsklötze gegen die Räder schoben, kam ein uniformierter junger Mann auf die Maschine zugerannt. Ellery trat hinaus. »Eine Nachricht für mich?« fragte er gespannt.

»Ja, Sir. Ein Herr namens Yardley hat sie vor ungefähr anderthalb Stunden für Sie zurückgelassen. Er sagte, es sei wichtig.«

»Zart ausgedrückt«, murmelte Ellery, nach dem Brief greifend. Diese Angelegenheit, überlegte er, während er ihn öffnete, artete zu einer wilden Jagd und sich überstürzenden Nachrichten aus. Yardleys Zeilen lauteten lediglich:

*Q! Dies könnte die letzte Etappe sein: Hoffte ihn zu schnappen, verfehlte ihn aber um Haaresbreite. Kam im Augenblick hier an, in dem ein Mann von K.s Beschreibung nach Chicago abflog. Das war um sieben Uhr. Kann keine Maschine vor 7 Uhr 15 bekommen. K.s Maschine soll zwischen 8 Uhr 45 und 9 Uhr in Chi. landen. Schlage vor, wenn Sie vor 8 Uhr 45 eintreffen, benachrichtigen Sie Polizei in Chi., damit diese den flüchtigen Herrn auf dem Flugplatz begrüßt. Auf geht's! Y.*

»Mr. Yardley ist mit der Sieben-Uhr-fünfzehn-Maschine geflogen?« wollte Ellery wissen.

»Sehr richtig, Sir.«

»Dann müßte er zwischen neun und Viertel nach neun in Chicago sein?«

»Ja, Sir.«

Im Flughafengebäude bemühte sich Ellery um ein Gespräch mit Chicago. »Polizeipräsidium? Geben Sie mir den Commissioner. Beeilen Sie sich, dies ist eine Sache auf Leben und Tod. – Commissioner? Hören Sie, hier spricht Ellery Queen aus New York City. Sie erinnern sich meiner – Inspektor Richard Queens Sohn – bei der Lösung des Long-Island-Mordes. Ja! – Ein großer dunkler Mann mit einem bandagierten Handgelenk kommt heute zwischen acht Uhr fünfzehn und neun Uhr mit einem Flugzeug aus Indianapolis in Chicago an. – Nein! Nehmen Sie ihn nicht auf dem Flugplatz fest. Können Sie ihn verfolgen lassen, wohin er auch geht, und dann den Ort umstellen? – Ja. Nehmen Sie ihn nur fest, wenn er versucht, Chicago zu verlassen. Möglicherweise will er nach Kanada oder an die pazifische Küste. Er weiß nicht, daß er verfolgt wird. Sagen Sie bitte Ihren Leuten, sie möchten nebenbei auf einen großen Herrn mit Abraham-Lincoln-Bart achten, der auch von Indianapolis ankommt – Professor Yardley. Sie möchten ihm jede Zuvorkommenheit erweisen. – Vielen Dank und auf Wiedersehen.«

Um 10 Uhr 25 landete das Flugzeug auf dem strahlend erleuchteten Flugplatz. Jemand öffnete von außen die Tür, und Ellery taumelte hinaus. Einen Augenblick lang blinzelte er in dem grellen Licht einer Gruppe von Männern entgegen, die zwei Meter entfernt standen und ihn beobachteten.

Er blinzelte zum zweiten Male. Da stand die große würdige Gestalt von Professor Yardley, der kräftige Commissioner der Chicagoer Polizei, dessen sich Ellery noch entsann, verschiedene undefinierbare Figuren, die er für Detektive hielt, und – wer war das? Der kleine Herr in ordentlichem grauem Anzug, ordentlichem grauem Filzhut und ordentlichen grauen Handschuhen – der zierliche Mann mit den alten Zügen und dem geneigten Kopf?

»Dad!« rief er, vorwärtsspringend und Inspektor Richard Queens behandschuhte Hände ergreifend. »Wie, in aller Heiligen Namen, bist du hierhergekommen?«

»Hallo, Sohn«, sagte Inspektor Queen trocken. Er grinste. »Du bist mir der rechte Detektiv, wenn du nicht dahinterkommst. Dein Freund Hardy von der Polizei Zanesville rief mich in New York an, nachdem du mit ihm gesprochen hattest. Ich kam zu dem Schluß, daß dies das Ende deiner Jagd sein müsse, überlegte mir, daß sich dein Mann entweder nach Chicago oder St. Louis wenden würde, bestieg um zwei ein Flugzeug in New York, bin vor einer Viertelstunde gelandet und – da bin ich.«

Ellery umarmte die schmalen Schultern seines Vaters. »Himmel, Dad, ich freue mich schrecklich, dich zu sehen. Es ist strafbar, wie ihr alten Knaben herumjagt. – Hallo, Professor!«

Sie alle wanderten langsam über den Platz dem Gebäude zu. Der Commissioner sagte: »Mr. Queen, Ihr Mann kam fünf Minuten vor neun mit dem Flugzeug an, die Detektive hatten kaum Zeit, pünktlich hier zu sein. Er ahnte nichts.«

»Ich kam leider zwanzig Minuten zu spät«, seufzte der Professor. »Wo ist – äh – Krosac jetzt, Commissioner?«

»Er ging in aller Gemütsruhe vom Platz, stieg fünf Minuten nach neun in ein Taxi und fuhr in ein drittklassiges Hotel in der Innenstadt – das *Rockford*. Er ahnte nicht«, fuhr der Kommissar grimmig fort, »daß er während des ganzen Weges von vier Polizeiwagen eskortiert wurde. Jetzt ist er in seinem Zimmer.«

»Er kann nicht entschlüpfen?« fragte Ellery ängstlich.

»Mr. Queen!« sagte der Kommissar beleidigt.

Der Inspektor kicherte. »Zufällig hörte ich, daß Vaughn und Isham vom Bezirk Nassau hinter dir her sind, Sohn. Willst du nicht auf sie warten?«

Ellery blieb stehen. »Himmel, die habe ich ganz vergessen! Wären Sie so liebenswürdig, Commissioner, jemanden zur Begleitung für Inspektor Vaughn und Distriktstaatsanwalt Isham zu bestimmen, wenn diese hier eintreffen? Sie müßten ungefähr in einer Stunde kommen. Lassen Sie sie zum *Rockford* bringen.«

In Wahrheit trafen Staatsanwalt Isham und Inspektor Vaughn in wesentlich kürzerer Zeit nach Ellery ein. Um elf Uhr wurden sie von mehreren Detektiven empfangen, die sie in Polizeiwagen zum Stadtzentrum brachten.

Die Versammlung der Weitgereisten war von gedämpfter Fröhlichkeit. Sie trafen sich in einem Appartement des *Rockford*, in dem es von Detektiven nur so wimmelte.

Ellery grinste. »Setzen Sie sich doch, und Sie ebenfalls, Mr. Isham. Ruhen Sie Ihre müden Knochen aus. Wir haben die ganze

Nacht Zeit. Mr. Krosac kann nicht entwischen.«

Es gab Vorspeisen, dampfende Schüsseln, heißen Kaffee, Gelächter und Gespräche.

»Übrigens«, sagte Ellery kurz vor Mitternacht träge, »was glauben Sie eigentlich, wen wir finden werden, wenn wir Mr. Chase aus Indianapolis – als solcher hat sich der Verfolgte eingetragen – auf Zimmer sechs-dreiundvierzig überraschen?«

Der alte Inspektor beobachtete lächelnd seinen Sohn. Yardley war verdutzt. »Wieso, Krosac natürlich.«

»Tatsächlich?« Ellery erhob sich und reckte seine Arme. »Meine Herren, ich glaube, es ist an der Zeit, Mr. – wie sollen wir ihn nennen? – Krosac zu entlarven.«

»Einen Augenblick«, sagte Inspektor Vaughn. Er betrachtete Ellery ergrimmt. »Wollen Sie behaupten, Sie kennen die Identität des Mannes auf sechs-dreiundvierzig?«

»Selbstverständlich! Ihr Mangel an Scharfsinn setzt mich wirklich in Erstaunen, Inspektor. Das ist doch ganz klar.«

Ein kleiner erschreckter Page hatte sich zur Verfügung stellen müssen. Er stand, umgeben von Ellery, dessen Vater, Vaughn, Isham, dem Kommissar und Yardley, vor der Tür und wartete auf das Zeichen. Ellery sah sich um; außer ihren Atemzügen war nichts zu hören. Er nickte dem Jungen finster zu.

Der Junge schluckte und näherte sich der Tür. Zwei Detektive mit gezückten Revolvern standen flach gegen die Wand gepreßt. Einer von ihnen klopfte kurz. Keine Antwort.

Der Detektiv klopfte noch einmal. Diesmal erklang hinter der Tür ein schwacher Ton und das Krachen von Bettfedern. Die tiefe Stimme eines Mannes rief scharf: »Wer ist da?«

Der Junge schluckte wieder und antwortete: »Telegramm, Mr. Chase!«

»Was ...?« Sie hörten, wie der Mann sich räusperte und das Bett knackte. Die Türe öffnete sich, und der verstrubbelte Kopf eines Mannes erschien ...

Von allen folgenden Ereignissen – dem Vorwärtsstürzen der beiden Beamten, der Verwirrung des Pagen, dem Kampf auf dem Fußboden – blieb Ellery nur ein Bild in Erinnerung. Es lag in dem Bruchteil einer Sekunde, während der sich niemand rührte, in der der Mann die Situation in sich aufnahm – die wartenden Offiziere,

Beamten, die Uniformen, die Gesichter von Ellery Queen, Isham und Vaughn. Der Ausdruck äußerster Verblüffung. Die zitternden Nasenflügel. Die aufgerissenen Augen. Das verbundene Gelenk der Hand, die nach dem Türrahmen griff . . .

»Aber, das ist . . . Das ist . . .« Professor Yardley konnte keine Worte finden.

»Ich wußte, daß es so kommen würde«, meinte Ellery gedehnt und verfolgte den verzweifelten Kampf am Boden. »Ich wußte es im Augenblick, als ich die Berghütte untersucht hatte.«

Sie hatten Mr. Chase von Zimmer Nr. 643 überwältigt. Aus seinen Mundwinkeln rann Speichel. Seine Augen blickten irre. Es waren die Augen des Schulmeisters von Arroyo – Andrew Van.

## 28. Ellery spricht noch einmal

Es war am Donnerstag, und sie saßen in einem bequemen Abteil des Schnellzugs Richtung New York. Yardley, Ellery, Inspektor Queen, Isham und Vaughn. Eine müde, aber zufriedene Gesellschaft.

»Mir ist das Ganze auch nach wie vor ein völliges Mysterium«, bekannte Isham.

»Nun«, meinte Ellery langsam. »Es war ein Wirrwarr von Widersprüchen und Unstimmigkeiten vom Anfang bis zum vierten Mord. Von da ab wurde es klar wie Kristall. Verstehen Sie«, sagte er, die Brauen runzelnd, »während der ganzen Zeit spürte ich, daß, wenn ich ein winziges Bindeglied erhaschen und dieses an den richtigen Platz setzen könnte, sich alle anderen Teile – so irrsinnig und unlogisch sie auch erscheinen mochten – zu einem verständlichen Ganzen ordnen würden. Dieses Stück fand ich in der Hütte in West-Virginia.«

Ellery blies Rauch gegen die Decke des Abteils. »Lassen Sie mich zurückgreifen. Bis zu dem Mord in Arroyo Dienstagnacht wußte ich sehr wenig. Der erste Mord in Arroyo war überhaupt ein völliges Rätsel, bis Andrew Van erschien. Damals sagte er, sein Diener Kling sei versehentlich getötet und ein Mann mit Blutrachemotiven sei der Mörder. Thomas Brad, Vans Bruder, wurde ermordet. Stephen Megara, Vans Bruder, wurde ermordet. Megara hatte die Geschichte über Krosac bestätigt, ebenso die offiziellen Stellen in Jugoslawien. Der generelle Sinn schien durchaus klar – ein Monomane mit einem durch jahrelange, unbefriedigte Rachegefühle verwirrten Gehirn lief unter den Mördern seines Vaters und seiner Onkel Amok.

Ich habe Professor Yardley bereits erklärt, daß man aus den Umständen, die Brads Tod begleiteten, zwei definitive Schlüsse ziehen konnte. Der eine war, daß Brad seinen Mörder gut kannte, der andere, daß Brads Mörder nicht hinkte. Stimmt das, Professor?« Yardley nickte.

Ellery betrachtete seine Zigarette. »Merkwürdigerweise kam mir im ersten Stadium der Untersuchung – also vor sieben Monaten, als ich mir im Gericht von Weirton die schauderhafte erste Leiche ansah – ein Gedanke, der, wäre ich ihm nachgegangen, vielleicht damals den Fall geklärt hätte. Es war eine bestimmte Erklärung für die vielfältigen T, eine ganz allgemeine Überlegung. Doch schien es eine so abwegige Möglichkeit, daß ich sie von mir schob, als sich im späteren Verlauf nicht das mindeste ereignete, was sie untermauert hätte. Dennoch war sie vorhanden –«

»Was war das?« fragte der Professor interessiert. »Meinen Sie die ägyptische ...?«

»Ach, nein«, sagte Ellery hastig. »Darauf komme ich später. Lassen Sie mich erst von den Einzelheiten des vierten Mordes sprechen.« Er entwarf rasch ein Bild dessen, was er tags zuvor, als er über die Schwelle der verbarrikadierten Hütte trat, gesehen hatte. Yardley und Inspektor Queen lauschten mit zusammengezogenen Brauen; doch als Ellery endete, betrachteten sie sich gegenseitig verständnislos.

»Völlige Leere im Gehirn, was mich betrifft«, bekannte der Professor.

»Mich kannst du ebenfalls streichen«, sagte Inspektor Queen.

Vaughn und Isham betrachteten Ellery argwöhnisch.

»Himmel!« rief Ellery und warf seine Zigarette aus dem Fenster. »Es ist doch völlig klar! In der Hütte und um sie herum steht eine ganze Geschichte geschrieben, meine Herren. Die Fußspuren außerhalb der Hütte – haben Sie sie genau untersucht?«

Vaughn und Isham nickten.

»Dann muß Ihnen sofort die Tatsache aufgefallen sein, daß nur *zwei* Menschen bei dem Mord beteiligt waren. Zwei Reihen von Spuren – eine hineinführend, die andere hinaus; nach Form und Größe des Eindrucks waren beide von den gleichen Schuhen gemacht worden. Der Regen hatte in der Nacht vorher in Arroyo gegen elf Uhr aufgehört. Es war ein schwerer Regen gewesen. Wären die Spuren gemacht worden, bevor es zu regnen aufhörte, wären sie in ihrer ungeschützten Lage gänzlich ausgewaschen und undeutlich geworden. Also entstanden sie um elf Uhr oder später. Der Zustand der gekreuzigten Leiche an der Hüttenwand zeigte mir zu dem Zeitpunkt, an dem ich sie sah, daß das Opfer zirka vierzehn Stunden tot war – mit anderen Worten, gegen elf Uhr am vorangegangenen Abend gestorben war. Die Spuren waren also zur Zeit des Mordes gemacht worden.«

Ellery steckte eine frische Zigarette in den Mund. »Was zeigten die Spuren? Daß nur ein Mensch während der Zeit des Mordes in die Hütte hinein- und hinausgegangen war. Es gab nur einen Ein- und Ausgang – die Tür; das einzige Fenster war mit Stacheldraht vergittert.«

Ellery hielt ein Streichholz an seine Zigarette und paffte. »Das war völlig einleuchtend. Ein Opfer und ein Mörder. Das Opfer haben wir gefunden, also mußten es die Spuren des Mörders sein, die in der nassen Erde vor der Hütte eingepreßt waren.

Auf dem Steinfußboden der Hütte zeigten sich einige recht aufschlußreiche Dinge. Nummer eins war ein blut- und jodbefleckter Verband, der seiner Form und Rundung nach nur um ein Handgelenk gebunden gewesen sein konnte. Daneben lag eine teilweise gebrauchte Verbandrolle.«

Wieder nickten Isham und Vaughn.

»Nummer zwei: eine große Jodflasche aus blauem Glas, der Korken ein paar Fuß weit entfernt am Boden. Die Flasche war undurchsichtig und trug kein Etikett.

Sofort tauchte die Frage auf: Um wessen Handgelenk war diese Bandage gebunden worden? Zwei Menschen waren beteiligt: Opfer und Mörder. Also mußte es bei einem von beiden sein. Ich untersuchte die Gelenke der Leiche – beide unverwundet. Folgerung: Der Mörder hatte sich ins eigene Handgelenk geschnitten. Aus Versehen, als er die Axt anlegte, oder vielleicht während eines Kampfes, bevor er das Opfer tötete.«

Ellery schwenkte die rauchende Zigarette. »Aber beachten Sie, welche Beweisstücke wir damit in Händen hatten! Denn wenn es der Mörder war, der das Jod benutzte, was sagt uns das? Ein Kinderspiel. Begreift keiner von Ihnen?«

Sie mühten sich redlich ab, doch schließlich schüttelten sie die Köpfe.

Ellery sank zurück. »Muß doch eine besondere Sache sein. Mir erschien sie außergewöhnlich klar. Welches waren die charakteristischen Eigenschaften der Jodflasche, die der Mörder auf den Boden fallen ließ? Erstens: Sie war aus undurchsichtigem, blauem Glas. Zweitens: Sie besaß kein Etikett.

*Wie konnte der Mörder dann wissen, daß sie Jod enthielt?*«

Vaughn zeigte einen Ausdruck ungeheuren Erstaunens. »Es ist so verdammt einfach«, sagte er in erstauntem Ton.

Ellery zuckte die Schultern. »Das sind diese Dinge meistens. Sie verstehen jetzt die weiteren Überlegungen. Von der Flasche selbst konnte der Mörder nicht wissen, daß sie Jod enthielt, da sie weder beschriftet noch der Inhalt wegen der blauen Farbe und der undurchsichtigen Beschaffenheit des Glases zu erkennen war. Er konnte den Inhalt nur aus zwei Gründen kennen: Entweder war er durch vorangegangene Erfahrungen mit dem Inhalt der Flasche vertraut, oder er hatte sie geöffnet und untersucht.

Nun werden Sie sich entsinnen, daß auf dem Medizinbord über Petes kleinem Waschbecken zwei freie Stellen waren. Ganz offensichtlich hatten auf den leeren Plätzen die beiden Gegenstände vom Fußboden gestanden – die Jodflasche und die Verbandrolle. Mit anderen Worten, als sich der Mörder verletzte, bediente er sich mit Jod und Verbandstoff vom Medizinbord.«

Ellery grinste. »Aber wie merkwürdig! Was befand sich noch auf dem Bord? Sie werden sicher bemerkt haben, daß dort, unter verschiedenen anderen Sachen, zwei Flaschen standen, deren sich der Mörder hätte bedienen können – eine mit Jod, die andere mit Lysoform – beide *deutlich beschriftet*. Warum sollte er dann die unbeschriftete, undurchsichtige Flasche auf der Suche nach einem Antiseptikum aufmachen, wenn zwei deutlich gekennzeichnete Flaschen vor seinen Augen standen? Es gibt hierfür keinen Grund; kein Mensch, dem die Hütte fremd war, mit drängender Zeit, würde eine Flasche unbekannten Inhalts untersuchen, wenn sich das Gewünschte greifbar vor seinen Augen befand.

Also muß die erste meiner beiden Möglichkeiten zutreffen: Der Mörder war mit dem Inhalt der undurchsichtigen Flasche vertraut, er hat *vorher* gewußt, daß sie Jod enthielt! Woher konnte er dies wissen?« Ellery seufzte. »Den Umständen und Vans eigenen Berichten von der völligen Isolation seines Versteckes nach, gab es nur einen Menschen, der es wissen konnte – der Besitzer der Hütte selber.«

»Ich habe es ja gesagt«, meinte Inspektor Queen aufgeregt, als er zu seiner altmodischen Schnupftabaksdose griff.

»Wir haben gezeigt, daß nur zwei Menschen beteiligt waren – Mörder und Opfer –, und daß es der Mörder war, der sich das Handgelenk verletzte und das Jod benutzte. Wenn also der Besitzer der Hütte, Andreja Tvar alias Andrew Van alias Pete, der einzige war, der im voraus wissen konnte, daß die mysteriöse Flasche Jod enthielt, dann war es auch Andrew Van, der sich ins Handgelenk geschnitten hatte, und der arme, an die Wand geschlagene Kerl war nicht Andrew Van, sondern war von Andrew Van ermordet worden.«

Er fiel in Schweigen. Inspektor Vaughn rutschte unruhig hin und her, und Staatsanwalt Isham sagte: »Aber was ist mit den anderen Morden? Gestern abend, nachdem wir Van festgenommen hatten, sagten Sie, die ganze Geschichte sei Ihnen in dem Augenblick klargeworden, als Sie den letzten Mord untersuchten.«

»Mein lieber Isham«, sagte Ellery, die Augenbrauen hochziehend, »von hier an ist es doch wohl ein klarer Fall. Lediglich eine Sache der Analyse und des gesunden Menschenverstandes. An welchem Punkt befinden wir uns? Ich wußte, daß der gesuchte Mann, der die hinkende Fußspur hinterließ, der Mörder, Andrew Van selber war. Aber das genügte nicht. Zum Beispiel war eine Situation vorstellbar, in der Van den angreifenden Krosac in Selbstverteidigung umbrachte, worauf man ihn keinesfalls als Mörder an den drei anderen hinstellen konnte. Aber eine Tatsache stand fest: Andrew Van hatte jemanden getötet und die Leiche dieses Jemand, *in die Lumpen des alten Pete gekleidet,* in seiner Hütte zurückgelassen. Hier lag ein Betrug vor! Danach wußte ich, daß die Lösung relativ einfach sein mußte. Wer war bei dieser letzten Metzelei umgebracht worden?

In die ganze Affäre waren außer den Brüdern Tvar nur noch zwei andere Menschen verwickelt: Velja Krosac und Vans Hausangestellter, Kling.«

Ellery holte Atem und fuhr fort: »Konnte es Krosacs Leiche sein? Dies wäre die einfachste Lösung gewesen. Doch wenn es Krosac war, den Van tötete, dann hätte Van die überzeugendste

Ausrede besessen, die es gibt: die der Selbstverteidigung. Er hätte nur die Polizei zu rufen und auf die Leiche zu weisen brauchen, und er wäre ohne weiteres auf Grund der allgemein bekannten Vorgeschichte freigesprochen worden. Von Vans Standpunkt aus wäre es eine völlig eindeutige Haltung gewesen. Die Tatsache, daß er nicht so handelte, beweist, daß er es *nicht konnte*. Warum? Weil es nicht Krosacs Leiche war!

Wenn es nicht Krosacs Leiche war, dann bleibt als letzte Möglichkeit Kling. Doch hielt man Kling bereits für ermordet, und zwar schon vor sieben Monaten bei dem ersten Verbrechen in Arroyo! Aber – woher wußten wir denn, daß es damals tatsächlich Kling war? Nur von Van selber, und Van ist erwiesenermaßen ein Mörder und Betrüger. Ich halte mich für berechtigt, jedes von Van aufgestellte Zeugnis anzuzweifeln und unter den gegebenen Umständen zu behaupten, daß die letzte Leiche diejenige von Kling ist.«

Ellery sprach rasch weiter: »Sie werden sehen, wie gut sich jetzt alles ineinanderfügt. War es tatsächlich die Leiche von Kling? Wo, zum Teufel, trieb sich dann Krosac herum? Brads und Megaras Leichen schieden aus. Logischerweise kann darum der einzige Mensch, der vor sieben Monaten in Arroyo ermordet wurde, nur Krosac selbst sein! Dieser ›Teufel‹, der monatelang von der Polizei gesucht wurde ... Kein Wunder, daß man keine Spur von ihm fand. Er war tot.«

»Unfaßlich«, sagte der Professor.

Ein Negerkellner erschien mit geeisten Getränken. Sie tranken schweigend und blickten durch das Fenster auf die vorbeiziehende Landschaft. Als der Kellner gegangen war, sagte Ellery: »Wer tötete Krosac in Arroyo? Wir müssen eine grundlegende Überlegung festhalten: Wer diesen ersten Mord beging, machte sich die Geschichte der Tvars zunutze, indem er die T hinterließ. Wer war in die Tvar-Geschichte eingeweiht? Van, Megara, Brad und Krosac. Konnte also Megara Krosac in Arroyo ermordet und die T-Zeichen zurückgelassen haben? Nein. Megara scheidet aus geographischen Gründen aus – er befand sich auf der anderen Seite der Erde. Brad? Ausgeschlossen. Mrs. Brad hat in Gegenwart anderer bezeugt, daß Brad den nationalen Dame-Champion am Heiligen Abend eingeladen und unaufhörlich mit ihm gespielt hat. Krosac, das Opfer, scheidet selbstverständlich aus. Kling, die einzige andere Möglichkeit? Nein, denn abgesehen von seiner Unkenntnis des T-Symboles ist er wiederholt als ein schwachsinniges, törichtes Wesen geschildert worden, das geistig nicht in der Lage war, ein derartig intelligentes Verbrechen auszuführen. Dann muß Krosac also von Van ermordet worden sein, und dies ist die einzige Antwort, die alle Probleme löst.

So weit wären wir nun. Van hat Krosac ermordet. Wie, unter welchen Umständen? Die Geschichte läßt sich rekonstruieren. Er wußte, daß Krosac hinter ihm und seinen Brüdern her war. Irgendwie erfuhr er, wo Krosac sich aufhielt – auf Reisen mit dem alten Geisteskranken Stryker. Er selber muß Krosac mit einem anonymen Brief nach Arroyo gelockt haben. Krosac fiel auf die Lockung herein, in der Hoffnung, vor der Erfüllung seiner Rachepläne zu stehen, und dirigierte den ihm hörigen Stryker in die Nähe von Arroyo. Dann mietete sich Krosac von Croker, dem Garagenbesitzer aus Weirton, einen Wagen und ließ sich an den Kreuzweg fahren – Krosac selbst, der hier das erste und einzige Mal während des ganzen Falles aktiv in Erscheinung trat. Krosac trug in Weirton keine Tasche, wie Sie sich erinnern – bezeichnend, wenn Sie bedenken, daß der Mörder bei den folgenden Verbrechen eine Tasche bei sich hatte. Warum trug Krosac bei dem ersten Mal keine Tasche – dem einzigen Mal für ihn? Weil er nicht die Absicht hatte, aus seinem Opfer Hackfleisch zu machen. Wenn Krosacs Plan geglückt wäre, hätte man wahrscheinlich die Leiche des Schulmeisters von Arroyo erschossen vorgefunden.

Aber Van, der Erfinder der ganzen Kette von Verbrechen, lauerte dem ahnungslosen Rächer auf und tötete ihn. Nachdem er bereits den unglücklichen Kling gebunden und *lebend* versteckt hatte, zog Van dem toten Krosac seine Kleider an, enthauptete die Leiche und so weiter.

Dies war Vans oder Andreja Tvars Plan von Anfang an. Ein Verbrechen, dessen Ausführung sich über Monate hinzog. Er plante die Serie von Verbrechen derart, daß sie wie der Racheakt Krosacs wirkten, der in den Jahren der ungestillten Vergeltung verrückt geworden war. Er versteckte Kling mit der Absicht, dessen Leiche schließlich als seine eigene hinzustellen. Es sollte wirken, als habe Krosac seinen Irrtum von vor sieben Monaten korrigiert und nun, nach dem Mord an den zwei Tvar-Brüdern, auch noch den dritten erledigt. Man sollte glauben, Van sei nun auch ein Opfer der manischen Rache geworden, während er in Wirklichkeit mit seinen Ersparnissen und der beträchtlichen Summe, die er aus seinem Bruder Stephen herausgepreßt hatte, floh. Unterdessen würde die Polizei bis in alle Ewigkeit nach dem Phantom, dem längst verstorbenen Krosac, suchen. Der Betrug mit den Leichen ließ sich leicht bewerkstelligen; erinnern Sie sich, daß Van Kling selber in dem Pittsburger Waisenhaus anheuerte und sich einen Diener aussuchte, dessen körperliche Erscheinung der seinen ähnlich war. Und was den ersten Betrug anbelangt – Krosacs Leiche als seine eigene auszugeben –, so war es vielleicht gerade die körperliche Ähnlichkeit zwischen ihm und Krosac, die den ganzen Plan inspiriert hatte – eine Ähnlichkeit, die er wahrscheinlich feststellte, als er ihm zum ersten Male auf die Spur kam, bevor er ihm den anonymen Brief schrieb.«

»Du sagtest vorhin«, bemerkte der Inspektor nachdenklich, indem er wieder in seine Schnupftabaksdose griff, »du hättest dich zu Anfang auf der richtigen Spur befunden, seist dann aber abgekommen. Was meintest du damit?«

»Und nicht nur am Anfang«, sagte Ellery bedauernd. »Es tauchte immer wieder auf, und ich schob es immer wieder beiseite. Es war nicht überzeugend genug. Selbst bei dem ersten Mord blieb ein Punkt ungeklärt: Der Kopf der Leiche war abgetrennt und versteckt worden. Warum? Es fand sich keine Erklärung, außer der Verrücktheit des Mörders. Später erfuhren wir von der Tvar-Fehde und der Bedeutung des T als Krosacs Rachesymbol.

Dennoch gab es noch eine andere Erklärung für das Köpfen – eine bemerkenswerte Theorie. Daß die Leichen nur zu einem einzigen Zweck in ein T verwandelt und daß die verschiedenen T nur zu dem gleichen Zweck an den Orten des Verbrechens verstreut wurden, nämlich: *um die Tatsache, daß die Köpfe abgeschnitten waren, zu verbrämen.* Wenn andere körperliche Merkmale unbekannt sind, ist der Kopf oder das Gesicht der entscheidende Anhaltspunkt zur Identifizierung einer Leiche. Darum überlegte ich mir die logische Möglichkeit, daß dies keineswegs die Verbrechen eines Monomanen mit einem T-Komplex, sondern eines ausgeklügelten Planers waren, *der die Köpfe abhackte, um die Identifizierung unmöglich zu machen.* Hierfür gab es eine Bestätigung: Keiner der Köpfe war auffindbar. Warum ließ der Mörder die Köpfe nicht am Ort des Verbrechens oder in der Nähe zurück, um sie so schnell wie möglich loszusein – was die natürliche Reaktion eines Mörders gewesen wäre?

Als ich indessen bei der Untersuchung des vierten Mordes wußte, daß Andrew Van der *deus ex machina* war, wurde mir das ganze Motiv klar. Bei seinem ersten Mord – dem Mord an Krosac – sah er sich gezwungen, Krosac zu köpfen, um die Identität der Leiche zu verschleiern und die Möglichkeit vorzubereiten, daß die Leiche einmal für die Vans und dann für die Klings gehalten werden konnte. Hätte er nur die Köpfe abgeschnitten, hätte er Mißtrauen erweckt; jede Untersuchung wäre auf die richtige Spur gekommen. So aber schuf Van die glänzende Täuschung einer irrealen manischen T-Besessenheit – T in allen Formen und Möglichkeiten. Dies wirkte so verwirrend, daß niemand den wahren Sinn der verschwundenen Köpfe erriet.

Nachdem er einmal angefangen hatte, sah er sich selbstverständlich gezwungen, den Einfall fortzusetzen. Er mußte Brads und Megaras Köpfe abschneiden, um weiter Krosacs T-Komplex zu demonstrieren. Bei dem letzten Mord diente das Köpfen wieder der ursprünglichen Absicht. Es war ein verflucht raffinierter Plan.«

»War es bei dem letzten Mord nur – äh – meine Einbildung«, sagte Isham schluckend, »oder waren die Fußspuren, die in die Hütte führten, wirklich tiefer als diejenigen hinaus?«

»Ausgezeichnet, Mr. Isham!« rief Ellery. »Dies ist eine der entscheidenden Bestätigungen bei der Rekonstruktion des Falles. Ich bemerkte, wie Sie sagen, daß die Fußspuren des Mörders in Richtung auf die Hütte tiefer waren. Erklärung? Weil er einmal etwas Schweres trug, beim anderen Mal nicht. Ich wußte, daß es Klings Leiche war. Wo aber hatte Van Kling versteckt? Nicht in der Hütte, demnach irgendwo in der näheren Umgebung. Konstabler Luden erzählte einmal, daß es in den Bergen von West-Virginia nur so von Höhlen wimmle; Van selbst erwähnte, er habe die Hütte entdeckt, als er sich auf einem Ausflug zur *Erforschung der Höhlen* befand! (Wahrscheinlich schon mit diesem Plan im Sinn.) Also ging Van zu der Höhle, in der er Kling seit Monaten gefangenhielt, holte Kling und *trug* ihn in die Hütte. Der Regen muß aufgehört haben, nachdem Van die Hütte verließ, um Kling zu holen, jedenfalls aber, bevor er zurückkam und Kling trug; seine Spuren beim ersten Verlassen wurden fortgespült, beim Zurückkehren drückten sie sich ein. Die tiefen Eindrücke wurden also gemacht, als er Kling in die Hütte schleppte, die leichten, als er nach dem Mord die Hütte zum letzten Male verließ.«

»Warum ließ er Kling nicht in die Hütte *gehen?«* wollte Isham wissen.

»Weil er ganz offensichtlich beabsichtigte, Krosacs hinkende Spur zu hinterlassen. Indem er Kling hinkend hineintrug, erreichte er zwei Dinge: Einmal kam das Opfer tatsächlich ins Haus, und dann wirkte es, als sei Krosac eingetreten. Später erweckte er die Illusion von Krosacs Flucht. Er machte nur einen Fehler: Er vergaß, daß sich durch das schwere Gewicht die Eindrücke in der weichen Erde vertieften.«

»Es will mir einfach nicht in meinen Schädel«, stotterte der Professor. »Der Mann muß ein – ein Genie gewesen sein. Pervers – ja; aber der ganze Plan erfordert einen hervorragenden Verstand.«

»Warum nicht?« fragte Ellery trocken. »Ein gebildeter Mann, der Jahre an diesen Plan wandte. Aber trotzdem hervorragend. Zum Beispiel: Die Dinge mußten stets so ablaufen, daß sich für Krosac immer ein plausibler Grund fand, warum er etwas getan hatte, was Van hatte tun müssen. Die Sache mit der Pfeife zum Beispiel, der umgedrehte Teppich mit dem Blutfleck und Brads bewußt zurückgelassene Notiz. Ich habe bereits auf *Krosacs* Gründe hingewiesen, warum er die Entdeckung des wirklichen Tatortes hinauszögern wollte. Dies sollte erst nach Megaras Ankunft geschehen, damit dieser Krosac auf Vans Spur führen konnte, von dem Krosac angeblich durch die Notiz erfuhr, daß er noch lebte.

Aber indem uns Van *Krosacs* Gründe vorspiegelte, hatte der Mörder selbst noch weit bessere Gründe für die Verzögerung. Hätte die Polizei die Bibliothek sofort untersucht, hätte sie lange vor Megaras Rückkehr die Notiz gefunden, die Van wahrscheinlich Brad selber suggerierte. Dann wäre bekanntgeworden, daß Van noch am Leben war. Wenn die Polizei durch irgendein Versehen den Verdacht geschöpft hätte, daß Van Pete war, hätte Vans Situation gefährlich werden können. Angenommen, Megara wäre niemals zurückgekehrt, wäre an Bord gestorben oder ähnliches. Dann wäre niemand mehr am Leben gewesen, der der Polizei bezeugen konnte, daß Pete, oder Van, tatsächlich ein Bruder von Brad und Megara war. Durch die Verzögerung versicherte er sich dieser Bezeugung genau zum Zeitpunkt von Megaras Rückkehr. Seine unbeweisbaren Worte konnten Mißtrauen erwecken, aber durch Megaras Bestätigung wirkte er unschuldig.

Aber warum wollte er überhaupt wieder auftauchen? Ah – hiermit kommen wir an den tiefsten Grund für die komplizierten Machenschaften zur Verzögerung bis zu Megaras Rückkehr. Indem er Brad veranlaßte, die Nachricht zu schreiben, die dann die ganze Kette von Ereignissen auslöste, aus der Van als anerkannter Bruder der Tvars hervorging, *sicherte Van sich seine Erbschaft*. Ich will damit sagen: Van konnte die Polizei glauben machen, daß er wirklich bei dem ersten Mord umgebracht worden war, und konnte auch offiziell tot bleiben, während er als Krosac den Mordplan an seinen Brüdern ausführte. Aber wenn er dies getan hätte, wie sollte er dann das Geld kassieren, das Brad ihm in seinem Testament hinterlassen hatte? Also mußte er zurückkommen – *lebend*. Und zwar zu einem Zeitpunkt, an dem Megara bezeugen konnte, daß er der Bruder war. Auf diese Weise bezog er in voller Sicherheit den ihm zustehenden Scheck.«

Professor Yardley sah ganz und gar nicht glücklich aus. »Sie sagen, Andreja Tvar, Bruder von Stephen und Tomislav Tvar, mit diesen in ihren familiären und persönlichen Untaten verbunden, plante seit Jahren die Ausrottung eben dieser Brüder. Warum? Gibt es irgendeine Erklärung?«

»Ich verstehe, was Sie beunruhigt«, sagte Ellery nachdenklich. »Es ist der grausige Grundzug in diesem Verbrechen. Aber Sie müssen zwei Dinge als gegeben hinnehmen. Einmal: Sollte der Plan Erfolg haben, dann war Andreja Tvar gezwungen, recht unerfreuliche Sachen zu tun – Leuten den Kopf abzuschneiden, Hände und Füße an provisorische Kreuze nageln, einen Haufen Blut verspritzen. Und zweitens: Andreja Tvar war ein Geisteskranker. Es kann nicht anders sein. Sollte er gesund gewesen sein, als er den irrsinnigen Plan ausbrütete, so war er bestimmt krank, als er ihn ausführte. Dann klärt sich das Ganze – ein Wahnsinniger schwimmt in einem Meer von Blut.«

»Gewiß«, sagte Yardley, »ich kann mir solche Dinge vorstellen, zum Beispiel auf der Basis von unterdrücktem Sadismus. Aber das Motiv, mein Junge, das Motiv! Wie können Sie Vans Motiv erkannt haben, wenn Sie selbst bis zum vierten Verbrechen Velja Krosac für den Mörder hielten?«

»Die Antwort darauf ist, daß ich Vans Motiv nicht kannte«, lächelte Ellery, »und es auch jetzt noch nicht kenne. Aber was für einen Unterschied macht es im Grunde? Das Motiv eines Wahnsinnigen – flüchtig wie die Luft, hart wie Kristall. Mein Vater oder Inspektor Vaughn können Ihnen ganze Serien von Geschichten erzählen, in denen Mörder so normal wie Sie oder ich wirkten, in Wirklichkeit aber die schwersten psychopathischen Fälle waren.«

»Ich kann Ihnen das Motiv sagen«, meinte Inspektor Queen seufzend. »Schade, daß du gestern abend nicht dabei warst, Sohn – oder Sie, Professor, während der Kommissar und Vaughn Van in der Zange hatten. Eines der interessantesten Verhöre, an denen ich je teilnahm. Er erlitt fast einen epileptischen Anfall, beruhigte sich dann aber und erzählte – zwischen Flüchen auf die Häupter seiner beiden Brüder.«

»Welche er übrigens mit Gewichten beschwert in den Sund versenkte«, bemerkte Isham. »Die anderen vergrub er in den Bergen.«

»Sein Motiv gegen seinen Bruder Tom«, fuhr der alte Herr fort, »war das übliche – eine Frau. In der alten Heimat scheint Van ein Mädchen geliebt zu haben, aber sein Bruder Tom nahm sie ihm weg – die alte Sache. Es war Brads erste Frau, die, wie Van behauptet, durch Brads schlechte Behandlung starb. Ob das der Wahrheit entspricht oder nicht, werden wir wohl nie erfahren.«

»Und gegen Megara?« fragte Ellery. »Er schien ein anständiger, leicht melancholischer Knabe.«

»Tja, das ist etwas undurchsichtig«, antwortete Vaughn und sog an seinem Zigarrenstummel. »Van war wohl der jüngste der drei Brüder, und als solcher besaß er keine Rechte an dem Tvarschen Vermögen. Megara und Brad scheinen Van um sein Geld gebracht zu haben. Megara war der Älteste und verwaltete das Erbe. Und dann gaben sie Van nicht einen Cent von dem Geld, das sie Krosac stahlen – erzählten ihm, er wäre zu jung oder dergleichen. Er hat es ihnen gezeigt!« Vaughn grinste trübe.

Sie schwiegen eine lange Zeit. Der Schnellzug donnerte durch den Staat New York.

Doch Professor Yardley war stur. »Wie erklären Sie die Tatsache«, wollte er wissen, »daß Freund Stryker an beiden Schauplätzen, Arroyo und später so weit entfernt, erschien? Ist seine Anwesenheit bei dem zweiten Mord nicht ein erstaunlicher Zufall?«

»Sie sind ein wertvoller Kollege, Professor. Gut, daß Sie dies erwähnen«, sagte Ellery und richtete sich auf. »Natürlich war es kein Zufall. Begreifen Sie nicht die logische Folge der Tatsachen? Krosac erfuhr, daß einer der Tvars in Arroyo lebte; man braucht nicht zu raten, wenn man sagt, daß der gleiche (anonyme) Brief, den Van schrieb, Krosac ebenso berichtete, wo sich die beiden anderen Tvars aufhielten. In Vans Plan durfte es keine Unsicherheit geben: Van wußte, daß Krosac mit Stryker in Illinois, oder sogar noch weiter westlich, herumreiste und daß er auf seinem Weg nach Osten durch West-Virginia kommen mußte und daher den Schulmeister als ersten aufs Korn nehmen würde.

Wir dürfen Krosac nicht für einen Narren halten. Zunächst wollte er den Tvar, der sich Andrew Van nannte, töten, dann die Tvars namens Brad und Megara. Selbstverständlich wußte er, daß der Mord an dem armen, ›unverdächtigen‹ Schulmeister Van einen großen Wirbel aufrühren würde und er sich verstecken mußte. Folgerung: Warum sich nicht gleich in der Nachbarschaft seines zweiten und dritten Opfers verbergen? Also sah er sich in den New Yorker Zeitungen um, fand Ketchams Anzeige zur Vermietung der Austerninsel, überredete den armen Stryker, dort hinzugehen und einen Sonnenkult zu gründen, mietete die Insel lange vorher per Post ... Sie begreifen, was passierte? Krosac selber wurde umgebracht. Stryker, *le pauvre innocent*, verband sich, nichts Böses ahnend, mit dem ebenfalls unschuldigen Romaine, zeigte diesem den Mietvertrag der Austerninsel, und los ging's. Was die Anwesenheit der Sonnenanbeter und Nackedeis auf der Insel erklärt.«

»Einen Augenblick«, brummte der Inspektor, den sein Humor mit einemmal verließ. »Wenn ich anfange, nachzudenken, scheint mir, du hast das halbe Queensche Bankkonto verbraucht, um Flugzeuge und was weiß ich noch für diese wilde und verrückte Jagd kreuz und quer durch das Land zu chartern. Wird vielleicht mir die Rechnung präsentiert?«

Ellery lachte. »Laß uns das Problem logisch angehen. Ich habe drei Möglichkeiten. Die erste wäre, die Grafschaft Nassau mit meinen Kosten zu belasten.« Er sah Staatsanwalt Isham an, der zu sprechen anheben wollte, dann aber schließlich mit einem unsicheren Lächeln zurücksank. »Nein, ich merke, dies ist unangebracht. Die zweite: die Kosten selber zu tragen.« Er schüttelte den Kopf und schürzte die Lippen. »Nein, das wäre zu philanthropisch.

Aber ich sage dir, daß ich eine umwerfende Idee habe.«

»Nun«, murrte Inspektor Vaughn, »wenn Sie es nicht auf Spesen buchen können und auch nicht selber dafür geradestehen wollen . . .«

»Mein lieber Inspektor«, meinte Ellery langsam, »ich werde ein Buch darüber schreiben, es in Erinnerung an meine zeitweiligen Verirrungen *Das ägyptische Kreuz* nennen und meine Leser dafür zahlen lassen!«

Ted Allbeury

# Kinder der Geborgenheit

Polit-Thriller

ein Ullstein Krimi

Die Bundesrepublik Deutschland in den siebziger Jahren: Unbekannte Täter schänden Synagogen und beschmieren jüdische Grabdenkmäler. Wer aber steckt hinter den neofaschistischen Umtrieben? Das russische KGB, argwöhnt der britische Secret Service und schickt seinen besten Mann nach Köln: Jacob Malik, der als Kind Auschwitz überlebt hat. Für Malik wird die Deutschlandfahrt zum Alptraum. Zumal er rasch herausfindet, wer tatsächlich hinter dem neuen Antisemitismus steckt. Und was.

# James Ellroy

# Heimlich

Los Angeles in den frühen fünziger Jahren: Der Streifenpolizist Fred Underwood liebt Frauen, Golf und Wunder – wobei unter Wunder seine alltäglichen Begegnungen mit dem Abschaum der großen Stadt zu verstehen sind.
Dann wird sein Teamgefährte im Einsatz erschossen, und kurz darauf fällt eine ehemalige Geliebte einem Psychokiller zum Opfer. Underhill ermittelt auf eigene Faust. Und er stößt auf eine grausige Mordserie, deren blutige Spur sich quer durchs ganze Land zieht.

»Nicht gerade ein Buch fürs Mädchenpensionat.«
*FAZ-Magazin*

ein Ullstein Krimi

# James Ellroy

# Browns Grabgesang

Detektivroman

ein Ullstein Krimi

Fritz Brown ist ein Repo-Mann. Das heißt, er klaut säumigen Kunden, die mit den Ratenzahlungen nicht nachkommen, die auf Kredit gekauften Autos. Natürlich im Auftrag des Verkäufers. Seine Privatdetektei in Los Angeles betreibt er nur mehr als Steuerabschreibungsunternehmen. Bis ihm eines Tages dennoch ein Kunde ins Büro geschneit kommt und Brown rein zufällig auf einen alten Korruptionsskandal stößt. Plötzlich findet sich Brown, der Expolizist und Alkoholiker auf Dauerentzug, auf einem Rachefeldzug wieder. Um seines eigenen verpfuschten Lebens willen.

»Eine Sprache wie von Charles Bukowski.«

*FAZ-Magazin*